升井

平凹题

段红芳◎著

中国言实出版社

图书在版编目(CIP)数据

升井 / 段红芳著 . -- 北京 : 中国言实出版社 ,
2024.3
ISBN 978-7-5171-4774-9

Ⅰ . ①升… Ⅱ . ①段… Ⅲ . ①长篇小说 – 中国 – 当代
Ⅳ . ① I247.5

中国国家版本馆 CIP 数据核字（2024）第 058608 号

升井

责任编辑：王蕙子
责任校对：王建玲

出版发行：中国言实出版社
地　址：北京市朝阳区北苑路180号加利大厦5号楼105室
邮　编：100101
编辑部：北京市海淀区花园路6号院B座6层
邮　编：100088
电　话：010-64924853（总编室）　010-64924716（发行部）
网　址：www.zgyscbs.cn电子邮箱：　zgyscbs@263.net

经　销：新华书店
印　刷：北京温林源印刷有限公司
版　次：2024年5月第1版　2024年5月第1次印刷
规　格：710毫米×1000毫米　1/16　30印张
字　数：518千字

定　价：65.00元
书　号：ISBN 978-7-5171-4774-9

谨以此书献给我的亡夫和他的工友们

本小说纯属虚构，请勿对号入座

升井是希望（代序）

——一位矿嫂的血泪深情

齐　闯

商山洛水很神奇，不仅风光旖旎，是康养之都，更是商鞅变法、仓颉造字的地方。在中国当代文学界，有人说中国的文学在陕西，陕西的文学在商洛，这种说法的依据是因商洛出了两位茅盾文学奖得主。也有人说商洛的文学爱好者如树上的核桃，一兜噜一兜噜的；如地里的红薯，一窝一窝的。所以，商洛市的文学氛围极好，成绩斐然的作家很多，文学爱好者不断涌出，段红芳便是其中一员。

段红芳与我是文友亦是同乡。她的父母是老实巴交的农民，又供养她的四个哥哥上学，从小到大她和她姐姐以干农活为主业，学习为副业。在她父母眼里，女孩子认识几个字，出门能找到回家的路就行了。

上世纪70年代，我们老家农村女孩上学是很艰难的，大部分女孩上完小学就辍学回家了，能上完初中的着实不多。段红芳曾两度辍学，被家长安排回家放牛羊、打猪草，但意志顽强的她，最终还是坚持上完了初中。

时间如白驹过隙。转眼间，我们已有二三十年不曾联系。去年春节，我回商州休假，在一次文友聚会上又见到她。从文友们夸赞中，我才知道她已是一名小有名气的女作家。2009年，她第一部长篇小说《母亲的红嫁衣》被甘肃省“农家书屋”出版发行，进了甘肃省7000个“农家书屋”，成为大家喜欢的读物，并获得兰州市第二届文艺创作兰山文学奖铜奖；她的散文、短篇小说、小品剧本等创作也收获颇丰，不少都获了奖。

日前，她第二部长篇小说即将出版，邀我作序，我高兴地答应了。

《升井》这部长篇小说她是2009年冬天开始创作的，前前后后修改16次，现在终于要出阁了，我替她高兴。这部沥尽心血的作品，是她在煤矿生活十五年的缩影与馈赠。在我们20多年不曾见面的日子里，她是地地道道的矿嫂，懂得矿工的心酸与艰辛，懂得矿嫂的忧愁和悲欢，更对矿区生活的细枝末叶和爱恨情仇刻骨铭记。讲述矿工的故事，为他们著说立传。自从萌生这个念头，她便为这件事情忙碌起来，这一忙碌就是十多年。

长篇小说《升井》所涉及的时间跨度为40年，但故事主要发生在1996年—2000年之间，以主人公柯耀强、纪红云、侯小梅、田倩倩、赵聪儿等人的感情纠葛，文斌、岳鸣、胡大木、孟平安、胡豆花、瘸子李等人物的工作生活为主线，以大西北某一煤海为故事发祥地，以苍穹煤矿的历史变迁为副线。用全方位的视角，展示了底层劳动人民艰苦奋斗的精神风貌，通过诸多栩栩如生的人物形象，讴歌了当代矿工无私奉献的精神和金子般的心灵，让人看后感慨万千，感同身受。

正如段红芳在小说后记所言：小说《升井》切入到人的内心深处错综复杂的情感世界，将人性与兽性、理智与情感、坚强与脆弱、伟大与渺小，这一对对矛盾体剖析出来，重新涅槃，再用来刻画小说中人的内心活动，使人物有血有肉、情感饱满。小说的主人公都是社会底层的小人物，他们代表着成千上万个矿工。这些小人物的大感情值得人们去思考，什么样的生活才是我们想要的？幸福到底是什么？在物欲横流的今天，爱情还金贵吗？

小说以"臭名昭著"的老光棍采煤工柯耀强的感情经历为明线，引出矿难对矿工家庭产生的巨大创伤，尤其是对失去父亲的孩子们来说，这是终身无法愈合的伤口，也是小说的痛点。在芸芸众生的矿区，人们都很努力地活着，矿区也在日新月异地变化着，这种变化不仅是生存条件的变化，还有矿工们思想的变化。矿工们之间的个人经历和命运安排，时而交汇，时而平行；交汇时碰撞出的火花，平行时舒展的情怀，都成了跌宕起伏的故事。在张弛有度、环环相扣的故事里，有相克相生的人物，有耐人寻味的情节，更有让人肃然起敬和潸然泪下的人性光辉。《升井》包含两层寓意，一是对下井矿工们每个班组每次作业都能平安升井的虔诚祈祷；二是在矿工们平凡苦闷的人生道路上让我们看到了高贵人性的升华。《升井》是希望！有希望就有光明！这也是她把这两个字写在作品封面上的原由。

作为同乡，作为同样喜欢用文字记录生活的文友，作为这部长篇小说的首位读者，我愿意把这部优秀作品推荐给朋友们，并以此对她表达敬意和祝贺！

2023年12月8日于北京黄寺

（作者为军旅作家）

目录

升井

至今未娶的柯耀强，不是生理有毛病，而是心理有毛病。

自从田倩倩去深圳打工，柯耀强就掉进暗无天日的深渊中无法自拔。

没有田倩倩，柯耀强就没幸福可言，行尸走肉般活着。直到他三十六岁，月老才想起他，让跌宕起伏的桃花运眷顾了他。好几个女人，像鱼儿游进他心里，掀起千层浪，让他尝到爱情的滋味，却是昙花一现。

当绞车升到地面，柯耀强看着黄沙弥漫的鬼天气，升井的“好”心情，又被弄成了铅球，沉甸甸地压在胸口。

体验到“笑啼皆不敢，方验做人难”的柯耀强，下了人车，挪动着沉重的脚步，向充电房走去。地面上清新而凌冽的空气，渐渐抚平了他郁闷的心情。他扬起脸，贪婪地吸吮带有煤味的空气，没人能理解他的心情，以及他平安升井后，呼吸着地面空气的幸福感……

这是普通矿工真实的写照。

黑夜里，看着矸石山上巨大无比的照明灯，真的很幸福。“又从阎王爷手底下逃了一天。”柯耀强喃喃地说道，照例和一伙人在充电房的小窗口外，争先恐后地排队缴矿灯和自救器。他们都老大不小的人了，还是爱凑热闹，挤在一起，说一些荤段子，然后嬉闹着，来庆祝安然无恙的升井。

升井，意味着把自己的命，从井下安全带回来，意味着大家可以回家享受“老婆孩子热炕头”的天伦之乐，有家庭的工人，幸福感十足。可怜的光棍们，也会找各种方式放松。他们都迫不及待地想早点缴了矿灯，洗个热水澡，舒舒服服地享受下班后的“惬意”时光。

柯耀强却不想让他们回去享受，饱汉不知饿汉饥哩！这帮龟孙，在井下“啃馒头”时，无精打采的怂样，就像几百年没吃饭，“磨洋工”有他们哩！再看看升井后，个个像打了鸡血，猴急猴急的，井下这么大的黑洞洞，还没钻够累透？非要找女人消遣，真是一群王八蛋！他心里骂着，并不急于缴矿灯和自救器，却第一个跑到充电房的窗口外，歪着脑袋往里看。

充电房当班的是侯小梅和纪红云。侯小梅是矿上有名的美人，美貌让她有了骄傲的资本。她见升井后脏兮兮的“煤黑子”，就流露出厌恶的目光。

像侯小梅这种女人，柯耀强压根就瞧不上。他喜欢和颜悦色、富有亲和力的。

“耀强，缴不缴灯？要蹲着茅坑不拉屎。”胡大木边挤边喊。

柯耀强回头瞪着胡大木：“咋啦？是我不缴灯啦？人家不收灯，我有啥法？”他嗓门大，一开口就像在吵架。矿上人都说他脑子有毛病。

纪红云听见了，赶紧打开窗口：“你们辛苦了，请到这边来。”满脸蝴蝶斑的她，柔声细语地说着，她的话语像一针麻醉剂，从耳朵灌入，麻醉了男人们的身心。

在纪红云的面前，大家没压力感，筋疲力尽也被驱散了。和舒服的人待在一起，就是养生。矿工们一窝蜂又挤到她的窗口外。

柯耀强刚要去纪红云的窗口，被胡大木按住了：“你干吗呀？”

柯耀强恶狠狠地说：“给你腾地方呀！你可小心别闪了眼。”

胡大木嬉皮笑脸：“那边满了。”

柯耀强一看，那边确实满了，而这边，只剩下他俩了。

侯小梅坐在椅子上，跷着二郎细腿，晃来晃去，几乎要将鞋晃出去，透过灯光，在欣赏她的手。这双手白嫩细长，涂着淡紫色的指甲油，非常好看。

柯耀强心想：这手不是侯小梅的该多好呀！可偏偏是她的，这个既当婊子又立牌坊的女人，长得再好看也是烂货。听见胡大木吸溜口水，他觉得恶心，“没出息的玩意，也不撒一泡尿照照，她能看上你？不看你啥德性。”柯耀强暗自骂着胡大木，恶狠狠地瞪着侯小梅。

侯小梅瞟了一眼窗口，见柯耀强凶巴巴的，再看胡大木，吸溜着哈喇子，色眯眯地看着自己，就觉得他俩是矿上最讨厌的人，像一对苍蝇，恨不得一巴掌拍死他们。“傻大个柯耀强，浓眉大眼的还很帅气，在矿上算是人堆里的飘梢子，可他漂亮的皮囊里，灵魂却很恶心，喝点马尿，就和矿上的骚婆娘们胡搞，还到处说他爱田倩倩，说田倩倩去深圳之前，和他在后山上干那事，弄得老田家名誉扫地，真是个人渣。胡大木也是衣冠禽兽，色狼一个。这两个矿上最恶心的男人，癞蛤蟆还想吃天鹅肉，我是你们欣赏的吗？不自量力的恶心鬼，他们都去寡妇的窗口了，你俩耗在这儿，想死呀？”侯小梅想到这儿，起身走到窗口，恶狠狠地说：“这么脏？”

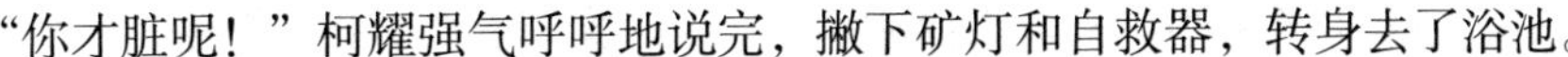

“你才脏呢！”柯耀强气呼呼地说完，撇下矿灯和自救器，转身去了浴池。

趁侯小梅收柯耀强的矿灯，幸灾乐祸的胡大木逮住机会，盯着侯小梅。侯小梅宽大的工作服，也掩藏不住她胸前高高的“小山”，芊芊细腰，丰腴的臀部，加上很标致的个头，漂亮的脸蛋，融合着东方女性的古典美。她身上每个细胞都散发着神奇的魅力，深深地吸引着胡大木。

“妹子。”

“谁是你妹子？流氓。”

胡大木见侯小梅没好言语，老实地缴矿灯，还没等他收回手。“哐当！”侯小梅用力关上窗子。

差点被夹断手指的胡大木，闷闷不乐地往浴池走，想起柯耀强：这龟孙柯耀强，除了人高马大，也没什么优点，却把矿上的骚娘们迷死了，被他祸害的娘们不少，我就弄不懂，这些骚娘们放着好端端的男人不爱，偏偏爱这个王八蛋。他一天到晚牛皮哄哄的，还清高得不行，学什么“万花丛中过，片叶不沾身”，人模狗样，连侯小梅这种小三都看不上他，还装什么清高？他过不好，还不想让别人好过。胡大木想到这儿，露出嘲讽的笑意，加快步伐，他想去取笑一下柯耀强。

浴池里，胡大木窸窣地脱去又湿又冰的工作服。不只是胡大木的工作服，像铠甲一样沉甸甸裹在身上，特别难受，所有下井工人都穿着这样又湿又冷的衣服。一年四季，他们在阴暗潮湿、到处滴着黑水的环境里，一工作就是十几个小时，湿漉漉的衣服只能裹在身上，直到升井后才能换掉。甭说穿着又湿又冷的衣服上十几个小时的班了，光是想想都很难受，但为了养家糊口，他们天天受着这种折磨。

升井之后，在热水池里好好泡个澡，是矿工们最大的幸福。可浴池不到一根烟的工夫，被“烟鬼们”弄得乌烟瘴气。矿工们躺在热水里抽根烟，是最美妙的享受。他们将这种享受叫“躺在浴池里吸烟，气死老神仙”。

柯耀强小时候，他后爹整天缠着他娘，忙着生孩子，顾不上管他，他得了气管炎，一闻烟味，喉咙就不舒服。他爱在井下干活，井下不准抽烟，空气再不新鲜和充满煤尘，都比烟味强。他闻不得烟味，从热气腾腾的水池中出来，往淋浴区走，和刚进来的胡大木打了个照面。

昏暗的灯光，胡大木只看见雾气腾腾、朦胧中赤裸的男人们，分不清谁是谁。柯耀强和他擦肩而过，他却没认出来。柯耀强早已适应了光线，一眼认出胡大木来，他躲开胡大木，在淋浴区冲洗了一下，穿好衣服，出了浴池。

此时的矿区，除了矸石山上的灯最亮，别的灯都很昏暗。

才晚上九点，苍穹矿上已“夜深人静”了，看不见远处那波澜起伏、广袤的荒山，也看不见家属区的公用房，更不要说矿工们私自搭建的地窝子——黑户家属区了，连房屋朦胧的影子都看不见。

矿上住房条件有限，家庭拮据的矿工们，为了把老家的媳妇接到矿区来，就在靠山的地方，搭建一个地窝子（房子），就算有个家了。矿上解决不了这些矿嫂们和孩子的户口，他们成为黑户。不管怎么说，将家搬到矿上的工友们，都比柯耀强这老光棍强，最起码有温暖的家，下班后能有地方，让自己舒坦和慰藉心灵。

柯耀强再也不想过以前的生活，他觉得很对不起倩倩。他的倩倩去了深圳，但倩倩一直都在他的心里，从未被遗忘和占据过。这几年，他因醉酒，已臭名昭著了，可谁也不懂他心里对爱情的纯度。他现在不想再玷污这份纯度，所以，他要戒酒了。走在黑漆漆的路上，他尽量压制着情绪，掏出传呼机，看有没有信息。

传呼机的蓝光，在黑暗中显得格外刺眼，显示着 1996 年 9 月 1 日，没任何消息。他便进了瘸子李饭馆。

饭馆

瘸子李现任老婆胡豆花，见柯耀强进来，问他吃啥饭？这女人守着一个糟老头，年轻气盛的她心不甘，每次看见柯耀强，眼里放着光。

柯耀强躲过她的眼神，冰冷地说："老样子。"

柯耀强的饭量大，再说每次下井，十几个小时后才能升井，等升井了，早饿得饥肠辘辘，恨不得吃个肚儿圆，再回家好好睡一觉。每次下中班，他不回家吃饭，柯母老了，行动不方便，这么晚，再生炉子做饭很麻烦。

他不想让母亲劳累，就在瘸子李饭馆里凑合一顿。他宁愿在外面多待一会儿，也不愿意回家看同母异父的两个弟弟嘴脸，他大弟赵憨儿已结婚搬出去住了，但每天领着媳妇、娃娃在家里蹭油水，为了省电费钱，晚上赖在家里，看完两集电视剧才走。小弟赵聪儿三天两头换女朋友，是家里最不省油的"灯"。

胡豆花听柯耀强说老样子，有意用胸在他背后蹭了一下，扭着大屁股进了厨房。

柯耀强舀了碗浆水，吸溜着喝起来。

浆水不仅能解暑，还能解一氧化碳。在井下难免会吸到一氧化碳，矿工们都很喜欢喝浆水来解体内的毒。瘸子李饭馆免费供应浆水，这让他家的生意，比其他饭馆的好。

柯耀强吸溜着浆水，盯着电视。电视里演的是《渴望》，他不爱看，就冲着厨房喊："李叔，你忙啥哩？给咱换个电视看嘛，天天看这，都腻了。"

厨房里，胡豆花娇滴滴地说："别李叔、李叔地喊，喊得我都老了，他不舒服，回家了，你要想快点吃饭，就进来帮我。"

柯耀强忙问："我李叔咋啦？哪儿不舒服？他去医院看了吗？我都累死了，没力气帮你做饭，要是不图省事，我回家也吃现成的饭哩。"

胡豆花说："他没事，看把你懒的，你歇着，我给你好好做一碗加工面。"

柯耀强觉得和胡豆花单独待在一起别扭，就想走，可走了，又没地方吃饭。

矿上的饭馆都关门了，只有瘸子李饭馆关门晚，没办法，他还得压抑地待着。

这时，胡大木骑着自行车，从门口经过，伸长脖子往里看，见柯耀强坐在里面很郁闷，心想：你说这老男人，连暖被窝的人都没有，活在世上还有啥意义？岂不是很可怜？不如我带他去梦呓发廊逍遥快活一夜，让他也舒坦舒坦。胡大木想到这儿，掉头又往瘸子李饭馆骑。在他心里，柯耀强比他还可怜，男人么，有家室的男人，都在外面拈花惹草，更何况是单身老男人呢！心理上能耐住寂寞，这生理上也耐不住呀，我可怜的兄弟嘞！你咋就不会活人呢？胡大木将自行车支撑在瘸子李饭馆门口，大步流星地进来。

柯耀强见胡大木就讨厌，可再讨厌也没办法，他们都在采煤队，而且还同班，胡大木是班长，是他的直接领导。抬头不见低头见的，每天都在一起，彼此特别了解，越是了解，越让他觉得胡大木恶心。见胡大木进来，他装作看电视。

胡大木满脸笑容：“耀强，就你一个人？”

柯耀强没好气地说：“我一个人不能吃饭？”

见柯耀强不高兴，胡大木不吱声，坐在他对面，冲着厨房里喊着：“牛肉面，加两个蛋。”

“没牛肉面啦！只有加工面。”胡豆花回答着。

胡大木抹了抹嘴：“加工就加工，不就多两块钱吗？”说完，舀碗浆水，端着进了厨房。

柯耀强竖起耳朵听，厨房里一阵嘻嘻声，胡豆花大声说：“出去！出去！”

胡大木出来又坐在柯耀强的对面，嬉皮笑脸地说：“兄弟还在生我的气哩？”见他不理自己，又说：“狗怂，还小心眼！吃饱了，哥带你去梦呓发廊，十块钱，可美了。”

柯耀强知道他要去干啥，暗自骂道：儿子都十七八了，还在外面沾花惹草，走了又回来干啥？恶心人么？“你老婆知道了，还不剥了你的皮？”

胡大木瞪着柯耀强，得意扬扬地说：“我老婆回娘家了，都两天了，我忍不住。”

柯耀强越发看不起胡大木，世上居然有这种男人，老婆不在家才两天，就憋不住了，那他一年年的还不是憋着过来了，他没好气地说：“你自个去吧！”说着挑了挑眉，用鄙夷的眼神盯着胡大木。

柯耀强嘲讽的笑，让胡大木脸胀得通红，嘴唇哆嗦半天：“你……你的头真真被驴踢了。”

胡豆花端着两大盘加工面出来，将一盘递给胡大木。胡大木色眯眯地接过盘子，低头吃着。胡豆花将手里的盘子放在柯耀强的面前，又给他们碗里添了一勺浆水，坐在旁边椅子上，笑眯眯看柯耀强狼吞虎咽地吃饭。

胡豆花明白柯耀强看不上她，因为她是瘸子李的老婆。可柯耀强对她的吸引却越来越大。越得不到的东西，越让人心痒痒。她看着柯耀强狼吞虎咽的样子，健硕的肩膀，微垂的眼眸，滚动的喉结，时不时端起浆水碗，咕咚一下喝着，柯耀强的一举一动就像是勾她魂的绳子，绑架了她的理智。

她坚信柯耀强一定能给她前所未有的满足。

和柯耀强独处的机会，硬是被胡大木破坏了。一想到这，胡豆花狠狠地瞪着胡大木。

在胡豆花的面前，男人们是赤裸裸的，谁的功夫深，谁的功夫浅，只要看他们的吃相，就一目了然了。看男人吃相，是胡豆花闲暇时的功课，可这功课越研究，她心里越不平衡，看看不管哪个男人都比她的糟老头强，但为了把三个孩子养大，她只能嫁糟老头瘸子李。

其实，胡豆花很苦命，和溜溜球结婚，生了三个女儿。溜溜球为了给老刘家传宗接代，不顾国家的政策，躲计划生育，不给三个女儿上户口，可惜儿子还没生出来，溜溜球在那次井下瓦斯爆炸中死了。这可害苦了胡豆花，她只能带着三个女儿，嫁给瘸子李。

胡豆花清楚没瘸子李，她带着三个孩子，在矿上再嫁很难。谁愿意找带着“油瓶”的寡妇呢？溜溜球死后，矿上才给孩子们解决了户口，可那点抚恤金，压根就不够供孩子们上学，这不能怪矿上，要怪也只能怪她和溜溜球违法了。

瘸子李虽退休了，并没有多少钱，可他勤劳、能吃苦，一心扑在这小饭馆里，把饭馆经营得红红火火，这样才能帮胡豆花养好孩子。常言说得好：家有万贯，不如有个破店，生意做遍，不如卖碗面。

在矿上，胡豆花只有嫁给瘸子李，三个娃娃的生活才能有保障。

瘸子李只有个儿子，已成家立业，也没什么负担。

瘸子李和胡豆花结婚，那是他心好，不想让她们母女受罪，他不图她什么，对三个孩子很疼爱。在胡豆花心里，瘸子李无可挑剔，只是那方面，他已走下坡路，让胡豆花满足不了。每次想到这儿，胡豆花心里不是滋味，但她又不能告诉任何人，包括瘸子李。

所以，胡豆花得了“从男人们的吃相、想象着他们床上功夫”的怪病。

整个饭馆里，只有柯耀强和胡大木吸溜面条的声音。

胡豆花又不由自主从他们的吃相瞎琢磨起来，他俩一定是如狼似虎。

胡豆花看柯耀强只顾吃饭，她心情突然糟糕起来，一股无名之火蹿上来，她说不清是什么滋味，恨柯耀强对她无动于衷，更恨自己命不好，从小到大，渴望有中意的男人好好爱她，可惜她的真命天子迟迟不出现。父母就给她安排了婚姻，她在很无奈的情况下嫁给溜溜球，溜溜球不是她中意的男人，但能给她满足。女人心满意足，也就安分了。她想和溜溜球做一辈子的米面夫妻，一辈子不离不弃，谁知好景不长，溜溜球却死了。命运给她安排了一切的不如意，她现在守着不能让她满足的糟老头，她能安下心来吗？

柯耀强“呼噜呼噜”吃着饭，他只想快点吃完，早点离开这两个让他憎恶的人，他憎恶胡豆花绿光闪闪的眼神，更憎恶胡大木的言行。他加快吃饭的速度，吞咽声更响亮了。

“真是八百年没吃过饭？见了饭就没命地吃，小心别噎死了。”胡大木心想着，就看了一眼柯耀强，这看不要紧，着实很生气，同样是加工面，柯耀强饭里的肉贼多。胡大木哪能吃这亏？跳起来就嚷嚷道：“喂喂！我和他都是加工面，怎么他碗里的肉比我多？我说本家妹子，你要这么做生意，就不地道，以后我就不来了。”胡大木一喊。

柯耀强这才发现自己盘子里的肉，的确比胡大木盘子里的肉多，也惊讶地看着胡豆花。

胡豆花满不在乎地站起来：“你嘟囔啥哩？人家要了双份肉，你加钱，我给你加肉。”

胡大木不信任地看着柯耀强。

柯耀强本不想占胡豆花便宜，更不想欠她人情，可他心里明白，要是说出真相，瘸子李的生意，就被胡大木给砸了。为了瘸子李，他只能说：“我要了双份肉，不像你补蛋双份，我补肉也双份。”他的话，噎得胡大木吃完就走了。

在胡大木和胡豆花、柯耀强不欢而散时，漆黑的黑户区，正在发生一件让人听了都会吓得尿裤子的、特大的惊悚事件。

命案

夹皮沟两边的地窝子，是矿上的黑户区。

地窝子露在外面的部分像房子，地下的部分像洞穴，是和窑洞差不多的房屋。地窝子最大的好处，建筑时省钱，并冬暖夏凉，住着非常舒服。聪明的矿工们在矿区建几间地窝子，把农村的老婆孩子接来，就有了一个家。

地窝子分散在夹皮沟的两边，零散而参差不齐，被人们踩出来的羊肠小道，横七竖八地“网住”这些人家。因为是自建的房屋，也没路灯，一到晚上，就黑漆漆一片。

从小在黑户区长大的文静，在压风房上班，和柯耀强的大姐柯耀霞搭班。在矿上，压风房的工作最轻松，两班倒，一个班十二个小时，没什么具体活，就是守着机器，熬时间。

文静从煤校毕业，还属于实习阶段，柯耀霞是她的师父。

在班上，文静和柯耀霞晚饭做的炒面片，下班后不用吃饭。柯耀霞有事早走一会儿，文静等着交接完班，从机房里出来，天已黑透了。她洋溢着幸福的笑脸，藏不住愉悦的心情，冷冽的秋风，从脖子往里灌，并没让她的笑容凝住。她上完这个班，明天回老家参加哥哥文斌的婚礼。文斌结婚，是文家最大的喜事了。

文静顺市场的小路，快步往家走。到夹皮沟口，就没路灯了，四周黑乎乎的，她并不害怕，她已习惯了。到了家门口，看着破败的房屋，在矿上这就是他们家的栖身之地。她常常为破败的家而愁眉不展，可此时，她想着哥哥娶了个不要钱的媳妇，哥哥结完婚，就去深圳打工。她有工作，这日子呀，肯定会越过越好，有一天，她家也会住上楼房的。

文静推开篱笆院门，进了屋。

从昏暗破败的房子里，飘出文静的歌声。她在镜子前不断地换衣服，比较着哪件衣服更好看，更得体，她要打扮得漂漂亮亮，参加哥哥的婚礼。人逢喜事精神爽，镜子里的文静亭亭玉立，喜上眉梢，越发好看。“老人们说‘女大十八变，

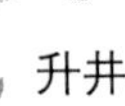

越变越好看’这话是真的耶！我咋这么好看哩！”她喃喃自语，自信满满地摆出港台电视剧里女主角的姿势，自我欣赏。她特别爱照镜子，家里没人时，常常在镜子前“搔首弄姿”，以博得自己欢心，也爱幻想自己就是电视剧里的女主角，漂亮、性感又幸福。

“咚、咚、咚”的敲门声传来，文静冲着镜子莞尔一笑，连忙去开门。

“啊——”一声尖叫划破了苍穹煤矿的天。

黑户区，家家都关门睡觉了。文静的惨叫，并没引起人们的注意，就连下班回家的人，都没发现有啥不正常的。黑暗中，一切都显得风平浪静，但悲剧发生了。

悲剧发生时，柯耀强为了保全瘸子李饭馆的名誉，才和胡豆花统一战线，谎称自己要了双份的肉，把胡大木气得一出瘸子李饭馆，就往地上“呸”了一口唾沫，这一口唾沫不是吐给胡豆花的，而是吐给柯耀强的。

胡大木打算好好放松一下，把刚才发生的不愉快，统统发泄在梦呓发廊小妞的身上。一路上，他都在骂：“狗日的连世道都弄不清，还自以为是哩！老子好心被当成驴肝肺，不知道好歹的东西，老子去快活，等一会儿，老子就要美美享受。”胡大木大骂着柯耀强，还觉得不解恨，气冲冲进了梦呓发廊。

等柯耀强路过梦呓发廊，看见胡大木的自行车，被两个妖艳的女人推了进去。“呸！”柯耀强向门口啐了一口唾沫，回家了。

柯耀强回到家里，后爹和弟弟都睡了。柯母坐在客厅看电视、打瞌睡。他和娘低声说了几句话，就各自回卧室了。他躺在床上，拿起枕边的书，但有一种说不出的恐慌感在心里萦绕，让他无法阅读。平时，他看书逐字逐句，非常认真，可现在一个字也看不进去，他想起了倩倩。一想倩倩，他就翻来覆去，在床上“烙饼”，直到凌晨三点，才迷迷糊糊睡着了。

翌日，正睡得香的柯耀强，隐约听见娘在骂人：“好事都到别人家了，倒霉的事，都被咱遇上了。人要是倒霉了，放个屁，都会把脚后跟砸伤。”

柯母提着装有酸菜的白色塑料袋，进了院门，就骂起来。

“娘，这屁要有多大呀？能把脚后跟砸了！”赵聪儿蹲在院里的菜园子沿上刷牙。

“你个没正形的，和你大哥一样没出息。”柯母白了他一眼，气呼呼地进了厨房。

“我可咋了？是你说的，屁砸了脚后跟，又不是我说的。”赵聪儿嘴边残留着牙膏的白沫，也进厨房了。

“咋了？你要有本事，像文家娃子那样，也给我领回来一个不掏钱的媳妇子！”

“哪个文家？”赵聪儿茫然看着矮自己一半的母亲。

“就是去深圳打工的文斌。”

“……深圳……”柯母和赵聪儿其实声音不大，但深圳这两个字，敏感地飘进柯耀强的耳朵里，他被惊醒了，一个激灵就坐起来，全神贯注地听着厨房里的对话。昨晚上想倩倩，他在床上“烙”了一夜“饼”，这会儿睡得正香哩，被母亲和小弟弟吵醒了，直愣愣地竖起耳朵，听着关于深圳的话题，深圳早已是他心中的雷区。

“去深圳打工的文斌，领回来一个不掏钱的媳妇？”赵聪儿这才把柯耀强惊醒的那句话说完。

“你看人家娃子，多有本事。”

“打住吧！我的娘，这个‘儿媳妇子’，肯定是出门时，不小心脑子被门给夹了——这儿有问题。”赵聪儿用手枪式的手势，指着自己的脑壳说。

“你脑子才被门夹了，挑三拣四，把自个挑成了光棍，还满嘴跑火车哩。”

“哎呦！您也知道满嘴跑火车？够时髦的，您听谁说的那小子领个不掏钱的媳妇子？”

“隔壁你李姨说的，他们是老乡，你李姨贼挑剔了，一般人能入她的法眼？就她这挑剔的人，都把文家的媳妇子夸得……”

“打住！我的娘哩，那是不要钱的媳妇子，如果是要钱的，李家妖婆子能夸才怪哩！”

“你这娃娃，快三十岁了，说话没大没小的。李家妖婆子是你叫的？你李姨说啦，就文家这媳妇子，要一万块的彩礼钱，都不越外（过分），唉！要是咱家……”

“娘，你醒醒吧！这大清早的，你要做白日梦了。”

厨房里，没声音了。

柯耀强知道老娘和小弟都在做娶媳妇的白日梦！而且是很优秀、不要钱的媳妇子。在男多女少的矿上，拿着钱都找不上媳妇子的数不胜数，更何况是不要钱的，那真是白日做梦哩。娘爱做梦，赵聪儿也喜欢做梦，真是有其母必有其子，这俩人别只顾做梦了，忘记做饭，那就惨了，我还要上中班。

柯耀强在枕头下胡乱地摸，又将枕头翻了个过，也没找见传呼机。他不急于去找，弓着膝盖坐在床上，回忆昨晚把传呼机放在什么地方。静静想了一下，记起来在裤带上。他看了一眼小窗户，时间不早了。

他穿好裤子，光着膀子，在卧室里来回走动。其实，他的卧室是家里最小的房间，里面只能放下一张一米宽的床，剩下的空间，宽不到半米，长不到一米五，他就在这个狭小地方踱步。他喜欢半裸着在房里走，觉得没衣服的束缚，才有无比自由的感觉。

倩倩去了深圳，他的心仿佛也跟着去了，总感觉空落落的，没人理解也没人想要理解他，他感觉自己好像被遗忘了。自从娘改嫁，有了后爸和弟弟们，娘对他少了关注和疼爱，家里剩下的人，恨不得他赶快死了。以前有倩倩给他心灵安慰，现在什么也没有了。只有在这狭小的空间里，可怜的他，才觉得自己应该活着。

柯母虽然爱做白日梦，但不会忘记儿子上中班，要按时吃饭。没等柯耀强洗漱完毕，柯母的炒面片已出锅了。柯母看着蹲在菜园子边刷牙的柯耀强，叹了一声气。

柯耀强明白，娘唉声叹气是愁自己的婚事。他不想听柯母长一声短一声的叹气，就快快地吃完一大碗炒面片，打了个饱嗝："娘，你把我当猪喂哩，让我吃了个肚儿圆。"

"我娃能吃是好事哩，唉！"

"娘，别这样，面包会有的，牛奶也会有的。"

"你看人家文家的小子。"

"好了，娘！我知道了，有时间，我好好向他取取经，也给你领个不要钱的媳妇子。"

"不要钱的？娘想都不敢想，娘只想你早点结婚，就是花钱，娘也心甘情愿。"柯母说着，又开始抹眼泪。

"好啦！我去上班，你甭哭了。"说着，他"逃离"般地出了家门。

柯耀强闷闷不乐地往班上走，这班把人上得头都大了，再加上昨晚没睡好，感觉头重脚轻，很不舒服。不舒服也得上班呀！不上班，就没工钱。"唉！有老婆娃娃的，上班还有个劲头，我这光杆司令，班上得真没劲。如果倩倩不去深圳，要是我们结婚了，孩子都能打酱油了，有倩倩有孩子，我做牛做马都心甘情愿，可惜现在……"一阵由远到近的警笛声，打乱了他的心事。

他茫然地往坡底下的公路望去，一辆拉着警笛的警车停在矿办公楼前，从车上下来四位警察，在保卫处张处长的陪同下，往夹皮沟走。“夹皮沟出事了。”他自言道。虽然没做什么坏事，但看见警察，心里还是犯怵。他不想和警察打照面，就随着侯小梅家后面的一条小路，上山了，站在山顶，能将整条夹皮沟看得一目了然。

柯耀强不想让人看见，就大步流星地往山顶走。有一种不祥的预感，涌上心头，使他呼吸急促，心跳加快，又像是有什么东西，堵住他的咽喉，将他黑褐色的脸，憋得更像猪肝了。

警察来了，不仅让柯耀强有种做贼心虚的感觉，也让整个矿上的人惊呆了，不知道发生了什么事情。在市场上买菜的、胡逛的、拉家常的、打闹的，一窝蜂跟在警察们的后面，想看个究竟。人们不敢靠近警察，保持距离地尾随着，见警察进了文静家。

大家被挡在警戒线外，窃窃私语、相互询问，文家到底发生了什么事情？把警察都弄来了？文家不是回老家给儿子结婚了吗？文斌可有本事了，居然领回来一个大城市不要钱的媳妇，不要钱的媳妇……难道……难道这媳妇有啥问题，把警察给招来了？会不会是……人们胡乱猜想着，没一个人知道“剧情”，无形中加剧了神秘感。人们不敢喧哗，能将警察招来，肯定是大事情。

除了上班的人，全矿的男女老少，都蜂拥在文家的房前屋后。人山人海，却鸦雀无声，这种安静和严肃的氛围，让人感到窒息。

半小时后，又有两辆警车拉着警笛，呼啸而来，这让围观的人，屏住呼吸，睁大眼睛，看着新来的六位警察。警察严肃而麻利地穿过警戒线，径直进了屋里。有人认出，刚刚进去的警察里有法医。“难道出了命案？”他叽咕着，被周围的人听见了，大家一下子紧张起来，更加意识到：不是简单的民事纠纷，要不然，不会来这么多的警察，何况还有法医。所有的人，都瞪大眼睛，一言不发地盯着文家的大门。

屋里没动静，屋外的围观者，谁也不敢出声。直到一小时后，两位警察出来，从警车上取下一副担架，将一具尸体抬上车。尽管尸体用被子盖着，但人们知道死者是文静。

文静是怎么死的？

紧张的空气里多了猜疑的成分，弄得整个矿区人心惶惶。

文静的父母、哥哥，以及那个人人羡慕不掏钱的媳妇，都回他们老家惠安了，而家里只有文静。一个年轻漂亮的女孩子，死在家里，这是多么可怕的事情！还没等人们反应过来，最后一波警察和张处长出来，把文家的门上、窗子上都贴上封条。

警察不管围观的群众，都阴沉着脸，一言不发地去车场了。警车拉着“乌拉乌拉”的警笛声，一溜烟，扬起黑乎乎的尘土走了，张处长也跟着走了。

这让矿上的人更惊慌失措了，大家像白痴一样，傻兮兮地相互看着，却说不出话来。文静才二十一岁呀！多么美好、多么让人心疼的年龄，怎么一夜之间，就神不知鬼不觉地死了？

惊悚

柯耀强站在山顶隐蔽的地方，将文家发生的一切，看得清清楚楚，当警察把尸体抬出来，封了文家，他意识到文家发生了命案。命案？强奸？当他脑子里冒出这几个字眼，“轰”一下，他感觉脑子大了，眼冒金星，随后眼前一片漆黑。他摇了摇头，稳定了一下情绪，就势坐在地上，将头夹在两腿间，脑子里一片空白。

这是文家的悲惨，也是让人吓破胆的恐怖事件。矿上的人，无一不像惊弓之鸟，惶恐不安、四处乱窜地打问文静的死因。

矿上很快流传着两个版本：可怜的文静被奸杀，被歹徒用床单捆起来，她拚死反抗。歹徒无法施暴，就剪掉她的手指头。文静疼晕了，歹徒得逞，觉得这种没反抗的强奸，很好，于是就把文静杀了，又奸尸了三次，才逃之夭夭。另一种版本是：文静是“引狼入室”，要不然歹徒没破坏就能在晚上进入文家，一定是熟人，文静对他没防备。歹徒和文静闹着玩时，起了歹心，文静宁死不从，歹徒失手，悲剧发生，文静把身家性命都搭上了。

侯小梅并不知道矿上发生了命案，她上通宵班，下班回来，吃了几口白开水泡馍馍，就睡了。等她醒来，已是下午三点，有点饿，又不想动，冲着外面叫：“妈，妈。”听不见回应，只好下床，唉！老妈又去打麻将了，这不靠谱的妈呀！心大的，也不知道心疼她女儿一下，唉！从小就指望不上老妈的疼爱，现在更是指望不上了。

她睡眼惺忪地走进厨房，洗了脸，才清醒过来。从冰箱里取出饺子，用电炉子煮。厨房窗外，几个女人的说话声飘进她的耳朵里，她对女人们嚼舌根很反感。这些没工作的女人，一天到晚闲得没事，爱扎堆，扯一些家长里短的闲话。

侯小梅和王志远好了之后，就特别害怕这些长舌婆们扎堆。矿上所有的是非，都是被这些人宣扬出去的。总有一天，她的事会被这些人弄得乌烟瘴气，她就和柯耀强一样臭名昭著了。一想到柯耀强，她满满的同情感。柯耀强从小亲爹死了，他妈又没工作。赵秦军为了照顾好柯家孤儿寡母，报答柯老爹的救命之恩，才娶了柯母。

赵秦军和柯母生了赵憨儿和赵聪儿，柯耀强就成了多余人。家里孩子多，他只能夹缝中求生，得不到爱很正常。再说井下的工作环境和超负荷的体力劳动，要养活七八口人，生活的重担让赵秦军心有余而力不足，对他不好，也很正常，养儿和亲儿有着本质的区别，这是秃子头上的虱子——明摆的事。还好，我妈没改嫁，我不受气。我妈喜欢打麻将，除此之外，没别的毛病，知足吧！如果妈改嫁了，不知道是什么样子。

为了耳根子清净，侯小梅不想听窗外的声音，胡乱地想着心事，分散了注意力，就没听见窗外女人们谈话的内容。电炉子烧开了水，她煮了一碗酸汤饺子，端到客厅里去吃。吃着饺子，柯耀强却魔鬼般在她脑海里游荡着。

按理说，侯小梅和柯耀强像两条融不到对方眼里的平行线，这一辈子都不会“交汇”的，可今天，侯小梅不由自主地想起柯耀强来：这个“光杆司令”除了有个好皮囊之外，一身的坏毛病，一喝酒就和矿上的女人发生关系，还嘴里喊着他多么爱田倩倩，田倩倩不仅被他玷污了，就连老田家人都抬不起头来。“忍辱负重”的田家人恨他，连矿上很多男人都恨他。他还不自量力，每次见我，都一副酸溜溜、贼兮兮的龌龊样，真讨厌。一想到柯耀强的恶心样，她没了胃口，把碗推到一边，顺手从沙发上拿起《平凡的世界》看。

柯耀强压根不知道矿上已传开文静的死因，他依旧坐在山上的隐蔽处，将头夹在两腿之间。他不敢相信文静真的被害，多亏是他亲眼所见，要不然，把他打死，他都不会相信文静死了。许久，他才清醒过来，眼前回闪着文静的一颦一笑。

文静，名如其人，她给大家留下的印象，就是文文静静，见人不笑不说话，柔声细语的，不像矿上其他的女孩子，到处招蜂引蝶，张扬着她们所谓的个性。文静从老家来矿上，也就七八岁，见谁都是笑脸相迎，圆蛋蛋脸，柳叶眉，樱桃小嘴，很有古典美，两团高原红，有点影响她的颜值，皮肤有点粗糙，但和矿上的姑娘们相比，文静算皮肤好的。

多好的妙龄少女呀！死了？她很健康不会病死的。如果是病死，警察不会封她家的，只有非正常死亡，警察才会封锁现场。像文静这么温柔、可爱的姑娘，会和谁有过节哩？啥样的过节能引来杀身之祸？最大可能是被奸杀？奸杀！对！一定是奸杀，想想看，一位如花似玉的好姑娘，是男人眼里最好的菜，谁不想吃？吃不上就抢，抢来抢去，就会先下手为强。夜深人静，趁着文家的人都回老家办喜事去了，抓住这个大好时机。

想到这儿，柯耀强眼前出现一个黑影，鬼鬼祟祟地翻过篱笆墙，蹑手蹑脚地进了文家。没人知道里面发生了什么，没人知道文静是怎么死的，也没人知道文静受了怎样的折磨，才结束本该炫彩的人生。她家的好日子就在眼前，文静却永远触碰不到了。

“畜生！畜生！你这千刀万剐的畜生。”柯耀强不由自主地骂出声来，倒把自己吓了一跳，赶紧摇了摇，让自己清醒过来，但心里仍旧狂叫着：“畜生！居然向这么好的小姑娘下手，如果让我知道你是谁，我一定把你劈了，好给文静报仇。”他愤愤不平地想着，头越来越疼，看了一下传呼机，已迟到了一个小时，既然迟到了，他也没心情去上班。“去他大爷的，旷工就旷工吧！这井下的活，真他妈的不是人干的，老子今天给自己放个假。”不上班，倒有大把时间，无所事事。他不想回家，还是坐在这山上清净点。

一阵风吹过，有了很浓的凉意，吹醒了柯耀强的头脑。眼看到了中秋节，可出了这档子事，让文家人往后的日子怎么过啊？一个活生生的人，一夜之间，就命赴黄泉，这实在让人想不通呀！我应该做点什么？我应该为文静做点什么？文静一直把我叫哥哩，娃现在遇害了，我不能袖手旁观，更不能隔岸观火，我得帮文家，将畜生绳之以法。让这畜生得到应有的惩罚，杀人者偿命，把这畜生逮住，才不会再害人了，把他抓住，就这样千刀万剐。

柯耀强想着，无意间手舞足蹈地表演着，好像该死的歹徒就站在他面前，让他一刀子一刀子地刮着皮肉。这畜生没挣扎的权利，只有痛不欲生地忍受。他有了逮住畜生的想法，就坐不住了，想到文家周围，看能不能找到一些蛛丝马迹。

他心神不定地往山下走，自己这是行侠仗义，却感觉像做贼一样心虚，额头的汗往下流，但一股寒意从心里往外冒。他大口喘气，让自己平静下来，想用冷静的旁观者或是警探的敏锐目光，去寻找线索和证据，争取早日将王八蛋凶手抓住，来祭奠文静。他这么想着，但表情和举止似乎不听他的使唤，慌慌张张的，加上脚步像是“扭麻花”，怎么也扭不前去，一副鬼鬼祟祟的讨厌样子，自己都看不下去，更不要说让别人看见，是个人一看他的举止，都会觉得他就是凶手。

“不行，不能让别人误解，如果被误解，我跳进黄河都洗不清哩！这不是要耍哩（闹着玩的），这是人命关天的大事。”他为了平息紧张，不停地深呼吸，想让自己正常点，他越刻意去平静，内心越波涛汹涌。

柯耀强和文家没过多的交往，完全可以袖手旁观，像矿上所有人一样，只当热闹和同情来看待。可他却坐立不安，偏偏想管这件事。

柯耀强呀柯耀强，你是不是脑子养鱼了，咋这么多乱七八糟的想法？你去文家寻找线索，合适吗？可别让人把你当成去销毁证据，破坏线索的。那你这辈子真是吃不了兜着走，有你娃好受的，再说你这是弄啥呀？你又不是侦探，也不是警察，你有破案和侦察的能力吗？说不准你这一去，反而破坏了现场，影响了破案，你就成了最大的罪人，你想当英雄，却成了狗熊。别做那些得不偿失的事，让自己骑虎难下。他的思想斗争越做越激烈，双腿越来越沉，像被绑了千斤的沙袋，一步也挪不动了。

他站在半山腰，清醒地觉得现在不能去文家，也不能回家。不去文家，又不去上班，还不能回家，那能干什么呀？这会儿他倒觉得真无聊，他奶奶的熊，这弄的啥事呀！还弄成了左右为难，无处安放自己身躯的尴尬场面了。

许久，他觉得太无聊。人一旦闲下来，真的比死还难受。全身像钻进来成千上万只虫子，吞噬着他的细胞，让他坐立不安。他又往山顶走，走到刚才坐的地方，目不转睛地看着文家。这儿是观察文家的最好位置，他想静观其变，看警察是怎么破案的。至于帮不帮文家，以后再做打算。

柯耀强没去上班，也没请假，实属于旷工了。采煤队快要退休的齐队长，开班前会时，发现柯耀强没来上班，对于这个“刺头”，他一般都睁一只眼闭一只眼，更何况柯耀强的二姐夫冯志远，虽然是安全副矿长，但在不久的将来，矿上的第一把交椅非他莫属了。齐队长明白，把柯耀强惹下了，对自己一点好处都没有，所以，当点名时，他说柯耀强请假了，就在花名册上备注柯耀强请假，这样柯耀强不属于旷工，就不扣工资了。

柯耀强的好哥们孟平安，现在是采煤队的书记，他是非常负责任的人，虽然上早班，却在井下等着中班人到了工作面，安排好中班的工作，看没啥问题了，他才升井。

孟平安没见到柯耀强，就问胡大木：“柯耀强在什么地方？”

胡大木神秘兮兮地把孟平安拉到没人的地方：“孟书记，这小子又旷工了。你俩关系好，你多提醒提醒他，要识相点，别老和我过不去。哦对了！文建华家出事了，我上班时，看见好几个警察去了他家。”

“警察？文家不是给儿子结婚吗？咋能有警察？”

“文家人都回老家了，说是在老家结婚。”

“那他们家能出啥事？把警察都招来了。”

“我也不知道，急急忙忙地来上班。你赶紧升井下班吧！我的好书记哩，这队上的活永远干不完。”自从孟平安当上队书记，胡大木就对他客气了好多。

一听矿上出事，警察都来了，孟平安害怕柯耀强惹了什么祸，就对胡大木简单地交代了几句话，让他们都注意安全，就赶紧升井。升井后，孟平安迅速地洗了澡，也顾不得饥饿，先去了柯家，想看柯耀强在不在家。到了柯家，柯母和几个老太太坐在院门外，都在说文静被害的事情。口口相传的事情，越传越让人听得毛骨悚然。

柯母看见孟平安，就起身：“孟书记你到屋里坐，耀强去上班了。”

孟平安一听，心想坏菜了，耀强压根没去上班，阿姨却说他去上班了，这中间肯定有蹊跷，会不会和文静遇害有关？他会不会……孟平安不敢往下想，为了不让这帮子老太太看出他的不安，他故作镇定地说：“姨，我不进屋了，我去找瘸子李。”

“瘸子李在饭馆里，今天没回来。”一老婆子说。

“每天这个点，他都在家里休息，我还以为他在家。”孟平安说着，就往市场走。

“矿上出了人命，谁还能休息呀？”那老婆子又说。

“这孟平安年纪也不小了，也不说个媳妇，就这么晃晃荡荡的，老嫂子，你可不敢让耀强和他一样。”

“这娃是个好娃，能文能武的，也是人堆里飘梢子的，以他的条件，什么样的媳妇找不上呀！可他就是不结婚么！真急死人。”

孟平安无暇顾及身后关于自己的谈论，急忙往瘸子李饭馆走。

一路上，各种不好的想法涌上孟平安的心头，他有一种不祥的预感，他真的害怕柯耀强干下什么不好的事情。因担惊受怕，汗珠子就在他的额头滚动着。

孟平安比柯耀强年长，他们又是一个师傅的徒弟，师兄弟关系一直很好，可自从孟平安当了书记，柯耀强就慢慢地疏远了他，这让他最伤心，但不管怎样，他还是很关心柯耀强。他猜想柯耀强和瘸子李在一起，就急急忙忙进了瘸子李饭馆。

恐惧

瘸子李原本是不瘸的，没有退休之前，他是机电队的一名钳工，可是在一次修井下水泵时，水泵砸伤了他右腿，从此以后，他的右腿就比左腿短，走路左高右低，一闪一闪地成了瘸子，矿上的人都叫他瘸子李。

瘸子李的饭馆里，也被炸开了，关于文静的死，大家众说纷纭，可都是猜想，谁也不知道文静的死因和内幕。瘸子李和几个人也在谈论文静的事情，他老婆胡豆花听着大家的谈论，惶恐不安地不知道要干啥，直愣愣地看着门口。

胡豆花和孟平安同岁，比瘸子李小二十岁，是开拓队溜溜球的遗孀。溜溜球和纪红云的丈夫高二，都在那次违章操作引起的瓦斯爆炸中死了。

那次瓦斯爆炸的场面特别凄惨，从井下抬出二十五具尸体，一排排停放在井口，让人都不敢去回忆。井口的哭声连成一片，震得地动山摇。更让人忘不了的是纪红云，在失去丈夫的过度悲伤中，冒着瓢泼大雨、生死垂危地生下一个女婴。悲惨的场面加上这一幕，让苍穹矿上的人心里莫名难受。这次矿难，也使十九个老少不一的女人，成了寡妇。

出事不久，别人就撮合柯耀强和胡豆花结婚。柯耀强不同意，不是他看不上胡豆花，而是他的心病在作怪，死了男人的女人命不好，何况柯耀强有心理疾病，他战胜不了自己。一个人最害怕、最可悲的，就是无法战胜自己。说起来柯耀强的心理疾病，也是他逼走田倩倩的原因，从小失去父亲、又在夹缝中求生存的他，害怕结婚生子之后，像他爹一样死在井下，他的孩子也会和他一样过着猪狗不如的生活，所以他害怕结婚生子。

后来十九个寡妇中，十七个都改嫁了，只有两个没改嫁，其中一个是纪红云，她男人死了以后，她就顶替了她男人的班，被安排在充电房上班，拉扯着两个娃娃过日子。还有另一个是年纪大了的寡妇，她顾及到儿女们的脸面，才没有改嫁。

瘸子李和柯耀强的爹，都是苍穹煤矿的元老，可惜柯耀强的爹死了，人死万事百了，世态炎凉，许多人情世故，也就随即消失了。

柯耀强的爹在世时，他家隔三岔五地就有人提着酒肉来，家里总是热热闹闹的，但他爹去世不久，人走茶凉也很正常，他们家就冷清了。不过，活着的瘸子李对柯耀强一直还是很关照。

“柯耀强这会应该在瘸子李那儿，矿上人都知道柯耀强和瘸子李关系最好。”孟平安自我安慰着，进了饭馆，一看不见柯耀强，心里“咯噔”了一下，觉得大事不好了，但又不敢声张。闻着空气里饭味的余香，他肚子更饿了，先填饱肚子，再说吧！正好也听听他们的谈话，看能不能听到一些什么，没弄清事情之前，绝对不能让人觉察到自己在找柯耀强。

孟平安深呼吸了一下：“李叔，给我来碗牛肉面。”

“好嘞！”瘸子李应了一声，就进厨房了。

孟平安舀了碗浆水，端着碗，也进了厨房，低声问：“李叔，今天见耀强了吗？”

“没有呀！但他昨晚上来吃饭了，和大木吵了一架。”瘸子李并没在意孟平安的话，急着捅炉子，再把鼓风机打开。

孟平安松了一口气，耀强是和大木闹矛盾了，才不去上班的，唉！这个耀强就是任性，只要和胡大木赌气，就不上班了，还把人吓了一跳。孟平安从厨房里出来，坐下，就和饭馆里的人寒暄起来。

这时，柯耀强耷拉着头进来了。孟平安的心才放下了。

胡豆花看见柯耀强，眼神才活泛起来，深情地看了他一眼，进到后厨里，通过门缝“偷窥”着柯耀强。她又心神不宁起来，也想弄清自己的第六感觉传来的信息是否可靠，但这种不祥的预感，让她害怕。

人生往往是祸福相随，有大喜必有大悲，就拿文家来说，文斌领回来一个不掏钱的媳妇子，让全矿人都羡慕不已，一家人高兴地回老家给文斌结婚。夹皮沟地窝子的家里，只留下文静，悲剧就发生了。那边婚事还没办，这边电话就打过去，一家人风尘仆仆地回来，才知道自家的宝贝姑娘被杀了，这放到任何一家人头上，都是“灭顶之灾”，是了不得的大事。

文静的老父亲文建华，母亲董月珠，哥哥文斌，嫂子岳鸣，他们刚从车上下来，站在市场的路边，一家人就放声大哭。这哭声，震得市场上那两排牛皮毡房子，都忽闪忽闪地动，白发人送黑发人的场景，最凄惨无比了。人们除了心疼，就是痛惜，看着这一家人哭得死去活来，尤其是文建华和董月珠，他们白发苍

苍，瘫坐在地上，号啕大哭，让再心硬的人，都落泪了。可这不幸的事发生了，矿上人同情归同情，但谁也代替不了他们的痛。

家已被封了，文家人借宿在几个老乡家里。文斌和岳鸣正好被安排在柯耀强的邻居——李妖婆子家里。喜事变成丧事，将文斌和岳鸣打击得都抑郁起来，两人也没以前的亲热劲。文斌一想起妹妹来，就恨得咬牙切齿，恨不得把那个王八蛋找出来，剁成肉酱，可作为哥哥，作为普通人，他又能怎么样？他恨自己没好好学习，如果自己是警察，或者是侦探，就不会有这种干着急没办法的无奈。只能把破案的事情，交给警察。文斌心情很不好，加上还要照顾哭得死去活来的父母，就对岳鸣冷冰冰的。

岳鸣理解文斌，处处想着怎么去安抚他，可借住在别人家，干什么都不方便。这一家人，挤在一个屋檐下，人多口杂，连说个交心话的地方都没。再加上岳鸣对矿上的情况不熟悉，又不敢出去走走，整天就待在李家。有时，去看看公婆，他们在另一个老乡家，从李家到这位老乡家，还要翻过一个小山丘，小山丘上的山路，大白天都很少有人走，她一个人不敢走，只有和文斌一起，才走这条路。

岳鸣独自去看公婆，就走大路，走大路要绕两个大湾，比较远。文静的死，对公婆的打击很大，公婆对她的态度，也是一百八十度大转弯，冷冰冰的。她给公婆端茶倒水，公婆爱理不理的。她对婆婆说十句话，婆婆用鼻子哼一句，他们这种态度，让她心里很不舒服。

在这举目无亲的地方，文斌和他的家人，是岳鸣最亲的人，她不跟他们计较，她理解他们痛失爱女的心情，把这么大的痛苦，放在任何人身上，都会痛不欲生，更何况六十多岁的老人了，他们没瘫在床上，已够坚强的。岳鸣不在乎公婆的态度，一如既往地把公婆伺候好，给公婆洗衣做饭。不去公婆那边，就帮李家妖婆子干家务。

李家妖婆子倒是喜欢安静、勤快的岳鸣。

没事时，岳鸣坐在床边，看看书，想想心事。一想心事，就充满郁闷，真是倒霉他妈给倒霉开门——倒霉到家，这婚没结成，却闹出这样的事情，让她感到无限茫然和心痛。

尽管文静的死，给苍穹矿上带来了压抑的气氛，人们虽然对文静很惋惜，可生活的压迫不允许他们有过多的反应，只能顺其自然。四天过去了，文静的案子还没水落石出。警察拉网式地在矿上进行排查，这就说明，歹徒是熟人，是矿上的人。

苍穹煤矿被这种自我恐惧笼罩着，人心惶惶的，“明枪易躲暗箭难防”，不知道这个坏怂是谁？也不知道他躲在啥地方？要是外面的人，那是流窜犯，他们是打一枪换一地，可这坏怂是矿上的人，真是“家贼难防”。人们开始恐怖和害怕起来，弄得家里有女孩子的矿工们，都害怕不幸发生在自己家里，将家里的女孩子不知道藏在什么地方才安全。

井下多一半的工人，都不去上班，他们宁愿按旷工，没有工资，也不敢去上班，现在女娃子的安全，比钱重要。大家都不上班，直接影响到了生产。急得矿领导们去做思想工作，可工人们都说：“我们住在地窝子里，人身安全都有问题了，还上什么班？矿上不解决我们的住房问题，又没安全保障。这保卫科只是个摆设，只能看见谁家的媳妇偷一袋子煤呀这种小事，杀人放火的事，他们永远看不见。所以，为了自保，我们只能不去上班，你们这些当领导的，总是不给马儿吃草，还让马儿跑，也不问问这马儿能跑动不？当官不为民做主，不如回家卖红薯。”尤其是住在夹皮沟的工人，拧成一股绳，用类似于这种话对抗矿领导。

没办法，矿领导们只好开会，决定将市场东边的山丘推掉，平出一块地方，盖五栋四个单元六层的楼房。这个消息，无疑给这沉闷的矿区，注入了一股活力和希望，家里有儿子的，都去登记，以后娃们结婚，就有地方了。

那时，还没有棚户区改造这么一说，但矿上明文规定，夹皮沟以及别的地方的地窝子，每家交一万块钱，就能买一套楼房，其余的人，每套楼房一万三。这次建楼房，优先解决地窝子矿工的住房问题，剩余的才能解决其他真的需要住房的工人。听到这一消息，住在地窝子的人，脸上露出喜悦和兴奋，要住楼房了，大人娃娃乐得合不拢嘴，在心里感谢文静。如果没文静，他们不知道在这地窝子里，还要住多久？这么一想，大家将对文静从同情变成感谢，觉得她的惨死，是对地窝子做出了贡献。

在苍穹矿上，尤其是地窝子的住户们，在有利的希望面前，很快忘记了文家人的痛苦，麻木不仁地只想将自家的日子过好。对普通的工薪阶层来说，无能力去抗衡，只能顺从、适应生活。尤其是长期生活在这片黑土地上的人们，体内的正义感，早已被生活掩埋了。

发生在自己身上的叫事故，发生在别人身上的叫故事，石头不砸自己的脚，永远不知道痛，直到自己经历过了，才知道有多痛。文家人在挖心剔骨的痛中摇摇欲坠时，矿上的人，却很快恢复了平静，各就各位，只是在惶恐中，加强了防范意识。

有男人的家庭，女人、孩子出出进进，还没觉得有多么恐惧，毕竟有男人，就有安全感。可像纪红云这样的，文静的死，无疑是给她原本恓惶、没有安全感的生活，又蒙上一层恐惧。

纪红云自从文静出事之后，几乎变成了神经质，整天心神不宁，被自己莫名其妙的各种不好想法，吓得连班都无法上了。恐慌不安的她，怎么也调整不好心态，注意力老是集中不起来，都无法正常工作，在一个班上能出现四五次错误，只好请假回家。可在家里，她更提心吊胆了。两孩子在她的面前，她还是担心孩子的安危，如果看不见孩子，她就被各种坏想法折磨得坐立不安，并不停地冒虚汗。

这些天，纪红云恐慌不安的心，缩成了针尖，就没舒展过。唉！这雪上加霜的日子，让她严重失眠、食欲不振、心力憔悴。她害怕这样下去身体被弄垮了，现在谁都可以生老病死，唯有她不能，她要是有个三长两短的，受罪的就是高原和高姗。

这两个苦命的孩子，已经没父亲了，绝对不能失去母亲变成孤儿。她得好好活着，孩子才不会受罪。古话说：宁要讨饭的娘，不要为官的爹。孩子有亲娘在，才会幸福快乐地健康成长。孰轻孰重，纪红云能掂量出来，在没办法的情况下，只好给老家打电报，让她爹娘过来住一段时间。

她爹娘接到电报的当天就来了，还给带来了一只黑色的小狼狗。说是纪红云二叔家的母狗下的，带来给纪红云她们娘儿个壮胆。

高原、高姗看见小狗，高兴得手舞足蹈，但都很害怕小狗，和它保持一定距离。高原给小狗起名为小黑。小狼狗好像很喜欢这个名字，只要一叫小黑，它就摇尾巴。高原和高姗才慢慢敢和小黑玩。

爹娘和小黑的到来，给纪红云家的小院带来了活力。

有爹娘的陪伴，纪红云才慢慢恢复正常。她爹娘不时地开导她，让她再找个男人，家里没个男人，真的不行。她也知道家里没男人，这日子过得真是难上加难。这六年里，她过着举步维艰的日子，也劝过自己，再找个男人，能给她搭把手，将孩子们养大成人。可又一想，她带着两个孩子，再嫁人，害怕委屈孩子。再说也没合适的，她一个普普通通的女人，要长相没长相，要身材没身材，要钱也没钱，更没权，还带两个孩子，谁会傻得来娶她？

纪老爹说："在煤矿上，找三条腿的癞蛤蟆难，但找两条腿的男人很容易，找个条件差点的都行，只要人品好，年龄大一点也行，咱们现在不能图人家什么，就图人家对你、对两个孩子好，半路夫妻都是搭伙过日子，能帮咱把孩子们拉扯大就行，别再心高了，咱拖一年，年龄就大一岁，年龄越大越不好找了。”

纪红云知道爹娘为她好，可她不想让爹娘担心，无法敞开心扉给他们说出自己的苦楚。有个男人的帮衬，可以大大减轻她生活的负担，一个人带着俩孩子生活，一个人扛起一个家真的太难了，但她真的还会遇到一个可以救赎她的人吗？还有重新组建家庭的机会吗？纪红云不知道却又不敢对此抱有希望，一切听天由命吧！

纪红云很信神佛，更是认为姻缘天注定。她好像更熟悉等待——等来了长大，等来了婚姻，等来了孩子。丈夫离去，对她而言是人生的第一个变故，未来的日子她很茫然，婚姻更是如此。她想，不管未来如何，都是上天安排好的。

一个礼拜过去了，柯耀强看文静的案子没任何进展，他又坐立不安了。每天只见警察在矿区，走街串巷地排查，也没见他们排查出什么名堂来。想为文静、文家做点什么的想法，又在柯耀强的脑海里“冒泡泡”，这帮吃闲饭的警察，指靠他们，真的是黄花菜都凉了。

文静的案子，一天不了结，文家人的痛苦就与日俱增，亡灵无处安放，这样活着的人和死去的人，都不能安生。柯耀强呀柯耀强，你不能坐以待毙，应该行动起来，再说，有些线索时间长了，自然就消失了，你要和时间赛跑，而不是静观其变。想到这儿，他真坐不住了，趁着中午人们都在午休，便悄悄“潜伏”到文家菜园子里，想看看有啥线索。

他能有如此的胆量，是因为矿上人都有午休的习惯，这会儿矿区静悄悄的，不会被人发现。他在文家的菜园子里寻找，他并不知道，他的一举一动，早被赵聪儿看见了。他只是一门心思地想看看有什么线索，能早点破案，把凶手绳之以法，让文静的亡灵得到安宁，好去投胎，重新轮回成漂亮的姑娘。

功夫不负有心人，他在菜园子里，发现了一双男人的脚印，而且这双脚印，只有进去的，没有出来的，这就证明凶手是从这儿进去的。他害怕脚印被破坏了，就用西红柿的枯藤盖住，就在他折断枯藤时，在一棵枯藤下面，发现了一个用过的避孕套，他不知道这个避孕套有没有用，也不敢胡乱动，从兜里掏出卫生纸，盖在避孕套的上面，寻思着要不要去院子里看看，他抬头想看四周有人没，刚一回头，就吓出了一身冷汗。

赵聪儿正站在他的身后，直勾勾、恶狠狠地看着他。

“这大中午的，聪儿从什么地方来？”被吓出冷汗的柯耀强，迅速在心里打出问号。

赵聪儿在矿劳资科上班，也算是矿机关人员，坐办公室的，在矿上这可是很多人梦寐以求的好工作。赵聪儿自身条件是绝对无话可说的，一米七六的个头，瘦高瘦高的，白白净净的国字脸，浓眉大眼，眉眼这块特像他爹赵秦军，高挺的鼻梁，唯一不好看的，就是牙齿不齐，把嘴巴撑得撅起来，但也不影响美观。

赵聪儿在矿上也算出类拔萃一表人才，是很多女孩子青睐的对象。赵聪儿虽然对这些青睐的目光沾沾自喜，却不放在心上，谈了三次恋爱，都以拜拜结束。他最近的爱情风向，转到了侯小梅的身上，他和侯小梅是初中同班同学，但两人不太来往。

侯小梅的冷傲是出了名的，也让想追求她、靠近她的人，敬而远之。可赵聪儿“明知山有虎偏向虎山行”，这不，下班之后，又跑到侯家献殷勤，可还没说上几句话，就被侯小梅赶出来了。

从侯家被赶出来，赵聪儿垂头丧气地往回走，刚过了夹皮沟下面的水泥桥，就看见柯耀强猫着腰，在文家简易的、用枯树枝插成篱笆墙的菜园子里，不知道扒拉着啥，很认真的样子。这个不知死活的东西，在这敏感时期，居然敢跑到这是非之地？要是被人发现了，他即使有一百张嘴，也无法解释清楚。

现在矿上人心惶惶，都在猜疑谁是凶手。连警察看见谁，都觉得谁像凶手，更何况一些低智商的矿工们，他们看谁都是凶手，说不准有人已经认定他是凶手了，说不准警察也怀疑上他了，说不定他现在已被十面埋伏了，他还在这儿张狂啥哩？幸亏是中午，人们都不出门，他才没被发现，要不然后果不堪设想。想到这儿，赵聪儿心情复杂起来，文静的死，是个谜，人人都害怕被牵连，都躲得远远的，他倒好，还往上凑，这不是找死吗？是叫他走？还是不叫他？赵聪儿站在原地，犹豫不决起来。

柯耀强被吓得冒出一身冷汗，惊慌失措地看着赵聪儿。害怕惊动了左邻右舍，他们谁都不敢说话。赵聪儿用眼神示意，让柯耀强赶紧出来。柯耀强只好出来，跟着赵聪儿往回走，一路上，谁也不说话。可一进家门，他们就像拉开了导火索，语言的手榴弹一下就爆炸了。赵聪儿把在侯小梅那儿受的气，转移到柯耀强身上：“你跑到她家干嘛？找死呀？”

“没啥，我只是路过。”

“路过？路过到人家菜园子？骗鬼哩。”

“你声音小点。”

“做贼心虚啦？你害怕了就不要给自己找麻烦。”

“我不用你管。”

“哼！谁爱管你哩。嗷！我知道了，你是不是……难怪矿上人说，你最有嫌疑了。”

“你说啥？你怀疑我？”

“那你跑到她家菜园子干嘛去了？销毁证据？”

“啪！”柯耀强的巴掌，就在赵聪儿脸上烙下五个红印。

“你……”赵聪儿捂着脸，瞪大眼睛，看着柯耀强。

就在此刻，两名持枪的警察推门而入。吓坏了赵聪儿和柯耀强，尤其是柯耀强，双腿像是站在摇摆机上，不停地抖。

警察没费吹灰之力，将明晃晃的手铐，铐在柯耀强的手腕上。

赵聪儿傻眼了，眼睁睁看着警察把柯耀强带走，直到警笛声消失得无踪无影，他还没反应过来是咋回事，站在原地，直勾勾地看着空无一人的大门口，不知道该怎么办。

被抓

柯耀强被警察“以奸杀嫌疑犯”的罪名带走了，在不大不小的苍穹煤矿上，成了爆炸性的新闻。在矿上柯耀强可算是大名鼎鼎的人物，他的名气是“臭名昭著”型。他从什么时候变坏，谁也不知道，这好像和他们没关系。其实，他堕落到今天这地步，和矿上的人都脱不了干系，但人们并不会将他从好人变成坏人和自己联系起来。人们常犯的毛病是：好事往上贴，坏事躲得远。柯耀强变成坏人了，谁也不会承认自己说过：柯耀强是性无能的男人。但柯耀强沦落到坏人堆里，纯粹是被人说坏的。

柯耀强虽然高中没毕业就招工了，可他爱看书，从书中汲取了许多为人处世的道理，思想和认识都高于其他矿工，这就显得他与众不同，和大多数人格格不入，成了矿上的另类。尤其是他过了三十岁还不结婚，矿上的“长嘴婆们”就开始说他生理上有毛病，没毛病的话，怎么见任何女人，都会不屑一顾呢？他对女人的态度，让人们有了猜想的理由。在穷山僻壤、闭塞落后的矿上，一个人三十岁还不结婚，这就给人们提供了更大的猜想空间。他不结婚，大家一致认为他生理上有毛病。

柯耀强听到这些话时，正是七月天，骄阳似火。他觉得像是掉进一个不见天日的冰窖里，全身都冷得出奇，身子筛糠似的不由自主地摆动着，上牙将下牙磕得直响。他想不明白，自己怎么是性无能？自己不结婚，就是性无能了吗？他坐在院子里看明晃晃的阳光，越想越生气，他想不明白，他对倩倩的爱，和守望爱情的毅力，怎么变成了性无能？

对于他的猜想，成为矿上人茶余饭后谈话的焦点，被传得纷纷扬扬。其实，他结不结婚关别人啥事。矿上的人就是多事，不操心自家的生活怎样过，怎样能把自家的日子过得红红火火，倒是瞎操心别人的事，真是咸吃萝卜淡操心。想到这儿，柯耀强进屋，取出他后爹的酒，将自己灌得烂醉，疯疯癫癫地在矿上走了一圈。

从此，矿上的人都知道了他和田倩倩的秘密。

柯耀强不仅诋毁了自己，连田倩倩也被他诋毁了，在他疯癫的醉话里，田倩倩名誉扫地，也让老田家的人蒙受耻辱。糊里糊涂的他，根本没意识到这一点，满嘴的酒气还胡言乱语，把他和田倩倩的事情全都抖出来。“好事不出门，坏事传千里”，弹指之间，所有的人，都知道田倩倩去深圳之前，在后山和柯耀强有了一夜的风流韵事。

老田家的人，都羞得不敢出门，气急败坏，把柯耀强恨之入骨。

可怜的柯耀强，还在酒气冲天中胡乱喊着田倩倩，这一喊就是十年。十年中，他只要一喝酒，就喊着田倩倩，一遍遍地说着他们的那一夜。酒能乱性，他在酒精的麻痹下，和好几个女人发生了关系。被他睡过的女人，心照不宣都认为他是英雄，并非狗熊。

后来，人们改变了对他的认识，从性无能变成不是生理毛病，而是心理毛病的最终结论。对于这个结论，柯耀强并不否认，因为这是事实。他爹的死，在他心里埋下了一颗炸弹，将他这一生所有的幸福，炸得灰飞烟灭了。

一个人童年的经历，成长的环境，对其一生影响都至关重要。柯耀强童年的不幸遭遇，让他无法战胜自我，得了无药可救的心理毛病，这是他至今未娶、逼走田倩倩的真正原因。

柯耀强并不在乎别人怎么说，用他的话说，雁过留声、人过留名。雁过留声没有好坏，人过留名，好坏都无所谓。人活脸、树活皮，人要是连脸都不要了，那什么事也就不害怕了。

他已堕落，再想当好人，可真的很难。人走下坡路像滑滑梯，“嗖嗖”两声就下滑到底部，可想从底部爬到顶部，却不是一件容易的事情。他懂这个道理，堕落到底部就底部吧！何必费劲往上爬呢？没家室的可怜人儿，也不想有啥上进心，更没啥牵挂的，活着的唯一理由，就是不想让母亲难过、痛苦，不想让母亲经受白发人送黑发人的凄惨，为了母亲，他得活着。

他抱着破罐子破摔的心态活着，心理毛病，到无药可救的地步，断送他三十六年来所有的幸福。当他被“乌拉乌拉”的警车带走时，绝大部分人都深信不疑，他就是杀人犯。

因为从各种迹象来看，柯耀强很像很像变态狂的老光棍。

柯耀强七岁时，他爹死在井下。当时，柯老爹是采煤队的队长，他在塌方的混乱中，为了救徒弟赵秦军，被一块大岩石砸在头上，当场命丧黄泉。柯老爹死

得很惨，脑浆都被砸出来了，血水以及脑浆被煤染得黑乎乎流了一地。后来，柯耀强的娘带着他和两个姐姐——柯耀霞、柯耀红，改嫁给赵秦军。

柯耀强对赵秦军恨之入骨，抵触的情绪，使他和赵秦军的隔阂越来越深，他觉得赵秦军是害死他爹的元凶，应该被千刀万剐，可赵秦军偏偏娶了他娘，霸占了他的爱。他从小失去父爱，对母亲很依恋，有很浓的恋母情结，因此对赵秦军是掏心窝子的恨、是咬牙切齿的恨、是杀了他的心都有的恨。

柯母与赵秦军生了一对儿子，取名叫赵憨儿和赵聪儿。在柯母和赵秦军的宠爱下，娇生惯养的赵憨儿和赵聪儿，在柯耀强的面前十分嚣张和霸道。处在夹缝与冷落中的柯耀强，就成了多余的。因他爹的死以及长期得不到父爱造成的心理伤害，使他对井下产生一种恐惧，再加上他成长中遭遇不公平的待遇，缺乏正确的引导，更没人给他心理疏导，导致他心理障碍——他害怕结婚生子之后，像他爹一样死在井下，那么他的孩子，就像他一样孤苦伶仃，无依无靠，他的孩子就成了没爹的孩子，那孩子不是和他一样可怜吗？所以，他拒绝婚姻。

他长大之后，虽然当了煤黑子，整天都在井下劳作，看着黑晶晶的煤层，和其他矿工一样，心里热乎乎的，汗流浃背地把热情洒在黑晶晶的煤块上，但总是提心吊胆的，害怕有一天，他竖着下井，而横着被人从井下抬出来了。因为不健康的心理，让他在世俗的眼光里，显得格外的不是人，渐渐地他就成了坏人。

柯耀强被警察带走了，成了爆炸性的新闻，不仅把柯家人弄得惊慌失措，而且把苍穹矿弄成5级地震，人们被“炸”得晕晕乎乎，丈二和尚摸不着头脑，聚集在市场上，三五成群地议论起来，一下子，整个矿上对柯耀强被抓议论纷纷、谩骂四起。

“我就说，文静遇害的那晚，这狗日的坏怂柯耀强，就和往常不一样哩。”胡大木这么一说，瞬间就被一帮子人围得水泄不通，都想听听到底是怎么一回事。

“咋不一样？”有人问。

“我们升井后，这坏怂，看见侯小梅，就不停地流哈喇子，眼神怪怪的，磨磨叽叽不缴矿灯，我催了几次，他还眼不离侯小梅的这儿。”胡大木说着，双手在胸前比画出了夸张的弧度。大家都被胡大木的动作惹笑了。

“侯小梅的胸，没有那么大吧？”

“她的胸能捂死一头牛。”

“咋可能捂死牛了？”

“牛要吃她的奶，一个奶都比牛脸大，两个奶盖在牛脸上，不把牛捂死才怪

哩，所以你们都小心吃奶。”

“你说的是你老婆吧，矿上只有你老婆才有捂死牛的大胸脯。”

“你吃奶时，可得操点心，别被捂死了，到了阎王那儿说不清楚。”

“哈哈！哈哈！”

“这小子够坏的，不过你还是小心为妙。”

“你们这些王八羔子，老刮偏风，在讨论柯耀强呢！咋可扯到侯小梅的奶子了？那奶子再好，也不是你们吃的。”

“就是哩，你们说说柯耀强这王八蛋。”田埂咬牙切齿地骂着。田埂是田倩倩的哥哥、田欣欣的父亲，因为柯耀强在酒精的作用下，把田倩倩的“丑事”胡乱地喊了十年，让田家人丢尽了脸。现在柯耀强被抓，也算是给老田家报仇雪恨了。

当老田家遇到这千载难逢的好机会，不好好出出气，咋能成?

“田埂，田埂，你还不去买炮。”胡大木提醒田埂道。

“买呀么，咋能不买炮哩！这普天同庆的好日子，不放炮说不过去哩，还要买烟花哩！”田埂的话刚一落音，他爹田嘉兴提着半扇羊肉，黑黝黝的脸上笑开了花，用高出平时一点五倍的声调说道：“田埂挑好的筒子炮，给咱们买回来。”

市场上的人，都齐刷刷地看着这个平时大气都不敢出的“老实疙瘩”。

田嘉兴又抖了抖手里的半扇羊肉说：“都到我家吃羊肉。”

“爹，我去给咱买炮，再弄个24响的礼花炮。”田埂一看爹笑容满面的，就大声说。

“你赶紧去买，我回去煮羊肉，大伙一会儿都来我家吃羊肉呀！”

“田叔，你那点羊肉，都不够大家塞牙缝的哩。”胡大木说着，眼睛却在市场上乱瞟，他想看看这些人，此刻是啥样的表情。

“柯耀强再坏，也不会去杀人吧！”有人试探地问道。

“不会？人心隔肚皮。”

“哪个坏人脸上刻坏字哩？”

“谁做坏事，还大张旗鼓呀！”

“世道好轮回，苍天饶过谁？”

人们只顾讨论柯耀强被抓，没人在乎胡大木东张西望。

胡大木失落地心想：你说说，好好的一个花骨朵被人采了，而且还是奸杀，多可惜呀！这个不好不坏的柯耀强，和他在一个班上干了七八年了，他身上毛病

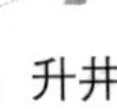

是很多，可不至于去杀人，他不是好色之徒。那天晚上，他犯了臭脾气，和我闹意见，除此之外，也没啥异常行为，难道见我去了梦呓发廊，他性欲大发，起了歹心？花骨朵肯定比残花败柳要好么，谁不爱吃新鲜的，别人嘴里嚼过的，再好都让人心里不舒服，这柯耀强再心狠，也不该下这般的狠手，把人弄死了，也把他的命搭上了，他这一生也就玩完了。看来，往后就这残花败柳的，只要人家情愿，我就知足了。我才不拿身家性命去玩哩，侯小梅啥时能让我上一回，我就心满意足了，我才不管她爱我不爱我，我先爱个够再说。唉！最近这身子越来越不……我得给它好好补补才行，羊肉最能补了，可惜就我这点工资，一家人开销都紧张，哪能顿顿吃羊肉哩。十天半月的连一碗羊汤都喝不上，真是可怜了我的老二。胡大木只顾着想心事，也没听清大家后面的话。

“胡哥，你魂不守舍的想啥哩？”田埂提着炮和烟花过来。

“哥就想着，柯耀强这会在公安局里，肯定在受辣子汤汤的罪哩，想想他生不如死的痛苦样，我这心里就敞快得很。”

“是不？”

“哪能不是哩？为了让犯人老实交代，犯人进去，先要给他们一个下马威，不给他们灌一点辣子汤汤能行吗？据说进去先打个半死不活，然后铐在柱子上，七八天之后才审，听话的少挨打，就像柯耀强这货色，不被打得奄奄一息，才怪哩。”

“真的？那就太好了。胡哥，到我家吃羊肉去，咱们再喝几杯。”

“羊肉不吃了，咱们就在这儿寒暄几句。兄弟，哥真替你家高兴，真是大快人心哩！这狗日的柯耀强，这哈怂，真的是害人不浅哩！”胡大木拍了拍田埂的肩膀，好像这抬手和落手之间寓意深长。

被胡大木拍拍打打，田埂感觉到了久违的亲情，拉着胡大木的手，诚心诚意地说：“胡哥，你说对了，这狗日的哈怂，唉！不说了，总算苍天给我家出了这口恶气，走！走！到我家吃羊肉，我爸煮的羊肉可香了。”说着，还吸溜着口水，拉着胡大木往家里走。

胡大木露出诡异的笑容，冲着市场上三五成群的人，眨了眨眼睛。

“狗日的胡子，你可把羊肉混到嘴里了。”瘸子李站在饭馆门口，见田埂拉着胡大木说说笑笑地走过来，就大声地说。

“李叔，你这话说得太没水平了。”胡大木笑嘻嘻的，根本不在乎瘸子李的骂声。

“李叔，你也到我家混走。”田埂也笑嘻嘻的。

“你这瓜娃子，小蝌蚪跟鱼遛，小心把尾巴遛没了。”瘸子李说完，转身进了店门。

“死老头，喂狗都不给你吃。”田埂最讨厌别人叫他瓜娃子，脸都被气紫了。

“兄弟，别理他，不识好歹的东西，羊肉倒进茅坑，也不叫他吃。”说着，胡大木拉着田埂走了。

瘸子李进了店里，盯着柯耀强平时老坐的地方，“唉！”叹了一口气，“你说你么，咋能干这样的蠢事，现在谁也救不了你。”

“我能救他。”胡豆花挑着门帘，从后厨出来。

“看把你能的，你咋救？这是人命关天的事。”

“那咱们也不能眼睁睁看着他去死呀！”说着，胡豆花抹着眼泪。

“行啦行啦！女人家家的，遇事就知道哭，这眼泪不值钱呀？”

“我真的能救他。”胡豆花用手背抹脸蛋上的眼泪。

“好了好了，你别哭了，说说你有啥法子？”瘸子李看着比自己小二十岁的老婆用手背抹着眼泪，样子既愚蠢又可爱，就心生许多怜悯，轻轻地帮她擦眼泪。

胡豆花就势依在瘸子李的怀里，搂着他的脖子：“我去说，那晚上我和他在一起。”

“啥？”瘸子李将胡豆花推开。

“你……你不相信我？”胡豆花的眼泪又像断了线的珠子，随着两个“红耳团”滑落，任凭泪珠往下滴，也不去擦，用委屈的眼神看着瘸子李。

瘸子李被她看得心软了，心想：这么好的女人，如果她红杏出墙，也怪我无能，谁都不要拿年龄当本事。年轻时，我也是如狼似虎呀！可这娃命苦，没逢上我的正当年呀！现在她正是如狼似虎，可守着我这糟老头，真的是苦了她。瘸子李自感心有余而力不足，知道自己亏欠了胡豆花。自从他们结婚了，就对胡豆花特别体贴入微。

“你……你是个王八蛋，你还口口声声说你和他好，你关心他、爱护他，你们这是什么忘年之交？啊？我看是狗屁。”胡豆花带着哭腔，怒气冲冲的。

“我俩就是忘年之交。”

“狗屁的忘年之交，你见死不救，还忘年之交哩？”

“他都不念及忘年之交，给我扣绿帽子，你没听人家说，朋友妻不可欺！”

“你这东西，你不信任我，还不信任他？他这辈子要是能动我一手指头，我为他死而无憾，可惜这天刀杀的蠢货，连多看我一眼都没。”胡豆花越说越委屈，想到柯耀强对自己冷冰冰的态度，就哽咽地说不下去了。

“你说啥？你到底在胡言乱语些啥？”瘸子李弄不清是被胡豆花气糊涂了，还是被这莫名其妙的绿帽子“砸”糊涂了，心里空落落的，质问着胡豆花，直勾勾地看着空荡荡的座位。

“你还看，你能把他看回来吗？他被抓了，只有我们能救他。哎呀！我和他清清白白的，就是我愿意，他都不愿意，他宁愿睡所有的女人，都不会睡我，哪怕这世上只剩下我一个女人，他都不会动我一根汗毛，因为我是你瘸子李的老婆。”委屈的胡豆花又哽咽起来。

“你是说……你要去做伪证？”瘸子李把眼睛睁得像铜铃，惊讶地看着胡豆花。

胡豆花坚定地点头，一副视死如归的气派。瘸子李知道胡豆花已铁了心地要救柯耀强了，无语的他，坐在靠门口的椅子上，心乱如麻。

冲突

市场上的人对田家父子的表现，有赞扬的也有反对的，更多是中立的。

虽然事件的主角都不在场，但观众津津乐道的激情并未减退。

“人善被人欺，马善被人骑，这老田终于出恶气了。”

“可不，你看老田的眉宇间，啥时都是拧成个疙瘩，今天终于舒展了。”

“老田家是高兴，但也不应该高兴这么早。”

“柯耀强只是被抓，而不是判刑，事情还没尘埃落定呢，有啥高兴的，又是羊肉又是放炮，这以后咋见面？就这么针尖大的矿上，低头不见抬头见的。”

“处境不一样，心情就不一样。”

这些话，随着风飘进纪红云的耳朵里，她低着头，从市场上扎堆的男人们身边走过，没和任何人打招呼。她上班时，对这些人热情亲切，是职责，下班后，她尽量不和男人说话。

人常说：“寡妇门前是非多，苍蝇不叮无缝的蛋。”纪红云时刻提醒自己不去招惹任何人，要安分守己，才能没有流言蜚语。她知道柯耀强被抓，只能保持沉默，唉！出了这档事，柯家估计都乱成一锅粥了。她想去柯家看看，但又觉得不妥，也就打消了念头，低着头往家里走，她还没到家，就听见“噼里啪啦”的鞭炮声。

纪红云抬头望去，是老田家的鞭炮，接着是“嗖！嗵！嗖！嗵！”的响声，这大白天的放烟花，也看不出烟花的形状来，只能听听声音。柯耀强就这么不招人待见？他还没死哩，就有人给他放起身炮，世态炎凉呀！她听着这刺耳的鞭炮声，心情沉重地往家里走，可她的双腿沉重地抬不起来，每走一步，都要费很大的力气。

听见鞭炮声，正在屋里呜咽哭泣的柯母，三步并作两步跳到院子里，冲着田家方向骂道：“死人的，放炮是你家人死了！让这炮把你全家炸死光，连一个草星星都甭留，让你放炮，让你全家死光光！”

“谁家放炮哩？”赵聪儿心神不定地跑出来，他脸色灰蒙蒙的，很显然还没从柯耀强被抓走的恐慌中走出来，别看他平时咋咋呼呼，遇事不敢大声说。

“喔死人的田家，看咱家的笑话哩，我那瓜娃子。”

“娘，娘，你被气糊涂了？人家都幸灾乐祸哩，你还叫人家‘我那瓜娃子’。”显然，赵聪儿没弄清楚，柯母说的瓜娃子是谁，还以为是叫田埂哩！瓜娃子是田埂的小名。

“谁叫那个王八羔子哩，我是说你大哥，好端端的，咋就成了强奸犯？”

“娘，小声点，比强奸犯还严重，他是杀人犯。”

“啥？我的妈妈爷呀，我咋养出来这个……你死人的，放你妈的啥死人炮嘞，叫这死人的炮，把你全家炸死，一个草星星都甭留。”柯母一边哭，一边跳起来骂道：“哪个挨刀子的，这样嫁祸我的娃子！”柯母的骂声被一句“你家才是挨千刀子的，看我不把你全家灭了”的骂声打断了。随着院门“哐当”一声被踢开，文斌黑着脸，手里提着一把菜刀，和岳鸣拉拉扯扯地进来。

“文斌，文斌！”岳鸣拽着文斌的一条胳膊。

“你甭管，我今天不把这一家人灭了，我就不是人！”文斌恶狠狠地说，一心想为妹妹报仇的他，像一头惊了的野马，岳鸣压根就拉不住他。

岳鸣几乎像荡秋千般，被文斌“荡”进柯家的院门。

“你！”进来的这两个人，把柯家母子吓了一跳，同时，院子里的这对母子，也把进来的文斌和岳鸣吓了一跳。因为吓了一跳，大家都僵持在原地。只有柯母颤巍巍地说出一个“你”，戛然而止，再也没声音了。

文斌手里的菜刀，在明晃晃的阳光下，发着刺眼的寒光。菜刀的主人，这会儿，黑青的脸上，瞪着一双铜铃般的眼睛，直勾勾地盯着赵聪儿，眼神里流露出“先弄死你这个王八羔子再说”的恶意。

岳鸣看出文斌的心事，吓得一把抱住他：“文斌，你冷静点，冲动是魔鬼，你知道不？”

“去他妈的，老子今天豁出去了。”文斌挣脱着，往赵聪儿面前扑。

“哎呦！狗日的，你还送上门了。”赵聪儿不服软地说着，在院里找武器。

“放开我，你把我放开！”文斌恶狠狠地冲着岳鸣喊道。

“文斌，现在是法治社会，你别干蠢事。阿姨，你赶紧拦住你儿子。”岳鸣更加抱紧了文斌。

“哦！”柯母被提醒了，赶紧去拦赵聪儿。

赵聪儿不知从哪儿来的勇气，在院子里的炉子边捞起一根长钢筋做成的灰铲，握在手里，拉开打架的姿势。

“文斌，你听我说好不好？我知道你心里难受，但不能这样，你不要这样好不好？”

“我要杀了他全家，要替我妹妹报仇。”说着，文斌红着眼，像疯牛一样，挣脱开岳鸣的胳膊，扑向赵聪儿。

就在柯家被提着菜刀来闹事的文斌弄成“刀光剑影”的场面时，在警车里的柯耀强，万万没有想到他“被抓”之后，家里会发生这样血腥的事情，他脑子里一片空白，不知道警车要把他带到什么地方，他接下来要面对什么样的审问和命运。诚惶诚恐的他，被警车很快就带到矿务局。车停在矿务局的院子里，警察并没让他下车，而是那个坐在副驾上年龄较大的“串脸胡”警察下了车，径直去矿务局的办公楼。

柯耀强不知道“串脸胡”去矿务局办公楼干什么？他被两个年轻结实的警察夹在后座位上，押在车里。那副明晃晃冰冷的手铐已被他暖热，不再是寒气渗人，也不觉得这手铐戴在手腕上的难受。

既来之，则安之，没做亏心事不怕鬼敲门。“我没杀人，也就不害怕被抓。”想到这儿，他惊慌失措的心情得到了一丝平静，在心里盘算如何去交代事情，要尽最大的努力把事情说清楚。公安局可不是闹着玩的地方，虽然他没杀人，但他行为的确很可疑，为啥要“狗拿耗子——多管闲事”哩！这下好了，招来麻烦，并且是跳进黄河也洗不清、百口莫辩的麻烦，怎么办？

警车拉着警笛，引来很多惊慌的目光，人们指指点点的都知道这车里拉着一个“杀人犯”，而且是跟畜生差不多的奸杀犯。这一路上，车内的气氛非常凝重，算上司机、四个警察，个个像凶神恶煞的门神，面无表情特别严肃。现在，这个像老大的“串脸胡”进了矿务局办公楼的大门，是不是找局长，告诉他办理抓人的有关手续？

在井下默默无闻地劳作半辈子，这下一鸣惊人了，柯耀强觉得自己还算神气。自己这个小小的煤黑子，出息得让局长大人一辈子都不敢忘记。估计局长这会儿被惊得嘴都成了鸡蛋，眼睛瞪得和牛眼窝一样样的，操着一口四川话喊：“啥子？苍穹矿的柯耀强是哪个？咋可能是杀人犯哟！”然后，会惊慌失措地摸着头上的几根毛。柯耀强想着局长的秃顶就想笑，笑那个滑稽样，可他还是忍住了，现在不是闹着玩的时候，他用余光瞄了一眼两边的警察。

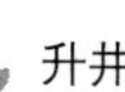

两位警察表情严肃，跟黑白无常一样，用犀利的目光观察着周围，时刻做好“战斗”的准备。

其实他俩没必要这样高度紧张，就柯耀强这怂样，在苍穹矿上臭名昭著，谁会在乎他？谁会冒着性命来“劫狱”？别说劫狱了，就这会儿有个人出来帮他说一句好话，他也死而无憾了，只可惜，没人会这样做的，谁会为了一个臭名远扬的人，违心地说他好呐？

他在矿上男人的眼里是坏人，而且是十恶不赦的大坏蛋，就是把他枪毙一万回，都解不了矿上所有男人的恨，谁叫他睡了男人们想睡又睡不上的女人。苍穹煤矿芝麻大，就那几个骚气的女人，趁他酒喝多了，引诱他。他糊里糊涂做了对不起倩倩的事。

“倩倩要是知道我现在的处境，会是一种什么样的心情？如果倩倩没去深圳，不管我们是否在一起，她这会儿肯定会冒着生命危险来救我的，不能让倩倩知道我现在这狼狈的怂样。”想到这儿，柯耀强心里还好受点，但又一个不好的念想在他心里冒出来了：“倩倩能不知道吗？田家人，还能不把好消息告诉她？他们忍了十年，终于出了恶气，这么高兴的事，他们能不告诉倩倩吗？如果倩倩知道了也好，她会断了对我的念想，余生才能活得幸福，只要她幸福，我也就死而无憾了。老天爷这样安排，挺好。强奸犯、杀人犯，可老天爷呀，你给我的头衔太重了，我这脑袋瓜子承受不起呀！你咋不懂我的难处，老天爷！”

就在柯耀强胡乱想着心事时，“串脸胡”从矿务局办公楼出来，脸色仍旧很难看。他打开车门坐上来，系上安全带，这一系列的动作特别敏捷。他一坐好，车一溜烟就驶出矿务局大院，往省城方向疾驰而去。

柯耀强一看要往省城去，心里暗暗叫了一声：“哎呀！不好，我的小命不保了。”两行泪就从眼角溢了出来。

一阵土腥腥的硝烟味，从老田家院门口的上空向外弥散着，将大铁锅里飘出的羊肉膻味都掩盖了。田嘉兴老两口和田埂小两口，加上胡大木，五个人站在院门口高兴地仰着头，意犹未尽地看着被风吹散了的浓烟。浓烟散去，那呛人的硝烟味还残留在空气里。

炉膛里的煤块被鼓风机吹得红彤彤，火焰在大铁锅下面欢快地跳着舞。羊肉的膻味随着被煮的时间增长，渐渐消失了，取而代之的是羊肉淡淡的清香。

田嘉兴皱缩着鼻子，做了个嗅闻动作，喜气洋洋地说：“哎呀呀！羊肉的香味出来了。”

被他提醒的众人，都皱鼻子嗅着。

“今个这火旺，肉味出来得快。”田老婆子打断了老头的话，喜盈盈地说着，转身进了院子，往大铁锅下的炉膛里瞄了一眼，拿着小灰铲，在炉子旁边的铁皮桶里戳了些小煤块，倒进炉膛里。

田嘉兴他们也进了院子。“老婆子，你和儿媳妇再给咱们弄几个菜。大木很少来咱家，今个能来，我这心里格外的高兴，真是好事成双，我爷仨喝几杯，高兴高兴。”

“好嘞！”田老婆子回答着，在围裙上擦了擦双手，和儿媳妇刘雅珍进了厨房。

“欣欣妈，你看给弄啥菜？”自从有了田欣欣后，田老婆子就把刘雅珍叫欣欣妈。

中国女人的命运就是这样子的，在娘家是个宝，嫁人之后，到了婆家，生个儿子还能“母以子贵”；如果生个女儿，就成了草，到最后连自己名字都没了。就像刘雅珍一样，现在不仅婆家人叫她欣欣妈，整个矿区的人都叫她欣欣妈，等若干年之后，就荣升为 ×× 奶奶，就像田老婆子一样，在她儿媳妇和外人眼里，是欣欣奶奶。

刘雅珍在墙角的菜筐子里翻找着：“妈，你说弄几个菜？”

“弄两凉两热就行了。”田老婆子瞄了一眼菜筐，拾掇着生厨房里小炉子的火。

“那就炒个洋芋片，再弄个醋熘白菜，凉拌个白萝卜丝，再凉拌个豆芽。”

“能行。”婆媳俩在厨房里忙活开了。

院子里的三个男人进了客厅里，屁股刚挨到沙发上，就听见远处有人扯着嗓门吼道：“你家才是挨千刀子的，看我不把你全家灭了！”

“咋啦？”三个老爷们异口同声。

还是胡大木反应快，“噌”站起来就往院子跑。

站在院子里，远处的吵闹声就清晰地飘进耳朵里：“文斌，文斌！”

“你别管，我今天不把这一家人灭了，我就不是人！”

“这不是文斌和他媳妇的声音？”胡大木说着，又竖起耳朵听。

远处的吵闹声又飘过来，“文斌，你冷静点，冲动是魔鬼，你知道不？”

“去他妈的，老子今天豁出去了。”

“哎呦！狗日的，你还送上门了！”

“最后这一句是赵聪儿的声音。”胡大木冲着屋里喊道，屋里的人这才反应过来，田嘉兴和田埂从客厅出来，田老婆子和刘雅珍从厨房里出来，真的不是一家人不进一家门，这老田家的人木讷，还都沉醉在哈怂柯耀强被抓的痛快之中。

胡大木看了一眼田家人：“文斌和赵聪儿干架了。”

“干架？”田嘉兴问。

“你们听是不是文斌和赵聪儿干架？”胡大木提醒着。

大家这才屏住呼吸，竖起耳朵听。

“文斌，现在是法治社会，你别干蠢事。阿姨，你赶紧拦住你儿子！”他们听到了岳鸣的声音。因为柯母的“哦”声音小，他们没听见，接着听见：“文斌，你听我说好不好，我知道你心里难受，但不能这样，你不要这样好不好。”

“我要杀了他全家，要替我妹妹报仇……”

“谁不来就是狗日的，看我今天不弄死你这送上门的东西，狗日的。”赵聪儿的骂声，大家都听出来了。

“真是，他们干仗了。”刘雅珍说。

“这下好戏开锣了。”田埂高兴得像小时候吃到一颗糖，拍着手。

“这下好极了，让这帮子狗日的，狗咬狗两嘴毛，让他们好好分个雌雄。”田嘉兴笑得脸上的“菊花”更丰盈了。

“狗咬狗两嘴毛，好好咬。”田老婆子捋了一下银白的头发。

“爹，我应该去助阵。”

“助啥阵哩？”田嘉兴瞪了儿子一眼，凶巴巴地说道。

“我不打架，我就傍边敲个锣打个鼓的……”田埂还没说完，就被他爹严厉的一句“不许去”打断了。院子里所有的人面面相觑，谁也不吱声。大家又都竖起耳朵听，他们听见左邻右舍的脚步声，像沸腾的开水锅，前呼后应地奔向柯家。

柯家的“好戏”，不仅让老田家人听见了，而且还让整个矿上的人都听见了。

矿区一下子又沸腾起来，看热闹的不嫌事大，都希望柯家院子里的格斗，来得猛烈点。人们像泉水从自家屋里“渗出来”，奔向家属院的官道上，再从四面八方的官道汇集到市场。市场上，人越来越多，大家叽叽喳喳地议论着，不是近距离，压根就听不清谁说的是啥，只听见嗡嗡声。市场上人流像洪水泛滥，涌向柯家的院子。

悲剧

听说儿子文斌提着菜刀去柯家闹事，文建华吓得一骨碌从炕上爬起来。自从文静出事后，先前几天，文建华还被这突发事件弄蒙了，心里吃着劲，想着怎样能尽快找到凶手，一天到晚，看着还有点精神，可随着时间的推移，没过几天，他从懵的状态里慢慢清醒过来，随之而来是失去爱女的挖心之痛。

时刻都很痛苦的文建华，身体越发不行了，整夜整夜地睡不着，再加上过度伤心，他茶饭不思，身体就大不如前了。前天半夜起来撒尿，受凉了，引起感冒，就躺在床上，再无力爬起来。这会儿，听外面人吵吵着文斌提菜刀去柯家了，吓得他一骨碌翻起来，胡乱地在地上找鞋，鞋没找到，却一头栽了下去。

文斌的母亲董月珠，原本很瘦小，现在更不能看了，早已被痛苦折磨得失了人形，成为她的袖珍版，瘦骨嶙峋地躺在炕上，除非哭累了，睡着了，才不哭泣，只要醒来，就以泪洗面，谁也劝不住。亲朋好友们劝着劝着，都劝得没词了，还是没把她的眼泪劝住。哭是她现在唯一的表情，而且是躺在炕上默默地流泪。几个要好的女老乡，轮流来陪她抹眼泪，到了饭点，女人们都回去做饭。她也哭累了，迷迷糊糊地睡着了，猛地被“哐”的一声吓醒，转过身一看老头不见了，吃力地爬起来，看见老头直挺挺地躺在地上，冷汗一下子从她的额头冒出来：“老头子，老头子！”

地上的文建华，一声不响地躺着。

“老头子，老头子……”董月珠从炕上连滚带爬地扑到地上，“老头子，老头子，来人呀！救命。”可惜没人来。

所有的人都去柯家，看所谓的大戏了。

当第一个人进柯家的院门时，赵聪儿挥舞着手里的长把灰铲：“还狂得不行，想弄死我全家，我先把你弄死！”

挣脱开岳鸣的文斌，虽提着菜刀，但他不占优势，刀把太短，压根就砍不到对方。

还算赵聪儿聪明，捞了个“长武器”的灰铲，挥舞着，让文斌“老虎吃天——无法下爪”。

打起架来，文斌才知道自己愚蠢到家了，菜刀再锋利，太短了，不能靠近对手，就发挥不了作用。倒是赵聪儿顺手就拿了个有力的武器，让文斌不能接近他，还时不时还挨上他一灰铲。肉和钢筋较量，压根不在一个档次上。

“我不能这么吃亏，看来得智斗了。唯一可以肯定的，是他家人都不在，要在家的话，早都出来了，那我更惨了，现在还行，先把老太婆弄到手，我就不信赵聪儿不顾他娘的安危，这叫擒贼先擒王。”文斌拿定主意，就来了个声东击西的战术，他举着菜刀抱着头向院门口跑去。

所有的人都松了一口气。尤其是赵聪儿，一边挥舞着灰铲，一边得意扬扬地骂道：“龟孙子，你别跑！”

“跑”字刚落音，跑到门口的文斌像只燕子猛地一个转身飞回来，风驰电掣般抓住柯母花白的头发。

“狗日的！”他恶狠狠地大骂。

所有的人，被这突如其来的举措吓坏了。更是吓坏了刚刚跑到柯家看热闹的人，他们的脚还没站稳，还没弄清是啥情况，就看见一个影子在眼前闪了一下，柯母就被拉倒在地。

被打急了的文斌，瞪着布满红丝的眼睛，举起手中的菜刀砍向柯母。

“不要！”岳鸣扑向文斌，双手抓住菜刀刃，瞬间两股鲜血流出来。

文斌看见鲜血，迟疑了一下。

赵聪儿赶紧过来救他娘，几个小伙子过来帮忙，才把文斌制服住。

一场悲剧才没有发生。

胡大木为了给自己身子加油，死皮赖脸待在老田家，吃一顿羊肉，错过了这场“好戏”，他多少有些遗憾。可当他在后来的日子里，每每肚子里没油水，或者是他无法雄赳赳气昂昂时，就会不由自主怀念这一辈子仅有的一次在老田家吃过的羊肉。他一想到田嘉兴煮的羊肉，就直流口水。

胡大木是何等的“机灵”，虽然他没多少文化，但鱼和熊掌不可兼得的道理，他还是懂的。看田嘉兴阻止儿子，他也就打消了去看热闹的念头，他知道一旦出了老田家的门，羊肉就泡汤了，到嘴的鸭子能让它飞吗？所以，他跟着老田家的人，站在院子里听“戏”。吵闹的声音若隐若现，让他们压根没听明白到底是怎么回事。

鞭炮的硝烟味散去，羊肉的香味在空气里缭绕，令人垂涎三尺。

听了一会“戏”，大概是田嘉兴觉得时间差不多了，就催着老婆子和儿媳妇去炒菜，又让田埂去买酒。

很快，酒肉上桌。

胡大木不失时机地狼吞虎咽了两大块羊肉，这是他暗自高兴的事情，也是他佩服自己的地方。刚出锅的羊肉，很烫嘴，胡大木的上颚、舌头和嘴皮不同程度被烫烂，他还是将两块烫嘴的羊肉“吞”了下去，来滋补他的身子。

纪红云自从高二去世后，在矿上，她从来不去人多的地方，不和别人说多余的话。人正不怕影子歪，纪红云的自律，让她在整个矿区赢得了尊重和爱戴，就连她的邻居，到处寻着吃腥的胡大木，试探无数次，都被她“水来土掩”的阵势，挡住了。

弄得胡大木对她都没兴趣，说她是矿上最无趣的女人。

纪红云并不在乎别人怎么说，只要能守住底线和道德，不被别人骚扰，平平安安带着孩子们过日子就行。她在心里还感谢胡大木，他像电焊一样，焊住了矿上男人想在她面前胡骚情的心，给她弄了个无形的保护伞，让她和孩子们更安全。

没丈夫的年轻女人，在男人堆里生存，处处都得格外小心。纪红云一直保持着不抛头露面、不张扬、不显摆，再说她今天心里很不舒服。柯耀强怎么会是杀人犯？说他是强奸犯还有可能，但说他是杀人犯，她就想不通，他再坏也不会弄出人命来。矿上和他有瓜葛的女人，都是心甘情愿，还有骚气的婆娘，处心积虑地故意去勾引他。

关于柯耀强有“驴大的行货”的传闻，纪红云也听说过，她不知道这是什么意思。但从骚婆娘们尤其是和他睡过的眼巴巴看着他的表情，就不难读懂那话的意思。想到这儿，纪红云有点害羞，脸上流出少女般的红晕。这是她不该想的，也是她不能想的，这种事对年轻的寡妇来说，是个致命的弱点。为了按住欲火，只能不去想和这事有关的一切，断了七情六欲，才能安分守己。

“柯耀强的事，唉！谁能说得清楚呢？也有可能，他看见文静兽性大发，干了失手的事，这也说不准。人的好坏没有明确的分割线，好坏只是一念之差。”纪红云回到家里，洗漱了一下，边给孩子们做饭，边想着心事。外面吵闹地说文斌去柯家闹事，她听见了，但她纹丝不动地干着手里的活，她压根没心情热闹。

侯小梅和纪红云几乎一样的心理，她也是“各扫门前雪”的主，不喜欢凑

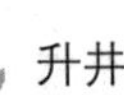

热闹，也不喜欢搬弄是非，只喜欢独处，没事就看看小说。再加上她现在的处境，更不能去凑热闹。所以她和纪红云一块下班回来，就躺在沙发上看《平凡的世界》。

侯母不知道去哪儿了。侯小梅也懒得做饭，吃了几口馍馍夹咸菜，一顿饭就算解决。她拿起书，还没翻到上次看到的页码，外面就吵闹说文斌去柯家闹事，而且还提着菜刀。这么严重的事，也没引起她的好奇，她纹丝不动地躺在沙发上，继续翻找着她要看的页码，找到了之后，聚精会神地读起来，很快就融进小说里。两耳不闻窗外事、一心只读圣贤书。虽然她不爱学习，但她喜欢读小说，在小说里，随着主人公跌宕起伏的命运，悲悲戚戚着。

不要说是打架的事，就是天塌下来，只要不砸到侯小梅的头上，她都不会惊慌失措，用她妈骂她的话来说：她比木头人多了一口气，愚头一个。她不在乎别人怎么说，只是活在她的世界里，就像《平凡的世界》说的：每个人都有自己的世界，这个世界有的人开发了，有的人一辈子都不去挖掘，让它处于原始状态。她的世界，被王杰远占据了，心里只有王杰远，眼里也就容不下别人了。为了安静，也为了让王杰远放心，她从来不去人多的地方，更不会招摇过市。她除了上班，就是待在家里看书。

在文斌和赵聪儿打架的空档里，胡豆花和瘸子李的矛盾也很尖锐。胡豆花要去做伪证，瘸子李不让去。伪证是要负法律责任的，何况是给强奸杀人犯做伪证，这恐怕是要付出惨重的代价。这一点，瘸子李和胡豆花心里都清楚。胡豆花坚信柯耀强是坏人，但绝对相信他不是杀人犯，他被冤枉了。如果现在见死不救，不帮他的话，估计会后悔一辈子，灵魂也会被拷问一辈子，不能坐以待毙，最少要为他做点什么。

“做点什么可以，但不能去做伪证。”这是瘸子李的想法。人已被带走了，又不知道到底是什么情况，不能贸然行动，也不能做无谓的牺牲。两口子一个不管不顾要去做伪证，一个要静观其变。就这样，柯家院里“唱大戏”，瘸子李饭馆关门歇业，夫妻俩“唱小戏”。

当副矿长王杰远带着保卫科的人来到了柯家，院里的“大戏”在一群小伙子的帮忙下基本停歇了，他们制服了打红眼的“公牛”——文斌和赵聪儿。好在他们没有流血，只有岳鸣的双手心，被刀子划破了，血流不止。王杰远命令人把文斌和赵聪儿带到保卫科，分别关起来，又让人带岳鸣去卫生所包扎伤口。

主角带走了，戏散场了。看热闹不嫌事大的人们还意犹未尽，围在一起讨论

着，不回家吃饭。

王杰远今天值班，就遇到柯耀强引起的一大堆事情，把他弄得忙碌了一下午。他刚坐到办公室里喝茶，一个电话又把他弄到柯家。还好，这俩二杆子打嘴仗多、动真格少，没弄出人命来，要是弄个人命，就无法收场了。

王杰远劝大家赶紧散场，又劝着瘫坐在板凳上的柯母。苦口婆心了好一阵子才把柯母劝住，看她情绪稳定了点，才出了柯家的院门。王杰远站在官道上，四处看了看，这时的家属院像波涛滚滚之后的平静水面，除了他，连一只麻雀都看不见。

他想去侯小梅家看看，但转念一想，侯小梅不让他白天去她家，也对着哩，大白天去了对谁都不好，毕竟侯小梅名义上还是黄花大闺女哩，注重名声是对着哩。一想侯小梅这冷美人的“黄花”被自己给摘了，王杰远心里就美滋滋的，说实在的他这一辈子真没白活，虽然守着瘫痪的老婆，对他来说是件坏事，也是件好事。

王杰远美滋滋地想着心事，往办公大楼走，刚下了坡到市场上，就看见胡大木的老婆刘爱爱，扭着圆咕噜噜的大屁股，慢吞吞地走着，不时地回头看，像馒头样的两个大奶子在扭转上身时，差点掉下来，让人看着提心吊胆。刘爱爱最满意的是自己这胸，她想勾引谁，就在谁面前挺挺胸，这两个“大馒头”像战斗机，发出无言的信号，那谁就像公狗嗅到母狗的骚味一样，不由自主地摇着尾巴，寻了过来。

刘爱爱回眸了好几次，望着空无一人的大路，心里充满了失落，就暗自骂着：“这死鬼，明明看见我，知道我会等他，他还磨磨叽叽不出来。这男人真他妈的绝情，老娘把他喂得饱饱的，他就把老娘忘了，下次老娘把他喂个半饱，看他还想不想老娘？唉！还不知道有没有下次？这没良心的，也不顾及我的饥饱。我家的窝囊废，越来越窝囊了，就像隔靴搔痒哩，还每晚都要折腾一下，把我弄得更饥渴了。”

刘爱爱不死心地回头看，见王杰远下坡往市场走。她一下子心花怒放，脸上荡起狐媚的笑意，不由自主地挺了挺胸，慢吞吞往前走，只是把圆咕噜噜的屁股蛋子扭得更加欢实，男人见了这两下，恐怕都会受不了的。

王杰远不想和刘爱爱再有瓜葛了。岁月不饶人呀，也许真的是上了年纪，尤其是近半年来，王杰远明显感到力不从心，他现在只想和侯小梅好好的，别人女人他不想了，他有侯小梅这个小美人就够了，只有他懂得侯小梅冷冰冰的外表下，有一股烈火能把男人熔化的激情。他最欣赏侯小梅，也让他引以为豪的是：侯小梅对所有的男人都冷冰冰的，唯独对自己热情似火。这不知道是前世做了多少好事才积的福，让自己遇到了她。

虽然王杰远和侯小梅有了鱼水之欢之后，有时也去偷腥，可他每次都很内疚，随着年龄的增长，知道侯小梅对他是真爱，如果不珍惜，那就对不起天地良心了。男人四十一枝花，他已四十九了，男不说九，也就五十了，属于残花败柳了。侯小梅不嫌弃他是个臭老头，心甘情愿把处女身交给他，他再不收敛，都觉得自己不是人。所以，王杰远看见刘爱爱磨磨叽叽地不回家，就知道这骚婆娘是在等他。

王杰远快步进了市场边的第一家店里。

这是家凉皮店，好像才开张。女主人是个高挑、细腰、丰乳的年轻漂亮媳妇，看见王杰远进来，赶紧从椅子上站起来："王矿长您来了。"

王杰远眼前一亮，不由自主地露出色眯眯的笑容："哎呀！才开业的吗？这儿以前不是回民的烧饼铺子吗？"

"是呀！他们不干了，我就盘下来了。"小媳妇柔声细语地说。

"我说呢，我还以为走错了地方。"王杰远打趣地说。

小媳妇笑而不语。

"有些错，也是对，错就是对的开始。"王杰远被自己这句富有哲理的话逗笑了，也缓解了小媳妇的尴尬。"你叫啥名字？是谁的媳妇？"

"我叫刘小爱，是王源的媳妇。"

"刘小爱，刘爱爱，你和刘爱爱啥关系？"王杰远拉开桌子下面的椅子，一屁股坐在椅子上。

"刘爱爱？我不认识。"刘小爱恭恭敬敬地站着。

"这还是有渊源的。"

"什么渊源？"

"嗨！没啥，你男人是王源，在哪个队上？"

"在掘进队，一天到晚累得要死。"

"肯定么，挖煤的哪个不累呀？我在掘进队干了十年，说真的，那真不是人干的，在矿上谁都知道，在井下是拿命换钱的，吃着阳间的饭，干着阴间的活，这可不是吓唬你的，以后对你男人好点，男人都不容易哩！"

"王矿长您真好，能体恤工人的疾苦。"

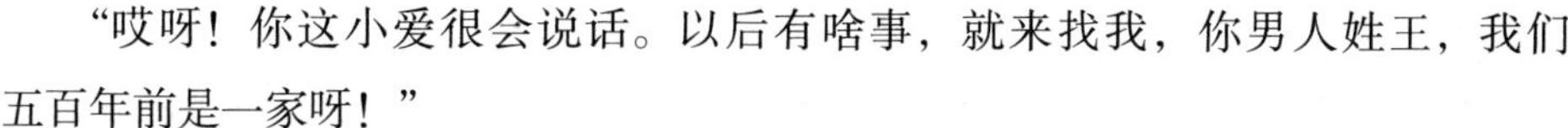

“哎呀！你这小爱很会说话。以后有啥事，就来找我，你男人姓王，我们五百年前是一家呀！”

“那以后，还少不了给你添麻烦。”

“说这话就见外了，给我来一份凉皮，带走。”

“好的，辣子、醋，咋样？”刘小爱洗手，准备切凉皮。

“辣子、醋都多点，我口味重，你这小媳妇还很麻利呀！”因为店里没人，王杰远毫无顾忌地跟着进了操作间。

“我妈卖了一辈子凉皮，我家的凉皮，在我们那块特别有名。”刘小爱自豪地说着，半张凉皮在她的刀下，呈现出宽窄很均匀的面条状，从切凉皮均匀度上看，刘小爱的刀工很好。

“哎呦！我的乖乖，这刀工和机器一样。”王杰远啧啧地说，目不转睛地看着刘小爱一双巧手。在整个调凉皮的过程中，这双手像是技艺高超的舞者，让观看者得到了一种艺术的享受。王杰远还没看够，刘小爱就停止了一系列的“舞蹈动作”，将装好的凉皮递给他，“王矿长，好了，以后常来。”

“好，好！多少钱？”

“你是我的第一个顾客，这凉皮免费的。”刘小爱笑吟吟说着，将凉皮袋子递给王杰远。

“那咋行。”王杰远从裤兜里掏钱包。

“哎呀，好我的矿长哩，你赶紧收起来吧！我说过免费就免费，你给我多宣传一下，我在这儿人生地不熟的，以后免不了要打扰你的，到时你可别不认识我。”

“那不会，以后有啥困难，就来找我，我看你这妹子，人挺实诚的，是这，以后我就是你哥了。祝你开业大吉，财源滚滚，这五十块钱，算我的一点心意。”

“我不能要。”刘小爱不接钱。

“你这妹子，别见外了，听话拿着，走了，我还值班哩，今天把我忙得屁滚尿流的。”

“咯咯！”刘小爱只是笑，仍旧不接王杰远的钱。

“哎呀！快快拿上。”

“给你是免费的。”刘小爱呢喃地说。

这话让王杰远心里热烘烘的，全身的血液直奔大腿根去了，他心里痒痒的，但还是不动声色地说：“你这妹子呀！”王杰远笑着将五张票子放在桌子上，就出门了。

“王……”刘小爱抓起桌上的五十块钱，追到门口。

王杰远头也不回，只是给刘小爱摆了摆手。

刘小爱站在门口，愣愣地看着王杰远魁梧的后背，麻利地将钱装进裤子口袋里。

王杰远很愉悦地穿过市场，朝办公楼走去，在拐弯处，被一句骂声制止了他的脚步。

他随着骂声，看见刘爱爱昂首挺胸站在半截倒塌的土墙根，眯着眼睛。

“没良心的，都把我忘了。”刘爱爱噘着嘴，但语气充满了渴望。

“咋能忘了哩。”王杰远压低声音。

“没忘，鬼相信哩，人家……”刘爱爱委屈地哽咽起来。

“好了，好了。”王杰远害怕被人看见，就一边走一边大声说：“这不是老胡的媳妇，在这儿干吗呢？”

“哎呀王矿长你好！他在家常念叨着要和你喝一场哩。”刘爱爱娇滴滴地说着，在心里却骂道：“明知故问，又在老娘跟前演戏了，演戏老娘陪你演，王八羔子谁演不过谁呀！真是的，老娘让你这辈子都逃不过我的手掌。”

“那就，哪天和他喝几杯，还真馋你菜呐！”

“那就明天吧！”刘爱爱迫切地说道。

“行，哦！不行，最近事情多，那就星期天吧！正好是我的生日。”

“真的？”

“真的，你回吧！我还值班哩。”

“那行，我好好准备些菜。”

两个人招了招手，就分开了。

刘爱爱美滋滋地往回走，哼，馋老娘的菜，老娘这次变着花样给你吃，让你这辈子都离不开老娘，有录像带还是好，回去再好好学习一下。

回到办公室，王杰远吃着香喷喷的凉皮，越吃越觉得香。刘小爱的双手在他眼前舞动着。这巧手太美了，实在是太美了，不知道她的那地方美不美？一定美，心灵手巧的女人，各方面也不会差，这王源是个啥人物，居然能把这么美好的女人弄到手。唉！不能想这个刘小爱了，她再美好，也不能去碰了。

“我这弄的是啥事呀？说好了要收敛点的，可一看见刘爱爱，尤其是她的奶子，让我无法抗拒，又鬼使神差地和她对上暗语了，从这骚婆娘的眼神里，能看出她想我想得不成了。胖女人就像是厚褥子，爬在上面软绵绵的很舒服，侯小梅年轻漂亮，形象好，比刘爱爱好多了，就是太瘦，硌得人不舒服。”王杰远吃着凉皮，想着心事。

“梆梆”的敲门声，打断了王杰远的思路。

“请进。”王杰远收回想女人的心事，一筷头将剩余的凉皮送到嘴里，来人就推门进来。

“王矿长您还没吃完饭？”进来的是通讯员小贾。

“嗯！”王杰远用鼻音回答着。

“是这样的，文建华死了。”

“谁？”王杰远做了个吞咽的动作，瞪着小贾看着，显然是被他的话惊到了。

“文建华，就是被杀……”

“我知道，他咋死的？”王杰远脑子嗡嗡响。

“文建华听说文斌提着菜刀去柯家闹事，一急就从床上摔到了地上，就摔死了。”小贾简单地说明文建华的死因。

听完小贾的叙述，王杰远额头上的汗珠才止住，没有流下来。

煎熬

柯耀强一看警车向省城行驶，心里就哇凉哇凉的，全身的毛孔齐刷刷地张开了，向外喷着冷汗。心想完啦完啦，这下彻底完蛋了。自己是百口莫辩了，即使辩也辩不清楚了呀！那就沉默是金吧，可这也不行啊！自己没做亏心事，不怕半夜鬼敲门。但这鬼敲门的声音，的确太令人害怕了，如果自己不是重犯、要犯，是不会去省城的。警察们不是吃饱撑着的人，他们哪有这等闲工夫，把一个他们认为不是重犯的人，弄到省城？“我死了都无所谓，就是可怜我老娘了，老来丧子，白发人送黑发人，要是让她知道把我送到省城，我老娘还不被吓死才怪，还有我的倩倩。”一想到田倩倩，柯耀强如坐针毡，开始扭动着身体。

“老实点。”左边的警察厉声说道，打破了车内的宁静。

“他想干吗？”副驾上的“串脸胡”回过头，用自带寒意的目光盯着柯耀强。

“我，我想……尿尿。”一说尿尿，柯耀强真的有了尿急的感觉，不自觉地夹紧双腿。

“忍着。”右边的警察，用肘子在柯耀强的肚子上猛撞了一下。

“哎哟！”

“闭嘴。”

柯耀强刚哎哟一下，左边的警察严厉地让他闭嘴，他不敢出声。为了缓解尿急的感觉，他只能一个劲地想着田倩倩，来转移注意力。

田倩倩去深圳淘金了，在这片荒凉而又广袤的土地里，蕴藏着亮晶晶的黑金子，她却不喜欢，非要赶时髦，去了千里之外的大城市里淘金了。留也留不住，她绝情地走了，将他抛弃在一个不见天日的黑洞里，任凭他哭泣，任凭他难受，任凭他的爱随着时间荒废，她义无反顾地走了。他的爱就这样熄灭了，每当夜深人静时，躺在床上胡思乱想着倩倩，思念宛如冲垮堤坝的洪水，气势汹汹地涌出来，不分时间与场合，连本带利地折磨着他。

对田倩倩他多少有些怨恨，因为倩倩给他的爱情太美了，以至于十年过去了，他忘不了那一夜和倩倩缠绵的美妙，这也是将他推入到万丈深渊的原因，他太痛苦了，这痛苦让他承担不了，在心里怨恨倩倩也很正常。可他心知肚明，倩倩是被他逼走的，事态发展到今天这种地步，他的心理疾病才是罪魁祸首，而不是倩倩，倩倩是对他失望到了极点，才不得不离开他，离开矿上。

警车上了国道，跑了有二十公里之后，就不再拉警笛了。

夕阳西下，车窗外远处连绵起伏的群山，已经看不清轮廓，只是金灿灿的一片，而近处的山丘轮廓明暗有致，山丘上毛茸茸的枯草，在微风中摇曳。

柯家已乱成一团麻。自从柯耀强被抓走，还没半个小时，文斌就提着菜刀来了，一场打打闹闹，把赵聪儿也弄到保卫科了。赵聪儿的事，对家里说都不是个事，咋说都是正当防卫，不会有啥的。柯耀强闯下要命的事，才是家里天塌下来的大事。

柯耀强现在被带到什么地方？受什么样的罪？谁都不知道。

急得柯母不停地哭，她现在也只有哭的能力。

在小煤窑打工的赵秦军下班回来，才知道家里发生的事情，圪蹴在客厅门口的台阶上，抽着劣质的卷烟，像闷葫芦一样不吱声。生活锋利的刀子，在他脸上刻下难以抚平的沧桑，花白的头发稀稀拉拉地能看到黑红色的头皮。家里有两个过了结婚年龄却连对象都没有的“光棍”儿子，像两座大山，压在他的心头，让他喘不过气来。他退休三年了，没享受过一天的清闲，像老牛一样在小煤窑“哼哧哼哧”地打工，好在他有过硬的技术，成了小煤窑老板的“掌中宝”。

煤矿的四大运转——主扇、压风、绞车、水泵，哪一种机器出现故障，都难不倒赵秦军。小煤窑高薪把他聘请去，工资是他退休金的三倍。他和柯母省吃俭用，要攒钱为两个儿子娶媳妇，一想到娶俩儿媳妇要花的钱，他头皮就铮铮地痛。现在倒好了，一个以奸杀犯的名义被抓，一个虽然是正当防卫，也被弄到保卫科。一天的光景，两个儿子都有了前科，这把人都丢大了，丢人不说了，娃子的命都不保了，这个家就要散了，老伴这样哭哭啼啼下去，恐怕连三天都熬不出去，就老命不保了。

“柯耀霞、柯耀红、赵憨儿都死到哪儿去了？”赵秦军瓮声瓮气地问。

“不晓得，不晓得……”柯母拖着哭腔，喃喃地说着，脸上的泪，就像断了线的珠子，滴在衣襟上，湿漉漉的两片，贴在三“台阶”的肚皮上。

“这些王八羔子。”赵秦军正骂着。

“妈！妈！”柯耀霞气喘吁吁地进来，打断了赵秦军的骂声。“妈，妈，赵叔。”个子不高的柯耀霞，已经中年发福，身子像个橄榄球。

“霞，那几个呢？”赵秦军掏出一根烟，接在还没抽完的烟头上。

“我上班哩，耀红打电话，说家里出事了，她和冯志国去公安局，让我回来看看，班上就我一个人，我不敢走，这不一下班就过来了，憨儿还没升井，唉！家里咋能出这事？”

“这还差不多，那潘安贤呢？”赵秦军慌乱的，除了抽烟，不知道当下该干啥，就像查户口的一样盘问着。

“他……他都十天……没回家了。”柯耀霞吞吞吐吐地说。

一提起潘安贤，柯耀霞就想起自己摇摇欲坠的婚姻，眼泪也像是断了线的珠子。

“我……苦命……的……娃……”柯母卡壳似的，拉长哭音，号啕起来。

赵秦军和柯耀霞不知所措，不再吱声。

院子里除了柯母哭声，再没别的声音。

夕阳最后的一丝光辉，努力将柯家院子里的一切，照得金灿灿，同时也将看似静宜、实则是风云变幻的矿区，照耀得金灿灿。

不见柯耀红两口子回来，柯家人的心都缩成针尖。尤其黑夜的来临，在他们惶恐不安的心上，又多了几团愁云。一家人除了叹息，再无计可施，都觉得胸口被堵得严严实实的，也不知道饿。柯母被柯耀霞扶到床上，还是不停地哭。

赵憨儿下班回家，在路上就听说家里出事了，一口气跑回来，无语地在家里待了一会儿。沉重的气氛让他实在待不住，就去公路上等柯耀红两口子。天色越来越暗，矿区稀疏的亮起了灯光，把生产区和家属区，照得明暗交错。他坐在公路边的一块黑乎乎的石头上，一根接一根地烟着抽，烟头在黑暗中随着他的呼吸忽明忽暗，远远看去，像鬼火一般的吓人。他并没意识到自己挺吓人的，而是痛苦、心乱如麻地抽着。

公路边的小河里，哗啦啦的水流声打破矿区的宁静。

赵憨儿对面的家属区里，随着一盏两盏的灯亮起，越来越多的灯光射了出来。人们为了省电，家里都用 15W 的灯泡，即使家家的灯都打开，家属区也是灰暗的。他向矸石山看去，山顶高高竖立着的大灯，将整个矸石山照得亮堂堂的，泛白的矸石中闪着亮晶晶的、非常耀眼的光芒，这些光芒都是金子般的煤块发出来的，非常漂亮，像镶嵌在浩瀚夜空中的星星一样。

矿区的人们为了这发光发热的黑金子，将热血都献出来了，而它也给千家万户带来了温暖与光芒，它让荒山中有了生命，让人们有了希望，可同时也带走了无数为此牺牲的无名英雄。但现实生活中，并没人看得起这些矿区的百姓，甚至很多人都觉得矿工们是最底层的蝼蚁们，整天在地下啃噬着黑晶晶的煤层。

这些社会最底层的劳动者，他们也许不像革命者心系天下，也不像文学家下笔有神，更不像青年学子为中华崛起而读书，他们只是由一些大字不识一个、没有伟大抱负的平凡者组成，更多人只是为了养家糊口，但他们的不辞辛苦带给家家户户冬日的温暖，夏日的光明，他们也在为祖国的建设鞠躬尽瘁、死而后已。

赵憨儿抽完一包烟，才等到柯耀红两口子，他们带回来的消息，加重了全家人心头的愁云——柯耀强被带去省城了。这下超出冯志国的活动范围，他俩无计可施，只能垂头丧气地回来。

一家人坐在客厅里，都无计可施，没一个人能想出来，接下来该怎么办。女人们都在抹眼泪，男人们默默地坐着。

这时，孟平安推门进来，他下班才知道柯耀强被抓了，心急如焚地来了，一进门，看见一家人闷葫芦般地坐着，个个如霜打的茄子——耷拉着头。一家人看见孟平安都没说话。赵憨儿起身，给孟平安让座，又倒了杯茶。孟平安看见柯耀霞哭得红彤彤的脸，心里很不舒服，但又不能说什么。大家都不吱声，孟平安也不好说什么，只能默默陪着，也算是一种安慰。

柯耀强被押到省公安厅，下车时，“串脸胡”回过头，冲着他笑，“你小子，等着瞧。”

惊慌失措的柯耀强被这句话吓蒙了，傻兮兮地看着“串脸胡”，想从他的表情里读出些信息，但他什么也没读出来，低声说：“不做亏心事不怕鬼敲门，我没犯法。”

“你没犯法，能把你抓来？”左边的警察说。

“我……我又没犯法……”柯耀强憋红脸，低声说。

“那你的意思，我们抓错人了？办错案了？”右边的警察厉声说道。

“我知道你没犯法。”“串脸胡”面不改色。

“那……”柯耀强被噎得说不出来一个字。

两个警察也目瞪口呆地看着“串脸胡”。除了“串脸胡”，车内的四个人都诚惶诚恐起来，大家面面相觑，不知道“串脸胡”葫芦里卖的什么药？

“串脸胡”并不给他们解药，让他们一直处在迷糊的状态里，“押下车，把他带到招待所。”“串脸胡”说完，推开门下了车，大步流星地往灯火通明的大厅里走去。

两个警察毫无松懈地把柯耀强押着，从一条林荫道直往里面走，拐过五层楼的办公楼，再拐两道弯，才到招待所。

就这短短的一截路，柯耀强走得很吃力，双脚扭麻花般的迈不前去，又像是踩在棉花团上，轻飘飘、软绵绵地没点力气。“串脸胡”的话让人琢磨不透，但有一点，“串联胡”知道自己没罪，这就好，最起码“串联胡”是明智的人，谢天谢地！想到这儿，柯耀强缩成针尖的心，豁然开朗了一点，脚下有了力量，也能跟上两个警察的脚步了。可还没进招待所大门，他稍微舒展的心，又缩成针尖，一个不好的念头，在他脑海里闪过——如果没罪，那他们为啥抓自己？还把自己带到省城？

赔礼

对于文家来说，一波未平一波又起，一波比一波致命，文静被害，文斌去柯家闹事，虽然没闹出人命来，却把他老爹文建华的命要了。矿长根据这种特殊情况，只让保卫科的教员，给文斌和赵聪儿好好上了一晚上的法律课。两个人也认识到自己的错误，尤其是文斌幡然悔悟，抱头痛哭，让人看见不由跟着抹眼泪。

矿党委做出决定，把文斌和赵聪儿都放了。赵聪儿是正当防卫，没多大的事，该干吗就干吗。文斌留矿观察，每天到保卫科汇报两次。文斌写了保证书，才能回到父母借住的老乡家里，处理他父亲的后事。

赵秦军和柯母十分焦急，一夜之间，两人都苍老了不少，尤其是柯母急得嘴角都烂了，披头散发地坐在家里，让人看着都恓惶。自从柯耀强被带走，柯母就没好好吃过饭，她觉得有个东西堵在喉咙里，让她吃不下去一口饭。

有喜欢看热闹不嫌事大的人，都说赵聪儿傻，按理说，把文斌弄去坐牢才好。即是打架，文家也不是柯家的对手，柯家在矿上人多势大。柯耀强有两个亲姐姐，还有两个同母异父的弟弟，再加上这些直系亲属的裙带关系，东拉西扯像一张人际关系网，所以，在矿上，没人敢和柯家闹矛盾。

田家能忍柯耀强这么多年，也是这个原因，田家在矿上没亲戚。田嘉兴单枪匹马被招到矿上，虽然给老田家干了一件光宗耀祖的事，可他在矿上身单力薄，只能夹着尾巴做人。田埂和田倩倩都在农村出生，后来和矿上大部分人一样，应国家的好政策，享受了最后一批“农转非”，才到矿上。“农转非”比地窝子里的黑户强了几百倍。

在矿上这个小世界里也分三六九等，就拿柯家的势力来说，矿上无人敢挑衅。

和文家有矛盾的人，都会煽风点火，让柯家不要饶恕文斌，文斌这是行凶，应该坐牢才行。柯家现在是泥菩萨过河自身难保，家里人为了柯耀强，都乱了方寸，哪有心思去整治文家呀！再说，文家已经够凄惨了，再心术不正的人，看了文家的光景，也会大发慈悲的。

更何况，柯家人都很善良，压根不理睬这些煽风点火的人。

岳鸣双手包着纱布，操持着公公的葬礼。

家里一个月之内走了两亲人，放到谁家，都是致命的打击。失去亲人的双重打击，让董月珠几乎瘫在床上，还得专人伺候。文斌懊恼痛苦，一夜之间苍老了许多，只是捂着脸，坐在灵堂里哭。不管大小的事情，都得岳鸣去打理、操持。

矿区的人们很善良，文家出来这么大的事，都自觉来帮忙。尤其是文家的那些老乡们，把文家的事当成自家的事来处理。岳鸣对矿区不熟悉，咋能处理好这么大的事？都是靠大家帮忙，才能把文建华的后事，处理得井井有条。

三天后，文建华入土为安。他追随着女儿文静的脚步，去了那个谁也不知道是什么样的天堂，把所有的好坏、痛苦与欢乐留给活人。处理完文建华的后事，岳鸣累得睡了两天，等她休息好了之后，又忙着安慰婆婆和文斌。这期间，有人告诉岳鸣，说是有人煽风点火教唆着让赵聪儿去告文斌。说文斌持刀去柯家闹事，已经构成了刑事案件，如果被赵聪儿告了，文斌就要负法律责任。好几个乡党都这么说，岳鸣思前想后都觉得应该去柯家，安慰安慰人家，化解一下两家的矛盾。柯耀强害死文静，他会得到应有的惩罚，现在他已经被抓了，公安会有一个公平公正的结果，一码归一码，如果是自家人礼数不到，让柯家把文斌给告了，让他蹲一回监狱，那真是得不偿失。假如文斌去坐牢，那还了得呀！这摇摇欲坠的家，再也经不起风雨了。

岳鸣买了牛奶和苹果，走到柯家的门口，觉得自己重孝在身，不能去人家屋里，想回去，又心不甘。来是来了，可又不能进人家屋里，这该怎么办？她左右为难，徘徊在柯家的门外，觉得自己太莽撞了，可一想到文斌要受法律制裁，心里着急，也就乱了阵脚。

岳鸣叹了一口气，心想这过的是什么日子呀？跟着心爱的男人来到这荒郊野外、条件恶劣的矿区，自己属于下嫁，原本想着能得到婆家人喜欢。在文静没出事之前，她是文家人的自豪，文斌是矿上人人羡慕有本事的男人，能娶到不掏钱、貌美如花的大城市媳妇，这的确让文家人扬眉吐气了好一阵子。一家人对她很好，她做梦都没想到，文静死了，公婆对她的态度发生了90度的转变，文斌也冷冰冰的。她能理解，毕竟出了这么大的事，大家没心情，很正常。看着一家人痛不欲生，她心里格外难受，她爱文斌，也爱文斌的家人。

当她第一次踏上这片荒芜的黑土地，她美好的憧憬，宛如被打碎的五味瓶，各种滋味齐刷刷地涌上心头，让她感到无比难受，但嫁鸡随鸡嫁狗随狗的思想，让她很快调整好心态，嫁给文斌，就要和他同甘共苦、携手同行。

岳鸣宁愿自己受伤，也要保全文斌，幸亏文斌没闹出什么大事。她这几天一直都觉得自己太伟大了，假如不是自己，换成别的女人，文斌可能早进监狱了。行凶是啥概念呀？万幸的是文斌和赵聪儿都完好无损，这就是天大的好事，只要文斌能平安无事，自己低三下四地去求人，也很值得，不管人家怎么刁难，也无所谓了。

“咳！咳！”两声咳嗽声打断了岳鸣。她回头一看，从长长的、被各家煤房占去大半的过道上，一位白发如霜的大叔走来，他眼窝深陷，黝黑的脸上皱纹深如犁沟，随着鼻子两侧向外铺展着，大蒜般的鼻翼下，一口被烟熏黄的牙齿，镶嵌在这张脸上，还显得很白。大概一米七五的个头，已被生活压弯了腰，佝偻着背，显得很矮。大叔多像自己过世的公公呀！难道这就是煤炭工人最终的容颜？

岳鸣往后退了两步，侧身给大叔让道，却堵在柯家的门口。

赵秦军一看无路可走，只好原地不动地打量着岳鸣，这位个头高挑、皮肤白皙、五官组合精致，还有一对酒窝的城里姑娘，真是人见人爱呀！可这姑娘不灵醒，放着好端端的城里生活不过，跑到这鸟不拉屎的矿上，真是鬼迷心窍了。这文家的娃子真的造孽哩，把这么好的姑娘坑蒙拐骗来，让她受这份洋罪，看着这姑娘也聪聪明明的，净干傻事，被人骗到这个鬼地方，还死心塌跟着文斌吃苦受罪。年轻人头脑简单，净相信爱情，在残酷的生活面前，爱情是个屁，这姑娘要是在矿上活下去，这种日子不磨掉她几层皮才怪哩。赵秦军暗暗心疼起来岳鸣了。

两个人僵持在原地，气氛突然尴尬、沉重起来。

“文家的小媳妇，你这是要找谁？”赵秦军不想让别人看见，再加上岳鸣站在自家门口，脚边放着一箱子牛奶和一袋子苹果，她双手包着纱布，提这么重的东西，真难为她了。

“我是到他家的。”岳鸣说着，脸就红了。

“那就进吧！”

“这……”

“我是这家男主人。”为了在城里姑娘面前，不跌煤矿工人的份，赵秦军文绉绉地说，弯腰去提岳鸣脚边的礼物。

岳鸣一听，才知道这是赵聪儿的父亲，赶紧叫了一声：“叔叔好！”

“好！进来吧！”岳鸣跟着赵秦军进屋。

柯母和赵聪儿见岳鸣进了，都很惊讶。

岳鸣忐忑不安地站在客厅门口。

“进来坐吧！”柯母过来拉着岳鸣的胳膊。

“我是来向你们道歉的，实在是对不起！”

“哎呀！你还用道歉呀？”赵聪儿阴阳怪气说。

“聪儿。”赵秦军遏止着。

赵聪儿阴沉着脸，一声不吭地坐在沙发上，用余光打量着岳鸣。

“文斌惊扰到你们，我代他向你们道歉，对不起！”岳鸣说着，向柯母鞠躬，又向赵秦军鞠躬。

“嗨！别这样，大家都是一个矿上的，平日里也没啥矛盾。”

“女子，你别多想，都左邻右舍的，没啥事。也就他家的事情，让我们心里也不安。”柯母拉着岳鸣坐到沙发上。

“不管怎么说，是我家文斌不对，我应该代他向你们赔罪。”

“嗨，过去的事情，就让它过去，聪儿，赶紧去泡茶。”赵秦军说着，在赵聪儿的脚尖上踢了一下。

赵聪儿很不情愿地起身，去泡茶了。

“女子，那天多亏了有你，我都被吓傻了。你手怎么样，好些了吗？”柯母拉着岳鸣的手，心疼地看着。

“大妈，都是我们不好，让您担惊受怕了，对不起！您们大人大量，不要和文斌计较。”

“不会计较的，你放心吧！”

“嗨！那是你不知道，这矿上人解决问题，就是这样简单粗暴，其实心里都没啥，你回去就安安心心过日子。”

“谢谢大叔！谢谢大妈！”

一场你死我活的矛盾，被化为乌有。苍穹煤矿很快恢复了平静，大家各就其位。只是在市场东头，靠近一座大土山的地方，一辆挖掘机，两辆拉土车，“轰隆隆”地夜以继日在工作。

人们憧憬着矿上新楼房的模样。

轰隆隆的挖掘机真厉害，没几天工夫，就将市场东边的小土山夷为平地。原计划是盖五栋楼的，现在能盖六栋。这么大的场地，让矿上人都看到希望，有人呼吁矿上让大家集资盖楼，让全矿想住楼房的人，都能住上楼房，这叫安居乐业。当然这种集资是采取自愿，不想住楼房的，就住平房。反正地窝子是不能住人了，住在地窝子的矿工，要强行买楼房，将地窝子夷为平地。人人都知道楼房比地窝子好，不用挑水，不用去很远的公共厕所。用水和上厕所，是地窝子人生活的两大难题，一旦住进楼房，这两大难题就解决了。所以，这一呼吁，得到大部分工友们的支持，很快提议就上了常委会。

这是好事，领导们一致同意盖六栋楼。

纪红云的爹娘，看矿上一切都正常了，女儿也恢复了正常，就急着想回去，毕竟农村的活计多，庄稼也要有人照看。纪红云看出爹娘的心事，不再挽留他们，眼看就要种冬小麦，爹娘的秋收还没完成，把庄稼烂在地里也不是个事，那毕竟是爹娘一年的血汗，自己也于心不忍。孩子们和小黑很熟悉了，有小黑在也能给娘仨壮胆。

高原很聪明，害怕小黑被人毒死，就训练它，让它不要吃外人的东西。狗是通人性的。小黑还学会了很多技能，都是高原从书上看到，才拿来训练小黑的。

纪红云送走爹娘，心里又空落落的，但没办法呀！自己摔倒自己爬，这世上谁也靠不住，只能靠自己。自己这没有灵魂的日子，还得慢慢地熬，熬到两个孩子长大成人，就好了。孩子一天天地长大，日子也一天天好过起来。现在就是好的开始呀！自己应该打起精神来。

生离死别，让纪红云久久不能从失去丈夫的痛苦中走出来，她努力地活着，但孤儿寡母的生活，压得她喘不过气来，唯一让她欣慰的是医治好了高原的先天性心脏病，让高原像正常人一样地生活。

高二去世的第二年，纪红云给儿子高原做了心脏手术。手术很成功，孩子的病好了，她心里的愁云才散，心情豁然开朗，她特别感激省人民医院的医生，他们个个医术精湛，救了高原。她更感谢高二，高二给了她一份责任、一份当母亲的幸福，如果没两个孩子的话，她不知道活在这个世界上还有什么意义。孩子们唤醒她的责任，她不管怎样的悲伤，只要看见孩子们，一切的悲伤都化为泡影。

纪红云知道这是生死之间的信任，因为信任她，高二才忍心去了另一个世界里，要是她不把孩子们照顾好，她就对不起高二。感谢高二给她留下了孩子，给她留下了活下去的理由和责任，更感谢高二用生命换来儿子高原的医疗费。没高二的抚恤金，孩子的病不知道要拖延到什么时候，也不知道孩子能不能等到他们攒够昂贵的医疗费。每每想到这儿，她心里很不是滋味，心里一直有个声音告诉她，是高

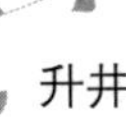

二把他的命给了高原。

什么是爱，爱是无言的奉献。纪红云常常提醒自己，一定要带着两个孩子过好，让孩子快乐成长、健康平安。这样她才能对得起高二的在天之灵。

每天，纪红云都要给高二上一炷香，然后给他敬一杯酒，他最爱喝酒。高二活着时，每次下班回来，都要喝一口酒来驱寒。在井下工作的人，身体里有一股寒气，升井之后，都喜欢用酒来驱寒。虽然现在高二不在了，但他这一爱好一直在纪红云心里延续着，她知道他还活着，就活在她的心里，她闻到屋里的酒味，就像闻到了他的味道一样。

交易

吆五喝六的划拳声混杂着酒菜味，常常从左邻右舍飘出，弥漫在家属区的上空。

生活在寂静的矿区，男人们都爱喝酒，喝酒是男人们的享受。矿上人为了和领导们搞好关系，男人们常常把领导请到家里，让老婆打扮得花枝招展，再做几道合口味的菜。领导被招待好，他们在井下的工作也好干。谁家要是能把某领导请到家里，把领导招待好，这个人不仅会有一份相对轻松的工作，也能在矿上抬起头走一回。

纪红云不知道这酒桌上的猫腻，很不愿意听见从左邻右舍喊出来的划拳和喧闹声。别人的热闹，更加将他们孤儿寡母衬托得冷清和可怜，她甚至于很害怕听到这种喧闹。

星期天，纪红云上早班，下班回家之后，照例给高二上香、祭酒。她看着高二的遗像，高二就冲着她含情脉脉地微笑着。以前，每天下班，只要高二没事，便会带着她去乡党家和要好的工友家坐坐。华灯初上，他们从别人家里出来，在鹅黄的路灯下，对视一笑，鹅黄的灯光和他的浅笑，总能温暖纪红云。他们携手往回走，看着路上的影子由小变大再由大变小。当时平平常常的事情，不觉得幸福，可过后尤其是高二去世后，她想起春天的风，夏天的雨，秋天的夕阳，冬天的雪，都总伴随着高二的笑意，还有高二的怀抱和吻，给她留下的都是幸福。她努力地想留住有高二的记忆，但随着时间的推移，她都快要忘记这种温暖和幸福了。

时间在治愈她的伤，缝补着破碎的家，也让高二从她的记忆里慢慢抽离。

她看着高二的遗像，高二也在看着她，她伸手想抚摸心上人的脸，可冰冷的相框把他们隔开。一层薄薄的玻璃，却是永远跨不过的鸿沟，一个小小的木框，困住了高二也困住了她。

当纪红云站在高二的灵位前，泪流满面时，她邻居胡大木的家，依旧飘着酒香，吆喝声不断。多一半是胡大木的劝酒声："王矿，矿上谁人不知、谁人不晓您的海量？来来喝！"

纪红云家和胡大木家只隔着一堵墙，这墙还不隔音。纪红云听得清清楚楚，胡大木嘴里所说的“王矿”，是王杰远。隔壁客厅里，紧接着传出刘爱爱的声音：“王矿，你兄弟见天都在我耳边念叨您的好处，您可是咱们矿上的好领导，更是好人呐！”

王杰远满嘴酒气：“哪里！哪里！我算什么好人呢？别我刚一出门，你就骂起我来。”

纪红云不愿意听隔壁家的那些事情，换上捡煤时穿的衣服，带着高原和高珊去了矸石山。平时，她不带孩子们去矸石山捡煤，矸石山上捡煤很危险，孩子们不懂事，去了不安全。可今天，她不得不带着孩子们，她不想让孩子们听到隔壁污浊的声音，她要为孩子们保持一份纯洁。更何况矿上出现了命案，她觉得把孩子带在身边才最安全。

听见纪红云领着孩子们出门的声音，胡大木家里的喧闹更加不堪入耳了。刘爱爱花枝招展地坐在王杰远的身边，矫情地说：“王哥，酒是男人的胆，来，喝酒。”

此时，王杰远已“红霞飞满天”，一双布满红血丝的眼睛里，流露出绿色的光芒，嘴巴油渍渍，一只手捋了捋花白的头发，一只手已搭在刘爱爱的肩上，满嘴的酒味，胡言乱语起来：“妹子真会说话，胡兄弟，哥没别的本事，但在矿上，哥是老虎，不是病猫。”

胡大木贼溜溜的眼睛，观察着王杰远的一言一动，他一时琢磨不透王杰远是真醉还是假醉。“死家伙，要是你真醉了，那就不要怪我，我不会让老婆白白牺牲的，我更不会再捡一只绿帽子戴在头上的，我不想再当王八了。”胡大木心里盘算着，脸上不露声色，只是一个劲地劝王杰远：“王矿，男人都贪杯，来，来！我们一醉方休。”

“老狐狸”王杰远哪能做事给别人留下尾巴？装醉是他的强项。他摸了摸脸，摇摇头，说：“不行了，我不能喝了，再喝，我就走不出你家的门了。唉！咱们矿工兄弟在井下干的活，真他妈的不是人能干的，那个苦呀，我心里清楚。”

胡大木一听这话，知道王杰远没喝醉，他心里又惊又喜，却和他当班长时心情完全不一样。那一次为了官位，他让刘爱爱第一次陪王杰远睡，他心里很不是滋味，可是这一次好像习惯了。再看一下刘爱爱，这骚样比上一次老练多了，少了羞涩，多了卖弄，风情万种地挽着王杰远的胳膊：“王哥，今天是星期天，您没公务，您就尽情喝。”还不失时机地用胸部撞击王杰远的身子。

王杰远看着刘爱爱，吧唧着嘴巴，故作沉思起来。

胡大木明白自己应该退场了，给刘爱爱使了一个眼色，然后站起来说：“我就是这点德性，喝一点就憋不住，我得去上厕所去。爱爱，好好招待咱王哥。”

王杰远没吱声，只是微微地点了点头。

刘爱爱打情骂俏地说：“看你的熊样，没能力就别喝，功夫不行，还逞能。”

胡大木知趣地出来，将家门锁好。

胡大木红着脸上了铁道，漫无目的地走着，脑子里全是王杰远和刘爱爱赤裸裸的肉体，做着男人和女人在一起的事情。胡大木觉得活得真窝囊，不仅给王杰远提供了老婆，还得给他提供一张取乐的床。他家的床，是他每天都要睡觉的地方，老婆可以不重要，和老婆只是半生缘，而一张床可是自己一生最重要的东西。人从出生到死亡，都不离开床，一生多半的时间是在床上度过的。每当他躺在床上，脑海里就出现刘爱爱和王杰远这对狗男女在这床上的各种姿势，心里很不是滋味。他就有了把刘爱爱杀了的冲动，可转念一想，这不能怪刘爱爱，都是自己出的骚主意，自己酿的苦酒，自己喝，这能怪谁！

现在，这对狗男女肯定已在床上翻云覆雨。胡大木这会儿脑海里净是王杰远和刘爱爱不堪入目的风流快活。

一想到这对狗男女，胡大木虽然没第一次反应强烈和难受，但心里很不是滋味。没一个男人能大度地把自己的女人心甘情愿送到另一个男人的怀里，然后拿起一顶绿帽子，往头上一扣，做一个缩头的乌龟王八蛋。

“真他妈的，还要给这对奸夫淫妇提供床，真他妈的，我他妈的还是人吗？可我不这么做，能有手里的权力吗？能这样轻松地活着吗？为了功成名就，为了利益，我只能心甘情愿做一只王八蛋。王八蛋，我是个王八蛋！把自己的老婆亲手交给狗日的王杰远。狗日的当了一个烂矿长，就要睡人家的女人，狗日的就爱睡别人的老婆，狗日的你有啥了不起？你狗日的还不是煤黑子的一个黑领导，你把在‘地狱’里干活的我们不当一回事，没我们这些下苦的人，你能当上矿长么？不能么！你能当成贪官污吏么？不能么！这也许是老天爷对你王八羔子的惩罚，让你的老婆瘫了，呵呵！一个瘫子老婆，怎能满足一个如狼似虎的男人呢？”胡大木越想心里越酸楚，吸溜一下鼻涕，把手揣在袖筒里，猫着腰往前走。

“我也没办法，要不然我能给自己戴一顶绿帽子么？真他妈的，井下的活真他妈的不是人干的，窝头（掌子面），窝头，黑晶晶的煤块堆积的窝头，看着让人不由自主地爱上窝头，可要想把窝头搬到地面，绝对不是一件容易的事情，黑晶晶的煤块呀！你让我为了你，将我老婆都献给人家了，我真他妈的是干不了那样的苦活吗？不是，我是受不了那些当官的嘴脸。在井下，人心和黑乎乎的窝头

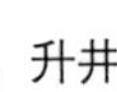

一样，让人看不到底。”想到这儿，他脑子嗡嗡地疼，他不知道自己这么到底值不值得，可一想到井下的工作环境，更加茫然了。

“一到井下，人人变得不是人了，一个个如野兽暴躁，相互骂架那是家常便饭，只有手里有一官半职，才不用干重活，还能得到工人们的尊重。我也想做人上人呀！只能将老婆献给狗日的王杰远。现在狗日的一定在爱爱的身上忙活着，爱爱也一定嗷嗷地叫着，这个死婆娘一定美死了……”胡大木胡乱地想着，心里很恨，觉得他真不是个男人，男人！男人这一个名称，此时对他来说，真的很讽刺。

胡大木走到一个没人的地方，狠狠地扇了自己一个巴掌，脸上马上出现了一个五指印。他垂头丧气地从铁道上了山，他的心情难以平静，看着不远处的矸石山，看着沉睡一般的矿区，看着广袤的山丘地带，突然觉得很迷茫，不知道这样做是为了什么？为什么要把老婆送到别人的怀里？想着想着，他眼前的一切，不再是那样的清晰了，渐渐地被眼泪模糊了，云雾缭绕看不清。

一阵阵风吹过，夹杂太多的寒意。胡大木本能地缩缩脖子，把头缩进外衣的领口里，他这一缩脖子的动作，让他更加觉得自己就是一只缩头乌龟，他痛苦地找了一个背风的旮旯角，蹲下，颤抖地点上一支烟，狠狠地吸了两口。一股清鼻涕流到嘴角，他顾不了脸上的泪水和那股清鼻涕，只是狠狠地吸着烟。

风把胡大木体内的酒精吹散了，他只觉得身上像浇了凉水般无情地冰冷，侵蚀着每一根神经，手哆嗦得将烟都递不到嘴里去，他只能将烟叼在嘴边，好像和烟有仇恨一样，不离嘴地拼命地抽着。不一会儿，他处在烟雾缭绕中，地上零星的烟头在风中翻滚着、旋转着，像是在嘲笑他。他看着抽完的烟头，心里就有一股恶气上蹿下跳，像喉咙里卡了个东西，让他恶心、难受、窒息，他好恨呀！可又不知道要恨谁，恨自己、恨刘爱爱、恨王杰远，王杰远是该让人恨的，但自己能把这王八蛋怎么样呢？自己好像是寄生虫，还要依附着狗日的，离不开这狗日的。恨这百里煤海吗？不能恨，这块煤海是自己的衣食父母，自己现在只会挖煤，别的也不会呀！他茫然地站起来，狠狠地用脚将烟头碾碎。

又一阵风吹来，烟末子和浮尘一起，被吹得不见踪影。胡大木呆呆地看着脚尖前空空如也的地面，脑子里全是王杰远和刘爱爱的苟且……他又痛苦地蹲下，接着抽烟。

一把锁，锁住了屋里买卖式的风花雪月，王杰远和刘爱爱的风流韵事，那是轻车熟路，不必再说。

反正，胡大木很快就成了采煤队的副队长。

守候

单纯的侯小梅，压根不知道王杰远背着她，在胡大木家里和刘爱爱风流快活呢！自从和王杰远好了之后，她心里装满了王杰远，他的一切，在她心里都显得很重要，已到了离不开他的地步，心甘情愿拒绝了所有的追求者，全心全意爱着他。

侯小梅想着和王杰远的缠绵，激情还在她心里“余音绕梁”，她感觉幸福得像花儿一样。最好的爱情，是情不自禁地燃烧激情。每次他们鱼水之欢，美得用语言和文字都无法表述，气喘吁吁的王杰远得到满足，对她的爱，让她每次回想起来，心里都痒痒的，全身麻酥酥的。王杰远热烘烘地将她白皙的全身拱了一遍，就连最私密的地方他都不放过。

看着她的玉体，王杰远一个劲地说：“美，美，你太美了，我爱你，我都不知道怎么去爱你了，我的宝贝。”王杰远很有技巧，让她感到满足，再加上他的这一番话，她更觉得幸福，将红扑扑的脸深深地埋在他的怀里。

安静之后，他还怜香惜玉地抚摸着她的后背，她特别喜欢这种抚摸，觉得特别安全。

侯小梅边洗衣服，边想着她和王杰远赏心悦目的缠绵。想到王杰远，她心里暖洋洋的。每次，都要缠绵到早上三点多，他才恋恋不舍地送她回家。

“美女最伤男人身了，如果这样下去，一定会将我掏空的。”这是王杰远的原话，但他很爱侯小梅这样把自己掏空。牡丹花下死，做鬼也风流。哪个男人能经得起女人的诱惑？但不管怎么说，侯小梅真的觉得很幸福很幸福，每次，他们突飞猛进、澎湃缠绵、醉生梦死达到了快乐的顶峰。直到凌晨他将她送回家，分别时，害怕被人撞见，才没过多地亲热。

每天早上六点钟，矿上供水。以前，每个家属区有一个公共的水房，供水时，按理说是排队接水，可总有那些不守规矩的人，插队、拥挤，不按套路出牌，让规章制度成为摆设。供水时间一个小时，人们争先恐后地接水，手脚慢

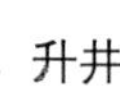

的、面情软的人，常常是接不上水的。渐渐地水房演绎成了战场，为了接一桶水，经常有人大打出手，矛盾每天都在发生。后来，矿上决定把水管引到各家的院子里，也就有了自来水，这下方便多了，再不用拥挤到水房你争我抢的。

一年四季，早上起来接水，是矿上人最重要的一个生活细节。

侯小梅上早班，她让侯母早上把水接满，她下班回来后要洗衣服用。

侯小梅洗衣服很细心，每次她打算洗衣服，就早早起床，等着放水。六点钟，水管子“咕咕”地响，她把雪花铁皮水桶接在水龙头下面，打开水龙头，一股白白的水柱飞流直下，她把家里的水缸接满水，还要把大小的塑料盆接满水。

侯小梅下班回来，侯母把烩面片端上桌，又捞了一小碗自己腌制的糖蒜。侯小梅喜欢吃面食时吃些糖蒜。娘俩一人一小盘烩面片，边吃边聊，这种简单的生活场景，却是侯小梅梦寐以求的。侯母喜欢打麻将，天天都在麻将桌上，很少给她做饭，也很少管过她。她从小到大，都渴望自己像别的孩子一样，回家有一口热乎饭吃，有妈妈的陪伴，但侯母总让她失望。爹去世了，对她来说有娘和没娘，没啥区别，在这样的生活环境中，她能长大，纯粹属于生命顽强。侯母能做一顿饭，真是千载难逢，她很珍惜这顿饭，所以吃得很慢。

侯母性子急，两三口吃完饭，嘴一抹，又去打麻将了。

侯小梅洗完锅碗，睡了一会儿，就起床洗衣服。她先洗粉红色的内衣，内衣上还残留着王杰远的体液。这东西，让她脸红。她又想起王杰远，现在只要她闲下来，满脑子都是王杰远，就连她躺在他的怀里，还在不断地思念着他，他已占据了她整个身心。

侯小梅洗衣服时，水里都沉浮着王杰远的影子；吃饭时，饭里也有他的味道；睡觉时，被窝里也有他的气味和温度。王杰远不在她的身边，她也能感受到他热烘烘的亲吻，王杰远的胡茬子，让她全身火辣辣的，她很喜欢这种火辣辣的痛感，还有他抚摸她后背的那种感觉，也是非常美好的。侯小梅独处时，常常回味和王杰远点点滴滴的温情。

侯小梅坐在院子里洗着衣服，一米阳光照耀在她飘逸的长发上，她柔顺的长发，随着她搓衣服的动作，在肩背处温柔地摆动着，阳光将她的秀发照耀成一泻千里的瀑布，又像一帘幽梦，在阳光下，她的倩影格外的妩媚动人。

她将洗好了的内衣搭在衣架子上。滴答的水珠子落在地上，把浮土溅起来，像个小酒窝，衣服挂在那儿，滴水就成了一个固定的模式了，不一会儿地上湿漉漉的一片。她洗了上衣，洗裤子，淘了一遍又一遍，洗干净了摔打几下，挂在衣架子上。衣服挂得多了，滴水也就密密麻麻，像雨声。很少下雨的矿上，很难得听到雨声，她又爱听雨声，除了结水成冰的冬天，她常常洗衣服时，从来都不会将衣服上的水拧干，让水自然滴落，就成了人工的雨声。

她会拿一本书坐在院子里，看着书，听着这滴答的水声。

这就是侯小梅，一个事不关己高高挂起的人。矿上人都处在文静之死的恐惧中，她依旧安静地看书，活在自己的世界里，对外界发生的一切，视而不见听而不闻，不悲不喜，安静地像一尊雕塑。

“咯吱”一声，侯小梅家的院门被推开一条缝隙，赵聪儿的脑袋塞了进来，打断了侯小梅看书的思路。她扭过头，看见是赵聪儿，恶狠狠地瞪了一眼，把目光又落回到书上。

赵聪儿笑嘻嘻地进来，走到侯小梅面前，从衣兜里掏出两颗巧克力，放到她的书上，嗅到了她的体香，一股异样的感觉让他如痴如醉：“老同学，你这看的啥书呀？”

侯小梅一抖腿，包着银纸的巧克力滚到地上，一颗滚到她的脚下，一颗滚到菜园子里的一摊稀泥里。侯小梅洗衣服的脏水，全都泼在菜园子里。

赵聪儿心疼地看稀泥里的巧克力：“好我的姑奶奶哩！这巧克力是我费了九牛二虎之力，才弄来的。”

“啪！”侯小梅合上书，站起来，把脚边的那颗巧克力，踩在脚下，还碾了两下，径直进了客厅里关上门。

“你不吃，也不能这么糟蹋！这是进口的巧克力。”赵聪儿沮丧地说。

侯小梅打开电视，将音量调到最大。

赵聪儿知道侯小梅不想见自己，也不想听自己说话。“你越不待见我，我越要粘着你。泡妞泡妞，就是要泡，泡要注重技巧和火候，不下功夫，咋能泡到手？来个守株待兔，我不信你不出门。”想到这里，赵聪儿拿定主意，一步跨上台阶，悄悄圪蹴在门口，抠着指甲缝里的脏东西。

过了一会儿，侯小梅关了电视，听门外没动静，还以为赵聪儿知趣地走了。想去院子里接着看书，刚一开门，被吓了一跳：“哎呀妈呀！你咋跟狗一样。”

“嫑害怕么！我又不是坏人。”赵聪儿嬉皮笑脸地说。

“你也不是啥好人，赶紧走吧！”说着，侯小梅就要关门。被眼尖的赵聪儿拦住了，两人的手都把在门上。侯小梅的手劲小，被赵聪儿搡着，门就无法关上，试了两次，侯小梅放弃了关门，转身进了客厅。赵聪儿一副胜利者的表情，跟着进了客厅，屁股刚要往沙发上挨，一把明晃晃的剪刀，就到了胸前。

“赵死皮，你走不走？”侯小梅将剪刀尖对着赵聪儿。

“你这是咋啦？把剪刀放下，你知道吗？文静就是让人用剪刀捅死的。”

“少啰嗦，赶紧滚！”侯小梅晃着剪刀。

“听话，把这玩意放下，文静的那个地方，都被剪了，惨不忍睹。”

“你走不走？不走，小心我把你那儿也剪个稀巴烂……”

“你这女娃，咋这么歹毒，我掏出来让你剪，剪了，以后你拿啥用？拿啥去享受。”

“滚！臭流氓，滚不滚？”侯小梅在赵聪儿身上乱剪。

吓得赵聪儿脸色发白，一个箭步窜出去，站在院子里：“你还来真格的？”

“你滚不滚？”侯小梅说着，把剪刀尖对准自己的咽喉。

赵聪儿一看这架势，赶紧往外走：“疯了，彻底疯了，我可不想弄出人命。”

侯小梅赶紧把院门锁好，才发现还拿着剪刀。

剪刀在阳光下，明晃晃的。这剪刀也能成为杀人的武器？还能把人那儿弄成稀巴烂，真是太残忍了。这么残忍的事儿，是柯耀强干的吗？他怎么会如此恶毒？现在他被抓了，蹲监狱，就应该让他活罪难逃，枪毙他的时候，让枪子打成网状。侯小梅被自己的恶咒吓得打了个冷颤。喃喃自语着：“侯小梅呀侯小梅，你什么时候变得这么恶毒？”

这段时间，柯耀强如梦如幻，别人牢狱之灾特别痛苦，他倒好，在看守所里，整天是吃了睡、睡了吃，过上猪一样的“幸福生活”。只是他一直弄不明白，警察气势汹汹地将他抓来，不会只为了大张旗鼓去省城开个什么新闻发布会吧？但除了这个新闻发布会，警察们把他关在这间房子里不闻不问，而且饭菜是保质保量，一顿都不少。变着花样的饭菜，从门上的小窗户里递进来，他就过上猪一样的“神仙”日子。

刚开始这种日子，对他来说，美到了心坎里，他可以用大把大把的时间，来想念他的倩倩。还可以在思念中忏悔，把他的小半生回顾、总结一番，再忏悔、再总结一番，每天在回忆、反省、总结、忏悔中度过，感觉还挺好的。可过了几天，他就受不了这种“神仙生活”了，每天除了饭点给他送饭的人在门口喊：“8966”（他的代号）！除此之外，再没人过问他。他好像被整个世界遗忘了。长期在井下工作，他早已习惯了黑暗，也不害怕黑暗，可现在他却越来越害怕黑夜，他恍惚中觉得自己这不是在坐监狱，而是行走在去鬼门关的路上，或者是过了鬼门关去地狱的路上，并且一去不复返。

在这种情况下，柯耀强思念倩倩的情绪，在他失去自由的体内排山倒海："亲爱的人儿呀！你可知道我的心承受着怎样的煎熬吗？我多么想你呀！你在深圳还好吗？我无时无刻不在想我们的那一夜。那一夜，是我今生最幸福的一夜，你躺在后山的那块石板上，妩媚地看着我，眼里的一道道电光，将我全身电击得麻酥酥的。你不停地呼唤着，我的名字从你性感的双唇里吐露出来，特别悦耳好听。我的魂都被你勾引走了，不由自主地发慌。从小到大，只有你把我当人来看，只有你依赖我，把我当成你心中的英雄。"柯耀强想着，脸上火辣辣地烧。

他第一次在田倩倩身上的表现，确实糟糕透了，这不能怪他，田倩倩是他的第一个女人。青涩无知的他，被田倩倩低声的呼喊刺激得神魂颠倒，只想快点占领倩倩，给她幸福。没想到他的莽撞，弄疼了倩倩。倩倩疼得大叫，他也疼，看着倩倩痛苦的样子，他害怕了，赶紧停下来。他再也不想给她痛苦了，他更不想在她的身上，尝试男人们嘴里的幸福。

柯耀强把田倩倩抱在怀里。

汗水和泪水在倩倩俊俏的脸上汇合着，她轻轻地说："再来一次好吗？"

柯耀强真的不敢再尝试了，在心里一直说："田倩倩，你饶了我吧！也饶了你自己。"可是倩倩火辣辣地看着他，她的目光给了他再一次想要她的冲动，她已点燃了柯耀强心中的火，使他兴奋、激动。爱情的火焰，把她和他烧焦了。他迫不及待地想要田倩倩，想给她一个女人最美的幸福，给她这一生都忘不了的幸福。他会用一生的精力来爱她，呵护她，想让她过得比任何一个女人都幸福。

激动不已的柯耀强，戳破了倩倩体内的薄膜，走进了属于他的快乐天堂。倩倩在瞬间的疼痛中，在柯耀强的肩膀上留下一个深深的牙印，这是爱的见证。他俩同时掉进了幸福的蜜罐里，从天黑到黎明。

回忆的大门就这样被拉开了，泪流满面的柯耀强，觉得田倩倩就在他的面前，于是，他对田倩倩没完没了地说着他们的那一夜。

"在那块大石板上，我们幸福着。到了黎明，我们才恋恋不舍地分手，回家后我才从幸福中慢慢冷却下来，这才感觉到后背火辣辣地疼，脱去上衣，镜子里，看到我的后背蹭破了皮，整个后背一片通红，我知道你的后背比我的严重，就想着去给你买擦伤药。

"在我准备穿上衣服时，才发现我的衣服上你的血迹，这是你贞洁的见证，我幸福地狂吻了那一片殷红。我换了一件衣服出门，买了擦伤的药去你家，在路上我做好思想准备，如果你爹要打死我，我也认了，我再也不当一个懦夫。我给他老人家跪下，心甘情愿地让他打，因为他是你的父亲，那他也就是我的父亲。从你给我全部的那一刻起，我们就融为一体，你就是我，我就是你，我能经得起你爹的考验。

“当我像勇士一样去你家，没人开门，我坐在你家的门口等，我以为你在家里睡觉，折腾了一夜，你肯定累了，我要让你好好地睡一觉，就守在你家门口。还将一群在你家房后玩耍的小孩子轰走，给你一个安静的睡眠环境，我靠在你家门框上睡着了。

“后来，我被你爹一脚踢醒了，惺忪地看着你爹。你爹背着阳光，夏日的阳光，光芒四射。在强光的刺激下，我看到你爹的脸更黑了，像凶神恶煞的阎王爷。你妈跟在你爹的后面，还有你哥和你嫂子，我赶紧趴在地上给他们磕头，请他们答应我们的婚事。此刻，我战胜了不健康的心理，再不害怕我牺牲在井下。也许是我的真情感动了苍天，也感动了你爹，你爹让我进屋。这是我十五年来第一次进你家门，自从我七岁时，被你爹赶出来之后，我再也没进过你家门，倩倩，这不能说明我不爱你，我对你的爱天地可证、日月可鉴，我爱你！爱你！

“当我听到你去深圳了，很不相信你爹的话，我以为你爹在骗我，你妈把你留给我的信给我时，我才相信这是真的，你走了。我带着你的信，也去了深圳，可我真傻，我是井底之蛙呀！我把深圳想成了矿上。当我踏进深圳，才知道矿上的天地和深圳是无法比的，要是硬比的话，矿上是蚂蚁蛋，深圳是鸵鸟蛋。我在深圳苦苦寻找了你六个月，每天，幻想你突然出现在我的面前，我一定会高兴得发疯，可我每天都在等待中失望。

“倩倩，你可知道我寻找你有多么辛苦吗？你知道吗？失望到极点就是绝望，虽然我很绝望，但我还是边打工边找你，有一次我被一帮地痞流氓抢了，连你的信，也被抢走了。到最后我沦落为乞丐，只能死里逃生回到矿上，我才知道真的找不到你，也许这一生我都找不到你了。

“我只能在矿上守候你，没有了你的信，可我有你留下的血衣，我足矣。你信上的那句话，始终刻在我的心里，你说：强，你是我一生的爱，黑金子般的爱。想想你走了十年，现在我们都老了，连血衣都被氧化了，褪色了，但我对你的爱依旧。倩倩！倩倩！”

对着他幻想出来的田倩倩，柯耀强喋喋不休地把压在心里十几年的话都说了出来。

柯耀强现在有足够时间来想倩倩。

在想倩倩之余，柯耀强担心井下那群被他养得肥肥大大的老鼠，这么多天了，它们没有自己的投食，会不会饿死了呀？不会的吧！矿工们都知道在井下，老鼠是最好的安全员，他们都会好好养老鼠的。“大、二、三、四，你们可好？都别那么挑食了，有人给你们吃的，你们就好好吃呀！不知道我还能不能再见到你们？不管以后我们是否能见面，你们都要好好地待在井下，守护着我的工友们。”柯耀强吃饱喝足后，给田倩倩说话，也给井下的老鼠们说话，但他这种说话，只能是自言自语，永远得不到回应。

他备受煎熬，却没勇气和警察沟通。最初他还能明确自己在害怕什么，后来又说不上来害怕什么，在这间房里的每一分钟对他来说都是煎熬，唯一支撑他的是倩倩留下的美好回忆，除此之外，他觉得自己生无可恋。

他被关在这间房子里的第二十天，“串脸胡”来看他，他有点高兴，觉得是来审问他的。可“串脸胡”只是在门外喊了一声“8966”，他条件反射地跑到门前，小窗口被打开，“串脸胡”冲着他坏笑，他看着这张不怀好意的笑脸，心又缩成针尖大，感觉自己面部肌肉又冻结了。

“8966。”

“到，政府，那个啥……啥时审我？”

“你小子，好好待着，还没到时机，哦！对了，你小子，女人缘还很好哈，居然有个傻娘们来给你作证，说那天晚上你和她在一起，肯定是在做伪证，你知道伪证吗？”

“知道。”

“知道做伪证是要负法律责任的，要坐牢的。这傻娘们，居然敢来为你做伪证，把我们警察局当什么了？把我们当成什么了？”“串脸胡”收起笑容，厉声说道。

柯耀强嘴巴张成“O”型，一个字也说不出来。

“不过，我看在这个傻娘们对你的爱……”“串脸胡”把“爱”咬得很重，又拖了个长音，就像是一段话，用红笔画出重点似的，重点画完了，他又接着说：“我把她放了，不过警告她，再用‘障眼法’扰乱我们破案，她就要坐牢。嗯！我就纳闷，你小子是不是在矿上风流成性，把大部分女人都睡了？”

“没。”柯耀强一听，顿时脸色煞白。

“真没？”“串脸胡”又坏笑起来。

“串脸胡”的话，像一块大石头，砸进他死水般的心湖里掀起了涟漪。

“咋啦？你小子还脸红？那就是没睡完么。我就觉得可笑呀，你说好笑不？对了！你看我这脑子。”“串脸胡”拍着自己的脑壳，像是记起什么似的，又兴奋地说道：“难不成你们……”

柯耀强的脸已成了猪肝色，脑子里闪过一个念头：这个“串脸胡”是个很不正经的警察，满脑子净是“乌七八糟”的东西。

“串脸胡”把脸凑到窗口，看着柯耀强猪肝色的脸，哈哈地笑了，然后一本正经地说：“不和你开玩笑了，害怕你在这儿郁闷，说个荤段子，让你开心一下，结果呐，还把你开成这副德性，看来我开玩笑的技术不行。”一丝歉意在“串脸胡”的脸上回旋着。

“不是……我……”柯耀强不知道说什么好。

“不过来给你做伪证的女人，倒是真的……”

“谁呀？”

“我咋知道是谁啊！名字忘了。”

柯耀强又无语了，这个“串联胡”真的不靠谱。

“对了！你小子好好待着，很快就审你了，也很快就会水落石出了。”“串脸胡”说完，转身走了。

“有个娘们为我做伪证？难道是倩倩？不可能，倩倩在深圳，田家人把我恨死了，不会把我被抓的消息告诉倩倩的，除了倩倩，又会是谁呢？会不会是欣欣把我的事情告诉了倩倩，倩倩你可千万别傻呀……不可能是倩倩，那这又会是谁呢？”柯耀强默念着，慢慢地在屋里走动着，这谜一样的念头，从此就困扰住了他，不过这个念头，给他无聊透顶的监狱生活，倒是带来了一丝希望和欣慰。

回忆

胡豆花从公安局回来，一直闷闷不乐。但饭馆还得照常营业，一家人的生活，就指靠这个小小的饭馆了。

瘸子李看胡豆花不说话，就知道她做伪证的事失败了。

瘸子李见胡豆花悲伤，也很难过，一想到柯耀强还在监狱里，心里更难过了。可他心里还有一丝庆幸，好像伪证的失败，恰好说明胡豆花和柯耀强没搞到一起。

瘸子李对胡豆花很愧疚，自己年过半百，胡豆花的出现，虽然是搭伴过日子，但也给他带来了温暖和慰藉，他没给胡豆花说过爱，也没许诺过会给她什么，更没说过未来会怎么样，他们只是平淡地、日复一日地过着从日历上撕下的那一页页纸，他爱她吗？他不知道。她爱他吗？他也不知道。他只知道和胡豆花结婚后，他的日子才有了阳光明媚，繁星绚烂。

瘸子李看胡豆花阴沉着脸，像风车一样忙出忙进，也不敢和她搭讪，只是坐在门口的椅子上，直愣愣地看着她走路时带来的风将桌布掀起来，她一走过去，桌布又落下去。只要她一走路，这桌布就哗啦啦地起起落落。她不来回走，店里一下子安静下来，这安静的气氛，让人窒息，瘸子李倒希望胡豆花气呼呼地走来走去，可她不走了，坐在板凳上发呆。

瘸子李不敢吱声，走过去把胡豆花揽在怀里，叹了口气，喃喃道："我们已把能做的都做了，剩下的交给老天爷吧！"

胡豆花扑进他的怀里，呜呜地哭起来，"我和他没做过对不起你的事，可我也不相信他会去杀人，可怎么就偏偏抓了他？而且这么久都没个准信，会不会判死刑啊？"胡豆花没意识到，她对柯耀强的感情，只是朋友的关切，没有夹杂着别的情愫。

瘸子李低声安慰着胡豆花，也安慰着自己，两个人好像又回到了刚结婚时的温馨。

晚上，瘸子李看着怀里的女人，两个人十指相扣，他想：我是爱她的，我想她也是。

清早，一阵急促的警笛声，在苍穹矿上回荡着，惊醒了矿区的万物，也吓坏了准备去开店门的瘸子李，他竖起耳朵仔细听：是的，是警车，不止一辆警车，好像是三辆，不对，应该是四辆，这么多警车，一定是出大事情了。瘸子李不敢多想，冲着屋里喊了一声："豆花，你去招呼店里，我去看看，咋这么多警车。"说着，一瘸一拐地往出走。

这警笛声，让人们往这条矿上唯一的公路边蜂拥而来。一连四辆警车，在前面开道，后面还有两辆大卡车，大卡车上是全副武装的武警战士。他们表情严肃，手里紧握着枪。警车和大卡车并没停在苍穹矿上，而是从穿矿而过的公路驶向更荒凉的地方。

站在路边或者别的地方的人们，个个惊慌失措，不知道发生了什么事情，大家只是面面相觑，然后用不同的姿势和眼神，望着被车轮掀起的黑土。黑土在空中不断弥漫开来，浓烈的煤味呛得有人咳嗽。早已习惯了黑土飞扬的人们，并不在乎灰尘会落在自己的头上、眉梢和身上，他们只关心这么大的阵势，到底出了什么事？

六七个半大不小的男孩子像野马一样，跟着大卡车奔跑。

坑坑洼洼的路面，让警察和卡车像蜗牛般地爬行。这几个男孩子从小生活在这里，对这儿一切都很熟悉。山高皇帝远的地方，交通很不方便，去哪儿只能靠双腿，这些孩子们从小就在这条公路上跑，早练就了"飞毛腿"。对路况也非常熟悉，哪儿有路障，哪一段路好走，哪一段路难走，他们心里清清楚楚，所以，他们跟在警车后面跑，并不担心被警车甩了。在好的路面上，车能跑起来，而在这种不好的路况上，即使警车也不敢跑得太快。而这些男孩子的速度几乎和车持平，他们在黄土和煤末混杂的路上跑"马拉松"，被扬起的黑土弄得灰不溜秋的。

直到天黑，这群孩子才灰头灰脸地回来，脸上还残留着汗渍，气喘吁吁的孩子们给矿上带来了一个又可怕又振奋人心的好消息，弄得人心惶惶，将矿上短暂的平静、枯燥生活，又掀起了涟漪。

一连好几天，柯耀强被"串联胡"说的那个来为他做伪证的娘们，折磨得坐立不安，他把能来做伪证的娘们想了个遍，尤其是和他发生过关系的，反复排查，觉得那些娘们都不可能为他冒险，压根就没有做伪证的胆识和魄力。那"串联胡"说的傻娘们会是谁呢？他绞尽脑汁也想不出来，就觉得"串联胡"在取笑他，给他一种打发时间的好方法。他坐在床上，抱着双膝，脑子却在高速运转，凄惨的往事，一件件一桩桩在他的脑子回放，尤其是儿时的一切。

柯耀强五岁时，他爹在井下去世了，他没能见到爹的遗体。当时，他压根不知道什么是死亡。娘和姐姐们都在哭，他本能地跟着哭。后来，他见爹好长时间没回家，就哭闹着要爹，比他大两岁的二姐告诉他，爹死了，再也回不来了。死了就是回不来了？回不来就是死了？爹怎么会回不来呢？不会的，爹一定会回来的。爹可能是生气了才不回家，过一段时间，爹气消了就回来，因为爹很爱自己，爱两个姐姐，还爱娘。

爹在工作中表现好，是矿上第一个享受“政策＋指标”待遇的人，他们家是矿上第一户“农转非”的，可见爹工作能力有多强！好多人都说爹再熬两年，就能当矿长了，所以爹特别伟大。爹高大威猛，特别有力量，一只手就能将他举高高。爹背着娘，同时还能将他们三个孩子一起抱在怀里过河。这么好的爹，为了救徒弟赵秦军，脑袋被砸成了“肉酱”……

年幼时的耀强并不知道爹死时的惨状，天真无邪的他，只想着爹气消了，就会回来的。

一家人被爹带到矿上才三个月，对矿上的人都不熟悉。他们来矿上的第一天，赵秦军像是爹的亲兄弟，在家里劈柴、挑水地帮忙。他跟赵秦军也算是有缘分，在老家时，他很认生，家里来个熟人他都会躲起来。可到了矿上，他的胆子大了很多，可能是爹在的原因吧！他有了前所未有的安全感，对陌生人也不躲闪了。

每天下班，爹到食堂里给他买一个黑面馍，虽然黑黝黝的，但毕竟是麦面做的，比红薯面、高粱面的强了几十倍。爹娘和两个姐姐整天吃的是红薯、高粱面，苞谷面他们都吃不上。家里的粮不够吃，赵秦军就拿粮票、布票来贴补柯家的生活。家里有什么活，他看见了，不用人说就干了。他年轻，人又勤快，把柯家当成自己的家，柯家人也把他当成家人。

人在他乡，能遇到投缘的人，都会珍惜的。更何况在煤矿上，大家都是提着脑袋在井下干活，更懂得珍惜。柯耀强想着他爹没去世之前的日子，那时他无忧无虑的，被一家人捧在手心里。可爹死后，一切都变了，变成了他不想要的样子。爹去世刚过了百天，娘就和赵秦军结婚了，不到一年，憨儿就出生了，从此，他再也不是家里的宝了，娘所有的精力都放在憨儿的身上。憨儿一岁半，娘又生下了聪儿，这下他彻底成了多余的，娘把所有的爱都给聪儿和憨儿。

赵秦军下班回来，累得不想动弹，一家大小七口人，让他感到压力特别大。柯耀霞、柯耀红和柯耀强都是半大不小的人，正在长个子，所以饭量都很大。真是半大小子，吃垮老子。为了减轻赵秦军的压力，柯母将两个月的赵聪儿，让柯耀红管着，她带着柯耀霞去矿上打铁网子。

打铁网子是体力活，以前是男职工干的，后来家属多了，矿领导把打铁网子设成家属工岗位。打铁网子是把铁丝编制成网状，用于井下掌子面的兜顶。柯母和柯耀霞每天下班回来，也累得不想动。家里的活就由柯耀红来操持，柯耀红不到十岁，要带两个孩子，很不容易！柯母就让柯耀强带赵憨儿帮二姐干家务。

七八岁的柯耀强，正是鸡狗都不爱的讨人嫌年龄，一天到晚带着赵憨儿上蹿下跳的，自己弄得遍体鳞伤不说，还把赵憨儿摔得头破血流。气得柯母一看见他就打，他的厄运开始了，他皮得很，刚挨过打，可又惹祸了，又是一顿打，真是三天不打上房揭瓦。

自从柯母去打铁网子之后，她胳膊上的肌肉，比男人的结实，拳头像铁锤，一巴掌能将柯耀强扇得转三个圈。有时她气急了，就把柯耀强往死里打。光脚不怕穿鞋的，柯母越打柯耀强，他越皮，有时还故意把赵憨儿弄摔，有时在没人的地方报复性地打赵憨儿。赵憨儿后来不聪明，估计和小时候的遭遇有关，赵憨儿四岁才会说一些简单的话。

柯耀强看着赵憨儿憨乎乎的样子，心里有幸灾乐祸的快感，也有后悔的自责。

每天都挨打，让柯耀强心里失去平衡，养成了不好的性格——内向、孤僻、悲观消极、自负自卑。童年的遭遇对人一生影响很大。柯耀强不愿意去回忆伤心的往事，一想就难过得要死，他害怕崩溃了。在这种情况下，真的不适宜去想那些伤感的事情。

除了回忆，让脑子不停地工作之外，柯耀强也无事可做呀！“饱暖思淫欲，饥寒起盗心。”困在斗室，这一天天吃饱了也没事做，一下子精神头大的，就想女人，把和倩倩在一起美好的事情，都想了千万遍，越想越难受，他实在有点受不了相思的折磨，觉得自己生理上也有了病。

什么也不能想，那只能睡觉！柯耀强侧着身睡下。可这几天觉都睡完了，一点睡意都没有，他直愣愣地瞪着眼，等着晚饭，其实他一点都不饿，也不想吃饭，可到了饭点，不吃也不行，现在吃饭对他来说，就是政治任务，他不能不吃。这一天天地躺着，无所事事，压根就没食欲。他实在太无聊了。

“你说这纪红云年纪也不大，也就是三十出头吧，这么多年她一个年轻的寡妇是怎么熬过来的？她是不是也想男人？纪红云真的可怜，不改嫁，也不找个相好的，人生苦短呀！她是怎么去解决生理需求的？也不知道她在熬啥哩？她这样让人心疼呢！如果我这次能出去的话，我要趁着酒劲，好好安慰安慰她！”不能回忆往事，也不能思念倩倩，他胡思乱想着不知怎么就扯到了纪红云的身上，但他体内的另一个声音出现了：

“柯耀强呀柯耀强，你这王八蛋，又胡思乱想啥哩？你可千万不能去祸祸纪红云，她是多好的女人呀！善良勇敢有担当，这么好的女人，你忍心去伤害她？如果你真祸害了她，你就是王八蛋，猪狗不如。那我和她结婚，好好过日子。打住！千万打住……”柯耀强体内的两个自己，又干架了，他觉得太烦了，恨不得扇自己几个巴掌，让体内的思绪消停一会。

他强制自己闭上眼睛，让脑子啥也不想，这样躺了有半个小时，就迷迷糊糊地睡着了。

他梦见爹下班回来，手里提了一只芦花鸡，爹的脸是模糊不清的，好像爹没洗澡，满脸、满身的煤黑，只能看清爹的面部轮廓。他看见爹，高兴地往爹的跟前跑，一不小心摔了个“狗吃屎”，膝盖磕破了，鲜红的血直流。

爹心疼坏了，赶紧跑过来，一手把他抱在怀里，用嘴给他吹伤口：“疙瘩疙瘩散散，不让娃他妈见见，好了好了……我娃不哭了，不疼了，爹爱你！”爹好像不会表达情感，梦里爹却说着这么暖心的话，他有点不相信，直勾勾地看着爹。

爹将芦花鸡放在路边，芦花鸡也不跑，跟在他们后面。爹在路边抓了一把黄土，按在他的膝盖上，伤口不流血了。爹将他架在脖子上，到了家门口，爹满脸是血，爹的脑袋不见了，过一会爹的身子也不见了，他就像架在爹脖子上的姿势，架在半空中。他看了一眼，他离地面有两人高，如果摔下去，摔不死也会摔成残疾。“爹，爹！”他大声喊，把自己从梦里喊醒了，额头上汗津津的，嗓子眼里有一团火在烧，他想喝水，但懒得动。

深秋了，气温一天比一天低。房间里阴冷阴冷的，他懒得动，就翻身，换了个姿势，睡得能舒服点。这个梦不是一次出现的，已经有好几次了。一个梦境会出现几次，到底意味着什么，有什么寓意？柯耀强不晓得，所以心里没底，让他觉得更加烦闷了。

解救

警车开道，两辆大卡车载着全副武装的武警战士，去取缔不法小煤窑的传奇场面，被这几个半大不小的碎娃们绘声绘色描述出来，让矿上人听得目瞪口呆。

“逮住风声的小煤窑，早都逃之夭夭了，那些瓷怂小煤窑，就撞到枪口上了。”

“就是，就是，那枪还是真枪哩，‘嗵，嗵，嗵！’三枪，把煤黑子吓得尿裤子哩。”

“开枪打死人了？”

“哪有呀！有几个偷跑的，被这枪声吓得怂都出来了。”

“冲天三枪响，他们都老实了，一个个缴了罚款，也没人敢偷跑了，小煤窑的老板都被抓起来。”

“那手铐明铮铮的，和拷柯耀强的一模一样，那寒光让人心里害怕。”这些半大不小的孩子七嘴八舌的，却没有一个人能完整地告诉人们取缔小煤窑的过程，人们也不关心，小煤窑不是那么容易取缔的。老板们利欲熏心，他们只要能挣钱，才不管别的。

吃了熊心豹子胆的小煤窑老板，就是和国家打起“游击战”“藏猫猫”，更何况还存在官商勾结的因素，取缔小煤窑的工作难度很大。矿上的人还以为这次虽然动了武装力量，但和以往是一样的结局，说不准又是走走过程，绕个舞姿哩，一年半载，小煤窑又会像雨后春笋，一夜之间冒了出来。

小煤窑是大矿的安全隐患，许多矿难分析原因都是小煤窑惹的祸。

但过了很长一段时间，苍穹煤矿周围的小煤窑真的销声匿迹了。离矿上很远的连绵不断的群山深处，都没人再敢去开小煤窑，小煤窑是摇钱树，这么一本万利的事情，没人敢干，说明国家真的刹住了乱开乱采的歪风。

小煤窑的取缔让矿工们看到了希望，但愿以后没人敢胡乱地开采了。所以，这消息成了一条好消息，让那些在小煤窑盘光阴的矿工断了财路，虽然有些不舍和懊恼，但一想到大矿的安全，人们又觉得欣慰。毕竟大矿才是家园，便都拍手称赞。事物都有双面性，也是自相矛盾的，有好就有坏，虽然断了很多矿工的财路，但他们得到了安全，每个人心里都有一个将安全生产进行到底的美好愿望。大伙热火朝天，把一块块黑晶晶的煤，从井下运往地面，再运到全国各地，为祖国的繁荣昌盛出一份力。

自从柯耀强被抓走之后，孟平安的心也被提到嗓子眼，他怎么也不相信柯耀强就是杀人犯。柯耀强是孟平安一手带出的徒弟，他们在一起工作十五年了，柯耀强的人品，孟平安还是敢打包票的，因为孟平安太了解柯耀强。柯耀强的性格是复杂了些，喜怒无常的，但他的品行是没问题的，只是有些过于任性，并没有人们嘴里说得那么坏。他直性子，没啥花花肠子，也不会隐藏或者伪装，直来直去，是最好打交道的。说白了，柯耀强就是成千上万个普普通通的煤炭工人中最不起眼的一个，是一个身体脏但灵魂纯洁的煤炭工人——他如一块煤，从里到外漆黑黑的，可他是一块黑金子，发出金灿灿的人性光辉，是一个自带温度的热心人，在矿上他算是人梢子，却成了世俗人眼里臭名昭著的坏人。

他再坏，也不会去杀人的，但他没杀人，警察不会把他抓走……这一切扑朔迷离。无风不起浪，警察又不是吃素的，他们干什么事情，都注重证据，没有证据，警察不会抓他，警察抓他，肯定是他杀人了。每次这么一想，孟平安只能替柯耀强惋惜，除此之外，他没有能力替柯耀强做些什么，他后悔那天自己不应该休息，如果自己上班，也能发现柯耀强的心理变化，就能做到早发现、早制止，把他不好的苗头扼杀在摇篮里。

在疏导柯耀强心理问题上，孟平安还是比较自信的，这么多年，柯耀强对他无话不说，不管什么事都和他商量。孟平安将对柯耀霞的爱，转移到柯耀强的身上，把柯耀强当成自己的亲弟弟，这样的感情，让他们之间很有默契，即使对方不说，也能感受到对方的心理变化。可那天偏偏自己休息，才让柯耀强闯下这要命的无法弥补的祸端。孟平安心情乱糟糟的，这么多年来，他担心柯耀强，他爱屋及乌地保护着柯耀强，突然没有能力去保护他了，这种落差感让孟平安心里不舒服。他当了书记之后，这一年半载，柯耀强有意和他疏远了，他也能理解。

在孟平安为柯耀强的事心烦意乱时，听到国家下大力度取缔了小煤窑，他喜悦的心情不知如何言表。这是天大好事，就像有人搬去了他心头的一块大石头。个人的安危和大矿的安危相比，是小巫见大巫，所以，孟平安为柯耀强犯愁的心

情，被这取缔了小煤窑的喜悦代替了。

自从孟平安当上采煤队书记，他更将安全看做比天还大，然而大矿的安全隐患，常常是那些私自开采的小煤窑引起的。在苍穹煤矿的周边有无数的小煤窑，尤其是希格拉滩上的小煤窑，像千军万马，让大矿处在“兵临城下”的危机中。井下事故频繁发生，好多工友都成了受害者，轻者是身体残缺，重者就命赴黄泉了。

大矿被十面埋伏了，安全能有保证吗？孟平安曾经为了阻止工友们去小煤窑干活，想尽了各种办法，也将矿上那些想“盘光阴”的人得罪了，没人理解他，还都骂他狗拿耗子——多管闲事，他成了公众的敌人。如果大矿的人，尤其是大矿的技术人员，都不去小煤窑干活，小煤窑也很难成气候。可一些大矿职工为了多拿钱，不要命地往小煤窑里跑，这也能理解，人为财死鸟为食亡。他们只顾腰包了，从不考虑大矿的安全，为了蝇头小利不顾一切。如果家破人亡了，要钱有何用？但这些人的觉悟和境界，压根没这么高，只能看到脚面上的利益。

取缔小煤窑，对大矿安全生产来说，是迫在眉睫的事情，可他一个人的能力，对小煤窑又能怎样呢？在苍穹矿工作二十六年，孟平安见过太多的“流血事件”，而且每次“流血事件”来得特别突然，让人防不胜防，冒顶、透水常常发生，而且很多时候，它们会无情地伤及矿工的生命。孟平安亲眼目睹工友王笑扬在一次塌方中命丧黄泉，自己的弟弟孟小安失去双腿，过着生不如死的日子，还有高二他们那次的瓦斯爆炸，一次丧失二十五条人命。他痛恨大矿领导对生产中的安全隐患不够重视，更恨小煤窑对大矿的安全威胁。

现在好了，国家出面将这些小煤窑铲平了，也解除了大矿的危险。压在孟平安心上很久的事情，终于解除了。虽然不知道以后小煤窑会不会席卷而来，但至少这一年半载大矿是安全的。无事一身轻的孟平安，觉得他一生最大的幸福，就是每次升井，人车拉着他们“呼啸”钻出井口的那瞬间，吸上一口扑面而来的、那股沁人心肺的新鲜空气，这种简单的、微不足道的幸福感，是外人无法感受的。

不管有多么累，孟平安每次下了人车，都要做一个飞翔的动作，没人能理解他升井后深呼吸的心情，那是一种庆幸，庆幸自己还平安活着。每天，这种庆幸都让他为自己感动，他不知道别的工友是否也有这种心情，但是看到工友们黑乎乎、脏兮兮的笑脸和暴露出来的白牙，他就觉得幸福，工友们一个也不少地活着，这就是最大的幸福。

他当了采煤队书记，也坚持每天下井，他觉得不下井，全身的筋骨都不舒服，让他和别的队书记不一样。别的队书记，能不下井就不下井，一天到晚盼学习、开会，抓矿工思想，可孟平安在干好书记工作范畴之外，就是下井，哪怕是在井下转一圈，这样他才能安心。井下工作不能马虎，以他多年的工作经验，能发现很多隐患，确保安全。

今天，他升井已是下午两点多钟，阳光正浓烈地普照着大地。矿友都喜欢晒太阳，大家“横七竖八”地坐在浴池门口，把湿透了的矿服脱下来，光着膀子享受着阳光的抚慰，也都不急于去洗澡。每个人黑乎乎的脸上都带着笑容，聊着一些最近的新闻，调皮捣蛋的矿工给大家讲一些“黄段子”，工作的压抑和疲惫都在这阳光和乐趣中驱散了，身上的湿气被阳光吸收了，大家才陆续地拿着脏衣服去洗澡。

孟平安洗完澡，被这明晃晃的阳光刺得有点眩晕，他定了定神，慢慢地往家属区走，心里却在嘀咕：是回家吃饭，还是去瘸子李的饭馆里吃?

孟平安不爱回家看弟弟生不如死的怂样。

他弟弟孟小安自从失去双腿之后，整日不言不语地坐在院子里，一边晒太阳一边喝酒，日复一日，年复一年，如雕像一般。冬天再冷，都坐在院子里手里拿着酒壶，一副纸醉金迷的样子，让孟平安看着心疼。孟平安白发苍苍的爸妈，整天愁眉苦脸、唉声叹气，让他很不舒服，他感觉压抑、沉重。他在升井的暂短幸福之后，就是长时间承受家庭的痛苦。

孟平安和柯耀强还有一个致命的相同点，都是老光棍，所以，他俩能玩在一起，矿上人不觉得奇怪，臭味相投嘛！啥样的人找啥样的人。矿上的人对孟平安和柯耀强兄弟情深的理解，只停留在老鸦（乌鸦）不嫌猪黑的误解中，谁也想不到孟平安对柯耀强还有另一层感情在里面，孟平安也不想让人知道内情，也就不解释不表现，任由人们去说。

以前孟平安和柯耀强都不爱回家，就结伴去瘸子李家饭馆吃饭，现在柯耀强被抓，留下孟平安也没主意了，在心里做着思想斗争，是回家还是去瘸子李饭馆吃饭。

不知不觉他走进瘸子李饭馆，要了一碗牛肉面、两个鸡蛋，狼吞虎咽吃起来。吃饱喝足，他坐在矿办公楼与公路之间的小桥上，看着不远处的铁路。每天，有一两趟拉煤的火车将那些黑晶晶的煤块运往全国各地，甚至于运出国，红山煤矿的晶虹煤远销日本，这是红山煤矿人的骄傲和悲哀。红山煤矿是苍穹煤矿的兄弟单位，都属于长颈矿务局。

听人说，日本人将晶虹煤买回去之后，用油纸包好填入海里，为他们的子孙后代留下资源，不管这是不是真的，孟平安一想日本人，就在心里骂：这狗日的日本人，就是聪明，知道资源保护哩，而我们只知道破坏，尤其是小煤窑的破坏，真是惨不忍睹，人家狗日的小日本，是为后人着想。而我们呢？不仅不为子孙后代着想，为了眼前的利益，还使劲地破坏。

公路上不时有拉煤的各种卡车经过，扬起黑土一片。这铁路和公路都是通往外界的。外面的世界精不精彩，孟平安漠不关心，矿区是他的家，他的亲人和爱的人，都在矿上。所以矿上才是他的整个世界，他只希望自己的世界里繁荣昌盛。他是小人物，没有能力去当救世主，只能做些力所能及的事，然后很自律地活着，像天上的小星星，只能发出微弱的光芒。成群结队的小星星齐心协力、努力发光，才有了璀璨夺目的夜幕星河。世上有了这千千万万最底层的煤炭工人，才有了光和热，煤炭工人都是小星星，只有凝聚在一起，才能发挥最大的光芒，才有好看的星空。

长期在潮湿的井下工作，孟平安身上的湿气很严重，一到阴天，他全身就疼，所以他爱晒太阳。他坐在桥上，闭着眼睛，不一会儿，全身被晒得暖洋洋的很舒服，他很珍惜这大自然给予的爱。从小缺爱，长大缺钙，这缺爱缺钙，阳光都能给补上。孟平安后背被晒得舒服极了，从桥的水泥护栏上跳下来，靠着水泥墩席地而坐，眯着眼，尽情享受着阳光。

柯耀强被抓后，案子一直都没审，也没判刑，这就让柯家人掉进一个伸手不见五指的黑洞里，心里都没底，不知道这样不审不判的，到底是有利还是有弊？是好事还是坏事？不管结果是好是坏，总得有个交代才行呀！可现在这种情况，让人连一点脾气都没有了。

柯耀强刚被抓的那段时间，柯母坐在家里抹眼泪，后来觉得这样下去也不是办法，就让柯耀红两口子再去打听，毕竟二女婿是个能人，他神通广大，现在也只能指靠他了，看能不能有啥法子，打听到给娃子判了吗？是啥罪行？或者能不能见一面？这一天天把心提到嗓子眼，卡在那让人难受呀！眼看就要到冬天了，也不知道娃在那里面冷不冷。他走的时候，也没拿线衣和毛衣，得把他的衣服找出来，想办法给他送去，别让他冻着了。“可怜的娃子呀！有啥你给娘托梦……啊呸！托梦是死人才干的，娃子活着呢，我真是老糊涂了。”想到这，柯母就扇了自己一个耳刮子，朝菜园子里“呸呸呸”了三口唾沫，她觉得这样才能将不好的想法赶走，倒霉的事情，才不会来，这三口唾沫淹死了霉运，好运就会来临。柯

母自我安慰了一番，才放下心来，就进了柯耀强的房间。

柯母不爱到柯耀强的房间来，睹物思人，心里很不舒服，但到打扫卫生时，进了房间，忙完之后，总要在柯耀强的床边坐一会，有时长有时短，坐着不由自主地唉声叹气，无声地抹着眼泪。

眼看天就要冷了，儿子还穿着单衣服。一想到这儿，柯母就没闲时间唉声叹气或者抹眼泪了。她走到大木箱前，掀开箱盖，一股洗衣粉与男性汗液混合的味道扑鼻而来，这是娃子的味道，虽然臭烘烘的，但她不觉得刺鼻地臭，反而感到了亲切和温暖。

她顺手拿了一件旧得快要破的短袖，贴在脸上；"耀娃呀！你在里面咋样呀？你也不给娘托梦，啊呸！不是托梦，托梦是死人的事情，我娃子还活着，他托不了梦，我这老糊涂虫，一天到晚净说糊涂话哩。唉！监狱么，能有啥好的，也不晓得把我娃子折腾成啥样子？好死不如赖活着，能活着比啥都强。娃呀！你要好好活着，你说你呀！咋能干这糊涂事情哩？让一家子人在矿上抬不起头，还要葬送你娃的小命。我苦命的娃，这世上糊涂饭吃得，糊涂事做不得，这道理你不懂吗？你咋有这么大胆，敢杀人放火，做伤天害理的事情。我糊涂的娃子呀！你捅了这天大的娄子，就是天王老子来，也救不了你呀，我的傻娃子。"柯母将脸紧紧地贴在衣服上，自言自语地说道，两行清泪，在脸上菊花般的皱纹里迂回着。

翻箱倒柜老半天，也没翻出几件像样的衣服，她才知道，这么多年，娃子没能找上媳妇的原因——娃子虽然是人堆里飘梢的，人才是没的说的，谁见了咱娃子，都会眼前一亮，都会说娃子是一表人才，人梢梢上的。人靠衣裳马靠鞍，可娃子没一件像样的衣服么，也都怪我这个老不死的糊涂蛋，一天到晚不知道忙啥哩？也不知道给娃子买几件衣服，看娃这恓惶的，连一件像样的衣服都没么。这娃子也真是的，有工资的人，挣下的钱，都舍不得给自己花，唉！我可怜的娃呀……柯母越想越伤心，不停地用手背抹着眼角的泪水。

"娘！娘！"柯耀红急急忙忙地进了院门，就在院里喊叫着，不见老娘答应，她就去右手边的厨房里找，这儿是娘长年累月的"阵地"。她掀起厨房的门帘，厨房里没人，她迅速地环视了一下，厨房现在乱得无处下脚。她顾不了厨房的脏乱差，转身下了台阶，才发现院子里也是铺满落叶无人搭理的狼狈样。她顺着菜园边走到客厅，门半虚掩着，她懒得推门，就从门缝中侧着身子钻了进来。

客厅里也失去了昔日的干净整洁，虽然比厨房和院子里能强点，但也强不到

哪儿去。柯耀红不由自主地叹了一口气，心里道："看来，娘的心情糟糕透了，她现在一定是筋疲力尽，无暇顾及这些烟火气息了，这个不争气的东西，不仅害了自己，也让白发苍苍的老娘，担惊受怕的。"

四十平米的房子被分割成了三室一厅，每个房间里只能放一张床，客厅还算大点，那是把和它平分的卧室缩小，只能放下一张单人床，而且这卧室只有一个特别小的窗户，前面被客厅的墙堵住，留了一个小门，就是大白天进这卧室里不开灯，也暗得看不清东西。其余的那两个卧室还算大一点，墙上的窗子也大些，光线比较好。从小到大，柯耀强就住在这最小的卧室里。

矿区的人为了节省空间，分到这种格局的平房时，在布局和家什上下了不少功夫，所以，家具都是小巧玲珑、恰到好处，这样不浪费空间。细高椅子背靠着的是一个同样细高的箱子，箱子在一个钢筋焊成的架子上，下面是放鞋的。这些都是柯耀强自己做的，他虽然在家里住的是最差的卧室，但他把卧室收拾得干干净净。

在木箱子的上面，还弄了一个书架子，整整齐齐放着三层的书。这些五花八门的书籍，给这个不到三平方的小房子，增添了许多温馨和文化气息。

柯耀红掀起客厅门后卧室的门帘，探头一看，床铺乱七八糟的，这是赵聪儿的卧室，柯耀红几乎没进过这卧室。虽然赵聪儿也是弟弟，但在心里，她还是觉得没柯耀强亲。小时候不懂事，整天把这两个少爷般的弟弟爱护得好好的，可大了，这两个弟弟，她是越来越不喜欢了，尤其是赵聪儿油腔滑调，说话办事不靠谱，又不服教，把谁都不放在眼里，对这种眼里无人的家伙，柯耀红很讨厌。

柯耀红结婚后，虽然她的家和娘家离得很近，走路只要五六分钟，可她只在逢年过节，或者家里有了什么重要的事情，在不得已的情况下，她才会回娘家，平常的日子、没什么事，她是不回来的。

当她推开赵聪儿的卧室门，就被一股男人的汗臭味熏得恶心起来，赶紧退出来，转身走了几步，就到第二个卧室的门口，她没有推门，这是老娘和赵叔的，老娘的卧室门和耀强的卧室门，成了一个直角，耀强的卧室没有门，是为了晚上睡觉不缺氧，弄个门反而占地方，所以，就用半截门帘挡着。

为了客厅的美观，老娘在白色的确良上绣着非常漂亮的圆形，里面绣着各色牡丹花，寓意着花好月圆、富贵美满。老娘虽然斗大的字不识一个，但这种很有寓意的东西，早已根植在她的心里，这就是民间文化的魅力。老娘心灵手巧，可惜遇到这一家子都是些啥人么，没一个省油的灯么，让老娘这大岁数了，还有操不完的心。想到这儿，她掀开“富贵美满”的门帘，看见老娘抱着一件旧衣服，在自顾伤心地抹眼泪，老娘是想儿子了，更为儿子的生死未卜，担心受怕哩。

“娘！”娘字一出口，柯耀红就哽咽了，娘已是白发苍苍的娘了。

“你咋来了？”柯母看见掀着门帘的柯耀红，赶紧抹眼泪。

“娘，你这是干嘛哩？翻箱倒柜的。”柯耀红进来，卧室显得非常拥挤和压抑。

“我……我……”柯母似乎忘记了在干嘛，但理智告诉她，二女儿无事不登三宝殿，她来家里一定有事。

柯母抬起头在柯耀红的脸上看，想看看她带来的是好事还是坏事，看女儿脸色不好，眼里还含着泪花，她的心咯噔一下，完了完了，耀娃子，肯定是死刑了。“二女子，有啥事你就给我说，我有心理准备。”柯母说着，就抓住柯耀红的手。

“娘，没啥事，我是来看看，你这是干啥哩？”柯耀红软绵绵的手，被母亲如同老树皮的手抓住，就像是被荆条绕住了，毛辣辣的刺痛感，像扭成一股绳似的，从柯耀红的手传入心里。

“哦！”柯母心情一下子复杂起来，有放松、失望、希望、还有无奈。“我对不起我的娃子。”柯母松开柯耀红的手，慢吞吞地叠着被弄成“乱蜂窝”的衣服。

柯耀红被柯母松开的手，像被抽了筋的，没有力气地自然下垂着，“娘，你的手。”柯耀红不说了，她不敢说，害怕控制不住哭腔。

“没事，我这手，年年到了这会儿，就皴哩！可怜我的娃子，蹲在里面，不知道死活，也没人管。”

“娘，你这话说得没人爱听，公安局又不是咱家开的，在它里面打听一个事，你知道有多么难？公安局不是咱们邻家串门哩，家长里短啥事都往外面说，你没得相当硬的关系，连一个毛线头头的事情，都打问不出来，更何况耀娃犯的是奸杀案。你以为你的二女婿娃，是天王老子？他只是个煤炭工人，没那日天的本事么。”

“那也不能不去管呀。”

“娘，你这话我就不爱听了，啥叫不去管，你二女婿娃的腿都快要跑断了，你还说这些让人不爱听的话！”柯耀红生气地说。

“我……我……”柯母知道说错话了，就“我，我”的，卡壳半天，没说出一句话。

母女俩谁也不说话，房间安静的，让人觉得呼吸都困难了。

柯耀红看母亲一边叠堆在床上的衣服，一边不停地用手背抹眼泪，心软了，气也消了，就势坐在床边，也帮母亲叠衣服。

“耀娃的案子，没眉目，你心里急，我们也心里急，但再急，也要把身体弄好。你再好好想想，文静被杀的那天晚上，耀娃回来有啥异常行为没？”

“那天晚上，我想想。”柯母停下手里的活，抬起含满泪花的双眼，直勾勾地看着对面后墙上的小窗户。窗户上的光线将柯母的双眸照耀得更加混沌了。人老珠黄，柯母的两颗眼珠子，黄得已失去了神。

柯耀红看母亲沉思起来，也就不说话，默默地叠着弟弟的衣服，叠着叠着眼泪也掉下来，这一堆衣服没一件新的。

“那天晚上，耀娃和往常一样，回来大概十点，我问他吃过饭了吗？他说在瘸子李家吃的，就进来睡了，真的和往常一样样的。”

“那他后来还出去了吗？”

“没有，应该没有。”

“娘，不是应该，而是要肯定的，我想哩，再不行，咱们应该请个律师。”

“请个啥玩意？”

“律师。”

“律师是啥玩意？”

“律师就是帮咱们打官司的人，我觉得耀娃是被冤枉的。”

“对对的，我耀娃是冤枉的，那……那就请，我也觉得耀娃是冤枉的。”柯母像是抓住了救命稻草，故意将冤枉二字咬得真说得重。

“法律是讲证据的，我们现在需要收集对耀娃有利的证据。”

“证据？”柯母懵懂地问。

这时，一个身影掀开门帘进来，惊得柯家母女将嘴张成“0”型，半天说不出话来。

茫然

柯家母女正商量着给柯耀强请律师的事情，就被风一样进来的身影，惊吓得嘴巴成了“0”型，定眼一看，才发现是田家的碎女子——田欣欣，她们不知道这位不速之客的来意，才惊慌失措地看着她。

还是柯耀红反应快，她打量着像风一样进来的田欣欣。虽然是高三的学生了，不知道底细的人，打眼一看，还以为她是个初中的孩子呢！

田欣欣被看得心发慌，脑子里就“蹦”出一个词来——骑虎难下，恨不得这会有个地缝钻进去，可她现在什么藏身之地都没有。紧张的脑子一片空白，不知道自己风风火火跑进来干嘛？只能像个木头桩子一样杵着。

“这不是田欣欣吗？快到客厅里坐。”柯耀红起身，柔和地拉着田欣欣的手，“手咋这么凉？”

“阿……”田欣欣想叫柯耀红阿姨的，但“阿”字出口，“姨”却卡在嗓子眼。

“你来我家里，有事吗？”柯耀红将田欣欣拉到沙发上，让坐下。

田欣欣像木偶一般，被柯耀红“牵”到沙发上，稀泥般瘫坐着。

自从柯耀强喝醉了，将他和田倩倩的事公之于众之后，田家和柯家就结下了“老死不相往来”的梁子。今天田家这碎女子来，一定有啥事。柯母跟着出来，目光一直停留在田欣欣的脸上，她想从这张稚嫩的脸上找到答案。

“我……我……”田欣欣结巴起来。

“没事的，有啥事你就说。”柯耀红拍拍田欣欣的肩膀，以示鼓励她。

“我来……就想……我问问……他的……情况。”

“谁的情况？”柯耀红被田欣欣结巴的话弄蒙了。

“就是……柯耀强……”

“是你家大人让你来的？”

“不，不是……”田欣欣低着头，抠着指甲。

“能有啥情况……”柯母还没说完，就被柯耀红瞪了一眼，也就不说了，只是吧唧着嘴巴，颤巍巍地倒了一杯水，放在田欣欣面前的茶几上。

“你咋突然关心他来？”虽然柯耀红柔声细语地说着，但田欣欣听出了严厉和不友好。

“我……我……”田欣欣低头，左右交叉抠着手指头。

柯耀红和柯母都被弄得丈二和尚摸不着头脑，母女俩面面相觑，都不吱声。

田欣欣摇了摇头，“你们有他的消息吗？”

柯母和柯耀红都不吱声。

田欣欣猛站起来，又像一阵风似的跑出去。

柯耀红和柯母被田欣欣给弄蒙了，这个田家的丫头，冒冒失失的是什么意思？

田欣欣从柯家出来，心情特别复杂，自己都不知道是犯什么神经了，居然这么冒失，自己应该恨他，就像爷爷奶奶一样恨他。他是个大坏蛋，把姑姑害成这样，弄得姑姑都不能回家，奶奶一想姑姑，就泪眼婆娑，说姑姑是没脸回矿上了。爸爸妈妈恨柯耀强，也恨姑姑，说姑姑败坏门风，说要把柯耀强阉了。

小时候，田欣欣不懂阉了是啥意思，等她懂了姑姑和柯耀强的事情，反而让她在心里对爱情充满了美好的憧憬，她也不恨柯耀强了。自从他被抓了，她就像丢了魂，居然神不知鬼不觉地跑来打问他的情况。情况没打问清楚，倒把秘密泄露出来了，这不是自我出卖吗？咋这么愚蠢呢？咋这么……一股无名的怒火，又在田欣欣的胸膛里燃烧起来。

田欣欣闷闷不乐地穿过市场，她想给姑姑打个电话，可爷爷说了，谁要把柯耀强被抓的事告诉姑姑，就把谁的“狗腿”打断，把谁的嘴撕烂。爷爷发起火来，奶奶爸爸害怕，自己也害怕，爷爷永远是黑着脸，笑起来时，肌肉都是“横行霸道的”，脸黑得如碳。要是生气时，那脸上的肌肉就冻结了，疙疙瘩瘩地堆积着，脸黑得都没词汇来形容了。不敢说柯耀强的事，又没别的事可说，还是不给姑姑打电话了。取消了打电话的念头，她低着头忧郁地走着，路上有一个小煤块，她就踢着。

一群男人站在市场中间，像麻雀窝被捅了一扁担，叽叽喳喳地说着什么。这些上班累死累活的男人们，下班之后，只要好好地睡一觉，就能很好地恢复气力。如果不上班，一天到晚聚集在市场上，从国际说到国内，又说到谁家的女人，真是家事国事天下事，事事关心。田欣欣没心情听他们“高谈阔论”，只是低头踢着那煤块往家里走，但那些人的声音很大，这是长期在井下或在轰隆隆的机器声中工作造成的耳背，即使不在噪音的环境里，依旧是高喉咙大嗓门。

“你说说，这还让人活不？取缔小煤窑也就罢了，还要让咱们全体下岗？”

“全体下岗是啥意义呀？”

“你看你瓜怂么？连下岗都不知道，你不看新闻吗？这下岗是国家的硬政策，专门治你们这些上班磨洋工的……”

“就是把工人的饭碗打破了，让人没饭吃么？”

“这些毛头娃子回来说的是真的，那天部队的大阵势，把希格拉滩上的小煤窑给取缔了。”

“就是呀，不动真格的，能动部队？一般的事情，部队是不会动的，部队一出动，那就是有大事。”

“你胡扯啥哩？”

“你才胡扯淡。”

田欣欣没抬头，这些叽叽喳喳的声音，她也不晓得是谁的，反正就是一群无聊的男人在闲扯。她不止一次地听过“取缔”和“下岗”这两个词语。前几年新闻上说要改革，要打破铁饭碗制度，那只是外面的大厂子在实行，矿上是最缺人的地方，压根就实行不不去，只是上有政策下有对策应付一下，感觉这次动真格了。不动真格，能将摇钱树般的小煤窑取缔了？如果这次是全体下岗，爷爷和爸爸就失去工作，家里就没收入，一家人可怎么生活呀！工人都下岗了，矿上不就倒闭了吗？这一矿的老老少少万把人，该怎么办？她的烦躁感又被担心代替了。

田欣欣心里默念着“取缔、下岗”，一口气跑回家，打开字典开始查，新华字典上对“取缔”的解释是：动词，命令取消或禁止，组词：取缔无照商贩。“哦！”她似乎明白了，小煤窑没证件，是违法的，希格拉滩上的小煤窑像蜂窝，密密麻麻的。一河滩白花花的河卵石，像绸缎，却被这些无证的“黑心煤老板”乱挖乱开采，弄得面目狰狞，成为蜂窝煤了，到处是坑坑洼洼的黑洞，让人不寒而栗。

田欣欣特别害怕希格拉滩上密密麻麻的黑洞。她记得小时候，爸爸没事就领着妈妈背着她上山了。爸爸最爱去兔儿山，说兔儿山的山顶像兔子的耳朵，但她怎么看也没看出哪个地方像兔子耳朵。爸爸说苍穹煤矿的开发者，到了这“鸟不拉屎”的地方，恐惧这四周层层叠叠的荒山野岭，为了感到一丝安慰与生活气息，就将这周围荒凉的山起了动物的名字，比如鸡冠山、野猪梁、龙山。这兔儿山虽说连一个兔毛都看不见，但头发菜很多。他们夏天晚饭后，都要到兔儿山上

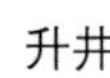

拾头发菜。

头发菜和黑发一模一样，一团一团地盘在小草的脚下，据说头发菜营养价值高，运到沿海一带，身价就翻了十几倍。她那时还不知道沿海是什么地方，爸爸说姑姑去的深圳就是沿海，她就想，这头发菜到了深圳都这么值钱，那姑姑不是更值钱了？她长大了也要去沿海，去看看外面的世界。

兔儿山的头发菜很多，爸爸爱带着她们去，爸爸喜欢站在兔儿山山顶看希格拉滩，希格拉滩一眼望不到边，都是大大小小的河卵石，被夕阳照耀成如带有花纹的绸缎，让这荒凉的群山，就有了无限的妖娆感。

可在不久前，也就是几年的光景，这希格拉滩被非法开采者弄得面目全非，一个黑洞，就是一个摇钱树，被黑心的煤老板霸占着，没黑没白地挖煤，黑金子般的煤块让他们吹鼓了钱包，让他们腰缠万贯、横行霸道，当上了真正的黑老板。自从希格拉滩被破坏了，田欣欣就不喜欢去兔儿山了，好像爸爸和妈妈也不喜欢去了，他们都说去兔儿山再也看不到美景了。国家取缔了小煤窑，希格拉滩能恢复到以前的样子吗？唯一让人开阔眼界的地方，还能有美景让人欣赏吗？田欣欣想到这儿，心情更加郁闷了，打破的镜子还能粘好吗？即使粘好，也会留下碎的痕迹。这希格拉滩的美，只能在记忆里寻找了。

田欣欣唉声叹气地又在字典里查找“下岗”，她心里很明白下岗是什么意思，但这种面临着失业和没开支的日子，让诚惶诚恐的她，还是想确认一下它的解释，——下岗是动词，第一个解释是：离开执行守卫、警戒等任务的岗位，如：夜深了，交警仍未下岗。第二种解释是：职工因企业破产、裁减人员等原因失去工作岗位，如：下岗待业。看到这儿，她呆呆地盯着字典，不怪矿上的人一下子像被捅了马蜂窝，嗡嗡地胡乱吵嚷着，原来这牵扯到每个家庭的利益，矿工们如果下岗了就等于失业了，失业就是没饭吃，没饭吃就会饿死人，死人！一股死气沉沉的气息扑面而来，让田欣欣不由自主地打了一个寒颤。

这全体下岗的风声，也吹进纪红云和侯小梅的耳朵里。

侯小梅一点都不担心，只要全矿还有一个岗位，就非她莫属，她还是有这点自信的，因为她有人“罩着”。

相比较，纪红云就没有底气，整天提心吊胆的。为了保住这份工作，只能再认真、再任劳任怨地工作，更加不敢让侯小梅干活，她得把侯小梅巴结好，才能在下岗时，让侯小梅替自己说些好话，让自己能保住工作。

侯小梅看出纪红云的心事，就拍着胸脯向她保证，如果真的要下岗，她也会保纪红云不被下岗的。侯小梅告诉纪红云："其实咱们很幸运，大城市早都实行了打破铁饭碗的制度，好多工人可怜得很，连最基本的饥饱都成了问题，咱们还没惨到那种地步。"

"别胡说了，赶紧干活吧！"纪红云害怕隔墙有耳，赶紧阻止她。

纪红云知道过侯小梅是王杰远的情人，所以，侯小梅说的话她觉得还是值得相信的，更加巴结侯小梅了。

桌上的电话响了，纪红云接通电话，是她爹打来的。她爹在电话里问她们都好着吗？老人回去忙着秋收哩，也没时间联系，娘前两天感冒，不过现在好了。这会儿不太忙，纪红云和爹多说了几句，又和娘说了几句，就挂断了。纪红云心情好了许多，老人的健康平安就是儿女的幸福。只要不下岗，生活就能有保障，她现在必须比平时还要认真负责地工作，才不被淘汰。纪红云埋头干活了。

侯小梅也不理纪红云，坐着又玩手。

文建华去世后一个月，文斌就接了他父亲的班，成了一名正式矿工。让这悲痛的家庭得到了一丝的愉悦，摇摇欲坠的家庭，像得到一根救命稻草，用这仅有的高兴事，化解悲凉的心境。

董月珠在双层的悲痛下，花白的头发彻底全白了，白亮亮的很刺眼，深陷的眼睛流露着混浊、呆滞，她欲哭无泪，只想躺在床上等死。儿子的工作有了着落，让她安慰了很多。文斌的工作一直是她的心病，现在这块心病连根拔除了，她才有了活下去的希望。

矿上待业青年很多，家庭条件好的，想办法让孩子上技校，毕业之后，逮住矿上招工的机会，就安排了工作，没几年再成个家，也算在矿上扎根了。文斌调皮捣蛋，不爱学习，家里条件又不好，他也不爱矿上，初中毕业的第二天，偷了家里一百块钱跑到深圳，寻找出路。他脑瓜子灵活，很快在一家饭点当了领班，半年之后，认识了岳鸣。

岳鸣娘家在省城的郊区，家庭条件比矿上好了几百倍。岳鸣中考时，生病了没考好，她想补习，但她妈死活不让她补习，为此她们母女吵得不可开交，岳鸣一气之下，就跑到深圳，在千里之外，能认识个老乡，也是一种幸运，很快他们就坠入爱河。可这傻岳鸣，在爱情面前，理性成了零，不顾家人的反对爱着文斌，跟着文斌来到矿上。起初他们回到矿区，是为了结婚，婚后他们还是要去深圳打拼，谁知事不遂人愿，出了这天塌下来的大事，文斌走不了，岳鸣只好留下来。

自从文静走了，文建华走了，文家人可以说是天塌下来了。现在文斌端上了铁饭碗，一家人哭丧的脸上才有了点儿活泛劲。岳鸣看见婆婆沧桑的脸上有了点欣慰的表情，她的心情特别复杂，按理说她应该高兴，最起码以后他们能过上相对稳定的生活，等矿上的楼房盖好，他们再分上一套房子，文斌的工作、房子都解决了。他们领了结婚证，只是没办仪式，这对于岳鸣来说，并不遗憾。

矿上人都知道，岳鸣是文家的儿媳妇、文斌的女人，这是铁板上钉钉子的事。她听到文斌把工作办成了，着实高兴了几分钟，可几分钟之后，她的高兴开始慢慢淡化了，她一想到以后要长期生活在这黑乎乎的土地上，以后自己的孩子成了第三代“煤黑子”，心里就不舒服。不说别的，她同学的孩子一出生就是官二代、富二代的，而她的孩子一出生就是煤三代……岳鸣一想到这儿，心就像针扎一样，可她又舍不得和文斌的感情，为了爱情，她和父母断绝关系，如今她也没脸回去。和父母闹僵的场景，尤其是母亲大骂她的场面，时不时从脑海里跳出来，让她感到心寒。

岳鸣现在真是骑虎难下，前途渺茫，不知何去何从了！

井口

自从柯耀强被抓，让老田家人出了憋在心里的那股恶气，老田家从早到晚都是欢声笑语的。尤其是田嘉兴，这一段时间心情好，精神也好，给人的感觉年轻好多，走路都带风，时不时哼着流行歌：“你就像那冬天里的一把火，熊熊火焰温暖了我，每当你悄悄走进我身边，火光照亮了我，你的大眼睛明亮又闪烁，仿佛天上星星最亮的一颗……”他一般是在没人的地方哼歌，情不自禁时也会忘记场合，被别人听见，和他开几句玩笑，他也不恼。

就这样把他固执死板的象形消减了许多。

本来年轻工友都觉得他是个不解风情的倔老头，整天黑着脸，一本正经的。尤其是他上班时，那些调皮捣蛋的人，把自己的口袋打扫得比脸都干净，生怕被他搜出烟呀火柴呀之类的东西，井下是不准带这些东西的。

田嘉兴是井口的安检员，工作就是搜下井工人的身，这是个严肃的工作，不能有半点的马虎，一不留神，或者搜身不仔细，有一点纰漏，将会引起致命的灾难。在井下出事，往往会祸及很多生命的，所以，田嘉兴给工人留下的印象，不仅是一本正经的工作态度，还有铁面无私的威信，他在矿上是公认的黑钉子。

他的眼神，会把那些不按规章制度办事的矿工，钉在镜子里一样，在他面前人人都是赤裸裸的玻璃人，装烟的、藏打火机的，只要从他眼前过，他都会毫不留情、准确无误地知道东西藏在什么地方，他的目光比警犬的鼻子还灵，一眼扫去，就能在一群工人中，将那些带违禁品的人揪出来。所以，这么一个严肃的老头，最近却像换了一个人，流行歌曲不离口，偶然还嗨皮一下，说点让人脸红耳赤的荤段子。

这就让矿上那些闲人有了新的研究对象了，大家用八卦的触角，想从田嘉兴的身上挖掘出一些新闻来。事出反常必有妖，非奸即盗。看来这田老汉，木讷、老实背后，净是花花肠子。柯耀强被抓了，他扬眉吐气了，也不至于这么欢实，能让他这么欢实的，一定另有其事——会不会是枯木逢春了？也没发现他和哪个女人有什么“风吹草动”，但他能这般喜上眉梢，绝对是枯木逢春了。大家都觉得田嘉兴特别蹊跷，无风不起浪啊。

大家都觉得田嘉兴有问题，可又没有证据，也不能胡说，只能默默地关注他，看能不能揪出他的小尾巴，弄一个关于他的流言蜚语，让大家取乐。这枯燥的矿区生活，让人都喜欢用花边新闻，来八卦打发时间，取悦心情。

没有柯耀强的日子，胡大木觉得这班上得乏味到了极点，他现在才觉得，没有对手的寂寞会如此消减一个人的斗志，他太怀念有柯耀强的日子了。那时，井下的工作量比现在重，累死累活的，但可以和柯耀强斗嘴，枯燥的工作也会被这二杆子掀起涟漪来，和他斗智斗勇，能让自己的脑瓜子活泛。可现在这个二杆子被关在大牢里，也不知道给判刑了没有。他被关之后，就像人间蒸发了，一点关于他的消息都没有，按常规他娃这下不是死刑就是无期，唉！可怜这个人梢子了，还是个短命鬼。走在从浴室到井口的过道上，胡大木耷拉着头，也无心和身边的工友说笑了。

胡大木现在是被矿上抽来给新工人带队，这三天只是让新工人井下观摩，熟悉井下的环境，认识井下的各种标志和巷道。这是一件轻松的活，多少人想有这样的机会，把牙都想黄了，也轮不上，胡大木能被重用，都是他有个会发骚的老婆。

刘爱爱天生就是个骚胚子，功夫又好，只要男人一碰到她那两个奶布袋，就会被电击得骨头都酥了。这女人啥都好，却是个倔怂货，你不能把她惹了，惹了她会不依不饶和你往死里磕，直到你服软才行，真是搬起石头砸自己的脚哩，划不来。胡大木想到他女人，脸就火辣辣的，不知道他有这样的女人是幸福还是悲哀？反正是被她整害怕了。

“我是一只小小小小鸟，想要飞呀飞却飞不高，我寻寻觅觅寻寻觅觅一个温暖的怀抱……”从井口传了忽高忽低的歌声，打断了胡大木的“胡思乱想”，他回头看了一眼身后八个新来的工人。这八个毛头小伙子第一次下井，穿着崭新的工作服，个个神采飞扬，又充满好奇地东张西望。只有文斌勾着头，目光一直盯着脚面。“这没出息的货。”胡大木瞪了一眼文斌，想用这句话骂他，但转念一想，觉得人家死了妹子又死了爹，心情不好也很正常，也就没骂出声来。

“虽然咱们矿工，是这个世界上最低贱的人，可一旦穿上这身皮（工作服），戴上这个铁锅（安全帽），就要拿出精气神来，咱们矿工最不缺力气，精气神是咱们的镇家之宝，大家都知道在井下，我们把脑袋瓜子别在裤腰上干活，阎王爷时刻关注着我们呢，如果我们没精神，这不是给阎王爷开门吗……”这是胡大木的师父说的。他一直牢记在心，今天他一字不漏地告诉这些新工人，就是想让这种精神能传承下去。

当他扭过身，说这些话时，不停地用目光在这八个毛头小伙子脸上扫，这群娃子不是当年的自己吗？唉！他叹了一口气，心里舒服多了。他扭过身，挺了挺驼背，大步流星地往井口走。身后八个小伙子整齐、有力的脚步声，是对他刚才的话最好的回应，一股热流在他的双眼拉下水幕，他赶紧抹掉，眼前的一切又清晰起来，幸亏他走在最前面，没人看见他这“怂样样”。

“我是一只小小小小鸟……”田嘉兴以为这时不会有人来，才唱起歌来，一首歌还没唱完，却来了一帮子毛头小伙子，一看就知道是新来的，也就停止歌喉，板起脸来，他严肃的老工人形象一下又树立起来。

“田叔，唱得不赖么！”胡大木自从在田家咥了一顿羊肉后，在心里和田嘉兴亲近了许多，以前见了田嘉兴喊老田，现在改口叫田叔。

“瞎唱，没事干，止心慌哩！你这是带新人下井吗？”田嘉兴说着，就用他扫雷般的目光，在这群毛头小伙子身上“扫荡”。

“是呀，给这些娃娃们上课哩。”胡大木说着，停下脚，后面的脚步声也停止了。

“哈哈！”一阵笑声传来，胡大木扭过脸一看，也哈哈地笑起来。原来是文斌只顾低头走，没注意前面的人停下来，一头就顶到前面人的后背上，那人正好放了一串连环响屁，“臭屁不响，响屁不臭，连环屁又臭又响。”大家没闻到臭，但被这串响屁弄得大笑起来。

有调皮的说：“文斌你没吃饭？急着吃屁呀！”

还没等那人说完，胡大木赶紧阻止道：“不许笑，不许说话。”大家这才收住笑，像竹竿一样杵在原地。

胡大木瞪了一眼刚才说话的那个人，那人就低下头。胡大木害怕那人是开玩笑的，却被心情不好的文斌收拾，他可不想弄出新工人打架的事情，所以及时地阻止了。

文斌并没生气，只是阴着脸，低着头，看着脚面，好像他的脚面上有黄金。

“这是个美差事么！不用下苦，还盘的是好光阴（拿的好工资）。”田嘉兴依旧板着脸，一副严肃的样子，用目光扫第二遍“雷”。

“就是能轻松几天。来，都排好队，让田师傅验身。”其实队伍是排好的，新工人都很老实，他们第一次下井，被这些胡吹冒聊的老工人，把下井说得神乎其神的。当然了也说煤炭工人很神圣。除了文斌是矿子弟之外，其余的都是从农村招来的，对井口和井下都有神秘感。再加上井口一个很大的牌子上写着：机房重地，闲人勿入；也有眼睛尖的，早看见在浴池和井口之间，还立着一个小牌子，上面写着：煤矿咽喉，女人勿入；这就更加增添了神秘感。

文斌从小在矿区长大，早知道矿区的许多不成文的规定，井口这地方，是绝对不让女人来的，说女人阴气重，尤其女人在经期，绝对不能来井口。矿上人都害怕井下出事，女人们都很自觉地不来井口。有女工的机房，都设在离井口有一定距离的地方，包括和井口有很大关联的绞车房。绞车出了问题，也是由男工维修。不让女人来的地方，神秘的色彩更加浓烈了。

这八个小伙子中，有胆大的，一边走一边东张西望，想看看绞车是啥样子的，井口都不让女人来，那井下更不会让女人去了，这样的话女绞车工用什么方法开绞车的?

“都甭东张西望了，赶紧让老爷子搜身。”胡大木说着，从放烟和打火机的台子上，拿了一盒烟，抽出两根，捏在手里，划成一个锐角，递给田嘉兴一根。

田嘉兴接过烟，别在耳朵上：“今天我心情好，给你这些娃们唠叨两句。”

“你们这群小子，有福了，赶紧热烈欢迎田师叔讲课。”胡大木说着，就带头鼓掌，紧接着响起了一阵热烈的掌声。

“讲课就算了，我边搜身，边说两句。”田嘉兴说着，就开始从第一个人身上搜起。“大家都知道煤矿井下的瓦斯，如果浓度过高，都会自燃的，而且在井下，瓦斯是无处不在的，瓦斯浓度在5%—16%之间，点燃瓦斯的最低温度在650℃—750℃之间，且存在时间必须大于瓦斯爆炸的感应期，充足的氧气含量，氧气浓度不低于12%，由于瓦斯爆炸的条件，在井下，有瓦斯员，他们会时时刻刻关注瓦斯的浓度。井下是严禁有明火的，为确保安全，在工人下井之前，在井口都设有安检员，二十四小时轮班制，只要有人员下井，都会被搜身，就是为了防止将烟、打火机、火柴之类的能引起明火的东西，带到井下，一旦这些东西被我们发现了，就没收了。”

胡大木将烟盒撇回原地，靠在窗口，点燃烟，吸了起来。

田嘉兴边说话，边在工人身上仔细检查，从头到脚地检查，他一会蹲下去，一会又站起来，重复着一系列的动作。检查了三个工人，田嘉兴有点气喘，就停下工作，将别在耳朵上的烟，取下来，在手心顿了两下。

胡大木恭敬地双手捂着打火机，帮田嘉兴把烟点上。

田嘉兴吸了一口烟，吐了个烟圈，接着说：“娃们，现在还很不习惯，等你们真正下井工作了，就知道精气神在井下是多么重要。你们别看胡队长年轻，他在井下的各个队都干过，积累了很多实际经验。他最先在掘进队，掘进队就是打煤巷的，是给采煤队服务的，掘进队的开拓工作，都要严格按照图纸进行，在开拓过程中，要给采煤队创造优质的条件，采煤队才能很好地出煤，运输队才能把所有的煤运到地面。你们这些小鬼们，遇到好的政策、好的时代了，现在都是机械化，煤机直接把煤放在皮带上，这就省人力了，运输又快。只要认识字，一按按钮就能操作了，产量比以前不知翻了多少倍。不过机械化的采煤，是我给你们畅想的，话又说回来了，这半机械化的采煤，不是我吹出来的，而是在别的矿上，人家已经是半机械化了。就是咱们……唉！咱们苍穹煤矿，矿小，产量跟不上，又被周围小煤窑破坏，无法用皮带。但别的矿，人家已经实现了半机械化，咱们没皮带，也没采煤机，只有机斗提煤，但你们比我们幸福多了。我这一辈子在井下，把苦头吃尽了，那时没机斗，都是靠肩膀往出背煤的，后来才有了机斗，机斗提煤也算是半机械化了，这样很省人力。大木，你到运输队就有机斗了吧？”田嘉兴嘴里的烟，已经吸完了，他将烟把儿掐灭，扔进垃圾筐里。

“我到运输队，机斗刚引进回来。”胡大木又续了一根烟。

田嘉兴向没检查的工人招手，这群新工人就依次让他检查。他很认真地从头到脚地检查着：“机斗由绞车工操控，绞车工听运输工打信号后才能放车，一次挂上十节车皮。勾头车就用钢丝绳拉着，当然你们尽管放心，机电队已把钢丝绳用专用的绳卡子处理得很安全，机电队处理完钢丝绳，还要通过安检部门的认可和检验，运输队才可以使用。十节车皮来回也要半个小时，机斗和矿车在运输上大大提高了效益；通灭队就是一通三防，一通就是通风，各个巷道的通风系统，三防就是防瓦斯的浓度、防煤尘、防有害气体，都由他们负责。机电队就是负责整个矿井的用电，如地面变电所、井下变电所、压风、抽风、充电、绞车（主绞、副绞）、制氮等。矿上的各个队你们都清楚了吧！不管是一线，还是二线的辅助连队，都是相辅相成的，好了！我就瞎说这么多。”田嘉兴将最后一个工人检查完。

田嘉兴替胡大木讲了课。胡大木高兴，心想：田老头一说，省得我费口舌。

等最后一个工人安全进入，胡大木的烟也抽完了，他将烟头扔到地上，用鞋底碾灭，再拾起来，扔进身边不远的垃圾桶里，“都在前面十米之外，等着我。”

说完，他走到田嘉兴的面前，开始“安检”。

“田叔，你这段时间心情好，是不是我姨伺候的？不对，恐怕我姨早没有这股劲了。”

“你小子，要是让你姨知道，不撕烂你的嘴才怪。”田嘉兴不慌不忙地从胡大木的安全帽搜起。

“你这枯木逢春，恐怕不是我姨的功劳吧！是不是有相好的了？”

“你这……”田嘉兴把安全帽扣在胡大木的头上，刚好听他这么一说，双手在半空中停了几秒钟，很快又将双手搭在他的肩上，继而摸他脖子上的毛巾。

老工人平常不戴毛巾的，胡大木今天是要给新工人做示范，才戴了毛巾。

“你这小子，难道不知道，男人都有一个花期么。”

“哎呦我的叔哩，你老连这个都知道呀？”

“是男人，咋不知道哩，只是男人的花期呀，不一定在哪个年龄段里出现，有些人，年纪轻轻的，就是花花公子，有些人，到中年了，过着狗一样的日子，但他的花期来了，照样是吃着碗里的看着锅里的，多一半人都咥实活，也有人心花了身不花，你叔呐是大器晚成，属于心花身不花的。”

“哎呦，我的个冷怂呀！您还玩起时髦来了，你这套话说的，多有文采和哲理呀！”胡大木说着，就在弯着腰的田嘉兴裤裆里摸。

“你小子呀！”田嘉兴正好是屁股撅着，挡住了那些在十米之外的新工人，才没被看见，要不然他的严肃威信，就被“名誉扫地”了。

“叔，心花就要身花哩，你没听过吗？要肉体和灵魂同在么。说说，你的花儿为谁开？”

“把你的蹄子尥上来，还要让你叔弯腰？”

胡大木乖巧地将左腿抬起了，目不转睛地看着弯腰的田嘉兴：“叔，说说？”

“你小子，可不敢瞎开玩笑哩！懂不！把你的右蹄子尥起来。”

“叔，你别在意，我这嘴……”胡大木“金鸡独立”地将右腿抬起了，让田嘉兴搜。

“你小子就是这张嘴，不把门，好了。”田嘉兴直起腰，拍了拍手，转身去登记了。

“叔，那你接着寻寻觅觅寻寻觅觅呀！我下井了。”胡大木说着，一本正经走了。

田嘉兴抬起头，直勾勾地望着胡大木一行人的背影，脸火辣辣地烧着。

下井

胡大木领着一群新面孔到井口停车场，看见信号员在打信号，信号员手里的旗帜和铃铛，外人根本看不懂，只有绞车工和信号工，才能弄明白这信号员打旗帜的动作和摇铃铛的节奏是什么指示。

从远处那形状如纺车、但比纺车大几十倍的滑轮上，钢丝绳发出低沉的“嗤嗤”声，在滑轮上缠绕着，这个硕大的“纺车”轻盈地转着，分不清始终，只是不停地转着。绞车如蛇一般，缓缓地从井口钻出来，车上坐了十几个人，个个全身黑乎乎的，除了牙白、眼睛转动着，不仔细看，像一个模子刻出来的“土拨鼠”。

等绞车上的矿工们下来，根据体型、走路姿势，才能大概分辨清楚谁是谁。

胡大木冲着他们笑，他们也咧开嘴笑，平常看着黄不拉几的牙齿，这会显得很白。矿工们几乎都抽烟，牙齿压根不白，可在“全身上下一锭墨”的衬托下，他们都是牙白的人。

苍穹煤矿虽然是国营单位，但非常小，比有些私营的小煤窑还小，几百号人的矿区，都是熟人。虽然这群升井工人个个如黑木桩，可胡大木能认出谁是谁来。

“田埂，你们今天咋这么晚？”田埂在开拓队，一个班下来，累得够呛。

“甭提了，都钻到了石头上了。”田埂一笑，那口牙露出了十颗，白亮亮的，田埂的烟瘾大，牙早都发黄了。

“累坏了吧？”胡大木和田埂擦肩而过，拍了拍田埂的肩膀

“都累成狗了，胡哥你下去了，可操心点，窝头那块气体大。”

“我不去窝头，就是带这些碎娃们熟悉一下。”

“窝头”是掌子面，也就是出煤的地方。

新工人并不知道窝头是什么，也弄不懂从绞车下来的老工人，盯着他们看时的表情，等绞车上的人都下完了，他们很自觉地排着队上车。胡大木最后一个上

车，把坐在文斌身边叫小毛的小伙子赶到另一个座位上，自己挨着文斌坐好，让大家系好安全带。因为是新工人，信号工上来检查一下大家的安全带。之后，才开始打信号，绞车就慢慢地向井下划去。

有的矿上是竖井，人车像直梯一样，直升直降的。苍穹煤矿的兄弟矿区，几乎都是斜井，斜井弊端小。绞车拉着胡大木和这八个新工人，缓缓地驶进井口，一股凉飕飕的风，在耳边回旋着，这就是井下，这就是以后要洒热血、抛头颅的地方。绞车带着冷风，向下、向下奔跑着。主巷道灯火辉煌，并没有这些新工人想象的恐怖，他们好奇地四处乱看，可不会儿，就漆黑一片，透过矿灯的光柱，黑晶晶的煤块，在光柱里跳跃着。

文斌始终不乱看，也不说话，直勾勾地看着前方，他虽没下过井，但他对井下的情况了如指掌，他的父亲就在这井下劳作了一辈子，而现在轮到了他，他也要在这里干一辈子吗？从他接到被安排工作的通知，这个问题一直在心里翻江倒海般折磨着他。

矿工的一辈子到底有多长？一天两天？一年两年？还是十年八年？普通人的一辈子大概还有个年限，而矿工的一辈子，谁也说不清楚，只要当上这工人，一下这井，端起这碗饭，谁的一辈子就说不清楚了；有的人一天，有的人一年或者几个月，也有的被死神遗忘了，十年八年的，只要端起煤炭工人这碗饭，就和死神结伴而行。死神高兴了，留你在阳间多受些洋罪，死神不高兴了，随时随地都会把你带到阴间，让你去受阴间的罪。这人呀，不管是活着还是死了，都是在受罪哩，可还有人为了功名利禄、荣华富贵争得你死我活、尔虞我诈的，这些都有啥意思哩？

文斌不知道自己到底是怎么了，老是这样胡思乱想地消极着，他从来没有像现在这样心灰意冷的，妹妹和老爸的去世，让他在痛苦的深渊里，不能自拔。妹妹的死，让他心疼，可老爸的死，让他懊悔，好在他还有岳鸣。如果上次在柯家闹事，不是岳鸣在的话，他可能和柯耀强一样进局子里，生死未卜。岳鸣是个好姑娘，可她将要跟着自己受罪，这又给文斌加了一等罪孽，毕竟矿区的生活条件太差了，也太苦了，岳鸣跟着他，明显地在受罪呀！所以他陷入到左右为难的地步，让岳鸣走，他舍不得，让岳鸣留下来，他却被负罪感折磨。

女人其实很容易满足，只想被人重视、被人宠、被人疼爱。岳鸣也不例外，她是个重感情的人，而且感情细腻，心地善良，善良的人，最容易受伤了。文斌觉得自己现在是个粗人，从今天起更是一个大老粗了，谁见过细腻的矿工？往后余生自己是个粗陋的煤黑子，一天到晚累得要死，哪有精力和心情顾及她的感受呀！

文斌不知道今天这是怎么啦？突然觉得内心对自己来说，有了一种陌生感。人要是能与自己握手言和，把心态调整好，这个世界上就没痛苦了，可人往往不会调整自己心情，遇事之后就要死要活，做出许多蠢事情。文斌现在想调节好心态，却是怎么也调节不好，反而成了“乱麻”。生活呀！应该是命运呀！到底给我怎么样的安排？他的内心在呐喊，但无济于事，他只能彷徨，却无力去预知。

“哎呀！”一声，凉飕飕的风加上这叫声，让一车人都毛骨悚然，就连胡大木的身子，也不由自主地颤动着。

文斌感到胡大木挨着他的半个身子，颤动如筛糠一般。

“咋啦？咋啦？”胡大木大声问道，但一车人面面相觑，却没人吱声。“谁咋啦？谁发出的声音？”胡大木提高嗓门问道，但没人回答。凉飕飕的风中带着一股强大的阴气扑来，大家头发“嗖”地竖起来，头皮都冷得发麻。

“别装神弄鬼的？谁嘛！说一声会死人吗？”任凭胡大木大嗓门地骂道，也没人吱声，可这声阴阳怪气的哎呀声，一车人都听见了。绞车不管人害怕还是不害怕，它仍旧往地下钻，巷道越来越暗，矿灯的光柱忽明忽暗，更让人感觉阴森森的。人车是副井，出煤的是主井，为了安全，主井和副井分开着，这就是人有人的道，马有马的道。在这井下谁都不会说鬼的，所以，那句“人有人道，鬼有鬼道”，在井下就变味了。文斌感受到胡大木半个身子的颤动，在心里突然乐了一下，“看你这怂样子，还是老工人，我还羡慕你能在井下干这么长时间，没想到你是个怂包蛋，还不如我这个第一次下井的人。”

“兄弟，别害怕。”胡大木用肘子撞了文斌一下。

“我……我才不害怕。”文斌苦笑了一下，就把脸扭到一边，他头上的矿灯，将一束白花花的光，射到黑乎乎的巷道墙壁上。

绞车下井不费劲，不一会儿就到了车场。大家按顺序下车，胡大木并不急于带他们到处走。井下是一张连胡大木都弄不懂的网，更别说这群毛头小伙子了，在这黑漆漆的井下，就像是刘姥姥进了大观园，东南西北都分不清。在井下，不能随便乱走，尤其是现在这位置，是这口井的中端，在这个水平上的老塘比较多，老塘是个很危险的地方。

应该再给这群娃们讲讲老塘的危害性才行。

胡大木清了清嗓子：“这是车场，井下的车场不固定，和主巷道一样，会随着开采而向下延伸，就是为了给咱们提供方便，你们记住，在井下，不要乱跑，尤其是别去老塘，知道为啥不能乱往老塘跑？”胡大木抿了抿嘴，用目光在这群毛头小伙子脸上“扫”，但他什么表情也没看到，因为他们呆若木鸡。

胡大木理解这群孩子，当年自己第一次下井，也是这种心情。当年，井下的条件哪有现在好呀！唉！不提了，他们很幸运，最起码比自己幸运，从小到大吃、穿都比自己好，就连井下的安全，也比自己刚当工人时，好了几十倍，这叫长江后浪推前浪，一浪比一浪强。

胡大木的目光又往回扫，可这群娃们还是没表情。

“老塘就是没填严实的废弃巷道，也是瓦斯回流的地方，你们不要学那些偷奸耍滑的老油皮，上班不好好干活，连磨洋工都懒得怕磨的家伙，偷偷摸摸地跑了老塘里睡大觉，把老塘当成安乐窝、温柔乡，其实老塘是鬼门关，阎王爷就在老塘里等着呢！尤其是大个子的，千万别乱窜，更不敢偷奸耍滑往这井下的温柔乡跑，阎王爷把你的小命拿去，你都不知道是咋拿的！”说到这儿，胡大木又抿了抿嘴，又用目光在他们的脸上扫，这群娃们，还是呆若木鸡般杵在原地。“别把我的话当耳边风，在井下，不听老人言吃亏在眼前，这亏大多数都是拿命去吃的，懂不？”

“懂！”这些娃们似乎是灵醒了，异口同声地答道。

“来，这儿是风门，记住，在井下，如果迷路了，不要乱跑，记住，再记住，在井下，千万不要胡跑，遇事要沉着冷静，如果迷路了，先让自己静下来，听哪儿有风，或者感受哪儿有风，有风的地方，就是出口，就是你逃离鬼门关的地方，咱们煤炭工人，是在十八层地狱里求生存的。”胡大木说着，就往风门走去，大家紧跟着。

矿灯在这里已经完全是工人的眼睛了。

除了文斌，这群新工人听得稀里糊涂的，井下奇怪的口语词，让他们更像听天书一样，小毛怀疑又好奇地问：“老塘是什么呀？”

胡大木停下来，大家也停下来，竖起耳朵听胡大木说。

害怕这群娃们听不见，胡大木提高嗓门：“老塘，不是你们吃的那个红糖，通俗地说就是被采空了的巷道，不撤走柱子就用土填上了，时间一长虚土变夯实了，露出一大部分空隙，也就是井下的采空区和废弃的巷道，会有很多积水，就像池塘。老塘里不光有积水，还有瓦斯，是很危险的地方。”

“那机斗是什么样的？”小毛又问，一看这孩子就好学。

“机斗，是用铁板包裹成长方形，底子是三角形的一种拉煤车。你们都要向小毛学习，这会你们要多问，以后在工作中，才不会吃亏，把井口田师傅的话，也牢记在心里。”

“一个人在井下不知道地方，迷路了，该如何解决？”

“如果真的迷路你可以打119啊！”胡大木很认真地说。

大家都笑了起来，还以为胡大木在开玩笑。

胡大木从笑声中，听出了不信任的成分：“看来我刚才说的，你们当成了耳边风了，把我的话不当一回事，这样很危险呀！记住一般情况下不会出现迷路的问题，因为井下干活至少要有两个人，井下有一对牛的说法，就是不管干啥，最少有两个人在一起，一个人是不准下井的。如果说真的走迷路了，就是我刚才说的听风，还有你可以看井下的管路和风机，你可以顺着管子往前走，这样就能找到出路，切记没有管子和风机的地方不要去，那可是盲巷，很危险的。”

胡大木在带队下井前，王杰远副矿长把他叫到没人的地方，专门给他交代，别带这群“未来的花朵们”去危险的地方，更不能带他们看窝头，那样会把苍穹矿上的“花朵”，吓蔫吧啦的，先带他们在一二水平上转转，时间也别太长。他懂得王杰远的意思，就是害怕井下的工作条件，把这群娃们吓跑了。

作妖

文斌今天第一次下井，岳鸣的心也跟着下井了，她对井下工作一无所知，但她知道很危险。文斌一走，她的胸膛空落落，脑子里不时地冒出："文斌这会在干啥哩？""文斌是不是下井了，他害怕不害怕？""文斌在井下冷不冷，他干的活累不累……"类似于这些问题，从她的脑子里冒出来，折磨着她，还有一种不祥的预感，加上她右眼皮时不时地跳，让她坐立不安，心里慌慌的。她从借住的李家出来，穿过两排平房之间长长的过道，到了官道上，眼目相对宽了许多。

深秋的暖阳，失去了夏日的毒辣，暖意十足，温柔地普照大地。这世界上的万物，只有阳光最无私，你看它用博大的胸怀，将一切都揽入怀里，只是这些事物，有贪婪的、不贪婪的，有积极的、也有消极的，你看这贪婪的总是挡住不贪婪的，这明明暗暗就出来了，但阳光还是努力照射。可这世界上，贪婪的总是大于不贪婪的……岳鸣看着明晃晃阳光下的官道，这些莫名其妙的句子，就在她脑海里跳跃着，想要蹦出来，驱散了她的惶恐不安。她无奈地笑了一下，一个人慢吞吞地往家属院的后山走去。

这是她第一次独自上山，她以前一个人不敢上山，可今天像是有什么东西牵引着她，她不知不觉就跟着这种无形的牵引，从羊肠小道往山顶走。这个山顶文斌陪她来过，她在矿区生活，第一件不习惯的事情，就是上厕所。

矿区的厕所，真的不敢恭维。原本厕所很少，还是公共的。所谓的公共厕所，其实是用砖头和泥土垒成的墙，盖一个毛草的顶，再弄几个蹲坑，在横梁的下面，砌一堵墙，就分成男女间的旱厕所。不知道是人们的素质问题，还是懒惰，厕所门口，屎尿横流，压根无处下脚，更到不了茅坑里。这样的厕所，岳鸣在来这儿的第一天，就被熏得恶心、一个"大号"上下来，就呕吐不止，以后再也不上这样的厕所了。吃喝拉撒，是人的最基本的生活。文斌看岳鸣对厕所有这大的反应，就告诉她，以后有内急，他带岳鸣去上山解决，山上无人，随便找个旮旯角，就能解决。

有文斌的陪伴，岳鸣很安心，两个人说说笑笑到了山上，再解决憋得难受的内急，身心一下子就愉悦了，感觉很轻松。有文斌体贴入微的爱，再苦再累她都不害怕，这一辈子就跟定他了。文斌现在有了一份正式的工作，好歹也是个铁饭碗，这是多少人求之不来的，以后把自己的户口弄到矿上，自己也就跳出农门了，就算自己的孩子是煤三代，那有什么！只要爸爸妈妈给他足够的爱，温馨的家，他一定会茁壮成长的。想到这儿，岳鸣内心安静了许多，没有了刚才的燥热感。

她随着羊肠小道，走到那棵碗口大的沙枣树下，岳鸣很喜欢这种生长在干旱地带的树。沙枣树叶子落光了，沙枣像一串串的小铃铛，在风中沙沙响，冲着岳鸣扮着鬼脸。沙枣有红色的，也有浅黄色的，摘一颗放在嘴里，沙甜沙甜中带点涩，如果放在锅里蒸一下，就少了涩味，多了一股清香，是大人、孩子最好的食品。

在这举目无亲的地方，岳鸣看见沙枣树，就像看见了亲人，她站在树下，仰望着树冠。她家门口东边的涝池边，就有一排八棵沙枣树，最大的有桶口那么粗，那儿是她和三个哥哥儿时的乐园。大哥在一棵沙枣树上绑了一个秋千，让她荡着玩，二哥和三哥在另三棵树上，绑上三个沙袋，像少林寺的小和尚一样习武。村里的女孩子都巴结她，才能荡秋千，男孩子都跟着二哥三哥打沙袋。到了初冬，一场雪会让沙枣彻底熟透，一荡秋千或者一打沙袋，树枝被摇动一下，沙枣就玛瑙般落一地，大家争先恐后地拾起来，装在衣兜里，当零食吃。

“童年啊童年，多美的时光呀。”岳鸣喃喃地说，眼神里净是温柔，深情地看着沙枣树，心情慢慢好起来。她向平常解决内急的土丘走去，在一个相对隐蔽的地方，刚蹲下，就隐隐约约听见女人的呻吟声。岳鸣并不在意，觉得这个女人可能和自己一样，不习惯矿上的厕所，也跑到这儿解决内急来了，也许憋得太厉害了。岳鸣觉得有个伴，倒解除了她内心的不安。她解决完便站起来往外走，但从呻吟声处，又传来喘着粗气的对话：

“老爸你救救我。”

“嗯……”

岳鸣赶紧往声音传来的地方走，脑子里只有一个念头，那就是快去帮这对父女。但她刚走了两步，不堪入耳的对话像手榴弹一样钻进耳朵里，随时都有爆炸的可能！岳鸣觉得不对头，转身往回走，可她的双腿像被钉住，一步也挪不动。风又将那男欢女爱的声音吹进耳朵里，肉体撞击的声音，喘着粗气的呻吟还有喃

喃交谈，像被捅了的马蜂窝，一片嗡嗡声，在岳鸣的耳畔萦绕，各种不堪入目的场景在她脑海里回闪，她的脸一下子红到脖子根。

她和文斌已有了鱼水之欢，也懂得翻云覆雨的曼妙，饮食男女，食也性也，也是人之常情。但从这两人的对话中，好像是在干违背伦理道德的事情，大白天的在这荒郊野外干这种事情，他们的胆子够大！而且还是父女俩？亲父女是绝对不可能的，他们是人不是畜生，虎毒不食子，看来这是对干父女或者是……岳鸣不敢往下猜测了。

突然觉得一阵恶心，那嘤嘤喋喋的声音像一块大石头，压在岳鸣的心上，把她对男欢女爱的美好感觉，压碎成了五味瓶，各种滋味一齐出来，在她的心里排山倒海，恶心感越来越强烈，她疯了般地跑下山。等她跑回李家，已经大汗淋漓，如落汤鸡。她坐在床边，心嗵嗵要跳出胸膛似的，为了缓和难受的心跳，她平躺到床上，直勾勾地盯着天花板。

胡大木领着这帮毛头小伙子在井下转了两个小时，就升井了，也算将一个班的工资进腰包了，这对每个矿工来说，真是天上掉馅饼的美差，而且浴池里刚换的干净水，没干活，还能躺在干干净净的热水池里泡澡，这是多美的事情呀！按理说胡大木应该偷着乐了。他在听到让自己去培训新工人时，高兴得从椅子上跳起来，当时，正在开班前会，有人看见他这动作，就大声地说：“胡大木，火星子烧到毛了。”这人话还没落音，就引起了哄堂大笑，还有人吹了一个特别响亮的口哨。

胡大木脸通红，却不生气，还接了一句：“这毛被烧得猛烈，都无法控制了。”

又是一阵哄堂大笑，有人都笑得人仰马翻，也有人笑得岔了气，捂着肚子蹲下去。可现在，胡大木从下井时直到升井后，就没高兴过，他看着这些稚嫩的脸，有两个脸上还充满了娃娃气，却要在井下洒热血，农村不好吗？非要在这人间十八层地狱里刨吃的？今天，他们连井下的千分之一都没看到和感受到，都沉重成这样了，等真正上班了，不蜕几十层皮，才怪哩。

出了井口，大家长长地出了口气，才又有了初生牛犊不怕虎的活泛劲，一窝蜂地跑到充电房，想早点缴了矿灯，再到热水池子里泡个澡，之后就回去，将他们在井下的所见所闻以及感受说给亲人听。在矿区，想找个人分享在井下的感受，那是比大海捞针还要困难，谁没事干了，会听一个新工人唠叨？只有真正在乎和关心自己的人，才愿意和自己分享，才会花时间和精力，听自己唠叨。

胡大木看着这群升井之后的毛头小伙子，一个个像燕子一样轻巧，扑棱一下从身边“飞走”，拥挤在充电房的窗口前，他脸上洋溢着笑容，感叹年轻真好！年轻就是资本呀！他看着他们在窗口前挤来挤去的，就八个人，还要挤？他又想起了柯耀强，就连他也弄不清，今天这是怎么啦？一想到柯耀强，一股很大的伤感就跌宕而来，弄得他几次都想掉眼泪。男儿有泪不轻弹，他不想让这些娃们看见，硬是把眼泪弄回去了，可现在，他的眼前又是两帘水雾。不远处，娃们挤来挤去的身影，像皮影戏一样在他的眼前晃动着。

胡大木扬起脸来，泪眼婆娑地看着天空，直到耳边的吵闹声渐渐远去、消失，他才低头，用袖子擦了擦眼睛。为了体现苍穹煤矿的风貌，他今天特意穿了身新工作服，再加上在井下只是转悠了两小时，没劳动，就不会弄成“全身上下一锭墨”了，他用袖子擦眼泪，也不会弄成大花脸。

天高气爽，让人的心情都轻松起来。可胡大木拿到“天上掉馅饼”的美差后，却没有如此好的心情，他移着沉重的脚步，慢吞吞地往充电房的窗口走去。他眼前又出现和柯耀强在窗口前挤来挤去的场景，“唉！这个傻玩意，是不是被枪决了，阴魂不散地缠着我，才让我有了这种难受劲，眼泪才没出息地想流出来！兄弟呀，没有你，我连逗贫的能力都丧失了，你还不放过我，让我如此难过？”他在心里呐喊着，定眼一看，充电房的窗口前空无一人，哪有什么柯耀强？哪有什么争先恐后的热闹场面？这矿上走了一柯耀强，就像倒了半壁江山，不，这只是对胡大木来说，少了一个斗智斗勇、又逗贫的人罢了，说真的，没有柯耀强，生活都枯燥无味了。

胡大木杵在那儿半天，又觉得这样杵下去，被人看见了，会被笑话的，就调整了一下情绪，不慌不忙地走到窗口。两扇窗口都打开着，将里面看得清清楚楚的，值班的是侯小梅和纪红云。

一看见侯小梅，胡大木瞬间打了鸡血似的，精神抖擞起来：“妹子，缴灯。”

侯小梅连头都没抬，她知道这会不是升井的高峰期，也不是领导升井的时候，所以，就纹丝不动地坐着，仍旧在欣赏着自己的手。

“妹子，狐（侯）妹子。”胡大木知道侯小梅听见了，但她这德性，瞧不起咱们这些钻黑窟窿的，别说柯耀强这愣头青看不上她，就连好色的胡大木，也看不上她。胡大木故意含糊不清地叫侯小梅狐妹子，如果不仔细听，还以为叫“侯妹子”。

可侯小梅偏偏听出来了，“你妈才是狐妹子。”她在心里骂了一句，仍然不动

声色地欣赏着手指头。

“狐（侯）妹子，缴灯。”胡大木以为他的小聪明没被识破，就将头从窗口往里伸了伸，活脱脱一个“癞蛤蟆”相，“狐（侯）妹子，收灯，我还要种地去呢！我这犁铧都硬成钢筋了。”

“哦！”侯小梅收回手，也收回目光，慢慢地转过头，微微挺了挺胸。这个慢动作，让胡大木的哈喇子“哧溜”就从嘴角流了出来，他还没来得及往回吸溜，就掉到窗台上了，他尴尬地赶忙用袖子擦。

“哦！我记得你妈的地，荒了这么多年了，是该耕耘耕耘了，要不然多可惜呀，正好你去。”侯小梅不慌不忙、一句一板地说着，声音不大，却让忙碌的纪红云听见了，纪红云探着身子，茫然地看着，不知道侯小梅在骂谁。

“你，你欠……”胡大木被这文绉绉的骂声，气得脸青一块紫一块，本身想骂一句粗话，又觉得不妥，也应该文绉绉的，这才能显出文戏文唱、武戏武打，才不会被这臭女人小看，可他又找不到文绉绉的词来，就一边说一边给侯小梅竖起中指，这是胡大木觉得最文绉绉的骂了。

让他没有想到，侯小梅也向他竖起中指……

这下纪红云看懂了，赶紧放下手里的活，三步并作两步走到窗口，双手接过胡大木手里的矿灯：“胡师傅，辛苦了。”

胡大木没说话，狠狠地瞪了侯小梅一眼，便扬长而去。

侯小梅又举起双手，让日光灯照耀着她细长的手指头，她喜欢看指缝中射进来的灯光。

纪红云默默走到岗位上，把收回的矿灯挨个擦着、检查着。矿灯是矿工的眼睛，不能有半点的差错。只要她当班，就会将矿灯挨个检查，看是否有线路问题，看是否充电正常，确保都充满电，再把回收的矿灯擦干净，登记好，再把自救器挨个检查、擦干净。

除了高峰期，侯小梅一个班上几乎是屁股黏在椅子上，什么活也不干，有时高兴了，就和纪红云说说话，拉家常，不高兴就欣赏自己的手，想心事。

纪红云将活都干了，每天她都忙碌着，这才没有闲时间想那些不开心的事。尽管如此，漫漫长夜对她仍旧是折磨，自从高二去世后，失眠对她来说，就是杀人不见血的软刀子。

冷暖自知，她一个年轻寡妇的艰难，从来不在外人面前表现出来。她知道这世上，锦上添花的人多如牛毛，而雪中送炭的，却寥寥无几人情淡薄，自己的惨淡，自己受。

文斌升井回到家里，他想把第一次下井的感受告诉岳鸣。

可岳鸣还在床上，昏昏欲睡，压根就不知道文斌进来。

文斌看着如小猫般乖巧平躺在床上的岳鸣，脸红扑扑的，性感温润的嘴唇，随着急促的呼吸，微微颤动着，像风中的两瓣桃花，长长的睫毛，在脸上画出两个弯月。这个傻女人，为了爱自己，和家里断绝关系，一门心思地跟着自己来到这荒凉的矿上。

文斌想到岳鸣为了自己和她父母吵架的场景，心里充满歉意。是家里小公主的岳鸣，跟着他来了矿上，吃了许多苦，不说别的，就拿最基本的生存条件来说，她压根不适应，但还是努力适应着。最近家里出了这么多事情，又是借居在李家，很少和她亲热，能从她的眼神里看到失望和失落、无助和茫然。想着，文斌就情不自禁地弯下腰，去亲岳鸣，嘴还没有到她的嘴巴，一股热气扑面而来，当他的双唇刚挨上她的唇时，感觉被烙铁烫了一下似的，她怎么这么烫？发烧了？

她发烧了。文斌试探性地从她的额头摸到脖颈，又从领口往里面摸，到处都是滚烫的。如果这样烧下去，她就会烧坏了。得赶紧送卫生所，对！送医院！他来不及给岳鸣穿外衣，用被单裹着，抱着往外走，刚到门口，就和端着一碗水，颤颤巍巍进来的董月珠撞了个满怀。

“哎呀，你这个……”董月珠碗里的水，被撞得洒了出来。

“妈，岳鸣发烧了。”文斌气喘吁吁地抱着岳鸣。

“赶紧放到床上，看把我娃子累的，她是个大人，重很。”董月珠顾不上衣服湿漉漉地贴在胸口。

“妈，我赶紧把她送到卫生所。”

“上啥卫生所哩？她爱往后山跑，见了不干净的事，我给她立个柱子，就好了。”

“妈，人都烧成这样子了，还讲啥迷信哩。”文斌着急地说，就往外走。

“你急啥哩，我一立柱子，她就好了，没啥，就是看见脏东西了。”董月珠胸有成竹地说。自从老头死了，她就从原来住的老乡家搬到李家，和儿子媳妇一块住。在李家妖婆子苦口婆心的劝解下，她才减轻失去爱女和男人的痛苦，直到儿子成为苍穹煤矿的正式工人，她有了精神支柱，才能慢慢下床了。

“妈，这人都烧成火蛋蛋了，还是赶紧去卫生所，我抱着很吃力。”

“那就放到床上，让我赶紧立柱子。”董月珠用不可商量的口气说道。

“妈，这样下去会出事的……”

“能出啥事？”

李家妖婆子透过厨房的窗子，看到这娘俩僵持在门口，就从厨房里出来，将湿漉漉的双手在围裙上擦，嘴里直喊道：“哎呀，文斌呀，你先让你妈给讲个迷信，不行再去卫生所。”

“李姨，这人烧得昏迷不醒了。”

“文斌，你别和你妈较劲，你妈生不了气。”李家妖婆子说着，还冲文斌挤眉弄眼的，那意思是说，你妈受不了刺激。

文斌只好将岳鸣抱到床上。

董月珠将碗里的剩余水泼在地上，颤颤巍巍地往厨房走。“就这城里娃，人不咋的，还娇贵得不行，一矿上人都能上的茅房，到她这儿就上不成了？非要到后山上，她的一泡屎尿就这么金贵？”

“妈，你别说得这么难听，岳鸣和矿上人的生活习惯不同。”文斌把岳鸣放好，出来站在客厅门口，说道。

“你还嫌我说得难听？真是娶了媳妇忘了娘的东西。你以为给咱家娶了个不要钱的皇娘娘，其实就是个不值钱的扫把星，你看自从这个扫把星进了咱家门，咱家出了多少事？”董月珠从厨房里，端着一碗水，另一手拿着三根筷子和一把菜刀。

“妈，你越说越过分。”

“好了，你娘俩都闭嘴，还嫌家里出的事少？”李家妖婆子呵斥着。

董月珠和文斌都不吱声了。李家妖婆子见娘俩都不吱声，就往菜园子里擤鼻涕，把粘在指头上的鼻涕，抹在大丽花的叶子上，跟着董月珠进屋。

文斌也跟着进来，卧室里就显得特拥挤。

董月珠将三根筷子搭在碗沿上，在岳鸣头上的空中逆时针转了三圈，振振有词地念说：“天地神灵，大发慈悲……”又将碗放到窗台上，三根筷子的“地方”（大头）朝上，用左手捏着立在碗里，还不停地用右手大拇指、食指和中指，从碗里撩起水滴在三根筷子的缝隙里，“××× 是你老人家，你就站住，是你就站住。××× 是你，你就站住，站一站你就回去……”边向筷子撩水，边叫着一些死人的名字。

可她手一松，三根筷子就散开了，“这狗日的，还不是鬼。”董月珠狠狠地说道，又将三根筷子打了个颠倒，将筷子的“天圆”（小头）朝上，依旧用左手捏着，右手三个指头往筷子上撩水。“山神爷，是您老人家了，您就立住，这娃年轻，不懂得规矩，乱往您头上拉屎，您说她，她受不了……”董月珠不停地念叨，不停地往筷子上撩水，功夫不负有心人，不一会儿，三根筷子，直直地站在碗里。

“你看看，这就是不懂规矩的下场，她不发烧，往哪儿跑哩？”董月珠说着，将菜刀在“柱子”上劈了一下：“您把她说一哈，就对了，赶紧回去。”三根筷子，哗啦倒下了。

董月珠和李家妖婆子，拿着立柱子的东西出去了。

文斌不放心，看着岳鸣红彤彤的脸。难道她真的就是扫把星吗？难道她一分钱的彩礼不要，跟着自己跑到这穷山恶水的矿上，是错吗？她真心爱自己，真正为了爱情，不顾一切，却怎么成了扫把星？扫把星？她进了这个家门，真的让妹妹和父亲命赴了黄泉吗？一阵突如其来的头痛，让文斌不敢往下想。

被烧得昏迷不醒的岳鸣，压根就不知道这一切，当然不知道她是婆婆心里的扫把星了。她从后山回来，就大汗淋漓坐到床边，还惊魂未定。明明是光天化日之下，却有人在干这种苟且之事，还偏偏让自己撞见了，真是够倒霉。

岳鸣是上过学的，何况她爱看书，也算是有文化底蕴的人，更懂这不是童话里的世界，也不是神话世界，她明白自己是活在凡夫俗子的世界里。但岳鸣不愿意相信她所见所闻是真实的，她多么希望是做了一个梦，一个无耻的梦。

想着想着，岳鸣开始瑟瑟发抖，像是被人挑了筋一样，不知道过了多久，她筛糠般的身体开始慢慢地平静下来，却滚烫得如掉进火炉里。她开始还清楚文斌去上班了，这是文斌第一次下井，她要起来给文斌做顿饭，来庆祝一下，也想让这沉闷的生活有一丝活泛劲。可她动了几次滚烫的身体，却是无力到苍白的地步。

岳鸣在滚烫中，迷迷糊糊地回到爸爸妈妈的家里。

爸爸和蔼可亲，眼泪汪汪地拉着她的手，一个劲地说：“回来就好，回来就好！”

“你这赔钱货，不要脸的东西，跑回来干啥？”妈妈说着就用拳头在她的背上敲鼓，“你跟啥人跑不好，跟一个煤黑子跑？”

“别说了，女女回来就好。”爸爸阻止妈妈。

妈妈却越说越过激，拳头敲出“恨铁不成钢”的鼓点：“你不嫌丢人，我还嫌丢人哩！”

“你胡说啥哩？岳鸣，我的女女乖。”爸爸把她从妈妈的怀里“夺”过来。

她呆若木鸡地靠在爸爸的肩膀上，妈妈再次骂她，她的心一下子哇凉哇凉了。从小到大，就被妈妈嘴里难听的话刺痛着。一个人，尤其是女孩子，在家里得不到爱，就会在外面寻爱，更加经不起诱惑。妈妈还用这如匕首一样的话，深深地刺痛着她，她还有啥尊严？这哪儿还是家呀？明明是地狱！她从父亲的怀里“逃”出来，身后还飘着妈妈的骂声。

“家，娘家，是真的回不去了。”她觉得自己是撕心裂肺地喊叫着，却让守在她床边的文斌，看见她性感的双唇在微微颤动，像是在说什么。

文斌弯下腰，耳朵贴在岳鸣的嘴边，可什么也听不见。岳鸣急促的呼吸像热浪一样，一浪高出一浪。不行，再这样烧下去，连小命都会丢了。文斌疼爱地吻了吻岳鸣的唇，烫，烫，怎么还这么烫！文斌把岳鸣的手放在他的脖子上，想让岳鸣抱着他的脖子，这样抱着不吃力。可岳鸣的胳膊软绵绵地耷拉下来，无力地甩在床上，“岳鸣，岳鸣！”文斌大声叫着。

岳鸣听见文斌的叫声，四处张望。“岳鸣，岳鸣！你醒醒岳鸣，你不能睡了。”岳鸣随着声音望去，看见文斌站在池塘边的沙枣树下，“文斌，我在这儿，我再不想回这个家了……”

“岳鸣，你醒醒！”一个毛辣辣的手，不停地拍她脸。

“岳鸣，你别吓我，你赶紧醒了。”这是文斌，还不停地摇自己的腿。岳鸣想睁眼，但眼皮重得抬不起来，她把吃奶的劲都用上了，还是睁不开眼。

文斌再也不听他妈的话，抱起岳鸣就往卫生所跑。

出狱

随着小煤窑的强行关闭，市场上的男人越来越多，原本以前很少在市场出现的人，这段时间也成了市场上的主角。他们以前是没时间在市场上“卖嘴”，现在却有大把的时间在这儿胡吹。以前有小煤窑，这些单职工家庭的男人，一下班，潦草地吃些饭，只要有一点精力，就跑到小煤窑上卖力气挣钱。大矿上那点死工资，咋能够一家人的生活哩！为了让老婆、娃娃生活得好点，他们只能去小煤窑“盘光阴”。

有些能吃苦耐劳的家属，也去小煤窑打工，贴补家用。好日子都是给勤快人准备的，懒汉啥时候都是穷人。小煤窑取缔了，这些勤劳的人没了用武之地，只能在这儿吹牛。

赵秦军也没活干了，整天待在家里，看着白发苍苍的老伴，心里有说不出的滋味。孩子们小的时候，一心想着他们长大了，他和老伴就省心了。可孩子大了，都到成家立业的岁数，还让老两口不省心，反而更累了。娃们都不是省油的灯，还不如他们小时候。小时候，给他们吃饱、穿暖，他们还没有这些花花肠子，大了却把他和老伴缠死了，一不小心就陷入娃子们设计的无形陷阱里。

一想到娃们，赵秦军就头疼。眼看要过冬了，就他这点工资，咋能把这一家老老少少养活？往年还有在小煤窑打工的钱，这五六张嘴还能养活住，现在更难了。唉！憨儿两口子有个娃，可懒得出奇，一到饭点就来了，你能不给吃吗？自己的娃子哩，能不管吗？就尽他们吃，这样一来，给他们惯出毛病了，每顿都在这儿蹭吃。遇到这赖皮儿子儿媳了，能有啥办法？聪儿也是吃完饭连碗都不收拾的人，这么大了，还没正型，油瓶倒了都不扶。

老伴真是命苦呀！要了一群什么玩意呀？没一个能理解老伴的，更别说心疼他们了。看来还是教育有问题，除了柯耀红不让人操心之外，这四个娃子都是“马尾穿豆腐——提不起”，让人心都操碎了。老伴被耀娃的事情，弄得一天到晚惶惶不安，也没心思弄些过冬的酸白菜。到冬天，菜贵得都吃不起了，趁着这会

的白菜还便宜，赶紧把过冬的菜弄好。

赵秦军把厨房拐角的大缸挪到院子里，洗了两遍。心想这几天准备买些大白菜，腌一缸酸白菜，再有价钱合适的土豆，买几袋子，放到窖里，这个冬季的菜就够了。还得买一些苹果，大人不吃了，小孙子还要吃，把谁饿下，也不能把小孙子饿下。往年都是老伴操办的，可今年老伴心烦得把这些都忘了，自己又没上班，就不动声色地帮老伴干了，少年夫妻老来伴，自己的老伴自己不心疼，还能指望谁心疼？

赵秦军把洗干净的缸放回原地，坐在院子里，点燃一支烟，一边吸着，一边抬头望着院墙内的这片天，眼看天就要黑了，老伴还不见回来。该准备晚饭了，别的不说，就这一日三餐，做得人也够泼烦了。老伴这几十年真不容易，一天到晚围着锅台转，一双手都劳作得变了形。儿女大了，她的腰却弯得厉害，这群“不省油的灯”都是来讨债的，没一个是来报恩的，一个个像榨干机，不把他们爹娘榨干，誓不罢休。

赵秦军又不由自主地想着儿女，心里不舒服，恶狠狠地吸了一口烟，鼻孔里就冒出两股白雾。他叼着烟进了厨房，看着案板上还有中午的剩菜，就在炉子里放上劈柴，将一张废纸对在烟头上点燃，火焰“轰”就在纸上跳跃起来，他将火苗乱窜的纸塞进炉子中间的劈柴缝隙中，劈柴发出“噼里啪啦”的声音，一股很浓烈的黑烟冒出来，他赶紧盖上炉盖，炉子里传出呼呼的声音。他接着吸烟，烟吸完了，感觉劈柴也烧着了，没有了黑烟，他又用炉钩打开炉盖，将灰铲里的小煤块倒进炉子里，也将烟头扔进去，重新盖好炉盖。

忙完这些，赵秦军洗手和面，憨儿上中班，升井之后吃一碗面，感觉扎实点。聪儿虽然在机关里上班，晃荡晃荡到处跑，吃一碗面，也美得很。让两个儿子吃好喝好，也是他的幸福。一想到两个亲儿子，赵秦军和面的手，在面盆里就有了旋律感。

面光、手光、盆光是和面的最高境界。赵秦军努力地揉着面，他是老思想的人，想起一句古话说，“打倒的媳妇、揉倒的面”，要想面条好吃，就要使劲地揉，面揉光了，手和盆才能光，等他把面揉光，炉子已被烧得红通通了。他给铝壶里添满水，放在炉子上烧。万事俱备只欠东风，就等着他们回来后，水开了下面，很快就能吃上饭。

天黑了，老伴还不见回来，得出去找找，这一段时间，她就像丢了魂似的，可别出啥事了！想到这儿，赵秦军大步流星地往院门口走，左脚刚迈出门槛，就和一个人撞了个满怀，两人被这突如其来的对方都吓了一跳，却没发出惊吓的尖叫，大男人，遇到什么事，都会“镇定自若”的。当看清对方的脸，赵秦军的心五味杂陈，颤颤巍巍地拍了拍柯耀强的肩膀，眼前一团水雾。

“叔，我回来了。”柯耀强目不转睛地看着赵秦军。

“回来，回来就好，回来好呀！”赵秦军颤音中透着喜悦。

柯耀强不吱声，不是他不想说话，而是他的喉咙里有个东西堵住了，让他发不出声音来，他只能目不转睛地看着眼前头发斑白的后爹。

“进家门吧！”赵秦军收回迈出去的左脚，好像记起什么了，赶忙又说：“耀娃，你别动。”说着用袖子抹眼泪，然后飞快地进屋，拿着扫床的笤帚出来，在院里转了一圈，又跑回屋里，取出香和黄表、还有烧纸，这都是耀娃被抓走了，老伴走投无路时，讲迷信用的。那时，他想阻止老伴别弄这没用的，但看老伴为了耀娃愁断心肠的样子，就欲言又止了。

这些用剩下的迷信用品，真有了“用武之地”，他拿着东西，跑到门口，自言自语道：“死老婆子，说是去耀红家问请律师的事，半天也不见回来，我又不会讲迷信，不会弄怎么办？”他不看柯耀强，将东西放在门墩石上，又跑回屋里，取出香炉，恭恭敬敬地将香炉放在院门里，又恭恭敬敬地点燃三炷香，合在手心里，开始拜天拜地、拜各路神仙，之后将香插在香炉里，拿起笤帚，踮起脚尖，对柯耀强说道：“把头低下来，让我给你扫扫晦气。”

柯耀强听话地把头低到赵秦军的胸前。赵秦军从他头上往下扫，还振振有词：“一扫扫到底，晦气全扫去，二扫扫到底，扫来好运气，三扫扫到底，万事大吉利。好了，我娃从今往后就大吉大利、事事如意了。”

柯耀强直起腰，看着比自己矮一头的后爹，感慨万分，他的喉结七上八下地蠕动着。

“叔……”老半天他才发出声音来，但让人听起来，就像被寒风吹响的枯叶。

“我娃啥都不说了，来，跳火。”赵秦军在门口点燃黄表和烧纸。

火苗在微风中跳跃着，像红色的精灵。

柯耀强也用袖子抹了两下眼泪，跳过火苗。

“跳过火，往后日子红红火火。”赵秦军看柯耀强跳火，就恰到好处地说着，脸上洋溢着幸福的笑容，“走，进屋。”说着，他去拉柯耀强的袖子。

“叔，我娘哩？”柯耀强被赵秦军拉着往院子里走。

“你娘，说是去你二姐家，要给你请律师，哦！对了，你这是啥情况？”赵秦军好像记起来了，停下、转身、扬起脸看柯耀强。

“我无罪释放。”

“无罪释放？”赵秦军表情复杂地看着柯耀强。

柯耀强被看得茫然起来，他也说不清楚，这到底是什么情况，人家“串脸胡”警察放他时候，只说是无罪释放。他因激动，压根没听明白“串联胡”后面的话，弄得他云里雾里地不知所云。

柯母踉跄地进来，她最先是不敢相信眼前的黑影是柯耀强，她害怕又是幻想，就在自己脸上拧了一下，有了痛感，她才仔细地打量着，从个头和说话，都很明确地告诉她，就是她的耀娃。她踉跄地扑了过来，心想：不管是真实的还是在做梦，先抱抱耀娃再说，别像前两天一样，只顾训斥耀娃，还没来得及抱他，梦就被一声鸡鸣吵醒了，气得把李妖婆子家的公鸡好好骂了几句，却把自己骂灵醒了，再想把梦拾起来重做，可再也睡不着了。

当柯母抱着柯耀强的一瞬间，她像是站在摇摆机上，双腿不听指挥地摇摆着。

“娘。”柯耀强颤动着嘴唇，把筛糠似的母亲抱在怀里，“娘……”除了叫娘之外，他一个字也说不出来。

天越来越黑，柯家的小院里，此时，静得掉下一片树叶，都能听到响声。母子俩紧紧抱着，互相支持着彼此颤动的身躯，真是此处无声胜有声！所有的语言都显得苍白无力。

赵秦军看老伴高兴地只顾哭，不让娃进屋，也不问娃子饿不饿。这种感人场景，让他又不好意思去打断，只能像木桩一样地戳着。

“娘，娘……”柯耀强觉得只有“娘”，才能代表他此刻的心情，他只想将这四十九天的“牢狱之灾”，用“娘”画上句号。他也想将这四十九天没叫的娘，全部叫出来，一口气叫完：“娘，娘、娘……”

“哎！哎……”柯母轻轻地答应着，却用尽全身的力气，抱住比自己高两头的儿子，害怕一松手，儿子就不翼而飞了。

“娘，娘。”柯耀强感受到来自老娘颤巍巍拥抱的力量，鼻子一酸，他的喉咙又被堵住了，喉结又像小猴子一样乱窜。娘老了，这全身的力量，也微不足道了，可她传递的是一种无法形容的力量，一种无言表达的爱。他紧紧抱住老娘颤动的双肩，眼泪就不争气地流下来，他不想惹老娘伤心，再加上这是个喜日子，的确是不应该哭，可这不争气的眼泪，却像决堤的洪水，只顾一泻千里的畅快，而不顾及场合和主人的感受。

柯耀强深深地吸了一口气，将七上八下的喉结安抚在原位，心情随之慢慢平静下来，为了不让眼泪再夺眶而出，他扬起头，被眼前的夜景，震撼了——满天的繁星，每一颗星星虽然发出微弱的光，但它们很努力地发光，因齐心协力一起发光，才有这美丽、璀璨的星空。

当柯耀强抱着年迈的老娘，为了阻止不争气的眼泪，仰起头想把夺眶而出的眼泪憋回去时，却看见头顶上的星空，他的心一下子被震撼了。这浩瀚的夜空，繁星似锦，把黑夜点缀，黑与这无数的闪光点，形成了美轮美奂的景致，这黑色的夜幕因星星而灵动、而美丽。天上一颗星，地上一个人，天上多少星地上多少人，天上的星有大有小，地上的人也有大小之分，大人物是大星星，小人物是小星星，不管是大星星还是小星星，它们都努力地发光，不辜负自己的生命。大人物和小人物都一样，大人物有大人物的舞台和使命，小人物有小人物的舞台和使命，不管是大人物还是小人物，都要努力地活着，活出自己的光芒和价值，才是最可贵的。而自己到底是什么样的星星呢？哪一颗是自己呢？每个人都想成为最亮的那颗，可多少人为了这个目标，弄得头破血流、拼得你死我活的，成为最亮的，又能怎么样呢？柯耀强的眼泪，停止了往外涌动，可他的思绪却像电波一样向外扩展。

重新获得自由的柯耀强，觉得这夜空太美了，一切都是这么美好，从今往后，自己要好好活着，要为娘和后爹养老送终。人只能活一辈子，所谓的来世都是骗人的，把这一世活好就行了，不要辜负娘的期望，再不能浑浑噩噩活不明白了，今年自己都三十六岁了，人生已过半，再活不明白，这辈子就彻底完了。

“老婆子，赶紧给耀娃弄吃的。”黑暗中，赵秦军虽然看不见老伴泪流满面的样子，但从她的唏嘘声中，判断出她已成了泪人。

柯母被提醒，赶紧擦眼泪：“你看我都高兴得忘了，我娃都饿坏了吧！”手心沾满了泪水，她又用手背去抹眼泪。

“不饿，就想吃娘做的拉条子。”柯耀强揽着柯母，走到赵秦军的跟前，又将赵秦军揽住，这是几十年来，柯耀强第一次和赵秦军亲昵。

赵秦军被这突来的亲昵动作，感动了，原本想说：还是我明智呀，早把面和好了。但鼻子一酸，把要说的话给呛回去了，他吞了吞喉结，什么也没说，很自然地搂住柯耀强的腰。

柯母也搂住柯耀强的腰，柯耀强被这一搂，心里一热，鼻子又不舒服了，他又抬头将不争气的眼泪，往回赶。

三个人，谁都不愿意抽出胳膊，解散这种拥抱，三个人像螃蟹一样“横行”进了厨房的门。赵秦军随手打开门后面的电灯，屋里一下亮堂了。锅碗瓢盆还是曾经的锅碗瓢盆，怀里的父母亲，还是以前的父母亲，但柯耀强总觉得哪儿不对劲，他环顾了一下厨房，觉得这一切都特别地亲切，包括他以前觉得很厌倦的物品，现在看来都非常亲切，真是今非昔比呀！这人啊真是感情动物，这屋里的摆设还是以前的样子，但人却不是以前的人了。

触景生情，千丝万缕的情愫在柯耀强心里荡漾着，他又深情地环视了一下，万般柔情油然而生，真好呀！这就是家，这就是我的亲人。他欣慰的目光，却又被一片白刺痛了。“天呐！”他在心里暗自尖叫起来，“这是娘的头发吗？”是的！这是老娘的头发。他飘忽的眼神在看到老娘的白发时，停顿了，更像是被震惊，他从来都没有好好观察过老娘。这一刻，他好像看到了时间的痕迹，它在逼迫着自己长大，逼迫着老娘沧桑，自己被关的这些时日，把老娘折磨成这样了！此时，柯耀强怔怔地站在厨房中央，看着娘的白头，无一根黑发，很是刺眼。他确认过之后，感觉这白，不仅仅刺痛了他的眼神，还重重地刺痛了他的心。

炉子上的水壶盖，被沸腾的水掀得“呼呼”响。

“水开了，面我都和好了，赶紧给耀娃下面。”赵秦军说着，把炉子收拾利索，把火弄旺，煮出来的面条才劲道。

“我看看这面能做拉条子不？还行，能做拉条子，是油泼的还是？”赵秦军掀开扣在面团上的铝盆，用指头戳了一下，试了试面的软硬，又扬起头，很自信地说。

柯耀强把情绪稳定下来，冲着赵秦军笑着说：“不是有菜呢吗！一拌就好了，简单点。”

“要吃拌面，我给你重弄些菜，这些菜是中午的剩菜。”赵秦军麻利地将炉子弄好，炉膛里的火很快就将炉盖烧红了。

水壶盖像个欢快的小精灵，在咕咚声中，呼呼嘭嘭地“跳舞”。

柯耀强看柯母洗手、揉面。赵秦军在菜筐子里翻找能拌面的菜：“耀娃，不知道你回来，家里也没肉了。”赵秦军歉意地说。

“叔，我不吃肉，在里面伙食好着哩。”

“那地方还能有好伙食？”柯母用手试着面的软硬，这面有些硬，拉拉条子有点吃力，但娃子就想吃拉条子，母亲都会想办法的——她在手上沾水，使劲地揉面，揉干了手上的水，她又沾水揉。

柯耀强坐在餐桌边的凳子上，看着两位老人忙活着。

“耀娃，你还没说，你到底是咋回事呀？”柯母重复着揉面。

“咋回事？我也说不清楚，被他们带到省城，开了一个新闻发布会，就弄回来，关在一个房间里，直到今天早上，‘串脸胡’说我无罪释放了，让我回来。”

柯母和赵秦军停下手里的活，不相信地看着柯耀强。

“你们不相信，连我也不相信。但我不敢多问，反正他让我回来，我就赶紧回来，不想让矿上人看见，就磨蹭到现在。”

“你瓜娃子，为啥不让矿上人看见呀？咱们没偷没抢的。”

“就是的，你娘说得对，咱们是光明正大的，连公安都说咱们是无罪释放。”赵秦军把无罪释放说得重，无形中给了柯耀强一股力量。是呀！自己是无罪释放，却害怕啥？难道是被关傻了？还是……柯耀强一阵心乱如麻，陷入沉思中。

看着疲惫不堪的儿子不吱声，老两口面面相觑了一下，默默地做饭。他们知道此时，一碗饭，对儿子来说，胜过千言万语的安慰话。

“家里的人都好吗？宝宝呢？”柯耀强问。

“都好着哩！宝宝被他妈抱到外婆家了，晚上也不回来，聪儿下班了不知道跑哪儿去了，憨儿上中班，先给你做饭。”柯母说着，将炒菜锅放在炉子上。赵秦军把要炒的菜切好，装在盘子里，递给柯母。

等赵聪儿回家，已经十一点了，赵憨儿都吃完回去睡了，知道柯耀强回来了，赵聪儿很高兴，要去看大哥，却被父亲阻止了。他就和父母在厨房里一边说话，一边吃水果，因为高兴，吃多了，睡下不一会儿，肚子就疼。

矿上的公共厕所，别说岳鸣上不习惯，就连赵聪儿都不习惯，所谓的厕所，屎尿横流，赵聪儿有内急了就去废弃的窑洞里。苍穹矿上周围有很多废弃的窑洞，都是当年建矿时矿工们的家，现在条件好了，矿工们全部搬到平房和地窝子里，窑洞完成了使命。密密麻麻废弃的窑洞，就成了赵聪儿解决内急的最好地方。

要想人不知，除非己莫为。侯小梅和王杰远总是小心翼翼，他们认为天衣无缝，可他们的事情，在矿上早已半公开了，人们都害怕王杰远的势力，彼此心照不宣罢了。

凌晨两点钟，王杰远想万物都在沉睡，所以送侯小梅回去最保险。可不凑巧赵聪儿这时肚子痛，他起来忙匆匆跑到矮矮的窑洞里，蹲在那儿，一下子就舒服了，这真是屎尿能憋死人哩！赵聪儿解决完之后收拾利索，提裤子时，看见一男一女牵着手蹑脚蹑手地走过，匆匆忙忙的，看不清是谁，他知道这是一对偷情的人，觉得很晦气，就朝地上吐了三口唾沫，出了窑洞。

赵聪儿远远地看见这两个黑影，心想：这偷情的人，会是谁和谁呢？因为好奇，他悄悄跟在黑影的后面，想看个究竟。两个黑影在学校的西墙根分手了，男的躲到墙根，几乎和墙根融合在一起，他不用躲藏，也没人看见他。赵聪儿低声说：“有种偷情，还害怕被人发现。”女的快速过了小桥，直奔侯小梅家的方向，从走路的样子看，很像侯小梅。咋能是她呢？不可能，她这么好的女孩子，不会做出这种事来。赵聪儿自我安慰地想着。

黑影闪进侯家的院门，这下赵聪儿的心里哇凉哇凉的，像掉进一个冰窖里，全身冷得起了鸡皮疙瘩——没错！就是侯小梅。眼前的一切让他无法接受，但事实残忍地摆在他在眼前，是他亲眼目睹的，不接受也不由他，眼见为实。

赵聪儿心里很不舒服了，眼泪扑哧地滑落下来。

他用袖子擦眼泪，所有的理智都被打碎了，血液直往脑门冲，他胡思乱想起来：我哪儿不好了，我追你这么长时间，你却是铁打的、冰做的，始终对我冷冰冰的，就算我的火力再大再猛也融化不了你，你好狠心呀！你是我心里不可诋毁的女神，我为你神魂颠倒、我为你茶饭不思、我为你牵肠挂肚，你倒好，和别的男人偷情。你这样单纯的好女孩，怎么会和男人偷情呢？你怎么能这样作践自己呢？你怎么连羞耻都不知道呢？这个世界是怎么啦？连侯小梅这么的好女孩子，都胡作非为了？这个世界还有可信的东西吗？纯洁的爱情，天呐！这个世界还有纯洁二字吗？这是一个什么样的世界？人们都怎么啦？一切都失真了！这个世界让人变得疯狂，还是人让这个世界变得疯狂？我的天呐！我该怎么办？侯小梅呀侯小梅，你是不是要气死我，肯定是那个狗日的男人先勾引你，像你这样单纯的女孩子，是不会去勾引男人的。狗日的，我非要抓住这个男人，看看他究竟有多大的本事，让你这样做……赵聪儿在半山腰，不知所措地傻站着。

侯小梅在赵聪儿心目中神圣的地位被打碎了。

不一会儿，那个男的气喘吁吁地爬上来了。赵聪儿赶紧躲进窑洞里，等男的走过了，赵聪儿才出来，尾随在男的身后，没费一点力气，赵聪儿知道侯小梅偷情的人是王杰远。赵聪儿觉得侯小梅不值得他掏心掏肺地爱，侯小梅一生一世都不值得他去爱了，他不会为了一个不值得他爱的女人伤感，他觉得不值。

不值得归不值得，可他哪能轻易地放过这件事呀！他在黑夜里，呆呆地看着王杰远进了家门。赵聪儿已恨得牙齿都打架了，“烂货，一对狗男女，烂货、狗男女。”他站在冰冷而黑暗的夜里，嘴里直念叨着这一句话。跟踪的事情，让他踩在地雷上了，霎那间，他被炸得灰飞烟灭了，他怎么也接受不了，可这又是他亲眼目睹的事实。

侯小梅多么好的一个女孩子，多么傲慢的一个人，却是一个有妇之夫的玩物，她那么傲慢，能委屈自己吗？好端端的男人她不找，明媒正娶的事情她不做，偏偏活得这样的下贱？下贱得要给那个王八蛋当情人。这不是天大的笑话吗？谁能告诉我，这世上的女人都怎么啦？要这样的作践自己吗？钱，这都是钱惹的祸。“好恨呀！侯小梅呀侯小梅，你能跟那个糟老头好，就不能让我碰一下吗？有了你的把柄，我就不信，我尝不到你的味道？”赵聪儿自言自语着，失魂落魄地回家了，心态失衡的他，在心里谋划一件事情。

这么多天了，柯母昨晚才睡了一个囫囵觉。一觉醒来天大亮，她躺在床上，把昨晚柯耀强回来的场景，仔细地回想了几遍，尤其是柯耀强的言行举止，她都进行了回忆、分析，总觉得很怪异，感觉哪儿有点不对头，心里很不踏实，无罪释放是合适的。

“我娃子绝对是冤枉的，可他为啥要等到天黑才回来？还不想见人？人正不怕影子歪。他这么害怕见人，说明就有问题，不会是这小子偷跑的？天呐！要是他偷着跑回来，就麻烦了，被抓回去可是罪加一等呀！妈妈爷呀！耀娃脑子爱发热，老干糊涂事情，不行，我得赶紧去找二女子，耀娃从小就听他二姐的话，让二女子来问问耀娃到底是咋回事，可不敢再发生啥事了。”柯母想到这儿，一骨碌爬起来，穿好衣服，快速地拾掇了一下，就去找柯耀红了。

柯母到冯家，柯耀红刚起床，冯志国在厨房弄早餐，一看白发苍苍的老岳母来了，知道她可是“无事不登三宝殿”的，肯定是出大事了。冯志国赶紧将电炉子关了，从厨房出来问：“娘，怎么啦？”

“没啥大事，进屋说。”柯母往客厅里走。

“娘。”柯耀红扶着柯母。

“你俩别紧张，没啥，就是耀娃夜个黑回来，说是无罪释放。”

“回来啦？太好了！”

“好是好，可我这心里不瓷实。”

“咋啦？”

“你俩还是去看看吧！我也弄不清楚，觉得怪怪的。”

这两人一听，也顾不得吃早饭了，简单地收拾了一下，跟着柯母回去了。

归来

金窝银窝不如自家的狗窝，睡在自己的床上，柯耀强才舒坦。他睡得正香，却被二姐叫醒，赶紧起来："二姐二姐夫，你们来了。"

"回来就好了，你打算什么时候上班呀？"冯志国问。

"唉！我现在都没脸出门，还上班呢！"

"为啥没脸出门？你这是误……误什么来着，我也不会说了，就是被他们误抓了。你又没罪。"柯母说。

"就是哩，又不是你的错！"

"你被放出来时，警察怎么说的？"

"警察说，我是无罪释放，还立了大功。我也弄不清楚，反正这牢狱之灾是稀里糊涂的。他们也没审没问的，就把我带到省城开了一个什么新闻发布会。弄得啥玩意，我也不清楚，就稀里糊涂的。"

"为了你的事，你二姐夫费尽心血了，昨天还在托人哩。"

"谢谢姐夫！谢谢你们！让你们费心了。"

"嗨！别说这个，都是应该的，就是我人微言轻，也没办法。我一会去办公室，打电话问问，我找了一圈，才找了我一个同学的姐夫的表哥，是咱们市公安局的。"

"哎！志国你说我们可不可以去告公安局？"

"告谁？告公安？"

"对呀！耀娃是他们抓错了，抓时大张旗鼓的，放时，就这么悄灭兮兮的，这不公平，我弟弟的名誉，我们一家人的名誉都受损了，我弟弟都不想见人，他们公安应该给我们一个说法呀！"

"好娃哩！可不敢去告，哪有民告官的，胳膊拧不过大腿。"

"娘，这都什么社会了，法治社会了，我觉得我们应该去讨个说法。"

"耀红，说得也对哩！但现在都不好说，等上班了，我打个电话过去问问耀

娃的事，再说，耀强回来的事情，先不要在矿上说，都按兵不动，等着我打完电话再说。”

“好，好！”大家都同意。一家人简单吃过早饭，就各自忙去了。

柯耀强帮柯母将家里齐齐打扫了一遍，所有房间恢复了曾经的干净整洁，让人看着有了焕然一新的舒服感，等把家里收拾好，也到中午了。冯志国和柯耀红下班了，带回来一个让家里兴奋的消息：因破案的需要，用了个障眼法，有了耀强的配合，才能很快破案，公安要在矿上给耀强开澄清会。

这真是一个好消息，一家人脸上都“拨云见日”了，尤其是柯耀强，一个劲地说：“还是政府好！想得周全，要不然我都见不得人了。”

柯耀强在家里待了一天，矿上的人都不知道他已经无罪释放了。大家现在陷入下岗的惊慌中。矿上多次开了常委会，才拿出一个公平公正的方案——轮流下岗，这样能缓解政策压力，还能让每个工人家庭，维持基本生活。

轮流下岗，是最好的对策。矿工们仍旧恐慌不安，以前没班上，还能去小煤窑打工，挣钱不比大矿上的少，但现在小煤窑被取缔完了呀！打工都没地方去。小煤窑不再破坏大矿的安全，却让大矿的工人失去了“盘光阴”的平台。但挑起家庭重担的工人们，在面临着大矿失业、小煤窑关闭、无法“盘光阴”的双层窘迫中，几乎都忘记被抓走的柯耀强，也忘记了他的存在。矿上的人，都不知道柯耀强已经无罪释放了，大家仍然聚集在市场上，吵吵着轮岗的事情。

绑在市场东头电线杆上的大喇叭，发出一阵嗤嗤啦啦的电流声，随后就是女广播员的声音：“广大矿区人员请注意，现在有两条重要的通知，敬请大家认真收听。第一条，明天下午在礼堂开柯耀强的澄清会，请全体职工、家属务必参加。第二条，请登记新楼房的职工，拿上房款到矿房改办，办理相关手续。”女广播员说完三遍，就没声了。

广播里刚落音，集聚在一起的人们，就面面相觑起来，大家都一头雾水地相互看着。

“咋回事？你们听清楚咋回事了吗？”

“柯耀强的澄清会？”

“啥玩意？柯耀强的澄清会？”

“没搞错吧？”

大家开始七嘴八舌地议论开了，但都弄不懂到底是怎么一回事，这还要给一个奸杀犯开澄清会？难道真的是世界变化太快！

“会不会是枪决之前，还要开一个教育会？”

“什么教育会，人家明明说的是澄清会。”

“澄清会不是教育会吗？”

“你个土鳖，当然不是嘞！”

“那澄清会是啥？”

“澄清会嘛！我……我也不知道。”

“你才是个大土鳖。”

柯耀强躺在床上看书，听完广播之后一骨碌从床上翻起来，使劲地掐大腿，大腿被掐得厉生生地疼，两个红印，告诉他这一切都是真的，并非是他的梦境，他又不信地扇了自己一个耳光，脸火辣辣地疼。他坐在床上，回想了这两个月的经历，虽然没有做过什么害人的事情，却在关住他自由的密闭小房间里想明白了很多事，他现在真的想重新活一次。

柯耀强“噗嗤”地笑了，这“串脸胡”有意思，大张旗鼓地抓人，又大张旗鼓地放人，还让当事人在云里雾里，我这牢狱之灾也有意思呀！被抓去为了开新闻发布会，被放出来还要开澄清会？闹了两个月，只是为了开这两个会？“哎哟！妈呀！看我这猪脑子，我出来时，‘串脸胡’就说我有功，要开澄清会给我平反哩，这么重要的事情，我居然忘了，还让二姐夫大费周章的。”柯耀强想到这儿，急忙穿好衣服，就往外走。

刚到客厅门口，就看见柯母站在院子里仰着头，梗着脖子，直勾勾地看着大喇叭的方向，看来娘虽然有心理准备，但还是被弄傻了。

柯耀强一只手扶着门框，将鞋子穿好，径直走到院门口，回过头看了一眼柯母，柯母仍旧像雕塑一样站着。柯耀强摇了摇头，无奈地出了院门，从小路往瘸子李的饭馆走。

在苍穹矿上，和柯耀强最投缘的是瘸子李和孟平安。

孟平安比柯耀强大七岁，人精明能干，稳重成熟，看事情比较透彻，分析问题也很客观全面。柯耀强对孟平安很依赖，在他心里孟平安就是自己的亲哥哥，可这会儿孟平安肯定在队上。自从孟平安当了采煤队的书记，就以队为家了。柯耀强一直都很了解孟平安，就是一件事他至今都弄不懂，自己三十六岁不结婚，成了光棍，是因为爱倩倩，但孟平安至今未娶，也不知道是什么原因。他俩虽然很要好，孟平安从来不说不结婚的原因，他也不问。

在柯耀强的心里，每个人都有自己的活法和为人处世的想法，人家既然不说，就是不想让外人知道，何苦要去打破砂锅问到底。想说不用问，人家就说，不想说，问了也是白问。

孟平安未娶的内情，成了柯耀强心里一个谜，但他不会去主动揭开这个谜的。人和人相处不累才能长久，要想相处不累，就要互相尊重。有了这个为人处世的秘籍，柯耀强和孟平安相处了二十多年，没吵过一次架。现在柯耀强最想找孟平安，说说他的茫然，但又不想见别人，也就取消了找孟平安的念头，直接去找瘸子李。

其实，从柯家到瘸子李的饭馆，走大路从市场上穿过去，大概十分钟的路程，但他知道这会市场上到处是人，大家一定像被炸了的锅，热烘烘地围在一起，都在讨论他。如果从市场走，会被围得水泄不通，大伙会七嘴八舌地问他到底是怎么回事，他怎么回答？多一事不如少一事，还是走小路比较好，这会不是饭点，瘸子李那儿没人。

广播里的重要通知，同样传进充电房，纪红云和侯小梅正在清点矿灯，她们都停止手中的活，竖起耳朵听。她们和所有的人一样，被这条重要的通知，惊得不知所云，在彼此的脸上寻找答案，却看到对方一脸茫然。她俩又不动声色地竖起耳朵听，广播里重复了两遍之后，鸦雀无声了。

“纪姐，你听懂了吗？”

“听懂了，柯师傅的澄清会，澄清会是弄啥哩？”

“纪姐，你不觉得奇怪吗？”

“是奇怪，而且还很奇怪。”

“这到底是咋回事？”

“不管咋回事，有消息就是好事，我不信他是强奸犯。”

“他是不是有罪，不是我们说了算的，我很纳闷。”

“你纳闷，我也纳闷，这好端端的一个人，被抓，还弄什么澄清会？难道他……”纪红云像给侯小梅说，又像给自己说。

“无罪释放？一个杀人犯。”

“是无罪释放吗？”纪红云激动地将侯小梅还没说完的话打断。

“是呀！澄清的意思是指杂质沉淀，液体变清。嗯！也就是说柯耀强无罪释放？要给他开个会，把他抓走的过程搞清楚弄明白，澄清他是无罪的。”侯小梅很有文化的样子。

“小梅，你真有文化，懂得真多。”纪红云羡慕地说。

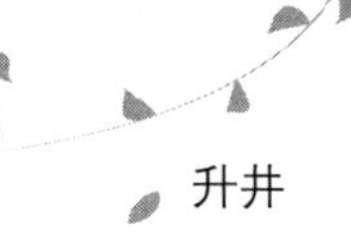

“那有啥呀？多读书，什么都知道了。”侯小梅傲慢地说着，转身回到椅子上，挑起二郎腿，目不转睛地看着她的手指头。

侯小梅的举止，让纪红云觉得好笑又可爱，都这么大了，还是个小孩子的脾气。“真幼稚，不爱干活就算了，我多干点，累了晚上还能睡个好觉哩！”纪红云想到这儿，也不吱声，低头清点那一排排的矿灯，这些矿灯在井下就是矿工的守护神，是他们的眼睛，所以不能出现任何问题。

纪红云清点完矿灯，看时间还早，就将有问题的矿灯拿来检查，看是哪儿出了毛病，看自己能修好不。她拿出工具，坐在操作台前，认真地干起来。

侯小梅看纪红云不说话，只顾忙她的，就直勾勾地看着她，这个苦命的女人，脸上的皱纹越来越深了，鼻梁两边的蝴蝶斑更加明显了。都说女人是靠男人滋养哩！现在自己虽然是女儿名，却是妇人身，也懂得男女之事的美妙，也算是过来人，几天要是不和他温存一下，自己都想得不行。想到这儿，她脸上火辣辣的。

侯小梅害羞得脸红了，赶紧扭转思路，又去想纪红云：“她这几年是怎么过来的？难道她不想那事，还是她也有情人？人常说：三十如狼，四十如虎，她今年三十来岁，正是虎狼之年，我就不相信，她不想那事？你说说这傻女人，在矿上找个三条腿的王八很难，找个两条腿的男人，还不是易如反掌？从面相来看，她是没被男人滋润过，已枯萎起来。是她心高还是没男人看上她？矿上的男人找个媳妇多难呀！她长得不赖，人勤快还温柔，是个标准的好女人，能没男人喜欢？可能是她心高，可我觉得她对柯耀强好像比别人好些，又觉得他们之间是井水不犯河水，从来没发生不搭边的事情，但她刚才的态度，很激动，难道她真的喜欢柯耀强？他俩倒是一段很好的姻缘喔！”

低头干了一阵子活的纪红云，感觉脖子疼，就抬起头，看见侯小梅直勾勾地看着自己，一副若有所思的样子。

“死丫头，看啥哩？”纪红云问道。

纪红云一问，倒把侯小梅吓了一跳，瞬间她脸色煞白，继而又红润起来：“没……没。”

“没？那你的眼神，咋色眯眯的？”

“色眯眯？没有呀！哎呀，纪姐。”

“咋啦？想如意郎君了？”

“纪姐，我哪儿有如意郎君呀！你是不是有心上人呀？”

“有呀！”

“他是谁？”

“还能是谁呀！”

“到底是谁呀？”侯小梅跑过来，摇着纪红云的胳膊。

“你猜？”

“我咋能猜出来呀，我又不是你肚里的蛔虫，咋能晓得哩，哦！对了，我知道是谁了。”侯小梅反过来吊纪红云的胃口了。

纪红云被这个既淘气又可爱的女孩逗笑了，都说她是冷美人，其实她有一副热心肠，只是不愿意表露出来。矿上关于她的流言蜚语不少，但纪红云始终不相信，也不愿意相信，在一起搭班的三年里，自己一直把她当成小妹妹，也很欣赏她的冷漠，对矿上那些不怀好意的男人，冷漠点，是对自己的保护。她棱角分明、与世无争，还有她爱看书的好习惯，都是值得让人去学习的。

“怎么啦？纪姐。”

“没啥，你是不是谈对象了，这段时间，气色很好。”

“哪有呀？这会说你呢！咋又扯到我身上了，纪姐，找个好人嫁了吧！”

“唉！姐是个命苦的女人，已害死一个了……”

“纪姐，你说什么呐？别说这悲观的话，那次矿难，那么多人，你看看那些女人，哪个命苦？哪个不是过得很滋润，只是你太重情义了，才把自己逼到这份上。”

“唉！好妹妹哩，你还小，不懂的。”

“我咋不懂？”侯小梅噘着嘴。

“我带两个娃，高原你是知道的，做过心脏手术。我怕委屈孩子，对不起死去的。”说着，纪红云的眼角，溢出泪水来。

“对不起，纪姐，但这样下去，也不行呀！你想过没，高原是男孩子，男孩子到一定年龄，需要男人去引导，更何况，残缺的家庭，会造就孩子性格上的缺陷。”听了侯小梅的话，纪红云像被人捅了一刀，心里厉生生地痛，她没想到，压根没想到事情会这么严重。侯小梅年龄不大，却看的书多，能通过事物看本质，她说的话，肯定不会错的。

“你只是想着孩子会受委屈，但你没想到自己受委屈？其实这不是个明智的决定，你应该找个男人，趁高原的性格还没完全定型，亡羊补牢为时不晚呀！纪姐，你没看过育儿的书，可你从现实中也能看到，不说别人，就说我，我还是个

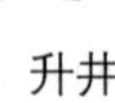

女孩子，在没父爱的家庭里长大，你不觉得我的性格，就有很大的缺陷吗？我爸去世的那一年，我才九岁。”说到这儿，侯小梅眼圈红了。

两人都不语，只是抹着眼泪。

“你两人，还成林黛玉了。”从窗口传来瓮声瓮气的男音，侯小梅不回头，也知道是胡大木，心里一阵恶心。

纪红云擦干眼泪，走到窗口：“不好意思，让你见笑了。”

“唉！邻家妹子，说啥见外的话哩，我啥也没听见，只看到你俩高兴的。”胡大木歪着头，将脸从窗口塞进来。

“对！是高兴的，明天下午给柯耀强开澄清会哩。”纪红云不假思索地说道。

“啥？啥？”胡大木不敢相信。

“广播里说的，要给柯师傅开澄清会，你知道是咋回事吗？”

“我咋知道哩，我刚升井。你说是给柯耀强开澄清会？”听到这消息，胡大木心里特别高兴，这一个多月没这怂玩意的消息，终于有消息了。不和他斗嘴闹矛盾，都快寂寞死了。

“澄清会，是不是他没罪？”纪红云像问胡大木，又像问自己。

“那肯定么，我这兄弟，不仅球毛长，而且能耐大。”

“胡大木闭嘴！”侯小梅厉声说道。她这一声大叫，把纪红云和胡大木都吓了一跳。

胡大木整个头从窗口塞了进来，一副无辜的样子：“我俩说话哩，碍着你啥了？”

“这是公共场所，不能说脏话。”侯小梅背对着他们，严厉地说。

“我，我说啥脏话了？”胡大木看着侯小梅花瓶般的背影，要起小聪明来，但见纪红云和侯小梅都没接话，咂了咂嘴，接着说：“我没说脏话呀，我说的哪句是脏话啊？”

侯小梅没理胡大木，愣愣看着窗外，像发现新大陆，指着外面说：“纪姐，你快看。”

纪红云过来，随着侯小梅手指看去，见岳鸣站在一棵槐树下，左顾右盼的。

“那不是文家的媳妇吗？”侯小梅问。

“应该是吧！我也没见过。”纪红云欣赏地看着岳鸣，“还挺漂亮的，这么好的姑娘，不待在大城市里，跑到这儿受罪哩。”

“咋能叫受罪哩，爱情是伟大的，女人遇到爱情，脑子就进水了，也证明咱们煤炭工人魅力大，都能把大城市的女娃弄到手。”胡大木洋洋得意地说。

“她是不是来找文斌的？”侯小梅说。

“应该是吧！”纪红云说。

“喂！你干嘛呢？”侯小梅打开窗子，冲着岳鸣喊。

岳鸣惊慌地往这边看，见侯小梅和纪红云，很快镇定下来，往这边走：“你们好！请问井口在什么地方？”

“你谁呀？”侯小梅冷冷地问。

“我是文斌的媳妇，叫岳鸣，我想去井口。”岳鸣在离窗子一米的地方站住。

“哦！你可能不懂，井口是不让闲人去的。”侯小梅面无表情地看着岳鸣。

“我领你去。”胡大木急得大声说道。

岳鸣听见胡大木的话，虽然有点距离，但听清楚了，就冲里面喊：“谢谢这位大哥，我怎么找到你？”

“岳鸣，你别听他胡说，你是不是来找文斌的？”纪红云微笑地说。

岳鸣看了一眼冷冰冰的侯小梅，又看了一眼笑吟吟的纪红云，觉得还是和纪红云说话舒服点，就笑着：“大姐，我想找我家文斌，但不知道他在哪儿上班，就冒冒失失地来这儿了。”

“我知道文斌在哪儿。”胡大木猴急猴急地喊道。

“这位大哥。”

“别叫他大哥，他是流氓。”侯小梅打断岳鸣的话，仍旧冰冷地说。

“哎！哎！侯小梅你会不会说话，我是个热心肠，咋能是流氓？”胡大木抗议道。

“不是流氓，你流啥口水哩。”侯小梅不屑一顾地说。

胡大木一听侯小梅这么说，赶紧擦口水：“我流口水是因为我牙疼。”

“你俩别闹了。”纪红云被胡大木擦口水的动作惹笑了，“胡师傅，你见文斌了吗？”

“当然见了，我俩在一个班，他还在井下哩。”

“好呀你偷着升井！”侯小梅抓住胡大木的把柄。

“我说侯小梅，你咋和我过不去呀！我又没有……”胡大木冲着侯小梅竖起中指。

同时，背对胡大木的侯小梅，也冲他竖起中指：“你妈才……”

岳鸣不知道侯小梅在干嘛，很茫然地看着纪红云。

“你俩都别闹了，岳鸣你回去吧！文斌还没下班哩，井口不准女同志去。”

“大姐，他什么时候才能下班？”

“你找他有急事吗？家里是不是出啥事了？”

“也没啥事，我就是听广播说给柯耀强开澄清会，害怕文斌下班去柯家闹事。”

“那公安咋给你们说的？”侯小梅问道。

岳鸣看了一眼侯小梅，打了个寒战，说道：“公安说，真正的凶手抓到了，他是个惯犯，而且还很变态。”

“啊！”纪红云和侯小梅异口同声。

“她说啥？她说啥？”胡大木没听见岳鸣的话，急得问道。

纪红云、侯小梅都没理胡大木，而是齐刷刷地看着岳鸣。

“已杀了八个人，都是因强奸而起。”岳鸣像找到了倾诉对象，“文静是第七个受害者，现在只能用法律制裁他了，这案子总算水落石出了，我害怕文斌心情不好，去柯家闹事。”

“她说啥？她到底说啥？”胡大木急得，恨不得从窗口钻进来。

“那公安没说柯耀强是咋回事？”纪红云问道。

“公安说……”

“哎哎，她到底说啥呀？”胡大木急喊起来，打断了岳鸣。

“胡大木你给我滚，要不就给我闭嘴。”侯小梅扭过头，恶狠狠地看着胡大木。

胡大木被侯小梅利剑一样的目光击退，赶紧把头从窗口收了回去，意犹未尽地走了。

“公安说，柯耀强无罪释放，并且有功。”

“是吗？”纪红云急切又喜悦起来。

纪红云的举止，让侯小梅心头一震，原来纪姐的心上人是柯耀强呀！还给我玩深藏不露哩，这小细节，已把你出卖了，还说岳鸣傻哩，我看你也傻哩，我也傻哩，看来天下的女人，一旦陷入到爱情中，都是脑子进水了，没一个聪明的。从古到今，再精明的女人，一旦遇上爱情，都会完蛋。侯小梅思想抛锚，就没听见岳鸣和纪红云说什么，只是一个劲地想着心事：这柯耀强和纪姐还真是最佳的一对，年龄相仿，纪姐要是能嫁给他，还真会幸福的，最起码在那方面，纪姐会幸福的，矿上人都说他厉害，这样也能弥补纪姐这几年的损失。

打架

胡豆花听了广播后，老半天没反应过来。等她反应过来，市场上已炸开了，她从吵闹中听明白了，柯耀强无罪释放，矿上还要给他开澄清会。她高兴得差点跳起来，害怕被人笑话，才按捺着兴奋，回到店里，她激动地不知道要干啥，在店里转圈圈，刚到吧台后面摆饮料，柯耀强就进来了。胡豆花惊得目瞪口呆，老半天说不出话来。

柯耀强先开口："我李叔在吗？"

胡豆花直勾勾地打量着柯耀强，条件反射性地说："在，在。"

"在哪儿？"柯耀强不看胡豆花，但感觉到她火辣辣的目光，把自己"包裹"了。

胡豆花听着柯耀强生硬的话，知道这人的臭脾气没改，都坐这么久的牢房了，还是这德性。胡豆花心想：也不谢谢我，我还冒着坐监狱的危险，给你做伪证来呢！你看我一眼，把你眼闪了吗？看一眼能把你眼闪瞎了吗？

柯耀强见胡豆花不回答，又问道："我李叔在哪儿？"

"李叔、李叔的，他能比你大多少？他去市场了。"

柯耀强转身就往外走。

胡豆花看着柯耀强的背影，突然懊悔起来，想喊住他，但嘴巴张开却没叫出声来。看他并不去市场，她心想：可能没啥大事，如果有事就去市场找瘸子李了。柯耀强消失在小路的拐角，胡豆花才收回直勾勾的眼神，懊悔的情绪在心里蔓延着，咋这样笨哩！也不问问他是怎么回事？刚才广播里说要给他开什么澄清会，这又是咋回事哩？咋蠢得只顾和他赌气，盼星星盼月亮，把他盼回来了，却生了一肚子气。她没心情摆饮料了，顺手拿起抹布，傻站着。

纪红云看劝不走岳鸣，不再说话了，坐在操作台前，继续修理有问题的矿灯，螺丝刀在她手里旋转，十几秒钟，一个螺丝就被卸下来，她又卸另一个螺丝，所有的螺丝被她卸完，她打开矿灯的后盖子，用电笔在线路上试。她专注的样子很美，这一套很专业的拆卸动作，深深吸引着窗外的岳鸣。

在岳鸣心里，修理这些电器的活，应该是男人干的，可这位和蔼可亲的大姐和男人一样，熟练地玩转着手里的矿灯。真是巾帼不让须眉，女人也能干男人的活。

“请问，文斌下班了来这儿吗？”岳鸣试探地问道。

“你别等了，井下的活没个准确性，不知道几点才能升井。”纪红云说。

侯小梅也不理岳鸣，坐回到位置上，挑起二郎腿，无聊地看着手。

“我不乱跑，就在这儿等他，可以吗？我待在家里急得很，大姐，这儿是不是充电房？我听文斌说，他每次下班，都要到充电房缴矿灯哩。”

“是充电房，那你随便吧！但不能去井口，被发现了，要扣你家文斌的工资哩！”纪红云觉得岳鸣挺可怜的，在这儿举目无亲的，文斌就是她的全部。

“嗯，我不胡跑，我就乖乖地在这儿等他。大姐，你人真好。”

“有啥好的，命……”纪红云把后半句噎了回去，她觉得给岳鸣说自己不太好。命苦是自己的事，没必要告诉任何人。

岳鸣不说话，不是她不想说话，而是看侯小梅冷冰冰的，害怕被赶，只好默默地看纪红云修理矿灯。

不一会儿，文斌一伙人升井了。

岳鸣万万没想到——她看到文斌最不愿意让她看到的一幕。

升井的文斌，拖着疲惫不堪的身子，和一群人挤在充电房窗口前，他并不知道岳鸣正在他对面的窗外，心神不宁地等他。岳鸣透过大玻璃窗看见对面的窗口探进来一个黑脑袋，除了牙齿之外，全是黑的，一双布满血丝的眼睛，在这黑色的五官中，显得格外突出，猛地一看，特别吓人。岳鸣从来没见过这样“恐怖”的人，心头一惊，但愿文斌不是这个样子的。

纪红云起身，走到窗口，柔和地说：“辛苦了，文斌，你女人来找你了。”

文斌将矿灯和自救器递给纪红云，“她在哪儿？”说话期间，他黑色的双唇内，牙床显得更加猩红。

“她在这边窗子外面。”纪红云指了指窗子，低头认真地登记着。

岳鸣见文斌在看她，她不敢相信，这个望着她的“黑人”，会是她的丈夫。在这一小会儿的对视中，她无数次确认过眼神，一万个不相信，和她对视的“黑人”，就是她的丈夫。

矿上的人，不会文质彬彬地称呼，女人称丈夫为男人，男人称妻子为女人，这样的称呼，粗野中带着幸福、细腻的感情。岳鸣很不习惯别人说她是文斌的女人。

“女人赶紧回家去，穿那么少的衣服，不冷吗？”文斌冲岳鸣大声喊道。

岳鸣心头一热，眼泪就流下来了，真是文斌，他咋会成这样的？井下到底是什么样子的鬼地方，把帅气的丈夫折磨成这个样子。“老公，我不冷，我等你。”

“你赶紧回吧！我还要洗澡。”文斌说着，就离开了。下一个“黑面孔”在窗口晃悠，形象和文斌一模一样，分不清到底是谁。

岳鸣的眼睛模糊了，心里默默地说：“这就是我挖煤的男人，这就是我挖煤的男人……”直到一双大手，把她的“水雾剥开”，她才停止念叨。

文斌洗干净了，站在岳鸣面前。

岳鸣控制不住了，扑进他的怀里，号啕大哭起来。她的哭声，不仅吓坏了文斌，也将纪红云和侯小梅，以及路过的工友们吓坏，大家齐刷刷地看过来。

“你到底咋啦？”

“我好着呢！看见你就激动……”岳鸣还没说完，就惹得哄堂大笑，文斌不好意思地推开岳鸣。

“文斌有福气，让人往死里羡慕呢！”有人说。

文斌不理会这些人，搂着岳鸣往家走，在没人的地方，轻轻地问：“你咋胡乱跑？”

“我没胡乱跑，是等你。”岳鸣娇滴滴地说，一股电波传到文斌的体内，他用力地将岳鸣搂在怀里。“以后不要胡跑，这儿是生产区不安全。”

“有个消息，你听了别生气。”

“啥消息？”

“柯耀强无罪释放了……”

“啥？”文斌将身子压在岳鸣的肩上。

岳鸣努力地支撑着身子，把矿上要给柯耀强开澄清会的事，原原本本告诉了文斌。

文斌凝滞的面部表情，才有了舒展的迹象，恶狠狠地说：“便宜他了。”说完，大步流星地走了，也不顾及岳鸣的感受。

紧跟在他身后的岳鸣，又流下委屈的眼泪。

坐在教室里的田欣欣，听到广播里说要给柯耀强开澄清会，心里一颤，随之心情大好起来，像被人搬走了压在心口的大石头那般轻松，脸色也红润起来。她赶紧低下头，将脸埋在书堆里。

“哎呦！冯超，你那杀人犯的舅舅，要枪决了。”胡聪嬉皮笑脸地说着，他的样子，实实在在是他爸胡大木的翻版。

“你舅才是杀人犯。”文质彬彬的冯超，有史以来第一次在教室大声说道。

“我舅？我舅没被抓，抓的是你舅，你看你舅那一副不正常的熊样，能是好人？”胡聪痞痞地挑衅道。

“你舅才不正常哩……”冯超憋红了脸，正好和抬起头的田欣欣四目相对，瞬间，冯超心里悸动了一下，后半句话就被憋回去了。

“我舅？我舅很正常，一连生了两个双胞胎，两儿两女，不像你舅，到现在连媳妇都讨不来。”胡聪得意说着，还不时地挑动眉毛。

围观的同学中，女生被胡聪眉毛一会儿成八字、一会儿成一字，惹得“咯咯”地笑个不停。

脸红耳赤的冯超，正不知所措时，看见扬起脸看他的田欣欣，全身细胞充满了一股力量。

“啪！”胡聪的脸上，被冯超盖了个“五指印”。

全场的人都惊呆了。

“你敢打我！”胡聪还没说完，“啪”又被打了。这下，同学们都瞪着眼睛，齐刷刷地看着冯超和胡聪。

胡聪被这两巴掌打得眼冒金星，魂不守舍，捂着脸，傻站着。

冯超扬起手，用迅雷不及掩耳之势，在胡聪的脸上来了个三级跳。

别看平时横行霸道的胡聪，这会被打得犯了怂，像瞎黑熊。

有反应快的同学机灵地往外跑：“打架了，教室里打架了！”

有看热闹不嫌事大的同学怂恿着：“看你这怂样，平时跋扈的怂劲哪去了？”

“胡聪揍他！”

“冯超接着……”

教室里一下子像“咕嘟”沸腾起来的锅。

一句“胡聪揍他”挑起了胡聪的斗志，他握紧饱含力量的拳头，在冯超的身上雨点般地敲起鼓来。

别说打架了，就拿身体来说，冯超和胡聪都比不了，冯超虽然比胡聪高一点，但瘦得风都能刮走，而胡聪五大三粗。弱不禁风的冯超被打得躺在地上爬不起来。胡聪就骑在冯超的身上，被压得喘不过气的冯超，在胡聪的脸上抓。

“快来看呀！武松打虎啦！”

“好戏开场喽！”

两声吆喝，把场面弄得更热闹了。

胡聪一拳把冯超打了个熊猫眼，趁着冯超用胳膊护眼的机会，胡聪两只手抓住冯超的两条胳膊，这样就牢牢地控制了他。

眼看冯超要吃亏，田欣欣不知道从哪儿来的勇气，一把抓住胡聪的头发，疼得胡聪只能松开手，去抓田欣欣的手。这下将热闹推向高潮了，有人吹口哨，有人说着调皮话，也有人当起啦啦队，这哪是教室呀，简直是拳击场，拳脚相撞，胜负难分。

各种高呼声从教室里“溢”了出去。

“砰！”教鞭发出的警告声传来，接着是班主任大声呵斥：“都松手，你们干吗呢？”

教室里顿时鸦雀无声，大家看了一眼讲台上的班主任，像惊弓之鸟般“飞回”座位，教室里一片“哐哐啷啷”声，等大家坐好，才安静下来，教室里的气氛沉重起来。

班主任阴着脸，严厉地将他们仨闹事的请到教室外站着，让他们冷静一下，随后处理。

岳鸣很不适应矿区的生活方式以及生活节奏，最让岳鸣感觉到恐惧的是苍穹煤矿的风，好像这风不知道疲惫，时刻都在刮。“风吹石头跑”是苍穹煤矿的特点。吵闹的白天，还不觉得这风的厉害，但到了夜深人静，这风或大或小，都会发出“鬼哭狼嚎”的刺耳声。这恐惧的风声，让岳鸣整夜都缩在文斌的怀里，恐惧得睡不着。直到天亮，风缓慢了脚步，岳鸣才迷糊地睡一会儿。

“孟平安和胡大木又打架了！”岳鸣被李家妖婆子吵醒了，一束阳光照在窗沿上。她翻了个身，接着睡。

“咋老打架，为啥？”文斌的声音。

“你说说，这孟平安是个什么样的货色？整天打架，谁招他惹他了，以前跟大家打架，是为了阻止大家去小煤窑干活，去小煤窑干活咋啦？矿上就发那一点工资，不去小煤窑干活，怎么生活？这不和胡大木为了柯耀强又打起架了，在队上，他没欺负你吧？”

“李姨小声点。”

“还睡着？这都几点了。”院子里是一阵方言，岳鸣一句都听不懂，看来该起床了。她穿好衣服，走到院子里。

院子里被一夜的风吹来厚厚的一层黄土、落叶，还有些垃圾，脏兮兮的，让岳鸣看着不舒服。她转身进了客厅，穿上蓝大褂，用毛巾包住头发，把各个窗台上的黄土扫了，再扫院子。婆婆、文斌和李姨都不知道去哪儿了，可能去看热闹了吧！这矿上的人，都不注意卫生。院子这么脏，都不知道打扫，跑去看热闹，两男人打架，有啥好看的？岳鸣一边打扫，一边心想着，但她不敢、也不能将这不满的情绪表露出来，只能在心里埋怨一下。

院子快扫完了，还不见文斌他们回来。岳鸣直起腰，仰视着天空：“老天爷呀！这寄人篱下的日子，什么时候才能结束？我什么时候才能过上舒心的日子？”她自言自语，心里又被茫然笼罩了，不知道命运接下来会给自己一个什么样的安排？

澄清

柯耀强的澄清会如期举行，矿礼堂里座无虚席。人们都想知道柯耀强到底是怎么回事，要开这样排场的会。因为好奇，全矿的人都拥挤到礼堂，嘈杂声此起彼伏、乱哄哄的一片，人们都忘记了自己就是“风景”的组成者。有个诗人说过，“你在桥上看风景，看风景的人在桥上看你”。其实，每个人都是别人眼里的风景，只是这风景有好坏之分，就像现在一个矿区的人，将礼堂里挤得水泄不通，他们成了彼此眼里的风景。

澄清会的场面非常热闹，在扩音器传出的阻止声中，会场才安静下来。

矿领导们按官职大小顺序入场，一并排地坐在主席台上。

柯耀强披红戴花，坐在主席台的最右面，看着台下黑压压的人群，心里热乎乎的，却是感慨万千，无从说起。台下黑压压的人群里，一定有自己的父母、兄弟姐妹，还有关心和憎恨自己的人。有人的地方，就是江湖，是江湖就有险恶，可这世上最险恶的是人心。人心、人性又是一把锋利的双刃剑，谁能说谁有多好，谁又能说谁有多坏？自己早已是矿上臭名昭著的大坏蛋，可谁又能知道，今天还能给自己开这么有场面的澄清大会。

如果倩倩要是知道今天的情况，该多好啊！她会不会从深圳回来？自己这一辈子，只有跟倩倩待在一起，才能最幸福、最舒服。而和别的女人，那纯属是逢场作戏……唉！自己这畜生般的行为，更不配拥有爱情，不配拥有倩倩的爱情。“倩倩，心爱的人呀！从今往后，我再也不配想念你了……”柯耀强胡思乱想着，坐在那儿，脸一阵红一阵白的，很不自然。

所有的人，打死都想不到，柯耀强这会脑子里想的是这些事情，他们都以为柯耀强认真地听报告呢，才这样不自然，这件事真让人听得稀里糊涂。

直到“串脸胡”警察用洪亮的男声说道：“柯耀强同志是我们故意抓的，目的是给真的罪犯一个障眼，我们才能瓮中捉鳖。我们将柯耀强同志带到省城，开了一个新闻发布会，就是要让真正的犯人，觉得我们公安是吃干饭的，抓不住他

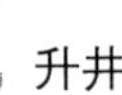

这只狡猾的狐狸……”“我们公安是吃干饭的”这句话似乎迎合了许多人的心理，引来了一阵哄堂大笑。但邪不压正，毕竟人们对警察有畏惧心理，会场很快恢复了肃静。

“串脸胡”继续说：“这个罪犯，长期隐藏在小煤窑上，特别狡猾，高智商，又是惯犯，还有很强的反侦察能力，作案手段多元化，作案经验丰富，实在是难以对付。为了能早一点破案，我们不得不做出这样的对策。这次柯耀强同志牺牲个人的名誉，积极配合我们，演了一场好戏，还为我们保存了罪犯的脚印和其他证物。俗话说得好：要想人不知，除非已莫为。大家要记住纸永远是包不住火的，不但包不住火，纸还会被火烧成灰烬。法网恢恢疏而不漏，不要和我们耍猫捉老鼠的游戏呀！尤其是在座的青少年……”“串脸胡”还在喋喋不休地说着，整个礼堂都在荡漾着他的声音。

柯耀强听到青少年三个字时，睁大眼睛往台下看，想找到田欣欣，可下面的光线很暗，让他看不清下面人的脸，他有点急躁，但心里升起一丝希望，只要田欣欣在，今天的澄清会就意义非凡，远在深圳的倩倩一定会知道今天的事情，这就够了。他又像是抓住了救命稻草，在学生座席里寻找了两遍，心想，如果倩倩知道今天的情况，会是什么样的心情？一定会高兴，在矿上以及整个矿务局，像这样的澄清大会，还是第一次。

虽然大家都被这个“串脸胡”公安弄得稀里糊涂的，但真正的凶手被逮住了，这是多么值得高兴和庆幸的事呀！柯耀强只是公安人员破案中一个不可缺少的棋子，案子破了，他觉得当个棋子也值了。而且这个凶残的凶手很狡猾，让公安们都措手不及。现在好了，真正的凶手被抓，不久就会被枪毙，文静在天堂里也能安息了，世上也少了一个恶人。他的眼前慢慢地浮现出田倩倩的笑脸，一想到倩倩，柯耀强就觉得灵魂出窍，恍恍惚惚起来，忘记了他是在主席台上，是要受表扬的人。

直到台下发出雷鸣般的掌声，他才清醒过来，这会讲话的是矿长陈富。

陈富粗犷的大嗓门，让人震耳欲聋：“柯耀强同志，这次不仅给破案提供线索和帮助，还给我们矿区人树立榜样，矿山男儿最有担当，我们在井下抛头颅洒热血，干着最累的活，是拿命换钱的人，是社会最底层的人，却是最有责任感和使命感的。如果不是我们这些煤黑子，世界上能有光和热吗？我们应该觉得自豪，这个世界最离不开的是我们这些煤黑子。我们应该向柯耀强同志学习，担起自己的使命，做最有责任心的矿山人。现在我宣布，经矿党部决定，给予柯耀强同志，最有觉悟的矿山好男儿奖，奖励他三个月全勤工资和一万块钱。”台下又是一阵阵雷鸣般的掌声，里面还夹杂着尖锐的口哨声。

开完柯耀强澄清会的晚上，纪红云躺在床上，翻来覆去睡不着。高原、高姗都睡得很香，可她一点睡意都没有。睡不着就很难受，觉得应该买几本书看看，应该买那种育儿书，是不是高原像侯小梅说的那样，性格有了缺陷？

这种恐惧的念头，在纪红云的脑海里闪过，冷汗也就出来了，她惶惶不安地打开灯，坐在床上，目不转睛地看熟睡中的孩子，看着看着，两颗黄豆大的泪珠，吧嗒吧嗒地往下落。为了不被人说三道四，这些年，她不敢和男人说多余的话。二十世纪九十年代，人们的思想已发生天翻地覆的变化，但她还是被那些根深蒂固的封建思想“包裹”着。

为了避免不必要的闲言碎语，她只能这样。好在老天爷和高二怜悯她，给了她一对儿女，她是个很传统的女人，懂得“好女不嫁二夫”的道理，更懂得自己是寡妇，不能惹是非，不能给孩子们留下任何伤害。为了孩子不被人戳脊梁，她处处小心翼翼，她要让孩子堂堂正正地做人，做个顶天立地的人。所以，她忘记自己是正常女人。

自从高二去世，将纪红云推进寡妇的队列里，她就关闭了心门，从此，她没了快乐和幸福，一心一意将孩子拉扯大。这么多年，失眠是她最大的敌人，对她来说黑夜是一把钝刀，一刀一刀地剐着她的精神，让她无法忍受，也无法改变，只能去适应。时间久了，黑夜和失眠，让她形成了内耗。可今晚，这种内耗还多了难以表述的情愫，内心波涛汹涌，泪珠就断了线，“啪哒啪哒”落下去，落在她的衣襟、被子、枕头以及孩子的脸上。

脸上的“雨滴”，让高姗迷迷糊糊地说：“哥哥，下雨了，给妈妈送伞。”说完，翻了个身，又甜甜地睡着了。

她激动得差点哭出声来，孩子的懂事，让她觉得欣慰，将目光移到高原的脸上。儿子九岁了，已经上小学三年级，个头还行。她看着孩子们，想起侯小梅的话：“男孩子到一定年龄，需要男人去引导，更何况，残缺的家庭，会造就孩子性格上的缺陷。”是呀！侯小梅说得没错，儿子什么都好，就是胆小自卑，不爱说话，没安全感，照这样下去，孩子的性格会不会出现问题？我想把最好的给孩子，却害了孩子，有个词叫啥？对了，叫适得其反，这孩子的性格是不是……

纪红云心里“咯噔”一下，不敢再往下想，一股冷汗往外“冒”，全身没了力气，慢慢地靠在床头上，茫然地看着天花板，自己这样做到底是对还是错？为

了孩子，是不是该找个男人？这么多年，她什么都能想，唯一不敢想男人。男人成了她生命里的雷区，她不敢越雷池半步，害怕精神上受不了。无欲则刚，不去想，就忘记，也不会那么苦了。

在她心里，自己是母亲，是要把两孩子养大成人的母亲。

纪红云一直在告诫自己，要坚强地活着，不能生病，不能死亡，只能一心一意地将孩子养大。这么多年，她靠这个信念活着，可她的孩子，因为没有父爱，而性格残缺，她又深深地自责起来，她受多大的委屈都无所谓，但不能让孩子有半点的不好，这是绝对不允许的。侯小梅说现在亡羊补牢为时不晚，趁着高原性格还没完全成型，是应该找个男人了。

一想到男人，纪红云像被点燃的一笼柴火，“轰隆”一下子就燃起熊熊烈火，将她全身的细胞都烘烤起来，一股又一股的燥热，像毒蛇缠身，越缠越紧，将她的防御击垮，身心再也不受她的控制。她痛苦地摇头，想要甩掉男人这种毒。但欲望冲垮了道德的堤坝，像波涛滚滚的洪流，淹没了她的理智，她双手从泪流满面的脸上，慢慢地往脖子抚摸，她低声呻吟着，喃喃自语：“高二，高二……”

这注定是一个无眠的夜晚，不仅是纪红云彻夜难眠，就连睡不够觉的文斌，也在床上翻来覆去“烙饼”，事情怎么发展成这样？妹子文静这下可以闭目安息了，案子也破了，真凶在不久的将来，也会被枪毙，这是最好的结局。可这最好的结局之夜，却让文斌很难受，家破人亡的悲剧，就发生在他的身上，为啥命运这样不公平？为啥要让他背负这种自责的痛苦？为啥还要让他成为这黑色世界的一粒浮尘？身边熟睡的女人，是爱他的，她为了他，为了她心中最纯洁的爱情，无怨无悔地跟着他，他也想好好爱她，可超负荷的工作，让他真的吃不消，男人的痛男人的累，真的无处诉说。

岳鸣这样乖巧的女人，是文斌最爱，也是最爱文斌的。有时，为了给文斌弄一顿饭，生不着炉子，那炉子就像和她作对一样，干柴烈火也燃不起来，煤块更欺生，不好好燃烧，尤其是刮风时，烟囱里浓浓的黑烟出不去，在炉膛里回旋，从炉子所有的缝隙里往外冒烟，厨房里不一会儿就“狼烟”四起，非常呛人。她生不着炉子，只能哭鼻子，有煤黑的手往脸上一抹，就弄得和花猫一样，她狼狈的样子，文斌亲眼目睹过。

文斌想着，眼泪就出来了：“不是老妈对她有意见，这儿的生活真不适合她，我把她带到这儿，是对还是错？她原本可以找个条件好的，过上体面的生活，可现在她的生活是一地鸡毛，她想和我把日子过好，可这种日子她是过不好的。她一直追求精神享受，一个男人能给女人最大的精神享受，就是全力以赴地让她享受爱，可现在的我，已被这破班上得，有心而无力，更被这生活折磨得身心俱疲。算一算，我们还在新婚燕尔期，应该卿卿我我、激情洋溢、活力四射，可我已被折磨得老气横秋，死气沉沉。这种情况，怎么能给她幸福？

“再加上老妈自从家里出了这些事情，她把痛苦的尖刀对准了岳鸣，觉得岳鸣是扫把星，百般刁难岳鸣，她们婆媳的矛盾趋于白热化，将我夹在中间，里外不是人，老妈骂我是娶了媳妇忘了娘的白眼狼，岳鸣骂我是天下奇才的大骗子、墙头草。她们都不替我想想，我这一天到晚都快累死了，哪有心情和精力顾及她们的矛盾？

“婆媳关系是世上最难处理的，天下男人都没办法搞定的关系，我有啥办法？爱咋就咋吧，我无能为力，也不参与，只要她们不在我面前闹，我就装糊涂，郑板桥都说过难得糊涂，更何况我这凡夫俗子呢！唉！不要想这些了，家庭矛盾怎么都好解决，这两个整天围着我转的女人，都很爱我，所以她们的矛盾也不深，都是为了一些鸡毛蒜皮的事情，也闹不出来什么对错和名堂来。

“现在我最担心的是柯耀强，我持刀去他家闹的事情，他会不会记恨？我还拿刀对着他妈，虽然没闹出人命来，但也是不好的行为，再加上他为文静的案子还被关了局子，这多少对他的名誉都有影响，他能不记恨吗？最倒霉的是以后和他要在一个队上，一个班上。在井下，他是经验丰富的老工人，我初出茅庐、毫无工作经验，他要给我使个小绊子，那我小命怎么丢的，到了黄泉路上，我都说不清楚，这不是死得很冤枉吗？”

想到这儿，文斌很害怕，侧身躺着，直勾勾地看着有点亮光的窗户，心情沉重起来。

这个晚上，柯耀强也没睡好，他从兴奋、喜悦中渐渐冷静下来。内心无愧，他躺下就睡着了，可不知睡了多久，被赵聪儿的喊声吓醒了，竖起耳朵才听清楚，赵聪儿喊着侯小梅的名字。

日有所思夜有所梦，这家伙是不是又做梦了？唉！他喜欢的人是臭婊子侯小梅？

“小梅，小梅，你咋这么恶毒？咋能这样对自己，血，好多血，小梅，小梅，救命呀！”赵聪儿猛地坐起来，豆大的汗珠在脸上滚动着，他喘着粗气，定了定神，用手捂住湿漉漉的身子，火辣辣的红晕在脸颊上燃烧起来。又梦见侯小梅在一条深深的小巷子里奔跑，自己在后面追，像电影里的场景一样让人觉得浪漫。

爱情是一种最浪漫的情感呈现，梦中，赵聪儿和侯小梅是浪漫情感里的主人公，女在跑，男在追。看着侯小梅的背影，赵聪儿心里乐滋滋的：你这个小妖女挺会选择地方，这么幽静的小巷子，像长龙一样，真是个谈情说爱的好地方。小妖女跑起来还真的动人，怎么这个场景好像在电影里看过？跑慢一点，慢镜头了，心里想着感受慢镜头的魅力，赵聪儿右腿抬起来，老半天落不到地上，好不容易落到地上，又慢慢地抬起左腿，像上了法条的木偶，又像中了什么诅咒，或是中了魔法。赵聪儿跑得很慢，眼看侯小梅不见踪影了，他急得满头大汗，这多么好的机会，他怎么能让煮熟的鸭子飞了？

情急之下，赵聪儿在心里提醒要跑快点，可他的腿宛如千斤重，感觉抬起来都很困难，“小梅……小梅……梅……”他声音非常地阴森，阴森得让他全身的汗毛齐刷刷地竖起，起了鸡皮疙瘩。千钧一发，侯小梅又出现在眼前，赵聪儿心里甭提有多么亢奋了，舔了舔干裂的双唇，觉得有一股熊熊燃烧的烈火，将身心都要烧焦。此时，赵聪儿觉得自己压根就不是人，而是一只绿眼睛的饿狼，他的人性被狼性吞噬，狼性指使他扑向侯小梅，他力大无穷将侯小梅压在身下。

侯小梅被这突来的狂躁吓坏了，迟钝了片刻，拼命地反抗，赵聪儿哪容得侯小梅反抗，眼看侯小梅就要被他吞没了，他心里美滋滋的，侯小梅情急之中，抓了一把黄土撒到他的眼里。黄土迷了他的眼，他顾不上被黄土迷得眼泪长流，只有一个念想，一定要得到她的身子，一定要和她美美地快活一回。他不顾一切地撕开侯小梅的上衣，侯小梅反抗着，但无济于事。她只好双手胡乱地抓，她的反抗大大刺激了他的欲望。

侯小梅手里拿着一把小刀子，用力地向他挥去，他躲闪着。她在情急之中，只好将刀子刺向自己的咽喉，一股鲜血喷了出来，染红了他。他吓坏了，抱住她拼命地喊道：“小梅，你咋这么恶毒？咋能这样对自己，血，好多血，小梅，小梅，救命呀！”

赵聪儿从梦里惊醒，满头大汗坐起来，觉得这个梦和真的一样。他坐在床上一遍一遍地确认这个梦的真实性，是梦还是现实？为了确定自己的清醒度，他咬了下手指头，才知道只是做梦，可这个奇怪而恐惧的梦，近半年来，只要他睡熟了，就出现了……

柯耀强听见赵聪儿房间窸窸窣窣了一会儿，就没声音了。

安静下来的房间，安静的夜晚，柯耀强内心却无法安静下来，更无法入睡。赵聪儿的梦中情人是侯小梅，而柯耀强的梦中人，这么久了，连一次也没出现，心心念念的人儿呀！愿你过得安好。柯耀强又想起倩倩了，一想到倩倩，就睡意全无，他多么希望今天的大会，倩倩能知道。倩倩一定能知道的，只要欣欣在，倩倩就会知道，这么多年，欣欣就是他和倩倩之间的传话筒。

他看了一下表，才四点半，还有半个小时就得起床上班了，这一个多月没上班，把人都坐软了，这班还能上不？甭想倩倩就不难受了，起来看看书吧！柯耀强打开灯，从书架上拿出《天龙八部》看了起来。

柯母卧室里传出赵秦军和柯母的呼噜声，此起彼伏的。看来他们这段时间没好好睡觉，柯耀强无罪释放，还受了表扬，他们才放心，才睡得踏实，就连赵聪儿大喊大叫地说梦话，也没将他们吵醒，真是心放下来了，瞌睡也就香了。柯耀强听着他们的呼噜声，很认真地看书，等着去上班，可让他万万没想到上班之后还有“戏”，在等着他去上演哩！

矛盾

柯耀强压根没想到，无罪释放后的第一个班，就和已是副队长的胡大木干了一架。事后，他认真地反省了好多次，认为一个巴掌拍不响，打架有胡大木的责任，也有他的不好。

在路上，人们怪异的目光，以及对他躲闪的举动，让柯耀强心里很不舒服，胡大木这没眼色的玩意，还喋喋不休地问。他真是哪壶不开提哪壶，一见面，就问柯耀强狱中生活怎么样？过得好吧？想不想女人？这是什么屁话，监狱里能让你把日子过好？就是想女人，能给你弄个女人来？

胡大木心心念念把柯耀强盼回来，只要柯耀强回来，他寂寞的日子就有了一味调剂。胡大木原本想调侃一下柯耀强，让他开心，将在狱中的倒霉运吹散，也是对他表示关心，可万万没想到这厮不仅不领情，还一副冷冰冰的傲慢样。让胡大木在众目睽睽之下，有种拿热脸贴冷屁股的感觉。好歹你回我一句，让我在工友面前，也有个台阶下，是不！真不知道好歹。不管在井下还是在地面，你从来不把我放在眼里，你牛哄哄的，你坐过牢，就是有前科的人了，还摆出一副“死猪不怕开水烫”的怂样子，你摆给谁看？你有资格给我摆吗？我好歹是个副队长，是你的顶头上司。官大一级压死人，懂不？老子有权力，就有了一把杀人不见血的软刀子，你这不识时务的东西，哪天死了，都不知道是咋死的。胡大木恶狠狠地想着。

柯耀强对胡大木的态度，让胡大木在心里很恨他，觉得他朽木不可雕也。

黑暗、潮湿、肮脏、危险、超负荷……这些词语，在井下的劳动面前，都显得苍白无力。老工人留下一句谚语：“吃着阳间的饭，干着阴间的活。”井下掌子面的工作，真是提着脑袋干活，多少人将青春、热血，甚至于把命都奉献给井下。矿工们把掌子面叫做“窝头”，“窝头”寓意着工人们把掌子面看得很重要，像能填饱肚子的粮食。

每天，矿工们轮班倒，在窝头处开采煤炭，汗流浃背、筋疲力尽都不说了，对于矿工们来说，出力气的活，都是不值一提的事情，他们就是下苦人，每天提着脑袋在掌子面干活，死神随时随地都会召唤他们。但没一个人是不害怕死亡的，处在这样的工作环境中，不管谁都会感到非常地郁闷，压力也很大。矿工们为了减轻压力，常常是相互怼骂、勾心斗角。

在井下，就连这小小的班长，也是一个权力的象征。为了能有一份相对轻松的工作，有些矿工想尽一切办法巴结领导，甚至也有人像胡大木一样，为了一官半职，把老婆都送给领导。柯耀强对胡大木的行为觉得恶心。柯耀强不会伪装，表里如一，从心里瞧不起胡大木。

他对胡大木的态度，让胡大木心里很不舒服。

才当了几天采煤队副队长的胡大木，没意识到自己已被欲望扭曲。每次开班前会，都要用骂人显示他的官威。这不，他被柯耀强弄得下不来台，心里窝着火，想给柯耀强来个下马威，让他知道自己现在是副队长。胡大木唾沫星子乱飞，骂得神采飞扬："现在国家已大力取缔了小煤窑，我们在井下没有特大危险，所以，大家都要把吃奶的劲拿出来好好干，哪个狗日的敢在井下给老子偷懒，看老子怎么收拾他……"

柯耀强看胡大木满嘴的唾沫，心想：他这一阵子很亢奋呀！像打了鸡血，这个贱骨头，从哪儿弄来的鸡血？哦！这点小小的权力，最多是个鸡毛，他却当成了令箭，一个烂采煤队的副队长，就让他有了这般嚣张气焰，一天挣几个可怜钱，在井下掌子面工作，整天提心吊胆的，可在梦呓发廊，一次就将一天的血汗钱花得一干二净。现在，当了一个烂玩意的副队长，就鸡毛压不到笼里了，嚣张得不知道姓啥。都是下苦的工人，至于娘老子地骂？难道他是石头缝里蹦出来的？想到这儿，一股热血就往柯耀强的脑门子上冲。

柯耀强知道脑子一热，就会干出缺心眼的事情。他想控制这股直冲脑门子的热血，但没控制住。几秒钟后，柯耀强思维不清楚了，嘴巴上的神经成了脱缰之马，不再受大脑控制，一番胡言乱语就冒出来："胡大木，你啥玩意呀？你没有爹娘？难道你是石头缝里蹦出来的？你再别小孩子要菜刀——不是玩艺儿，谁都有娘和老子。天下乌鸦一般黑，你学会飞还没几天，就变成啄木鸟了，只是嘴上的功夫深，骂人谁不会呀？你积点德，别八十岁的老太太打哈欠——一望无涯（牙）！"

柯耀强的话让胡大木气恼："柯耀强，你真是百只麻雀炒盘菜——多嘴多舌，我这是在开班前会，你要不服从我的安排，你可以不来上班。"

还没等胡大木说完，柯耀强“噌”就站起来：“哈哈！你关上门做皇帝——自尊自大，长本事了，想停我的工？”

“停你的工怎么啦？我有这个权力”

“谁给你的权力？真是屎壳郎打喷嚏——张得开你的臭嘴！”

“你冬天不戴帽子——动动（冻）脑子，好不好？当然是组织给我的权力了。”

……

他俩你一言我一语，各自把知道的歇后语都用上了，直骂得最后都没词了，才停下来，满嘴白沫地喘气。工友们听得目瞪口呆，没想到这两个人都能出口成章，真是斑马的脑袋——头头是道。工友们也是皇帝补皮鞋——难逢（缝）这么文明、精彩的吵架。大家只顾看热闹，没一个人拉架。

一直以来，柯耀强的态度就让胡大木很不舒服，想找机会打击他的嚣张气焰，但碍于冯志国的面子，拿他没办法。现在他大张旗鼓地叫板，气得胡大木脸都发紫了：“柯耀强，我告诉你，今天老子要一回二杆子，你可以回家了。”

柯耀强不甘示弱：“回家，行，我会拿着铺盖卷去你家。”说着，就往外走。

孟平安赶紧拉住柯耀强：“你胡说八道啥呢？胡队，他脑子发热了，你大人大量，不要计较他的胡言乱语。”

胡大木知道他俩是一伙的，指着孟平安的鼻子说：“孟平安，孟书记，你也跟着起哄？他哪是胡言乱语？我看他是蓄谋已久。”

柯耀强哪能容胡大木指孟平安的鼻子，一拳头就落在胡大木的胸口：“要二杆子呀？谁不会，老子要起，你娃娃不是对手！”

胡大木脸色由紫变黑：“柯耀强你敢要挟我！”说着，给柯耀强还了一拳头。

柯耀强哪能受得住，两人厮打起来。

工友们这才回过神，大家不再嬉皮笑脸地看热闹。

孟平安和工友们齐心协力将柯耀强拉出办公室，蜂拥着去了井口。如果柯耀强没坐过牢，他这次绝对不会放过胡大木，不会轻易地被大伙拉走。他现在比以前成熟了，也冷静多了，知道不能把事情弄得太糟糕。

硕大的办公室，只留下文斌和捂着胸口的胡大木。

胡大木气急败坏，一把将桌上的点名册摔在地上，双手叉在腰间。

文斌赶紧捡起花名册，条件反射地拍了拍上面的土，放到桌子上，吐了吐舌头说：“我……这个柯耀强劲也太大了，我……没抓住。”

胡大木转过身，直勾勾地看着文斌。

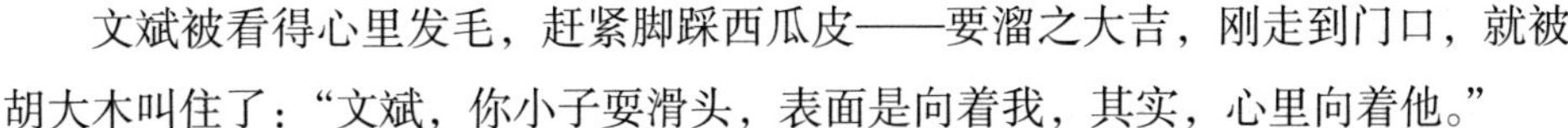

文斌被看得心里发毛，赶紧脚踩西瓜皮——要溜之大吉，刚走到门口，就被胡大木叫住了："文斌，你小子要滑头，表面是向着我，其实，心里向着他。"

"哪有，哪有，我心里向着你，我再蠢，好坏能分清楚，只是他力气太大了，我没拉住，他……他下手狠，你才吃亏了。"

"你小子少给我耍滑头。"

"我哪敢呀？胡队，他是有前科的人，你以后还是好自为之吧！和这种人犯嘴，不划算。"文斌说着，像兔子一样蹦出办公室，郁郁寡欢地往井口走，走着走着，就给了自己一个耳光，在心里骂道："叫你犯贱，你跑去拉啥架？这一拉偏架，傻子都能看出来，你巴结柯耀强哩。"

柯耀强和胡大木骂完架，很生气，却没要二杆子不上班，而是急迫地想下井。他的挎包鼓鼓的，里面全是吃的，他太担心那群老鼠的安危了。到了井下掌子面，他在一块煤上铺了塑料纸，掏出饼干、面包、一包碎末肉，将苹果咬碎，都放在塑料上，他叫着："大、二、三、四……""吱吱"叫着不一会儿，三对黄豆大的光点，从黑暗中向这边移来，"大、二、三，是你们吗？赶紧过来，看我给你们带好吃的了。怎么只有你们三个呀？它们呢？我走的时候，有二十六只，现在才剩你们三个了，你们要好好吃，明天把它们都带来。"

三只老鼠只顾吃着。

柯耀强感慨万千地看着它们："慢点吃，我去忙了。"

侯母最近很少打麻将了，她看侯小梅最近懒洋洋的，不想动弹还比较挑食，以过来人的经验，知道她如花似玉的女儿，又被下种了，这已是女儿第二次怀孕了。第一次女儿不敢给她说，一个人偷偷摸摸去省城做了人流。也怪自己粗心大意，一门心思打麻将，而忽略了女儿的变化。如果这次真的怀上了，绝对不能让她干傻事，王杰远要也得要，不要也得要。

"我豁出去不要老脸和他闹，不能让他再作践女儿了。女儿是矿上公认的第一美人，就是太傻了，被王杰远这王八蛋哄得净干傻事。打胎多伤身体呀！人生人吓死人，老舅家大表姐的女儿，就是做人流死了。"想到这儿，侯母更加害怕了。

现实中的例子，给侯母敲了警钟，再不敢整天不落屋，跑到外面打麻将了，女儿怀孕就有了逼他的"武器"，让他娶女儿，再说矿上多少男人，虎视眈眈地盯着女儿哩！女儿要是有个三长两短，自己也不想活了。自从女儿和王杰远好上，他给家里帮了很多忙，把儿子工作解决到省城，说男孩子在矿上挖煤太苦了，弄到省城的机关单位，以后还能当大官哩！

侯母在心里感激王杰远，也就没逼他，可现在不能不逼了，他这样把女儿吊着，不是一回事呀！他老牛吃嫩草，压根没真心爱女儿，如果真爱，就不会这样耗着，早都给女儿名分了。他不和他瘫子老婆离婚，就是不爱女儿，既然他不仁，就别怪老娘不义了，女儿一个黄花大闺女，不能白白让他作践。侯母拿定主意，整天守在家里，观察女儿的变化。

侯小梅喜欢吃米饭，侯母就做米饭，炒两个菜，一荤一素。娘俩一边吃饭，一边说着矿上的事情。吃完饭，侯小梅没帮侯母收拾，她最近老觉得特别累，不想动也不想说话，只想睡觉，她就躺在床上看书。昨晚从王杰远那儿回来，老半天睡不着。春困秋乏，犯困很正常，可现在快到冬天了，犯困就不正常了，可侯小梅并没注意到这一点。

看了一会书，她迷迷糊糊睡着了。

阳光是最好的杀毒剂，被褥晒过之后，有了热烘烘的味道，嗅着这味道，纪红云想起高二的味道，因此她喜欢晒被褥，喜欢闻这种热烘烘的味道。在这个苦命女人的情感世界里，这种味道给了她慰藉。娃们受不了热，整晚上都蹬被子，尤其是高原，不管冬夏都爱蹬被子，男孩子火气大。

睡在热烘烘的被窝里，纪红云心里仍然哇凉哇凉的，听着孩子们熟睡时均匀的呼吸声，一串串心事冒了出来，使她难以入睡。睡不着，心里空落落的，不由自主去摸孩子们的胳膊、腿，每每她睡不着，就摸孩子们胖乎乎的身体，这样能给她最大安慰，孩子们就是她的责任。再难再苦，她得努力地活着，孩子们离不开她。其实，是她离不开孩子们。

孩子们小时候，她一门心思只想将他们拉扯大，孩子们的吃喝拉撒，让她忙得团团转，可现在孩子们基本不用她操心。孤儿寡母的日子，慢慢有了起色，她却越来越孤单、空虚，她越是抑制不想那些不能想的事情，那些事情就不时地冒出来，使她难受。不能想的心事，是正常女人应有的，可在她这儿却难以实现。

纪红云关闭心门时，也将她的生理欲望扼死了。

生理上的需要，对于年轻寡妇来说是最大的折磨。纪红云压抑着大脑里冒出欲望的火苗，抚摸着高姗的胳膊，用数数的方法，安慰和催眠。夜已深，她好不容易才睡着，可恍恍惚惚听见高原喃喃梦话："爸爸，爸爸，你去了哪儿，爸爸，爸爸……"她好不容易酝酿出来的睡意，被高原喃喃的梦话驱散，没睡意，躺着也很难受。

她打开灯，在灯光的照耀下，高原眼角的泪花晶莹剔透，娃想爸爸了。她看着熟睡的娃们，看着高原眼角的泪珠，眼泪也溢出来了，她轻轻地对着窗外说："高二，你听见了吗？儿子想爸爸了，这六年零三个月，你在那边过得好不好？那边是一个什么样的世界？以前你每次去一个陌生的地方，回来都要给我讲你的所见所闻，可现在我等了这么久，你却一次也不告诉我，不知道你的情况，你知道我有多么担心。"她不想埋怨高二，可她抑制不了怨气，她真恨自己不能尾随高二，不能去看看高二待的那个世界到底是什么样子。

纪红云一夜翻来覆去，直到五多点才迷迷糊糊地睡着。六点半闹铃响了，她困得真不想起，但要给娃们做早饭。高原、高姗自觉地坐起来穿衣服。看着娃们穿衣服，纪红云赶紧坐起来穿衣服，上中班，有时间给娃们弄一顿早餐，要是上早班，她就顾不上，娃们胡乱地吃一点东西，跟着家属院的哥哥姐姐就去上学，让她省了不少心。孩子正在长身体，老凑合，哪有营养？所以，只要她有时间，不管多累，都要精心为娃们做好吃的。

纪红云洗漱完，一看时间来不及生炉子，就用电炉子油炸饼子、煎鸡蛋，再弄几片火腿肠，将炸好的饼子切开，抹上辣子酱，夹上煎鸡蛋和火腿肠，就是一个"菜夹馍"，等她弄好饭，孩子们都收拾好了，吃喝完毕，打发孩子们去上学。

纪红云将院门锁好，躺在床上，听见隔壁胡大木家一阵吵闹。

"这大清早的，哪根神经失常了，娘俩又吵闹了。"纪红云低声骂道。

胡聪被刘爱爱惯成一身的臭毛病，不好好上学，还抽烟喝酒打架，常常是鼻青脸肿的。

纪红云见怪不怪，捂住了耳朵。但胡家的吵闹声，还是从她的手指间传进耳朵里。

"你不去，我就不上学。"

"天天给我惹祸的东西，你和冯超打啥架？"

"还不是为了他舅舅柯耀强，赶紧走，你不去，老师不让我进教室。"

"不让你进教室，凭啥？走！"

纪红云听见刘爱爱娘俩锁上门，骂骂咧咧地走远了，才安心睡了个回笼觉。

输血

苍穹矿的煤质好，火力足，又耐烧，热量达标。所以，一到深秋，每天都几十辆的拉煤大卡车，从煤场一直要排到下河沟。还有两三趟火车，来矿上拉煤。这些“黑金子”被运到全国各地，甚至于运出国门。

为了确保冬天的销量，从夏天起，矿上下达了超额任务。

苍穹矿人员少，工作量大，每个班的工作量，是别的矿区的一点五倍，多劳多得，工资也比别的矿区好。他们明白只有多产煤，才能有好的效益。大家看在钱的份上，在掌子面上的一线工人任劳任怨，但工作量加大，让他们感觉到吃不消，一个班下来，累得连话都不想说。今年矿上实行轮岗，矿工们害怕下岗，再也没人“磨洋工”了。下班后，矿工们胡乱地吃饱饭，就倒头大睡，一觉醒来，又是一个班的开始，一直熬到休息时，才有精力去关心老婆，爱护孩子，享受一下生活。老工人一个班下来，都累得要死要活，更不要说文斌了，那真是要命的感觉。上班时精神抖擞，下班回来就成了泄气的气球，萎靡不振。

岳鸣看文斌累，心疼地变着花样给他做好吃的。看文斌狼吞虎咽的样子，她就觉得特别幸福。岳鸣觉得女人最大的幸福，就是相夫教子，如果自己有个孩子，日子就不会这么寂寞。在矿山，岳鸣举目无亲，最爱的文斌，整天忙碌地上班，下班后，鼾声如雷地睡觉。

岳鸣最害怕文斌上夜班。文斌一整夜不在家，她睡在床上，常常被窗外如狼嚎的风声吓得不敢合眼。尤其是冬天的风，带着狼嚎般的哨子，像无头鬼一样，从窗子缝隙里钻进来，在屋里盘旋，不住地叫唤着，让人毛骨悚然。还有石头被风吹得胡乱跑，发出沙沙声，合着风哨子，给人一种恐怖的感觉。

不管岳鸣怎么害怕，文斌每月有十天夜班。文斌说夜班相对好上点，领导们下井少，检查就少，矿工们还能偷个懒。只要文斌好，岳鸣就觉得好。

婚姻中，男人就是女人的天，天好了，万物才能好。

岳鸣克服各种生活困难，想和文斌生个孩子，这样她在矿区的日子能好过

点。婆婆只要看见她，鼻子便不是鼻子，脸不是脸，连表情都是恶意。

她见婆婆的表现，心里哇凉哇凉的，但为了文斌，为了他们的爱情，她只好忍受着。她也不指望能和婆婆处成闺蜜，或者能和睦相处，只要不弄出大的矛盾，别让文斌夹在中间难受就行了。

文斌这一天到晚在井下干活，井下到底有多么危险，岳鸣不知道，但从文斌下班回家筋疲力尽的样子，就能看出井下的活，真不是人干的。文斌每天都累死了，哪有精力关心岳鸣呀！日子一长，岳鸣就陷入枯燥而又寂寞的生活中，心情越来越烦躁。

这样她更加想和文斌造个小人出来，打发寂寞的日子，填补她孤独无助的心。

岳鸣自从有了这个想法，天天盼望文斌下班回来，能缠绵一番。

可文斌似乎已失去激情，连一丝想法都没有，放下饭碗，刚躺在床上，就鼾声如雷了，更无暇顾及到岳鸣的感受，哪有激情去造人，连一点温存都是奢侈了。岳鸣看文斌熟睡了，不忍心折腾他。遇到文斌轮休时，她打扮得漂漂亮亮，文斌还算很体贴，尽量和她恩爱一下，她才觉得有了守下去的动力。在这举目无亲、生存环境恶劣、生活枯燥的矿区，岳鸣唯一的乐趣，就是和文斌享受一下夫妻生活，除此之外，她真觉得没幸福可言。

岳鸣见婆婆和李妖婆子在厨房里嘀咕着什么，她想出去走走，到外面晒晒太阳也很好。主意拿定，她就洗脸梳头，换了一身干净的衣服，出了门。她不喜欢串门子，也没朋友，别的地方也不敢去，只能到文斌带她去过的山上，就是上次她在山上解了内急、听见一些不干净的对话，回去就发烧的那座山，文斌说那座山，叫凤山。

她出门就上了凤山，老远就看见沙枣树，叶子已落完了，只剩下红彤彤的沙枣，像小铃铛一样，挂满枝头。“沙枣，沙枣！”岳鸣喃喃自语着，脚步也轻快了许多，自从那次之后，她再也没来过凤山。为了不给文斌添麻烦，她克服心理，慢慢适应屎尿横流的所谓的厕所。每次上厕所回来，她都恶心半天，常常自我安慰道：女人嫁给皇上当娘娘，嫁给屠夫翻肠子。既然选择了文斌，就要克服种种困难，和他白头偕老，永不分离，哪怕生活有太多的苦，只要有爱，苦也是甜的。当不了娘娘，那就翻好肠子，哪里的黄土不埋人？一矿区的人都能上这样的厕所，自己为啥不能上？自己现在是一个没工作、靠男人养活的矿嫂，有啥资格嫌弃这种生活？岳鸣这么一想，心理平衡了，也能摆正了位置。

岳鸣很快到了沙枣树下，一股亲切的感情涌上心头。“沙枣，沙枣树。”她紧紧地抱住沙枣树，将脸贴在树上，慢慢闭上眼睛，万分感慨也随之而来，在这儿除了文斌，也就是这棵沙枣树，对岳鸣来说最亲切的。

她想起了家门口池塘边的八棵沙枣树，想起爸爸妈妈哥哥，不知道他们现在好不好。“爸爸！爸爸！”她喃喃地叫着，用力地抱住沙枣树，两行清泪滑落下来。“也不知道你们过得怎么样？我真的很想你们呀！可现在我回不去了，你们一定不认我了，爸爸妈妈，对不起呀！是我不听你们的话，才过上这样无聊的日子。你们一定很伤心，我没出息，给你们丢人了，但我真爱文斌，我把第一次给他，是经过深思熟虑的，你们太不懂我了，我把感情和爱情看得比命重要，我真不想把事情弄成现在这样子，我爱你们，也爱文斌。”岳鸣喃喃自语，将她的委屈、苦闷、想念、无奈，都在边哭边说中倾述给沙枣树听，也只有沙枣树是她可以倾述的对象。

可怜的岳鸣，她的倾诉没回应，但她倾诉出来，心里能好受点。“爸爸，这么久你想我了吗？你为啥不来看看我呀！以前我和妈妈闹矛盾，你都是我们的调解员，也是我们的灭火器，可这次，你为啥不灭灭我们的火，给我们调节一下，好让我回去看看你们，你知道吗？我太想你们了。难道这次你真的生气了，放弃你这个不争气的女儿了吗？爸爸，我在这儿过得特别不开心。我婆婆不讲理，还特别阴险狡诈，她把家里发生的一切不幸，都归于我，说我是扫把星，文斌在家时，她对我还可以，可文斌不在时，她就骂我，我在这儿，把一辈子没受的骂，都受了，把一辈子没吃的苦，都吃了……”等她说累了、哭累了，才慢吞吞地回家。时间不早了，要给文斌做饭，他下早班回来，就饥肠辘辘的。

回家之后，岳鸣换了衣服，准备做饭。

这时，文斌进了屋里，急急忙忙地取了一件衣服，边往外走边说：“妈，我去一趟总院。”

董月珠从厨房里追了出来：“这慌慌张张去总院干啥？”

岳鸣不知道发生了什么事，也追了出来。

文斌看了一眼母亲和妻子：“胡大木被一根锚杆伤了，需要输血，我去看看。”

“伤哪儿了？”董月珠紧张地问。

“小腿血管，不严重，你们别害怕，我去看看。”文斌拍了拍比自己矮一截的母亲的肩膀。

“抽血的时候，多喝一点盐水。”

“输血？抽血？哎哎，我也去。”岳鸣一下子醒悟过来，跟在文斌的后面。

“知道了，妈您放心。”文斌三步并成两步往前走，听见岳鸣的脚步声，没回头，“你去干吗？回去好不好？”

岳鸣没作声，紧跟在他的后面。文斌也不劝了，两人大步流星地往市场走，好几个人也匆忙地往市场走，大家默默上了小中巴车。车里气氛严肃、沉重。

柯耀强不知道怎么了，像是被什么东西缠住了，他心缩成针尖似的，靠在座椅上，肉体不由他掌管了，身体筛糠般发抖，像迷信里说的那种被鬼抓住了一样。好像有一个看不见、却真存在的力量，不仅掌控了他的肉体，还掌控了他的灵魂。

柯耀强的发抖，让人看见都感觉压抑，连空气都凝聚了紧张感。

有人按捺不住：“柯耀强抖什么呀？神经兮兮的。”他这么一说，柯耀强抖得更厉害了。按理说，柯耀强是老工人，在井下见过太多的流血事件，经历了太多的生死攸关，他早被千锤百炼过的，即使死神在面前，都不应该像现在这么害怕。

岳鸣看出柯耀强的紧张，就想坐在他的身边，和他说说话，解除他的紧张。谁知，她刚坐下，柯耀强挪了挪身子，像刺猬一样蜷在座椅里。

岳鸣刚要说话，刚才说话的人又说了一句：“他害怕女人。”

“害怕女人？女人又不是吃人的老虎，有什么害怕的？”岳鸣莫名其妙。

“女人不吃人，但吃人心呀！”

文斌退了两步，拉着岳鸣往后面走。

孟平安、纪红云和侯小梅急忙上车。“孟平安，赶紧坐到柯耀强旁边。”那人大声喊道。不用那人说，孟平安都会和柯耀强坐在一起。等大家坐稳，小中巴车一溜烟地驶出了矿区。

车窗外是一幅流动的初冬图，更显得荒凉。

“孟平安。”好熟悉的名字，岳鸣在脑海里搜索这个名字，她想起来，就是那个爱打架的人，和他打架的人是谁？胡大木？岳鸣不敢确定，就问道：“孟平安，那里面躺的是谁？”

“胡大木。”所有人异口同声。

“你俩不是打架了吗？”岳鸣又问一句。

“对呀，我们是打过架，但在死亡面前没有仇恨。”孟平安说。

“就你话多。”文斌呵斥着岳鸣。

岳鸣不吱声了，车内的气氛又沉重起来。

岳鸣被这群人震撼了，她想不明白，她让文斌帮着洗衣服，婆婆心疼儿子不让干，现在输血这么大事情，婆婆不但不阻止，反而好像很支持。传说中不是“好人”的孟平安，居然给他的“仇人”输血？岳鸣觉得应该好好地重新了解一下这群人。

车驶进总院大门，大家下了车，疾步走向门诊。

急诊室外，男人们在前面，女人们在后面，二十几个人，就排成一个小队，准备验血。两个护士忙碌着，其中一个年长的说：“你们都是来给胡大木输血的？”

“对！”大家异口同声。

“胡大木是罕见的RH阴性血，也叫熊猫血，估计你们都不是，你们知道自己的血型吗？”

“啥熊猫血？”有人惊叫道，“他还成了熊猫？”大家茫然地看着，面面相觑，又齐刷刷地看向护士。

“熊猫血……是血型的一种，Rh血型在我国99%以上的人群都是Rh阳性血型，Rh阴性血型只有0.1%的几率，非常罕见，和熊猫一样珍贵，所以才叫熊猫血。如果知道自己血型的，又不是Rh型，就不要排队了，这样就快一点，因为他还等着输血呢！”

知道自己血型的人，都走开了，只剩下五个人不知道自己血型，柯耀强和孟平安、纪红云留在队伍里。

大家都弄不懂，天不怕地不怕的柯耀强，今天这是咋了？这一群人中，就数他最紧张。岳鸣看柯耀强像站在摇摆机上一样，觉得这男人一定有心理问题，这么一个粗犷的男人，原来这般的脆弱。听文斌说他和胡大木是死对头，但胡大木出事了，他居然这么紧张，是不是就像孟平安说的那样，他们在死亡面前没有仇恨？

孟平安看着柯耀强抖得厉害，挨着他低声说：“你到底咋啦？”

柯耀强没有回答，只是不停地抖着。孟平安看柯耀强不吱声，就推了一下他，没想到柯耀强被推倒了，把在场的人都吓了一跳，赶紧围上来，纪红云和孟平安赶紧搀扶柯耀强。

“这是怎么啦？”护士过来问道。

“我……我也不知道怎么了，但我这不是紧张，就是感觉腿上没劲，像踩在棉花团上，只是腿上没劲，站不稳。”柯耀强哆嗦地说。

“那就别采血了，坐在椅子上歇会，就回去。”

“我是熊猫血。”

“真的？”

“真的，八年前，我给胡大木输过一次血。”

“你没记错？”护士追问道。

“我没记错。”柯耀强肯定地说。他这么一说，在场的几个老工人，这才恍然大悟，纷纷出来作证。孟平安也记起来了，拍着大腿说：“哎呀！我咋把这回事忘了，护士，他说得没错。”

“你这样子也不适合采血呀！”护士说。

“可除了我，再没合适的人，没事，我躺着就好了。”柯耀强说着，好像绑在他身上的魔咒被解除了，他慢慢地不发抖了。

“那你跟我来，先做个检查。”

柯耀强由孟平安陪着进了采血室。

为了不影响医院工作，其余的人又被小中巴车拉回矿上。

胡大木被锚杆戳破小腿血管而失血，输了柯耀强的血，住了半个月的医院，就出院了，在家又休养了一个礼拜，才去上班。他因祸得福，再加上他老婆刘爱爱的推波助澜，从此，胡大木的仕途，可以说是“直上青云”了，这是后话。但现在的胡大木，还是拿着鸡毛当令箭的采煤队副队长。

打扫

胡大木上班第十天，矿上开始执行轮岗制。因为他受伤恢复的时间短，队上首先考虑让先轮岗，他心理不平衡，就去找王杰远。王杰远关上办公室的门，给胡大木分析了一下情况，同时，又给他做了前途规划。胡大木听得心花怒放，并没听出王杰远在画大饼，而是兴高采烈地回家，等着他的前途似锦。

轮岗就意味着有一段时间，是下岗的，下岗就失去饭碗，尤其是单职工家庭，这简直就是“雪上加霜”、“灭顶之灾”，一家人，就靠一个人的工资过活哩！这一让下岗，就那一点点生活费，可怜得连一家人的肚子都填不满，这可咋活呀？只有喝西北风的份，想喝西北风，也得老天爷刮，是不？

市场上的“闲人”更多了，大家来回议论的话题都是下岗，说着说着也乏味了，又没新的话题来议论，只能下棋、打麻将、喝酒、闹事，然后对矿上的决定一顿堪忧。这水能载舟亦能覆舟，你说说这矿上，让人下岗呢！下岗了，拿啥养活老婆娃娃？要是让年轻人因此走上歪门邪道，这矿上不是要乱套？矿上乱套了，国家能安宁吗？男人们每次议论到这个问题，都心事重重的。

下岗，不仅让男人们担忧，连没工作的主妇们，也思谋着，怎么样才能勤俭持家、节俭开支。原本不丰富的餐桌上，更加清汤寡水了，孩子哭喊着要吃肉，男人一看这饭菜，也皱着眉头，但女人们不管，这都轮岗了，就要细水长流才行，更要未雨绸缪哩！咸菜下馍馍，都能成为一顿饭。这种日子，让矿上人都觉得恓惶。

瘸子李饭馆最近的生意，比别的饭店能好一点，但因轮岗，受到一定的影响，营业额明显下降。钱里有火，能大大刺激人去奋斗。为了多赚钱，累死累活也不觉得累，可现在生意不好了，一天到晚耗在店里，赚不到钱，让胡豆花心里不舒服，看啥都觉得烦，也无心做生意，一副生无可恋的样子。瘸子李看在眼里，急在心里，不知怎么去安慰胡豆花，为了减轻她的烦恼，瘸子李对她是全方位体贴，可她心情没有转好，反而更加暴躁，弄得瘸子李都不敢说话了，只能把所有的活都干了，让胡豆花坐在饭馆门口，傻兮兮地看着市场。

胡豆花也说不清脾气咋就这么坏，她觉得郁闷，生活中没有乐趣，唯一就是每天打烊之后，盘点营业额时，看着一天的收入，才觉得生活有点乐趣。白天，瘸子李将饭馆的活都干了，她干的活不多，也不累，晚上睡不着，在黑暗中听着瘸子李的鼾声，时高时低没节奏，让人听得心烦。她很想一脚将瘸子李蹬到床下，可又一想，瘸子李不容易，按理说他这么大岁数了，应该安度晚年，可为了自己的孩子，每天不得不在饭馆里忙，他打鼾也是太累了，做人不能没良心。

“瘸子李对我们娘四个的好，是无话可说的，自己现在离不开他了，虽然和他谈不上爱，却是一种无法割舍的依赖。不能把错放在他的身上，要是错的话，就是自己命不好。”胡豆花坐起来想着，额头上湿漉漉的，又出汗了，最近特别爱出汗，这么冷的天气，居然燥热得出汗？“是不是真得了啥病？这心里老是焦急，就想‘河东狮吼’，也可怜了他，被自己一天到晚地吼来吼去，唉！难道自己这是身在福中不知福吗？只有这个傻老汉在前面撑着，我和孩子们才能衣食无忧，如果没有他，自己的日子更难过，除了那方面，他给不了自己满意，其余的真是无话可说地好。”胡豆花低头，在瘸子李的脸上亲了一口，就势躺下。可瘸子李的鼾声，实在让她无法入睡，她只好下床，去客厅里，躺在沙发上，才觉得舒服点。迷迷糊糊中，她看见柯耀强站在面前，笑吟吟的。她心里一阵狂喜：“你终于来了。”

柯耀强没吱声，弯下腰，一股热气就哈在她的脸上。

她被热气吹得心花怒放，不失时机地搂住他的脖子，噘起嘴，想和他接吻。当她的双唇挨上他的唇时，她才发现这个人不是柯耀强，而是溜溜球，她一下子吓醒了，一个鲤鱼打挺就坐起来，大喘着粗气，心脏要跳出胸膛，特别难受。“老李，老李！”胡豆花叫着，可瘸子李睡得太死了，没叫醒。她只好靠在沙发上，慢慢地躺平，扬起了脖子，才觉得呼吸顺畅了点，但心脏像受惊的小兔子，在胸口里乱闯，她觉得心脏要爆炸了，也喘不过气来。

当确定侯小梅怀孕了，侯母高兴起来，看小梅一点高兴劲都没有，心里很不舒服，这个傻女儿，被王杰远一哄，人家要她命，她都给哩，这次绝对不能听她的，她把爱情看得重，把自己看得轻，为了爱情也不能不顾及身体、名誉和以后呀！现在是逼王杰远离婚的最好时机，只有王杰远娶了小梅，小梅才能名正言顺，才能幸福。小梅不可能当一辈子的第三者吧！小梅年轻，不懂这些道理，只图爱情，她哪知道只有结了婚爱情才能天长地久。小梅不懂，一旦失去了这最佳时机，以后就没办法了，王杰远是一匹桀骜不驯的野马，一般的缰绳，勒不住他。

侯母不和侯小梅商量，她知道商量也没用，小梅很听王杰远的话，越商量越节外生枝，还不如她亲自出马有用。侯母趁侯小梅去上班，就去找王杰远，让他中午到家里吃饭，她有重要的事情商量。

王杰远是何等聪明的人呀，这老太太不管不顾地跑到办公室，绝对是要将他和侯小梅的事情戳破。“看来不给她一点厉害，她就不知道收敛，她想将我拿住，让她摆布，太可笑了吧！我要让她明白，我既要将她女儿长久地睡了，而且还不会娶，这样以后才不会有麻烦，让她心甘情愿把女儿让我占为己有。”王杰远笑容相迎将侯母打发回去，坐在办公室里，就开始想对策。

下班后，王杰远磨蹭到最后一个走，这样去侯家，就没人看见。当王杰远进了侯家院门时，侯母已像热锅上的蚂蚁一般，在院子里踱步。看见王杰远，也不吱声，就进了客厅，王杰远跟着进了客厅，茶几上摆着四菜一汤，都是侯母精心做的。

“喝酒不？”侯母问。

“下午上班哩，就不喝了，姨，这红烧肘子诱人呀！”

“专门给你做的，赶紧洗手。”

主宾落座，侯母一个劲地给王杰远碗里夹菜。王杰远吃得满嘴流油，额头出汗。

“你打算啥时和小梅结婚呀？”

“姨，现在还不能。”

“还不能？小梅怀孕了。”

“怀孕？”王杰远愣了一下，深呼吸着，“唉！这孩子不能要。”

“不能要？你下啥种？”

“姨，你冷静点，听我说，只能委屈小梅了。现在不是我离婚的时机，我也给小梅说过。”

“为啥不能离婚？”

“姨，你听我说，我还指靠我老丈人，我和他女儿能离婚吗？这么说吧！我要是倒了，小泉也就倒了，你忍心让小泉回来，当个煤黑子？估计没我，小泉连煤黑子都当不成。这是明摆的事，我没瞎说吧！我只要一离婚，立马就树倒猢狲散，包括小梅的工作，都保不住。我为了把小泉弄出去，费了多大的劲，你心里清楚。”

“这……”

“你说我能离婚吗？敢离婚吗？等我打开了人脉，牢固了基础，我就会离的，我爱小梅，可现在只能委屈她了。”

“小梅不能再做人流了。”

“不能做也得做，要不然咱们就一起完蛋，你掂量掂量。”

“这孰轻孰重，我懂，可小梅……”

“我们都爱小梅，等她做完了，我们好好给她补补身子。”

侯母一想到儿子的工作，不敢吱声了，也同意了王杰远的说辞。

可怜的侯小梅，只能休假，独自一人去了省城。侯母要陪她，她不让，这又不是啥赢人的事，何必大张旗鼓呢！这事知道的人越少越好，就连她的两个姐姐都不知道。

恰好是初冬，侯小梅休假了，不出门也不会引起人们的怀疑。

刚跨进冬的门槛，就迎来一场鹅毛大雪。

雪是后半夜下的，天亮时，矿区已是银装素裹，白茫茫的一片，雪还没有舞动够，纷纷扬扬着漫天飞舞。今天没刮风，大片的雪花，直起了腰杆子在空中飘落着，要是刮风，雪花会被吹得一团糟。在苍穹矿上，很难得有这样无风、雪花飞舞的惬意日子。

柯耀强吃着柯母做的馒头夹萝卜干。

柯母还给他端了一碗热浆水，唠叨着嫌他昨晚回来不喝浆水解毒。井下煤尘太浓了，升井之后，鼻孔、嘴到呼吸道都是黑乎乎的，痰、鼻涕都是黑色的，无法清除干净。长期在井下工作的人一般有两种死亡，一种是牺牲在井下，一种是矽肺致死。

柯耀强爱听老娘唠叨，老娘的唠叨是爱。

柯耀强吃完饭和柯母说了一会儿话，他扛着大扫帚去了学校。学校门口是慢下坡路，水泥路面很光滑，一下雪，路就更滑。孩子们都爱在这儿滑雪，他们“哧溜、哧溜”地滑着，其乐融融，并不晓得危险。

有一次，田欣欣被一帮男孩推得摔成骨折之后，柯耀强就取消了他们的乐趣。在柯耀强心里欣欣和冯超一样地亲。“家女像家姑”这话一点都不假，欣欣这孩子特像倩倩，扎一个马尾辫，圆圆的脸上，镶嵌着一双水灵灵会说话的眼睛，

丰厚的小嘴巴很性感，尤其嘴巴简直和她姑姑一模一样。也许是爱屋及乌吧！柯耀强每次看见田欣欣，心里都暖洋洋的，像看见田倩倩一样，让他不由自主想要保护她。

每次，柯耀强看见田欣欣，就觉得他年轻了，好像回到童年、少年。

柯耀强很想保护欣欣，这种保护是让人亢奋和神圣的父爱保护。只要他不上班，下雪之后，他都会把学校门口打扫干净，以免欣欣再受伤。

柯耀强扫完雪，就在学校门口的人工小河边转悠了。人工小河一年有三季，都流淌着黑乎乎的水，像一根黑绳子，只有一拃宽的河面，一拃的水深。别小瞧这个不起眼、称不上河的黑水沟，却是矿上的灵气。因为这条水沟是动态的景物，在这广袤的戈壁丘陵上，它显得格外妩媚动人。

男人是山，女人是水，有山的地方没水，那就死气沉沉，没活力；有水没山，那水就平淡单调。这山和水是阴阳互补。苍穹煤矿因这条黑河才变得生动美好，虽然是井下水，但它带着黑金子的珍贵和矿工们的豪情流淌着。

空中飘舞着雪花，也飘着广播。矿上广播一般都播一些新闻和通知，开场白是一段音乐："好人一生平安……"广播一响，放学铃声也就响了。很快学校门口拥出一群朝气蓬勃的孩子，田欣欣夹在中间，看见柯耀强，慌张而快速地环视了一下周围，没见她的家人，这才放慢脚步，冲柯耀强调皮地挤了挤眼睛，一言不发，放慢脚步与他擦肩而过。柯耀强知道田家人都很记恨他，所以，从来不在大庭广众下和欣欣说话。田欣欣明白，不和柯耀强说话没关系，只要他能从自己的眼神里，看到他想要的安慰，这就足够了。

柯耀强看着田欣欣的背影，一时犯了糊涂，她是倩倩还是欣欣？倩倩！欣欣！他恍惚地愣着，迷惑地想着：从我眼前过去的是倩倩还是欣欣？我怎么回事呀？怎么就迷糊了。柯耀强肩上的扫帚被风刮得簌簌地响，又起风了，这鬼天气，山顶上的雪被这股风扬了起来，像沙子一样被卷着向山下滚动，市场上空顿时弥漫了一片白雾。

柯耀强愣愣地看着白雾，被冷飕飕的风吹得打了一个寒战，他被寒冷激醒了，那是欣欣，没错。倩倩去了深圳，再也不回来了，听说她在那儿混得很好，她老公给她开了一家化妆品公司，现在有车有房的，很幸福。"我没怪过她，也没恨过她，在我心里始终是爱着她，只要倩倩过得幸福我就幸福。"柯耀强嘀咕着。

"耀强，你站在这儿发啥愣哩？"冯志国腋窝下夹着一个笔记本。

柯耀强慌张地抹了一把脸，心想：还好，今天没流泪，要不然让他看见，又要笑话我了，“二姐夫，刚下班吗？”

冯志国困惑地看着柯耀强：“嗯！我刚开完安全生产会，你愣在这儿干啥？”

柯耀强一时找不到合适的谎话，只好如实地说：“我……我扫雪。”

“又扫雪了？”冯志国怜悯地看着柯耀强。

柯耀强不吱声，只低头看着鞋尖，鞋上沾满了雪，他跺了跺脚面上的雪，跺下来的却是黑色雪水，雪在天空中是白的，可落在矿上的任何一个地方，就成黑色，失去了本色和纯洁。只要下一场雪或是雨，矿上的空气能清新一会儿，可天晴了，几辆拉煤的大卡车经过，空气立马充满煤尘，让人感到呼吸难受。

柯耀强看着跺下来的黑水，为飘落在矿上的雪而感到惋惜，这些雪和矿上的人们一样，是不得已才选择了这儿的，任凭这恶劣的环境摧残和磨砺，自身的洁白却被无条件改变，白雪都被染成了黑雪，这是多么无奈的事情呀！这不仅仅是雪的悲哀，也是矿上人的悲哀。

冯志国看了一眼发呆的柯耀强，在他肩膀上拍了两下，亲切地说：“回家吧！”

柯耀强点点头，和冯志国并肩往回走。

冯志国关心地问：“你今天不上班吗？”

“我今天轮休。”

他们边走边聊，临别时，冯志国还不忘叮嘱柯耀强下井要注意安全。

冯志国是抓安全的副矿长，每次都要给柯耀强叮嘱几句。

吃完饭，躺在床上午休的冯志国，翻来覆去睡不着，床板被他弄得吱吱响，气得柯耀红下床，关上卧室门，小声问：“你咋啦？”

“我看见耀强，又去学校门口扫雪了，他的样子……”

“他又去了？”

“是呀！我还是觉得你们给他张罗个媳妇吧！这男人不结婚，时间长了，这儿就有问题了。”冯志国说着，指了指脑袋。

柯耀红不说话，慢慢地靠在冯志国的胸前，心里盘算着：是呀！该给这个傻兄弟找媳妇了，这矿上有合适他的吗，他现在还能找合适的？到这份上，只能找看上耀强的，而他压根就没资格挑三拣四的。柯耀红在心里盘算着，把矿上的女人，没结婚的、离婚的、寡妇都算上，也没一个能看上耀强的，没人能看上耀强，这不是很棘手的问题吗？不是太自卑，而是傻兄弟这些年干的事情，真是马尾串豆腐——提不起。耀强是把人都活倒了，能怪谁？一个人的名誉和口碑很重要，没有好的人品，谁会嫁给他。

在矿上，大家见他都绕着走，谁愿意嫁给这样的人？好在这次的澄清会，算是给他扭转了乾坤，是该趁着这点好名声给他找个媳妇了。就他的年龄，找个没结婚的很困难，找个已婚带孩子的还算容易。他勤快，也能吃苦，班上得好，工资开得好，这就是一个很好的条件了。纪红云不知道咋想的？虽然她带两个孩子，负担重，但她温柔会过日子。这两口子就是一对耕地的牛，心要往一处想，劲要往一处使，才能把日子过得风生水起。男人是耙子，女人是匣子，就怕耙子没爪、匣子没底。耀强这耙子很厉害，能往回捞，纪红云这匣子也比较严实，会精打细算，他俩要能结婚，这日子过得一定比全矿人好。有了目标，柯耀红兴奋地忘记了午休，思量着要把这件好事促成。

柯耀强回家吃了午饭，就去找瘸子李。自从无罪释放之后，他还没和瘸子李闲聊过天。两个多月没上班，坐得人腿脚都软了，再回来干超负荷的工作，还真有点吃不消，一个班下来，累得四肢都不听使唤了，睡在床上，胳膊、腿疼得难忍，浑身像散架了，哪有时间和瘸子李聊天？不和瘸子李聊天，柯耀强觉得很难受，一肚子的话只能给瘸子李和孟平安说，也只有他俩最懂他了。孟平安当了书记对他还是一如既往地好，可他却有意疏远，他觉得人一旦有了权力，就变了味，在心里已和孟平安不亲了，现在他觉得只有瘸子李，才是最值得信任的人。

天地万物银装素裹、冰清玉洁的，空气也湿润了很多。柯耀强贪婪地吸着清新的空气，从市场上往瘸子李饭馆走，踩在积雪上，发出吱吱的响声。他没感觉冷，但鼻子已冻得通红，脸上肌肉也点僵硬，可他心里热，像一团火，和吸进来的冷空气在体内来了个冰、火两重天，弄得他挺难受的，就想吃个凉凉的东西，压制住这股火。他在水泥台子上滚了一个小雪球，放到嘴里，真是爽歪歪的感觉，这天气最合适吃凉皮了。一想到凉皮，他的口水流出来，就往小爱凉皮店走。这冷的天气，才能将凉皮冻透，凉皮才有硬度和劲道，再加上辣子多、醋多的酸辣味，才能吃出凉皮的精髓来。

柯耀强一边吸溜着口水，一边想，不知不觉就进了小爱凉皮店，见文斌在店里吃凉皮。

文斌没理柯耀强，很不自然地吃着凉皮。柯耀强也不理文斌，他心知肚明，文斌对他充满敌意，既然不是一路人，何必去招惹这“神”！常言道，“请神容易送神难”。柯耀强用余光看了一眼文斌，就扬起脸，装着视而不见，冲着刘小爱喊道：“带三大份凉皮，要辣子醋重点。”

“好嘞！调好，还是？”

“调好！多少钱？”

“六块。”

柯耀强从裤兜里掏出钱，在乱糟糟的一沓钱里，找出六块钱，放在桌子上，又用余光扫了一眼文斌。文斌面无表情、细嚼慢咽地吃着，像是故意拖延时间，但看刘小爱的眼神却不对劲，情意绵绵能把刘小爱骨头看酥了。

当刘小爱将三份凉皮递给柯耀强，看着柯耀强出了门的背影，娇滴滴地说：“你慢走，下次再来。”

“哎！哎！你理这种人干吗呀？别惹祸上身。”文斌害怕柯耀强听不见，故意大声说。

“他怎么看都不像坏人。”刘小爱收回目光，落在文斌的脸上，正好和文斌的目光交织，真是四目相对含情脉脉，一股异样的感觉，在两人心里荡漾着。

柯耀强到了瘸子李饭馆，里面还有五个人吃饭。柯耀强进了厨房，看见瘸子李在做加工面，他将凉皮放在一边，帮瘸子李干活，等客人都吃上饭，他们三人才吃凉皮。柯耀强告诉瘸子李想单独聊天。瘸子李问有啥事，柯耀强说也没啥大事，就是无聊，心里不舒服，随便说说话。

瘸子李说：“那到我家吧！我这腰最近疼得厉害，得回家躺一会，要不然到晚上的饭点，劳不下来。”

柯耀强知道开饭馆很辛苦，吃完凉皮就和瘸子李回家了。

等他们一走，胡豆花收拾完饭馆的卫生，就懒洋洋地坐在门口，矿上到处都是议论从轮岗到下岗的事情。轮岗制度，还给每个矿工一点活路，可这次下岗，是什么体制改革，要一刀切，所有人都下岗。以前所谓的下岗，只是走个过程，这次来硬的了，说是要将体制内改到体制外，打破大锅饭，反正这些乱七八糟的名堂，胡豆花弄不懂，她关心的是店里的生意，这个小小的饭馆，就是她的衣食住行，是她的天地。这段时间营业额减少了一半，如果这样下去，后果不堪设想，她心里烦躁也很正常。

劝解

第一场雪，就将矿区带到冬天，男人们都找个地方喝酒去了，市场上冷冷清清的。

下雪不冷化雪冷，没客人，胡豆花无聊地坐在门口，也不觉得冷，再说她最近体内老是燥热，燥热遇到这冷，就不冷不热的刚刚好。她想起那天晚上梦见柯耀强，今天柯耀强就来了。这没良心的一来，自己心情就好了不少，难道他就是自己的良药？胡豆花感觉脸上火辣辣的。

胡豆花红着脸，害怕被路过的人看见了不美气，就起身到吧台后面，盘点一下柜子里的饮料。纪红云从门口经过，想买四个卤蛋回去，高原和高姗爱吃瘸子李做的卤蛋。孩子们小小的爱好，做母亲的都会记在心里。纪红云进来："豆花，你在忙？"

胡豆花回头一看是纪红云，赶紧从吧台出来："稀客呀，来，坐。"

"我想买四个卤蛋，娃娃们爱吃。"纪红云并没坐，她想趁着天气不算冷，把酸白菜腌了。矿上人都将过冬的菜准备好了，但她还没准备，心里着急。

"好姊妹哩，陪我说说话，我这最近老是心里慌得难受。"胡豆花拉着纪红云坐下。

"咋啦？身体不舒服，就要去医院看看。"

"我是不是到了更年期？"

"你才多大？还不到更年期哩。"

"我也不知道咋的，就心里颇烦，见天都骂老李。"

"老李对你多好呀！你就知足吧！"

"我是挺知足的，可家家都有一本难念的经，不说我了，说说你吧！还不打算找一个？"

"唉！你知道的，我迈不过心里的坎，就像你说的家家都有一本难念的经，我现在也不知道该不该找一个，心里没底，也很茫然。"因为同命相连，纪红云

也不瞒胡豆花。

“按理说你早应该找人了，最好找没结过婚的，你们都年轻，还能再要一个孩子，这对他也公平，他也会对你全心全意的，古话说得好，‘少年夫妻老来伴’，听我的赶紧找个。”

“哪有合适的呀？”

“你呀你，还以为自己是黄花大姑娘哩，还要找个情投意合的？十全十美的？你现在是找个人帮衬着把两个娃娃拉扯大，像咱们这样的，都是搭伴过日子，能凑合就行。”

“道理我懂，可迈出这一步太难了。”

“你永远不迈出，永远都是难。我看有个人挺合适你的……算了不说了，我给你拿卤蛋，你先考虑考虑，先要把自己的思想工作做通了，才能行，矿上男人多得很。”胡豆花原本想让纪红云和柯耀强谈，可突然有点舍不得，就改了话题，去后厨给纪红云装了六个卤蛋，出来将袋子递给纪红云，只收了四个卤蛋的钱。

为此两人推让了半天，最后还是胡豆花生气了：“你把我当姊妹就给四个蛋的钱，不当姊妹了，我还不卖给你了。”说着，故作生气地要夺过袋子。

纪红云只好付了钱，提着袋子出了瘸子李饭馆，回到家里，她将厨房的炉子生火，烧上水。今年白菜一毛钱一斤，她就买了一百斤，这个中号的缸，最多能腌掉一大半的白菜，还能剩下一少部分，就留着炒菜吃。她还储备了二十斤红萝卜、三十斤白萝卜、一百斤洋芋，这个漫长冬季的菜就够了，现在两个孩子都吃长饭哩，饭量都大，比较费食材。

娃们不吃十年闲饭，这洋芋呀萝卜呀，都是高原和高姗翻腾到地窖里的。孩子们学习完，就把家里的活都干了，让她少操了很多心。这腌酸白菜的活，孩子们弄不了，但把缸洗得干干净净。她就趁着下雪天，不去矸石山捡煤，赶紧把这些活干了。

她取出大铝盆，扒掉白菜的老叶子，将白白嫩嫩的白菜切成四份，放在铝盆里，再用开水烫一下，赶紧捞出来，放在另一个铝盆里，将水分空干，再整齐地摆在缸里，一层白菜，撒上一层盐和辣椒面，放几片生姜，再放一层白菜，再放盐和辣椒面，等将缸放满白菜，再把好一点的白菜老叶子盖在最上面，再洒上白酒，用河卵石压上，盖好缸盖子，腌酸白菜就弄好了。

等过个半月四十天的，就可以吃了。

纪红云腌好酸白菜，腰酸背痛的，特别难受，就躺在床上休息。厨房里有

火，很热，她穿着一身线衣，也不用盖被子，平躺着很舒服。周围很安静，她累得想睡一会儿，可刚闭上眼睛，听见从胡大木家里传来一个男人的声音：“你这小娘们，可真有本事呀！”

“我的本事，只能对你，来呀！”刘爱爱放荡的声音，直往纪红云的耳朵里钻。

纪红云有点好奇，就竖起耳朵听，她一下子就听出来男人是王杰远。这对狗男女，大白天和畜生一样。纪红云心里骂着，看来这觉也睡不成了，下大雪又不能去砑石山，还得待在屋里，她用脚挑起被子，盖在身上，用被子捂住头，想努力地睡一会儿。

胡大木拖着疲惫不堪的身子进了厨房的门，就看见桌上的四菜一汤，都是他爱吃的，有青椒炒肉、红烧带鱼、黄焖鸡、醋熘白菜、醪糟鸡蛋汤。胡大木惊讶地看着刘爱爱，在心里盘算着，今天是啥重要的日子呀？11月8日，一家三口的生日不在11月，结婚纪念日也不是，只是个平常的日子，这败家娘们弄得这么丰富，不想过日子啦！整个矿区的人，都勒紧裤带过日子哩，她整出这么丰盛的饭菜，到底要干吗？

刘爱爱笑吟吟地盛了两碗米饭，走到胡大木跟前：“傻样！咋啦？”

胡大木这才回过神：“今天啥日子呀？”

“好日子呀！去把酒拿来。”

胡大木边看刘爱爱，边往厨房外走，出了厨房的门，才将狐疑的眼神从她的脸上收了回来，站在院子里深吸了一口气：“好日子，啥好日子呀？真是败家娘们，不想过日子了，一顿饭就吃掉半个月的伙食，还好日子哩！”

“叫你取酒，你磨磨蹭蹭地干嘛哩？”

胡大木只好去客厅，从组合柜里取出白酒，郁郁寡欢地又进了厨房。厨房被刘爱爱弄得很热。红彤彤的炉盖，散发着热量，炉子面上一角放着一个大水壶，发出“吱吱”的声音，一股白气从壶嘴冒出。胡大木热得脱去外衣，在刘爱爱的旁边坐下，“这么丰富的饭菜，没给儿子留些？”

“哪能少了儿子的，就咱俩不吃，都要给他吃哩！赶快吃你的。”刘爱爱将倒满酒的酒盅，放在胡大木的面前，又给自己酒盅里倒酒。

胡大木拿起筷子，狼吞虎咽地吃着：“吃饭不积极，脑子有问题。管他啥好日子，权当过年呢！”

刘爱爱不吱声，笑吟吟地看着他吃。等他打了饱嗝，才端起酒：“恭喜胡队长。”

胡大木放下筷子和碗，也端起酒杯：“咋？”

刘爱爱挺了挺胸部，风情万种地说：“恭喜你去掉了副字，你先当队长，过一段时间，就调到科室里。”

“真的？”胡大木和刘爱爱干杯，兴奋地说。

“这还能是假的，只要老娘在，你就能当上矿长，来，干杯。”

“他说的？他都没当上矿长哩。”一丝不喜悦的情绪，从胡大木的心里往外蔓延着。

“别管他，但我保证你能当上矿长。”刘爱爱说着，用自己的胸，蹭着胡大木的大胳膊，“宝贝，我学了一个特别销魂的动作，要不要尝尝。”

胡大木自饮了两杯酒，看了一眼刘爱爱，厌恶地说：“我都累死了。”说着起身，情绪不高地爬上床，背对着刘爱爱睡下了。

雷厉风行的柯耀红，认为是对的事情，她就会行动，从来不拖延。虽然到年底了，各种报表在她办公桌上堆积成山，看着都头疼；一天到晚忙得不亦乐乎，有时还得加班，但她忙工作的同时，心里还惦记着弟弟的婚事。她就这么一个亲弟弟，现在成了这个样子，都怪没早点想办法，把弟弟的婚事给耽搁了。

柯耀红想到这儿，内疚感就油然而生：我柯耀红在矿上也算是叱咤风云的人物，连弟弟的婚事都搞不定，这不是让外人笑话吗？老娘年龄大了，没精力，也没办法管这些事情。大姐连她的日子都过不好，娘家的事，她从来就不操心，也没本事操心；耀娃的婚事，只有我亲自出马了，这事只许成功不许失败，加油呀柯耀红！但就不知道弟弟的心事了，得找个时间和他谈谈，知己知彼，才能百战百胜，他已经没时间和精力去耗了。我这一天天忙的，唉！择日不如撞日，那就今天吧！柯耀红抓起桌上的电话：“你好！请呼589076，留言，晚上去二姐家吃饭。”

柯耀强下了早班，已是下午四点半，他从浴池里出来，才翻看传呼机。传呼机上显示：“晚上去二姐家吃饭。”他看着荧屏上这几个跳动着的字，心里纳闷起来：“这是有啥事？自从二姐结婚，这么多年，二姐头一次叫我去她家吃饭，他们两口子都上班，一天到晚忙得都吃不上饭，还请我吃饭？会不会是‘鸿门宴’？哪有亲姐姐给弟弟弄个‘鸿门宴’？不能吧！”

柯耀强笑了，把BB机挂回腰里，“不管是什么宴，我先填饱肚子，再到市场上买些水果，去二姐家也不能空手，这是礼节，更是堵住姐夫的嘴。虽然姐夫不是小气的人，但要顾及二姐的面子，嫁出去的女人，是靠娘家人撑面子，才能在婆家有好日子过。在矿上，二姐算最幸福的女人，一是二姐自身有过硬的能力，二是二姐嫁了个好丈夫。不像大姐，性格软，又老实，加上那个不成器的丈夫好吃懒做，他家的日子，就靠大姐在支撑着，大姐再有本事，也将这日子过不到人前面去。”柯耀强一想到大姐家的日子，就气得咬牙切齿。

柯耀强阴着脸，进了瘸子李家的饭馆。

胡豆花正在吧台后面，用手支着脸，目光呆滞地盯着门口。这会不是饭点，饭馆里只有胡豆花一人，她看见柯耀强阴着脸进来，就起身从吧台里出来：“咋啦？这脸色。”

柯耀强没理胡豆花，冷冰冰地坐在凳子上，一言不发。柯耀强喜欢吃加工面，他不喜欢换口味。虽然他没说要吃什么饭，但胡豆花知道他要吃什么饭。

见他阴着脸，不吱声地坐着，宛如一尊闷葫芦，胡豆花盛了一碗浆水，放在他面前的桌上，往后厨走。到厨房门口，回过头看了一眼他，低声骂道：“一天到晚，摆个死人脸，给谁看呀？”进了厨房，麻利地做了一盘肉多量大的加工面，端了出来，放在他的面前，又坐回到吧台里，直勾勾地看着他的背。

几乎每个升井后的男人，看见饭都囫囵吞枣、粗狂有力地吃着。胡豆花不由自主地又要从柯耀强的吃相上，研究他。“唉！他再好，我这辈子是享受不上了，他连正眼都不看我。我的悲哀，就是成为瘸子李的老婆，而他特别尊重瘸子李，冲着这一点，把刀架到他脖子上，他也不会和我好的。这个死人桩，还能赢得人欢喜，只怪我命不好，犯不上他的桃花，真羡慕矿上那些骚婆娘……不想了，想多了都是泪，晚上还睡不着。只要每天能看见他，也挺好的。”胡豆花痴痴地想。

柯耀强只顾呼噜呼噜地吃饭，压根没注意到胡豆花的表情，但第六感觉告诉他，背后有一双火辣辣的眼神，他只想赶紧吃完，逃离这能将人融化的眼神。

“你慢点吃，又没人和你抢。”胡豆花说着，起身给他碗里添浆水，“你知道不？侯小梅去做人流了。”胡豆花挨着他，胸脯在他的肩上蹭了一下。

柯耀强像被蝎子蛰了一下，斜着身子，直勾勾地看着胡豆花。

“傻样！”胡豆花扭着水桶腰，把勺子放回浆水桶里，蓦然回首冲柯耀强一笑。

侯小梅和王杰远的流言蜚语，如一股旋风，在苍穹矿上旋了很久。对此，柯耀强半信半疑——侯小梅倾国倾城，让矿上女人嫉妒，由嫉妒引起的流言蜚语也很正常。

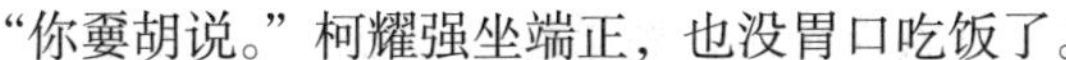

“你要胡说。”柯耀强坐端正，也没胃口吃饭了。

“这事我敢胡说吗？你这几天见她上班了吗？”

“没……”

“这不就是了，我还能说假话？”胡豆花一看柯耀强对侯小梅的事情感兴趣，就扭着腰，走到吧台里，这儿和柯耀强的位置近，说起悄悄话来，也不被外人听见。只要柯耀强能和她说话，她就心满意足了。“王杰远就是个王八蛋，可惜侯小梅看不清世道，不过侯家也没一个好东西，让王八蛋睡便宜的，也是她侯家的报应，王八蛋是玩她哩，她还以为得到真爱了。王八蛋和侯小梅睡，王八蛋也和刘爱爱睡，你以为胡大木……”

柯耀强觉得侯小梅恶心，她脸蛋长得漂亮又能咋？还不是给王杰远这个王八蛋当了情人，为钱和男人睡觉，和婊子一样，还清高啥哩？胡豆花说的都是真的，没有刘爱爱，就胡大木这德性，能当官？好恶心呀！这么恶心的事情，在他的脑海里挥之不去，他也没胃口吃饭了，起身就往外走。

“哎！饭还没吃完。”胡豆花看着他的背影，戛然而止，心像是被蜜蜂蛰了一下，一股伤感油然而生。

当柯耀强提着两兜子水果、零食，进了柯耀红的家里，就看见冯志国在厨房里忙活，他赶紧将东西放到客厅里，就进厨房里，“姐夫。”

“你来了。”

“你少弄点菜，我下班刚吃过饭，我姐不在？”

“你姐还没下班，晚上咱们整两盅。”

“好呀！菜还是少弄点，我饱饱的，就是来听你和我姐差遣的。”

“哈哈！你呀还客气啥哩！菜不多，弄两凉两热，对了，你把芹菜洗了，我先把鱼腌好。”

柯耀红和冯超回来，饭菜已经上桌了。

一家人说说笑笑很温馨，等冯超去上晚自习，柯耀红收拾好碗筷，才和柯耀强谈：“这么长时间了，我一直在考虑和你说道说道，你也老大不小了，即使不替你考虑，也得替咱娘考虑，常言道，不孝有三、无后为大，这半年，娘为你，头发全白了。”

柯耀强听懂了，为他的婚事，二姐把能和他处对象的人都物色好了——纪红云或者侯小梅。他一听二姐指定的人选，心里哇凉哇凉的，自己从何时，沦落到了要娶寡妇的地步？纪红云是名副其实的寡妇，五六年都困在她的情愫里，她独自一人带着两孩子生活，从这一点就能看出，她早已关上心门了。至于侯小梅，名义上还是大姑娘，实际上是个破坏别人家庭的烂鞋，这种女人，为了利益，不惜用自己的身子当欲望的垫脚石，今天谁能给她好处，她就能主动宽衣解带、投怀送抱，这种水性杨花的女人，不要也罢。自己可不想还没结婚，就戴顶超大的“绿帽子”，是男人都不愿意一天到晚顶个“青青草原”到处跑。

想想这两个人，都不适合自己，后面还有三个候选人，但都不如纪红云和侯小梅。再说了自己的心里只有田倩倩，如果是倩倩，不管她变成什么样的女人，自己都会接受的。自己是有病，而病就生在心里，心病还得心药治，自己不战胜自己，谁也救不了。现在不排斥结婚生子的事情，也就证明自己慢慢好了。自己的心理疾病好了，却失去了生命中最重要的人。

柯耀红见柯耀强不吱声，刚又要劝说，柯耀强却开口了：“二姐，二姐夫，让你们操心了，你们都说得对，让我考虑考虑。”

听了柯耀强的话，柯耀红和冯志国心里踏实了。

冯志国将一盅酒递给柯耀强：“这就对了，好好考虑考虑，毕竟婚姻是终身大事，应该多考虑考虑。”

“但不要考虑得时间太长了，也少让娘操心。”柯耀红叮咛着。

“好，我会尽快做决定。”三人干杯，以表示这次谈话很愉快。

柯耀强从二姐家出来，已是晚上十点了，整个矿区一片死寂。他心乱如麻地走着，“倩倩，我爱你！我爱你呀！”他喃喃地说着，鬼使神差地去了后山，躺在那块石板上，满脑子是他和倩倩的那一夜的场景。

被蒙在鼓里的柯母和赵秦军老两口，并不知道柯耀红和冯志国已给柯耀强下命令了。老两口在柯耀强下井时，到了瘸子李的饭馆里。

主宾坐定之后，他们和瘸子李客气了几句，就切入到主题，柯母说：“他李叔，想请你在老家，帮耀强物色一个善良、能干的对象，只要人好，长相无所谓，只要人家愿意，花多少钱都行。唉！以前我们都太听耀强的话了，才耽搁了他的婚事，眼看和他一般大的人，都要快当爷爷了，可他还是光棍一条。我和他爹这心急，都没办法说了。”

柯母说着，一把鼻涕一把泪，哭得瘸子李都没心情削土豆了。

柯母哭红了眼，抽噎地说：“他李叔，耀强这娃娃的脾气很怪异，你说我一个妇道人家，秦军人老实，话语少，娃娃的婚事还得你给张罗点。他爹的死，在他的心里留下了毛病，他就是害怕结婚生子，害怕他在井下出事，孩子可怜，这都是我做得不好。在矿上，他跟你最合得来，你帮我们开导开导他，消除消除他心里的毛病，你是咱们矿上的能人。”

赵秦军掏出手绢递给柯母：“他李叔呀！我们今天来求你，矿上人都知道你是个热心肠的人，咱们这么多年的工友了，客套的话我就不说了。他李叔，你帮我们劝劝耀强这娃娃，都是我不好，我这个后爹当得失败，他和你关系最好，你的话他一定能听到心里去，让他忘了过去，好好找一个人结婚吧！其实，他李叔，重要的是想请你给耀强找个对象。”赵秦军没退休之前，每日里累得半死不活地回到家里，吃饱喝足就躺在床上呼噜如雷，压根就没时间和精力去关注柯耀强，也不懂和柯耀强怎样沟通。

柯耀强对赵秦军的态度，让赵秦军寒心。柯耀强常常把赵秦军的好心当成驴肝肺，还经常气他。他看赵秦军不顺眼，赵秦军对他也不理不睬，他们俩人的关系一直都僵持了三十年。直到柯耀强从监狱里回来，对赵秦军的态度才一百八十度的转变，这让赵秦军心里才舒服了些。

柯母边擦眼泪边迎合着说：“就是哩！他李叔，这事我们老两口就拜托你了，你就多操心点，耀娃再这样下去，这一生就毁了。”

瘸子李看着这两位白发苍苍的同龄人，心里有说不出的滋味，他也为人父，理解和同情这老两口。他和赵秦军的经历相同，这后爹很不好当呀！好在胡豆花带来的都是女孩子，女儿总比儿子省心，等以后长大了，好歹都会嫁人，女儿只是一门子亲。

瘸子李自我安慰地说：“唉！咱们这些矿工，都不容易哩！都说咱们矿工有钱，可外人哪能晓得咱们的苦衷？矿区的日子，就是缝缝补补。不说别人，就拿咱们两家来说，都是缝补过的，你是后爹，我也是后爹，唉！你俩还比我好，还有两个亲生的儿子，你看我有啥？亲儿子一年半载连一封信都没。和豆花也是凑合，帮衬着把她的三个娃拉扯大，这亲的都指靠不上，还能指靠不亲的？不说丧气话了。老赵呀！想想当年，咱们一起来的工友们，在这块荒漠中开天辟地、洒热血，才有了矿区，才有了家园。工友们哪个不是铁骨铮铮的汉子，想想看，咱们现在老了，咋就这么难？咱们现在还能跑能走的，都这么难，以后要是躺在床上不能动弹了，唉！都不敢想呀！”

三位老人都沉默不语了，过了好久，瘸子李吸溜一下鼻子，坚定地说：“咱们刚来那一会儿，说是国家的工人老大哥，其实就是三辆大卡车，拉着一群乳臭未干的毛头小伙子，大卡车将咱们放在这个连名字都没的地方，掉头就走，卷起的黄土弥漫着满天，弄得咱们睁不开双眼，咱们还激昂地唱着：社会主义的天，是蓝蓝天……搭建地窝子，先解决了安身问题。荒凉而广袤的戈壁滩，并没让咱们灰心。苍穹煤矿的名字，还是老王矿长起的哩！为了苍穹矿的建设，多少工友以身殉职了。想想咱们也算有福了……”

往事

尘封已久的往事，被三位白发苍苍的老人掀开了“封印”，记忆的大门在瘸子李娓娓道来中打开了，往事如珍珠般撒落出来：

1959年9月，地质工作者在大庆发现了油田，打破了地质界长期存在的“中国贫油论”，让国人兴奋。1960年在十分困难的条件下，国家调集大量的人力物力去开发大庆油田，从而迈开独立自主、自力更生发展石油工业的步伐。大量的青年都去当石油工人了，投身于国家的建设。因受大庆油田的影响和启发，各行各业都在组建，大量的招工让年轻人心情澎湃，纷纷投入到工人队伍中。

苍穹煤矿1961年5月建成，当时真是“工人老大哥”的巅峰时期，谁要是能当上工人，或者谁家有人当上工人，那真好比“一人得道鸡犬升天”的感觉，羡慕、青睐的目光随处可见，炫耀性不比现在的明星差。苍穹煤矿的元老们，特别自豪地来到了这块前不着村后不着店的地方，为了建好千里煤海，抛头颅洒热血，为建设“四个现代化”奉献着滚烫的青春，他们用毕生的精力建设了一个又一个的矿区。

苍穹煤矿的元老们，谁也没想到他们的自豪感还没到目的地，就减去了一半。三辆大卡车，在丘陵地带摇摇晃晃地行驶着，扬起黄沙满天飞。四五个小时的路程，没见到一个村庄和一个活的物种，除了黄沙堆积的山丘之外，什么也没有，真是越走越荒凉，越走越想娘。唯一有灵动的就是风，大风不停地刮，把黄沙吹进人们的嘴里，硌得人牙床疼。大家蓬头垢面地被大卡车扔到这片热土上，一待就是一辈子。

好在他们是夏天来的，苍穹煤矿正处在不冷不热的惬意季节，如果是冬天，都冻成人肉冰溜子了。老王矿长从部队转业回来的，有着军人干脆利落、雷厉风行的干劲。任何的困难在他的面前都不是事，对他来说，这点的困难，和行军打仗来说，都是小巫见大巫。

他粗糙的手，抹着被黄沙眯住的眼睛，笑哈哈地说：“挺好的呀同志们，比

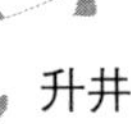

我想象的好，最起码还有两间地窝子，我们先去地窝子里面看看。”他从小就跟着部队在枪林弹雨中成长，觉得只要活着就是幸福，就包括这儿的风，对他来说都是惬意，“你们看看这风不停地吹着，小石子可以到处跑，就有了生命了，多好呀！”他的话，惹得大家笑起来。

地窝子还挺大的，一个角落还有石头垒成的灶台，这样多好呀！衣食住行，是人类最基本的需求，要想在荒无人烟的地方扎根，住房就成了矿工们首要的需求，建房就成当务之急了。老王矿长在勘探队留下的地窝子里，部署工作，将工人们分配到地窝子里，住集体宿舍。

那时，清一色男生，两间地窝子被改造成通铺宿舍，也就将这群工人安顿好了。正好瘸子李和柯耀强的父亲老柯紧挨着睡，当时瘸子李还没成为瘸子，还是浓眉大眼的帅小伙。他没退休之前，是机电队的钳工，在一次修井下水泵时，水泵砸伤他的右腿，从此，他右腿比左腿短，走路左高右低，一闪一闪的，矿上的人都叫他瘸子李。

老柯也是个沉着冷静的大小伙子，比瘸子李大五岁，他们一见如故，老柯像大哥一样处处照顾瘸子李，瘸子李很依赖老柯。虽然这儿不是想象的那么好，但对于刚经历过食不果腹、衣不掩体的人们来说，当上工人最起码能吃饱饭。

老王矿长很会管理，很快从五十人里选了两个得意助手——老柯和刘大能，让他俩帮忙管理这帮子人，让大家不要乱跑，要听指挥，服从命令。

苍穹煤矿是个风口子，肆虐的风不费一点力气，就能将人吹跑。想在没任何屏障的风口子上搞建设，难度非常大。上级下达死任务，要赶在天冷之前，将矿区建设好。矿区基本设施建设好了，才能招大批的工人和技术人员，去建设矿井，搞生产。

国家太需要煤块了，这是不争的事实。

长期战争，国家实在太穷了。为了能快速发展，大家都很卖力去建设矿区。那时，人们都有崇高的荣誉感和很强的使命感，满怀热情想要建设国家。大家都明白肩上的责任和使命，克服一切困难，在老王矿长的领导下，所有工人齐心协力，用战天斗地的精神，在恶劣环境中，仅用了一个月，就建成了麻雀虽小五脏俱全的矿区，解决了基本生存问题，稳定了矿工的心。

上面派来了五位技术人员和一位总工、三十一个工人，还带了一个好消息，就是大庆油田已经开采了，让苍穹煤矿也要加快速度，希望在冬天来临之前，能出煤，好多建设都离不开煤炭。老王矿长很高兴，有了总工和技术人员，没有大批的工人也没关系。当年他们五个人，都能把鬼子一个连歼灭了，现在有这么多人，更何况敌人是活的，这挖煤的事情是死的，这仗好打，咱不用害怕。

总工和技术人员，勘探了六天之后，就拿出开采方案。当时科技不发达，所有的建筑都是靠人力，包括井下的开采，靠工人用镢头、铁锹、背筐等简陋的工具，把煤炭送到地面。井口真的是黑洞洞，人在井下，连腰都直不起来，挖煤的只能跪在地上工作，背煤的只能爬行。大量的开采工作，都是工人趴在地上，一镢头、一铁锹地开采。工人们累死累活的，但工作效率却很低。一天四班倒，还是不够销量呀！苍穹煤矿的元老们太有集体荣誉感了，他们克服种种困难，在艰苦条件下，每个月都能完成任务。

老柯没文化，但勤奋好学，还不耻下问，总会取长补短，很快就成为矿上的能人。瘸子李高小毕业，算盘打得特别好，很快就成为矿区的佼佼者，被调到财务室，这就让大家特别羡慕。瘸子李教老柯打算盘、认字，老柯连自己的名字都是瘸子李教会怎么写。老柯学会写所有工友的名字，还学会了记账，做一些简单的表格，记录工人的考勤，很快就当了队长。那时，井下的工种不像现在分得这么细致，就是一个队分成四个组，一天四班倒，大家有活一起干，有苦一起吃。

升井之后，矿工们累得躺在床上，动都不想动，但大家明白多出煤才能有效益，工资才能高。工资高了，才能改善家庭条件，他们只想用劳动创造财富。苍穹矿煤风吹石头跑的恶劣环境，磨砺着人们，让人们爱上矿区。矿工们凭着本事和体力，能吃上饱饭，偶然还能吃上细粮，比农村人强多了，找媳妇比较容易。矿上解决不了矿嫂们的工作，也解决不了户口，只能待在老家，于是矿工们都过上了“牛郎织女”式的生活。

每位矿工一年有四十天探亲假，这就让矿工感到特别满足。家近的隔一月两月地回家一趟，尤其是结过婚的，上一个月班，就闹着要休息。家离得远的，也会将这四十天分两三次休。矿上领导也是工人出身，能体恤到工人的难处，只要不过分，一般请假都给了。

矿工之间流传一句笑话，看谁回家能让老婆肚皮上搓出的煤炭多。这虽然是一句很温馨的玩笑话，但矿上缺水，也是实际情况，别说洗澡了，连吃的水都很困难。为了解决吃水问题，矿上买了头驴子，做了个架子车，派一个脚力好的年轻工人，套上驴子去黄河边拉水。一天只能拉一趟水，拉的水也只能够灶上一天的用水量。在这种情况下，矿上没洗澡的条件，才有了这个笑话。

记得有一次下大雨，大家高兴得和孩子一样，痛痛快快地淋了一场雨，才算洗了个澡，洗了一次衣服。

赵秦军来得晚，是第五批工人，他来的时候，已有了女工和卫生所。矿区生活已脱离单调，变得多姿多彩，已有“男女搭配、干活不累”的工作现状。有了女工，男工们干活更加起劲了。物以稀为贵，女工的稀少，就成了一种刺激，刺激矿工们好好工作，好好表现，才能有机会接近女工，才能找上有工作的媳妇。如果是双职工的家庭，就能过上让人羡慕的、有滋有味的生活。毕竟女工特别少，大多数工人媳妇只能找农村的，或者是找别的地方有工作的媳妇。

赵秦军其实是想来过渡一下，随后就调走的。

赵秦军的三舅是青阳县县长。他父母去世早，就在三舅家长大的，三舅把他安排到苍穹煤矿，想让他占个工人的指标，在矿上待一年时间，就找个机会，将他弄到城里的工厂。他在来苍穹煤矿之前，有个女朋友，是公交车售票员，为了配得上人家女孩子，他三舅费了好大劲才给他弄到名额。老王矿长知道他的背景，让他跟着老柯。

老王矿长觉得把赵秦军交给老柯，才能放心，但他没告诉老柯赵秦军的背景，他让赵秦军在矿上不准说自己的背景，谁问都说是农村来的，这样对赵秦军的三舅是个保护。赵秦军原本很低调。老柯直到死，都不知道赵秦军的背景。老王矿长想趁机考验老柯，他想等赵秦军调走了，就把老柯提拔成副矿长。

随着口子区矿务局的成立，每个矿区都完善了各项规章制度。职务的细分化，让矿区的管理不再是“一锅烩”。矿上需要管理人才，大家都看好老柯，老王矿长更是觉得老柯是他的得力助手。在赵秦军这一批新工人中挑了十个聪明的，让跟着老柯。他们就成了老柯的第三批徒弟。

人和人相处，是有磁场的，也是老话说的“臭味相投”。老柯第一眼就喜欢上赵秦军，赵秦军也觉得老柯像是从小玩到大的大哥，两人在一起没生分感。赵秦军高中毕业，比瘸子李有文化多了。老柯爱学习，就让赵秦军当他的老师，给他教语文和数学，还有俄语，这样两个人走得更亲近了。

老柯是第一个把妻儿“农转非”到矿上的人。那一年柯耀强都七岁了，柯耀红九岁，柯耀霞十二岁。一家人怀着无比幸福的心情，在村里人的羡慕中来到矿上。矿工们也羡慕老柯有本事，能将老婆孩子弄到矿上。从农村来的柯母，成了工人婆，以为结束了一个人带孩子的苦难，却没想到她的幸福很短暂。

老柯在享受“老婆孩子热炕头”的天伦之乐时，为了一家人能填饱肚子而惆怅。柯母也很惆怅，闲不下来的她，在矿区的后沟里开荒了一大块地，种上洋芋。

有矿工看见了，也来开荒种洋芋，就这样一个传一个的，没几天的工夫，后沟里就成了梯田。为了冬天猪不被冻死，老柯在靠山的地方弄了个猪圈和鸡舍，养了一头猪和一群鸡，这又成为矿上的热点。不出几天，只要背风的山根，错落有致的全是猪圈和鸡舍，猪叫鸡鸣此起彼落，矿区一下子很有了农家气息。

老柯有句口头禅："日子都是一样的，只是有能力的人，才能将日子过得风生水起，没能力的只能过得一地鸡毛，好日子被你过糟蹋了，那就是你能力的问题。"这句话影响了瘸子李的一生，后来这句话也在矿上风靡了好一阵子，每当瘸子李遇到什么不顺心的事情，或者感到特别失落时，都会用这句话来激励自己。

矿工们看老柯将家搬到矿上，"老婆孩子热炕头"的很美，于是纷纷打报告，要求"农转非"。再看看那几个"农转非"的工人，工作起来更加卖劲了。矿领导觉得这是个很好的决策，于是一批一批地解决了矿工的"农转非"。

瘸子李是第二批"农转非"的，也就是柯母他们到了矿上的第三个月。瘸子李将老婆孩子安顿好，就感觉到经济压力大。他老婆身体不好，是个药罐子，见天都要吃药，中药、西药，一年四季，瘸子李家飘着熬中药的味道，就他那点工资，都不够给老婆买药的。

以前一家人，在农村没钱可以活下去，吃的喝的都能从土地索取，除了买食盐和煤油之外，花钱的地方少。可在矿上，一家人的吃喝都得花钱，娃娃都小，都是小馋猫，作为父亲，能不给孩子最好的东西吗？瘸子李思前想后，为了一家人的生计，只好申请下井。井下一线工资是地面工资的三倍。

瘸子李的第一个老婆和他是娃娃亲，十五岁就和瘸子李结婚了，十八岁就给他生了一个胖小子，后来又生了一个女儿。可这女人没福气，到矿上待了不到三年，就病恹恹地死了。

瘸子李的第二个老婆脑子有问题，整天缠着要和他睡觉，从新婚之夜，睡到他的婚假都超了二十天，她还不让他回矿上班。瘸子李有些招架不住了，偷着跑回矿上。可疯女人耐不住寂寞，和村里好几个男人好。瘸子李的老爹嫌女人败坏门风，就让瘸子李和她离婚了。离婚后的疯女人更加猖狂，后来就疯死了。

瘸子李和赵秦军都成了老柯的徒弟。

老柯和瘸子李很有默契，老柯想着让瘸子李接自己的班，把兄弟们交给瘸子李，他放心，所以他将积累的井下工作经验全部告诉瘸子李，希望他能尽快掌握

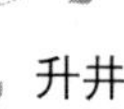

一切。瘸子李明白老柯的心，也努力学习。赵秦军年轻，脑子活，偷偷地学管理知识，因为赵秦军文化程度高，老柯想着让他学技术，以后煤矿上肯定要机械化，而不是现在仅靠人力去开采。虽然老柯不知道未来是什么样子的，但他觉得比现在要强几百倍。国家能提出四个现代化，绝不会是个空口号，所以，未来是属于技术的世界。

大家知道老柯是好人，都很尊重他，而且柯母做得一手茶饭。矿工们多一半人都是独自在矿上，天天吃食堂。食堂的饭吃久了，就腻歪了，就想吃家常饭。柯母做的家常饭，深深地吸引了这些下苦人的胃，他们有事没事就拎着烟酒来柯家坐坐，也有关系好的，直接拿些粮票油票肉票来柯家蹭饭。家里天天有人来蹭饭，不得不在房前屋后弄一点小菜地，这样才能填饱他们的胃。

老柯和柯母都是种地的高手，知道“人哄庄稼一时，庄稼哄人一料”的道理。两口子一有时间就去地里忙活。俩人一边干活，一边计划等洋芋丰收了，再种上白萝卜，到秋天，用好的萝卜叶子窝了酸菜，冬季有了洋芋和酸菜，还有萝卜，这日子一定过得有滋有味。可还没等洋芋成熟，老柯就出事了。

老柯出事前的两天，不知道从哪儿跑来一只土狗，一到晚上就在矿区带着哭腔叫。矿上人都知道狗哭不好，几个人想着将狗弄死了，去老柯家炖着吃。他们等着下班后，就去套这条讨厌的野狗。

老柯并不知道这几个人的计划，他早上和柯母在菜园子里干活，柯耀霞把饭做好了，他们才回家，因为他要上班，柯耀霞就给父亲做了杂面的干拌面，家里人吃的汤面条。

老柯将儿子叫过来说：“耀娃拿碗来，爹给你挑些拌面。”

“爹，你吃你吃，二姐说爹爹要上班，可累了，不能吃爹爹的饭。”柯耀强边说边摇头。

“爹吃不完，给你挑一点。”

“你赶紧吃完了，去上班，娃娃们不会饿着的。”柯母说着，将锅里的面给娃子们碗里舀，娃子们碗里是稠饭，她碗里就清汤寡水了。

老柯心疼地看着柯母，喉结蠕动了几下，什么也没说，低头吃完饭，就去上班了。

虽然苍穹煤矿已经开采了多年，但井下的工作还是靠人力，好在有了爆破技术，少了用镢头挖煤的环境，工作比以前轻松了，但在运输上，还是靠人往外背煤。每次放炮之后，煤层被震得越来越松动，成了虚层。那时，还没有铁丝网

子，全都是木头柱子和木板支顶，冒顶的事故频繁发生。

老柯和他的徒弟们刚到掌子面，分配完工作就开始干活。有人用钢钎撬开那些松动的煤块，有人往里扛木料，有人打钻，扬起的煤尘蒙在一束束矿灯的光柱上，朦朦胧胧的。大家都做着爆破之前的准备。老柯猫着腰，到处看看，他要把危险降到最低，保证他手下兄弟的安全。赵秦军跟在他的后面，手里拿着小本子和笔，记录着他发现的隐患，等一会儿要拿出补救方案。

随着开采进度推进，开采的难度越来越大，巷道越深，安全系数越低。矿工们都没经验和专业知识，都是摸索着干活。老柯想将每天遇到的事情记录下来，总结经验。王矿长说过，以后矿务局还要办煤校，让矿工都学文化和专业知识，让他在井下收集一些资料，以后编辑煤校课本用。老柯一直把这件事情记在心里，他苦于没文化，不知道怎样将这些每天发生的事故记录下来。自从赵秦军来了，他就让赵秦军来记录一些特殊的情况，他不知道哪些有用哪些没用，但他想着，只要能记录下来，以后一定会有用。

赵秦军懂师傅的心思，尽量把事情经过写得详细一点，尤其是那些有教育意义的特殊情况，他都记录得很详细，还利用休息时修改、整理。赵秦军自从做了记录员，就恨自己上学时没有好好学习，没有多学一些知识。真是书到用时方恨少。如果早一点懂得这道理，他一定会努力学习，有了足够的知识，才能更好地记录井下的一切，因为矿工太苦了，他们吃的苦、受的罪，有时真的用语言无法形容。好在自己只是来过渡的，等有机会，三舅就将自己弄进城里，找一个好的工厂，到时，再和美霞结婚。这辈子能和美霞结婚，是赵秦军最大的心愿和幸福。

一想到美霞，赵秦军干劲十足，想在他走之前，多记录些东西，才能对得起师傅。师傅就想把井下的事情，尤其是第一次发生的事情记录下来，为以后的工作“做指导”。赵秦军蹲在老柯的后面，用一只膝盖当着桌子，一边记录老柯指出的问题，一边想着心爱的姑娘。突然“轰隆”一声巨响，老柯赶紧回头，见一块巨大的煤块落下来了，就在这千钧一发时，他扑到赵秦军的身上，那大煤块将他的脑袋砸得稀巴烂……

回首

三位白发苍苍的老人不愿意、也不敢回忆失去亲人的痛苦，他们不约而同地关上了记忆的大门。回到现实中，瘸子李和赵秦军、柯母混浊的眼睛里，都噙着泪水，谁也不说话，因为在悲剧里，三人都是当事者，阴阳相隔，谁不痛苦呢?

三位老人，哭红的双眼不看彼此，直愣愣地看着饭馆门口的小天地。许久，赵秦军打破了这种沉重气氛，点了两根烟，给瘸子李嘴里放了一根，自己抽一根，“我觉得上天这样安排，一定有他的道理，我这辈子没后悔过当年的选择，虽然日子过得苦，生活压力大，但我知足了。现在就是两娃子没结婚，我心里难受，这么多年就是苦了我老婆。”

“唉！老天爷杀人不用刀子，也不见血，就把人杀得遍体鳞伤，不说苦不苦的，这么多年最不容易的是你们这些在井下卖命的人，老李，你，我……”柯母哽咽地说不下去，双手紧握，身子前后晃动着，释放着内心的痛苦。

时隔多年，依旧能感受到她的痛苦。

“好了好了，我们不说那些伤心的事情了，一切都过去了，我们现在虽然也有痛苦，但比那些躺在地下的人强呀，最起码我们将世面看尽了，谁能想到这世事能变得这么好，电灯电话楼上楼下，实现四个现代化，你们看现在社会发展得多快，远远超过四个现代化了，人们的生活也发生了翻天覆地的变化，我们这代人，几乎是大半辈子都挨饿受冻，但我们当上工人，比农村人强。”瘸子李说着，起身，拿了一袋子蒜，让柯母和赵秦军帮忙剥蒜瓣，三位老人边干活边聊。

“唉！我现在最大的心愿，就是赶紧给两个娃子把婚结了。”

瘸子李抹了一下眼泪，吸溜一下鼻子，看了看赵秦军和柯母，痛苦地摇了摇头，哽咽地说：“苍穹矿上能有今天的好生活，经过了几代人的不懈努力。咱们是参与建设者，亲眼目睹矿上发展变化，对矿上的感情，没话可说。看看现在矿上蒸蒸日上的样子，说实在的，咱们很欣慰，现在的生存环境和以前简直是天壤之别，好日子还在后头呢！你们说是不是？我们只是不知不觉地老了，当年下井的日子，把人苦得做梦都想退休，可上有老下有小的，只想着为了老人养老，把孩子教育成人，自己再苦也无所谓……岁月不饶人呀！现在回过头看看，这岁月又太短了，几乎是一眨眼的工夫，我们都老了，可这心还是操不完呀！你们放心吧！耀强只是心里转不过弯，他也挺痛苦的，田倩倩去了深圳，对他打击很大，这么多年，耀强是放不下田倩倩。你们甭难过，晚上我和耀强好好谈一次，了解一下他的心思。这事你们也不要急，我会劝劝他的哩，会打电话回去，让老家的人帮忙给物色一个好媳妇。”

柯母感激地说：“这敢情好，你就多操心。”

“是的，我们不能老活在过去，不能活在那些痛苦中，我们也有开心的事情呀！”赵秦军说着，抚摸了一下柯母的后背，以表示安慰。“我们日子好过的时候，也就到了七十年代。她和耀霞去打网子，也只苦了她娘俩，你也知道半大小子吃垮老子，家里娃娃们见天张嘴就要吃哩，我没啥本事，只能苦了娘俩。”

“你看看你说的这是啥话，啥叫有本事，啥叫没本事，这一家人过日子，不能指靠一个人是吧！”柯母说。

“老嫂子说得对呀，这过日子，就像是咱们在井下干活一样的，就要有两头牛、一个犁的精神，一家人要心往一处想，劲往一处使，才能将日子过好。唉！不是我多嘴呀，说起耀霞来，我……”瘸子李看了一眼柯母，不说了。

“他李叔，你有啥就说。”柯母说。

“我看你家大姑爷，就是个顽货，一天到晚游手好闲的，见天都在市场上胡逛。”

“耀霞命苦，遇上这货，也是我们的心病呀！”

“男怕选错行，女怕嫁错郎。这话真真有道理，耀霞人老实，命不好。如果当初我不那么固执的话，耀霞也不会过得这么苦了，都是我不好，但她爷爷病重得要命，我不能不管呀！虽然老柯不在了，但他的责任，我得给他担着呀！我不能眼看着她爷爷被病折磨。如果老柯在，砸锅卖铁，他都会给老人看病的，这一点我是知道的。再说做人要有良心，他们把老柯养大很不容易，养儿防老呀！儿不在了，还有儿媳妇呢！这是责任，可我……谁知道这王八蛋潘安贤，害苦了我的耀霞，当年，我要是知道这样，也不会为了三百块钱，把耀霞推到火坑里。”

“哎呀呀老婆子，都是我没本事，没能照顾好你们。”赵秦军哽咽着。

记忆的大门又被打开了，时光倒流回到了1972年的冬天，这场天大的浩劫，才在苍穹煤矿如火如荼地上演着，赵秦军的三舅被关进牛棚，老王矿长也被关进牛棚了。矿工都是没有文化的粗人，有文化的寥寥无几。赵秦军文化程度比较高，再加上各种对他不利的因素，将他推到风口浪尖上，让他无处可逃。赵秦军天天被拉去批斗，他被弄得筋疲力尽，而且每天都提心吊胆的，真不知道下一秒会有啥样的悲剧发生。为了完成任务迎合运动，矿上把赵秦军也关起来，不让他回家，他为了妻儿的安全，和家里划清界限。

整个中国都在运动中，矿区到处是标语，到处是红卫兵在“破四旧”。工人们不操心生产，而对这场政治运动投去全身的热情，批斗会一场接着一场。乱哄哄的环境，将人人都闹得惶恐不安，今天是你占了上风，明天是他占了上风，而你成了被批斗的对象，很多两口子在这场运动中反目为仇，人和人之间失去了最基本的信任，多了无限的猜疑。

在这乱世中，柯母明白赵秦军的处境，带着孩子们同样过着朝不保夕的生活，煎熬得不知道怎么办。麻绳专挑细处断，柯耀强的爷爷又得病了，柯母觉得她应该替老柯担起这个责任，就把爷爷接到矿上，在矿务局总院治疗，这儿比农村的医疗条件好，但三百块钱的医疗费，让柯母难断心肠了。

钱是硬货，拿不出来就是拿不出来，没办法呀！柯耀霞是家里的老大，和爷爷的感情最深，也急得茶饭不思。就在一家人为爷爷的病火烧眉毛时，潘安贤家来提亲了。柯母不愿意，她压根没看上这个坏小子。可柯耀霞一听潘家能拿出给爷爷治病的钱，就一口答应了，从此，也断送了她的幸福。

说起柯耀霞，柯母又难过得流泪了。瘸子李一看这也是个伤心的话题，不知道怎么去安慰柯母。这白发苍苍的老嫂子，一辈子经历太苦了，要了五个孩子，除了老二柯耀红，其余都让她操不完的心。一个儿女一条心，五个儿女将她的心分成五条，好在赵秦军对她真是好，这么多年和她风雨同舟，她应该很知足了。

“好了好了，你今天这是怎么啦？咱们不是来找老哥哭啼的。”赵秦军这么一说，柯母也觉得在人家饭馆里，哭哭啼啼的真不好，抹了抹眼泪，吸溜了一下鼻子，将袋子里的最后一骨朵蒜，掰成蒜瓣。

瘸子李取出一瓶酒，他们边喝酒边聊，那天下午，他们聊了很多往事。直到瘸子李的饭馆里陆续进来客人，赵秦军夫妇才离开。

瘸子李很了解柯耀强的心情，可他当着赵秦军的面不好意思说，他害怕柯耀强的心理毛病，引起赵秦军的伤心和内疚。柯耀强的现状，在他老娘和后爹赵秦军的眼里，是糟糕透顶了，如果让他们知道柯耀强是从小缺乏关心和爱护，才造成他无药可救的心病，那么至少柯母会内疚死的。所以，瘸子李就谎称柯耀强忘不了田倩倩，安慰着柯母和赵秦军。

这晚，当柯耀强走进瘸子李的饭馆里，瘸子李给他舀了一碗浆水，饭馆里还有几个人吃饭。矿工们喜欢用鸡蛋补，他们都叫补蛋，还必须是双补，害怕吃一个鸡蛋补偏了，一个大一个小，女人们不爱。大家心照不宣地补蛋，显示自己的强壮。瘸子李煮的卤蛋，大家都爱吃，几乎只要在他饭馆里吃饭的人，都会要俩卤蛋。

柯耀强悄悄地问过瘸子李煮卤蛋的奥秘，瘸子李没告诉他，他也不再问了，他对待什么事情，都不会打破砂锅问到底，这是他最得意的地方，人活着就要知趣点。

胡豆花见柯耀强进来，就冲着厨房里喊："加工面好了吗？加蛋的，快点。那是柯耀强的饭。"柯耀强听了胡豆花话，也不好说什么，坐下等着。

胡豆花忙了一会儿，就进去将饭端出来，放在柯耀强的面前。

瘸子李从厨房里出来，看柯耀强狼吞虎咽地吃饭，就走到他面前："耀强，你慢点吃，一会我有话给你说。"柯耀强点点头，放慢了吃饭的速度，

饭馆的喧闹很快就退去，单身的矿工们吃完饭，都嬉闹着回宿舍了。

等饭馆里只剩下柯耀强时，瘸子李打发胡豆花先回去。胡豆花一走，瘸子李将饭馆门关上，从酒柜子里取出一瓶西凤酒，坐在柯耀强的对面，慈祥一笑："耀强，今天下午，你娘和你爹来找我了。"

柯耀强惊讶地看着他。瘸子李给斟了两盅酒："你呀！愣着干吗？咱爷俩今天好好喝一盅，你明天不上班吧？"

柯耀强打了一个饱嗝："我明天上中班，李叔，我老娘又找你，让你劝我？"

瘸子李端起杯子，一饮而尽。起身去厨房，端着一盘五香花生米和一盘糖蒜出来，又坐下自斟自饮了一盅，吃了一口花生米，沉默不语。

柯耀强心急："李叔，是不是我娘让你劝我结婚生子呀？李叔你是理解我的。"

瘸子李睁着布满红丝的眼睛，看着柯耀强："我理解你，可你老娘为你好啊！娃呀！人要学会脚踏实地，不要好高骛远，这么多年，你对倩倩的感情，也应该够了，何苦这样折磨你，折磨你老娘哩，我知道你心里不痛快。可咱就是这命，命是不可抗拒的，你害怕结婚生子，可你看看咱们煤炭工人，哪个人不是结婚生子过日子，哪个人不是好好的，即使出事了，你看看哪个女人带着孩子，不是过得好好的？娃呀！这个世界上压根没救世主，人只能自救，再说世上，谁离

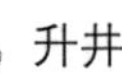

不开谁呀？生活就是补补缝缝，更不要说男人和女人，更是缝补着将就过日子。咱们矿上，每次出事了，那些媳妇还不是照样嫁出去？也有好男儿自动去补那些空缺。人生苦短，你看看，你已经三十六岁了，三十六岁该走下坡路了，听叔的话，好好想想，别让你娘操心得整夜睡不着，你娘老得一天不如一天了。来陪叔喝一盅。”他端起酒盅，看着柯耀强。

柯耀强无奈地端起酒盅，他每次想到这些事情，就心烦。用酒解愁愁更愁，他特别痛恨酒，可每次看见酒，不由自主又把自己灌醉，灌醉了什么也不用想，也能让自己快活一下。“倩倩你为什么要这样对我，你不知道我很痛苦，你干嘛要把我抛在地狱里？”柯耀强看见酒就想起倩倩来，好像酒就是田倩倩，对他是致命的诱惑，失去了和酒对峙的毅力，情不自禁地端起酒盅，和瘸子李碰了一下，一饮而尽。

柯耀强给瘸子李斟酒，他们就边聊边饮。酒过三巡，话多了起来。柯耀强那夜照例是喝了个烂醉，照例在矿上胡言乱语地说着他和田倩倩的那一夜，照例被骚婆娘引诱，照例做了对不起倩倩的事情。

第二天醒来，柯耀强头疼得厉害，他只记得和瘸子李喝酒了，其余的他记不起来了。唉，自己就这德性，一见酒就控制不了，清醒时，特别憎恨酒，可见了酒又没命地喝，非要喝醉不可，然后借着酒劲胡作非为一番。不要说别人了，他都觉得自己恶心，酒醒了后悔得要死，恨不得自杀，原本想借酒消愁，却是愁更愁。

柯耀强很可怜，每次酒后清醒过来，都要将醉酒之后的事情想一想，可常常想不起来，就敲头：“柯耀强呀柯耀强，你是一个混球，肯定又做了对不起倩倩的事，肯定又说了许多不该说的话，田家人将你千刀万剐都不过分，好好反思一下，你喝一点马尿就要二杆子，你还是人吗？想想你做的恶心事，你呀你，拔根毛捻成绳子挂在门后吊死得了。想啥呀！有啥好想的，稀里糊涂活了三十六岁，不是挺好的，哪天一蹬脚，一命呜呼了，啥也不知道了，无牵无挂走得也利索。”

柯耀强坐在床上，边打头边胡乱地想：田家人恨我，是我自找的，我一喝醉了就败坏倩倩的名声，我羞耻呀，和好几个水性杨花的女人都有过关系。真他妈的，酒能乱性，酒已毁了我的清白，毁了我对倩倩的爱，毁了倩倩的名声，不行，我得起床问问老娘，我昨晚又做了什么事。柯耀强胡乱地穿上衣服，去了厨房。

厨房里，柯母红着眼，低头擀面。

赵秦军在剥蒜。蒜皮像鸡毛一样轻，一碰“哧啦”地响，剥光的蒜白花花地躺在碗里，耀眼，柯耀强摇摇头，一种幻觉让他害怕有一天精神恍惚了，干出啥坏事。

不想再过以前的生活，他要戒酒了。现在头疼得跟要炸了似的，他只好手捂着头，进了厨房。

柯母见柯耀强进来，随手给他倒了一杯水：“强娃，好些了吗？”

柯耀强喝了一口水，瞟了一眼低头剥蒜的后爹。赵秦军耷拉着头，只顾剥蒜，对柯耀强不闻不问，这是赵秦军和柯耀强一贯的作风，两个人在一起，从来不沟通。

赵秦军在厨房里，柯耀强不便问老娘昨晚醉了的事。

柯母擀好面，忙着给柯耀强煮了一碗浆水面。他吃完饭，在市场上转了一圈，耷拉着头往队上走。

柯耀强按点到了队上，点了名，和同一个班的工友们在会议室等开班前会。胡大木的“官衔”摘去了副字，成为队长，他更加气焰嚣张了。

在柯耀强的眼里，胡大木越发地跋扈无耻了。

开班前会时，胡大木安排完当班的工作之后，照例大声骂人。矿工们个个都豪爽粗犷，说话粗野，也习惯了他。好不容易等到胡大木不骂人了，班前会也结束了。

柯耀强去浴池换衣服，出来时撞见他大姐柯耀霞。

冒顶

柯耀霞刚下班，手里拎着一个小蛇皮袋子，里面肯定装着从矸石山上捡的媒。这个持家的女人，每天上班时，悄悄地溜到矸石山上，捡一小袋子煤回家。潘安贤在家里，油瓶倒了都不扶一把。不管大小事情都靠柯耀霞处理，他整天喊叫着井下的工作太苦了，三天两头请假，是矿上有名的懒汉。实在没办法，柯耀霞只好去求冯志国，给潘安贤把工作调到地面。

经过冯志国的一番努力，潘安贤才到矿上保安处上班。潘安贤游手好闲，一丁点家务活都不干，可苦了柯耀霞，好在她的两个儿子都很听话，大学毕业都留在大城市里了，柯耀霞的日子才好过起来。

柯耀霞看见柯耀强，说了一句："强，你上班注意点安全。"还没等柯耀强开口说话，她急急忙忙地走了。

柯耀强望着大姐的背影，心里很痛楚，大姐总是忙碌着，好苦命的女人……想着大姐的不容易，他心里乱糟糟的，低着头去充电房领矿灯和自救器。

下井高峰期，侯小梅和纪红云在充电房里忙着。侯小梅依旧冷冰冰的，机械地将矿灯和自救器，递到每一个矿工的手里，认真做着记录。柯耀强特意看了一下侯小梅的脸，虽然化了妆，但脸上的皱纹越来越深了，失去水灵灵的感觉，真的成了老婆脸了，还有啥可牛的。

柯耀强知道侯小梅去堕胎了，不同情她，反而幸灾乐祸，心里骂着：你侯小梅有啥了不起的？清高个啥玩意哩！你看不上我们下苦的臭工人，你也别当这臭工人，大城市的款爷多得很，你咋不找个哩？你想"鲤鱼跳龙门"，却没跳出污水潭，和我们一样臭。乌鸦不嫌猪黑哩，你找了个老煤黑子，还嫌我们小煤黑子脏，你有啥资格呀！

自从知道她的肮脏事情，再加上赵聪儿对她念念不忘，柯耀强更加憎恶侯小梅了。毕竟和赵聪儿从一个娘胎里出来，是打断骨头还连筋的兄弟。他看赵聪儿为了侯小梅魂不守舍痛苦不堪，就心疼。每次看见侯小梅一副高高在上的样子，心里就不舒服，在心里将她骂一顿，然后冲着她的方向，往地上呸一口唾沫，以表示对她不满和厌恶。

他往纪红云的窗口走去。纪红云对每一个前来领矿灯和自救器的矿工，都说一句“注意安全”，矿工们听后心里暖洋洋的。柯耀强耐心地排队，就想听纪红云这句很普通、却是一字千金的话。纪红云将矿灯和自救器递给柯耀强，柔声细语地说：“柯师傅，在井下一定要注意安全。”柯耀强点点头，接过矿灯和自救器，幸福感爆棚。二姐说得对，纪红云是首选的好女人，“多好的女人呀！我真是个王八蛋，让这可怜女人干枯着。我应该和她在一起，她有两个孩子，不用再生孩子了，多好呀！”想到这儿，柯耀强心里一阵狂热，有了前所未有的饥渴感，可理智提醒道：“柯耀强呀柯耀强，你不能胡来，纪红云是不能胡来的，她不是一般的女人，更不是那些烂女人，你应该尊重她，而不是胡来。”柯耀强摇了摇头，直勾勾地看着纪红云。

纪红云认真地写下柯耀强三个字。柯耀强心里暖暖的，原来自己的名字被纪红云写得这么好看。后面有人催促：“柯耀强快些，磨叽得像个女人。”要是放在平时，他早都骂开了，可他这会儿心情好，不和这些烂人计较，他冲着纪红云一笑，大步流星往井口走去。

井口安检员是田嘉兴，他对别人和对柯耀强的态度截然不同，不管什么时候，他看见柯耀强都黑着脸，恨不得一口将他吞到肚子里。女儿以及他整个老田家的名誉都被柯耀强败坏，让他们一家人在矿上十几年来都抬不起头，被人嗤笑。直到他被抓，老田家才扬眉吐气了一回，一家人才过了几天舒坦的日子。想着这狗日的吃枪子了，成了真正的鬼，老田家人才能幸福快乐，可谁知道又无罪释放了，还弄了个什么狗屁的澄清会！一看见柯耀强，田嘉兴脸黑得成了茄子干。

柯耀强清楚田嘉兴恨不得想杀了自己，他不恨田嘉兴，因为田嘉兴是他心爱的人的爹，凡是和倩倩有关系的人，他都爱，爱屋及乌地爱。

田嘉兴履行公事，在每个矿工的身上搜查一遍，他搜查到柯耀强跟前，恨得牙齿都在打架。每次下井时，对柯耀强来说都很痛苦，田嘉兴的脸色像一口滚烫的油锅，随时都想把他油炸了。此时，他小心翼翼，生怕一不小心招惹了田老头。他挺直身子，接受检查。

田嘉兴从柯耀强的头盔往下搜，双手从他的肩胛滑到腋窝，再滑到胸前的衣服兜里，滑向他的裤兜以及裤腿，直到滑向高筒的绝缘靴里，检查才算结束。田嘉兴检查他和别人一样，只是每次都会凶巴巴盯着他的生命之脉，足足看30秒，眼神比利剑还让他心惊胆战。

坐上人车，柯耀强还心惊胆战的，他无意间回过头看见文斌，又产生了一丝莫名其妙的恐惧感，心情一下子就乱糟糟的，但他又说不清这种感觉是什么，就是莫名其妙的恐惧，他突然不想下井了。在井下，每次“流血事件”来得很突然，让人防不胜防。他见过太多的人在他眼前倒下，再也没有站起来。以前他也害怕，但从来不像今天这样害怕，他的心突然缩成了针尖。在纪红云那儿得到的喜悦和激情，这会儿消失得无踪无影，留给他的只有恐惧。他又四处看了看，冬日的井口，更加萧条和荒凉。

这时，信号工打信号了，绞车缓慢地往下行驶。柯耀强无奈地抱着头，闭上双眼，在黑暗中感受恐惧。绞车带着冷飕飕的风声，往井下呼啸而去。

跟在柯耀强后面的文斌，将这一切都看在眼里，暗自取笑柯耀强怂样的同时，又同情起他来。柯耀强高大的身躯里，到底装着一颗什么样的心？“真是不做亏心事、不怕鬼敲门，看看你在田老头面前的怂样，真让人能笑掉大牙，你也有怕的人哩！”文斌想着，一丝鄙视、得意的微笑，在脸上荡漾着。

可到下井不多一会儿，文斌脸上的笑容就凝集了。也许，这就是所谓的“悲喜交加”吧！倒霉的一刻，令谁都无法预料，更何况是在井下，矿工们提着脑袋干活，那些小倒霉、大倒霉以及死神，躲在他们工作的地方，时不时地出来吓唬人，遇到小倒霉，就是皮外伤；遇到大倒霉，就是断胳膊断腿的；再遇到死神，那就没处可商量了，只能跟着走。老工人挂在嘴上的一句话：“咱这是把头别在裤腰带里，啃窝头。”

从小，文斌就被这句话吓着了，现在当了工人，每个班都提心吊胆，害怕被大小倒霉和死神盯上，处处小心，他现在深刻地体恤到矿工们的累，却还没遇过“流血”事件，他放松警惕，也习惯了这种累到全身骨头疼的工作。身心疲惫，对危险麻痹了，觉得老工人的话都是吓唬人的。他们说的大概是最早的井下，像父辈们以及煤矿的开拓者那时的工作环境，采煤靠镢头，运煤靠肩膀，条件多差啊！现在井下的设备已发生翻天覆地的变化，虽然是木头柱子，但被铁丝网网得结结实实，减少了冒顶事故。听说好多大矿已经用上液压柱，那样更安全了，所以，把头别在裤带上啃窝头的日子，将一去不复返了。

到了井下的车场，柯耀强磨叽到最后一个才下车。掌子面离车场有半个小时的路程，大家相跟着走。平时一到井下，大家就释放出兽性来，说一些在地面不敢或者不好意说的荤段子，博得大家开怀大笑或者骂声四起，来消除井下的恐惧和阴冷，可今天，大家都死气沉沉的，没人来搞气氛。他感到压抑，本想搞一下气氛，让大家都拿出精气神来，可他幽默搞笑的细胞，好像被堵住了，无法发挥作用，只能耷拉着头，跟在后面。

到了掌子面，大家站住脚。柯耀强抬起头，看着黑晶晶的煤层在矿灯的光柱里格外亮，它们是黑晶晶的金子，是金子都会发光，可它们被埋在地下几千年。多好的煤层呀！让人垂涎三尺的煤层呀，一代一代的矿工在这黑晶晶的煤层前卖命去挖，去创造更大的社会效益。矿工把这儿叫窝头，其实它们是金子，是黑金子呀！多少人为此……柯耀强的胡思乱想被定格了。突然，文斌被人从后背推了一下，往前扑棱一米多。幸亏他年轻，平衡能力强，要不然就来个“狗吃屎”。文斌踉踉跄跄地站稳，刚要回过头来骂。“轰隆”一声巨响传来，一股浓烈的黑雾，伴随着大小不一的煤块，“哗啦”泄了下来，堆积到他刚才站着的地方，整个巷道就被伸手不见五指的漆黑笼罩着，呛人的煤尘中，有人大喊：“冒顶了，冒顶了……”

大大小小的煤块哗啦哗啦地从“天”而降，越堆越多，被扬起来的煤尘像蘑菇云一样不断地在扩散。矿灯的光柱像是蒙上了一层厚纱，什么都看不清。

“往前跑，往前跑！大家报数 1！”胡大木喊着。

“2！”

“3！”

“4！”

“……”

“18！”

“还有吗？怎么少了两个人？还没报数的报数！”

“大家不要慌，赶紧检查和修复冒顶的地方，赶紧找木板，找柱子，赶紧支护！”

“不敢再二次冒顶了，快！快！”

“大家注意安全！”

“铁丝，拿铁丝！”

太快了，一眨眼的工夫，就发生了天昏地暗的事故。目瞪口呆的文斌直勾勾地看着身后的“浓雾”，嘴唇哆嗦着，却发不出声音来，脑子里一片空白。

18 束光柱凌乱起来，有的检查冒顶地方，几个人就开始修复铁丝网，有人去扛木板，有人扛木柱子。大家在惊慌中，很快镇定下来恢复了常态，麻利而有秩序地干着活。这些平时像散沙一样的队友们，每天都在尔虞我诈、矛盾重重，可在大难中，却团结一致，拧成一股绳，好像无形中被分工明确，各司其职，分秒必争地要把危险降低。

不久，滚滚黑烟慢慢散去，像跳迪斯科一样的光柱也渐渐明亮起来，在这黑暗里，精灵般地交替舞动着。被完全吓傻的文斌，木头桩子一样地杵着，听见有人在喊：“快点，快点，支护好了，赶紧救人！”

“快救人呐！”又有人喊了一声。

18个光柱一起投向煤堆，36只手在煤堆里刨。“赶紧，麻利刨，快，快……”

“刨，刨，咋这么多煤，咋还不见人呢？”

“别废话了，赶紧刨，把水壶拿来。”

他们争分夺秒地刨着，煤堆却像无底洞一样，怎么也刨不完。

“出来了出来了，我抓到他的手了，赶紧刨。”

“大家小心点，别把人弄伤了。”

终于，刨出来一个人，已面目全非，不省人事。“水壶……是柯耀强！”

“柯耀强，柯耀强！”有人喊着。

“灌水！”

“灌不进去，掐人中。”

“不管用，赶紧往外送。”不等那个人说完，胡大木赶紧背着柯耀强往车场跑，几个人左右护着。有人说：“还有一个呢？”另有几个人留下来，又继续刨。

文斌仍旧杵着，一束光射过来很刺眼，有人喊：“狗日的，在这儿，也不说一声。”说着，就过来拉文斌。文斌这才回过神来，感觉眼冒金星，双腿一软，就倒了下去，但理智告诉他，要挺住，不能倒下去。不容多想，他就像木偶般被人拽着往外跑。在井下车场，看见平躺在地上的柯耀强，文斌才“哇”地哭出声来。

抢救

井下冒顶了。这消息爆炸式地从调度室传开了，片刻，苍穹矿上就被黑色的恐惧笼罩，知道消息的人，风一样地往井口奔去。井下出事，一般都是人命关天的大事，所以，一听冒顶，上从领导，下到工人，人人心惊肉跳。

这时，不懂风情的鹅毛大雪很不适宜地漫天飞舞着，更让人心惶惶起来，常言道：鬼不走干路。不下雪，不下雨，人还没这种感觉，可现在这雪，还没等井下的人升井，就把大地覆盖了。这漫天的飞雪，像是一种不祥的暗示。

孟平安第一个冲到井口，他要下井去看看是什么情况。孟平安知道是掌子面出现了冒顶，情况一定不乐观。他作为一个资深的矿工，知道井下出事无小事呀！他得赶紧下去，他的一班兄弟都在下面，生死未卜。

这个时候，矿长陈富和冯志国也到井口了。陈富见孟平安就问："现在什么情况？"

孟平安说："只是说冒顶了，具体情况不知道，我先下去，你们在上面主持大局，我想救护车是要有的。"绞车来了，孟平安跳上绞车，坐下系好安全带，绞车就呼啸而下了。

生死一线牵的柯耀强，肉体已失去知觉，被人抬着出了井口，直接上了救护车。在这摇摇晃晃被抬的过程中，他听见有人哭，有人叫他的名字，但所有的声音忽远忽近，虚无缥缈。他努力地回答每一个呼叫他的声音，好像这些人听不见他的回应，仍旧在忽远忽近、大呼小叫。他觉得很累，很累，意识到对他们的回答是徒劳时，就不再回答了，任凭他们大呼小叫。想睡觉，他在心里告诉自己，睡一觉就好了，他感觉身体越来越轻，轻得成了羽毛、成了蒲公英的种子，随着细微的风，越飘越远，很快他就听不见任何喊叫的声音。

不知过了多久，也不知道他飘到何处，唯一的感觉，就是不停地飘，周围是湛蓝湛蓝的天空，对！是在天空上，难道自己真成了小星星？在成为星星之前，应该去一个地方，去看一个人。去什么地方看什么人？他似乎不知道，但总觉得

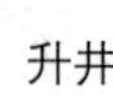

要去看一个人，这个人是命中最重要的，要不然自己都成了小星星，还念念不忘这个人。

这个人到底是谁？他用意念停止飘动，“现在，我想停下就停下，想走就走，而且行走很方便，应该去看看她，她是谁呢？”柯耀强悬浮着，倒还觉得舒服，“对了，我知道了，倩倩，我应该去看倩倩。”他又飘起来，随着心灵的磁场，向南方飘去。

冒顶的消息，将纪红云“炸”得心惊胆裂，四肢无力，像踩在摇摆机上了，双腿扭麻花般迈不开步子。她太害怕井下出事，太害怕死了。高二的死，让她恐惧死亡，无法战胜这种心理阴影。纪红云像一滩稀泥，坐在椅子上，瞪着双眼看侯小梅跑出充电房。

不到二十分钟，侯小梅又像风一样跑了回来：“纪姐，幸亏是铁丝网接头崩开了，小范围的冒顶，幸亏没有大块的煤层塌陷，只是些末煤把人掩盖了，只有柯耀强一个受伤了，感觉伤势不是很严重。”

纪红云瑟瑟发抖，面如土色，直勾勾地看着侯小梅，一言不发。

“纪姐，纪姐，你咋啦？你别吓我！”侯小梅跑来，搂着纪红云的肩膀：“纪姐，你到底怎么啦？你不要吓我。柯耀强被救护车送到总院了，一定会平平安安的。”

纪红云条件反射地靠在侯小梅的胸前，深深地舒了一口气，才缓过神来：“我没事，就是被我男人死的时候，吓出了后遗症，你给我倒杯水。”

侯小梅将一杯温开水递到纪红云的手里，怜悯地看着她颤抖地把水杯往嘴里送，因为她的整个身子都在颤抖，杯子里的水都让她抖洒了，哆哆嗦嗦地，杯子就是到不了嘴边。

侯小梅心里一阵刺痛，同情纪红云，也同情自己的妈妈。从小到大，侯小梅都怨妈妈一天到晚打麻将，不管自己，可就在这一刻，她看见纪红云的样子，突然明白了妈妈的苦。觉得妈妈很可怜，当年，妈妈比现在的纪红云大不了几岁，一个女人带着四个未成年的孩子，而且弟弟还特别叛逆，不让人省心。妈妈可能因为害怕，才迷恋上打麻将的，也许只有打麻将才能驱散妈妈的痛苦与恐惧。

侯小梅轻轻地拍着纪红云，帮她将水送到嘴里。

喝了一口温水，纪红云才觉得舒服了一点，她又喝了一口，一股热流从喉咙到胃里，开始唤醒她的理智，颤抖才慢慢地平息。

这时，有人来缴灯。纪红云刚要起身，被侯小梅按住了，示意她休息。

侯小梅快速地走到窗口，看见一个满身煤尘的“黑人”，从他惊魂未定的眼神中，能看出和死神斗争的艰巨性。虽然每天都见很多升井的工人，可今天这个人，着实把侯小梅吓着了。

那人将矿灯和自救器递进来，黑色的手上有几处伤口还在渗血，一张嘴，牙齿、舌头、整个口腔里都是黑的。“都不要害怕，不会死人的，柯耀强命大福大，一定不会有事的，都放心吧！”他自言自语道。

“你辛苦了！”侯小梅第一次双手接过矿灯和自救器，也是第一次对矿工们说这句很有温度的话。

“柯耀强福大命大……”那人像木偶般自言自语地说着，转身走了。

接下来的一双手，仍旧是黑的，仍旧能看到伤口，这双手的主人，只是目不转睛地看着侯小梅，侯小梅想知道这双手的主人是谁，就抬起头，直视着，这个人和侯小梅对视着，侯小梅从他的眼神里，能看到希望的光。“你辛苦了！”侯小梅用最大的声量说着。

那人冲着侯小梅一笑，却笑出泪来，两行泪，冲洗着脸上的黑，他任由黑色的泪水流淌，深情地看着侯小梅，嘴角微微颤动了两下，却一句话也没说出来，默默地转身离开了。

一连 18 双手，都是有着不同程度的伤口。

侯小梅双手依次接过矿灯和自救器，看着这一双双手，心里明白，他们在井下经历了什么，所以对他们肃然起敬。他们才是爱惜生命、尊重生命的人，才是这个世界上最可爱的人！

急救室外，陈富和几位领导焦急地时不时朝紧闭的大门望去。文斌蹲在急救室的门口，像黑炭一样。偶然有不知情的人走过，都情不自禁地多看几眼文斌。这时的文斌无暇顾及自己的形象，更没心情理会这些怪异的眼神。他只是不停地在祈祷，祈祷柯耀强能化险为夷。如果没柯耀强，躺在里面的人，一定是自己。他从来不相信迷信，可现在迫切地希望所有的神灵都能来挽救柯耀强。他不停地默念着：“天灵灵、地灵灵，各路神仙都显灵。神灵们都大显身手，救救柯耀强。”他十指相合，真诚祈祷。

很久很久，急救室的大门才开了，柯耀强被推了出来。几位领导看柯耀强呼吸平稳，大家才松了一口气，面面相觑。医生出来，他们都围了过去，询问情况。

文斌看见柯耀强，就扑过去叫："柯耀强，柯耀强！"

仍旧往南飘的柯耀强，隐隐约约听见有人又在叫自己，他现在懒得理会这些人，并不回答。他现在已明确了方向，要去深圳看看他的倩倩。

明确了想要的，就要用行动来实现，心动不如行动，走！

"柯耀强，柯耀强，你醒醒呀！"这个讨厌的声音，又忽远忽近地响起来，还不停地拍打他的肩膀。他觉得轻飘飘的自己被扇得打转转，有了翻天覆地的眩晕感。

"柯耀强，你醒醒，睁开眼睛。"一个很甜蜜的女声，在耳边响起。

睁眼睛，还高要求，我就睁不开眼睛。轻飘飘的柯耀强心想着，迈脚刚要走，却被一股强大的力量，用迅雷不及掩耳之势，将他拉了回来。

"柯耀强，护士叫你睁眼睛，求求你了，眼睛睁开呀！"

柯耀强头脑清晰了，听出来是文斌的声音。

"醒醒，柯耀强。"这个声音和刚才的那个女声，不是一个人。

"我这是在哪儿呀？怎么还有两个女人的声音？是倩倩，倩倩在深圳，我真见到了倩倩？另一个女人是谁？纪红云，是纪红云吗？"柯耀强心里想着，便往四处看，可眼前一片漆黑。

"柯耀强，柯耀强，你睁开眼睛……"女人的声音很甜美，不像是倩倩，也不像是纪红云。

"柯耀强，护士叫你醒来，你醒来呀！"文斌带着哭腔叫着，学着护士，在柯耀强的肩膀上拍打。

文斌的声音？护士？医院？柯耀强的意识渐渐清晰起来。

"柯耀强……"

柯耀强缓缓睁开眼睛，映入他眼帘的是个白色虚影。他努力又眨了眨眼睛，才看清是位面容清秀的小姑娘。

"柯耀强，你醒了。"年龄稍微大的护士也凑过来看，两位护士都冲着柯耀强笑。

柯耀强感觉天旋地转，不敢东张西望，只好闭上眼睛。

"推到病房吧！"

柯耀强被人从手术车上抬到病床上，护士又叫了他一遍，他努力地睁开眼睛，看了看护士，又看了看周围的人，闭上眼睛。他的眼皮子好沉好沉，想睁眼都很困难，他觉得很累很累，只想睡觉。

“他已脱离危险了，你们留一个人在这里，一定要注意这个引流管，还有液体……”

柯耀强迷迷糊糊，护士和那个人说话的声音，又忽远忽近。柯耀强实在太困了，就睡着了。

“耀强哥，你看，你快看，这是什么呀？”亭亭玉立的倩倩蹲在地上，好奇地看着两株植物。

柯耀强挎着一个补丁垒补丁的书包，穿着补丁的衣服，蓬头垢面，远看像丐帮帮主，他几步就跨到倩倩面前，蹲下来看从沙土里露出两株像圆柱一样的紫红色植物。

这植物好生奇怪，露出圆圆的头，有皱缩，还有纵沟，形成残存的三角形黑棕色的鳞片，还有穗状花絮，像棒槌。柯耀强看了半天说：“这是不是铁棒槌？”倩倩摇了摇头，表示不懂，“就是锁阳，是一种药，我在一本书上看过，这玩意专治男人的病。”

“治男人的病？”倩倩不解地问。

“你一个小姑娘家，不懂。”

“谁说我不懂，我们把它挖出来，先把你的病治好。”

“我有啥病？我好着呢。”

“你好着呢？好着呢怎么不娶我？”

柯耀强感到口干舌燥，他不知道怎么来回答倩倩。

“倩倩我爱你，我爱你！可我……”柯耀强想着，耳边又飘来忽远忽近的声音。“柯耀强、柯耀强，你醒醒。”柯耀强感到有人拍他的肩膀，他感到后背疼、肩膀疼、双腿疼，他试探着动了动腿，好沉好沉的。难道我的腿受伤了？不是吧！柯耀强的意识渐渐地清醒了。

井下冒顶没有死亡。这才消除了矿上引起的恐慌，大家都知道柯耀强伤得最严重，已送到总院。除了柯家人之外，大家像没事人，该干嘛就干嘛。

田嘉兴特高兴，这王八羔子柯耀强，今年真是天灾人祸不断呀！真是坏事做多了，得到现报，他今年又是牢狱之灾，又是血光之灾，让这倒霉蛋受尽人间疾苦，也解不了自己心头之恨！谢天谢地、谢老天爷对他的各种惩罚，让他娃死罪可免，活罪难逃。听说他升井之后，已不省人事，看来他娃的小命很危险呀！即是小命保住了，但也会致残哩！不管结果如何，都是老天爷对他的惩罚，也是给自己提供了解气的机会，自己得感谢老天爷的恩惠！田嘉兴在没人时，向天上作揖，表示对上苍的感谢。

下班后，田嘉兴并不急于回家，而是在市场转悠，就想看看矿上人对柯耀强出事的态度。他到市场，好多人已在议论柯耀强，当他知道柯耀强为了救文斌才受伤的，心里又很不是滋味。哎呀呀！当年老柯在冒顶中为了救赵秦军被砸得脑浆流了一地，今天他的儿子又为了文斌，被砸伤了。他们父子不顾个人的安危，把生的机会给别人，这是多么高尚的品质呀！这世上有几个人能这样？明明知道危险，还不顾一切地去救人。可自己还在这儿看人家的笑话，还感天谢地，让老天爷去惩罚人家。为了出一口恶气，还狠心地诅咒人家，自己真是小人呀！田嘉兴在市场上走了一圈，心情沉重起来了，为自己猥琐的想法感到耻辱，为柯耀强现在的情况担心，感到揪心，就垂头丧气地往回走。

“老叔，你这是怎么了？”刘爱爱扭着水桶腰，和田嘉兴打了个照面。

“小刘呀！我刚下班，感觉有点累，你干吗去？”

“我看你的脸色不太好，我去市场上买些菜。”

“谢谢你的关心，大木回来了，你就放心了。”

“是呀叔，我听冒顶了，差点没吓死了，幸亏只有柯耀强受伤了，真是不幸中的万幸。”刘爱爱说着，冲田嘉兴眨眨眼，就扭着腰去市场了。

当柯母和柯耀霞、柯耀红赶到医院时，柯耀强已完全醒了，侧卧在床上，左眼被绑带包扎着，还在打吊针。文斌用一个细管子，给柯耀强喂水，见柯家母女进来，一股紧张感，在全身蔓延着。

“你们来了，我柯哥现在好多了。”文斌低声说。

“文斌，你回去吧！”柯耀红说。

“我的娃子呀，你伤到哪儿了？”柯母看了一眼文斌，就走到床边，握着柯耀强的手。

“娘，我没事，幸亏冒顶处都是些末煤，只是把我埋在底下了，没什么大伤，要是块煤就……”柯耀强看文斌在，就不说了。

“都是我不好。我柯哥伤了后背，断了两根肋骨，左眼皮伤了，幸亏没伤到眼睛。”文斌检讨地说。

“文斌，快别这样说，井下的事，没有谁对谁错的。你工服都没换，黑头黑脸的，在这儿也不方便，你回去休息，这儿有我们呢！”柯耀红说。

“姐，你别这样说，应该是我谢谢你们，谢谢我柯哥。”文斌说着，就向柯耀强鞠躬。

“别客气了，你赶紧回去，路上注意安全。”柯耀强给文斌摆了摆手。

“那我先回去了，要注意这个引流管，小心拔出来了。”文斌给柯耀红交代完要注意的护理事项，这才出了病房。

病房里，柯母一个劲地问长问短的，确定儿子没有受大伤，这才停止了喋喋不休，但又埋怨儿子不应该这样冒险。

柯耀强看老娘很担心，就安慰道：“娘，我不是好好的吗？井下的事情就是这样，如果放在别人身上，也会这么做，我今天救他一命，如果我遇到危险，他也会救我的，这些道理，我不说，你也懂。再说了大难不死必有后福。”

“是呀娘，你就放心吧！耀娃以后会很好的，等他出院了，我给他找个媳妇。”

听了柯耀红的话，柯母点了点头，让柯耀红去买些吃的和用的。

自卫

孟平安把队上的工作安排好，就申请到医院陪护柯耀强几天，他想利用这次机会，好好和柯耀强聊聊，解除一下柯耀强对自己的“误解”。从当了采煤队的书记这个芝麻大的“官”，耀强这小土鳖就和自己疏远了，几十年的兄弟情被淡化了。

孟平安到病房，柯耀霞正好在。护士给病人输液体：“病房小，家属都去外面。”

孟平安和柯耀强打了招呼，放下手里的水果，就出了病房。

柯耀霞在走廊的尽头，走廊上站着好几个家属。孟平安快步走到柯耀霞跟前：“你最近好吧？脸色不太好！”

“我还是老样子，你呢？”

“我也是外甥打灯笼——照旧。”

“你也该找个媳妇了，一个人太苦了。”

“不苦，已经习惯了，现在他对你好吧？”

“谈不上好，也谈不上不好，就那样吧！只是……”

“只是什么？”孟平安见柯耀霞半天不说后面的话，就问道。

“唉！没啥，你来了，我真的很高兴。”

“我也高兴，等一会我们出去走走？”

“算了吧！待在这儿，还能好一点。”柯耀霞看了一眼孟平安，又迅速看着窗外，不再吱声了。

孟平安不再说什么，默默地看着柯耀霞。觉得看不够她，觉得两个人不用说话，就这样站着，已经美好得连空气都是甜丝丝的。

“咣！咣！”护士推着治疗车从病房里出来，进了另一间病房。柯耀霞和孟平安相跟着进了病房。孟平安说是队上派来陪护的，柯耀霞就说自己得回去上班。

柯耀霞一走，孟平安细心地照顾着柯耀强。弄得柯耀强还不好意思：“你呀，把队上那一摊子事，让胡大木管，能行吗？”

“有啥不行的！这几天，井下气体特别大，可能要停产几天。”

“要停产呀？”

“矿上还没决定来！我不放心你，就先来两天，也让我好好休息几天，这脑子一天到晚，就没有闲过。”

“官不好当吧！”

“你是对我有啥成见哩？还是对这个‘官’有成见哩？”

“我能有啥成见呀！你看我今年这倒霉样，我是害怕把晦气传给你了。”

“得了吧！别虚伪了，你有意疏远我，是害怕人说闲话。”

“笑话，我还害怕闲话？你这土鳖，看来真不了解我，我都死猪不怕开水烫了、死娃被抬出南门——没救了，还害怕闲话！”

“当然知道你为啥不待见我，是因为你觉得，这人一沾上官，就被功名利禄弄得虚假了，会玩心眼了，你不喜欢和玩心眼的人在一起，这个我懂，我懂你的清高。”

“唉！也就是你懂我，我这倒霉蛋呀，哎哟哟！”

“怎么疼了吗？”

“疼呀！能不疼吗？你断两根肋骨试试？这两天怕我娘她们担心，强忍着不敢叫唤疼。”

“那你这下放开地叫唤，我不担心，也不心疼。没想到你这土鳖要强了一辈子，不对，是要强了半辈子，也有不要强的时候，这下被我逮住机会，我得好好取笑一下。”

“你这土鳖。”两人一说一笑的，感觉又回到了从前，一起打闹，一起下井，一起在井下干着枯燥而繁重的工作，一起升井，一起在浴池里嬉戏的美好时光，仿佛又回来了。

在赵聪儿心里侯小梅已是烂货，不值得他去爱，但他的痛苦丝毫没减轻，反而更加地剧烈，他无法调节痛苦，他以前不相信矿上关于侯小梅的流言蜚语。自从他知道侯小梅和王杰远的事之后，他很懊悔，多么希望发现这一秘密的人，不是他赵聪儿，而是别人！假如他不知道这个秘密，侯小梅在他心里永远是纯洁和完美的，是不可侵犯的圣女。现在侯小梅是烂货，就没资格清高，睡她应该是轻而易举的事。

他觉得别人能要的东西，他赵聪儿更能要，更要要。

赵聪儿从办公室加班回家，已很晚了，走到刘三的商店，从窗子里泻出一束灯光，市场上别的店面都关灯了，只有这一束灯光。赵聪儿看了一下传呼机，十一点半了，刘三在干什么呢？赵聪儿好奇走过去看。

屋里的人，压根没发现趴在窗子上往里看的赵聪儿。可屋里的一切，赵聪儿看得清清楚楚，侯母和刘三、田埂、李家妖婆子在打麻将，四个人叼着烟，满屋子烟雾缭绕，每个人面前的桌子布下面鼓鼓的，他们在赌钱。看来赌得不小，赵聪儿手痒痒，也想进去“钓鱼”，但又一想，现在侯小梅一个人在家里，这不是最好的时机吗？

赵聪儿偷偷一笑，往侯小梅家走。到侯家院门口，碰运气似的扭动了一下院门的挂钩，门居然没关。赵聪儿闪进去，轻轻挂上院门，蹑脚蹑手走到客厅门口。屋里没灯光，只有朦胧的荧屏光，忽明忽暗闪动着。赵聪儿把耳朵贴在门上，听屋里的动静，屋里除了电视声，再没别的声音。片刻，他轻轻一推，门开了。

侯小梅躺在沙发上睡着了，压根没察觉到有人进来。赵聪儿乐坏了，看着侯小梅乖巧地蜷在沙发里，小巧玲珑的样子十分可爱，让人一看心里就痒痒。赵聪儿已忘记对侯小梅的憎恨，觉得这是上天赐给他的良机。美人就在咫尺，哪有不动心的道理？赵聪儿压制着激动，悄悄出去将院门锁上，尽管他很小心，院门还是被弄出声音来。

这下，侯小梅醒来，觉得有些不对劲，她睡之前客厅门闭着的，现在门是半开着，有人进来过？侯小梅还以为是她妈回来了，就喊着：“妈，你今天是不是输钱了，回来还挺早的。”

赵聪儿屏住气，站在院子里不敢动。

侯小梅等了一会儿，没听见她妈的回答，觉得不对劲，一下子警惕起来，穿上鞋子，从沙发旁边取出一根钢筋棍，握在手里，胆怯地打开客厅里的灯，走了出去。

院子里被照亮了一小部分，也就不太黑了。赵聪儿不躲了，直直走到侯小梅的面前。反而将侯小梅吓了一跳，从灯光下出来的她，还没适应外面的黑，压根没看清院里的黑影，黑影却到了她的面前，她本能地双手举起钢筋棍：“谁呀？”

赵聪儿看见钢筋棍，退了几步，站在院门口：“梅梅，是我。”

惊慌失措的侯小梅没听出来，又问一句：“你是谁呀？”

赵聪儿闪到亮处："我。"

侯小梅看清是赵聪儿，不再紧张了，恢复了她的傲慢："三更半夜你跑到我家使什么坏？"

赵聪儿嬉皮笑脸："你咋这样想我呢？我加班回来，看见你妈在刘三店里打麻将，老太太输得没本钱，我说大妈，您老回家休息吧！让我打几圈。没想到老太太输红眼了，不给我让位置，还让我到你家给她取些钱，好让她套回本钱，我就来了。"

侯小梅一听，知道赵聪儿在说谎哩，她妈从来不会将身上的钱输光。

侯小梅高高举起钢筋棍："胡说，赶快走，要不然别怪我不客气。"

赵聪儿见侯小梅虎视眈眈，"扑哧"笑了："梅梅，外面冷得很，让我进去暖和暖和。"

侯小梅知道赵聪儿不会轻易走，将钢筋棍舞动了两下："你再不走，我真打了。"

赵聪儿看侯小梅警惕地举着钢筋棍，就不敢轻举妄动，心想：侯小梅呀侯小梅，你还在我面前装正经，你和王杰远那些破事，我已发现了，不过我没捅破罢了，是给你留面子哩，虽然关于你和王杰远的流言蜚语不少，但大家都是瞎子摸象，胡说八道……你要是今天依了我，和我好好玩一次，就饶了你，要是你还在我面前装正经，别怪我不客气，我宁可玉碎也不瓦全，我得不到，也不会让别人好过。赵聪儿飞快地掂量了想法，诡秘一笑："梅梅你弱不禁风，还和我动武呀？你要动武，都是花拳绣腿，让我觉得你在勾引我。"

侯小梅恶狠狠地挥舞着钢筋棍："你快给我滚开，要是你不走，可别怪我不念同学情分。"

赵聪儿很无赖："梅梅，这就是你不对了，咱俩青梅竹马一起长大，你对我从来都不友好，可我对你情有独钟，我觉得奇怪啦！我哪点比别人差？我——各种优秀集一身的人，总比那些有钱的糟老头强，尤其那方面，我比他强百倍哩！"

侯小梅憎恨地说："快点滚。"

赵聪儿痞子兮兮地说："别闹了，让我进屋暖和暖和，外面真的很冷，你穿这么少，别感冒了，你知道我一直都很心疼你。"

赵聪儿的痞子样，侯小梅知道不给他一点颜色，他不会轻易离开，夜已深了，让左邻右舍听见她和赵聪儿争吵，就不好了。侯小梅想到这儿，严厉地对赵聪儿说："谁要你心疼了，你快走，我的钢筋棍可没长眼睛。"说着，就冲着赵聪儿打去。

赵聪儿机灵地躲过去，看侯小梅认真的样子，萦绕在他心里的那个梦，又浮现在脑海里。侯小梅已动真格了，梦里梦外，自己都没艳福，更别说口福了，从小到大，她都看不上他。

看来只能把她和王杰远的事情，拿出来威胁威胁她。

"梅梅！"还没等赵聪儿说出威胁的话，侯小梅又举起钢筋棍："赵赖皮赶紧给我滚！"

"梅梅你以为你是……"

"滚！"侯小梅的钢筋棍打在赵聪儿的左胳膊上。

"哎呦！"疼得赵聪儿赶紧跳到院门口，打开门逃之夭夭了。

侯小梅看着赵聪儿狼狈的背影，冷笑了一下，赶紧关好院门。

侯小梅坐在沙发上，心咚咚地跳着，这会儿，她后怕了。"如果赵聪儿赖着不走，该怎么办呢？赵聪儿一直喜欢我，可我看不惯他痞子样，从小到大，他都让我看着不顺眼。人都是感情动物，感情不投机，相处在一起对不上眼，就觉得别扭，很不舒服。好在今天是有惊无险，他被赶出去了，如果下次……"侯小梅坐在沙发上，长长喘了一口气，可她万万没有想到，被赶出门的赵聪儿，气得牙齿都在打架。

侯小梅让赵聪儿彻底绝望，不再抱有任何幻想。绝望的赵聪儿从侯家逃出来，就后悔自己的嘴笨，没有及时说出王杰远的名字。如果把王杰远抖出来，侯小梅就害怕了，她就没有资格这么牛逼了。想到这儿，赵聪儿狠狠地给自己一个耳光，"哎呀"，一不小心还崴了脚，痛得坐在地上，使劲用手搓着脚脖子，漆黑的夜，如同侯小梅冰冷的脸让他冷得哆嗦，痛苦让他恨天恨地，更恨侯小梅这烂货，恨得他全身骨头都在痛。

感悟

一阵又一阵的寒风吹来，从领口袖口往人身体里钻，冻得人们缩着脖子从大街上匆匆而过。纪红云夹杂在行色匆忙的人群中，走在口子区的街上。

她很少来口子区，今天休息，想去医院看看柯耀强。可到了总院门口，她却没勇气，觉得和柯耀强以往没有交情，只是再普通不过的同事罢了。她一个年轻的寡妇，去看一个光棍，让外人怎么想？如果遇到熟人，人家会怎么看自己？柯耀强那儿肯定有熟人，听说采煤队派了陪护，要是让矿上人知道自己去看柯耀强了，自己以后在矿上怎么待？还不被人指指点点？常言道：唾沫星子淹死人。纪红云想到这儿，赶紧离开医院。

纪红云和柯耀强尴尬的身份，让她觉得不能去看他，太尴尬了。做贼般的她，心“咚咚”要跳出胸膛似的，加快步伐，一口气走到十字街，才放慢脚步，深深地叹了一口气。她扶住路边一棵小柳树，平缓着心情，茫然地看着人来人往的街道，人人都缩着脖子，行色匆匆。“冷了！”她自言自语着。

冬天已来到了！她到邮局给乡下的公婆和爹娘各汇去 200 块钱，让他们过冬用。农村冬天很冷，取暖条件又不好，老人家们宁愿冻着，也舍不得花钱去买煤取暖。以她现在的能力，没办法帮助四位老人，只能每年冬季，给两家老人汇点钱回去。

纪红云来一次口子区不容易，就给两个孩子买了过冬的棉衣，和一些吃的。两包东西花了 160 块钱，这一天就把她一个月的工资花完了，她舍不得给自己花一分钱，连一顿麻辣烫都舍不得吃。她从十字路坐上一辆公交车，要赶到车站再坐回矿上的车。

公交车上人很少，她在靠窗的位置坐下。一对五十左右的夫妻上车，坐在她前排，又陆续上来了七八个人，公交车就开了。

前排的夫妻，可能遇到喜事，两人满脸的幸福感。尤其是女人，一脸春风得意：“咱儿子能将工作安排好，真的要谢天谢地哩！”

“就是的，这么好的岗位，要让他好好干！”男人一看就是领导。

“咱儿子还是很优秀。”女人自豪地说。

“你呀！一说你儿子，就得意忘形，唉！这可能是天下所有母亲的秉性吧！儿子是全天下最好的，可一说到自己的男人，就是全天下最糟糕的，这不公平。”男人说着，疼爱地刮了一下女人的鼻梁，眼神充满爱意。

“你们男人还不是一样，孩子是自家的好，女人是别人家的好！对了！还得好好给儿子说说，别还没几天又闹着不干了。”

“这种思想工作，得交给你完成！我和他三句话还没说完，就鸡飞狗跳。”男人宠溺地看着女人说。

“你呀！就不能好好和儿子说么，儿子还是很听话的。”

纪红云被这对夫妻刺激了，她一下子没绷住，不争气的眼泪流出来，同样是女人，人家却这么幸福，而自己怎么过得这样苦？高二走了，世界上再也没一个男人，给她说一些贴心的话，再也没男人一心一意地为高原和高姗着想，再也没有人能疼爱地对她说你儿子怎么样怎么样，你女儿怎么样，咱们要怎么去做，才能给孩子最好的。她可怜，两个孩子更可怜，没人真心实意关心孩子们的成长，更没人会为孩子们的人生去规划、去铺路。

前排的夫妻，还喋喋不休卿卿我我，纪红云像被人挖心剔骨般地痛着，自从高二去世后，她不敢去人多的地方，就是害怕遇到各种刺激，人家的幸福、自己的不幸，都像刀子，一下一下扎在她的心上。现在前排夫妇说着他们儿子，是再平常不过的事了，可他们说的每一个字，像毒箭穿过她的耳朵，扎在她心里，让她的心一颤一缩，痛得只能流泪。

纪红云不争气的眼泪，像剪不断的雨帘，她顾不得车上人投来怪异的眼神。泪流满面的她太难受了，太痛苦了，悲伤填满了她的胸腔和整个咽喉，喉咙里像堵了一块石头，让她喘不过气来。她无法承受这种难受，只能扭过头，对着车窗，让眼泪尽情地顺着她的脸颊滑落下来，这样才能减轻她的痛苦。

这种闷不出声的哭泣，让她感到胸腔里的石头越积越多，压得她快要窒息了。前排的夫妻，仍旧在幸福地说着他们的家务事。

而她太难受了，泪如泉涌的她，实在不能待在车上了，只能中途下车。下了车，她疾步走到一个无人的旮旯角，放声哭，她实在是无法安放自己的痛苦。

风一阵一阵的，将黑云吹得一团一团压过来了，天阴沉沉的。旁边一大片枯黄的苞谷杆，被风吹得哗啦响，让人更加压抑和恐惧，但这正好符合纪红云，她趁机大哭起来，有风声做掩盖，也就不害怕被人笑话。这个可怜的女人大声地哭，哭着哭着，双腿就像踩在棉花团上，无力支撑她的身躯，软绵绵坐到地上："你说，你说，为啥要这样对我，高二你为啥要死呀！为啥要抛下我和孩子？我实在承受不住了，我太痛苦了，我太可怜我……高二呀高二，你太狠心了，你太王八蛋了，你让我怎么承受得住？你回来呀高二，回来呀高二……"她一声一声凄惨的哭叫声，伴着呼啸的风声，在半空中回荡着。

也许是她凄惨的哭叫声震撼了老天爷，纷纷扬扬的大雪从天而降。雪的阵脚越来越密集，并且是颗粒状的。在这个干旱少雨的地方，夏天，都很少下雨，可今年入冬以来已是第三场大雪了，雪粒打在人头上脸上厉生生地疼。

这种罕见的雪粒，打在纪红云的头上身上，她没觉得疼，因为这点疼和她心里的疼真是小巫见大巫。痛快淋漓地大哭，让她舒服了很多，堵在胸口的石头，被她一声声的哭喊，搬开了。她觉得不堵了，心情慢慢得到了平息，哭也哭过了，喊叫也喊叫了，生活还得继续，还得好好活着。

该回家了，纪红云呀纪红云，你不能倒下，不能生病，高原和高姗还在家里等着你，你是母亲，就得变成铁人、超人，为母则刚，不能被打倒，得坚强！天这么冷了，孩子们这会儿也该放学了，赶紧回家吧！别把孩子们冻着了饿着了，你还有孩子。还好，高二还留下一对可爱的孩子，孩子是你整个世界！

纪红云抹了一把脸上的泪水，和湿漉漉趴在脸上的头发，吸溜着鼻子，从地上站起来，一身泥一身水的，她感到特别冷，赶紧回家吧！她脑子里只有这个信念，她提着东西急忙地往车站走，她还得坐公交车才能到车站，再坐回矿上的车。

她刚走到公交车站，一辆出租车停在她身边。胡豆花从车窗里探出头："红云，你怎么弄成这个样子？"

"我……"纪红云不知道怎么回答。

"上车吧！一起回矿上。"

纪红云上了车，才知道胡豆花去看柯耀强了，她一下觉得自己的决定很对，要是在柯耀强的病房里撞见胡豆花了，多难堪呀！就凭胡豆花的这张嘴，矿上还不知道要刮出关于她和柯耀强什么样的妖风哩！幸亏！幸亏没有去。

听胡豆花说柯耀强已好了，皮外伤都在结痂了，纪红云才放心。

纪红云回到家里，吓坏了高原和高姗，两个孩子问她怎么啦？弄得一身泥水。纪红云谎称摔了一跤，她赶紧去换衣服。高原给她弄了一碗生姜红糖水。高

姗将包里的东西掏出来，晾在桌子上。孩子们在厨房里生了炉子，很暖和。纪红云喝了生姜红糖水，冰冷的身子才慢慢暖和，她感到很累很累，捂着被子便迷迷糊糊睡着了。

高原和高姗见妈妈睡着了，把小黑喂饱，把院门关好，将家里该收的都收拾好，写完作业，也就睡了。

全体下岗，再签合同上岗的小道消息，已在矿上流传开了。据说大城市已经实行体制改革，许多大厂子因此害了不少人，好多人下岗签不上合同，就彻底下岗了。隔行如隔山，工人么，除了干好技术范畴内的工作，别的什么也不会。脑瓜子活泛的，去做生意，大城市将这种事叫下海，有本事的人下海，才能扑腾出盆满钵满的，大多数人没经验，扑腾几下，血本无归了。有人更可怜，把娃娃都饿死了……技术和业务能力强的人，还能在城市里混下去，要是那些没技术并且是懒惰的人，只有饿死的份。

关于大城市大厂子下岗的各种“传说”，在矿上到处飘荡着，弄得人心惶惶，大家都害怕这种不幸的事情落到自己的头上。听说还有好多国营大工厂都在转型，实行能者多劳制度，完全打破“大锅饭”，这让那些不好好上班、上班磨洋工的人，心里惶恐不安，就连懒汉潘安贤最近都好好地上班，不敢偷懒了。

矿上一下子出煤多了，地面的煤场都堆成山了。

柯耀强体质好，后背的皮外伤已没什么大碍，基本恢复了，做了最后一个CT，骨头还有裂缝，但可以出院了。

伤筋动骨一百天，回家了好好养着。

因为要养伤，柯耀强只好在家里，无事可做。他身强力壮，一闲下来，身心都不舒服，为了解除郁闷，就到铁道上走走，权当锻炼。有时，他也去煤场转转，看着黑晶晶的煤块，心里说不出是啥滋味，酸甜苦辣都有吧！反正挺难受。

这个冬季，经常下雪，格外冷。

这场雪是后半夜下起，快到中午还在继续下着，到了快放学时，柯耀强照例去扫雪，但他没在学校门口停留，扫完雪，扛着大扫帚回家了。他早饭吃得迟，不想吃中午饭，躺在床上看书。到了下午两点，他觉得心里太苦闷，起床去找瘸子李。

这时，瘸子李饭馆基本没客人，他想和瘸子李聊聊。

瘸子李提议和柯耀强去爬山，这场大雪，将矿区打扮得娇媚妖娆，“女要俏，一身孝。”洁白不仅让女子冰清玉洁，也能让世界冰清玉洁，这样的美景和好心情，最应该去爬山。

柯耀强害怕瘸子李的腿脚不灵活，爬山吃力。

瘸子李看出柯耀强的担心，拍着他的肩膀说：“放心，我要是爬不上兔耳山，那真的就完蛋了。豆花招呼好店里，走，站在兔耳山上，一览众山小，才能看到矿区的美景。”

瘸子李和柯耀强出门，从小河边的小路上往兔耳山走。经过柯耀强的家门口，瘸子李让柯耀强回去取墨镜，他慢慢往山脚下走。

柯耀强回家取了两副墨镜，出来不见瘸子李，就沿着一串脚印，往兔耳山走，直到半山腰才追上瘸子李。

见柯耀强已气喘吁吁的，瘸子李笑着说：“你小伙子，还不如我这老汉。”说完，接过墨镜戴上，眼睛舒服。这一片白茫茫的雪景，让人眼睛不舒服，长期看这种亮晶晶的白，会将眼睛刺瞎的，这墨镜一戴，万事大吉。

“这一天天地坐着，把人都坐虚了。”

“不下井了，更要加强锻炼。”

“对，您慢点。”

二十分钟后，柯耀强和瘸子李爬上山顶，都气喘吁吁，面面相觑，会意一笑。

雪停了，朦朦胧胧的阳光照着雪地上，白茫茫的更刺眼。

被小煤窑破坏过的希格拉滩，白雪都补救不了它的残容，被掏空的地方凹陷下去，黑咕隆咚的，看不见雪的影子，凸起沙土和矸石的地方，被雪覆盖着，却像青春痘上涂了一层粉，感觉脏兮兮的。希格拉滩的曾经，像绸缎一样美，如今却像癞蛤蟆的背，疙疙瘩瘩的。

瘸子李不愿看希格拉滩的丑样，就问柯耀强：“说吧！遇到啥事了？”

“没啥事，就是最近心里堵得慌，矿上现在是人心惶惶的。”

“上有政策、下有对策。矿上这个对策不是很好，但也是目前最好的，至少还能保住所有人的饭碗。你心里堵呀，只有一个原因。”

“叔，别劝我，结婚生子的事，我不想了。”

“为啥不想了？”瘸子李侧过脸，看着柯耀强。

柯耀强被看得倒吸了一口冷气，慢吞吞地说：“叔！我觉得一个人的日子，都被我过成一地鸡毛，再有老婆孩子，唉！我都不敢想，那日子不仅是鸡毛还有蒜皮。叔，我觉得这个世界病了，不说别的，就拿矿上来说，你看看这些人，他们的精神，都是病态的。”

“病态？在经济大潮的冲击下，人们的思想有动荡，也很正常，自古到今，都是笑贫不笑娼。贪官污吏从古到今都有，这也是社会的产物，不算病态吧！如果说这世道病了，这个病，是我们这些底层小人物不能左右的，但我们这些生活在世道里的人，不能病，人人没有病态的心理，这个世道就不病态了。”

“叔呀！你太天真了，林子大了，啥鸟都有，没好的制裁制度，就会怪胎辈出的。”

“政治的决策权，不在我们这些普通人手里，我们能做的，就是管理好情绪，做个自律的人。你知道人和动物的区别吗？”瘸子李眺望着白茫茫的天际。

“哈哈！你真是童心未泯，这么幼稚的问题，不该我们这么一把年纪的人来讨论。”

“你觉得幼稚？不想讨论？”瘸子李将疑惑的眼神，落在柯耀强的脸上。

两个人对视起来，都戴着墨镜，看不到彼此的眼神，但都会意地笑了一下。

柯耀强环视着周围：“那倒不是，人和动物的区别，就是人有思想、能语言交流、有七情六欲，而动物没这些。”

“你说得对，但也不全对，人和动物的区别，人的脊梁骨是直的，是用来顶天立地的。如果腰杆子弯下去，就是动物，即使披了一张人皮，那也是点头哈腰的奴才，奴才在主子们的眼里，就是哈巴狗。所以，人一定要直起脊梁骨，做个有担当、有责任心的人，活人活人，人是靠自己的品德活出来的，而不是靠拍马溜须吹出来的。一个自带光芒的人，才能去影响周围的人，如果我们都能做个自带光芒的健康人，这社会还能病态吗？”

“你这美好的愿望，可能在以后的时光里，会死得毫无葬身之地。”

“也许是吧！但你必尽你所能，做个正直厚道的人，要拿出你别具一格的精气神来，活出你最好的样子，学会想开、放下，改变自己，不能同流合污，这是对社会最大的贡献。”

“叔呀！我的境界没那么高。”

“境界不高，就要往高的地方努力去学，要从这一刻起和自己的过去告别，重新活，用一种新的方式去活，而不是迷失自我。要说这个世界病了，那就是人们生活水平提高了，生活质量好了，人类却越来越少了一种东西……”

“少了一种东西？”

“少了精气神，少了吃苦耐劳的精神，少了斗志。毛主席他老人家说过，与天斗，其乐无穷；与地斗，其乐无穷；与人斗，其乐无穷……”

“叔，你说的有问题……”

“有问题？”

“是的！这句话是被人们曲解的，我去深圳找倩倩的火车上，没钱只能买站票，有一个干部模样的男人，坐在那儿看书，我好奇，就凑过去看，正好看到这句话‘与天奋斗，其乐无穷；与地奋斗，其乐无穷；与人奋斗，其乐无穷’这是毛主席《奋斗自勉》中的话。”

“噢！你看他老人家一生都在奋斗了。”

“后来，我在《毛泽东选集》再次读到这句话，知道这句话的真正意思：与天共奋斗，与地共奋斗，与人共奋斗，遵循自然客观规律，才天人合一共同前进，才能体会到奋斗的真意和无穷的快乐！这种应天顺人，遵循自然规律，表达了乐观的革命精神。”

“好小子！”瘸子李给柯耀强竖起大拇指，“你说的社会病态，其实就是现在因为生活好了，人们就少了革命精神，少了奋斗精神。要是放在过去，一天的饥饱都成了问题，谁还会有这闲工夫去病态？为了妻儿老小一日三餐，去奋斗去卖命。我们是小人物，就像是沙粒，被风吹雨打，我们能抱怨吗？我们只能随遇而安，尽我们有能力去改变生活，去改变我们下一代人的命运。我们就像那些埋没在地下的煤层一样，表面粗糙，像煤块一样黑，甚至于有些脏兮兮的感觉，但我们是无价的。”

瘸子李看了一眼柯耀强，接着说：“在井下，每个班我们几乎汗流浃背，才能将那一块块的黑煤块，从煤层里撬下来，再靠肩膀‘运’到地面，这是多么枯燥，多么劳累的活呀！但我们咬着牙，日复一日年复一年地在啃‘窝头’，正因为有了我们黑黝黝肌肤下的这颗金子般赤诚的心、孜孜不倦的奉献精神，人间才有了温暖，冬天才不再寒冷，成千上万人的生活才有保障。我们伟大吗？不！我们依旧渺小，渺小得如这沙粒，如这草芥，任凭风吹雨打，但我们要直起腰杆子，只有我们直起腰杆子，才能活出人样来。”

“叔，你相信命运吗？”

“相信，但也不完全相信。人可以平凡但不能平庸，更不能去抗命，命运是个无形的东西，我们只能在往事中，或者回头看我们走过的人生路，才能看到它的影子，而对于未来的生活和人生道路上，我们是看不见它的，不知道命运的安排，所以我们才会迷茫、恐慌、无助和无奈。不要和一个无形的东西去较劲，我们要做的，就是通过各种努力去改变，做最好的自己，剩余的一切都交给命运。

其实，命运是两种物种，命是定数，而运，就是我们日常中积德所产生的气流，好人有好报，就是说的运，运气是靠品德来支撑与扭转的。”

“我的个乖乖呀！叔你从哪儿学到这些深奥的东西。”

“从戏文里，也从生活中。”

“我也从苦闷的生活中琢磨出许多‘人生哲理’，比如：活着和生活之间有着根本的区别，又有内在的联系——活着只是人存在的形式，生活却是人存在的多彩内涵，活着和生活不能混为一谈，又不能清楚地分开，活着是暗淡的，生活是光亮的。这是我掰着手指头数日子时悟出的道理，尤其是田倩倩去深圳的这十年里，我只是暗淡地活着。”

“人一辈子不长，何必非要纠缠于过往？放下已毁了你几十年的执念，娃娃呀，人只能活一辈子，什么来世，什么下辈子，都是天大的谎话，只有活好这一辈子，才能叫不枉此生。人最大的敌人，是自己，自己连自己都战胜不了，就彻底完蛋了。不说别的，就咱这矿上来说，你是活得最真诚的一个，这就很好了，在不易的生活环境里，所有的人都活着不易，越是不易，越无法活出自我来，所以，五花八门的现象，层出不穷。但不管怎么样，人都要有正义感，心里要住个神，而不是鬼，住神能让人坦荡而慈悲，住鬼只会让人猥琐而鬼祟。人生是个不断修行的过程，学会了抗拒诱惑，才能很好地修行。”

“叔，听你一席话，胜读十年书！”

“别拍你叔的马屁了，我没你读书多，懂得道理也没你多，但我经历的事情比你多，感悟也就多了。咱们这些煤黑子，就要像这草木一样，根部只有努力地往下扎，往土里扎得越深，露出地面的部分，才能茁壮成长，成为参天大树。每一段时光都会成为历史，每一段历史，都会被人记住的，要想被人记住这段历史里你的曾经，就要在我们存活的这段时光里有所作为。亡羊补牢，为时不晚！只要你想改变，什么时候都不晚。”

“叔，没想到你感悟这么深刻！”柯耀强心里明白，每次和瘸子李聊完天，他都能感到一股力量，在体内发酵，让他有了战胜一切困难的勇气。他爱和瘸子李聊天，瘸子李每次都会给他来一波心理建设，让他在很长一段日子里，为人处世有强大的支托。瘸子李说得对，改变！才是他接下来要做的事情。

红彤彤的夕阳，没余晖，更没温度，只是像个透明的红玉盘，挂在西边的半空中。矿区以及矿区的周围一片银白，在红日下，格外妖娆。站在兔耳山山顶上看风景的柯耀强和瘸子李，也被这白茫茫的雪景，衬托成一道风景。

接触

因有文斌一家借住，日子一长，李家妖婆子嫌董月珠烦人，又不好意思说，请神容易送神难，她只能早早去了女儿家过冬。等她一走，董月珠释放出权威，觉得唯一的乐趣，就是变着花样整岳鸣，这样才能分散痛苦。

董月珠从市场买回来一杆秤，每顿饭的食材都要秤，不管吃干饭还是汤饭，一个人二两的主食。每天，文斌上班了，到了饭点，她俩吃些馒头，等文斌下班才能吃饭，岳鸣早已饥肠辘辘的。饭刚煮熟，董月珠就霸占在锅边，给儿子先盛饭，什么好吃的都进了文斌碗里，给文斌舀完饭，就给自己舀。岳鸣去舀饭，锅里清汤寡水，有时连清汤寡水都没有，岳鸣气得不行，但为了不让文斌生气，她只能忍住。文斌心大，只顾自己吃，也不管岳鸣，他吃完饭碗一推，就去睡觉了。

岳鸣看文斌这么累，舍不得花一分钱，更舍不得去外面吃一顿饭，只能饿着肚子。岳鸣挺会自我安慰：只要文斌吃饱喝足，别把身体搞垮了，自己吃不吃都无所谓，原本自己也不用干什么活，一天到晚只是做饭洗衣服，也不累，吃差一点也无所谓了。文斌工作累，还不安全，挣每一分钱都是血汗，自己怎么能忍心去花他挣的钱？只要文斌好，比什么都好，吃啥不吃啥，自己无所谓了。家和万事兴，只有家里和和气气，文斌才能安心工作。

几次下来，董月珠找到这种无言整治岳鸣的快乐，对岳鸣越来越恶劣了。岳鸣的懂事和忍让，让她得寸进尺、变着花样整治岳鸣。岳鸣知道婆婆对她不满，就处处小心，尽量不去惹婆婆，可她婆婆早已有了害她的心。

柯耀强去医院复查，医生又给他开了病假条，让他再好好休息，因为井下的活都是重体力的，现在他的情况还不宜去上班。他没事干，很郁闷，决定要抓些老鼠来养着，等他可以上班了，就把老鼠带到井下。老鼠在地面是害虫，但在井下，却是矿工的救命稻草，是人类的朋友。他用铁丝做了个笼子，三天就抓了十只老鼠，关在笼子里。

这天他喂完老鼠，没事干，就顺着铁道往矸石山走，矸石山上有几个人在拾煤。

矸石从井下出来，往往里面就掺杂着黑晶晶的煤。在矿上，没有职业的家属，都偷偷地到矸石山上拾煤，虽然很危险，但也是“盘光阴”的好办法，拾回来的煤可以烧也可以卖。

矿上人把挣钱不叫挣钱，而叫“盘光阴”。拖家带口的矿工，靠一个人的工资来维持生计，确实很困难。矿上物价比城里高，尤其是蔬菜和水果，几乎拿钱都很难买到。为了填补家用，提高生活水平，以前是那些勤快的矿嫂在矸石山上拾煤，现在连一些工人也在空闲时拿着蛇皮袋子去矸石山盘光阴了。

矿车在矸石山顶往下倒矸石时，矸石山就会有矸石和夹杂的煤块四处乱飞。虽然在矸石山上出事的几率很小，但也很危险。好在矿车上去时有声音，拾煤的人听见声音就跑开了，等矿车下去，大家再拼命跑上矸石山拾煤。

柯耀强漫无目的地走在铁道上，看见纪红云吃力地背着一袋子煤，迎面而来。

纪红云瘦小，背着一袋子煤，显得更瘦小了，憋得紫红的脸上，蝴蝶斑也看不见了。恶劣的自然条件，将矿上的女人打造成粗犷的样子，皮肤黑而粗糙，干巴巴的没水分。纪红云像一只蚂蚁遇见了一粒玉米，费九牛二虎之力，也要把玉米粒抬回洞里。

柯耀强心里隐约疼痛起来，一个女人带着两个孩子，生活谈何容易呀！他呆呆地站住，觉得纪红云太可怜。但他想起医生的叮嘱，让他千万不要干重体力的活。他不能帮纪红云背煤，突然心乱如麻，装着没见纪红云，转身就走。

可他转过身，面前刮起一团小旋风，老人说这是鬼风，里面有鬼魂。他想着可能是高二的魂在旋风里，就朝地上“呸呸呸”地唾了三口，他唾完唾沫，却鬼使神差地向纪红云走去。

纪红云见柯耀强走过来，脸更红了，像熟透了的紫葡萄。他俩默默地看了对方一眼。柯耀强：“我来背吧！”

“还是我背吧，你的伤还没好呢。”

“你一个女人家都能背动，我就背不动？”说着，他接过煤袋子，扛在肩上，沉甸甸的一袋子煤。他心想：这女人得是吃了秤砣，她的心也太沉了，这么重，她也能背动？咋就不知道疼爱自己呢？一个女人逞啥能？活得这样苦，找个男人算了，何苦呢？

纪红云没说话，跟在他的后面，看着他的背影，想起高二。要是高二活着，自己也不会活得这样苦，高二绝对不会让自己受这苦，更不会让自己去矸石山上拾煤。想到高二，纪红云泪如泉涌，她尽量不哭出声来。尽管如此，柯耀强还是听见她的抽泣声，他没回头，只顾背着煤袋子，吃力地往她家走去。

纪红云擦干眼泪，调整情绪，不好意思地说："柯师傅，还是我背吧！"

柯耀强气喘吁吁地说："没事。"

她不强求，知道他脾气怪，一句话说不好，就翻脸不认人，她很害怕惹恼了他。

纪红云住在西家属区，旁边就是黑户区。自从文静被杀之后，黑户区的人都盼望着住楼房，家家的地窝子没人去维护，在风吹日晒中，显得简陋而又残缺不全。

快到家了，"柯师傅，谢谢！让我背回家吧！"纪红云商量的口气，却糅杂了许多意思。

柯耀强知道纪红云害怕别人说闲话，才这么说的，他没理，只是气喘吁吁，在心里埋怨着：你这女人心就没底，恨不得将整个矸石山背回家。

柯耀强不吱声，纪红云也不说话，快步走到他前面，带路。

柯耀强不认识的几个婆娘，在路口闲聊，看见他俩，就交头接耳起来，然后异样地看着柯耀强。纪红云打开院子门，柯耀强很大方地往里走。

刘爱爱见纪红云和柯耀强从她家门口经过，好奇地关上院门，悄悄站在院子里，竖起耳朵听隔壁纪红云家的动静。

多年的邻居了，纪红云知道刘爱爱在偷听。刘爱爱是一个"只许州官放火、不许百姓点灯"的主儿，纪红云在刘爱爱面前是低人一等的。因为刘爱爱有男人，是采煤队的队长，刘爱爱说话财大气粗。纪红云在人前总觉得自己男人死了，是一个没人疼没人爱的可怜虫，没男人的庇护，无形中觉得自己低人一等。

纪红云打开院子门，小黑"汪汪！汪汪！"地叫。

柯耀强站在门口不敢动。

纪红云赶紧拉住小狼狗："小黑别叫，这是咱们的客人。柯师傅，来，放到这儿。"

柯耀强在她指定的地方放下煤袋子，这才傻了眼，好家伙，她家的小院子里，一半都是煤，院子收拾得干干净净。

高原和高姗听见院子有动静，从客厅里跑出来，站在门口看着柯耀强。

柯耀强也看他们，多么可爱的孩子，高原拿着铅笔，高珊拿着一本学前班的语文书。

片刻，高姗跑到柯耀强面前，仰起脸看他，眼睛水灵灵的：“伯伯好！”声音像一股清泉，潺潺地往人心里流。

柯耀强一下子喜欢上这个可爱的小女孩。

纪红云从厨房端出一盆子水，让柯耀强洗手。

柯耀强想放下煤袋子就走，但可爱的高姗，像磁铁吸住了他的脚步。

“姗姗，让伯伯洗手，高原给伯伯沏茶。”纪红云吩咐孩子。

高原进屋沏茶。

高姗接过盆子，端到柯耀强面前，天真灿烂地看着他。

柯耀强把盆子接过放在地上，蹲下，洗手。

高姗赶紧从厨房拿出一条很旧却很干净的毛巾，站在他身边，像小丫环。

柯耀强洗完手，纪红云才洗手，低声对柯耀强说：“柯师傅，留下来吃饭吧！”

柯耀强不知道怎样回答，姗姗纯净而期待的眼神，他不忍心拒绝，只好点点头。

聪明伶俐的高姗，高兴地将柯耀强拉进客厅里。

高原已沏好茶，羞涩地看着柯耀强。

坐在客厅里，柯耀强很紧张，也有点后怕，害怕背那么重的一袋子煤，将肋骨压断了。他摸了摸肋骨，感觉还好，真是谢天谢地，要是把肋骨压断了，那就麻烦大了，还好还好，没有啥不舒服的。为了解除紧张，他和高姗玩起来，乐得高姗“咯咯”地笑。

纪红云心情很复杂：喜悦、羞涩、感激，赶忙洗漱，换上一身干净的衣服。人靠衣裳马靠鞍，稍微打扮了一下，人也清爽多了，比平时漂亮了许多，她问柯耀强想吃韭菜合子，还是想吃饺子？馅子是现成的，她原本想给孩子们做韭菜合子吃。

柯耀强问高姗想吃啥？高姗歪着脑袋想了一下说吃饺子，他们就决定吃饺子。纪红云去厨房和面，柯耀强和高原、高姗坐在客厅里玩。

自从柯耀强进门到现在，高原一句话也没说，柯耀强看他的作业本，他也没表态，只是窥视着柯耀强，当柯耀强和他的目光交汇时，他惊慌失措地赶紧躲开。

柯耀强理解高原，对于一个失去父亲的孩子来说，最没安全感是害怕家里来陌生男人，他会胡思乱想，就觉得陌生男人要夺走妈妈。柯耀强懂高原的胆怯和担心，高原的举动和自己当年一样。

柯耀强看高原很窘迫，不知道怎样去缓解，他一下子理解后爹赵秦军的处境了，他一直觉得后爹不爱他，现在才懂了，并不是后爹不爱他，而是后爹不知道怎么去表达和他相处。

柯耀强心想：我又不想要当你的后爹，你没必要对我有敌意。我只是留下来和你们吃一顿饭而已，你不用紧张，是不是你紧张你娘？纪红云也真是的，干吗要留我吃饭？干吗要拾掇得漂亮，让孩子们产生误会。

柯耀强有意不看高原，是想让高原放松。

高原看柯耀强和姗姗玩，放松了警惕。

柯耀强问高姗："你为啥叫姗姗？"

高姗坐在柯耀强怀里，歪着脑袋讲："我姗姗来迟了，没能见上我爸爸，爸爸也没见过我。"姗姗的回答，让柯耀强心悸了一下。

高二走的那天，纪红云一紧张将这孩子生在井口前的空地上。

那一天发生的一切，被高姗稚嫩的童音勾起，在柯耀强眼前回放着：纪红云听说井下出事了，很吃力地跑到井口空地上，那里停放着三具刚从井下抬出来的尸体，其中就有高二。高二已被烧毁了，是根据他的矿灯和自救盒，查了登记本，才确认的。二十五具尸体里面有二十三具，是靠着矿灯和自救盒来确认谁是谁的。

当纪红云知道是高二时，扑过去抱着哭，原本很凄惨的场面，被挺着大肚子女人的哭声，弄得更凄惨，让人不敢去回想那场灾难。当时，柯耀强亲眼目睹了一切。

纪红云哭得死去活来，这个苦命的高姗，却不愿意在妈妈肚子里多待，也许是高姗想要见见爸爸，就不选择她出生的地点。

二十五具尸体的惨状和惊天动地的哭声，让老天爷情不自禁落泪，下起滂沱大雨来，黄豆大的雨点砸在人身上硬生生地疼。好大的雨，没有一根烟的工夫，矿区成了汪洋大海，人们忙着将尸体抬进帐篷里。纪红云死死地抱住高二不放。当医生发现了纪红云裤子上流淌的血水，人们才赶快将她抬到救护车上。

纪红云危在旦夕。医生一边抢救她，一边请示矿领导。矿领导决定就地给她接生。人生人吓死人，分娩，是一个艰巨的任务，矿山急救车里没接生的设备。医生克服困难，很成功地将姗姗迎接到了这个世界上。滂沱大雨在姗姗的一声声

清脆的啼哭声中停止，不一会儿，天边出现了明亮的阳光……那是纪红云最悲惨的日子。好在一切都过去了，高姗也六岁了。想到这儿柯耀强不由自主对纪红云有了怜悯，产生了肃然起敬的感情。

纪红云对待生活的勇气，将柯耀强折射得更加渺小了。

“伯伯，我哥想做个木头枪，他做不好，你能给他做吗？”高姗打断了柯耀强的思路。

“可以呀！伯伯特别会做枪。伯伯小时候的所有玩具，都是自己做的。”

高姗听了，高兴地跑进厨房，取来一块做了一半的木头小手枪，递给柯耀强。

柯耀强拿着木头翻来覆去地看了半天，也没看出有枪的样子。

客厅里冷得出奇，柯耀强这才发现，纪红云没架火墙的炉子。寒冬腊月的日子，屋里不生火，就成了冰窖。孩子们怎能在这样冷的屋子里学习？冻坏了身体该怎么办呢？孩子们还小，不懂事，纪红云怎么也不懂事？让孩子们在客厅里学习，这么冷，孩子们也能坐住？

柯耀强摸了摸姗姗的手，小手热乎乎的，就问她：“姗姗，你和哥哥平时就在客厅里学习吗？”

高姗稍微地想了一下说：“冬天我们在厨房里学习，妈妈说要省着用煤，我们不来客厅里，我们家没客人，客厅是客人坐的地方。”

柯耀强没完全理解高姗这句话的含义，又问了高姗一句：“是招待客人，才在客厅里吗？”

柯耀强的话，逗得高姗又是一阵铜铃般的笑声，而后点点头算是认可了。

柯耀强知道只有高姗才能驱走纪红云的苦闷。

高原始终没说话，默默地看妹妹活泼地和这个陌生男人说笑。

按理说男孩比女孩调皮，可高原太腼腆了。高原是不是有语言障碍？看他的举止，不像哑巴呀！也没听说过他是哑巴呀！柯耀强在脑海里搜索高原的一切信息，但他什么也没搜索到。柯耀强判断出高原性格很内向。没爹的孩子的悲哀——孤单、无助、没安全感，也是单亲家庭的弊端，孩子在孤苦伶仃的成长过程中，缺爱不说了，还有嫉妒——看同龄人有爸爸妈妈爱护，美满幸福，心里就不是滋味。就造就了孩子内向，甚至于自闭，不及时疏导，心理毛病会越来越严重，后果是不堪设想的。

男孩子需要父亲引导，需要父亲关注和爱护。高原不说话是一个很不好的预兆，但愿他不会成为第二个柯耀强，但愿他能健康成长。柯耀强可怜高原，装出无意地看了高原一眼。

高原不敢直视柯耀强，慌乱地低下头。

高原缺乏在陌生人面前表现的勇气，这孩子长期处于自闭状态中，他可能有孤独症？父亲去世，给他留下的心理阴影是多么大呀！在落后又穷苦的矿上，很少有人注重孩子心理健康，人们对矿难见多不怪，谁也不会想到矿难给受害家庭带来的负面影响，意识不到孩子的心理疾病，更不懂去疏导孩子心理问题。柯耀强想到这儿，就很憎恨矿上的工作环境，他真不愿意去想那些让人痛苦的事情。

他拉着高姗，走到高原旁边，坐下，他的身体紧挨着高原，感受到高原像受伤的小鹿，惊慌失措，紧张得在发抖。柯耀强心想：用什么办法消除高原对我的芥蒂呢？他并不急于让高原接受和认可，只是试探性和高原沟通，他将做枪的木板给高原看："高原，做枪之前，应该先在木板上画一个样子，你喜欢什么样的枪，我帮你做，好吗？"

高原胆怯地低着头，不吱声。

柯耀强摸了摸高原的头："让我猜猜，高原喜欢什么样的枪，机关枪？"

高原摇了摇头。

柯耀强又问："手枪？"

高原点点头。

柯耀强知道他们的沟通慢慢开始了："哦！我们的小男子汉，喜欢手枪。手枪好，拿着多么帅气呀！嘌嘌！坏蛋就被高原给击毙了。"

高原低着头，嘴角微微上翘了两下。

柯耀强看高原偷着笑了，接着说："我们的小警察笑了，拿笔来，我们先画一个手枪。"

高姗从桌子上抓起一支铅笔，递给柯耀强。

柯耀强专注地画起来，虽然他绘画水平很差，但画一只手枪绰绰有余。柯耀强从小爱枪，老想着将那些欺负他的人，一枪打死。还好，他苦闷的童年，有田倩倩陪伴，才不孤单。他又想起倩倩，今天说来也怪，只要一想倩倩，他心里厉生生地疼，像有人拿刀子扎，一股不祥的感觉，在他心里不断地膨胀。

"伯伯，枪口太小了，身子太大了，咯咯……"高姗嚷嚷。

柯耀强才发现走神，将手枪画成盒子枪了，他不想在孩子们面前失态，于是打起精神头，高亢地说："头小身子大了，咱们再改改，等过两天，伯伯给你们

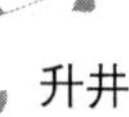

一人送一个礼物，我猜高原要手枪，姗姗要布娃娃，对不对？”

高姗点点头，小声说：“我要能抱着睡觉的布娃娃，可是妈妈不让我们拿别人的东西，妈妈会打我们的。”高姗担心地说。

柯耀强安慰高姗和高原：“你们不用害怕，我会给你们的妈妈说，她不会怪你们。你们记住，伯伯送的礼物，是可以收下的。枪画好了，可做起来不容易，得花时间。高原，伯伯拿回家给你做，行吗？等我做好了再给你送来。”

高原点点头，依旧低着头。

客厅里实在太冷了，柯耀强拉着高姗和高原去厨房。小黑又一阵“汪汪”乱叫。

高原跑过去，抱住小黑：“小黑，不要叫了，伯伯是咱家的客人。”高原对小黑说话，他在小黑的面前，才是一个大胆的男孩，也许小黑才是他心里最好的朋友，是他最好的安慰。

纪红云在厨房里包饺子，柯耀强和孩子们在客厅里说的话，她听得清清楚楚，心里暖洋洋的。这是六年中，家里飘出笑声最多的一次。一个家庭真的离不开男人，没男人的日子，对女人来说是煎熬，对孩子来说，没父爱的日子，同样是煎熬。侯小梅说得对，孩子不能只有母爱，还得有父爱。可自己真没能力给孩子们找一个后爹呀！不是心气高，而是在矿上，没一个男人可以比得上高二，更没一个男人愿意承担这样重的家庭，她已有两个孩子，可她还能再为这个男人生孩子吗？如果再生个孩子，三个孩子的家庭负担，不用说也会将他和自己压垮的。

还有孩子的爷爷奶奶，他们只有高二一个儿子，经历着老来丧子的悲痛，整天病怏怏的，自己咋能忍心不去管他们？要是不管他们，自己咋能对得起高二呢？不能，自己还是死了给孩子们找后爹的心思，所有的苦难，就让自己慢慢承受。纪红云很感激柯耀强，没想到他对孩子很有耐心，矿上的人都说他脑子少根筋，是个二杆子，好多人都不敢和他交往。他也不和别人来往，这就成了他孤僻、怪异的公众形象。此刻，柯耀强在纪红云心里已截然不同了，她从心底感谢他。

纪红云见柯耀强拉着姗姗走进厨房，脸上泛红：“柯师傅，你随便坐，厨房小了点，别人家都重新盖了厨房，我没能力重新盖，就凑合住！”她家厨房是老样子，很小，放了一个橱柜、一张单人床、一张很小的方桌子，还有案板、锅碗瓢盆等厨房用品，厨房就挤满了，能活动的地方，也就站三四个人。

厨房是纪红云母子生活的空间，虽然很小，但收拾得很整洁、很温馨。柯耀强看厨房里的摆设，局促地站着，他很少去别人家，尤其是女人的家里，更何况纪红云是个年轻的寡妇。看着纪红云脸上羞涩的神情，柯耀强知道这个女人，已有好长时间没接触过男人。他突然心慌意乱，真的后悔留下来吃饭，这会儿他有点刀架在脖子上的味道，他坐也不是，站也不是，走也不是，不走也不是。

柯耀强尴尬地站着，心想：以为自己见到女人不会怕，可现在心里很惧怕，想想我心里还是有阴影。和那些女人有关系，完全是酒精惹的祸，真是酒能壮胆、更能乱性。看来武松醉打老虎，不仅仅是武松的功劳，更是酒的功劳，我喝了酒，估计也能打死老虎。可没酒，我就是草包，尤其在女人面前，更是草包，女人是纸老虎，可我连纸老虎都不敢摸!

柯耀强真希望这会儿有酒，他一醉方休后，再借着酒劲耍二，给纪红云一点滋润。女人没男人的滋润，她会慢慢枯萎。一朵不美丽但很善良的花朵，枯萎了、凋谢了，多少也会让人惋惜。

“伯伯，伯伯，妈妈包饺子可好吃了。”高姗这个小人精，能打乱人的窘迫，她的一句话，驱散了柯耀强和纪红云的尴尬。

柯耀强挽起袖子：“姗姗爱吃妈妈包的饺子，我们帮妈妈包饺子，好吗？”

高姗听了柯耀强的话，赶紧去端水洗手。

高姗的懂事让柯耀强吃惊，一个六岁的小女孩就能看懂大人的脸色，她比高原强。

高原这会儿也进了厨房，仍旧不吱声，站在一旁。

柯耀强给姗姗洗好手，又拉着高原，给他洗手。

他们开始帮纪红云包饺子。柯耀强让纪红云坐在那儿包，他来擀皮，站着擀皮很累人，纪红云最应该休息一下了。高姗是“运输队队长”，负责将柯耀强擀好的面皮运输给妈妈。高原很麻利地搓面，一看就是经常做饭的，知道怎么干活，既省力又省时。

高原不吱声，不过他不止一次地笑了，他能笑就是好事。

这顿饭他们吃得其乐融融。吃完饭，柯耀强帮着纪红云劈了些架火的柴，忙完之后，才带着给高原做枪的那块木板，以及纪红云的感激，出了高家的院门。

释怀

柯耀强第一次在纪红云家度过一下午，这对他是个什么样的兆头，他不知道。这一下午对他来说，是痛苦转折点，还是幸福转折点，他更不知道，反正这个下午，是他一生中不能忘却的时光，是他命运的转折点。柯耀强被命运蒙在鼓里，什么也不知道，人生变化无常，前面的路谁也无法预料，但他现在只希望给能纪红云和孩子们幸福。

柯耀强上了铁道，磨磨蹭蹭地回家。

柯耀强走后，纪红云望着他坐过的板凳发呆。高原、高姗在院子里和小黑玩着，孩子是她唯一的安慰。

一个年轻寡妇的寂寞，常常是从独处开始，空荡荡的屋子，加剧了她的无奈和痛苦。

纪红云想起了高二活着的时候，高二每天下班回来，喜欢坐在柯耀强坐过的凳子上，笑嘻嘻地看着纪红云在厨房里忙碌。那时，他们还在搭建的地窝子里，条件不好，可地窝子是他们的乐园，幸福的所在。地窝子虽小，但很温馨和情意绵绵，不像现在条件好了，屋里却是冰冷的。他们在地窝子里度过了人生最快乐最神秘的新婚之夜，他们缠绵、相拥，不断地燃烧着激情……

每天，高二升井，在浴池里洗得干净，幸福地大踏步往回走。

纪红云估计高二快下班了，站在家门口旁边的小黄土山上，望着高二回家的必经之路，看见高二，就赶忙折回家准备饭菜。高二回家就坐在这个板凳上，边喝酒边乐呵呵地看她手忙脚乱，安慰她："云，不用急，我不饿，慢一点，小心滑倒了。"

为了给纪红云在矿上办一个商店，高二在婚后第二天就去上班，连婚假都没休。每天，天刚亮，高二就起床，看着她熟睡的样子，甜蜜地一笑，轻轻吻着她。

她被蜻蜓点水般的吻弄醒，情意绵绵看着高二。

高二让她躺下，又吻了她一下，去洗漱，在电炉子上煮了四个鸡蛋，他吃了两个，给她留了两个。高二在她不舍的眼神中，出门上班。高二一走，她觉得屋里空落落的，心里也空落落的，她的心随高二去上班了，可她怎么也想不到井下是什么样的工作环境。

只要高二上班一走，她就惶惶不安，直到将高二盼回来了，她才能安心。她不会用炉子做饭，黑晶晶的煤块，在铁炉子里不燃烧。在农村用柴禾做饭，火不旺时拉风箱，火苗就呼哧哧地蹿起来，灶膛里一片通红。可烧煤的炉子火不旺，她压根没办法了，她用扇子扇风，也不管用，急得脸上汗津津的，又急又气将手上的煤黑，不知怎么抹到了脸上。

高二回家看着她的大花脸，笑得直不起来腰，她不知道高二在笑什么。高二告诉她，“人要实心，火要空心”，架火的时候，把劈柴架成空心的，一定要多放些劈柴，等火苗着旺了才能放煤，煤块一定砸碎，但也不能砸太碎了……不一会儿，高二将炉子里的火苗捣鼓得冒起火焰来。从此，她才知道做一个矿工的妻子，很不容易。

她和高二青梅竹马，高二接了他爸的班，成了煤矿工人，那时，他们好兴奋，天真无邪地憧憬着未来。高二拿到上班通知，兴奋地跑到她家，当着她妈的面，将她抱在怀里。

村里的人都说她有福气，找了一个工人女婿，她爹妈也很高兴。她和高二订婚之后，她爹妈逢人便说：俺的工人女婿，在苍穹矿上上班，工资不高，但比俺们农民强百倍，俺闺女命好。她也喜欢听别人说她命好，找了个工人女婿，更重要的是高二无微不至地爱着她。

她跟高二到了矿上，婚后他们很幸福，恩恩爱爱度过四年，这是她一生的幸福，但这幸福太短暂了，对每个人一生来说，都太短暂了。儿子高原到来，给他们增添了无限的欢乐，却有先天性心脏病，这又让他们痛苦万分。孩子是父母的心头肉，她以前不大理解这句话，自从有了儿子，她真真切切懂得了这句话的内涵。父母为了孩子，恨不得把心掏给孩子，一把屎一把尿的不用说，还含在嘴里怕化了、捧在手里怕摔了，深不得浅不得的。

为了给儿子看病，她和高二没少跑路，医生说孩子的病能治好，但需要很多钱，对于他们来说，儿子的医疗费，是一个天文数字。矿上给了他们生二胎的特殊指标，才有了女儿高姗的。可怜的高二，压根没见上女儿一面。高二走后，她不愿意离开矿上，更不愿意离开高二，她知道高二的魂魄在这儿，高二爱这个矿山。

高二对矿山的感情，纪红云是亲眼目睹，并能理解的。

纪红云想到这儿，已是泪流满面，现在她的哭泣都不出声，她不想让孩子们看见。侯小梅告诉她，母亲的言行举止直接影响着孩子的性格。母亲开朗、积极向上，孩子就胆大、正直。哭哭啼啼的母亲，是培养不出阳光开朗的孩子的。

在孩子面前、在旁人面前，纪红云都得埋藏悲伤，她不想博取别人的同情，别人也不会同情她。在矿上，人们都说她是自找的，依她的条件，随便可以将自己嫁出去，可她不想。矿上人都不了解她对高二的感情，他们的爱刻骨铭心、海枯石烂，并不是冰冷的字眼能代替的。

瘸子李是好人，一年四季都让胡豆花给大伙炝一桶浆水，放在饭馆里，谁来了都可以喝一碗，解解毒。因此，瘸子李的生意比其他人的好。单身工人来他店里吃饭，就有回家的感觉。矿工们不管谁有困难，只要给他说，他一定会想尽办法帮忙，矿工们的衣服破了，拿来，他都会用缝纫机给补上。

矿工们找媳妇，可以说是相当困难。有一定能力的女子，谁愿意找一个矿工做老公呀！谁愿意为了老公的工作环境，整天担心受怕？矿工可是高危职业人群，工资又不高，这就让矿工们找媳妇很困难。许多矿工只能找农村女子结婚生子，成了“一头沉”的家庭模式。在矿上，一半的年轻媳妇，都是瘸子李介绍来的。矿工谁想要找媳妇，可以对瘸子李说，瘸子李将自己本村的姑娘，介绍给矿工，也将不少小伙子介绍到矿上当合同工，这样一来，苍穹矿上几乎是陕西人的天下。

苍穹煤矿的体制改革，并不像人们想象的，也不像他们传说的那样，下岗了就无法上岗，要饿死人。可能煤矿和别的工厂不同吧，煤炭开采是需要下苦力的人，所以，体制改革对煤矿影响不大，矿工们该上班就上班，轮岗了就休息。这一段时间，人们发现担心受怕是多余的，也没必要勒紧裤带过日子。

矿上恢复了常态，饭馆生意越来越红火，瘸子李喜上眉头，没事就唱几句秦腔解闷：

“狂风吹动了长江浪，
黄鹤楼上有埋藏。
我命子敬过江望，
要哄刘备过长江……”

吼一板子秦腔，瘸子李心情舒畅了，一脸春风得意。

胡豆花从后厨里出来，看着瘸子李一手拿着茶壶，一手在膝盖上打着拍子，微微闭着眼睛，一副自我陶醉的样子。

胡豆花听不懂戏，就问："老头子，你唱的什么呀？看把你美的。"

瘸子李睁开眼睛，瞟了一眼胡豆花，依旧用秦腔的调子唱道："夫人呐！这是有名的《黄鹤楼》，难道你不知？"

胡豆花抿嘴笑着说："我看你越来越不知人间烟火了。"

瘸子李对准茶壶嘴吸了一口，香喷喷地吧唧了一下嘴巴："人活一世，该乐呵就乐呵，不乐呵的事情要变成乐呵，咱们的日子过得去就行。"

胡豆花知道他又要老生常谈，不耐烦地摆了摆手，走到吧台后面，准备算账，看见纪红云从门口经过。

纪红云的身子骨越来越单薄了。

胡豆花看着纪红云，很心疼，在心里骂起溜溜球和高二来：你两死鬼倒好，手一拍就变成鬼，躺在地下享福，可你们有没有想过我们？想过我们活着有多苦？我们女人容易吗？我们年轻的寡妇容易吗？纪红云呀纪红云！我可怜的人儿，我都不知道咋样来同情你了。胡豆花想到这儿，跑出去，扶着店门框，喊："红云。"

纪红云回过头，冲着胡豆花勉强笑了一下。

胡豆花跑过去拉着纪红云的手："不忙的话，和我聊聊。"

纪红云点点头，跟着胡豆花进了饭馆。

两个同病相怜的女人，十指相扣进了后厨，叽叽咕咕说了几句话，眼泪就扑哧扑哧地滑落，为了她们生命中，那个最重要的男人而哭泣。

后厨里，两个女人的哭泣让瘸子李坐不住了，他将茶壶撴到桌子上，在餐桌之间来回踱步。他有几次想进去劝她俩，后来还是忍住了。两个女人在诉说着各自的苦闷，他要是进去，胡豆花无所谓，照旧哭得一鼻子两眼泪的，可纪红云会尴尬的。

瘸子李心软，最见不得女人哭，胡豆花却抓他的弱点，经常为一些鸡毛蒜皮的小事，在他面前哭得天昏地暗。现在不止一个女人在哭，而是两个自认为是苦命的女人在哭泣，让他如何去劝？他听见胡豆花小声劝纪红云找个人嫁了，别这样苦了，她带着三个丫头片子都改嫁了，瘸子李虽然比她大，但知道心疼人，瘸子李是好男人。好女人让男人疼，好男人都是来疼女人的，再说长期缺男人，女

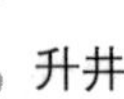

人会枯萎得快，也老得快……胡豆花喋喋不休地劝着。

瘸子李听见胡豆花在表扬自己，心里很高兴。他拿起吧台上的镜子，端详着镜子里的自己，脸上的皱纹和犁沟一样深了。老啦！老啦！我倒成了好男人的典范。这是胡豆花给我的荣誉，值得珍惜，还是不要进去打扰她们，让胡豆花好好劝劝纪红云。

瘸子李摸了摸花白的头发，嘴巴凑到镜子前，才看见胡子也花白了，一丝失落涌上了心头。他照着镜子，用舌头顶着腮帮子，一根一根地拔着银白的胡子，每拔一根，疼得他皱眉头，但他还是很认真地拔着。

这时，赵聪儿无精打采地进来。

赵聪儿很少来瘸子李家饭馆，一进门就看见瘸子李在拔胡子，后厨里隐隐约约有女人的哭声，他还以为瘸子李和胡豆花吵架了，心想：看这个世界，人人都活得都不如意，真是个悲惨的世界呀！不光我活得痛苦，每个人都活得痛苦。人来到这个世界，就是来承受痛苦的，从哇哇落地到死亡，痛苦就像影子一样伴随着，甩都甩不掉，那么，就让痛苦来得更猛烈些。赵聪儿这样一想，心里舒坦多了。心里舒坦，也有了精神，打量着瘸子李饭馆里的布局。

瘸子李见赵聪儿进来，赶忙停止拔胡子，热情地招呼："聪儿来啦！你可是稀客呀！"

赵聪儿面无表情，找了一个角落坐下："李叔，给我来一斤驴肉，一盘五香花生米，再来一瓶酒。"

瘸子李把菜单递给赵聪儿："酒有二锅头和西凤酒。"

赵聪儿接过菜单并没有看，而是甩在桌子上："那就来一瓶西凤酒。"说完双手搭在桌子边沿上，将头埋在桌子和胳膊之间，不再吱声了。

瘸子李看赵聪儿这架势，就知道他遇到了什么不开心的事情，心情糟糕透顶，想在这儿借酒消愁。

瘸子李很不乐意，但开门做生意，来店里的都是上帝，得笑脸相迎。他取了一瓶西凤酒放在桌子上，冲着后厨喊道："豆花，一斤驴肉，一盘五香花生米。"

赵聪儿点的菜都是半成品，瘸子李不用进去帮忙。

胡豆花应了一声，厨房里传出切肉的声音。

瘸子李看了一眼趴在桌子上的赵聪儿，摇了摇头。说实在的，瘸子李真为赵秦军老两口子担心，看看，老两口要的这几个孩子，一个个是啥德性。柯耀强三十六岁了还不结婚，赵聪儿没少谈对象，也没少花他老子的钱，可到现在一个女朋友也没谈成。

瘸子李又将嘴巴贴到镜子上，接着拔白胡子。

胡豆花端着两个盘子出来，瞄了一眼趴在桌子上的赵聪儿，用眼神询问瘸子李：菜是不是他的?

瘸子李在镜子里看着胡豆花点点头。镜子里反射出来胡豆花哭红肿的眼睛，像是两个泡胀的红枣，镶在眼窝里，鼻子和脸都被眼泪泡亮了，明光光的。

胡豆花将菜端到赵聪儿面前："小赵，你要的驴肉、花生米。"

赵聪儿这才抬起头，瞄了一眼菜盘子，抓起酒瓶，用牙齿咬开瓶盖。胡豆花赶紧往吧台走，还没取来酒杯，赵聪儿已对着瓶口对吹起来。矿工们都喜欢吹酒，这样喝着过瘾。

胡豆花盯着赵聪儿看一会儿，只好将酒杯放回原处，无奈地走过去，将菜盘子摆好，强挤出一脸的笑容，试探地问赵聪儿："小赵，你还要些啥？"

一口酒，将赵聪儿呛出眼泪来，他没搭理胡豆花，将手里的酒瓶重重地撴在桌子上，抓起用酒盒子做成的筷子桶，使劲摇动，像是在庙里抽签，一支筷子被摇出来，落在桌子上，又一使劲，另一支筷子也跳出来，落在桌子上。他放下筷子桶，又拿起酒瓶，朝天吹了一口，两滴泪，就挂在脸上，他也不管，又吹了一口，才放下酒瓶，将两根筷子在桌子上墩齐，夹满了一筷头驴肉放到嘴里。立刻，赵聪儿嘴角油滋滋的。

胡豆花想劝赵聪儿两句，但一看他这熊样，欲言又止，给瘸子李一个眼神，就去了后厨。

赵聪儿一口酒一口菜，吃着喝着，很惬意。

白胡子没拔完，瘸子李下巴已红得和猴屁股一样，火辣辣地烧痛，多一半的白胡子，拔也拔不完。哎呀！老了老了，十八年老了个王宝钏。十八年，不仅让王宝钏老了，也会让所有的人老了，岁月这把杀猪刀，能放过谁呢？瘸子李突然觉得很悲凉，瞟了一眼赵聪儿，心头又一惊，一瓶酒，被赵聪儿三下五除二地灌进肚子里，双眼布满血丝，脸红到脖子根，嘴巴还在接着酒瓶子，酒一滴一滴，滴在舌尖上，很贪婪地吸吮着。

瘸子李过去，夺赵聪儿手里的空酒瓶："行啦，吃好了、喝好了，你可以回家了，别让你娘操心。"

赵聪儿这才从醉生梦死里醒来，瞪着瘸子李，发硬的舌头在嘴里打转，结巴、吐字不清地说："你……你……不想……做……做……做生意了，这……

这……世界……不……不对……”

瘸子李把酒瓶子放在吧台后面的一个角落里。

赵聪儿摇摇晃晃地跟过来，趴在吧台上：“给……给……我……我再来……来一瓶……一瓶酒，老子……还……还没……喝……喝够……”

“啪！”瘸子李狠狠地拍了一下桌子，黑着脸说：“你不要喝了些马尿，在我这儿找事！”

赵聪儿的酒劲，被吓醒了一半：“找——事，啥意思？”

瘸子李没好气地说：“没啥意思。”

赵聪儿直起身子，却站不稳，不由自主地摇晃着：“没啥……啥意……意思……到……到底……是……啥？老……老子……没……”

瘸子李声音提高了一倍，怒斥地说：“还敢说老子，你想给谁当老子？”

瘸子李的大嗓门，将后厨的两个女人吓坏了，赶忙跑出来。胡豆花和纪红云哭红肿的脸上，都闪闪发光，泪汪汪地看着瘸子李和摇摇晃晃的赵聪儿。

赵聪儿看见纪红云和胡豆花，环视一下饭馆的摆设，摇摇晃晃走到纪红云的背后，围绕着纪红云走了一圈，然后将目光落在纪红云的身上。酒精已麻醉了赵聪儿的神经，他出现了幻觉，将纪红云当成侯小梅。

看赵聪儿色眯眯地看纪红云，瘸子李知道情况不妙，赶紧将赵聪儿往外推：“赵聪儿，走走，你赶快回家。”

赵聪儿摇头晃脑，欲火中烧地往纪红云的面前凑，被瘸子李挡住，还不停地将他往外推。眼看心上人就在跟前，却被阻止不能碰，就像大餐就在眼前，却不能动筷子一样，真让人难受。真讨厌！赵聪儿很生气，推了瘸子李一把。

瘸子李打了趔趄，被眼尖的胡豆花扶住，这才没倒下去。

纪红云一看不对头，向胡豆花使个眼色，就往外走。

赵聪儿见纪红云出门，也往外走。

胡豆花上前拉住赵聪儿：“小赵，酒钱还没给呐？”

赵聪儿不理胡豆花，甩开她，冲着纪红云的背影喊：“侯……小……梅……你……你……别……走……”

胡豆花没拦住，害怕赵聪儿追上纪红云，又去拉他。

瘸子李过来帮忙，两人齐心协力才将满嘴酒气、还在拼命挣扎的赵聪儿拦住，拉进饭馆。

赵聪儿还在喊着：“侯……小……梅……”

胡豆花拿起桌上的醋瓶，往赵聪儿嘴里灌："喝了些马尿，就胡说八道，什么侯小梅，那明明是纪红云。"

赵聪儿摇着头，醋水浇到脸上、衣服上，醉意被赶走了一半，痛苦随之而来，他反抗地抓住胡豆花的手腕："侯小梅……侯小梅，是个婊……婊子，你，你……知……知道不，她和王杰远睡觉。"

胡豆花还往赵聪儿嘴里灌醋："你马尿喝多了。"

赵聪儿猛地站起来："是……是……真的，侯小梅和王……王杰远睡觉。"

瘸子李扬起手，就要打赵聪儿。

赵聪儿用胳膊一挡："我，亲……亲眼看见的，他……他们……睡……睡在一起，呜呜……"说着，就痛苦地哭起来了。

胡豆花将赵聪儿往外推："走，走，你马尿喝多了，别在这儿胡说八道。"

瘸子李和胡豆花心里都咯噔了一下，害怕这事传出去，王杰远能轻易地放过他们？能放过赵聪儿？

正好有几个吃饭的人进来，看见胡豆花推着赵聪儿往外走，大家就起哄，一个喊了一声："吃豆腐多好。"

又一个说："要吃就吃水豆腐。"

瘸子李赶忙招呼这几个人坐下："你们也别想着吃豆腐了，加工面？牛肉面？还是烩面片？"

几个人坐下，就开始点饭。

胡豆花将赵聪儿推出门，转身回来收拾赵聪儿吃过的碟子碗。

赵聪儿又摇摇晃晃地进来："我，我，说……"

胡豆花害怕赵聪儿不顾后果，将这件事说出来，就赶紧阻止："你赶紧走，我还要做生意。"

赵聪儿被胡豆花又往外推，急得他大喊起来："侯小梅和王杰远……"

胡豆花跳起来，搂住赵聪儿的脖子，捂住他嘴，回头对瘸子李说："我把他送回去，真是的，没怂本事，就别喝马尿。"

瘸子李给胡豆花摆摆手，接着招呼他的客人。有人要了加工面，有人要了烩面片，还有人要了蛋炒饭，这几个调皮捣蛋的客人，故意要了不同的饭，让瘸子李在厨房里忙活。

大家看瘸子李进后厨，才面面相觑、心照不宣，又齐刷刷地看着门口。

门外的赵聪儿，几乎被胡豆花夹在腋下，无力反抗。

“赵聪儿这个冷怂，吃了熊心豹子胆，敢将领导的窗户纸捅破，他真活腻歪了。”有人担心地小声说。

“别管人家，人家还有个二姐夫哩。”

“就是，比咱们这些临时工强。”

“大家把今天不该听的话，都当成耳聋，没听见。”

“对着哩，啥也没听见。”

这时，柯耀强进来了，大家都不吱声。

柯耀强隐约觉得他们是说侯小梅的事情，侯小梅的事情对他没吸引力，他进了后厨。后厨里，瘸子李满头大汗地揪面片子，见他进来，就不客气地说：“耀强，洗个手，帮我。”

柯耀强边洗手边问瘸子李：“李叔，怎么你一个在忙？”

瘸子李把弄好的面递给柯耀强：“她送聪儿去了，等外面人走了，我再跟你说。”

柯耀强不问了，帮瘸子李做饭，很快那几个人的饭被端上桌。

瘸子李给柯耀强做好加工面，又加了两个卤蛋，两人才出了后厨，坐定之后，瘸子李看饭馆里没有别人，才将纪红云和胡豆花在后厨哭诉彼此的痛苦、赵聪儿在这儿喝酒以及他的醉话，一五一十地告诉柯耀强。

柯耀强听了不知道说什么好。赵聪儿最近失魂落魄的样子，他看在眼里，急在心里。赵聪儿喜欢侯小梅，现在侯小梅也“名花有主”了，赵聪儿心情不好，他很能理解，也知道失恋的滋味。赵聪儿是他背大的，小时候，他们兄弟亲密无间，赵聪儿总跟在他的后面哥长哥短地叫着，后来，就跟他慢慢地生疏了。他不怪聪儿，人各有志，但听说弟弟喝醉了，他又心疼起来。

胡大木从瘸子李饭馆门前经过，看瘸子李和柯耀强头对头地叽咕着什么，柯耀强的脸色如猪肝，看这架势，一定没什么好事？到底出了什么事，让柯耀强“茶饭不思”的，好奇心驱使着他不假思索地进来。

瘸子李看见胡大木进来，就起身招呼：“胡大官人来了。”

胡大木见柯耀强没有理自己的意思，找个座位坐下：“一碗牛肉面，两个蛋。”

“好咻！”瘸子李答应着，就进了后厨。

柯耀强不想让胡大木看出心情，埋头吃饭。

胡大木不理柯耀强，舀了一碗浆水，吸溜吸溜地喝着。

胡大木还没吸溜完浆水，瘸子李就端着牛肉面出来，放在胡大木的面前。

胡大木吃着卤蛋的皮，不知趣地问瘸子李：“老李，我就弄不明白，你这蛋做得咋就这么香，我让老婆煮蛋，可她那臭手弄得就不香，我把她骂急眼了，她将我压在床上……不说了，你能告诉我这煮蛋的窍门吗？”

胡豆花气喘吁吁地进来，看胡大木和柯耀强在，也不和他们说话，走到吧台里，坐下来还喘着粗气。

瘸子李笑着说：“你要补蛋就来我这儿，煮蛋的技巧是商业机密，不能告诉你哩，就连我老婆，我都没告诉她。”

胡大木撇着嘴，看了一眼在吧台后的胡豆花：“本家妹子，你看这就叫人心隔肚皮呀！你可要当心点。以后冲着你，我也会常来补蛋哩。”

胡豆花瞟了一眼坐着一言不发的柯耀强，冲着胡大木笑吟吟地说：“你就好好吃饭……”

无奈

赵聪儿酒醉之后，将王杰远和侯小梅的私情捅破、抖擞出来，成苍穹矿上公开化的花边新闻。好事不出门，坏事传千里，人们就喜欢八卦，尤其在巴掌大的苍穹矿上，不用一股风，侯小梅就臭名昭著了。

“赵聪儿说的是真的吗？”

“我看侯小梅不像是这样的。”

“啥叫不像，啥叫像呀？哪个女人脸上写着‘我是水性杨花的女人’，人不可貌相，海水不可斗量。”

“难怪侯小梅冷冰冰的，原来给人当了情人。”

“哈哈！以后你们有豆腐吃了。”

“你小子瞎想。”胆大的男人，像嗅到腥味的猫，在心里谋划起来，胆子小的男人，也有了吃不上葡萄说葡萄酸的心理，在暗地里将侯小梅的流言蜚语不断扩大。男人们都如此，更别说一些爱嚼舌头根的女人们，更是添油加醋将王杰远和侯小梅得鱼水之欢，说得像亲眼目睹似的，被添油加醋的场景，让人听了不由得心生羡慕嫉妒恨。

柯耀强一门心思想将高原的木枪做好，给高原送去。锯、刨子、凿子等工具都用上，用了三天时间，一把精美的手枪，在他的精雕细琢中面世了，他又刷了三遍黑漆，明光闪闪的，让他爱不释手。他专门去口子区给高姗买了一个粉红色的洋娃娃，给高原买了一只仿真手枪。柯耀强答应过高原和高姗，要送他们礼物的，他们是一对可怜的孩子，需要父爱，而柯耀强举手之劳，就可以给他们想要的东西。

当柯耀强敲开纪红云家的院门，高姗、高原和小黑在院里玩耍着，高姗好奇地看着柯耀强怀里的布娃娃。

小黑对柯耀强很不友好，“汪汪”一通乱叫。高原赶紧训斥它：“小黑不要叫，是柯伯伯，你不认识吗？”小黑听到高原的训斥，果真不叫了，安静、乖巧地躺在大门后。

纪红云在屋里听到高原的话，赶紧出来，红着脸将柯耀强让到屋里。高姗小鬼灵精接过柯耀强的礼物，在他脸上亲了一下，女儿是水做的骨肉，就会缠人，这么一个纯洁而轻轻的亲吻，将柯耀强的心收买了。

高姗还说了一句让柯耀强感动的话：“伯伯，你真好，我好想你。”

柯耀强激动地抱起高姗：“姗姗，伯伯真的好吗？”

高姗鸡啄米似的头点：“当然啦！柯伯伯，你是矿上最好的人。”高姗的话让柯耀强特别感动，他在大人们眼里是坏人，可在这个清纯的小女孩面前成了好人，还是最好的人，他一下子自豪起来，将高姗抱起举高高。

纪红云红着脸，看着柯耀强和高姗，脸上露出忧伤，不想让柯耀强看见她的心酸，就转身进了客厅。柯耀强看着纪红云的背影，呆呆地站在院子，心想高姗的话，大概都是纪红云教的，要不然她怎么会脸红呢？

高姗看见妈妈不理柯耀强，而是进屋了，她拉着柯耀强的手进了屋，高原也跟着进屋来。纪红云站在高二的灵位前，抹着眼泪，肩膀随着抽泣一起一伏，像一片在风中摇摇欲坠的落叶，随时随地都会支离破碎。纪红云的身体，确实让谁见了都会生怜悯。这种怜悯之心，在矿上可不是什么好事。

柯耀强看着纪红云，不知道怎样去安慰，而且孩子们都在，他也不敢。可纪红云的样子让他心里很难受。他现在越来越理解他娘当年的难处了，要是他娘当年不嫁给赵秦军，他娘和纪红云一样可怜，那么，天天看着娘哭泣，他心里一定很痛苦。要是没赵秦军的话，他娘也许活不到现在。没有了亲娘，他早就是一个名副其实的孤儿了，他真的要感谢赵秦军了。

见妈妈哭泣，高原眼泪汪汪地低下头。高姗脸上没有了刚才的喜悦，走到妈妈的面前，仰起脸低声说：“妈妈，妈妈，我以后好好学习，我和哥哥都听你的话，好吗？”高姗说着，拉住妈妈的手。

纪红云蹲下将高姗搂在怀里，将头深深地埋在高姗弱小的怀里。小小怀抱，怎能承担起这么重的悲痛呢！她强制着情绪，在高姗的衣服上擦干脸上的眼泪，回过头对柯耀强：“让你见笑了，刚才高原和高姗打架，我有点生气。不好意思。”

柯耀强赶紧说：“看你说的，我咋能笑话你？凡事你要想开点，事情已是这样了，我们只能面对。什么事情都不重要，只有你的身体才重要，孩子们离不开你。再说孩子都淘气，我小时候，常常和我姐姐打架，还和赵憨儿、赵聪儿打架，其实你今天走的每一步，都是我娘当年走过的，好在我娘……”柯耀强觉得不能再说下去了，就走到高二的灵位前，上了一炷香，倒了一杯酒，给高二献上。

虽然高二已过三周年，但纪红云并没撤去高二的灵位。

纪红云听了柯耀强的话，收起悲伤，默默地站在柯耀强的身边，看着高二的遗像。高二的笑容依旧在镜框里。柯耀强看着高二的遗像，暗暗地说：“你安息吧！我以后有时间，就会来陪孩子们。”

两个孩子也不说话，原本就缺少欢声笑语的家里，此时，更是寂静。

屋子里弥漫着檀香的味道。

柯耀强被檀香的味道熏得咳嗽了几下，很快他喘不过气来，脸憋得通红。

纪红云看着柯耀强呼吸困难，她不知道柯耀强有严重的支气管炎，就惊慌失措起来：“咋了？你这是咋了？”

柯耀强气喘吁吁地说：“不要紧，我只是气管犯病了，没事的，我到院子里待一会儿，就好了。”说着，就往外走。

纪红云跟在柯耀强的后面，害怕他支撑不住，摔倒了。

柯耀强确实气喘得很厉害，脸色通红，非常痛苦，让人都不由自主地替他捏了一把汗。他平时犯病，也没像现在这般难受。

初生牛犊不怕虎，孩子永远不知道害怕。高姗和高原好奇地看着柯耀强，弄不明白他这是怎么了。

柯耀强在院子里坐了一会儿，呼吸才渐渐地平稳了。

高姗粘在柯耀强的身边，兴奋地说着她的所见所闻。

看着柯耀强和孩子们在院子里玩，纪红云很感激，但又不好意思对他说感激的话。

院子里，不时飘着高姗咯咯的笑声。

柯耀强在给孩子们出脑筋急转弯的题：“什么瓜不能吃？”

高原和高姗没猜出来，柯耀强将答案告诉他们：“傻瓜不能吃，你们要动脑子才能想出答案来。”

知道答案后，高姗和高原都觉得很简单，就笑起来。

高姗缠着柯耀强再给他们出题。

高原完全融入到这种游戏中，活泼了许多，脸上的表情很丰富，说错答案，就吐舌头。等着柯耀强说出正确的答案，知道答案后，高原又后悔用手不停地摸摸头，很认真地听着、思考着。

柯耀强看出高原是个极其认真的孩子，而且很稳重。三岁看到老，人的天性，是很难改变的。柯耀强很欣赏高原了：小小年纪很沉稳，表现和年龄完全不符合，这孩子很有主见，以后一定有出息。

高姗很活泼，总将什么事情都想得很美好，女孩子过于单纯，并不是一件什么好事。但高姗还是孩子，也许长大了，有了阅历，就不会这样单纯了，不管怎么说高原和高姗是一对可爱的孩子。柯耀强没理由不喜欢他们，其实，柯耀强的想法很简单，他就想给孩子们父爱，让他们快乐成长。

又一场大雪，落在腊月二十三的早上。学校放假了，柯耀强不用去扫雪了。纷扬的大雪，很快将苍穹煤矿打扮得冰清玉洁。在北方，腊月二十三是小年，要祭灶神的。柯母早早起来发面，晚上要烙灶干粮，这倒霉的一年，终于要过去了，今年要好好过个年，把这霉气赶走。

“你看雪都是好兆头，来年定有好日子。”赵秦军从外面进来，看见老婆子在发面，走到炉子边，一下雪，气温就急剧下降，把炉子生欢实，才不冷。赵秦军往炉子里加了三块煤：“早上吃啥饭？”

“熬稀饭，吃完饭，让耀娃把屋里扫了，你说咱家要不要把房子粉刷一下？”

还没等赵秦军回答，外面就传来骂人的声音。

柯母和赵秦军都停下手里的活，竖起耳朵听。

“你这有人生、没人养的玩意，咋不去死哩。”骂声不是很清楚。

“这大清早的，谁又咋啦？”赵秦军说着，就到院里。

正好柯耀强也从屋里出来，站在客厅门口，向声音传来的方向看。

“你这扫把星，妈妈的，害得我家破人亡的。”董月珠的声音，隔着一家人的房子，传到柯家。

“这个死老婆子。”赵秦军转身往回走。

“咋啦？又骂开了？李家妖婆子在时，还知道收敛点。”

“做饭吧！老婆子，人家的家窝子事，咱们也不好管。”

“唉！这老不死的，不知道珍惜！”

老两口各就其位地忙碌起来，但窗外的骂声还在继续。

柯耀强站在院里听，只有董月珠的声音，也不见别人的声音，感觉有点纳闷，就往外走，想出去看看是啥情况。

还没走到院门，被柯母掐着胳膊往回拉：“我的傻娃子，你要干啥去？”

“我不干啥！就去看看。”柯耀强疼得龇牙咧嘴。

“他家的浑水，咱能不能不趟？”

“不趟，不趟，我不趟。”柯耀强赔笑着说。

“唉！大雪天的，都赶紧往回走。”赵秦军打圆场地说。

这时，又传来董月珠刺耳的骂声：“我要是你，就拔根毛，勒在脖子上，吊死了……”

“娘，这老婆子到底骂谁呢？”柯耀强被柯母“牵着”进了厨房。

“骂谁哩！骂岳鸣哩！你说这老婆子真的要死哩！能有这么好的儿媳妇，是他文家祖坟里冒青烟了。借居在人家李家，还整天骂骂咧咧的，你李姨嫌烦，都到省城她女儿家住了，你李姨一走，这老不死的就骂凶了。”柯母松开柯耀强，把厨房门关上。

外面的骂声小了许多，隐隐约约能听见声音，但听不清骂的内容。

“唉！也不知道岳鸣图啥哩，放着城里好好的生活不过，跑到这鸟不拉屎的地方受罪，还不受人待见。”赵秦军说。

“这媳妇要是遇到咱家，我都愿意把人家当神供。”

“娘，你是咋了？你应该学学文家老婆子，当婆婆就要有当婆婆的样子。”柯耀强故意逗柯母。

“只要有儿媳妇子，你娘都愿意将人家顶在头上哩。”赵秦军也取笑地说。

“对对的！女人何苦为难女人呢，尤其是咱们这矿上的女人。”柯耀强赞扬地说，转过头向窗外看去。

窗外的雪越下越大，像天女散花一般。

柯家暖烘烘的厨房里，欢声笑语掩盖了窗外的骂声。

岳鸣被骂得实在待不住了，就冒雪出了门。

冬天的矿上，实在是寂静得可怕。人们没事都蜗居在家里，除了有重要的事情，以及上班、上学的按点出门外，其余时间里，整个矿区都难见到人。何况大雪天的，更没人走动。这样对岳鸣来说挺好的，没人看见，就少了被笑话的机会。

尽管如此，但岳鸣还是低着头，往外奔跑。

雪花在冷冽的风中飘舞，像一把把利箭，直往岳鸣衣服里钻。

岳鸣不敢哭，一哭眼泪溢出来，就成冰了，可她感到实在憋屈：凌晨四点半起床，给文斌做饭，他上班之后，虽然躺在床上，但心却随着文斌走了，只要文斌去上班，自己的心就跟着他去了，一个人待在家里，总感觉空落落的。以前婆婆还收敛些，知道寄人篱下的，自从李姨去了省城，真是山中无老虎猴子称大王。她任意发挥的骂功，为了不让文斌担心，自己只能忍气吞声，这下倒助长了婆婆的坏脾气。

婆婆阳奉阴违的演技实在高明，也怪自己心太软，觉得婆婆挺可怜的，一月之内失去两位亲人，这人世间最悲的悲剧，放在谁身上，都是让人同情的，婆婆也是妈，自己也心疼、难过，不说婆婆了，就说文斌，自己爱文斌，也就爱屋及乌地爱文斌的亲人，自己一味地忍让，怎么就变成现在这种局面？

岳鸣知道婆媳关系是阎王爷咒了的，是世上最难相处的，但万万没想到，竟然是这般的难以相处，她对婆婆再好，婆婆不领情也就罢了，还要骨头里挑刺哩！人都是感情动物，就是怀里抱个石头，这么长的时间，也能捂热啊！可她咋就捂不热婆婆的心呢？不但捂不热婆婆的心，还被婆婆骂出来了。

这下好了，一大清早，也没地方去。岳鸣呀岳鸣，你为啥要这么软弱？你为啥不在文斌的面前，撕开他妈伪装的嘴脸？为啥要死心塌地留这儿？为啥要自讨欺辱？你的尊严呢？你的棱角呢？你的脾气呢？它们都去哪儿了？

啥！爱情？爱情是个屁，你还陶醉在其中。醒醒吧！你爱文斌，文斌爱你吗？你为了爱情，被残酷的现实弄得千疮百孔了，可谁会心疼你？理想很丰满，现实很骨感，而你的爱情，更是一把刀，把你伤成这样子了，你还爱情呢……岳鸣心乱如麻，疯了一般地往山上跑。还没到沙枣树下，她已成了“白人”，顾不上寒冷，看见沙枣树，就像见到亲人一样。

苍穹矿上的雪，干沙沙地敷在黄土上，踩上去软绵绵的，因为没阻力，脚一踩下去，松软的黄土就到了脚脖子上，只有走在被踏实的羊肠小道上，才能好走点。可现在摆在岳鸣面前的，哪儿有什么羊肠小道呀？羊肠小道被积雪覆盖，很难辨认出来。慌不择路的她，只想早点见到“亲人”，只想抱住“亲人”痛痛快快哭一场。

白茫茫的山上，除了沙枣树，再无别的植被，能冒出来在风中摇曳了。沙枣树，不，它现在是岳鸣在这个世界上为数不多的亲人。“它是我的爸爸、妈妈、哥哥。”岳鸣心里想着。“爸爸妈妈哥哥……”岳鸣情不自禁喊着。肆虐的风，打乱了雪花的阵脚，打碎了她的叫声。她每走一步，都非常吃力——脚下无路，又狂风摇曳，还没走几步，就摔了一跤。她吃力地爬起来，又喃喃自语道：“爸爸，你来看我了吗？爸爸！”

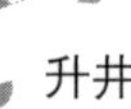

岳鸣扬起脸，在她朦胧的泪光里，沙枣树渐渐地变成了爸爸、妈妈、哥哥。“真的是爸爸。”岳鸣破涕为笑，看见爸爸站在那儿，冲着她笑，她一下子来了精神，勇往直前地往山上爬，可还没走几步，又滑倒了，整个脸“扎”进雪地里，她趴在地上，不能动弹，手上有了血迹。

“岳鸣，岳鸣！”是爸爸的声音。她不想让爸爸看见自己不开心，更不想让家人看见她的狼狈不堪。她倔强地爬起来。风又要把她吹倒了，她吃力地站住，努力往前走，刚迈出去一步，又一头栽了下去，这下不仅手上多了几处伤口，脸上也有了伤口。这些伤口，是被雪覆盖的杂草枯枝弄的。疼！脸上几处火辣辣的痛感，刺激着她的神经。她下意识地抹了一把脸，用力往起站，可她一连失败三次，再也没力气，只能趴在地上，一动不动地休息。

这风太大，这路太滑，这个鬼地方，风，真能将人吹跑。

片刻，她咬了咬牙，放弃了站起来走，而改成往上爬行。她实在太想爸爸了，现在爸爸就在不远处，向自己微笑，并在呼唤自己：“鸣鸣，来……”她一下子被唤回到儿时。小时候，在村里爸爸是最温柔的，每次叫她回家的声音，能引起全村人的羡慕。多想回到小时候啊！那时真傻，总想着长大，觉得长大了好，自己就能做主，不用听父母的唠叨，不受父母的管制，现在想来，被父母唠叨和管制，才是最幸福，父母的爱才是天下最无私的。

“爸爸，妈妈，哥哥！”岳鸣嘴角露出苦涩的微笑，艰难地往上爬，刚爬几下，她的双手已失去知觉。那些隐藏在雪下的杂草，春意盎然时，柔柔弱弱的，可枯黄枯干之后，就有了一定的硬度，像针尖、刀尖一样地锋利。她的手，只要挨上地面，就会被扎伤，但她完全感受不到疼痛，只想着早点扑进爸爸的怀里，将所有委屈倾诉出来。

功夫不负有心人。岳鸣终于扑进“爸爸”的怀里，她将脸贴在“爸爸”的胸前：“爸爸，你们终于来了，你们带我走吧！我实在待不下去了，我过得一点都不好，一点都不开心，一点都不幸福。”

岳鸣紧紧地抱住沙枣树，沉迷在她想象出来的亲情中。

柯耀强吃完早饭，鹅毛大雪依旧在空中乱舞着，他出门去上厕所时，无意间看见岳鸣的身影，在半山腰，艰难地往上爬，他好奇地站在雪中，将这一幕装进眼里，让他百思不得其解的是——这岳鸣是不是脑子被门夹了？这么冷的天，这么大雪，她千辛万苦爬山，就是为了抱一棵沙枣树？

吃醋

岳鸣在山上的举止，都被山下的柯耀强看得一清二楚，他被岳鸣怪异的举止弄得莫名其妙。他不解地看着岳鸣在风雪中的一举一动，看着岳鸣的辛苦，他忘记了寒冷，傻乎乎看着岳鸣抱着沙枣树，再从沙枣树倒在了雪地里，这才慌乱了神，“不能让她冻死，不能让她冻死。”他无所顾忌地向岳鸣跑去。

等柯耀强跑到岳鸣身边，她已不省人事了。如果不是他及时发现，她会被冻死在沙枣树下，从此，人间就失去了这位痴情的女子。

可今天，柯耀强救了岳鸣，将她悲惨的命运延续了下去。

柯耀强很懂岳鸣，因为他们把爱情看得高于一切，都是痴男怨女。

说实在的，柯耀强很羡慕文斌和岳鸣纯真的爱情，岳鸣心甘情愿，为了文斌放弃一切。文斌比自己幸福一万倍，他领回来一个爱他的城里姑娘，并死心塌地和他长相厮守，这是他的本事。可自己心爱的姑娘，却抛下自己去了城里，一去不复返，唉！爱情到底是啥玩意？

柯耀强和文斌的遭遇截然不同，让他嫉妒文斌，同时，他更敬佩岳鸣，这个美丽大方的女子，为了爱情的执着和付出，让他佩服得五体投地。

柯耀强觉得岳鸣这么好，却得不到她婆婆的待见，真是太悲哀了。老天爷怎么不将董月珠收了呀？把她留在世上，来祸害岳鸣。柯耀强心里骂着，看着躺在地上和雪“融为一体”的岳鸣，苍白的脸上没有一丝血色。顿时，一股爱怜和敬仰之情，在他每一个细胞里蔓延着，这么好的一个女子，不能让她这么死了，得赶紧救她。

柯耀强抱起岳鸣，从山上下来，滑倒了三次，他都用身子垫底，不让岳鸣受伤。

文斌疲惫不堪地路过到卫生所门前，被柯耀强叫住了。

文斌愣愣看着柯耀强，心想：这大雪天的，他干吗叫我？

柯耀强大步流星走到文斌的面前，将他推搡着往卫生所走：“文斌，我都不

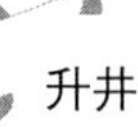

想说你，但你媳妇的事，我还是要说你几句，岳鸣是我肃然起敬的人，唉！你知道那天，为啥宁愿我被埋，也不愿意你被埋吗？因为我想到你有媳妇，以后会有孩子，你得好好活着，尤其是你的媳妇，你把她从外地领回来，你就要负责，好好爱她。”

文斌莫名其妙地看着柯耀强，疲惫的身体不由分说被柯耀强推着往前走。

“瓜怂，你把人家女娃领来，你不好好爱人家，你天理难容！”

“我……”

“我啥哩我！你是男人，是男人就要顶天立地，对自己的行为负责任，更要让爱你的女人幸福。可你做到了吗？进去看吧！”说完，柯耀强头也不回地走了。

文斌战战兢兢进了卫生所，心想：说句良心话，柯哥对我还可以，那天如果没他，受伤的就是我，他命大，而像我这倒霉蛋，不一定有他的好运气，说不准就一命呜呼了。说真的，应该好好感谢他，可他莫名其妙推我进卫生所，还莫名其妙地说岳鸣，岳鸣和他？不！不可能吧？我不相信他，难道还不相信岳鸣吗？可人心隔肚皮，许多事都难说，这世界上最容易变的是人心。

文斌不敢往下想，站在卫生所的走廊上，不知所措。

小小的卫生所，一间诊室、一间药房和两间病房，麻雀虽小五脏俱全。卫生所是矿上人头疼脑热来就诊的地方，遇到“流血事件”能在这儿处理好的，就处理了，处理不好的，医生护士就护送伤员去总院。救死扶伤让卫生所成为神圣的地方，没有病痛，谁也不会来的。

护士从病房里出来，看见文斌，说道：“你可总算来了，你女人在里面，去看看吧！”

文斌走进病房，看见岳鸣苍白的脸陷在白色的枕头里，和白色的被褥融合在一起，如果不是岳鸣脸上有划伤的血痕，很难分辨清哪是脸色哪是被褥。

岳鸣紧闭的双眼宛如镶在眼窝里的核桃，一看就知道是哭过的。

文斌轻轻地走过去，伫立在床前。

半个小时后，岳鸣醒了，看见文斌坐在床边，前后摇晃着在打盹。他筋疲力尽的样子，触碰到岳鸣心里最软的地方，这就是自己死活都要爱的男人，这就是自己为了他，一忍再忍，才将婆婆的跋扈助长起来的男人，这男人到底有什么好？让自己这样死心塌地、心甘情愿地跟着他？

岳鸣不出声地端详着正在打瞌睡的文斌，他就是一个普普通通的男人，优柔寡断，性情软弱，身上也没什么优点，可以说是缺点大于优点，没权没势的，也给不了自己大富大贵的生活，自己都不知道是图他啥？不管是从他自身还是他的家庭，都没什么让人有所可图的，自己怎么就像中了邪一样地爱上他？跟着他跑到这个鸟不拉屎的地方，受这份洋罪还不算，还不受他妈待见，见天都挨骂，自己这是怎么啦？这般作践自己？

真的是脑子里进水了？还是前世欠他的？才被这样安排，爱上他，来受这份罪。趁着没有孩子，离开是最好的选择……可谁又能给自己指出一条明路呢？到底是走还是留？这种日子真是过够了……如果他爱自己，就会和自己一起离开这儿的。岳鸣冷冷地看着打瞌睡的文斌，前倾后仰、摇摇晃晃，差点从椅子上一头栽下去。

文斌也被吓醒了，惺忪地看了一眼，眼皮子又合在一起了，又是摇摇晃晃的。

岳鸣又心疼起来，如果和他分道扬镳了，把他留在矿上，自己估计一辈子也过不好。有些人像烙铁一样，一旦爱上他，就被烙进骨髓里，留下无法抹平的烙印，这烙印终身残留在命里，直到油尽灯枯。自己爱他，已爱到骨髓里，说句心里话，是自己离不开文斌呀！

岳鸣太痛苦了，走，走不了，留下又让人不待见，还整天被婆婆骂。她想和文斌好好吵一架，将委屈发泄出来，压抑的心情能得到一丝缓解。

井下是一个什么样的环境，岳鸣想象不到，所以不敢乱下定义，但井下危险无处不在，这是岳鸣心知肚明的。所以，让文斌保持心情愉悦，才能保证他的安全。一旦爱上了，就不能轻易放手。一想到文斌的工作环境和人身安全，岳鸣心软地又将所有的委屈和痛苦吞咽下去，疼爱地看着他，心想，打完吊针，还是跟他回去好好过日子，宁愿自己受委屈，也不能让他痛苦。

岳鸣等输完液体，才将坐在椅子上打瞌睡的文斌叫醒，文斌不停地问岳鸣怎么在这儿？岳鸣不想给他说家里的事情，就说自己头晕，出来上厕所时，晕倒在路上，被柯耀强看见了，才被送到这儿。文斌半信半疑地看着岳鸣，岳鸣的脸上和手上都有很多血痕，一看就是被抓的。

文斌抓住岳鸣的手，问："你这手怎么啦？脸又怎么啦？"

岳鸣看着自己的手，一下子控制不住悲伤和委屈，才将婆婆骂她和她去山上的事情，原原本本告诉了文斌。其实文斌早知道岳鸣受委屈。岳鸣不说，他就装糊涂，在岳鸣和老妈之间，作为丈夫和儿子，他只能是得过且过、稀泥抹光墙。

可现在岳鸣受委屈了，他真心疼，紧紧抱住岳鸣，心里却打起退堂鼓：爱一个人，就应该让她幸福，可自己给不了她幸福，反而让她受到委屈。老妈固执而强势，钻了牛角尖，谁也拉不回来，她不会改变对岳鸣的态度，岳鸣也就没安生日子过，自己处在这种矛盾中，也很难，一边是生养自己的老妈，一边是深爱着的女人，这两个深爱自己的女人，却水火不容。

岳鸣乖巧懂事，宁愿受伤，也不会去顶撞老妈。老妈却将岳鸣的懂事善良当成了软弱，“人善被人欺、马善被人骑。”这已成了恶性循环，岳鸣越不反抗，老妈越得势，“拣软柿子捏”是人的劣性，老妈也有这劣性。看来把岳鸣留下，是个大错误，与其让她痛苦，还不如放手，让她过她想要的生活，最起码是过不受气的生活。岳鸣呀岳鸣，傻女人，都伤成这样了，还这般的死心塌地！你走吧！算我求求你了，离开吧！想到这儿，文斌不舍地抱紧岳鸣，两行清泪，不知不觉已挂在脸上。

二十三小年已过，寂静了一个寒冬的市场上，开始热闹起来。头脑灵活的矿工，从省城批发市场采购一些稀罕年货拉回矿上卖。矿上人从来对矿工们倒卖的货物，都不还价，人家说多少价钱就是多少。赚了钱的矿工笑得脸都开了花，嘴上说：还是咱们工人老大哥爽快，却在心里骂着：夯客，宰死你们都不知道。也有外面的商贩来矿上，开着货车来，琳琅满目的货物，让矿上的人不出门，就能买到需要的东西。

让人们害怕和纠结的下岗风波，总算在春节前尘埃落定，为了不影响采煤量，又能完成下岗的政治任务，迎合企业转型，矿上全体下岗，然后再签合同上岗，这样很快就打破了“铁饭碗”制度。虽然工人们的“铁饭碗”彻底被打碎了，但还能上岗，还能有一份工作，已经是谢天谢地了。解除了忧患的人们，对这个年更是看重，不用下岗了，也就不用勒紧裤带过日子了。有钱没钱都得过年呀！

柯耀强又去复查了一次，医生说他可以上班了，他激动地给医生鞠躬，他现在太想上班了，只有好好上班，才能有好工资，他要给高原、高姗买最好的玩具、学习用品，一想到纪红云娘仨，他就坐不住了，他想给他们最好的生活，好生活就要有经济来支撑，他现在知道钱的重要性。

柯耀强从医院里回来，第二天，就提着装有他养的十只老鼠的笼子，去上班了。

侯小梅感觉最近一段时间，周围的人总是很怪异地看她，但她不知道这怪异的眼神里蕴藏着什么？她越来越觉得矿上的人，在她背后指指点点，戳她脊梁骨。侯小梅意识到这一点，就琢磨起来：难道我和杰远，被人发现了？不可能，杰远做事很谨慎，我们小心翼翼，怎么会被人发现呢？可是不被人发现的话，怎么有这样怪异的眼神？事情肯定暴露了。侯小梅想到这儿心里很害怕，但转念一想：可能是自己太神经质。于是，她处处留意别人眼神，确认过眼神之后，她开始恐慌不安起来。

侯小梅轮休的大清早，侯母就让她去市场上买些肉和大葱，说想吃纯肉饺子。侯母说完，端着大茶缸去打麻将了。侯母整天在麻将桌上度过，家里的所有活，从来都不干。侯小梅休息，才将家里里外打扫一遍，好在家里没小娃娃，收拾一次，也能保持好几天。侯小梅将家里收拾干净，洗头、化妆，拾掇得漂漂亮亮，才去了市场。

男人们在市场上找个背风的地方，云集了好几堆，叽叽喳喳的，听不清他们都在议论什么。侯小梅对男人们的谈话不感兴趣，只想买好肉和大葱，回家包饺子。有眼尖的男人，看见侯小梅过来，就用胳膊肘子撑了撑身边的人，用眼神示意——侯小梅来了。

侯小梅嘎达嘎达的高跟鞋声，越来越近，市场上的男人，齐刷刷看着她。

侯小梅并不在意这些怪异的目光，傲慢地走进老徐家的大肉铺子。

正巧，刘爱爱花枝招展的也在铺子里，见侯小梅进来，故意挑三拣四：“老徐呀！你这肉，有没有五花肉，我家大木想吃饺子。”说实在的，刘爱爱除了嫉妒侯小梅，还有憎恨。

老徐拿着油腻腻的刀，指了指一块很整齐的五花肉：“这块好，你看肉色新鲜很！”

刘爱爱扒在肉上看了一下，给老徐挤眉弄眼：“你这肉，看着漂亮，但有一股骚味。”

老徐明白了刘爱爱的暗示，笑着说：“骚猪肉，你不知道，这猪活时，那骚劲……”

“骚劲？猪还有骚劲！那是猪骚还是人骚？”

老徐乐了：“当然是人骚，婆娘堆里数你爱爱骚，姑娘堆里……”还没等老徐说完。

市场上打架声已传进来：“狗日的，你胡说八道！”这是胡大木的声音。

“我说人家风流韵事，关你屁事。”这是田埂的声音。

刘爱爱听到胡大木和田埂吵架，就放下她和老徐的指桑骂槐，往外走。

侯小梅赶紧侧身给刘爱爱让路，却被刘爱爱有意无意地踩了一脚。

刘爱爱风风火火出去，融进男人堆里。

侯小梅没看热闹的习惯，蹲在地上揉揉被刘爱爱踩疼的脚，站起来，走到肉案前。

老徐踮着脚尖往外看，压根不理侯小梅。

侯小梅也往外瞄了一眼，胡大木和田埂已扭打在一起。

男人们将两个主角围在中间，形成了一个小擂台，让他俩尽情发挥各自的长处，片刻，他们就扭成麻花。刘爱爱出来，不问青红皂白也加入进来，让围观的人，笑得前仰后翻。

刘爱爱护着胡大木，明显在拉偏架。

有人起哄："男人们决斗呢，你一个婆娘家掺和啥？"

"婆娘家下去，下去。"

"刘爱爱，你还护着胡大木，你知道胡大木为啥和田埂打架？"

刘爱爱一听不劝架了，站住问那个人："为啥呀？"

那个男人幸灾乐祸地说："胡大木有了新欢，你还在这儿护着他。"

"那个不要脸的婊子是谁？"

男人得意扬扬："胡大木吃八竿子打不着的醋，为一个漂亮的女人和男人睡觉的事情。"

老徐这才回过头，很怪异地看着侯小梅。

侯小梅觉得老徐很恶心，随便买了一块肉，出了肉铺子。

围观的人更加起哄起来，还有人冲着侯小梅吹哨子。

侯小梅已知道胡大木和田埂打架的原因，连大葱也没买，就急忙往回走。身后传来刘爱爱的骂声："她不要脸的和男人睡觉，还让我的男人为她吃醋、打架。胡大木你这没出息货，为一只破鞋……"

"啪！"胡大木的大巴掌，扇在刘爱爱的脸上。

这下热闹到了高潮，刘爱爱将头倚在胡大木的怀里："你打呀！你今天不把老娘打死，老娘和你没完！"

田埂一看胡大木两口子扭打在一起，幸灾乐祸地冲着刘爱爱说："刘爱爱，你傻呀！你和胡大木打，他会把你打死，那不就遂了他的愿？你死了，不就给人家提供了地方？"

刘爱爱一听这话，不和胡大木打了，坐在地上，两腿不停蹬着地，一把鼻涕一把泪地哭说：“我的命好苦呀！妈呀！你把我嫁给这个没良心的，他却为了一个婊子，打我。”

胡大木被气得嘴都发紫了，扭头回家了，看热闹的人们起哄更厉害了。

“嗷嗷！胡大木别走呀。”

“你嗷嗷嗷地叫唤什么呀？像女人……”

“想要生活过得去，头上总要顶片绿。”

“爱爱呀，你给胡大木扣的绿帽子还少呀？”

刘爱爱看自己被人当猴耍了，还让这群无聊的男人看热闹，心想：美死你们，老娘才不让你们看不掏钱的热闹呢！刘爱爱冲着男人们骂了一声：“你妈才嗷嗷地叫嘞！”说着爬起来，故意在人堆中拍打身上的黄土。

黄土一股烟，从她的衣服上冒出来，呛得围观的人赶紧散了。

刘爱爱也不买肉了，拍着屁股回家了。

反思

回到家里，侯小梅没做饺子，而是捂住被子，伤心欲绝地大哭了一顿。她边哭边为今后的生活做打算：想想和王杰远这么多年，他好像不爱自己，只想得到自己的身体，却从来不替自己考虑，自己一个黄花大闺女，把全部都给了他，他却不愿意给自己一个名分。每次只要提出和他结婚，他就支支吾吾把话题引开。从这一点上看，他压根没打算娶自己，自己这是图什么呀？图他的爱吗？他有爱吗？

侯小梅心情很糟糕，真是唾沫星子能淹死人，被人指脊梁骨的滋味，实在不好受。

傲慢的侯小梅，怎能忍受被人唾骂？为了王杰远，她已做过了三次人流。人流对身体的伤害，她心里清楚，一个女人能做到这一步容易吗？她每次做完人流，都会痛苦难受好一阵子，这种痛楚，她没地方诉说，只能憋在心里。她身上的肉，被一次又一次地割掉，她多么舍不得呀！她多么想为王杰远生一个孩子，孩子最能证明她爱王杰远的深度，她想和王杰远做平凡又恩爱的夫妻。

可每次王杰远知道她怀孕了，都会千方百计地说服她去医院做掉孩子。她不敢在本地的医院做，每次一个人偷偷去省城，找不同的医院将心肝宝贝做掉。她现在一想起来，孤独无助地躺在冰冷的手术台上，任医生们“宰割”，那种钻心的疼痛，以及冰冷的手术刀刮遍整个子宫内膜，硬是将蓬勃发育的生命像刮肉片一样地刮下来，这种钻心的疼痛，不是一句词语能形容的。女人往往对肉体上的疼痛，不是很敏感，但心灵的疼痛，是她们无法忍受的。

侯小梅想起做人流的经历，身子不由自主颤抖着。她肉体上的疼痛，远比不了她心灵上的疼痛。她最后一次做完人流，麻利的老医生帮她穿好裤子，将她扶下产床，对她严厉地说：“姑娘，要学会珍惜自己，你不能再做了，再做，你以后就怀不住孩子了。”她听了女医生的话，立即放声大哭。任凭白发苍苍的老医生和年轻漂亮的小护士劝说，她就是控制不了悲伤，眼泪像断线的珠子，一个劲地滑出双眸。

一次一次地伤过，侯小梅一次次心甘情愿为王杰远牺牲，可现在，他们的关系已败露，她该怎么办呢？这对王杰远会有什么影响呢？她不想影响他的大好前程，如果因这件事，让王杰远失去官位，她也不会安心的。王杰远一定会受不了，他已经当官当上瘾了。

痴心的侯小梅，考虑最多的不是自己，而是她深爱的人的前程。侯小梅知道王杰远是个野心勃勃的人，在他的眼里，仕途很重要，比侯小梅重要。事情到了这份上，可怜又痴情的侯小梅，没精力考虑自己，而是不断地替王杰远担心，如果他没了官位，没权力，他怎么活呀？这不是要了他的命吗？为了不让他受到影响，必须尽快将关系弄成名正言顺，只有和他结婚，才能堵住这被捅破的秘密。

晚上，在排山倒海的缠绵之后，侯小梅向王杰远提出结婚的事情。

王杰远不耐烦："梅梅，你怎么老想着这件事情呢？我们这样不是很好嘛！"

侯小梅听了王杰远的话，心里很不舒服，坐起来准备穿衣服。

王远杰一把将侯小梅拉进怀里："生气啦？你知道我不是那个意思，等时机成熟了，我自然而然会娶你的。"

王杰远的借口，让侯小梅心里明白了，他的态度和以前一样。侯小梅开始心寒，明白自己在他心目中的分量，一直以来，他都在给自己画大饼，这大饼画得很有技巧，让自己无法识破，而且还沉醉在他给予的美好中，觉得幸福，觉得他是爱自己的，可一说到结婚，他就急了，这种态度证明了一切。

此刻，侯小梅没绝望，依旧对王杰远抱有一丝幻想，很担心地说："我们的事情，已在矿上传开了，要么我们结婚名正言顺，要么我们分手，这样对你对我都好，你好好考虑考虑。"

王杰远并没像侯小梅这样紧张，依旧不在乎她的话，抚摸着她白皙光滑的后背："放心吧！你只是多疑了，没人知道我们的事情。"

侯小梅很不安地说："可是……"还没等她说完，就被王杰远胡子拉碴的嘴巴堵住了。

王杰远现在真是好运连绵不断，自从他当上生产副矿长，好日子才真正来到了，在岗位上他大展身手，权力给了他呼风唤雨的能力。虽然是副手，但他的权力很大，这就是能力的问题，别看矿长是正职，可什么事情还得和他商量呢！官场上的风云变幻，同样在苍穹矿上上演着，有人的地方，就是江湖，勾心斗角的事情，哪儿都有，就看处在矛盾中的人，怎么样去处理。再复杂的事情，在王杰远跟前，都是小菜一碟，他将所有的事情，都视为掌中玩物。

虽然是三九寒天，王杰远心里却是春意盎然，矿上关于他和侯小梅的流言蜚语，他早有耳闻，他不但不生气，反而心里还美滋滋的，他手里有把无形的刀子——权力。权力真是个好东西，杀人不见血，有了它，既能笑傲江湖，又能戳破红尘。再说啦，哪个猫不贪腥吃？哪个男人没个皇帝梦？爱江山更爱美人，人人都喜欢被众星捧月、花团锦簇。现在自己坐上矿区的第三把交椅，还怕啥？有这些理论做指导，王杰远更是目中无人了。甚至于，他在心里还渴望和侯小梅的流言蜚语，来得更猛烈些，这样的话，侯小梅就成了他一个人的，那些“烂猫啊狗的”也会对侯小梅敬而远之。

侯小梅的担心受怕，却成了王杰远的喜上眉梢。

让王杰远心花怒放的还有另一件事情，在他不知晓的情况下，正在悄无声息地发生着。

自从和柯耀强谈心之后，柯耀红一直忙得不可开交，年底了，各种报表让她头疼，等她把手头的工作忙完，长长地出了一口气，才感觉轻松了，一边活动脖子，一边端着茶杯，往窗子前踱步。她在二楼办公，窗子对着市场，没事时，她喜欢站在窗前，透过玻璃，看市场上的烟火人间。

“五豆腊八二十三，过年只剩七八天。”这首童谣，在她耳边响起，勾引起她苦难童年许多往事，但她不愿意回忆，她一直都觉得人不能活在回忆里，往事好与坏，都不重要，重要的是要往前看，将接下来的日子过好，才是最大的能力。

市场上的吵闹，将柯耀红拉回到现实，随着年的脚步越来越近，市场上热闹非凡，蜗居了一冬天的人们，在吃过腊八粥之后，就慢慢地操办年货。“宁穷一季，也不穷一节”的思想，在人们脑海里根深蒂固。年，又是国人眼里最大的节日，更不能吝啬的，所以，有钱没钱，都要将年过好，该买的，不该买的，只要在市场上出现的货物，大家都抢着买。只有把年货办得丰富，年才能过得红红火火，年过好了，一年才能好运连连，财源滚滚。

柯耀红将一杯水喝完，又回到办公桌前，抓起电话，沉思了一下，又放下电话，觉得还是回娘家一趟，当面问问弟弟的情况，她一想到弟弟的婚事，头又大起来。柯耀强的婚事，都成了她的一块心病，眼看就要过年了，一过完年，他又长一岁了，人一过三十五岁，就要和时间赛跑了，他的婚事，不能再拖了。

柯耀红背上包，出了办公室，就往娘家走。矿上人都说弟弟是性无能，其实弟弟是心理障碍，弟弟害怕结婚生子以后，像爹一样在井下牺牲，他的孩子像他一样生活在这个世界上，受尽人间疾苦。弟弟的心理疾病，让深爱他的田倩倩在绝望中去深圳打工。因为苦闷，他借酒消愁，却在酒精的作用下，胡乱地说出田倩倩去深圳的前一夜，和他在后山“风花雪月”，弄得老田家人在矿上抬不起头来，从此恨死他了。

柯耀红想到这儿，脚下就带着风，穿过市场，往娘家走。

柯母正在做饭，看见柯耀红风风火火地进来，吓了一跳，不知道出了什么事情，二女子没事是不会来的，她来肯定是有事，柯母赶紧在柯耀红的脸上寻找答案。

柯耀红见老娘担心受怕地看着自己，才意识到自己的错，这么着急忙慌地进来，不把老娘吓坏才怪哩。她赶紧说：“我这几天忙得顾不上做饭，志国去局里开会了，我和冯超没饭吃，赶紧来报个伙。”

柯母一听，心情放松了一点，但不信任地又在柯耀红脸上看。

“真的，我的娘哩，你中午做啥饭？”

“加工面。”柯母木讷地说。

“加两个人，够吃不？”

“够，够，我再和些面。”

“麻烦死了，不和面了，多放点菜，给上班的人吃干的，咱们吃汤面。耀强呢？”

“他去上班了，没啥事吧？”

“能有啥事呀！就是问问他的婚事。”

“他最近好像和纪红云走得近，还给纪红云的娃做木头枪呢！”

“真的吗？和纪红云也行，耀娃这年龄真的很尴尬，娘，你可不要嫌弃。”

“嫌弃啥？只要耀娃能把纪红云娶回家，我就烧高香了，喜欢都来不及哩，还嫌弃。”

“娘，这就对了，只要耀娃幸福，就是咱们最大的心愿。可不敢节外生枝，要趁热打铁，差不多就给把婚结了。”

“等他今天回来，我就和他说说。”

“要是能行，正月就给把婚结了，省得夜长梦多。”

知道弟弟和纪红云来往了，柯耀红才放心了，但愿这俩人能走到一起。

这天，王杰远春风得意地走进办公室里，刚在堆满材料的办公桌前坐下，一阵敲门声就响起了。他顺手拿起一份第四季度的生产表看着，冲着门口喊了一声："请进！"

门被推开了，进来的人，让王杰远着实吓了一跳，他的脸当即发白了。来客却是嬉皮笑脸的，看见他紧张的样子，赶紧关上门，径直走到办公桌前，将手里的大哥大重重地撴在办公桌上，脸上的横肉颤抖，说："王老哥，近来好呀！"

王杰远翘着嘴巴，从牙缝里挤出一句话："你怎么来了？我不是叫你别来这儿，你……"

来客不等王杰远说完，就打断了他的话："王老哥，我不到这儿找你，我去哪儿找你呀？"

王杰远瞪着来客，气得嘴巴颤抖了几下，却说不出一句话。他起身准备出去，被来客挡住了。

来客依旧嬉皮笑脸，拽住王杰远的胳膊："王老哥，你就这样不愿意见我呀？我可是你的财神爷，我是来给你送这个。"说着，用他胖乎乎的大拇指和食指做着搓钱的动作。

王杰远看着来客胖乎乎的指头，他觉得这个人身上，只有这手指头可爱。几年前，他第一次见这个指头搓钱的动作，就喜欢上了，还不要说，如果当年没这手指头帮他的话，他也没今天的一切。他用这双手递给来的钱，打理了仕途上所有的关卡，才能升官发财，如今再见这双手，他真觉得十分的亲切。

王杰远对来客的手指头比较感兴趣，但他冷冰冰地说："付老板，有话你快说，我还有一个会要开。"

付老板听王杰远这么说话，胖乎乎的手就势握住王杰远的手，很友好地说："王老哥，在这儿谈不方便，晚上我请你到香满楼吃饭，到时，我们再慢慢谈。王老哥，这次绝对是好事。"

王杰远点点头，不敢让付老板在办公室里久留，想早点打发他走。

付老板见王杰远点头答应了，就拿起桌子上的笔，在一张纸上写下一串数字，递给王杰远，拿起桌子上大哥大，边往外走边说："这是我的大哥大号码，下午下班，你给我打电话，我用车来接你。"说完就出去了。

王杰远站在原地，下意识地看纸条上的阿拉伯数字发呆。王杰远的心情，好久都没像现在这样凌乱，想想几年不见，这家伙不仅有车子，还有这个新玩意儿——大哥大。像砖块一样的大哥大，在大城市已快要过时了，可在落后的矿上，却是新鲜玩意。王杰远还是在电视上见过大哥大的，没想今天居然见到真货了。

付老板一定是开小煤窑赚了钱，而且赚得还不少了。

“付老板能有今天，那也是我王杰远的功劳。”一想付老板没开小煤窑之前的那副穷酸样，再看看现在财大气粗，王杰远就来气，心想：想当年我不把图纸偷偷地卖给你，你能有今天吗？当国家大力取缔小煤窑时，我真为你狗日的捏了一把汗，害怕你被抓了，那几年，我俩真是一条绳拴了两个命运相连的蚂蚱，现在看来我的担心很多余，你狗日的活得好好的。

付老板这老狐狸，哪能让人随便抓住尾巴呢？“看来我还得向这老狐狸学习。不知道这狗日的找我什么事情，现在国家已不让擅自开采煤炭了，可这煤炭就是黑晶晶的金子。看着金子，谁不眼红呢？年轻时，我真不懂得为官之道，那时胆子太小了，常常到嘴边的肥肉，不敢吃，让许多好机会都错过了，如果再有机会，我绝不会让它白白地溜走，这就叫有权不用过期作废。”王杰远坐在办公室里，一上午都在想着他的发财梦，他觉得付老板来，一定是有事情，要好好地抓住机会，才能对得起手里的权力。

王杰远在心里盘算着怎样去利用这次机会，才能狠狠地捞一把。这可能是最后一次捞钱，也可能是老天爷对他最后的眷顾了，说一千道一万，都要抓住这次机会，要不然到死都是后悔莫及的。一整天，王杰远心情都无法平静，下班之后，他拨通了付老板的大哥大。

侯小梅并不知道王杰远和付老板的约定，整个班上她都心神不宁，从嗓子眼到胸口之间，总感觉有个东西在蠕动，这是从王杰远沾沾自喜和满不在乎的态度中产生的闷气，堵得她心情很不好。她为他提心吊胆，他却不在乎，对她提的要求又胡搅蛮缠，不费一点力气就敷衍过去了。作为一个大龄女、一个情人，要求转正，也不过分吧！可王杰远呢！一说这事，就用一大堆的理由来搪塞，纯粹把她当成傻子，现在的她并不是当年的小女孩。当年，她因从小缺少父爱，又怀着“滴水之恩当涌泉相报”的心情，才一步步被王杰远勾引到床上，他利用了她不谙世事的纯情，将她变成今天人们嘴里的破鞋、烂货，可他对她的名誉并不在乎。

现在他们的关系已白热化了。当然了，侯小梅并不知道捅破这层“窗户纸”的人是赵聪儿。如果她知道，一定会杀了赵聪儿，可惜因她的冷傲、不和人接触，所以，也没人会告诉她，只能从人们看她的眼神，明白了事情已暴露，她成了人人唾骂的婊子。

侯小梅想向纪红云倾诉一下，但转念一想，难以启齿的同时还有很大的不信任，她要是倾诉出来，那就是不攻自破地承认了，如果不承认，矿上只是流言蜚语，而没有实质性的“见证”。但不说出来，侯小梅实在太难受了，胸中有一股火，她越压抑，这股火越要往外喷。她看了一下埋头干活的纪红云，摇了摇头，还是不说为妙，不要将吐苦水变成了另一种是非的开始。不说出来，可她又觉得太压抑了，这样下去她会生病的。

“人总是要寻求发泄与安慰的方式。”这一句话，在侯小梅的脑子里回旋，她在心里默念着，就品出了哲理性，她有点不敢相信自己能想出这么富有哲理的句子来。但这句话在她脑子里回旋，是从哪本书里看到的？还是自己想出来的？不管是看到的，还是自己想出的，都应该记录下来，她将这句话写在纸上，目不转睛地看着，心情有所平静，灵光一闪让她找到了倾述的对象——写出来，用日记的形式，将自己苦闷、难以启齿的事情，都写出来，这不是很好的倾述方式吗？对，以后就写日记，要买一个带锁的日记本。

侯小梅拿定主意，下班后，买了粉色带香味的日记本。回到家里，冰锅冷灶的，她已习惯了，心情不好，没胃口吃饭，就泡了一杯茉莉花茶，坐在客厅里的小板凳上，将笔记本铺在茶几上，一股淡淡的清香扑鼻而来。

侯母又去打麻将了，屋里很安静，侯小梅文思泉涌，她在第一页写下：

> “命运让人捉摸不透，又冥冥之中自有安排。
> 而在人生中，命运的安排没有对错，只有好坏！”

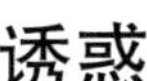

诱惑

在香满楼的豪华包厢里，王杰远已被付老板带来的两位漂亮小妞，灌得稀里糊涂。

付老板觉得火候差不多了，向妖艳的小妞们摆了摆手。小妞们会意地在王杰远的脸上，左右留下两个香吻，才离开了。付老板移到王杰远的身边坐下，低声说：“王哥，我们的好运气又要来了，这次好好大干一场，咋样？”

王杰远脸红得好像鸡冠子，满嘴的酒肉味，还在小妞们设计的仙境里摇摇欲坠地回味着，压根没心思听付老板的话，嘴里直说：“美女，美女，哥哥就喜欢美女，来，喝酒喝酒。”手里的酒杯摇摇晃晃，就像深秋里的残叶，在风中摇曳着。

付老板夺过王杰远的酒杯，狠狠地往桌子上一顿，在他的脸上吹了一口气：“王老哥，小妞已被我打发走了，你别给我装了，我知道你心里清楚着呢。”

王杰远双手捋了捋花白的头发，头发确实被小妞们给揉乱了，他把凌乱的头发捋顺，眨眨布满血丝的眼睛，环视一下包厢，最后将目光停留在付老板的脸上，吞咽着唾沫说：“你真是的，酒还没喝尽兴哩！把美妞给我赶走了，我和你大老爷们喝酒没意思，不喝了。”

付老板伏在王杰远的耳边嘀咕了一会儿。

王杰远的脸色从通红变成粉红，最后变成煞白，惊慌失措地说：“不行，不行，我不会提着脑袋干这件事。”

付老板冷笑一下：“王老哥，你可是我心目中的大英雄，别那么没胆量，想当年，你还不是将图纸卖给我？这次你一定会和我合作的。”

还没等付老板说完，王杰远脸上的汗珠子已流淌下来了：“这一次，我说不行就是不行，没商量的余地，形势不同了，国家下力度取缔小煤窑，你还敢开小煤窑，那不是往枪口上撞吗？”

付老板又冷笑了一下，胳膊搭在王杰远的肩上，很认真地说：“这个你放心，我上边有很硬的关系，你只是给我提供图纸。”

王杰远瞪了付老板一眼：“你说得轻巧呀？我把图纸给你，就等于将我的脑袋提在手里，国法难容，这是玩命哩！”

付老板没接王杰远的话，只是举起胖乎乎的手，挓挲起五个因为胖看起来短小的指头，在王杰远的面前晃了晃：“老哥，可是这个数，不少了。”

王杰远目视前方，余光看着五个胖乎乎的指头，他再一次觉得这五个指头太可爱了，五十万是个啥样的概念？别说那些在井下劳作的下苦工人，在“窝头”上啃一辈子，也见不到这么多钱，就连自己这个矿领导，一辈子不吃不喝，也攒不到这个数，五十万可以在省城里买一套好房子，还可以买一辆车，还可以买一个大哥大……如果是这样的话，我就给侯小梅在省城买一套房子，把她养起来，她就不会闹了。

“不能让老狐狸看到我的心思，我还要将价钱抬高，没我提供大矿的图纸，他的发财梦也很难实现。看来这家伙已不是尝到，而是吃上小煤窑的甜头，冒着性命危险来干这件事了，那么勒索一下他，也不过分，要是翻船了，我死了也值。”王杰远想到这儿，很不友好地将付老板的胳膊从肩上取下来：“付老板，不是我不合作，只是，我不能冒生命之险呀！”

付老板说服道：“王老哥，这一次可是五十万呀！不少了，有人几辈子也见不到这么多，你想想，我们谁不是提着脑袋在干活呢？在‘窝头’下苦的工人，累死累活，一个月才挣几百块钱，还要养家糊口，他们不是提着脑袋拿命换钱的？我不说，你比我清楚，咱们也别打着灯笼偷驴子——明人不做暗事，就这个价钱，已不少了，我觉得你干这一次很值得，你自己好好想想。”

原以为付老板能再加钱的，没想到这老狐狸还是将王杰远看得很彻底。在这个时候，只要不妥协，加价就不成问题，没有图纸，他们的小煤窑也开采不出来煤。在风声这么紧的情况下，他们没图纸，也不敢胡乱开采。王杰远想到这儿，不动声色地起身就要走。

付老板一看王杰远要走，赶忙起身拦住：“王老哥，看在咱们以前的交情上，这一次你高抬贵手，帮帮我。”

王杰远故作生气的样子，甩开付老板的手：“我不能拿身家性命开国际玩笑，你还是另请高明吧！”

在苍穹矿上，图纸只有王杰远一个人掌握着，这一点付老板心里很清楚，他也清楚王杰远之所以这么说、这么做，都是为了加钱。付老板将王杰远按得坐

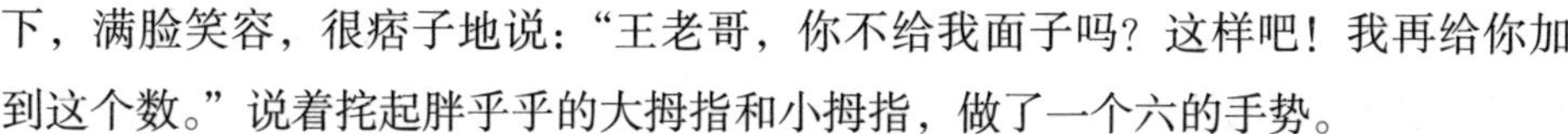

下，满脸笑容，很痞子地说：“王老哥，你不给我面子吗？这样吧！我再给你加到这个数。”说着挓起胖乎乎的大拇指和小拇指，做了一个六的手势。

王杰远心里对这个手势很满意，但表面还是无动于衷。

急得付老板呲牙咧嘴。

王杰远拿捏住情绪，不让付老板看出一点破绽。

两人不语，却在心里盘算着，沉默的表情下，蕴藏着波涛汹涌的心情。许久，付老板打破这份看似很平静的沉默，狠狠心地说：“王老哥，我再给你加五万，你要是答应，咱们还是兄弟，你要是不答应，那么我也就不求你了，我是个不知道死活的人，也是一个不达到目的誓不罢休的人。”

王杰远知道付老板这是威胁，也知道付老板不是个省油的灯。再说六十五万已是个天价，人要知足，只要能利索地拿到这笔款子，自己的后半辈子也就不愁吃喝了，也能金屋藏娇，将侯小梅这个美人儿养起来。王杰远捋着头发，沉思起来。

付老板一看王杰远的样子，知道这事成了，这就是钱的魅力，他不失时机地说：“王老哥，还是按照以前的规矩，我先给你一半的钱，剩余的，就一手交钱一手交货。”

王杰远点点头，热情地握了握付老板胖乎乎的手，友好地告辞了。

从香满楼出来，一阵刺骨的寒风，将王杰远吹得打了个激灵，也将他的酒劲吹散了一半，他慢吞吞地往矿务局大院老丈人家走去，他想去看看老丈人和瘫痪的妻子。刺骨的寒风，一浪又一浪地从他的领口、袖口、裤腿往里钻，但他心里像熊熊烈火，让他并不觉得这刺骨的寒风有多么冷，反而觉得这样的夜晚很惬意，这样的寒风很懂得风情。

胡大木同样在三九寒天里，春风得意、耀武扬威。

胡大木把耻辱深深地埋在心里，威风凛凛地当起了采煤队的队长，现在，他越来越觉得，这绿帽子戴得值。当领导就是不一样，背着手，啥也不用干，而且，在采煤队这块小天地里，可以呼风唤雨，自己说一，别人不敢说二，只要将手下的人管好，不出什么大乱子，生产上没伤亡，安全地挖出煤来，这日子好过得很。

权力真的是个好东西，胡大木不再愁没好酒好肉。三天两头，就有人偷偷摸摸地给他送酒送肉，他嘴巴比以前油腻了，不再是干瘪皴裂了。对于那些送礼的人，胡大木高兴时，起身迎接一下，不高兴时，可以不理睬。理睬不理睬，完全

看胡大木的心情。这就是权力的好处，一顶绿帽子，怕啥？吃香喝辣，被人高高抬起，才是最好的活法。

胡大木现在有了活法，就要想着怎样活出滋味来。

生活滋味，这玩意可真不好掌握呀！这是一门艺术，艺术懂不？在矿上，懂艺术的有几个？看着那些提着礼物、脸上堆积着笑容、点头哈腰的矿工，胡大木不由自主地鄙视他们。有时，他也想当年自己点头哈腰时，还不是硬着头皮，接受鄙视，那滋味真不好受。现在自己已熬出头，你们就慢慢熬吧！奴才当了主子，才会比主子更可怕。因为，懂得顶头上司的各种阴险狡诈，更知道从底层一步一步，往上爬的艰辛以及各种不公平的待遇。

能从底层历尽尔虞我诈地爬上来，等他到上层时，他早已学会各种手段，玩起手段来，比他“老师”们更加狠，这就叫后浪推前浪，一浪比一浪强。你们就接受吧！心里别难过，我是一个受过压迫的人，最能理解受压迫的心情，更知道用什么方法去压迫别人，要将老子受过的骂、挨过的打，连本加利地还给你们，你们也要好好接受。胡大木现在是走路、吃饭、穿衣、睡觉，都在想着他手里的权力，能给他带来什么样的效益。

无人时，胡大木心里谋划着要利用权力，得到一些实惠的东西，但又觉得自己的位置还不牢固，所以他还是处处小心，“县官不如现管，有权不用过期作废”的道理他懂，他不会放过每一个能捞油水的机会。

几乎整个队上的人，都领教过胡大木的阴招，对他心生畏惧。有眼色的，就想尽办法巴结胡大木。很快，队上就有一股很有潜力的恶风，刮过每个人的心头。

胡大木的土皇帝梦，也就真正开始了。

眼看年的脚步一天比一天逼近。胡大木接受“孝敬”的档次，也疯狂往上飙，吃喝玩乐一条龙的服务，早已满足不了他的心。在经济大潮下，人心向前（钱）才是最接地气的。胡大木爱钱的欲念，不知不觉歼灭了他好色的秉性，女人玩多了，也就觉得乏味了。不知从何时起，他变得爱钱如命，连他也不知道，自从知道自己这么爱钱之后，有工友再请他去“东莞苑”一条龙时，他都一口拒绝了。这让那些想巴结他的工友们费尽心思，也不知道怎么去“热脸贴冷屁股”了。有脑子活泛的，用城里人行贿的手段，将钱放在礼盒里，也放进水果里、挂面里。走的时候，能说会道的，用婉转的语言提示：提来的礼品里有“硬货”；嘴笨的、老实的，就用眼神或者肢体提示。

尝到甜头的刘爱爱，等着客人一出门，就迫不及待地在来人提的东西里找，并把钱的多少告诉胡大木。胡大木根据钱数，给工友们分配活的轻重。有了价钱这杆“秤”，胡大木给矿工们分配工作就轻松多了，这下可苦了工友们，送最少的人，那真是肉包子打狗——一去不复返，脏活累活还是他们的。送差不多的，是赔了夫人又折兵的，但比肉包子打狗强，好事还能隔三岔五地“遇上”。送了钱又得不到好处的工友，就开始琢磨为啥送了钱，还得不到想要的“照顾”？其实这是秃子头上的虱子——明摆着的事，参透了这个“玄机”，工友们在暗中抬高了对胡大木受贿的数额。

乐得胡大木和刘爱爱，常常半夜都趴在被窝里数钱。

有了钱的刘爱爱，没事就关起门，在家里数钱。反正大冬天的，矿上的人，像黑熊一样，都处在半冬眠状态，没事不出门。女人们也不串门子拉家常，都窝在家里，男人不上班，就快活地享受一下。男人上班去，女人就在家里洗洗涮涮，没几天就要过年了，女人们的家务活都很繁重，哪有时间和心情去串门子？

这就给刘爱爱提供了数钱的频率和胆量。她将水缸下面、花盆下、柜角，凡是她认为最安全的地方，都藏着钱。没事时，她“翻箱倒柜”把藏好的钱取出来，盘腿折脚坐在床上，一遍一遍地数钱。一沓沓用血汗换来的人民币，在她手里被翻动着，发出清脆悦耳的“哗啦哗啦”声，就像一首美妙无比的曲子，其实那声音单调得只有“哗啦，哗啦”，以及她一二三的数数声，却让她听出美妙无比的感觉。她将所有的钱，数两三遍之后，又包好藏起来，心里美滋滋的。

“吃水不忘挖井人”。胡大木能有今天的荣华富贵，都归功于自己能征服王杰远，也才有自己穿金戴银的奢侈基础，今天的一切美好，要感谢王杰远，更要感谢自己的“武器”。想到这儿，刘爱爱不由自主地挺了挺胸，半老徐娘的她，却像少女般的圆润。

这会儿，一想到王杰远，她蠢蠢欲动起来。“这死鬼，几天不来，还有点想他。”心里痒痒的刘爱爱，在厨房里打转儿，她这会儿真像是快要干渴的小草，急需要甘露的滋润。

虽然有胡大木常滋常润，但胡大木每次都猴急猴急的，毫无浪漫之言，三下五除二就完事了，她觉得没意思。王杰远就不一样了，他像个贪吃鬼，对刘爱爱爱不释手，每次都让她心荡神摇，他才“善罢甘休”，他总是能照顾到刘爱爱的情绪和感受。

没上过学的刘爱爱，这几年跟着儿子学，一下子就喜欢上了成语，为了学好成语，没事就翻儿子的字典。人真是要活到老学到老，刘爱爱现在能看书读报，也算是半个文化人，就连她想心事，也是妙语连珠，成语连句的。欲望之火，一旦被点燃，就会欲火中烧，让人坐立不安。刘爱爱压抑着，但还是压抑不住，她看了一下墙上的表，时间还早。她沉思了片刻，就麻利地洗脸化妆，在镜子前打扮起来。

刘爱爱浓妆艳抹了一番，把过年的新衣服拿出来，放在床上。觉得应该洗洗身子，尤其是去见重要的人，不能有异味。她拿着专用的小塑料盆，倒上开水，又撒了一点食盐在水里。食盐有杀菌作用，用食盐水洗，不伤皮肤，还有清爽之感。水盆里袅袅升起的水雾，像婀娜多姿的仙女，甚是好看。刘爱爱将炉膛加满煤，拉上窗帘，房间里就暗淡下来。

炉盖红彤彤地冒着热量，炉盖上的水壶，发出“吱吱”的声音。

刘爱爱脱去外裤、棉裤、线裤，两条白莲藕般的腿，毫无遮拦地裸着，她走过去，享受着水的温暖。

洗干净身子的刘爱爱，穿上新衣服，扭着丰乳肥臀的身躯，花枝招展地去找王杰远了。

礼物

就在刘爱爱花枝招展地去找王杰远的同时，在口子区熙攘的大街上，柯耀强怀里抱个毛茸茸的小兔子，这是给高姗买的。腊月二十八的口子区，异常热闹，一派繁荣昌盛景象。从各个矿区以及矿务局周边农村赶来办年货的人们，将只有一条街道的口子区塞得水泄不通，黑压压的人群摩肩接踵。两边的小商贩，将这条最繁华的街道，分成东西两区，服装日用在东区，蔬菜肉类糖果瓜子烟酒都在西区。东区拥挤着小媳妇大姑娘，花花绿绿、千姿百态，像沸腾的开水锅，沸腾成一片眼花缭乱。

柯耀强从东往西走，想着要给高原买个什么礼物。高原、高姗的幸福快乐，是柯耀强最大的心愿。这几次和纪红云的接触，更觉得她和别的女人不一样，但不一样的地方在哪儿？他又说不清楚，就是觉得不一样。对，过年也给她买个礼物，他还从来没给女人买过礼物哩！

买个啥好呢？柯耀强心里盘算着，四处张望，人山人海的街道，过年的物品琳琅满目，让人眼花缭乱。看着花花绿绿的街道，让他更不知道买什么好了。买件衣服，这太俗了，更何况不知道纪红云穿多大的，还有颜色和款式，自己也不懂，也不会看，不好买。要不，给买双皮鞋？带高跟的那种，她穿上一定好看。

女人的脚，是女人第二个有魅力的地方，要不然，古代的女子，为了有个“三寸金莲”，从小就受裹脚之痛，还被代代相传下来。女人的脚，也是女人征服男人的武器之一，现代女人虽然不用裹脚了，但高跟鞋依旧能弥补大脚的短处。还没见过纪红云穿高跟鞋哩！是她没穿过，还是自己没见过？还是以前就没有注意过她？

柯耀强拿定主意，给纪红云买双高跟鞋，就往一家皮鞋店门口挤。

三个女人一台戏，这无数个女人，也不晓得有多少台戏，熙熙攘攘的，也听不清她们在说啥。柯耀强也没心思听，反正是麻雀窝里戳了一扁担，到处都是叽叽喳喳的声音。口子区是长颈矿务局的行政经济区，“麻雀虽小五脏俱全”，大城市有的，这儿应有尽有，规模无法和大城市媲美，但热闹劲儿远远超过了大城市。

柯耀强好不容易挤到皮鞋店里，货架上的高跟皮鞋，每一只都很好看，他犹豫起来：不知纪红云穿多大码，唉！自己这么粗心呀！不知道码，怎么买？也没问过她穿多大的鞋，唉，还是算了吧，别买皮鞋了！他又往门外挤，还行，没费力气就挤出来。

柯耀强站在街上，吸了一口新鲜空气，才知道皮鞋店里空气有多么的混浊，他有点喘不过气来，被女人们吵得头蒙蒙的。他往十字街挤，到了西区口，人一下子少了一半多，他脑子才清楚了些，在玩具摊位前，看了半天，十块钱给高原买了一辆小汽车，高原已有枪了，汽车也是男孩子喜欢的。

这下，就剩纪红云的礼物了，到底送她什么好？他四处张望，看见在不远处有一家霓虹灯闪闪的“性保健品”店面，这几个闪烁的字像吸铁石，紧紧地吸引着眼球，他直愣愣地盯着看了老半天，“什么时候有的？好怪异呀！”他自言自语道。

这几个字对一个长期处于饥渴状的人来说，是何等的诱惑？

柯耀强鬼使神差地进了店里，看见柜台里有仿真的东西，还有各种各样的小盒子，里面都是安全套。天呐！这真是一个寂寞人的福音。这么多年了，纪红云是怎么过的？她是个正常女人。饮食男女，食色，性也，柯耀强觉得纪红云和自己一样可怜，可怜得没有幸福可言。

柯耀强想着，脸上就火辣辣地烧，他做贼似的窘迫起来，想给纪红云买一个仿真东西，这是纪红云最需要的，他快快地挑选了一个，可在付钱时，犹豫起来。他害怕，纪红云看见这东西会不会自杀？他不能做出侮辱纪红云人格的事情。其实，他只想让她舒服，并没别的意思，但她会不会这么认为？他的好心会办成坏事，她如果当成耻辱，那就糟糕透顶了，万一自杀……他不敢往下想，觉得后背凉飕飕的，幸亏这一思考，在付款之前，就将他的糊涂冲破，让他理智地放下那东西，赶紧走出店门。但店里的东西，却像魔鬼一样，在他的脑海里缠绕。

一阵寒风，从柯耀强的领口往里钻，才把他难以描述的心情，冷却到正常。

太阳已偏西，时间不早了，得赶紧回矿上，晚了就没车。柯耀强急忙往公交车站走，在离车站不远的地方，看见有一个挂着围巾的小店，五颜六色的围巾，在夕阳下特别好看。真是众里寻它千百度，蓦然回首，它居然在这里，围巾是多么好的礼物呀！电影、小说里，男人送女人的礼物，不都是围巾吗？柯耀强觉得豁然开朗起来。

买围巾，对！买个红色的，红色比较喜庆，和这过年的氛围很搭调。就是不知道她喜欢不喜欢？柯耀强又犹豫起来，又拿不定主意，心里滋生了几分的恨意，恨自己怎么变得婆婆妈妈的，不就是一条围巾吗？喜欢不喜欢，也值不了几个钱，送的是心意，不用想了。聪明的纪红云会明白自己的心意。就买红色的，咱只图个喜庆罢了。

买好围巾，他才大步流星地往车站走。

柯耀强给纪红云和高原、高姗买了礼物，却不知什么时给他们娘仨送去。眼看就过年了，他的心越来越乱。他把红围巾藏在箱子里，不想让人看见，害怕别人说三道四，倒不害怕说自己，而是害怕对纪红云不好，毕竟纪红云把名誉、节操看得比命还重要，所以，要滴水不漏，才能保护好纪红云。他一直犹豫、忐忑，这一犹豫一忐忑，时间就到了除夕。

除夕，让苍穹煤矿一片喜庆。普天同庆嘛！再加上是小长假的开始，为了赶生产量，井下很少停产，工人们一年到头，也没几天的休息，不说过年了，现在生活水平好了，平常和过年过节的生活质量差不多，也就不太稀罕吃吃喝喝的事情了，只是稀罕这几天的假，能让人好好休息一下。

人人脸上都洋溢着幸福，矿上到处张灯结彩的。井下工人都放假了，地面上的辅助连队也早早地打扫卫生，所有的门都贴上春联，就连井口也贴上对联，等忙完这些，就可以下班了。家属区里时不时的鞭炮声，回旋在矿区的上空。

孟平安升井之后，深吸了一口带有炮味的空气，见生产区到处张灯结彩，心情一下子喜悦起来，过年了，不知道她将年货准备得怎么样了？这么多年，不敢去打扰她，只是默默地关注她，了解她的一切，明知道她过得不好，很痛苦，却不敢去拯救她，也不敢拯救自己，这难道就是命运吗？自己为啥不去打破这种不幸福的局面？早应该将她从痛苦的深渊里拽出来，给她天底下最好的幸福。幸福到底是什么？孟平安被自己的这一提问，弄得有点蒙圈。

“幸福？什么是幸福？”孟平安缴了矿灯和自救器，泡在浴池里，还在想这个问题。饮食男女，哪有那么多的人间大愿呀！无非是一年四季、一天三餐、一屋两人、一荤一素。这句话突然在孟平安的脑子里冒出来，可悲呀！自己都快奔五了，才想明白什么是幸福，幸福不就是一年四季、一天三餐、一屋两人、一荤一素吗？自己却蠢得只知道等待和守候。

一个人的成熟，就是能很好地控制自己的感情，这么多年，孟平安一直在很好地控制着感情，默默地爱着柯耀霞。可在这个除夕，他躺在清凌凌的热水池里，再也控制不住，满脑子都是柯耀霞。其实，柯耀霞就在离浴池不远的压风房里上班，可孟平安不去找她，虽然他想她，想得流下眼泪，但他不能打扰她，不能去搅乱她的生活。

听着外面的鞭炮声，纪红云惶恐不安起来，这六年里，她最害怕逢年过节了。平时还好过点，忙忙碌碌的，矿上也安静，不细想，也就忘记了失去亲人的痛苦。可到这逢年过节，矿上家家都喜气洋洋的，普天同庆，无形中将他们孤儿寡母的凄凉衬托出来，显得更加地可怜。这种喜庆气氛的衬托，更加助长了思念和痛苦。

没这种经历的人，是无法理解纪红云的痛苦的。

院子外面，鞭炮声越来越密集。

纪红云如木头人一样坐在床沿上，也不知道给孩子们准备年夜饭。高原和高姗在客厅里写作业。安静的厨房，安静的客厅，让外人不知道，还会以为他们娘仨不在家呢！时间不慌不忙地按着它的轨迹行走，也不在乎人间的悲欢离合，只是冷冰冰、悄无声息地流逝着。人们都说时间是世界上最好的一剂良药，能治愈所有的伤痛，可咋在纪红云这儿失灵了？治愈不了她思念的伤痛。她木偶般地坐在床边，只有脸上流淌的泪水，证明着她的悲凉。

胡大木家里已飘出鱼香肉丝的香味来，看来胡大木家的年夜饭已上桌了。可纪红云还是无动于衷地坐着。整个院落，一片死气沉沉，与这过年的氛围格格不入，还特别别扭。

“咚咚”的敲门声，将这死气沉沉的院落救活了似的，压抑了一上午的高姗，像燕子一样，第一个“飞”出来。接着是小黑，这只有灵性的小狼狗，似乎知道女主人心情不好，不能惹她生气，就悄悄地趴在窝里，眯着眼睛，“嗵嗵、噼里啪啦”的鞭炮声不时地在空中响起，它不惊慌，连这“咚咚”的敲门声，也没引起它的兴趣，它慢慢站起来，伸着懒腰。

“咚咚！”敲门声又响起来了，比刚才的声音重了。高姗已到了院子中间，透过厨房的玻璃窗，看见妈妈一动不动地坐着，隔壁家的饭菜味飘到院子里，这饭菜香味刺激到高姗的味觉，她吸溜着口水，胆怯地问：“谁呀？”

“是我呀，姗姗。”

“你是柯……”

“是呀，高姗，赶紧开门。”

“来啦来啦，柯伯伯好！”高姗开了门，小黑跟在后面，摇着尾巴，昂起头，冲着天空“汪汪”地叫了两声。

高原也从客厅里出来，站在门口。

纪红云赶紧站起来，用毛巾擦脸。

“好漂亮呀！”高姗抱着毛茸茸的玩具小兔子，进来。

柯耀强跟在高姗的后面进了院门，看见纪红云在抹眼泪，他故作没看见，冲着高原喊：“高原，你的小汽车。”

高原红着脸，腼腆地走过来，向柯耀强鞠躬，接过礼物盒，一转身跑进客厅里。

看着高原的背影，柯耀强心里五味杂陈。

纪红云掀起厨房门帘子：“你来了，坐客厅还是厨房？”

柯耀强瞟了一眼冰锅冷灶的厨房，再看看纪红云的脸，眼睛都哭肿了。他理解她的心情，可他又不知道怎么安慰她，也许此时，所有安慰人的词语，说出来都是苍白无力的。柯耀强知道最好的安慰，就是装着没看见她的悲伤。

看破不说破，是为人处世的最大智慧。

柯耀强故作轻松地说：“厨房吧！”说着，进了厨房。

高姗已经在床边玩起小兔子了。

纪红云不好意思地将柯耀强让进厨房，这才意识到自己居然忘了给孩子们做饭，抬头看了一下表，都下午四点了，孩子们一天才吃了一顿早餐，自己傻傻地坐了好几个小时，忘记给孩子们做午饭，这俩孩子也不喊叫饿，真是懂事的孩子。不是柯师傅来，自己还不知道坐到什么时候，自己这是怎么啦？这么多年都过去了，还这样的伤感，这大过年的。纪红云很内疚地看着高姗。

高姗只顾玩手里的小兔子。

柯耀强没有坐在板凳上，而是坐在床边，也就是纪红云刚才坐过的地方，摸着高姗的头，轻轻地问：“喜欢不？”

“喜欢，特喜欢，柯伯伯，是不是特喜欢就是爱呀？”高姗将小兔子抱在怀里，扬起脸，看着柯耀强。

柯耀强点了点头。

高姗将脸贴在小兔子的怀里，冲着柯耀强也点了点头，两个人都笑了，死气沉沉的气氛，片刻被缓和了。

纪红云的脸上也泛起笑容，忙着给柯耀强沏茶。

“一看你家冰锅冷灶的，是不是没做饭？”柯耀强拉着高姗的小手，“姗姗，柯伯伯也没有吃饭，想在你家吃饭嘞！你欢迎不欢迎？”

高姗扭过头，看了一眼纪红云，又看着柯耀强：“好是好，可妈妈没做饭……”

“哦！那你叫哥哥来，咱们一起做饭，好不好？”柯耀强怜悯地摸着高姗的头。

“嗯！”高姗抱着毛绒绒的兔子跑出去。

柯耀强趁机将红围巾从袋子里掏出来，小声说：“大过年，我也不知道送你啥好，就买了条围巾，你喜欢不？”

纪红云看了一眼柯耀强和围巾，脸红到脖子根了，不吱声，就快速地接过围巾，装进袋子，放到柜子里。

高姗和高原进来了。纪红云和柯耀强，都不好再说什么。

纪红云就准备做年夜饭。

柯耀强带着高姗和高原，从客厅的门开始贴对联，客厅门、厨房门、院门，不一会就贴好对联，他们在“砰砰”的切菜声中，又在院门口、院子里挂起灯笼。这寂寞、苦闷的小院里，一下子也有了喜庆的氛围。高姗高兴地在院子里手舞足蹈。为了迎合矿上浓郁的过年气氛，柯耀强让高原放鞭炮，高原不敢，跑到厨房里不出来。

纪红云看着在院子里忙碌的柯耀强，心里暖洋洋的，这是六年来，纪红云第一次感到心里暖洋洋的，也是第一次感到幸福。见高原进来，就笑着拉着高原：“你是男子汉，对不对？”

高姗跑进来，笑着大声喊：“男子汉大豆腐，男子汉大豆腐。”

“高姗！”纪红云严厉地阻止高姗，又对高原说：“男子汉是顶天立地的，你是小男子汉呀！放心大胆去，有柯伯伯在别怕呀！”

被妈妈阻止的高姗，吐了吐舌头，扮了个鬼脸，拉着哥哥的手，强行将他拉到院子里。纪红云也跟着出来，站在厨房门口。高原还是不敢放炮，只能由柯耀强来，一板鞭炮“噼里啪啦”了好一阵子，才放完。

柯耀强带着两个孩子，忙完外面的事情，就到厨房帮纪红云做饭。两个孩子喜欢这种气氛，也加入进来，剥葱、捣蒜，干些力所能及的事情。为缓解压抑感，柯耀强说些笑话，逗得高姗不停地咯咯笑，高原也时不时地笑出声来。

孩子就是成人的天使。看着两个孩子的高兴样，纪红云踏实起来，脸上红晕不褪，被这种欢声笑语的幸福感包围着。

众人拾柴火焰高。不知不觉中，六凉六热的家常菜就上桌了。高原看见这一桌子饭菜，不停地吸溜口水。纪红云拿出一瓶白酒，酒还是高二在时买的，他每天下班回来喜欢喝两口，自从他去世后，只有给他献酒时，这个小院才会飘出酒香味。

现在这酒一打开，满屋都飘香。纪红云把各种菜品夹了一点，放在一个盘子里，带着两个孩子给高二献饭，上了三炷香。柯耀强给高二献酒，他对檀香味过敏，不敢在客厅待的时间长。大家给高二献好饭菜和酒，就到了厨房，开始吃饭。

在自家还没吃过这么丰盛的饭菜，两个孩子只顾埋头吃饭、喝饮料，这给纪红云提供了看柯耀强的机会。柯耀强也看着纪红云，他们四目相对情意绵绵，此刻才明白什么是干柴烈火，如果没两个孩子在，他们都不敢想，会发生什么事情！他们各自压制着心里的欲火，都不想破坏这其乐融融的氛围。这顿饭，推杯换盏，他们吃得很慢，却很高兴和舒服。

大家酒足饭饱，但谁也不愿离开桌子，都想把这幸福的时光拖延下去。

柯耀强离开纪红云家，已是晚上十点半了，到了不得不走的地步。一个单身汉，赖在一个年轻的寡妇家里，即使不做什么事，也会被那些长舌婆们添油加醋，传得纷纷扬扬，自己的脸面可以不要，但要顾及到纪红云的脸面，为了纪红云考虑，他才恋恋不舍地离开。

纪红云在柯耀强走了后，悄悄地取出围巾，爱不释手地看来看去，将脸贴在围巾上，软绵绵的真舒服！过了一会又围在脖子上，幸福和春意盎然的感觉，在心头萦绕。

高珊、高原在院子里和小黑玩着，虽然已很晚了，院子里被灯笼照得红彤彤、亮堂堂的。小黑今天也吃上了一顿好的，在孩子们身边撒欢，像个顽皮的跟屁虫，孩子们蹲下，它也蹲下，孩子们跑，它也跑。

孩子们玩耍的声音，也掩饰不了胡大木家的电视声——春节联欢晚会，这是刘爱爱故意的。她仗着自家有钱，男人又是采煤队的队长，有钱有势让她更加猖狂跋扈，时常将垃圾扫到纪红云的院门口。纪红云明知道她在欺负人，但不和她计较，默不作声地打扫干净。纪红云觉得只要不是大是大非的事情，靠力气能解决的都不是事。刘爱爱玩了无数次这种把戏，都被纪红云默不作声地化为乌有了，刘爱爱觉得自己像小丑，在唱独角戏，很没意思，也就不玩了。可每次和男人干那事时，故意放荡地大声呻吟，来挑战纪红云。

纪红云明白刘爱爱的心思，她是用这一手，来刺激自己，欺负自己没有男人。遇到这种事情，纪红云将所有的窗子关上，来隔断那些不堪入耳的男欢女爱。就像现在，刘爱爱故意将电视声音调大，就是显摆她家里换了大彩电，引诱高原高姗去求她，但她没想到，高原高姗很懂事，对她的引诱无动于衷，只在院子里和小黑玩耍，也不去她家看电视。

胡大木家大彩电里，精彩纷呈的节目，引来一阵阵掌声和笑声，忽高忽低、忽远忽近地传入纪红云的耳朵里，把柯耀强给她的一点点的幸福感驱散了，又让她陷入深深的痛苦中。两个孩子是纪红云唯一的安慰，一个年轻寡妇的寂寞，常常是在没人时开始的，空荡荡的屋子里，加剧了她的无奈和痛苦。纪红云不羡慕刘爱爱，但她在心里渴望过上一个正常女人的生活。这六年里，不！再有一个小时，就是新年了，她苦难的生活，也就七年之久了，七年，她的心像死水一样，可今天，柯耀强送来了这条红色的围巾，就像一块石头被抛进死水里，引起的涟漪，将她的心彻底搅乱了。

纪红云斜躺在床上，将红围巾贴在脸上，她感到了温暖与踏实，“是不是这就是恋爱的节奏？”她轻轻地问自己。

分手

除夕夜十二点整，矿上的鞭炮声此起彼伏。

此时，柯母的唉声叹气，比这鞭炮声还要“密集”，她现在特别害怕过年，伺候一大家子，她是母亲就得任劳任怨，她害怕这年一过，柯耀强三十七岁，赵聪儿二十七岁，两个光杆儿子戳在她面前，她能不发愁吗？心里能不堵得慌吗？她唉声叹气却无济于事。

柯母知道大儿子与纪红云交往着，可她还是担惊受怕的，儿子一天不把纪红云娶回家，她都会担心儿子的婚事，还有三娃子聪儿，都让她闹心。好在这个不顺的一年过去了，接下来的这一年，但愿能顺风顺水的，一年的好运都在大年初一里，所以这一天要高高兴兴、和和气气的，才能将一年的好运气聚齐。已过十二点，柯母就收起唉声叹气，喜气洋洋地守夜。

大年初二，是女婿们拜年的日子。柯母一大清早，打发赵憨儿两口子去拜丈人，之后就在厨房里忙活，赵秦军和柯耀强相继加入，今天，大姑爷、二姑爷都要来，中午的饭菜，就要提升到待客的标准上，最起码要八凉八热，而且还要大鱼大肉、鸡鸭，还有压轴菜，那就是赵秦军的拿手菜——红焖羊肉，这一桌子饭菜，他们三个人忙乎了一早上。

“万事俱备，只欠东风”，只等着两个女儿女婿带着外孙子回来。可等到十二点，也不见他们回来。柯母忐忑不安地跑到院门口张望了好几次，也不见一个人影，就催柯耀强去看看。

柯耀强看母亲着急的样子，穿上衣服出门，先去大姐柯耀霞家。

柯耀霞家在纪红云家的前两排，柯耀强想，先去大姐家，让大姐去找二姐，自己顺路去纪红云家看看，也不知道她对围巾满不满意？她应该懂得自己的心吧！想想自己和纪红云谈情说爱了，心里还有点伤感呀！看来，人的感情是最靠不住的东西，和田倩倩青梅竹马、海誓山盟，用时髦的话来说，还有过一夜情哩，男女有了鱼水之欢，就会渗透到彼此的骨头里。可现在自己放了手，和倩倩

彻底分道扬镳，到最后连回忆都变得模糊不清了，自己心心念念的人也早已为人妻、为人母了。而自己不坚守了，要放手了，去和另一个女人一起奔赴生活，爱情真的到最后算个屁，在风尘中化为乌有。

“倩倩！”柯耀强轻轻地叫了一声，嘴角露出鄙夷的微笑，他真的不知道该鄙夷自己，还是该鄙夷田倩倩，或是鄙夷爱情，不管是鄙夷谁，这一刻，他就想发泄一下。

苍穹矿这地方特别邪门，说曹操曹操到。柯耀强心里想田倩倩，和他打照面的却是田欣欣。假期里，田欣欣蹿个了，成了亭亭玉立的大姑娘，这女孩子说发育，一下子就发育起来了。有些人，成长的速度让人猝不及防。就拿眼前的田欣欣来说，真让柯耀强感慨万千，要不是田欣欣先开口叫了他一句“柯叔叔”，他还真弄不清，将要和他擦肩而过的是田欣欣还是田倩倩?

田欣欣直勾勾地看着柯耀强，不躲不闪，让柯耀强有一丝背叛者的罪孽感。她堵住了柯耀强的去路，不卑不亢又不吭不哈的，更让柯耀强不知所措。

柯耀强和田欣欣僵持着。

田欣欣听见柯耀强叫“倩倩”，才大胆地将他堵住。一个男人能对一个女人痴情这么久，这个男人就值得人去尊重和爱戴，更何况他这声轻轻的、不由自主的呼唤，足以证明他现在特别想姑姑。

尽管田家人对柯耀强恨之入骨，田欣欣却很喜欢和柯耀强来往。她很小的时候，柯耀强对她的疼爱，就像是一颗种子，埋在她的心里，随着成长，这颗种子也渐渐地生根发芽并成长着，这是任何人都不知道的秘密，就连她也被这颗种子迷惑着，稀里糊涂的。她觉得柯耀强很亲切，每次看到他，不由自主想多看几眼，心情会莫名其妙好起来，干什么都有劲。

从田欣欣记事起，家人就不允许她和柯耀强说话。

记得有一次柯耀强给她一把水果糖，问了一些她姑姑的情况，她把从大人那儿听到姑姑在深圳结婚的事情，都告诉柯耀强。当时，柯耀强痛苦不堪的表情就像是一把烙铁，在她心灵上留下一道深深的烙印。还有一次，姑姑在深圳买了房子，一家人听到消息，高兴得手舞足蹈。田欣欣也很高兴，她想：要是他知道这个消息，一定很高兴。想到这儿，就去找他了。

田欣欣永远忘记不了，柯耀强听了以后，很暗淡地低着头，哽咽着。她更忘不了，因她的粗心大意，被妈妈发现了，妈妈就告诉爸爸。她刚一回家，爸爸就一脚将她踢倒在地上，一边踢还一边骂她：“你还嫌咱家不够丢人吗？贱兮兮的，我们不是告诉你，不要和那个王八蛋说话！”

爷爷居然没像往常那样护着她，反而一个劲地给爸爸煽火：“打死她，看她下次还敢和那狗日的说话，不打她，她就不知道啥叫痛，打，往死里打。”

可怜的她，屁股被爸爸打开了花，没一个家人出来阻止爸爸，家人都想让她明白和柯耀强说话是一件错事。可田欣欣心里不这样想，爸爸越打，她越叛逆，不停地心里说：“打吧！只要你不把我打死，我就要和他说话，你们这些冷血动物，不知道柯叔叔是多么爱我姑姑。我长大了，也要让他像爱姑姑一样爱我，姑姑，你好狠心呀！你像妖魔鬼怪一样折磨着他，你为啥要这样对待他呢！”早熟的田欣欣，爱情已在她心里发芽了。

田欣欣更加渴望和柯耀强见面，不过她处处小心翼翼，不让家里人发现。很有心计的她，将一家人都糊弄过去了，田家人都认为她挨打了，再不敢和柯耀强说话了。为了能和柯耀强继续交往下去，又不被家人发现，她在家里伪装成乖乖女，凡事都听家人的话，让家人喜欢。

此刻，大年初二的中午，田欣欣不管不顾地把柯耀强堵在路上，一句话不说，直勾勾地看着他。这着实让柯耀强心里发毛，是不是倩倩有啥事情？他在等欣欣开口，但欣欣一声不吭，只是直勾勾地看着他，像是在沉思着，这到底是怎么了？

“欣欣，有事吗？”柯耀强不想这样僵持下去，开口问道。

“没，没。”田欣欣突然脸红起来。

“你姑姑好吗？”

“挺好的！”

“那……”

“没事。”田欣欣说完，和柯耀强擦肩而过，跑开了。

柯耀强扭过头，看着田欣欣的背影：“太像了，简直就是一个模子里刻出来的，你说说，这女孩子，一旦发育，就出落得好看起来，真是‘女大十八变，越变越好看’。”他自言自语，直愣愣地看田欣欣跑得不见了，才回过头来，往柯耀霞家里走，没走几步，停下来，扭过头看着身后空无一人的路上，又喃喃自语起来：“刚才是欣欣？还是倩倩？如果是欣欣，我又出现幻觉？也有可能倩倩真的回来过年了，她回来很正常。那么刚才到底是倩倩还是欣欣？”柯耀强一下子恍惚起来，天呐！他原以为放下了，都要和纪红云开始新的恋情了，却出现这一幕，才让他明白自己优柔寡断、拖泥带水，是压根放不下倩倩。

命运呀！真是瞬息万变，让人猝不及防，又无法感知。如果柯耀强和田欣欣没这次见面，他的余生可能是另一种景象，可命运偏偏就在这节骨眼上，让田欣欣出现在他的面前。后来发生的事情，尤其是纪红云去世之后，他不由自主地常常想起这一段来，每每是边想边恨得咬牙切齿，但又不知道要恨谁。是恨命运、恨田欣欣，还是恨自己。不管柯耀强恨谁，或是恨什么事件，这都是后来发生的。

柯耀强心乱如麻地站住，扬起脸，深呼吸，想让错乱的神经理智起来。过了十几分钟，才慢腾腾地往大姐家走，还没进大姐的院门，就听见屋里的哭声。

哭声？这大过年的，怎么会有哭声？

柯耀强听见大姐家的哭声和嘈杂声，心里咯噔一下，一阵旋风似的跑进客厅，才发现大姐披头散发地坐在沙发上哭，二姐和二姐夫也在。大姐夫潘安贤佝偻着头，一声不吭地蹲在地上。二姐骂着，二姐夫在劝着，两口子一个唱白脸、一个唱红脸。

客厅里乱七八糟，一看就是打过架的。

柯耀强环视了一下，不问青红皂白，一步跨到潘安贤的面前，揪着他的领口，将他拽了起来，一拳打在他脸上，"叫你欺负我姐！"又一拳打下去，潘安贤的鼻血就出来了。

冯志国赶紧过来抓住柯耀强的拳头："耀强，你还嫌不乱？"

"今天，我非要打死这狗日的不可，让他欺负我姐。"

"行了，你把他打死，能有啥用？"冯志国把柯耀强往外拉。

柯耀强扑腾得欢实，劲很大。冯志国拉不住，只好抱住他的腰，往后拽。

"耀强，别闹了，这大过年的。"柯耀红劝柯耀强的同时，走到潘安贤的跟前，狠狠地在他头上拍了一巴掌，才拿起茶几上的卫生纸，撕了一片递给他，凶巴巴地说："按理说，耀强把你打死，都不过分，但大过年的，我们就饶了你，下次你敢动手打我姐，我第一个就剁了你的手，不信，你就试试。"

"我……"潘安贤用卫生纸堵住鼻子。

"我什么我？"柯耀强还要去打，被冯志国死拽着。

"我下次不敢了。"潘安贤吓得抱住头。

"那今天为啥打我姐？"柯耀强厉声地问道。

"我没打，就是吓唬一下。"

"吓唬一下？你说得轻巧，你看看。"柯耀霞撸起袖子，胳膊青一块紫一块的。

柯耀强像发疯的野兽，挣脱开冯志国的胳膊，一个箭步，就骑到潘安贤的身上，两人同时倒在地上，潘安贤就成了鼓，被敲得直叫唤：“救命！要出人命了。”

柯耀强早都想揍潘安贤，看不惯他一天到晚游手好闲、不顾家的样子，但他唯一的优点就是不眠花宿柳。所以，柯耀强睁一只眼闭一只眼的，让他这么多年游手好闲。“没想到狗日的今天居然活腻了，敢打我大姐，我大姐多么不容易呀！王八蛋！”柯耀强越想越气，下手就狠了。

柯耀红和冯志国害怕柯耀强在气头上，万一把潘安贤打坏了，闹出个啥事就不好了。夫妻俩齐心协力才把柯耀强拉开。

潘安贤见状，躺在地上，直喊叫：“救命呀！柯家人以多欺少。”

气得柯耀红过去在他的屁股上狠狠踢了两脚：“给我闭上你的臭嘴！不知死活的东西。”

冯志国害怕再闹下去，对谁都不好，就大声说：“都别闹了，还嫌不够丢人吗？红，给大姐收拾一下，咱们还得去老娘家，老人年龄大了，经不起你们这么折腾。”大家听了冯志国的话，都冷静下来。柯耀霞和潘安贤简单地收拾了一下，一伙人才去了柯家。

柯耀强没心情去看纪红云了，气鼓鼓地跟着姐姐们回家了。

付老板以拜年的名义，将余款送到王杰远的手里，就等于是一手交钱一手交货，拿走图纸，屁颠屁颠去实现发财梦了。等付老板走后，王杰远看着钱，心里盘算着：用家人的名字分别存起来，其中给侯小梅存十万。

王杰远对侯小梅很内疚，却不能给她名分，其实一个好端端的女孩子，要个名分是很正常的事，可自己有家室，不能满足她的要求。现在，侯小梅为了名分闹情绪，而且还闹得不可开交，在王杰远的心里侯小梅是高傲的天鹅，这天鹅肉好吃，可不好消化。

侯小梅和别的女人不一样，别的女人和他发生关系，那都是有水分的。侯小梅和他在一起，那是真真地爱他，可他不能给侯小梅一个名分，他老婆虽然是瘫子，不能满足他的生理需求，但他还得仰仗老丈人的关系，才能有个仕途。再说，他不能给儿子找一个年轻的后妈，孩子是无辜的，儿子是他的唯一，他可以不爱任何一个人，但不能不爱儿子。为了儿子，王杰远永远不会离婚。

侯小梅对一切都不在乎，只想结婚。可自己真不能和她结婚，不能，永远不能。现在好了，有了这十万块钱，也能消消她心里的怨气，这世界上没不爱钱的人。她虽然与众不同，但她也是小女人，小女人对钱的渴望，那是不用言语的。

一阵敲门声，打乱了王杰远的沉思，他赶忙拿起脚边的手提袋子，把面前的一堆钱装进袋子，放到卧室的柜子里。然后镇定了一下情绪，拉开窗帘，装出被吵醒的样子，惺忪地走到门口。敲门声又响，从敲门声中，他知道是侯小梅，捋了捋头发，照了照镜子，他冲到门口，狂喜地打开门。

亭亭玉立的侯小梅，冷傲地站在门口。

王杰远看着侯小梅，心花怒放，一把将她拽进屋里，关上门。

王杰远“驴打滚”式的把侯小梅连拉带拽、旋转地拥抱进卧室，嘴巴在侯小梅脸上拱。

侯小梅躲过王杰远的嘴巴，看着他们昔日翻云覆雨的床，她想起第一次在这张床上，留下的血迹，心里一阵阵疼痛，自己把最宝贵的都给了他，可他给了自己什么？除了伤害，还是伤害。他不仅毁了自己的贞洁，还毁了自己的一生。

侯小梅冰冷地看着床，并不理会王杰远的狂热。

王杰远知道侯小梅还在赌气！女人就爱钻牛角尖，更喜欢男人像捧月亮一样，将她们高高地捧在手里。有姿色的女人，都自我感觉良好，把自己看得更金贵。他又在她脸上热烘烘地乱啃了一阵子，见她没任何反应，才停止下来，双手捧起她的脸：“小宝宝，还在生我的气呀？”

侯小梅不愿看王杰远这张卑鄙的脸，慢慢地闭上眼睛，脑海里出现以往的画面……

现在，女人只是男人的情人，男人压根不愿给她一个名正言顺的身份。女人什么也不求，只想要一个名分，要一份做人的尊严，要一个家。可男人将一个黄花大闺女变成了一个人不人、鬼不鬼的情妇。侯小梅冰冷地睁开眼睛看着床，心想这几年来，在这张床上，无数次满足了他的欲望，可现在却落到这样的下场。

侯小梅不愿意再看这张床，又闭上眼睛。

王杰远见侯小梅闭上眼睛，还以为她陶醉地享受着，很快能入戏，所以抱起她，放在床上。侯小梅没任何反应，脑海里回闪着和王杰远的所有场面，她越发想不明白，自己在他心目中到底是个什么？人是感情动物，家里养一只猫呀狗呀，要是走丢了，主人都会急着去找，找不着了的话，主人都会难受很长时间。更何况男人和女人发生了关系，那是何等重要和珍贵！

在一起这么长时间，没有感情那是骗鬼的话。可王杰远真的让侯小梅伤心，为了他，她将所有的追求者，拒之千里之外，也错过最佳的择婚年龄，她一直认为在他的心目中占重要的位置，可现在看来，她完全错了，她在他的心目中什么都不是，连一泡狗屎都不如，对！她现在已被他作践成了一泡狗屎……侯小梅没顾及王杰远已将她剥得一丝不挂了，她无动于衷、赤裸裸地躺着，任凭王杰远的摆置。她已没了尊严，那么也不在乎他再怎样。

王杰远已迫不及待地在侯小梅身上忙活着，喘着粗气，热烘烘的嘴巴在她脸上划过，从她白皙的颈部向下延伸着。他觉得她的身体才是乐园，他的乐园他做主，他不能控制激情，也没意识到她的冰冷。

当他燃烧完激情，得到满足之后，大汗淋漓的，才发现她像一具僵尸，毫无表情任他蹂躏着。这种没反应、没迎合的交配，让他大大地失望，他很生气地从她身上溜到床上，平息着热情，用余光看见，一颗颗晶莹剔透的泪珠，在她的脸上滑落。这眼泪让他更生气，平时，看见她的眼泪，他会心疼，会怜香惜玉，可今天，他看到她的眼泪，反而更生气了。他觉得为了她，自己已做得够好的了。

王杰远没关心哭泣的侯小梅，而是在想：难道我用十万块钱，买不到你的芳心吗？难道我在床上的表现，没让你神魂颠倒吗？难道为了一张破结婚证，就要断送我们这么多年的情意吗？难道一张破纸，对你来说那么重要吗？想到这儿，他赤裸裸下床，走到桌子边，抓起桌子上一串钥匙，打开柜子的抽屉锁子，取出十万块钱，装在一个袋子里，拿到她的面前，晃了两下："梅梅，我给你的礼物。"

侯小梅不语，也不看他手里的袋子。

王杰远上了床，冰凉的身子挨着她，让她枕在他的胳膊上，很疼爱地擦着她脸上的眼泪："梅梅，我真的爱你，你要理解我，我不能离婚，咱们现在不是很好吗？何苦为了一个虚拟的东西，伤了我们的感情，我们这样不是比那些名义夫妻更好吗？"

侯小梅依旧不吱声。

他把袋子放在她手里，她并没拿着的意思。王杰远将她的手，连同袋子一起攥在他的大手里："梅梅，听话，这是十万，你拿着，等我以后好了，我给咱们在省城里买一套房子，咱们长相厮守，恩恩爱爱多好呀！"

侯小梅呜呜地说："我不要，我只要你和我结婚，其余的我什么都不要。"

王杰远哄着："我的宝贝，我的小傻瓜，等时机成熟了，我就娶你，好不好？”

侯小梅抬头看着王杰远：“真的吗？什么时候你的时机能成熟？”

王杰远捋了捋头发，又捋了捋侯小梅凌乱的长发，在她额头上亲了一下：“宝贝，你等着就好了。”

侯小梅坐起来：“等着？等到什么时候，猴年马月吗？”

王杰远将侯小梅的头，压着枕在自己的肩上：“猴年马月，最能见证我们的爱呀！”

侯小梅一听，就知道王杰远又哄人了，这不是明摆着在拖延时间？自己一辈子都是情人的角色，成了他的玩物，自己能心甘情愿吗？不能，绝对不能！结婚，一个女人只有结了婚，心里才能踏实。侯小梅起身穿好衣服，坐在沙发上对王杰远一字一板地说：“我只要你和我结婚，别的什么东西，我一概不要。”

王杰远这才知道侯小梅铁了心地要结婚：“小梅，你太不了解我了，我暂时不能和你结婚。你非要一张结婚证，我们只能断了情意……”不等王杰远说完，侯小梅一句话也没说，就离开了。

泪流满面的侯小梅，这一下彻底对王杰远不再抱任何幻想了，无数次的失望就是绝望。侯小梅意识到这一点，心里冰冰的没一丝火气，她怀抱着自己的身躯，才感到自己已很憔悴，空空的躯壳轻飘飘的，一阵风也能将她吹得飘起来。

“孤苦伶仃”这个词，在侯小梅空白的脑海里缭绕着。

这一刻，侯小梅的天地彻底塌了，支离破碎的心，像一滩稀泥，有气无力地躺在胸膛里。她真切地感受到“喊天天不灵、呼地地不应”的悲凉。此时此刻，她多么希望有一种神奇的药物，能洗清她躯体的污点，能让她回到从前，回到她纯真的少女时代，让她重新来过。可一切都晚了，她再也回不去了。沥沥的血流声，从她胸膛里毫无掩饰地流了出来，心碎的感觉，只有心碎过的人才能理解。可怜的侯小梅，只能孤独无助地承受着她的不幸。

疗伤

侯小梅竹篮打水一场空，将自己关在屋里，两天两夜，不吃不喝的。吓得侯母像热锅上的蚂蚁，却又不敢声张，毕竟这不是什么光荣的事情。侯母只能哑巴吃黄连——有苦说不出，在屋里急得团团转，也敲不开侯小梅的房门。

人的灵魂在遇到致命创伤时，更需要时间来医治，自我疗伤和修复，是人性的本能。侯小梅也不例外，她用被子捂着头，躲在被窝不出声地哭泣，她恨王杰远，也恨她妈。要是没她妈的怂恿，她也不会和他好，也不会将名声弄得一败涂地，人活脸，树活皮，自己已身败名裂了，成为人人唾骂的破鞋，这使自己身心都支离破碎。

王杰远将侯小梅弄成人不人鬼不鬼，侯母将侯小梅推到万劫不复的地步，侯小梅在世界上最爱的两个人，却是伤她最深的。那时，侯母为了侯小梅有一份正式的工作，经济能够独立，嫁人之后不受婆家的气，就不择手段地想给她弄工作。

在矿上，人们把工作看得比女人的贞洁重要，谁要是娶了有工作的老婆，那就有了征服、炫耀的资本。有工作的女人成了金凤凰，可以耀武扬威，对男人不屑一顾。在男尊女卑的矿上，女人有工作，地位能一下子升到天上。

侯母为了侯小梅的工作着想，也是人之常情，可好色的王杰远，遭受五雷轰顶也不过分，他不仅和侯小梅发生关系，和矿上几个有姿色的女人也发生关系，那些女人都是有夫之妇，可侯小梅是黄花大闺女，被这畜生给糟蹋了。现在想来，一切都是他蓄谋已久的事情。当时，为给侯小梅弄工作，她妈指示让她二姐去勾引王杰远。在矿上，王杰远是男人堆里的“极品”，他出类拔萃、风流倜傥，更重要的他有权有势，权力让他成为女人们心目中的偶像。

给侯小梅办工作，正好给她水性杨花的二姐，提供了接近王杰远的机会。

矿上没大城市的灯火通明，矸石山上的那盏灯，是矿区最亮堂的灯了，可惜矸石山上的灯，照亮不了矿区的黑暗。矿上晚上八九点就夜深人静。

这时，二姐提着好烟好酒，风情万种地去了王杰远的宿舍。

二姐肯定和王杰远那个了，要不然，他不会费那么大劲给自己弄工作。当二姐满面春风回来的第五天，自己就拿到了招工指标，那时的心情，现在想起来还激动不已。照着招工表上的内容，激动地在草稿纸上练习了好几遍，还害怕填错了。想到自己拿到指标时激动的心情，侯小梅不再哭泣，她哭累了，也没力气再哭了。用被子擦干泪水，接着往下想，她要将耻辱好好回忆一下，然后将耻辱埋葬，在心里和过去的一切做一个告别。

侯小梅想重新活一次，所以必须和过去告别，慢慢治愈悲伤。她除了认命，更多的是恨，恨她把王杰远当成好人，恨她心甘情愿爱上他。当她将填好的指标表让二姐交给他时，二姐笑得像花儿一样妖艳。

这确实是侯家最值得庆祝的事情，侯母亲自张罗了两天，才准备好请他的饭菜，侯母让侯小梅打下手，那一桌饭菜比家里过年时都丰富。平常一家人节约开支，可那顿饭用了家里一个月的开支。在席间，王杰远看侯小梅的目光很炽热。侯小梅到现在一想起王杰远第一次看自己的眼神，心里还有麻酥酥的感觉。

侯母为感激王杰远，让如花似玉的侯小梅当招待。

侯小梅感激王杰远，他是才貌双全、又有魄力的成熟男人，对一个如花似玉、情窦初开的女孩子来说，确实就是一块磁铁，紧紧地吸引着少女纯情的芳心。当时，她单纯得像一张白纸，白白净净没一点污点，再加上她的美丽大方，像一株出水芙蓉，清纯可爱、亭亭玉立，让人心旷神怡。

窈窕淑女君子好逑嘛！侯小梅的美丽，是她傲慢于世的资本。爱江山更爱美人，男人很难经得起美人的诱惑，更何况是王杰远这好色之徒，他去侯家的次数越来越多，他很会哄她开心，加上无微不至的爱护，使侯小梅很快陷入他温柔的陷阱里，他像父亲一样宠爱她。在她心里，像一下子找到了父爱，并没想到她会和他发生关系。

她天真烂漫，明白滴水之恩、涌泉相报的道理，起初，对他纯属于报恩，她将世间所有的人，都想得和自己一样单纯。王杰远可不这样想，他是披着羊皮的狼，哪能轻易放过单纯的羊？在侯小梅还没反应过来，就已成了他的盘中餐。

当侯小梅知道王杰远的妻子是一位高位截瘫的病人，没怪他对她的非礼，反而同情他，觉得他太可怜，她情感里的母爱因素就这样被唤醒。

自从王杰远和侯小梅接触之后，王杰远收敛了许多，不拿正眼看矿上的女人，就连侯小梅的二姐，他都不怎么搭理。这就让侯小梅很感动，心甘情愿地和他在一起。他的改变让侯小梅特心满意足，他确实将侯小梅当成宝贝。被宠爱的侯小梅，坚信他一定会娶她的。

从此，侯小梅更加傲慢，心里只有王杰远，矿上所有男人加起来，也比不上王杰远在她心里重要。

侯小梅时常憧憬和王杰远的未来，只要两人彼此相爱，不要名分也行。侯小梅每次想到将第一次给了王杰远时，当他看着床单上的血迹，觉得她是上苍给他最珍贵的礼物。可时间长了，新鲜感淡了，他对她慢慢不在乎了。

单纯的侯小梅，并没发现王杰远的心理变化，直到现在，她才明白在他心中，远不及一个瘫子。侯小梅想到这儿又泪流满面，彻夜难眠，悲悲戚戚想了一夜，第二天眼睛肿得像大红枣，她羞得连门都不敢出。

侯小梅太痛苦了，又无处安放痛苦，更无处去倾诉痛苦，她太憋屈了，心口像压了一块大石头，茶饭不思，坐立不安。现在让她唯一欣慰的是，可以将所有的委屈痛苦写到日记里，这样她心里能好受点，她真不想让别人看笑话，也不想让他觉得自己离不开他。

侯小梅在日记里写道：我必须强大起来，不能让这种痛苦打倒。看不到爱的时候，就不爱了。我的选择没错，我也不应该为这样一个不值得爱的人，去伤心欲绝。应该想个什么方式来让自己尽快地站起来。

“熬过了涅槃之痛，才配得上重生之美。”这句话在侯小梅的脑海里闪过，她不知道这是自己想出来的话语，还是从哪本书里读到的。但这句话给了她一种力量，一种前所未有的力量，脑海中又冒出了一些奇怪的句子：

不知是眼角的泪珠
还是蕴含你的诗句
触及到的伤感
在心里萦绕

侯小梅直勾勾看着自己写下的句子，“这是诗吗？”她自言自语道。

“一个善良的灵魂，照亮他人的同时，总能收获不期而遇的温暖，那些你看过的书、走过的路、见过的人、给出的善良，最终都会回馈到你的身上。”难道这就是文学的力量？自己这么爱看书，也看了那么多书，现在又这般痛苦，难道这就是涅槃之痛？自己能不能将这涅槃之痛和看过的书联系起来，书写出自己的乐章？

“昨天再美好，也回不去了，明天再难，还得往前走。”又冒出来这句，她赶紧记录下来。刹那间，她的灵感，像精灵般在脑海里跳跃，让她文思泉涌。

《雨夜》

雨夜，清凉的风
穿心入肺，浇凉幻想
是我高估
那份情义，原来
走远的，再也扯不回来

风，是不懂事的
在窗外扯着嗓子
喊你，而你早已不是
当年的那个纯情少年

雨夜，蛐蛐还在歌唱
合着雨声，在诉说彼此的情怀
我是旁听者
却早已泪流满面

郁闷的日子
不敢想那些缠绵的诗句
因为你的名字
和你的肉体
一起被我深埋在心底

侯小梅写完这些句子，愣住了，不敢相信这是自己写的，可这就是自己写的，刚刚写下的。“我用恐惧的眼神，看清了最真实的自己——原来我的才华，这么横溢？”“在极度痛苦中洋溢着希望之光，这就是文学应该拥有的光芒，如灯，一盏高高挂在心灵黑暗处的灯，平时它是不亮的，但人遇到痛苦绝望时，它会发光，照亮人性之美，让人走出黑暗。”

侯小梅突然找了良药，痛苦一下子减轻了许多，手中的笔像一个美丽的舞者，将脑海里冒出来的句子，舞动到了纸上，“爱写就写吧！把写作当成一个倾述对象，一个闺蜜，一种解压的方式……质的飞跃都是来自量的积累，只要坚持写下去，就是最大的收获，遇事不惊，才是最大的成熟。”“生活原本就是琐碎无比的，能力好的人，把它过得风生水起，没有能力的人，只能过成一地鸡毛蒜皮。”和王杰远分手，这样也挺好的，最起码自己有大把的时间，看书，尝试写作。写作应该是最好的宣泄，是一个打发时间和孤独寂寞的最好方法。想到这儿，侯小梅心花怒放：“那就写吧！”她鼓励着自己。

侯小梅把从小到大喜欢写作的天赋调动起来，开始了她充实的写作生活。她在人前，活出自己喜欢的样子，努力工作；在没人时，就读书，搞创作，化解痛苦。从此，侯小梅真的步入到一边谋生、一边谋爱的方式里。她明白，只有让自己从内到外地强大起来，才是最好的活法；只有自己强大了，才不被人欺负。

正月初五一过，年就结束。正月初六，大家焕然一新地出现在工作岗位上，叽叽喳喳地将过年的所见所闻分享给工友们。有回老家过年的人，还会带些当地的特产让大家尝尝。厨艺高的工友，将过年做的油饼子、馓子、糖糕等油炸食品拿来，让大家品尝。

班前会在没正式开之前，会议室就成了联谊会，欢声笑语不断。

纪红云和侯小梅上中班，两人都带了些瓜子、水果糖，坐在人堆里，心事重重的样子，和这场面很不搭配。热闹的场景里，总有一些人在痛苦着，也是很正常的事情。社会很单纯的，人心很复杂。她俩的样子，给好多人提供了想象的空间，有爱多事的人，在心里盘算着，她俩到底怎么了？

纪红云脖子上的红围巾，显得格外惹眼。人人都好奇地瞟她一眼，她还从来没这么打扮过，更舍不得买这么好的红围巾。“事出反常必有妖——非奸即盗”，看来她有第二春了，但看她的神情，又不像。这个长时间没男人滋润的可怜小女人，没有一丁点被爱滋养过的气息呀。枯木逢春，应该是蓬勃的景象，她还是死气沉沉的老样子，闷不出声地坐着。凡是瞟过一眼纪红云的人，都有这种想法。为了探索纪红云，投向她的目光越来越多，这些异样的目光，让纪红云很不自在，觉得自己倒像是“偷鸡摸狗”的坏人。这种异样的目光，让侯小梅也很不自在，她觉得这些目光像箭一样，一下一下戳在她心上。

利器无形，却是杀伤力最强的。譬如现在这些目光，将侯小梅万箭穿心一般。其实这是侯小梅心虚的结果，自己吓自己的。对工友们来说，侯小梅这冷美人，她是王杰远的情妇，谁还敢惦记呀？不是自己的菜，不去揭锅盖。谁会干吃不上羊肉却惹一身骚的蠢事呀！大家没看侯小梅，都在看纪红云并研究她，只是侯小梅挨着纪红云坐，这些目光就覆盖了侯小梅，让心虚的侯小梅自认为都在看她。

这个比平时长了十几分钟的班前会，终于结束了，纪红云和侯小梅回到充电房，两个人才感觉自在了。两个人都有心事，也没什么交流的，各自干各自的活、想各自的心事。

侯小梅不能言表痛苦，纪红云是无处可言表痛苦；侯小梅痛苦是爱情的结束，纪红云痛苦是爱情的开始。所以，两个人最好的方式，就是不吱声，埋头苦干工作。她俩没沟通，不知道彼此的痛苦，但两个人心情不好，彼此都看在眼里，都害怕踩到对方的雷区，为了不引起一场没必要的不愉快，两人默不作声。

纪红云弄不懂柯耀强葫芦里卖的啥药？送我东西，又不理我？这红围巾明明是爱的礼物，从他的举止和对孩子们的喜欢，足以证明，他心里很想和我好的，可从除夕夜走后，再也没音讯，难道是他家人反对？还是他嫌我带两个孩子，是累赘？我有孩子是事实，他早知道的呀！难道他后悔了，或者是他同情我，才给我买了围巾？如果这样的话，这围巾只是没任何含义的礼物，难道是自己多情了？纪红云想到这儿，脸火辣辣地烧起来。

看来真是自己很久没有和男人接触了，不了解男人的心思，这一切都是自己胡思乱想出来的“爱情”？从除夕到今天，六天了，也不见柯耀强的踪影，不知道他到底怎么了？这不吭不哈的真气人，把人家的心思挑逗起来，吊在半空中，他倒好，屁股一拍——走人啦！有他这样折磨人的吗？可我也不能去找他呀！

寡妇门前是非多，无中生有的已够我受得了，我还能给自己再造个绯闻？然后再给自己招来一波又一波的苍蝇？我要是主动点，矿上的人都会说我是想男人想疯啦，何苦去找骂呢？这么一想，纪红云心里彻底没底了。去找柯耀强不行，不去找，这又不清不楚的，心里很不舒服。纪红云被折磨得人明显瘦了，思前想后，觉得还是静观其变的好！她故意戴上红围巾，是想让柯耀强看见，只要他看见，就会明白她的心。

可到下班了，纪红云都没见到柯耀强，甚至于以后的几个月里，柯耀强像人间蒸发似的从矿上消失了，把纪红云晾在那里不管不顾，连一句话都没有。后来，纪红云还是从胡豆花那儿知道柯耀强去了新疆。

整个过年，岳鸣都在水深火热之中度过，婆婆不待见，文斌冷冰冰，她都能理解，每逢佳节倍思亲哩！毕竟家里出这么大事情，大家心情都不好，失去两个亲人的第一年，放到谁跟前，都很痛苦难受。每日家里死气沉沉，让人压抑得喘不过气来。

这种生活节奏和方式，将岳鸣的美好憧憬消减得一干二净，她也是离开父母在外过的第一个年，心情也极度不好，自己都需要人安慰，还得小心翼翼顾及文斌和婆婆。对父母的思念，和对现实生活的失望，让她心力憔悴，明显消瘦了许多。

小时候，岳鸣常听奶奶说，在旧社会，人们是年好过、日子难过。现在她觉得是年难过、日子难熬。她觉得近一年来，心目中至高无上的爱情，给她了一记耳光。但让她万万没想到，在往后的岁月里，她生命中所有的生活内容，齐心协力还给了她重重的一记耳光，让她差点吃不了兜着走。她在生活中苦苦挣扎着，却和她想要的生活背道而驰了，让她痛不欲生，身心疲惫，这都是后话。

岳鸣被一地鸡毛的生活折磨得痛苦而无助，老天爷慈悲为怀地眷顾了她，让她有了在这片黑土地上生根发芽的希望。

孕育

岳鸣知道怀孕时，自嘲地想，上帝给自己安排了这么波澜起伏的命运，每次她实在受不住婆婆的折磨，想离开文斌，离开这个她努力想融入，却无法融入的家时，命运就给了她一个绊脚石，绊住她想要离开的脚步。怀孕！这次安排的不是绊脚石，而是让她在这块并不欢迎她的黑土地上，有扎根的希望和动力。

随着岳鸣不停呕吐，她在家里的地位渐渐提升了。死气沉沉的家被这“哇哇”的呕吐声，激活了！谁都能看出她有喜了。乐得文斌有了笑容，对岳鸣关心起来。岳鸣得到文斌的温柔照顾，也感到了幸福。人常说，孩子是婚姻的拉链头，没孩子的婚姻，只是两条拉链，成不了拉锁。虽然每天都要吐好几次，每次都能把胆汁吐出来，但看着一家人对她好起来的态度，她感激不尽，也不觉得这呕吐有多艰辛和痛苦。

随着风变暖，苍穹矿上的冬天就要过去，春天就要来。岳鸣的生活也冬去春来了，她想：等孩子出生了，就抱回去给爸爸妈妈看，他们见到可爱的小外孙，就会忘记那些不愉快的事情，到时，一家人和好如初，多好呀！婆婆看着孙子，也会忘记痛苦，人毕竟都会从痛苦里走出来的，只是用的时间长短不一。

怀孕后，岳鸣痛并快乐着，心情美滋滋的。说起来，岳鸣的孕育过程很奇特——她吃了吐，吐了吃，她不吃东西，胃里很难受，吃了不吐，胃也难受，这胃矫情起来真的很难伺候。她可以控制不吃，但控制不了不吐，前三个月，除了呕吐和犯困、整天懒洋洋的没精神之外，身体还没什么大的变化。为了安全，岳鸣很少出门。

董月珠盼孙子，只要岳鸣解怀，这就是一个很好的表现，文家人丁兴旺，后继有人。为了文家的香火，再看岳鸣孕育过程中的辛苦，董月珠大发慈悲，不再骂她。

没婆婆的骂声，岳鸣不受气，也不生气，身体慢慢好起来，人胖了，脸色也红润了。

岳鸣不爱串门子，总是觉得和煤矿上的人格格不入、无法相处。岳鸣并不为这些苦恼，她从来都不在乎别人的看法，从小到大是我行我素的性格，现在也改不了，就顺其自然吧！好在她怀孕了！也拴住了她想离开这儿的心。

为了能有一个健康的孙子，董月珠开始变着法子给岳鸣做好吃的，有什么好吃的、稀少的食物，她都留给岳鸣。要是岳鸣实在没胃口，董月珠就劝道："要挣扎地吃哩，现在是一个人吃，两个人消化哩，不吃咋能行？你想吃啥，告诉我，你现在想吃的，其实是肚子里的娃儿想吃哩，能吃才能对娃娃和你好。"董月珠的一席话，让岳鸣流下感动的眼泪，虽然知道婆婆为了文家的香火，为了她肚子里的孩子，才这样对她好的，但她还是非常感动和受宠若惊，这对她来说算是一个好兆头，她心满意足了。

让王杰远万万没想到，侯小梅是铁了心地要分手。他一直认为侯小梅很好哄，闹分手，其实就是闹小女孩的脾气，哄哄就好了。所以，当侯小梅闹着不结婚就分手时，王杰远并不紧张，想着过几天，侯小梅心情好了，自己再哄哄她，也就没事了。王杰远等冷却了一段时间，趁着天黑，就去找侯小梅。

当时，侯母去打麻将了。侯小梅正在看书，看见王杰远进了，没好气地说："你来干嘛？"

王杰远满脸堆笑，挨着侯小梅坐下："宝贝，你看的啥书？还生气呢？你看我给你买了啥？"说着，从包里掏出一把钥匙和一部大哥大。大哥大，侯小梅压根不知道是啥玩意。对侯小梅来说，除了他们结婚的事情，王杰远的一切对她都失去了诱惑。

王杰远一看侯小梅不屑一顾，就知道这次比较棘手——侯小梅变了，他以前的小伎俩，可能要失效了。"宝贝，你看这叫大哥大，这玩意特别神奇，不用线路，就能打电话，这是女士款的，你看我这是男士款。"说着，从包里又掏出一个笨重一点的大哥大，"以后咱们用这个就能通话。"

可侯小梅看都不看一眼，只是冷冰冰看书。

"宝贝，这段时间想我了吗？"王杰远说着，就将侯小梅往怀里揽。

侯小梅反抗地推开王杰远，起身走到门口："你如果是来谈婚事的，那就谈，如果说些不相干的事，就请你离开。"

"宝贝，你别这么绝情呀，我在省城把房子都买了，这是房子的钥匙。过一段时间，我想办法把你调到省城。"

"你想金屋藏娇吗？"

"宝贝，你得给我时间。"

"我给你的时间还短吗？我今年都二十八了。我想名正言顺让你娶我，我想要孩子，想过上正常女人的生活。除此，我什么也不要。”

“你别任性了，行不？要那一张结婚证，有啥用？”

“你结不结？”

“我说过时机不成熟。”

“你走，你走！从此，你走你的阳关道，我过我的独木桥，咱们井水不犯河水。从此别过，再无纠葛。”侯小梅说着，打开客厅门，做了个请的手势。

王杰远的笑容凝住了，看着侯小梅冷冰冰的样子，他感觉真是拿着热脸贴冷屁股，但他还想劝侯小梅。侯小梅将茶几上的大哥大、钥匙，很麻利地装进包里，把包递到王杰远的手里：“还请你高抬贵手，不要动我弟弟，谢谢！”

王杰远瞬间明白了，从此，他将永远失去了侯小梅。

柯耀强再上班时，已到了五月份。

从过完年，柯耀强害怕见到纪红云，就没在矿上待，他知道干了一件蠢事，他给了纪红云希望，又让她失望了。他以为放下了对倩倩的感情，但在大年初二见到田欣欣之后，才发现他压根就没放下。他必须躲开纪红云，他不能骗自己，更不能骗纪红云，只有他离开矿上，才能缓解这种把纪红云吊在了半空中的尴尬，给纪红云一段时间去冷静，也给自己一段时间去调节心情。他思前想后，觉得去新疆二姨家待一段时间，是最好不过的，这样大家都有时间去缓冲情感，主意拿定之后，柯耀强就和柯母一起去了新疆。

柯耀强是被冯志国打电话叫回来的。不管怎么说都这把年纪了，工作不能丢。长期不上班，矿上的人对他意见很大，冯志国再也没办法替他周旋，害怕他把工作弄丢了，就一个电话催他们赶紧回来。从电话里，柯耀强知道了矿上许多事情，不管他有多么尴尬，还得硬着头皮回到矿上，矿上是他赖以生存的家，再无法面对纪红云，还得去面对，不能为了一个女人，失去了工作。

柯耀强和柯母坐了三天两夜的火车，才从新疆回到矿上。回到矿上，柯耀强想去找纪红云，请求她原谅自己的不辞而别，又觉得这样不妥。自己忘不了田倩倩，自己心里有人，是容不下别人的，他不能哄纪红云，也不能自欺欺人。纪红云是聪明人，她也许早明白了自己的心意，所以不用去解释，有些事情解释不清，只会越描越黑。再说自己去找她，都不知道怎么去解释，如果解释不清，会对她造成什么样的伤害？已伤害过她了，再不能伤害她了……自从柯耀强踏进矿上，心里叽咕着，他怎么去面对纪红云，才能将对她的伤害降到最低，这就让他

很苦恼，但他万万没想到，他的更大苦恼，在不远的将来等着他呢！

柯耀强重新上班，这让纪红云偷偷高兴了好几天，她真心替柯耀强高兴的。一个男人什么都可以没有，但不能没工作，失去工作，就失去了尊严。三个半月的时间，让纪红云明白柯耀强对自己的好，只是怜悯罢了，这说明他是个善良的人。是自己多想了，把怜悯当成爱情，自己不懂男人，不懂他，错不在他身上，是自己错了。还好！这么久自己没去找过他，这样自己还有很大的面子，如果去找他，那还不知道要尴尬到什么地步，幸好，幸好！这是最好的结局。纪红云在心里庆幸没“出击”，而是用了静观其变的战略，让自己保持住矜持的同时，赢得了欣慰。要不然闹出什么笑话，自己以后可咋活人？咋在矿上立足？

经过一番思想斗争的纪红云，很快冷却了被柯耀强唤醒的热忱，把她恐慌不安迎接爱情的心思，彻底埋葬了。喜悦的背后就是痛苦，好在她的喜悦不是很多，所以，柯耀强的态度对她造成的痛苦，也像一阵风一样，没几天就过去了。她感谢柯耀强一开始只是怜悯，或者是他及时刹车，弄成的这一场风波，不管怎么说，在纪红云的心里，都已经过去了。她在无人时，偶然会想起柯耀强来，心里依旧是暖暖的。现在柯耀强回来上班了，她替他高兴，也在情理之中，但愿以后，与他还能像以前一样成为最好的普通工友，或者比普通工友稍微亲近一点的知心朋友。

柯耀强并不知道纪红云的心事，他觉得没脸见她，自己不吭不哈地一走就是几个月，自己肉体是逃离了，但灵魂时刻都在受着折磨，自己就不该去招惹她，既然放不下田倩倩，就不该对她和两个孩子好，这种不以结婚为目的的挑逗，就是要流氓，自己太不应该了。他回来上班的第一个下井，和孟平安在井下排查隐患，也说了好多话，但他没对孟平安倾诉心肠，他觉得没有必要。他在干活时，一只老鼠在他的矿灯光柱下跑来跑去的，过了一会儿，一群老鼠在他面前的光柱里“吱吱”地叫着，像在欢迎他。他一下子心情开朗了，看看这群渺小的生灵都知道感恩，都知道回应，他应该找个机会，向纪红云解释一下才对。拿定主意，他赶紧掏出吃的喂这群小精灵：“你们过得挺好的，我一直都很担心你们。”

“能不好吗？这段时间，文斌成了它们的爹，你看把它们喂得多肥胖。”

“文斌喂它们？真好！这小子可交。”

“是的，你以后要带带他，干脆……算了，我知道你不会收徒弟。”

“知道，还脱裤子放屁——多此一举。”两人说完哈哈大笑，吓得老鼠们都跑了。

田欣欣要过十八岁的生日了，她特别高兴，十八岁是她盼望已久的时期，过了今天，她就是成人了，成人就是自己的事情自己可以做主，不用再看别人的脸色行事，再也不用伪装成乖乖女了，这是多么高兴的事情呀！这十年来，她一直都在苦苦伪装着，没有一天、没有一小时不是在伪装。这种日子她已过够了，今天，她终于可以真实地活一回了，确切地说，从今天起，她每天都要真实地活着，表里如一地活着，再也不用口是心非了。

一大早起来，田欣欣将田倩倩以前的衣服找出来穿上，照着倩倩的照片，坐在镜子前精心打扮。半个小时后，镜子里的欣欣非常清纯，活生生一个倩倩，就连欣欣也被自己的样子吓了一跳，她就是姑姑十八岁的“复印件”！

要是自己这样去见柯耀强，他会不会以为自己是姑姑呢？听说他才从新疆回来，几个月都没见他了，还真想他哩，我这样去找他，是不是给了他一个惊喜？他会把我当成谁呢？他一定会把我当成他朝思暮想的倩倩了，这真是个很好玩的事情，够刺激的。

如果这样的话，他的理智能战胜他的情感吗？他会抱住我吗？嘴里喊着：“倩倩，我的好倩倩，你从深圳回来吗？你再也不用去深圳了，我要娶你，我爱你！”假如他说这话，我该怎么办？当姑姑的替身，和他生米煮成熟饭？等他理智以后，哭着闹着让他娶我，他要是耍赖怎么办？我和他这一生就要纠缠不休？这样的话，会不会把我爷爷奶奶、爸爸妈妈气死？

如果家人能正确对待我和柯耀强，我不会叛逆，也不会忤逆地爱上他……我要是和他在一起，我爷爷奶奶、爸爸妈妈肯定会被气死的，要是他们都死了，我一个人活在这个世界上还有什么意思呢？我肯定会痛苦，绝对会孤独的，矿上人们都会唾骂我，我也会被唾沫星子淹死，这不是人世间最悲惨的悲剧吗？

欣欣呀欣欣，你这不是玩火自焚吗？烧死你不上算，还要烧死你的亲人，还要将你最爱的男人推入万劫不复的地步，让他成为千古罪人，你于心何忍呢？你不能这样导演悲剧！那你说我怎么办？谁叫我爱上了柯耀强，爱得那样深，他虽然是一个众人眼里的烂男人、老男人。可我知道他不是那样的人，他是一个好人，他的爱是世界上最真挚的，他是最痴情的男子，他走到今天这种地步，不能把所有的错算他一个人身上，他也是无辜的受害者——是矿难夺去他父亲的命，在他心里留下不敢结婚生子的阴影。

这是姑姑写信告诉我的，姑姑说他始终愈合不了心理的创伤，这创伤是他父亲死亡留下来的，他由于对井下的恐惧，才不敢结婚。姑姑正是因为这个原因，才离开苍穹矿上，才离开了他，去了深圳那一片看似是天堂、实际是地狱的地方，“一个人活着没爱情，即使他活在天堂里，那也像活在地狱一样生不如死。”这是姑姑的原话。

大概爱情很美很美，要不然从古至今，咋会有那么多美好的爱情故事呢？姑姑的离开，无可置疑对他是致命的打击，这么多年，他依旧挚诚地爱着姑姑，他对姑姑的爱无法动摇，我能动摇他的爱吗？他能将这份爱转移到我身上吗？田欣欣看着镜子里的自己，楚楚动人却是心事重重。她想：姑姑十八岁，肯定没我现在这样忧伤和郁闷吧！她一定是高高兴兴享受属于她的爱情。而我的十八岁，却是这样的痛苦，难道我的痛苦是自找的？爱上一个不该爱的人，他却值得我去爱，值得我可怜他。爱护他，是我这一生最大的心愿。

田欣欣看着镜子，胡思乱想，居然没发现奶奶站在她的身后已有多时了。

田老婆子琢磨不透孙女这是怎么啦？翻箱倒柜的，就为了穿上她姑姑的衣服，臭美一下？在镜子里显摆一下？不对！她人小鬼大、让人琢磨不透，她这般捣鼓，绝不是只为了穿上倩倩的衣服臭美一下这么简单。她穿上倩倩的衣服，还真好看，和她姑姑当年一样楚楚动人。白眼狼的倩倩去了深圳，就不知道我多么想她？唉！娃娃哪知道娘的可怜呀！飞出去的鹰都知道回家，而倩倩却不能回家，矿上她也不能回来。狗日的柯耀强，把倩倩的脸面丢尽了，现在倩倩像断线的风筝，随风而飘浮着。我可怜的孩子呀！娘想你呀！

欣欣穿上她姑姑的衣服，多像我的心头肉倩倩呀！年轻就是好，我的欣欣穿上啥样的衣服，都好看。倩倩去深圳过上了大城市人的生活，不知道欣欣有没有倩倩的好命？人的命不一样，所遭遇的也不一样，往往坏事逼好事哩，要不是狗日的心理有毛病，不结婚不要孩子的话，倩倩也不会有今天的好福气。深圳的姑爷，比他强多了。

在矿上，尽管柯耀强也是人梢子，可在这鸟不拉屎的地方，再好看的人，也会被自然条件扼杀了，他和我姑爷那真是小巫见大巫。只怪他娃命不好，要是他生活在大城市，也会活得很气派，可惜他投错了胎，降生在煤矿工人家里，工人家庭也不错，可他命不好，克死了他的老子，还落下了一个不愿结婚生子的怪毛病。可怜我好好的姑娘，被逼得去了深圳，害得她十年都不能回家。哪个当娘的不想自己的娃娃呀！一想起来倩倩，我很难过，倩倩在深圳过得比矿上好百倍，可她孤身一人，孤苦伶仃的，更何况她心里，还装着畜生哩。倩倩心里的苦，只有我了解，她人在深圳，心却在矿上，在狗日的身上。

“唉！”田老婆子的唉声叹气，吓坏了想心事的田欣欣。

田欣欣回过神来，发现奶奶站在背后心事重重地看着自己。欣欣知道自己的打扮引起奶奶的伤心事了，奶奶舍不得姑姑，奶奶时刻都在思念着姑姑，奶奶真可怜，真是可怜天下父母心呢！我以后离开爸妈，他们也会想念我，我真不想离开他们。我就考煤大，等我大学毕业，回到矿上工作，就不用离开爸妈，我还可以嫁给柯耀强，这不是最好的结果吗？

田欣欣怜悯地说："奶奶，我好看不好看？"

田老婆子愣神地看着孙女："好看，你这是干嘛呀？啊？"

田欣欣自信地旋转着："奶奶，我想让你们回味一下我姑姑当年的风采呀！奶奶，是姑姑好看还是我好看？"

田老婆子仔细端详着孙女："你姑姑的衣服，你穿上真好看。"

"是吗？你这不会是口是心非吧？明明是我姑姑好看，你看照片我姑姑是多么漂亮呀！"田欣欣将田倩倩的照片递给奶奶。

田老婆子接过照片，看着照片，在倩倩的笑容上抚摸着，眼角溢出了泪水："唉！你姑姑去了那么远，让我想死也看不见她、摸不着她呀！还是我的欣欣让人心疼，人长得漂亮，也乖巧，奶奶看欣欣才是好娃哩！"

田欣欣想将奶奶哄高兴："奶奶不会是隔代亲吧？总觉得是孙子比儿子好，儿子不养活了，还有孙子呢，咱怕谁呀！"

田老婆子被逗笑了："傻娃娃，儿子都指靠不上，还能指望上孙子？"

田欣欣天真地说："当然能指靠上了，你看，我爸给你洗过衣服吗？没有。我可给你洗过衣服，我妈都嫌弃你和我爷爷的衣服脏，不给你们洗。"田欣欣意识到说错话了，赶紧打住，吐了吐舌头，刚要探头往门外看，刘雅珍阴沉着脸，就进来了："你这死女子，又在编排你妈呢！你妈将心掏出来，你们都会说是驴肝肺，这世上就数你最没良心。"

田欣欣知道闯下祸端。家里前两天才发生过婆媳大战，婆婆、媳妇现在还不说话呢！这下自己又捅马蜂窝了，意识到事态的严重性，田欣欣赶紧道歉："妈妈，我只是随便开个玩笑，在矿上谁不知道你是好儿媳呀！群众眼睛是雪亮的，只有我眼拙，把心当成了肝。要不，妈，我报考医学院怎么样？那样的话，我就能分清什么是心、什么是肝了。"

刘雅珍又气又恨地看着田欣欣："死女子，你穿成这样子，干嘛呀？还嫌不够丢人呀？"

田老婆子一听不高兴了，瞪着刘雅珍："啥叫嫌丢人不够呀？娃娃穿一下她姑姑的衣服，咋了？你至于说得这样难听吗？”

刘雅珍梗着脖子：“丢人丢得我都不愿意出门，矿上谁不知道老田家的破事呀！”

田老婆子被气得脸发紫了：“啥破事呀？你嫌老田家丢人，那你当初就别嫁给田埂呀？当初是谁厚着脸皮死缠着我们家田埂？要是没你的话，我们田埂娶一个有工作的，那现在连带厕所的房子都住上了，你已害人不浅了。”

田老婆子的话将刘雅珍惹火了：“那你当年怎么不给你儿子找个有工作的？在矿上，单职工住楼房的很多，哪家楼房不是父母给儿子买的？你儿子住不上有厕所的房子，只能说你们当老人的没本事，连个楼房给儿子都买不起，哦！对了，你那宝贝倩倩不是在深圳能行得很么，有房有车的，你怎么不去住呀？”

田老婆子被气得说不出话来，只是瞪着刘雅珍。

田欣欣这下更惶恐不安了：“妈，妈！你能不能少说点，看把我奶奶气的，奶奶不要生气了。”

田老婆子缓了一口气：“要不是我儿子在井下工作，我放心不下，我早、早、早去了深圳，我还看你的狗脸呢！”

“谁狗脸？”

这下，婆媳俩吵得不可开交了。

田欣欣夹杂在吵闹声中，不知道劝谁好，看一眼奶奶又看一眼妈妈，两个人像斗红眼的公鸡，已脸红耳赤了。

田欣欣发蒙地站在婆媳俩这没硝烟的战场上，片刻，她一激灵，觉得机会来了，现在，奶奶和妈妈只顾吵架了，谁也顾不上自己了，不如趁机去找柯耀强。想到这儿，她使坏地说：“妈，你冲奶奶喊啥呀？都怪你，你要是有本事，和我姑姑一样在深圳吃香的喝辣的，多风光呀！”

“呸！你这个……居然和你那不要脸的姑一样。”刘雅珍说着，就要打田欣欣。

眼尖的田欣欣，早躲到奶奶的身后了。

田老婆子挺身一挡，挨了刘雅珍的一巴掌。这下不好了，她高声骂道：“你妈妈的，你敢打老娘，看老娘不把你的嘴撕烂！”

田欣欣连看都不看已披头散发的奶奶和妈妈，跑去找柯耀强。

田欣欣一路狂奔到柯耀强家，已大汗淋漓，红扑扑的脸蛋上被汗水衬托出靓丽，气喘吁吁，使胸脯刚刚发育起来的“小山”起伏不定。青春是一道挡不住的风景线，不用修饰，已美得闪人眼了。

此时，柯耀强的眼，真的被田欣欣给闪着了。

悔恨

田欣欣散发着青春的气息，再加上她精心打扮，穿上田倩倩的衣服，亭亭玉立地站在柯耀强面前，身材、笑容、神韵以及散发的味道，都和倩倩当年一模一样。

柯耀强迷惑地看着田欣欣，对于他来说，此刻，真比上刀山、下火海还难，这是对他的考验，是倩倩还是欣欣给他出的考题？他分辨不清，只能傻呆呆地站着。

田欣欣心情喜忧参半，默默看着自己喜欢的男人，胡子拉碴的他已不再年轻了，黑红的脸上，镶嵌着的大眼睛，黯淡无光，眼角的鱼尾纹，彰显出满满的沧桑感和惊慌失措。田欣欣看着柯耀强惊呆的样子，觉得他更可爱了，更让她心疼了。

柯耀强和田欣欣僵持在柯家院子里的梨树下，谁都不知道如何去打破内心澎湃、表面平静的僵局。时间几乎静止了，周围的一切都肃静了。只听见两人急促而有力的心跳声，像滚滚热浪拍打着岩石。一切思维被滞留在角落里，失去了活力，脑海一片空白。许久，一阵风吹过，盛开的梨花在风中摇曳着，有一些还未凋谢，却被风吹落了。水嫩的花瓣随风在他俩头上舞动着，想要将他们的心挖出来送给对方似的。

一阵更强的风，下起了花瓣雨。真是"玉容寂寞泪阑干，梨花一枝春带雨"。两只大小不一的手，不由自主地交叉在一起。一片淘气的花瓣，徐徐落在田欣欣挺拔的"小山"上，它似乎要和田欣欣媲美，也想引起柯耀强对它的注意。果真，柯耀强的目光落在了那片花瓣上，花瓣起伏不定。顿时，柯耀强觉得血液凝聚起来，使他不由自主地膨胀，他饥渴难耐，想要将眼前的倩倩吞食了。

田欣欣并不知道柯耀强想要干什么，她的手被柯耀强捏得好痛。男女之间的事情她不懂，她不懂爱情，更不要说驾驭爱情了。当柯耀强一把将她拥在怀里，她蒙了，全身像筛糠似的颤抖着。他喘着粗气的嘴，在她红扑扑的脸上乱啃，仿佛她的脸是刚从树上摘下的苹果，香气怡人，让人馋涎欲滴。他又尝到十年前，田倩倩给过他的美味了，他贪婪地吸吮着，使她喘不过气来。

她感到脸上被他的胡子扎得火辣辣的痛，这突如其来的拥抱、亲吻，是她从未经历过的，这就是爱情吗？这就是爱情的美妙吗？田欣欣更加惊慌失措了。

柯耀强嘴巴不安分，手也不安分。他黑乎乎的手指随着她的领口滑落下去，捂住了那两座“小山”。当他粗糙的手碰到她白皙的肌肤时，他已经顾不得黑手和白皙细腻的皮肤是特别不般配，那圆润的“山头”在他的手心里跳动着。

狂热、狂热！

柯耀强太狂热了，他的举动吓坏了田欣欣。

田欣欣曾经无数次浮想联翩过这种场景，每一次她都想得很幸福，当她被心爱的男人亲吻着，按理说，她应该尽情享受才对，但她在幸福中明显感到了害怕，她真害怕了，她不想当坏孩子，她更不想他因后悔而痛苦。她知道他把自己当成了姑姑，她只是这种缠绵中的一个替身。瞬间的理智，让田欣欣明白了自己无法控制局面，她身体触电似的发麻，软绵绵的没力气，就连她脚下的一方土地，也变成了一团棉花，软绵绵支撑不住她的身子。

他的手已经滑进她私密处。她紧紧地抓住了他的手：“柯叔叔，不要呀！柯叔叔。”她痛苦地说，觉得好苦涩，她几乎每一天都在心里念着“柯耀强”三个字，可现在她却叫不出这三个字，一紧张叫成了柯叔叔。

一句“柯叔叔”，将柯耀强震撼清醒了，她不是倩倩，而是欣欣。天呐！我这是着魔了吗？咋能做出这荒诞的事情？他后悔莫及，羞愧地看着她：“欣欣咋是你呀？你姑姑……”

田欣欣的眼泪，一下子涌了出来。

柯耀强慌忙抽出手，像被蜂蜇了，一把把她推开。

田欣欣泪如泉涌，低着头傻站着，在心里开始恨自己了，恨不该在这时理智，这一切难道不是自己想要的吗？自己渴望了多少次才等到这一天，却被自己的无知打碎了，真是愚蠢到家了。

风，又带来了一阵阵的花瓣雨，蜂蝶缭绕在枝头，忙忙碌碌，却是忙里偷闲地看着僵持的柯耀强和田欣欣。他们在心里除了懊悔，再也没别的想法，时间一分钟一分钟溜走，也抚平不了他们懊悔的心情。田欣欣后悔不该这样理智地叫醒如痴如醉的柯耀强。柯耀强后悔自己不该这样的莽撞，不该在没弄清情况时就热血沸腾地狂吻了单纯的田欣欣。

此时，两个人只有后悔，也不知道怎么才能解除这尴尬。

柯母从外面回来，着实吓了一跳，怎么田倩倩站在院子里？十年过去了，她怎么还很年轻呀？还是当年的样子，是不是我见鬼了？柯母摇了摇头，仔细看田欣欣。田欣欣的眼睛已经哭红了，她还在不出声地哭着。柯耀强不知所措，一句话也不说，任凭田欣欣哭泣。他们俩谁也没发现，柯母已站在院门口，惊奇地看着田欣欣。三个人站在原地，谁也不说话。

一切的寂静，被瘸子李的秦腔声打断了：

王朝马汉一声禀，
他言说公主到府中。
我这里上前去忙跪定……

瘸子李一瘸一拐从家里出来，锁好门准备去饭馆，他的唱腔由远到近，将柯耀强家院子里的尴尬场面打破。柯耀强懊悔，不敢看泪珠涟涟的田欣欣。

田欣欣低头不语，羞涩地站着。

瘸子李吼出来的秦腔声，已让院子里的人震耳欲聋。

瘸子李过了小河，随着学校的院墙往市场上走，远远看见柯母提着菜篮子，跨在门槛上，不进去也不出来，样子很怪异。他觉得奇怪，就冲着柯母喊道：“老嫂子，刚买菜回来呀！”

听见瘸子李的问候，柯母赶紧回过头，看着河对面的他，心情还是很难平静，但她装出很平静：“噢！他李叔呀，你去饭馆吗？到家里坐坐，耀强今天休息哩，我给你们弄些菜，你俩唠唠。”柯母想让瘸子李帮自己看看，眼前是真的田倩倩，还是自己虚构出来的，如果是虚构的，那么耀娃也是虚构出来的？唉！为儿子操不尽的心呀！柯母看了一眼院子里，柯耀强和田欣欣如梦初醒，齐刷刷看着她。

瘸子李停下了脚步：“老嫂子，谢谢啦！我今日很忙，改天吧！你最近都好吧？”

知道这不是幻想，田倩倩和柯耀强都是真的，柯母这会儿倒显得平静了。不是幻想那就是真的，田倩倩只要回来，就要想办法将她娶回家，我耀强很可怜呀！柯母胡乱想着，赶紧应付瘸子李：“他李叔，那你忙吧！”说完，就进来院子。

瘸子李看着柯母驼背的身影闪进了院门里，摇了摇头，纳闷地往饭馆走，也不唱秦腔了。

柯母进了门，田欣欣已擦干眼泪，也不和柯母打招呼，低着头，跑出柯家院门。

“哎……哎，娃，那是田倩倩吗？”柯母看着门口，问柯耀强。

柯耀强没回答柯母，痛苦地进了客厅。

柯母想问个究竟，却被柯耀强狠狠的关门声挡住了。柯母没冲着柯耀强喊叫，她知道不管怎么问，他都不会回答，她不想给儿子添堵，就悄悄去厨房准备午饭了。

田欣欣跑回家，田老婆子和刘雅珍的战争刚刚落幕。两人披头散发，一看就知道这次是大战，她们都使出了杀手锏，这会儿都累了，没力气再对骂了。平时，田老婆子和刘雅珍都是文战，今天的武战，都是欣欣挑逗起来的。现在两个人看见田欣欣红着眼，从外面回来，这才发现孩子不知道什么时候出去了。

看着欣欣哭红肿的眼，田老婆子后悔了。

刘雅珍也后悔了，她们这一次居然想到一块，都认为欣欣的伤心，是因她们吵架引起的。孩子夹在奶奶和妈妈之间，不知道劝谁好，只能跑到外面去哭。

田老婆子内疚起来：有啥大不了的，要和欣欣妈吵架，娃娃今年高考呢！要是因这件事影响娃娃的前途，那我不成了老田家的千古罪人？真是的。她又看了一眼被抓得脸上有血迹的儿媳妇，心疼起来，不管儿媳妇好不好，她嫁到老田家也二十多年了。她虽没工作，但为老田家传宗接代，在计划生育最严时，偷着生下小孙子，这都是她的功劳。

田埂好吃懒做，下班回来就累死了，大男子主义还很强，家务活一点都不干，饭来张口衣来伸手。只要儿媳妇将儿子孙子伺候好了，这就比有工作强，说实话，儿媳妇在这个家里，没功劳也有苦劳，唉！自己真是老糊涂了，尽胡说哩，伤了儿媳妇的心，真不应该。

刘雅珍见欣欣关在房里哭着，也自我检讨：我这是怎么啦？自从嫁进这家门，今天是遇见鬼了？为了一些鸡毛蒜皮的小事情，和婆婆大打出手，传出去，还不让矿上的人笑掉大牙，真是的，欣欣夹在我和她奶奶之间也够难为了。

婆婆、媳妇看着欣欣紧闭的房门，都在心里后悔——不该吵架。

柯耀强躺在床上，将刚才发生的一幕回想了一遍，从田欣欣进门起，他以为是在梦境里，他常常梦见田倩倩穿着田欣欣今天穿的这身衣服，楚楚动人，温柔、幸福地扑进他的怀里，可今天发生的一切不是梦，而是田欣欣。田欣欣为什么要打扮成她姑姑的样子，出现在自己的面前呢？难道她喜欢自己？难怪我把她抱在怀里，她没反抗，还很幸福的样子，自己被她弄得意识不清了，她是清醒的。如果不喜欢，她会反抗呀！这一切都证明她是喜欢的，真糟糕，她还是个孩子，我真该死，稀里糊涂地又一次伤害了田家，伤害了倩倩，更伤害了欣欣。欣欣是个纯情的小女孩，她可能是第一次经历拥抱亲吻，这会给她纯真的心灵里，会留下什么样的阴影呢？阴影？天呐！自己真的该死！柯耀强想到这儿，躺不住了，他现在考虑怎样去面对田欣欣，怎样做才不影响田欣欣的学业。他知道田欣欣今年高考，这孩子的学习成绩很好，在矿上是数一数二的好孩子，如果欣欣这次高考落榜，那么他真的就成了田家的罪人。

柯耀强坐在床上，他想去找田欣欣，想给她解释和认罪，取得她的谅解，再鼓励她好好上学，考上一所好大学，这样他心里才会好受些。只要欣欣考上大学，以后她就不会嫁给个默默无闻的矿工，也不会受这份罪。

柯耀强真不想因自己而毁了田欣欣的一生，可他现在又不能去找她，如果让田家知道这件事，田家人不仅要把他杀了，也会把田欣欣打死的，咋能忍心连累欣欣受皮肉之苦呢？在没弄清情况之前，他不敢轻举妄动，只能心神不安、痛苦万分地等着。

和侯小梅分手之后，王杰远的心情一直都不太好，毕竟他们在一起很久了，分开了哪能不痛苦呢？王杰远心里很明白：侯小梅是全心全意地爱自己，可自己真的不能和她结婚，这就是最伤她的地方，真的不想伤她，却只能伤她，不是狠心，而是身不由己，不说别的，只为仕途，老丈人是省煤炭界叱咤风云的人物，要想离婚，不要他的瘫痪女儿，他那关是没办法过的，除非自己不要仕途。

如果一个男人手里没权没钱，这个男人再英俊潇洒，再有能力，都会被人下眼观的。这人世间眉高眼低的事情，还少吗？想要在煤炭领域混下去的话，只能将这一段不幸的婚姻维持下去。侯小梅太不懂事了，不愿意让自己金屋藏娇，那只能分手了。可现在才知道自己也很痛苦，虽然没有撕心裂肺的痛，但这种痛也让人有些承受不了。王杰远想来想去，在痛苦的旋涡里挣扎了好长时间，也就有了要离开苍穹矿上的想法，想调到局里去。

有钱能使鬼推磨，很快王杰远被提升为矿务局的生产副局长。

王杰远调走之后，矿上的人才将王杰远和侯小梅的事情公开化了，弄得侯小梅彻底身败名裂了，没人同情她。曾经遭受过她拒绝的人，趁机报复，一时间她成了苍穹矿上的“公众人物”。以前有王杰远护着，那些对她垂涎三尺的人还不敢张狂，可王杰远已调走，她失去了保护伞，男人们对她再不像以前有贼心没贼胆地观望着，而是谁都想睡她，这样她就处在十面埋伏中。她倾国倾城的容貌，让矿上的人都嫉妒她，她现在是破鞋，男人们像饿狼一样，抱着捡便宜的态度，接近她。

他们都觉得侯小梅再也没资格牛皮哄哄了，这千载难逢的机会，也是最容易上手的，现在对侯小梅不进攻，等待何时？再说，一个女人成了破鞋，就不金贵了，无形中她会破罐破摔、不攻自破。可想而知，侯小梅的日子要多难熬！万劫不复的她，能走出这痛苦的深渊吗？

担心

王杰远调走，胡大木心里空落落的，他有一种被人釜底抽薪的感觉。他为了官位，不惜献上老婆，把自己弄成缩头王八蛋的下场，这下是赔了夫人又折兵。可又一想：什么事情都有双面性，王杰远调走了，但关系还在，他高升对自己还是个好事，大树下面好乘凉么！说不准以后自己也能被调到局里，事情美是美着呢！只是现在忐忑不安的。

在矿上，胡大木最大的威胁是柯耀强。

胡大木害怕柯耀强和自己竞争采煤队队长，现在柯耀强的优势很大，常言说：朝里有人好做官。柯耀强当采煤队队长还不是冯志国的一句话吗？现在真是倒悬之急，咋能坐以待毙？柯耀强来上班，胡大木就坐不住了，心里像猴子抓一样，各种对他不利的想法，让他不断地琢磨和柯耀强的关系，上次吵完架，柯耀强就和他没说过一句话，现在柯耀强更不会理他了。为了缓和关系，胡大木主动和柯耀强说话。

柯耀强对胡大木的举止并没觉察，依旧我行我素，他现在哪有心思顾及别人呀，更不要说是当什么队长了。烦心的事情像猛兽一般，在不停地“吞噬”着他。回到矿上，还没来得及对纪红云解释，又来了一个田欣欣，自从把田欣欣误当成田倩倩亲吻了之后，他心里一直不舒服，他在懊悔中苦苦寻找着和田欣欣谈一次的机会，可他苦于没机会，整日被荒诞拥抱引起的误会未能解决而困扰着，弄得他茶饭不思，人也日渐消瘦了。

柯母看着柯耀强的样子，看在眼里急在心里，这个三十七岁的老儿子，愁眉苦脸的，让人心疼。柯母几次都想劝劝柯耀强，可看着他的样子，话到嘴边，又咽回去，她知道他心里很苦，不能再给娃子添堵，只能干着急没办法。柯母默默地想着怎样帮柯耀强解开心结，可年迈的她，一时半会想不出什么好办法，只能多做一些柯耀强喜欢吃的饭菜。

胡大木并不知道柯耀强的烦心事，他只想为了官位，和柯耀强搞好关系。这一天，办公室里只剩下他俩。胡大木心想：这是一个化干戈为玉帛的好机会，自己被柯耀强骂几句，也没外人知道，这样既能解除柯耀强的怨气，自己的面子也不受损。

胡大木认为这是“一石二鸟”的好机会，岂能错过！他尽量将面部表情调整出和颜悦色来：“柯师傅，哪天我请你喝酒。”

柯耀强不想和他说话，假装没听见，就往外走。

看柯耀强不理睬，胡大木心里骂着：你柯耀强有啥牛的？我把酒给狗喝了，狗还对我汪汪叫几声，你连吱一声都不愿意吗？胡大木心里骂着，但他一个劲地说：“柯师傅，你是矿上最大度的男人了，啥时变得这么小心眼呀？好了好了，咱们和好吧！”

一听胡大木说软话，柯耀强不好意思了，毕竟他还是队长，还得给他点面子，把他惹毛了，对谁都不好。再说了“得饶人处且饶人”，自己何必与他斤斤计较呢！柯耀强笑了一下：“酒就不喝了，但有一句忠告，不知道当讲不当讲？”

“你请讲！”胡大木恭恭敬敬的。

“忠言逆耳，但我是好心，你现在是采煤队的队长了，既然当上了官，就要有官的气度，气度懂不？别整天和泼妇一样骂街，作践自己，男人顶天立地，以事论事，吐口唾沫砸个坑——出口要有分量。人是活出来的，不是谁吹出来的。”

胡大木一听，知道柯耀强是给自己上政治课，只要能缓和了关系，自己队长位子就没太大的危险了，在没人的时候，自己忍气吞声不丢人。他想到这儿，心理平衡了：“是，是，人是活出来的，做人的道理我还懂。”

柯耀强得理不饶人：“做人的道理你懂？你以后就要对下苦的人尊重点，尤其是那些合同工，他们挣钱容易吗？我们都不容易。要想别人尊重你，你首先要尊重别人。”

胡大木心想：真是阎王爷好见，小鬼难缠，看看柯耀强这小鬼，就知道小鬼有多难缠了。“我这不是知错了？不是请你喝酒，表示我的歉意了吗？”

柯耀强拍了拍胡大木的肩膀说：“兄弟，酒咱们就不喝了，我已戒酒了，你的心思我知道，害怕我和你竞争队长，放心吧！我这辈子都不会当一官半职的，当年，我爹要不是队长，现在还活着。只要你学会尊重我们下苦人，就行了，好好当你的队长吧！”柯耀强说完，头也不回地走出办公室，站在宽阔的天地间，深深吸了一口气，也深深吐了一口气。

胡大木听了柯耀强的话，心里的乌云才散了。

尽管如此，胡大木很长一段时间，心里还不踏实，他队长的位置，来之不易，所以，他非常珍惜头上的乌纱帽。为了力保乌纱帽，胡大木在一个没月亮的晚上，提着两瓶子好酒，敲开了冯志国家的大门。

开门，见胡大木提着一个黑塑料袋子，从外面看鼓鼓囊囊的，冯志国已经明白了，胡大木是来送礼的，但待人接物的道理，让他礼貌地将胡大木请进屋，沏茶倒水，热情招待。

胡大木看冯志国的热情劲，悬着的心才落到胸膛里，矿上的人说冯志国很正直，不喜欢歪门邪道的事情，这一路上，还担心冯志国不让自己进门，看来这送礼也要找对时机，黑灯瞎火的，就没正人君子了。就拿冯志国来说，平时正人君子的，现在还不是贪得无厌。胡大木在冯志国家里沙发上，想着心事。

冯志国关切地跟胡大木交谈，很诚恳地对他说："不管是工作、生活上有什么困难，你就直接说，只要我力所能及，一定会帮忙的。"

胡大木听了冯志国诚恳的话，心里热乎乎的，人和人素质不一样，为人处世就不一样，说话的水平也就不一样，冯志国说出来的话，都是实在替工友们着想，让人听着心里舒服。

胡大木说了一大堆奉承的话，从心底表现出对冯志国的感谢。

两个男人将矿上的安全生产作为一个重点，谈了各自的看法。冯志国不断地征求胡大木的意见，这让胡大木非常兴奋，滔滔不绝越说越自信。冯志国认真聆听着，不时给胡大木一个鼓励说下去的眼神，同时，也肯定了他的建议。

这就让胡大木受到了鼓舞，将平时在工作中积累的经验告诉冯志国。虽然冯志国是副矿长，但他实际经验并不多。冯志国一副取经的态度，让胡大木觉得自己还是一个有用的人。

夜已深了，还未尽兴的胡大木，不好意思再说下去了，就起身告辞。

冯志国把胡大木提来的东西，原封未动让他提走。胡大木觉得很尴尬。在冯志国一再的解释下，胡大木很无奈，只好提着礼物，出了冯志国家的门。

走在回家的路上，胡大木坦荡许多，虽然冯志国没收礼物，但他非常清楚，自己这队长当定了。

胡大木感到乌纱帽已放进保险柜，而且是双保险，他将现在的局面，很认真、很冷静地分析了一遍，他心里有数了。首先是他得到了冯志国的赏识，这是一个很好的局面，再加上柯耀强对这个队长不感兴趣，这就让他有了躺在保险柜里的安全感。有冯志国这样正直的领导，苍穹矿就有了希望和光芒，好日子还在后头呢！胡大木提醒自己一定要好好干，才能对得起冯志国的信任和赏识。

胡大木从未有过这样的好心情，乐得他大声唱起来：社会主义的天，是蓝蓝的天。

为感激冯志国，胡大木决定让柯耀强当放炮员，让柯耀强挑个搭档。

柯耀强要了文斌，虽然和文斌之间有很多不友好的因素，但柯耀强觉得采煤队，只有放炮员的工作最轻松。不管怎么说，文斌也是最应该照顾的。胡大木知道柯耀强的心事，只要他不争队长的位置，他提出什么要求，都可以答应。

从此，柯耀强和文斌成为搭档，柯耀强负责背雷管，文斌负责背炸药。很快，他们工作上配合默契。柯耀强身上有许多的缺点，但他在工作中非常谨慎，他常常能将文斌想不到的问题，都想得很周全，这让文斌对柯耀强很感激和尊重。

井下的工作，不能有半点马虎，只有按照规章制度来操作，才能避免意外发生。谁都知道命最重要，文斌也深知这一点，在工作中有纰漏时，文斌宁愿让胡大木指着鼻子娘老子地骂，也不愿意胡大木停柯耀强的工。

井下，最少是两个人一块完成一项工作，一个人是不准在井下操作的，这是规章制度，也是防止意外发生时，相互有个照应，如果发生意外，可以及时抢救和求救。像柯耀强和文斌的工作，必须是两个人形影不离，这样就无形中拉近了他们的感情。柯耀强是老工人，井下能发生的事情，他都经历过了，和谁搭档，他都无所谓。可文斌现在是一刻也离不开柯耀强，只要柯耀强不在他的视线里，他就没安全感，他对柯耀强的依赖，是有目共睹的。

柯耀强上班、下班时都充满了煎熬，以前他只是上班时，害怕撞见田嘉兴，田嘉兴充满仇恨的目光让他不寒而栗，他和田嘉兴的班不同，也就见不上面，有时几天才见一面，有时十几天才见一面。现在又要面对纪红云，虽然纪红云对他一如既往，和对别人没有什么两样，但他心里很不好受，战战兢兢的，多么想一辈都不要见纪红云。可他只要上班，就要见纪红云，每天最少要见一面，这就让他煎熬。

他现在宁愿在侯小梅的窗口前，受她的冷漠和不屑一顾，宁愿被侯小梅这婊子的态度气得难受，也不敢去纪红云的窗口。有时，侯小梅坐着不动弹，他不得不去纪红云那儿，有时，侯小梅不在，只有纪红云，他就躲不掉了，只能和纪红云面对面，他不敢看纪红云，但更不敢和她对视。

纪红云知道柯耀强是有意在躲着自己，她不想给他增加心理负担，就寻思着和他好好谈谈，消除一下他的顾虑。她现在已经完全明白他对自己的好，压根就不是爱情，而是同情和怜悯。虽然她不需要同情和怜悯，她甚至于讨厌别人的怜悯，她并不觉得自己有多么可怜，她经济独立，又不指靠别人养活。

一个女人只有经济独立了，才能人格独立。纪红云活得是很苦，但她不需要别人的同情，她的苦，是她的事情，与别人没半毛钱的关系。自尊心极强的她，

没心情管别人，柯耀强对她的怜悯，让她心里极其地不舒服，再说了，他整天下井，闷闷不乐和心事重重的，在井下最容易出事了，她可不想他在井下有个三长两短的。她在他缴矿灯时，叫住了他。当时，他在侯小梅的窗口等着，侯小梅压根没收灯的意思。

侯小梅虽然没“保护伞”，是大家眼里的“破鞋”，但她傲气和冷冰冰的态度却是有增无减，矿工们都想占她的便宜，但在上班或者下班时，还是不喜欢看侯小梅的嘴脸。

上班时，他们都想讨一句吉祥话，就拥挤到纪红云的窗口前；下班时，为了不影响平安升井的好心情，也不愿意去侯小梅的窗口；他们只有在不上班的情况下，才想着用什么办法能接近侯小梅。所以在上下班时，只有这个二球柯耀强，越发喜欢到侯小梅的窗口，看来柯耀强对侯小梅的痴迷程度不浅呀！升井后，大家疲惫不堪，但还是挤在纪红云的窗口，排队时说点荤段子，然后用怪异的眼神看柯耀强，柯耀强孤单地站在那儿，也不在乎大伙的目光。

纪红云将所有矿工的灯和自救器收完，侯小梅还坐着纹丝未动。柯耀强只能去了纪红云的窗口。柯耀强是最后一个，纪红云不慌不忙地登记着，压低声音说：“咱们能不能像以前那样？别弄得这么别扭。”

柯耀强点了点头。

纪红云冲着柯耀强一笑：“你不用躲着我，平平常常就好了！”说完，她像没事人一样，转身去了操作台。

柯耀强愣愣地看着纪红云的身影，心里多少有点失落，但是他的心结被打开了，他觉得轻松了好多，他扬起脸，不让眼泪流出来，慢腾腾地去了浴池。他觉得对不起纪红云，和纪红云和解了，这是最好的结果，以后多关心纪红云和孩子们，也算是个补偿，可和田欣欣还是一个折磨人的死结呀，啥时才能解决呢？

柯耀强当了放炮员之后，工作轻松了许多，和文斌合作也很愉快，他俩一起在工作之余，喂养老鼠，这群老鼠也很争气，一窝一窝地繁殖着，它们的队伍是越来越壮大了。他们每天下井时，挎包里鼓鼓的，全是吃的，他们吃少一半，老鼠们吃多一半，他们一起和老鼠填饱肚子时，柯耀强特别高兴，但升井之后，他的苦痛跌宕而至，他对田欣欣的内疚，随着时间的推移，不断地发酵、膨胀。

再有一个多月，就要高考了，高考是人生最大的转折点，也就有了黑色七月的说法。“不知道欣欣的状态如何？我的莽撞，一定会给她带来心理负担，一定会影响到她的学业的，我真该死！我怎么做才能弥补她？一个普通矿工家庭，孩子唯一改变命运的机会只能是上大学，除此之外，再无良方。唉！在这节骨眼上，居然出现这样荒诞的事。”柯耀强知道自己一定会给欣欣带来精神上的创伤，欣欣因为这事没能考上大学的话，他这辈子都罪孽深重，不得安生。

柯耀强闷闷不乐，柯母是最懂的，要解除耀娃心中的郁闷，还得是那个田欣欣。不把田欣欣这个毒瘤从耀娃的心里拔出来，耀娃往后就没有好日子过了，他会自责而郁郁寡欢，日子久了，会积出病来。一想到儿子的身体，柯母就坐立不安起来，决定悄悄去找田欣欣，她觉得为了拯救儿子，冒一次风险也很值得。不把问题解决了，这样下去，不是耀娃疯了，就是自己被折磨疯了。

柯母寻思来寻思去，解铃还须系铃人，心病还得心来医，田欣欣是医好耀娃的关键人物，现在只有她这一颗灵丹妙药了。柯母却又不敢轻易去，要是让田家人知道了，他们还不活活把耀娃给吃了，咱们也别想在矿上待下去了，论起来咱们是不用害怕老田家的，田老头只有田埂一个儿子，自己好歹还有三个儿子，要是真的动武，自己的势力比他大。如果让他们知道是耀娃去招惹田欣欣的话，田家人会新仇旧恨一起算，耀娃一个人寡不敌众了，憨儿和聪儿不会帮耀娃的，在他们心里这个哥哥是不值得同情的。更何况耀娃和憨儿、聪儿的关系不是很好，他们对耀娃的成见深得很。

憨儿和耀娃结怨是为了李娟丽这个祸害，耀娃看不惯娟丽对娘的态度，就护着老娘。憨儿真是娶了媳妇、忘了娘，他媳妇说往东他不敢西，都是自己把他们惯坏了。李娟丽没工作，但她为憨儿生了个儿子，成了家里的功臣，每天不睡到吃午饭是不起床。“母以子贵”，宝宝成了李娟丽的法宝，不仅对憨儿呼风唤雨，还不停使唤婆婆。有一次，耀娃实在看不惯李娟丽对老娘的态度，打了她一巴掌。从此，耀娃和憨儿谁也不理谁了，兄弟之间连一句话也不说。

聪儿更不会帮耀娃了，聪儿狂傲，他总觉得耀娃给他丢人，给这个家丢人了，说耀娃做下三烂的事情，连他们的名誉都受损了。聪儿从来不找自身毛病。“看来，只有我这个老婆子出面找田欣欣才合适，田家人知道了，找我算账，那么耀娃、憨儿、聪儿，他们都不会丢下我不管的，这样的话，我也能把他们三兄弟的感情凝聚起来。”柯母坐在厨房里择菜，想到这儿，放下手里的韭菜，起身在洗脸盆里洗了手，在围裙上擦擦手上的水珠子，解下围裙出来门，过了小桥，站在苍穹矿子弟学校门口，往里张望着。

解铃

柯耀红下班往回走，见娘站在学校门口，焦急地往学校里看着。就觉得纳闷：老娘不在家里，跑到学校干吗？是不是找超超？她怎么不去家里，跑到学校？这不影响超超的学习吗，超超今年高考呢！老太太真会添乱，想外孙子了可以去家里，都在一个矿上哩，离得又不远。柯耀红急忙走上去问："娘，你干吗呢？"

柯母回头看是柯耀红，忙将她拉到小河边低声说："红呀！我……我，我有事，想找田欣欣。"

柯耀红很惊讶："谁？"

柯母恐惧地四处看看："你小声点，田欣欣，耀娃这段时间茶饭不思的。"

柯母的话让柯耀红摸不着头脑，更迷惑了："耀强不思茶饭，和她有啥关系？"

柯母看一时说不清楚，就去了柯耀红家里，将田欣欣穿着她姑姑的衣服，出现在柯耀强面前的事，原原本本说给柯耀红。

柯耀红如梦初醒，这真是一件很棘手的事情，弄不好田家人会真杀了耀强的，想想看，姑姑被他祸害得在矿上待不下去，现在他又来祸害人家侄女了，这事让任何家庭摊上，都会恨不得将他杀了。柯耀红想到这儿，觉得事态很严重，可不解释清楚，真的会要了他的命，他的脾气，全家人最了解，如果他钻进自己设计的牛角尖里，那他会自残的，他从小就很怪异，别人遇到无法解决的问题，想办法把责任推卸掉，可他遇到无法解决的问题，常常把所有的责任往自己身上揽，压得他连气都喘不过来。他就是不成器，和纪红云好好的事情，他不珍惜，非要和田家人纠缠，这不是惹祸上身吗？唉！他这是在折磨谁呢？折磨自己不算，还要将老娘折磨得够呛。

田欣欣和超超是同班同学，也可以让超超给田欣欣带个话，这样会不会影响到超超的学习？再说了，超超现在是青春期的大男孩了，少让他接触女孩子最好，更重要的是这些乌七八糟的事情少让他知道，才不会影响他身心健康，看来只能自己去找田欣欣，可找什么样的理由呢？柯耀红一时还想不来，只好把她老娘打发回家，再慢慢想办法。

柯母听了柯耀红的安排，蹒跚地回家了。

这一天，柯耀红为矿长准备一份材料，下午提前去办公室，走到学校门口，正好碰见去学校办板报的田欣欣。真是个千载难逢的好机会，柯耀红看四周无人，果断地叫住了她："田欣欣，我有话对你说。"

柯耀红原本想对田欣欣说话婉转点，可看她极像她姑姑，心里就不舒服，田倩倩是祸害耀强的狐狸精，这么多年，让耀强过着人不人鬼不鬼的生活，一个女人离开了这么久，居然还让一个男人如此地放不下，这个女人不是狐狸精还是啥？再看这田欣欣的身段和说话神韵，和她姑姑真是一个模子里刻出来的，都是妖精的化身。几个月不见，她越发和她姑姑相似，难怪耀强会误认为是田倩倩呢！柯耀红一想到这，心里来气，抹杀了之前对田欣欣仅有的一点好感，不愿意多看她几眼，直截了当把意思告诉她。

田欣欣听柯耀强为了自己茶饭不思、痛苦万分，她心里隐约痛着："我怎么成了祸害柯耀强的狐狸精了？柯耀红话里话外，都在骂我和姑姑是狐狸精，我再傻也能听出来，我太爱柯耀强，怎能舍得祸害他呢？我只不过想让他高兴，只想知道我在他心里到底是几斤几两。现在也知道了，我在他心里只不过是一个小女孩，一个不值得他去爱的人，他依旧爱着姑姑，我也很痛苦，没人安慰我，还要让我承担狐狸精的罪名，这太不公平了。他为啥要把我推进这个旋涡里？要让我承担四面八方的压力？不过话又说回来，如果不上演那一幕，他也不会因自责而茶饭不思，还是我不好，不应该折磨他。还是给他一个释放苦恼的机会吧！这样我也能心安点，他在井下干着十分危险的工作，是不能分心的，如果因我让他在井下有个三长两短，我这一辈子也就完了，爱一个人，就是让他幸福，而不是去折磨他。"率真的田欣欣迅速考虑了一番，答应星期六晚上去见柯耀强。

星期六晚上，田欣欣对奶奶谎称找同学问一道作业，就去了柯耀红家里。柯耀强早已在柯耀红家里等着，柯耀红和冯超去了柯耀霞家，冯志国值班，家里只留下柯耀强。这是柯耀红精心安排的，她不想让太多人知道此事，连冯志国都不知道，更不要说冯超了。

田欣欣敲开冯家的院门。柯耀强一把将田欣欣拉进屋里，迫切想对她谢罪。

田欣欣看着柯耀强消瘦的脸庞，知道不仅伤了自己，更是伤害了他。

此刻，田欣欣心里真是五味杂陈，她胆怯地看着他。

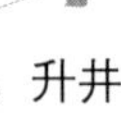

柯耀强心里也不是滋味，这是他爱屋及乌引起的恶果，如果他不去关心欣欣的话，她也不会这样的，事情咋会弄得这么糟糕？他向她深深鞠躬："欣欣，对不起！我……我……"

田欣欣被吓坏了，不知道说什么好，傻傻地看着柯耀强。

柯耀强一时半会儿也想不起用什么话来解释上一次他的冒昧。时间一分一秒过去，屋里掉一根针，都能听到响声，这种安静的僵持让人感到窒息。

柯耀强不想耽搁欣欣的时间，他们待在一起，对她来说也是一种煎熬。他下定决心道："欣欣，我希望你不要胡思乱想，好好学习，考上一所好大学，这样才不让你家人着急，是对你自己负责，也是对我最大的原谅。欣欣，请不要让我失望，我真对不起你，你不用害怕，叔叔再也不会犯浑了。"

柯耀强诚挚的话语，平静了欣欣的心情，她赶紧说："你别这样，我不想考什么大学，我只想留在矿上，留在你身边。"

柯耀强直起腰，让欣欣坐在沙发上："欣欣，你可不能有这想法，我只是你的叔叔。"

欣欣觉得被柯耀强藐视了，自己已是大人了，所以，她打断了他的话，斩钉截铁地说："我不是孩子，我已是个大人，有权利设计自己的生活。"

他被逗笑了："你不能胡思乱想，好好考上大学，这样才能给自己设计生活。"

见他笑了，她也放松下来："这世上只有大学这一条路吗？"

"这世上并非只有大学这一条路，可是在咱们矿上，想要过上好日子，也只有考大学这一条好路，叔叔当年不知道珍惜，更不知道好好学习，我娘整天唠叨让我好好学习，可我不明白这其中的奥秘，还嫌我娘烦，现在想起来，都没地方买后悔药呢！"

她觉得他说这话时更可爱，就冲着他一笑："可我要是考上大学，更难实现我的梦了。"

他知道她的梦，指的是什么！他觉得要让她意识到，他们永远是不可能的，但他害怕这样又会让她消极下去，那么今天所做的一切都是枉然。他又一想，还不如给她一个希望，让她踏实学习，等她考上大学了，外面的花花世界对一个情窦初开的矿区女孩来说，充满诱惑，她也会大开眼界，到时候再有一个帅气的小伙子，对她穷追不舍，女孩子虚荣心一上来，哪还记得自己这个糟老头呢！柯耀强想到这儿，计上心头，先把她安慰住，让她先考上大学，等她到了大学，一切难题都会迎刃而解。

他温情地说："欣欣，你知道吗？这么多年我为什么不结婚？所有的人都知道我心理有毛病，也有人认为我放不下对你姑姑的感情，其实，我不结婚真正的原因，是我后悔没能上大学，我希望我妻子的学历比我高，最好是个大学生，这样以后我的孩子，就会受到最好的教育，我知道这个愿望很难实现，但有希望，就有实现的时候。"

听他这么说，她心里一阵狂喜，这不是说给自己听吗？一定要考上大学，这样还怕他不爱自己？自己考不上什么名牌大学，但普通大学还是能随便考上的，现在加把劲，可以把前一段时间心情不好耽误的功课赶上，最好考上煤炭大学，这样就可以分配回来。田欣欣陷进思考中，她觉得很幸福，这种幸福就是爱情吗？她拿不准，只好仰头看着他。

他被她看得不好意思，低下头看着鞋子，害怕她识破了他的谎言。

她不想让幸福感冷却，就兴奋地说："我考上了，你可以去大学里看我吗？"

他赶紧说："只要你能考上大学，我一个月去看你一次。"

她有点不相信，也不敢相信他会给自己承诺，自言自语又像是问他："真的吗？你真的会来学校看我？"

他知道已把她的心安慰住了，就忙说："只要你考上，不管学校离矿上有多远，我都会去看你的，不信我们拉勾。"说着，黑乎乎的小拇指，就伸到她的面前。

她看着他指甲缝里还残留着黑乎乎的煤末，在井下干活的人，都有这样一双劳动的手，黑黝黝粗糙的皮肤，能嗅到煤的味道。爷爷、爸爸，周围的男人都有这样的一双手。从小到大，就看着这样的手，也被这样的手牵着，当自己的小手长大了，这一双手依旧是黑黝黝、脏兮兮的，可看到这样的一双手，就觉得无比亲切，尤其是他这双黑黝黝的手，更是值得去牵住。

她的小拇指勾住他的小拇指："拉勾上吊，一百年不许变。"

他接着说："谁变了，谁是小狗。"

两个人都会心地笑了，她心里这才踏实了。

他们聊了一会儿。他害怕她回家晚了被家里人骂，就打发她回去。

她很听话，心满意足回家了。

解开心结的田欣欣，更加努力学习，迎接高考！

柯耀强也放下思想包袱，一心一意工作，偶然会想纪红云和两个孩子，但只是想想，也不敢有所行动，他知道心里除了倩倩，再也容不下别的女人，既然这样，何必去招惹她呢！给不了她什么，就不去打乱她的生活，这样彼此都安好！

柯母看着柯耀强恢复了平静，很认真地工作，心才舒展开。但舒心日子还没过几天，柯耀霞的离婚，像炸弹一样把柯母的心，炸得惶惶不安起来。

用柯母的话来说，柯耀霞是眼里没有父母。离婚这么大的事情，都不和家人商量，说离就离，还离得干脆利索。柯母气归气，但很快接受事实，说真的，柯耀霞跟潘安贤就没过上一天好日子，好吃懒做的潘安贤，连他的两个亲儿子都看不惯，都支持他妈离婚，从这一点上来说，潘安贤就是众叛亲离的家伙。

离婚了也好，耀霞能早点脱离以前那种生活，过几天舒心的日子，她也老大不小了，半辈子已窝囊过完了，往后日子也不多了，人嘛，就这么一生，来世是啥样子，谁也说不清。不要说来世了，能把这生过好都不错了，人生苦短，人人活着都不易。耀霞有工作，经济独立，这就是女人最大的资本。所以，耀霞离婚未必是一件坏事。

柯母对柯耀霞离婚，没多少担心，对柯耀霞唯一的不满，就是嫌她先斩后奏，没有和大人商量就离婚了，除此之外，也没啥了。现在大女儿离婚了，成了“光杆司令”，也挺可怜的，也不知道老天爷还有没有给她安排一个好的，最起码是知道心疼她的，能知冷知热、相依为命的。柯母在心里为柯耀霞祈祷，祈祷她往后余生幸福美满，隔三差五叫她回家吃饭。可怜天下父母心么！只要柯耀霞来，柯母就尽最大努力做些她爱吃的饭菜。

赵聪儿看最近家里的伙食有很大程度改善，一直很纳闷，心想还是老娘心疼我，知道我心里不舒服，就给我做好吃的，看来还是家人最好。

赵憨儿和李娟丽看家里的伙食有了改善，也很纳闷，但对这一对好吃懒做的夫妻来说，管它三七二十一哩，只要有好吃的，他们是不害怕把自己的肚皮撑破。谁不爱好吃的？吃，往死里吃，反正不用自己的钱，只要吃进肚子里，就是给自己改善生活哩！

赵憨儿和李娟丽见家里有好吃的，二话不说就开吃，也不管其他人吃了没吃，只要他们吃饱就行，有时连吃带拿的。赵聪儿看不惯赵憨儿，但他还是忍住了，毕竟是打断骨头还连筋的亲哥，只要亲哥吃了，比吃进柯耀强肚子里强，这叫肥水不流外人田，柯耀强也是哥，但不是一个爹的种呀，就疏远了点。

赵聪儿才不关心大姐离婚不离婚的，从他有记忆起，大姐就结婚了，很少回来过，对大姐没多少感情，再说他把所有精力都放在侯小梅身上，无暇顾及大姐的事情，更何况大姐的不幸婚姻早结束，对她来说是早解脱，这可以说是件好事，既是好事，就不必去关心了。

侯小梅现在真的成了“龙游浅水遭虾戏”，以前对她垂涎三尺的人，有王杰远在，还不敢行动，见到她时，只能吞咽口水。王杰远屁股一拍走啦！她没了保护伞，凡是男人见了她都虎视眈眈的。

这让赵聪儿很不放心，不放心的还有侯小梅会不会破罐子破摔？那就糟糕了。从古到今，世上堕落的女人，哪个不是被逼的，哪有女人生下来就坏的？赵聪儿寻思着，现在形势对自己太有利了，要把握好机会去追，现在的她，已没资本傲气了，只要有人愿意娶她，就是给她最好的台阶，也是最好的保护。拿定主意，赵聪儿就采取行动了。

柯耀红自从知道柯耀强和田欣欣的纠葛之后，一直琢磨着：不能再听耀强的了，几个月了，他一个对象都没谈成，前一段时间，看他和纪红云走得近，也可以，纪红云为人处世都让人尊重，如果他们结婚了，日子一定能过好。虽然纪红云带两个孩子，她勤快，耀强也勤快，好日子都是让勤快人过的。看他们有来往，自己也放心了，也很欣慰，谁知道这“半路杀出个程咬金”。如果耀强再和田家纠缠不清的话，耀强这一辈子真的就毁在田家人手里了。

开始是狐狸精田倩倩，让耀强爱得死去活来，把一个好男孩折磨成不想结婚的沧桑老男人，让一家人为他的婚事牵肠挂肚。他好不容易从那个温柔的陷阱里慢慢走出来，现在可好，居然冒出田欣欣这个黄毛丫头，耀强被搅和得不得安生。黄毛丫头和她姑姑一样的妖艳，红颜祸水一点都不假，谁能料想到在耀强的感情路上，会有田家姑侄俩来折磨着他？

老娘岁数大了，心有余力不足，为了耀强，老娘没少操心，看着让人心疼。不把耀强的婚事解决了，田欣欣大概也不会善罢甘休，这死丫头，小小年纪就知道勾引男人。田家女子都是妖精，老娘还不相信，志国还嫌话说得太难听，但事实摆在眼前。看来还得下点功夫给耀强找个媳妇，才能从根本上解决问题。

以前，田倩倩在耀强心里种下的毒太深了，要想解除他心里的毒素，得有个能让他动心的女人，挤对走他心里的田倩倩，才能给他排毒。可在矿上，谁能让他动心呢？唉！他现在真是高不成低不就的，能看上他的，他看不上人家，他能看上的，人家看不上他。再加上耀强的心被田家狐狸精占满了，哪能容得下别人呀！这婚事，就在挑肥拣瘦中一拖再拖，拖出这一系列问题。

柯耀强的婚事，让柯耀红琢磨了好几天，终于，在一个晚饭过后，将亲自出

马为耀强找媳妇的想法告诉了冯志国。柯耀红把问题给冯志国剖析之后，冯志国也觉得她剖析得很对，要想解决耀强的问题，就得让耀强重新品尝爱情的美好滋味，可在矿上没合适的人选呀！这就是一个难题了。于是，冯志国夫妻俩一边看着电视，一边在心里从矿上没嫁人的女子堆里，给柯耀强筛选合适的对象。

排查了一遍，能让耀强动心的寥寥无几，他俩不谋而合地锁定了侯小梅。

侯小梅是矿上公认的美人。英雄难过美人关，爱美之心人人有之，要是耀强对侯小梅再挑三拣四的话，他真是有毛病了。

冯志国安顿柯耀红说："红，你给耀强把话说狠点，如果他这次再不同意，那以后他的任何事情，我彻底就不管了，他爱咋蹦跶就让他蹦跶去。"

柯耀红温柔地依偎在冯志国的怀里，打包票地说："耀强这边不会有啥问题，就是害怕侯小梅不愿意，她不一定能看上耀强哩。"

冯志国拍着柯耀红的肩膀："'落水凤凰不如鸡'，侯小梅现在还有什么可挑剔的？"

柯耀红觉得冯志国的话很有道理，为了弟弟，她只能挺身而出，在这个家里，大姐真的应了那句话：嫁出去的女、泼出去的水，现在也离婚了，成了"泥菩萨过河，自身难保"，连她都要让家人操心，她还能操心别人？憨儿和聪儿自私的，不是他们的事情，他们更不会管了，毕竟他们和耀强有隔阂，血液里只有一半相同的成分。只有自己和耀强是流着相同的血液，如果把耀强的婚事解决了，老娘也就放心了。

柯耀红决定去找侯小梅，看看她的意思，再说。

在侯小梅从痛苦的深渊中慢慢走出来时，柯耀红登门拜访了。

柯耀红并没将意图表达出来，只是很含蓄很谨慎地和侯小梅聊天。

侯小梅不想让别人看笑话，在人面前还故作很开心。对于柯耀红的到来，她已明白柯耀红不单是来聊天的。

侯小梅热情招待着柯耀红，这让柯耀红看到了希望，隔三岔五就来找侯小梅玩。两个人很快就建立了非常和谐的关系，有什么好事情，柯耀红都要和侯小梅分享；侯小梅有心事，第一时间就向柯耀红倾诉。

等柯耀红觉得时机成熟，才给侯小梅挑明。

赵聪儿心情越来越糟糕，看什么都不顺眼，常常有一股无名火在心里乱窜着，让他怒发冲冠。他原以为侯小梅现在是"虎落平阳被犬欺"，只要一个男人对她真心好，她就会投怀送抱，潦草地结婚。赵聪儿觉得侯小梅急着要嫁人，自

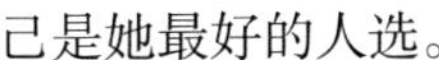

己是她最好的人选。

每次，侯小梅往外赶赵聪儿的态度都很坚决，举动很认真，武器很可怕。剪刀、铁棍等都是致命的。赵聪儿想到她手里的武器，以及她的表情，就有点犯怵，不敢贸然行动。不行动又心不甘，心动不如行动么！现在虎视眈眈要接近她的人，越来越多，也就意味着他的情敌越来越多了。

一想到那些明的暗的情敌，赵聪儿又坐不住了，不能坐以待毙呀！这女人是靠追的，不追她能跑进怀里？牡丹花下死，做鬼也风流，自己是个大男人，还制服不了一个小女人？女人是吃软不吃硬的主，要哄，一旦哄高兴了，就万事大吉了。

侯小梅现在是啥？“落架的凤凰不如鸡”，她再也傲不起来了！

赵聪儿拿出哄女孩子的耐心，推开侯小梅的家门。

侯母正好端着茶缸子要去打麻将，见赵聪儿推门进来，道：“哎呀呀！聪儿你咋来了，是啥风把你吹来了！”

赵聪儿一看侯母的态度，心花怒放：“大妈，我是来看您的。”

“我一个糟老婆子，有啥好看的？”

“大妈，话可不能这样说，您老人家风韵犹存，您看您这身材，再看您这气质，不说您有六十岁，别人还以为您四十岁哩！”

侯母被哄得有点飘飘欲仙，将赵聪儿让进客厅里，又沏茶又拿水果的。这招待的热情度，让赵聪儿看到了一股暖心的曙光，擒贼先擒王，撩女先撩娘！先拿下丈母娘，媳妇就到床！唉！今天没带礼物，真是失策。赵聪儿看侯小梅不在家，眼珠一转，计上心头：“大妈，我骑摩托车去口子区，你要不要去转转？”

“口子区呀！我想想，我都大半年没去了。”

“那还等啥？您拾掇拾掇，我去骑摩托车。”赵聪儿从侯家出来，高兴地做了飞翔的动作，条条大道通罗马，这不是一个很好的对策吗？赵聪儿呀赵聪儿，咋这么聪明呢？把侯母糊弄好，还害怕侯小梅蹦跶？他就不信这邪乎了，还怕把侯小梅弄不到手？侯母一道谕旨，侯小梅就乖乖往他怀里钻。

赵聪儿沾沾自喜起来，这段时间的郁闷一下子不见了，人逢喜事精神爽，心情大好，行动也麻利起来，他用最快的速度，带着侯母去了口子区。

蒙圈

阳光明媚地照耀着大地，在这个荒凉的地方，很少能看到绿色。不过六月份，时不时还会下几场春雪，依旧是寒意逼人。阳光明晃晃时，夏天就来到了，天气不再干冷了。市场上一堆男人围着一盘棋，争得面红耳赤。胡大木和田埂一个德性——就是狗忘不了吃屎，上次为了侯小梅，两个人打了一架，当时闹得不可开交的，人们都觉得他们俩结下了不可调解的仇恨，可这会儿他俩又凑在一起，和什么事情没发生似的。

这就是矿上的男人们，从来没什么隔夜仇。

柯耀强原本是想过去凑热闹的，见田埂蹲在人群里，他就不敢过去了。

柯耀强靠着市场边的一棵白杨树，仰头看着舒展开的树叶，嫩绿嫩绿的很水灵，给人一种生气勃勃的景象，天空湛蓝湛蓝的，似乎能挤出水来。矿上土地是黑乎乎的煤渣，连空气都是煤的味道，可天却出奇的蓝，这份天然的湛蓝，能抚平人心里的烦躁。看看蓝天，心就广阔了许多，什么仇恨呀！什么伤痛呀！都被赶跑了，心灵被洗礼得干干净净，如同一湖水。

阳光从叶间穿过来，洒落在地上，一条条被拉长的树影，安静地躺在地上，被斑斓的阳光点缀着，没有阴凉的地方，阳光大片大片普照着。柯耀强眯着眼睛，惬意地看着拔地而起的新楼房已在安窗子和门了，等外墙收拾好，就可以交工了。

这是矿上最明智的决策，也是文静用生命为地窝子人争来的好事，一想到文静，他心里很疼，一个好端端的妙龄少女就这样没了，人死如灯灭，真是一死百了，什么也没留下。

这几天，他总感觉惶恐不安，好像有什么事情要发生，但他说不清，心里颇烦，才跑出来晒太阳。暖暖的阳光，给他一丝安宁和惬意，却被市场上的喧闹打断了，男人们为了一盘棋，争吵得面红耳赤的，他们非要争个高低不可。下棋对矿上的男人来说，是升井之后唯一的健康娱乐，他们将下棋看成是一件最神圣的事情。所以，谁也不马虎，下棋的人和观战的人都很认真，一认真就较劲，一较劲就大吵，整个市场都要被他们掀了起来。

他蹲在白杨树下晒太阳，远远地看着他们，真是无聊的男人，为了一盘棋，拉开打架的气势，有啥意义呢？他们无聊，要是今天田埂不下棋，柯耀强也会加入这场无聊的争吵中。看见田埂，柯耀强心里就发虚，如果被田埂看见他，田埂一定暴跳如雷，他还是躲得远远的，不去和田埂照面，省得自讨没趣。

柯耀强见田家任何人，都会毛骨悚然，当然除了田欣欣。想起欣欣，柯耀强心里暖洋洋的，自从倩倩去了深圳，欣欣像一束很强烈的阳光，穿透他的心田，温暖着他空洞而冰冷的心。他看见欣欣，就想起倩倩，就觉得他的世界还没有绝望，最少他还有一份纯真的牵挂，他牵挂欣欣，想着倩倩，现在这姑侄俩占据了他整个思维。

柯耀强被太阳晒得暖洋洋的。长期在井下工作，能有一份闲情逸致晒晒太阳，真是幸福，体内的湿气被暖阳逼出来，全身一下子就很轻松。再说了，晒太阳能加强体内的钙吸收，对人身体好，要想健康长寿，就得多晒太阳。太阳是万物的主，没有太阳，没有光合作用，就没有这个世界。“太阳真好！”柯耀强惬意地伸了一个懒腰。

这时，候小梅穿着一件黑色的小风衣，露出紫色的裙子边边，一双黑色的高跟皮鞋，显得脚很小，腿很细长，一扭一扭地从矿上办公楼出来，“嘎达嘎达”的走路声，在矿区响起来。“人靠衣服、马靠鞍”，女人美不美是靠拾掇出来的。她将头发高高盘起来，更显得有气质，像傲慢的狐狸精，将矿上男人的魂都勾走了。侯小梅虽然是苍穹矿上一道让男人淌哈喇子的“风景”，却引不起柯耀强的注意，他只是眯着眼，晒着太阳。

候小梅“嘎达嘎达”的走路声，让下棋的男人们停止了争吵，齐刷刷地看向她。候小梅目中无人地往回走，但人们看到她身子骨明显地单薄了，化妆品也掩饰不了她伤心欲绝的痛苦表情。满城的闲言碎语，让她更加孤傲了。想和她搭讪的男人，看到她这架势也就吞咽了口水，眼巴巴看着她从身边经过。

看不见候小梅的身影了，男人们的目光才落回棋盘上。胡大木大声说：“不对，不对，刚才你的马在那儿，怎么跑到这儿的，田埂你是不是耍赖？”

田埂梗着脖子：“谁耍赖啦？她把你眼睛给闪瞎了。”

“我看你的眼睛才被闪瞎了，明明你的马在这儿，我原本要吃它的，可是它却跑到……你耍赖，咱们就别玩了。”

“行啦！行啦！棋盘上输赢都是英雄，好好下棋。”潘安贤大声地劝着田埂和胡大木。田埂和胡大木不吱声了，埋头重新开战。

柯耀强这才发现潘安贤也在里面看下棋呢，心里泛起一股怨恨：“这个不知道死活的逛鬼，要不是田埂在，我非要过去再收拾他一顿不可，为我大姐出气，让这狗日的尝尝我的厉害。”柯耀强这会儿心里已是雷电交加了，恨不得一下子拽住潘安贤的领口，按在地上美美揍一顿。他摩拳擦掌，气呼呼地看着潘安贤，有田埂在，他不敢过去，只能忍气吞声晒太阳。

柯耀强又眯着眼睛，被太阳晒得有了一丝睡意，他扬起脸，闭上眼睛，让整张脸都暴晒着，这不温不火的太阳，真能平静人心。

“耀强，你还会享受。”

柯耀强睁开眼睛，看见孟平安嘴里叼着一根狗尾巴草，蹲在自己面前。

“你咋有闲工夫了？”

“我给你说个事。”孟平安见柯耀强又闭上眼睛，就用狗尾巴草在他的脸上刷。

“你干嘛呀，别那么贱。”柯耀强很生气，一把将狗尾巴草打到地上，他对田埂和潘安贤的怨气，都凝聚在一起，无处可发呢！孟平安来了，正好成了他的炮筒，他把所有的火都发在孟平安身上，他知道不管怎么发火，孟平安都不会生气。

“咋啦？生气了。”

“有话就说，有屁就放。”

“我要和你大姐结婚。”

“啥？”柯耀强惊讶地睁开眼睛，直勾勾看着孟平安。

“你甭用这种眼神看我。”孟平安被看得不好意思，低下了头。

柯耀强不吱声，但眼神变得柔和起来。

“你大姐这不是离婚了吗？我打算和她结婚。”

“结婚？孟平安你看着我。”

孟平安抬起头，和柯耀强对视着，不躲不闪，倒让柯耀强心虚起来：“孟哥，你说真的？”

“你知道我为啥没结婚么？就是因为你大姐，我这大半辈子都爱着你大姐，等着你大姐……”

“哎哎！你别在这儿给我天方夜谭地胡说。”柯耀强打断孟平安的话，很不信任地看着他。

孟平安很坚定地说："我知道你不相信，但这是真的，我和你大姐，我们这么多年，都不容易，现在你大姐自由了，我也算等到了幸福，我们结婚合情合理的。"

"不是，这……我从来都没听说过，你和我大姐有啥瓜葛，你这突然给我说，你要和她……我有点蒙！"

"我知道这件事公布了，估计全矿上的人都蒙了，但我们很相爱，我十九岁就认识你大姐，那时，我刚当工人，你大姐还是待业青年，我俩一见钟情，一见钟情你懂不？"

"废话，继续往下说。"

"我第一次见你大姐，就怦然心动，就下定决心，这辈子非你大姐不娶，你大姐对我的感觉也很好，我俩就在前面，就是小爱凉皮店那个地方，那时，还没这些房子，对了，当时，你大姐背着赵憨儿拉着你。有情人之间一个眼神，就能私订终身。我和你大姐就是这样的，我们很快就好了，可谁知道，你娘收了潘安贤家三百块钱的彩礼，你大姐就和他结婚了。"说完，孟平安忧郁地低下头。

"三百块钱彩礼？我娘就……你们为啥不反抗？"

"你大姐要反抗的，是我不让，因为当时，别说三百块钱，我连三毛钱都拿不出来，我妈得了重病，你娘也是急用这三百块钱，给你爷爷治病。"

"你们就这样认怂了吗？我……我……"

"不认怂还能怎么办？救人，救命，在这种情况下……"

"救人，救命？你倒是伟大，太高大上了，可你没看见我大姐这么多年，是怎么过的？你的高大上，断送了我大姐半辈子的幸福！我大姐……"柯耀强哽咽了。

"我咋能不知道哩！你大姐有多苦，我就有多苦。"

"那为啥你们不早点……最美好的大半辈子时光都过去了。"

"是有点晚了，但也不算太晚，往后余生，我会好好弥补过去的时光，你大姐太保守了，又有两个孩子，我理解她，所以就一直等她。"

"等她……等她在苦难中受苦？让那个王八蛋折磨我大姐？"

"你大姐是个母亲，是个很优秀也很称职的母亲，我不能强求她，更不能去剥夺她的权利，我能做的就是等她，在心里爱她。"

"你在心里爱她，顶个屁用！我大姐这辈子有多么不容易，你懂吗？生活把她折磨得只剩下一口气了，你还说你爱她，我看你就是个王八蛋！”说着，柯耀强一拳打在孟平安的胸口，见孟平安没有还手的意思，两人都不吱声了。太阳很灿烂，可柯耀强感觉不到热。他真蒙了，有点不相信，屁大的苍穹煤矿，没秘密可言的，就这屁大的地方，他爱了大姐二十几年，怎么没一点风吹草动？

“我不相信，你爱我大姐。”柯耀强打破沉默，直勾勾看着孟平安。

“能理解，你爱倩倩是张扬的，我爱你大姐是默默的，但你我的爱是一样的刻骨铭心，我只是觉得爱是自己的事情，没必要让他人知道呢，你大姐这么多年真的太不容易了，往后余生，我会让她成为天底下最幸福的女人。”说完，孟平安站起来，攥住拳头，做了个加油的手势，大步流星地走了。

柯耀强痴痴地看着孟平安的背影，蒙蒙地不知何去何从了，心乱如麻地将头埋在两腿间，脑子里乱哄哄的，这件事来得太突然了，和孟平安打了这么年交道，他的人品没话可说，大姐和他结婚，一定会幸福的。这应该是个好事，应该高兴，替大姐高兴，大姐总算苦尽甘来了，祝愿他们幸福！现在想来，这么多年和孟平安相处得这么默契，原来是两个人有着相同的世界观，都是性情中人，爱得如此深厚。从他的态度上看，他很认真，如果他们结婚了，那真是大姐的福气。他比潘安贤这个二货强了几千倍，最起码勤快，脾气好。旧的不去新的不来，谢谢命运给大姐这样好的安排。

想到大姐的幸福，柯耀强心里舒服，抬起头，往市场看去。

明晃晃的阳光里，田嘉兴黑着脸从市场那头过来了。柯耀强赶紧撤退，他不想和田老头碰壁。他顺着小路上了铁道，躲在铁道边的土山后面，听见田嘉兴瓮声瓮气地骂着田埂：“驴日的，一天到晚，就知道下棋，往回走！”

田埂叽咕着：“下棋咋啦！我今天轮休。”说着，就撇下棋子，站起来跟在他爹的后面往家里走。见他爹脸色不好，他关心地说：“爹你的脸色咋这样难看？”

田嘉兴有些站不住，踉跄了一下，田埂赶紧扶住。田埂明显感到他爹身体在发抖。

田嘉兴低声说：“扶我回家，回去再说。”下棋的男人们都好奇地看着田埂父子离去。柯耀强更是好奇，很想知道他们家出了什么事情？可田家父子没再说什么。

柯耀强看田嘉兴不停用袖子擦着脸，就知道老田家肯定出事了，而且是出了不好的大事情，要不然田老头不会这样的痛苦，是的！田老头痛苦得脸上失形了。

柯耀强不敢胡乱猜想，只好双手合拢，祈祷着，但愿他们家平安无事。他闷闷不乐从铁道往回走，寻思着老田家到底出了什么事？会让田老头这么痛苦。痛苦！能看出田老头很痛苦。柯耀强一遍又一遍确认自己的感觉，不！是田老头真的很痛苦，而不是他的感觉。尽管田嘉兴努力藏着，但他的表情早已将他出卖了，什么事情能让他这样痛苦呢？肯定是大事情。

柯耀强后悔刚才躲的时间太短了，如果一直躲在那里听，也许就能知道老田家到底发生了什么事情，可他做贼心虚地走开了。“真是个窝囊废，一见到老田家的人，就像老鼠见猫一样，全身骨头都吓酥了，尤其是亲了欣欣之后，自己越发害怕田家人了，所以，只顾逃之夭夭了，却没顾及到老田家出了什么事情，让田嘉兴这么痛苦。瞧！自己就这点出息，老是把自己弄得骑虎难下。”柯耀强越想越气馁，垂头丧气地回家了。

当柯耀强走到家门口，看见岳鸣挺着大肚子，提着一个垃圾桶，很吃力地去倒垃圾。城里女人都弱不禁风，干不了力气活，哪能提动一桶垃圾？再加上她有身孕，走路很笨拙，摇摇晃晃的。她满脸笑容，脸色很白皙，不像孕妇。

城里女子和矿上女子很不一样，矿上女子怀孕了，原本黑黝黝的皮肤，更加粗糙了，孕斑很浓厚。可岳鸣脸上没太多的斑点，怀孕让她比以前漂亮了。

柯耀强觉得很纳闷，这女人就是怪异，各有各的韵味，在生命的各个阶段，都有不一样的美。虽然岳鸣怀孕了，却出奇地美丽动人，有滋有味。

岳鸣看见柯耀强，莞尔一笑：“柯师傅，你最近买了啥新书吗？”岳鸣爱看书，自从文斌和柯耀强搭档，文斌告诉她：别看柯耀强这土鳖，可爱看书了，家里的书都堆满了，如果不知道他底细的人，再到了他不足二个平方米的小屋里看看，还以为他是教授呢！那屋里全是书，文学书籍较多，再就是些历史书籍。听了文斌对柯耀强的夸奖之后，岳鸣常常让文斌向柯耀强借书。说实在的，岳鸣很佩服柯耀强，在这样一个环境下，他能一直坚持看书，并且能坚持收藏书，这就让他与众不同。

柯耀强爱看书，也爱买书。书看多了，柯耀强眼界就比别人宽，在苍穹矿上，矿工们都是不爱学习的粗人，也许正是这个原因，让他和别人就大不一样。柯耀强在岳鸣面前很注意形象，快速地整理一下衣服道：“我最近没买书，你怎么去倒垃圾呀？”他忘记了自己嗓门大，一说话就不文绉绉了。

岳鸣不好意思地红着脸：“我锻炼一下，你到家里坐会儿吧，文斌在哩！”

“不去了，我还有点事。”

“哦！谢谢你一直照顾文斌。”岳鸣羞涩地说。

“没啥没啥，我和文斌是搭档，就是一根绳子上拴着的两只蚂蚱，他好我才能好，我们是相辅相成的，所以，没谁照顾谁这一说。你应该注意身体，别累着了。”

“谢谢！你也注意身体。”

柯耀强看了一眼岳鸣的肚子不是很尖，猛想起他老娘说过儿子丑妈，女儿养妈，肚子鼓起的、尖尖的，一定能生男孩，肚子扁扁的，一定生女孩子。她已有六个月的样子，按照娘的土理论，她肯定生的是女孩了，女孩子要是像她爸就是美人胚子，文斌长得太秀气了。

岳鸣被他看得不好意思，说：“我先走了，再见。”

柯耀强这才觉得不妥，自己怎么也八婆起来，一个大男人研究怀孕女人的肚子，不太好吧！他认识到失态，脸就红了。

回家后，柯耀强换了睡衣，躺在床上，脑海里回闪着田嘉兴的举止，越想越觉得怪，到底出了啥事呢？他又苦思冥想起来，却怎么也想不到是田倩倩出事了。

田倩倩因股票大跌而负债累累，就跳楼了。具体情况电话里说不清，只让田家赶快过去人。幸好电话是田嘉兴接的，他不敢多问，可预感事情很严重，不敢让他婆子知道，所以才到市场上找下棋的田埂。他在没人的地方，才将倩倩的事告诉了田埂。

田埂哭起来。

田嘉兴害怕被人看见，就骂着：“没出息的，哭啥？扶我去没人的地方，让我好好想一想。”

田埂不解地看着老泪纵横的父亲，心想：“这都到什么时候了，你还有啥想的？赶紧回家告诉我妈吧！”田嘉兴看田埂瓷实地愣着，傻儿子还没开窍，不知道这件事是天塌下来了，老婆子要是知道了，肯定要了她的命。倩倩一定很严重，要不然不会打电话来的。田嘉兴对发愣的田埂说：“这件事，不能告诉任何人，你妈经不起打击，要是让她知道了，就没你妈的命了。”

田埂这才醒悟了，赶紧扶着田嘉兴去了后山，在一个没人的地方，父子俩抱头痛哭了一阵子，才商量对策。通过反复商榷，他们都觉得应该封锁消息，先去深圳看看情况。拿定了方案，他俩发泄了悲痛，装作没事的样子回家了。

回到家里，他俩一起骗田老婆子：倩倩在深圳病了，不是很严重，但住院了，倩倩也想家里人了，希望家里人能过去看看她。田嘉兴害怕说得不够逼真，故意问田老婆子："老婆子，要不你去看看，这姑娘和娘亲，一定是倩倩想你了，才说她病了。"

人在事中多迷惑，田老婆子并没想到田倩倩会出事，就说："我不去，深圳那么的远，我身体不好，哪能长时间坐车呀！再说欣欣要高考了，要不你去看看姑娘。"

田嘉兴赶紧随着田老婆子的意思，收拾行李。

田埂说他要去西安学习，田老婆子有些纳闷，但她的心好像被什么东西迷惑着，觉得这父子一块出门，有些奇怪，却说不清有什么不对劲，只好给他们收拾行李。

相亲

柯耀强和文斌坐着人车，在井下 4 水平处下了车，先去炸药库领取炸药，再去了雷管库领取雷管，背着炸药和雷管在行车的巷道一直走到 5 水平的工作面。

除了他们头上的矿灯，看不见任何光，脚底下流淌着冷冰冰的井水，让人感觉到阴森、潮湿，在井下再轻松的工作，都让人不舒服，主要原因就是这种阴森森的感觉，所以矿工们爱凑热闹，驱散心中阴森森的感觉。

柯耀强和文斌背着沉重的炸药和雷管，矿灯的光芒随着他们的走动，起伏不定，绝缘靴子踩着湿漉漉、高低不平的煤块路，发出微弱的咔嚓声，坑坑洼洼的路面，让矿灯的光芒也游离不定。这条路虽然没照明灯，但他们凭借着矿灯，已熟悉这条路上的一切。为了赶时间，他们走得很快，但都小心翼翼的，这一段是下坡路，非常滑溜，一不小心就会摔个屁股蹲。他们谁也没说话，耳边嘀嗒嘀嗒的水声，夹杂着他们的喘气声，将井下的宁静打破了，有了一丝的生机。

文斌背的炸药相对重点，他不停用脖子上的毛巾擦着脸上的汗水。

离大巷还有一半路程，柯耀强说："文斌，我们换着背吧！"

文斌不断地擦着汗水："你每次都帮我，实在不好意思。"

柯耀强说："看你说的，咱俩是搭档，更是兄弟。"说着，把肩上的雷管卸下来，放在一块大煤块上，疾步走到文斌的前面。

文斌解下炸药，给柯耀强绑上。柯耀强站在原地不动，看着文斌背好了雷管，两人一前一后保持着距离，向掌子面走去。到了大巷，他们已气喘吁吁了，设在头顶上的风机，不停地呼啸着，又增添了一份恐惧感。在井下没听惯风机声的人，都会害怕，好在大巷里有照明灯，脚下的铁道看得一清二楚。

他们关掉了矿灯，随着铁道向下走。

大巷很宽，一边设有皮带，煤块被皮带运往地面。皮带在掌子面处设有煤仓，煤块被矿工们用铁锹赶到皮带上，皮带像一条长龙，驮着煤块快速往井口跑去，皮带上的煤块在灯光下像数不清的金子，闪闪发光。皮带在他们身边不停往外运送煤，闪闪发光的煤块让人爱不释手，心情澎湃，这就是“黑金子”的魅力。

他们不约而同地停下脚步，深情地看着皮带上黑晶晶的煤块，向皮带鞠躬。

不仅是他俩对皮带心生敬意，而是所有的矿工，对皮带都饱含敬意。皮带减轻了井下的工作量，可以说是矿工们的救命稻草，皮带代替了机斗，节省了大量的人力，就是代价高。以前有小煤窑的破坏，苍穹煤矿就无法上这么昂贵的设施，现在没了小煤窑的破坏，最新开拓的巷道采煤量大，矿上才决定引进皮带。有了这皮带，让矿工省力的同时，也看到了希望，只有多出煤，才能有好工资，有了好工资，腰包鼓了，腰杆子直了，才能有好的生活。

井下的铁道很重要，因为往里运材料和大型的机器都要用铁道，矿工们将铁道看成是矿井的血脉，大家走在铁道上，都是小心翼翼，害怕弄坏了铁道似的。铁道随巷道的开采延伸着，是煤矿必不可少的交通工具，就像人的腿一样重要。

他俩沿着铁道，走了大约两个小时，才到了掌子面。

他俩在安全的距离里放下炸药和雷管，坐在煤块上休息。柯耀强从挎包里掏出蚕豆，放在嘴里嚼了几下，吐在块塑料上。“吱吱”，他的老鼠小兵就来了。“1234……128，真好！你们今天都到齐了。”老鼠们饿了一夜了，柯耀强嚼烂的蚕豆，压根供不应求。

文斌从挎包里拿出一块饼子，掰碎撒在塑料上：“哥，你看它们被咱养得和猫一样了，如果把它们带到猫面前，估计猫都会吓破胆的。”

“可不，它们真幸福，在井下它们就是安全员，有它们在，咱们才能心安，兄弟干活吧！”柯耀强说着，就和文斌去打炮眼。

一趟口子区，赵聪儿已成功把侯母拿下。侯母是他和侯小梅能不能走到一起的重要关口，这一关攻破了，后面的事就水到渠成。赵聪儿很高兴，虽然一趟口子区，花了他八百块大洋，有点小心疼，但确实花在点上了，只要能把侯小梅弄到手，也算值了。他心满意足将侯母送回家，侯小梅不在家，他不好意思多待，就告辞了。

侯母回到家里心情大好，真是旧的不去新的不来呀！

“王杰远狗东西屁股一拍走了，也不管我们娘俩死活，梅梅被他害成这样，他不得好死，狗日的断子绝孙都不过分。可怜我的梅梅，现在压力太大了。好女百家求，自从他们分手之后，我家里成了自由市场，门槛都被踏平了，可梅梅对

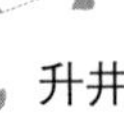

求婚者拒之千里。除了上班，其余的时间就躲在家里写写画画，神经兮兮的，写着写着就哭了，又写着写着就笑出声来，这疯疯癫癫的样子让人害怕。老天爷把赵聪儿这么好的小伙子，指派来拯救梅梅和我了，这小子能对我这么好，给我买这么多好东西，就是想和梅梅好。聪儿比王杰远好多了，人长得精神，又年轻，要人才有人才，要风采有风采，工作也很让人羡慕，他和梅梅郎才女貌、天造地设呀，天下再没像他俩这么般配的姻缘了。”侯母坐在沙发上，心里美滋滋地想着，已经认定赵聪儿就是她未来的女婿娃。

侯母看着茶几上花花绿绿的包装袋，回忆着和赵聪儿在口子区的情景：她叼着烟，像大姐大走着。赵聪儿马仔一样地跟在后面，像极了香港电影的片段，这就让侯母过足了瘾。只要她看上的东西，赵聪儿就给买。从这一点上，侯母越来越喜欢赵聪儿，觉得这样的女婿娃才是最好的，能舍得给丈母娘花钱，那就更能舍得给女儿花钱。对丈母娘的态度，直接考验女儿在他心目中的重要性。

侯母刚准备把包装袋里的东西拿出来欣赏，侯小梅回来了。

侯小梅是从柯耀红家里回来的，一进客厅的门，被茶几上的东西和她妈的表情吓呆了。亢奋劲还未过的侯母，一看宝贝女儿回来，赶紧站起来：“梅，你吃饭了吗？”

“这是怎么回事？”侯小梅指着花花绿绿的包装袋。

“我去口子区买的，你看看全是好东西。”

“买的好东西？”

“嗯！买的好东西，你看看？”

“别动，你买的？”

“对呀！”

“我的妈呀！你能舍得买这些东西？骗鬼哩。”

“是我买的，女女，看妈给你买的啥。”

“你买的，你打麻将赢了？还是寻了个愿意给你花钱的老头？”

“说啥没正形的话，哪有老头舍得给我买这么多好东西呀！”

“我想你也没好运气赢钱。”侯小梅说完，连看都不看一眼茶几上的东西，进卧室了。

“梅梅，别生气，其实是……”侯母认错似的地跟着进来。

“其实是啥？”侯小梅转身，看着母亲。

“是赵聪儿带我到口子区，他买的。”

“他买的，你知道他安什么心了吗？”

“我知道，他喜欢你。”

“啪！”侯小梅重重地把手里的包扔到床上，“你知道，还敢拿他的东西？”

“别生气了，女女，你看这才是老天爷最好的安排，就咱们现在这情况……”

“这情况咋啦？我是你亲生的不？你害我一次还嫌不够。”

“咋是我害的？”侯母低声说，一副无辜的可怜样。

“好！不是你害的，你把东西给人送回去。对了，我再告诉你，我明天和柯耀强相亲。”

“啥？啥玩意？”侯母惊讶地瞪着眼珠子看侯小梅。

“我已经决定了。”

“你决定了？你脑子进水啦！放得好端端的赵聪儿不要，要和一个神经病相亲。”侯母气得脸都紫了。

“妈，你也别生气了，我决定你明天和我一块去，我只希望，我的人生，我能做一回主。”

“你……”

“妈，我二十九岁了，能不能让我的人生我做主？”

“你的翅膀还……你找谁不行，非要是他？”

“妈，我的翅膀早硬了，知道怎么去飞翔，你赶紧把东西给人家退了，要不你花了人家多少钱，我给你钱，你把钱还给他。”

“啥！”侯母打住不说了，将她要反对的意思收回了，女儿最近情绪不稳定，天天关在屋里，写写画画的，还连哭带笑的，都精神失常了，还是不要刺激她，万一……侯母不敢往下想，也不敢吱声。

“什么啥？把钱给人家，多少钱？”

“八百九十一块。”

“好，我明天给你一千块，赶紧把钱给人家，这样我们才能安生。还有，明天和我一块去相亲。”

侯母生气归生气，心里虽然一百个不愿意，但她忍住没发火，真是女大不中留，留来留去留出仇了。愁人呀！放得好好的赵聪儿不嫁，非要嫁给……唉！不想了，她要往火坑里跳，谁也拦不住，不管是谁，只要她肯嫁，就行。

现在的侯小梅，让侯母感到压力很大，就像抱着一棵水汪汪的白菜，眼看着要腐烂了，还不见猪来拱，虽然这个比喻很不恰当，但能表达出侯母此刻的心

情。让不管好坏的猪拱了，也比烂在自己手里强。侯母从侯小梅的话里听出了坚定，看来她铁了心，非要拿柯耀强作践她，那就随便吧！

翌日，冯志国两口子给柯耀强相亲。柯耀红这次没张扬，避免节外生枝，就连柯母她都没告诉，她想等弟弟和小梅见面了，确定关系之后，再告诉家人。

柯耀红已下定决心，耀强和小梅相亲，只许成功不许失败。

夕阳西下，柯耀强进了柯耀红家厨房，见冯志国忙着洗菜、切菜，锅里还炸着带鱼，空气里都是鱼腥味。他非常纳闷：二姐两口子对我很好，但从来没像今天这样款待过我，看来今天是个很特别的日子，会是什么好日子呢？我口福不浅，看这架势，我得好好解解馋。

人常说老夫老妻，就是左手对右手，没知觉，但在冯志国和柯耀红的身上，就没这种感觉，不管啥时，他俩都相濡以沫，恩爱得像新婚燕尔的小夫妻，让人看着心里都热乎乎的。

柯耀红看见柯耀强进来，穿着一件脏兮兮的衣服，头发乱糟糟的，就不高兴，脸色一下子拉得老长："看你邋遢的样子，我给你传呼了，还穿成这？"

柯耀强被二姐一问，有些摸不着头脑："传呼上让我来你家呀！到底是啥事？看你们忙活的样子，一定是好事。"

柯耀红放下菜刀，愣愣地看着柯耀强："啥事？你都要把我的头发急白了，这么大人了，也不操心自己的事情，你二姐夫给你介绍了一个对象，为了你，你二姐夫的嘴皮子都给人家磨破了，你还在这儿发愣，看看你这衣服脏得还能穿在身上吗？"

柯耀强一听，心想：二姐夫还不死心，还有精力给我介绍了对象，又让我相亲，相亲都让人相烦了，这一次相亲的对象不知道是谁？我也没一点思想准备，就稀里糊涂地跟人家见面，这不太好吧！不管和谁见面，只是了却姐夫的心思，也是对家人一个交代，我对相亲压根没兴趣。也许是我玩世不恭，吓跑了所有前来相亲的女人，也许我名声不好，反正相亲的次数不少，但没成功过。他们又要失望了，看着他们为我操劳的样子，真有些过意不去。想到这儿，他内疚起来："传呼没告诉我呀！不信你看看。"说着，在腰里掏传呼机，"我也没准备，又让二姐夫操心了，对不起呀！"

冯志国瞟了一眼他，着急地说："怎么能穿这么脏的衣服？时间都来不及了，这样吧！耀红，把我的衣服找一件让他穿上，你帮他收拾一下，打扮得精神些，侯小梅快到了。"

柯耀红也有些着急，在围裙上擦手："走，走，赶快让我给你找一件你姐夫的衣服，侯小梅是啥样子的人？能愿意和你见面，是抬举咱哩。"

女人上年纪，唠叨起来没完没了。不过，柯耀强可没嫌弃二姐唠叨，只是不相信自己的耳朵："谁？侯小梅和我见面？咋会哩！"

冯志国一听柯耀强的话，露出得意的笑容："耀红，耀强都被咱们给吓住了，侯小梅怎么啦，她是女人，是女人就要嫁人，自信点，你不比别人差。"冯志国给柯耀强一个鼓励的眼神，接着忙手里的活了。

柯耀红得意扬扬，好像他们即将要完成一项举世闻名的大工程，说话的底气十足了："就是，就是，她也是女人嘛！耀强，赶快到客厅里，换件衣服，她快要来了。"

被柯耀红推到客厅里，柯耀强还是不相信，咋可能！傲慢的侯小梅要和他相亲？更何况，他可不想还没结婚就戴绿帽子，他和侯小梅不是一个界面上的人，虽然都是苦命人，但她现在是有缝隙的鸡蛋，被"苍蝇"们嗡嗡地盯着。

在柯耀强的心里，只是和侯小梅走过场，这婚事压根成不了。他瓷实地站着，看着二姐翻箱倒柜寻找衣服，觉得可笑，也觉得可怜。柯耀红取一件衣服，觉得不合适，接着又取一件衣服，还是觉得不合适，取了好几件衣服，在柯耀强的身上比画，都觉得不合适。人很奇怪，给亲人干啥都很上心，别人的事情，即使人命关天的大事，也许会漠不关心。如果柯耀强是冯志国的弟弟，柯耀红绝不会这样上心。这不能说柯耀红不是好人，而是人之常情，古话说得好：猪肉贴不到羊肉上。

柯耀强很感动，拿了一件白色的衬衣，在身上比画着，说："二姐别忙活了，她又不是没见过我，再说她咋能看上我呢？"

柯耀红瞪了他一眼："别胡说，她现在是'落架的凤凰不如鸡'，这就给咱们一个机会，你想想看，矿上有多少人，虎视眈眈地瞅着她！"柯耀红压低声音说着，好像捡到一个大便宜，兴高采烈的。

柯耀强从镜子里看柯耀红的表情，心想：二姐只看到事态的皮毛，她不想想，我能守住不？就偷着乐哩。我以后咋在矿上立足呀？人们一定说我捡了一双破鞋，更何况我心里放不下倩倩，让倩倩知道我这样结束了爱情，会瞧不起我的，我爱美人，可侯小梅这美人，是烫手的山芋蛋哩。女人太美了，给人一种压抑，尤其和她生活在一起，男人的压力确实不小，我宁愿找一个"三心牌"老婆，也不愿意找一个美得让人感到压抑的老婆。柯耀强心里埋怨二姐他们，但看

他们的热情，又不好意思把心里的不满和疑虑说出来。

柯耀红将蓝色的夹克套在他身上，还没来得及帮他整理好衣服，侯小梅搀着侯母就来了。

侯小梅依旧黑色的小风衣，露出紫色的裙子边边，还是那一双黑色的高跟皮鞋，显得脚很小，腿很细长。

柯耀强见侯小梅来了，不知所措，愣愣地站在客厅里。

柯耀红和冯志国赶忙迎了出去。

侯小梅心情不错，她对和柯耀强相亲，很满意。现在自己和柯耀强一样的臭名昭著了，好在他是个痴情男儿，对感情专一，自己在感情上已吃过一次亏，不仅名誉受损，而且也没资格去挑三拣四。再说他还不错，最起码不花心，虽然他也有很多风花雪月，那都是他酒醉了，经不起坏女人的引诱。

两个人几乎天天见面，可今天见面的意义不同，这一次，是两人确定关系的见面，也是牵扯到两人一生的幸福。侯小梅从答应和柯耀强见面那一刻起，她一直都在调整心态。人靠衣裳、马靠鞍，这一身是侯小梅去省城精心挑选的。她觉得心情不好，脸色就不好，就要用衣着来掩饰。

这几天，侯小梅故意穿着这身衣服在矿上转悠，让人觉得她不在乎这次相亲，其实，她心里很在乎。她坐在镜子前精心打扮着，化了七八次妆，都不满意，不是眉毛画浓了，就是口红太红了，要不就是眼线画得过于粗了，总能挑出缺陷来。她猜想柯耀强不喜欢浓妆艳抹，她原本不想化妆，可她最近的心情，直接反映在脸上，皮色一点都不好，素面朝天，实在有种拿不出手的感觉，所以，她化了淡淡的妆，力求接近自然美，最后洒上香水。

等她打扮得漂漂亮亮，就搀扶着侯母来了冯家。到了冯家院门口，她微微紧张起来。院门敞开着，她们径直进来，透过窗户看见柯耀红在打扮柯耀强，侯小梅心里暖洋洋的，能看出柯家人对自己的重视。

柯耀红看见侯家母女，忙出门迎接。侯小梅见柯耀红迎了出来，就冲着她一笑，随后看了一眼柯耀强，脸就红了。女人见男人红脸，证明她心里有这个男人。

侯小梅外表冷傲，其实心里深藏着一股热情，只是不轻易让人发现。

柯耀强看见侯小梅表情里带着羞涩，心里美滋滋地想：没想到这婊子还有纯真的时候。

冯志国从厨房里出来，道：“大妈您老身体可好，小梅，你和大妈到客厅里坐，耀红搀扶一下大妈。”

柯耀红赶紧跑过去搀住侯母："您老可好！赶紧进屋坐。"

侯母笑着："她哥，她姐，让你们忙活了。"

柯耀红赶紧说："大妈，没忙活，您没来过我家，志国常常念叨您，说您人好，又有侠肝义胆，你看我这傻兄弟，也不知道让客人进屋坐。"

柯耀强赶紧调整状态，冲着她们一笑："大妈好！侯小梅好！"他局促得像个小学生见到老师。

侯小梅看出柯耀强的窘迫，忍不住笑了。她笑不出声，像蜻蜓点水划过漂亮的脸蛋，一般情况下，人们很难捕捉到她的笑容，所以，她总给人留下冷傲的印象。

进了客厅，侯小梅傲慢地挨着侯母坐下。

柯耀强赶忙给她们沏茶。客厅里顿时有一股茉莉花的香味。当柯耀强将茶杯递给侯母，侯母睁大眼睛看他，好像要把他看穿，或把他吞进肚子里。常言道：丈母娘看女婿，越看越爱看。侯母近距离审视柯耀强一番，抵触的心情，慢慢缓和了，从外表上看，他还不赖，就是人品让人不放心，不放心也没办法呀！梅梅是铁了心的，唉！只能顺其自然吧！

"小梅爱喝茉莉花茶。"侯母像是无意中说着，又像是暗示什么，她的目光，却一直在柯耀强身上"扫"。

柯耀强很害怕侯母的眼神。他说不清侯母的眼神里蕴藏着什么，好像要把人刨肠剐肚一番，她才放心。对侯母直勾勾的目光，柯耀强很不高兴，但转念一想，觉得侯母这样做也不过分，毕竟自己不是什么好人，虽然不是朝三暮四的花心萝卜，可也是"胡作非为"的坏小子，要不然也不会三十七岁，还是光棍一条，在她老人家心里，自己绝对不是好人，是个酒鬼，是酒疯子，喝醉了就和女人偷情的坏蛋。

对于侯母的审视，柯耀强没怪她。

考验

善解人意的柯耀强，坐在侯母的对面，决定让她一次看个够。

侯母把柯耀强足足看了半个小时，在这期间柯耀红和侯小梅去厨房了，客厅里只剩下他俩，他们谁也不说话。沉默中的压抑，让客厅像地狱一样宁静和阴冷。虽然到了六月份，可柯耀强还是觉得很冷，他不知道今年是怎么搞的，心里没一点火气，胸膛里也没温暖，像被人掏空了心，就连倩倩在他心里也只是冰冷的概念，这种感觉他从未有过。

以前只要一想起倩倩，血液就沸腾了，往一个地方凝聚，使他心里痒痒难受。可今年，好像一切都变了，难道这就是心老了吗？火气和爱情都没了，就是老的迹象。不知怎么搞的，心里空落落的，脑子一片空白，好像丢了什么东西，但又想不明白丢了什么东西。再加上这老太太诡异的眼神，让他更加忐忑不安了，心里没了底气，胆子也没了，唉！如果有酒就好了！酒能壮胆，可即使有酒，也不能喝哩，他只要一喝酒，二杆子劲一上来，会把事情弄砸了。

现在，柯耀强很不希望这件事成功，但又不想因此伤了二姐夫的面子，只能硬着头皮，尴尬地让侯母看个够。侯母倒也很知趣，当饭菜上桌子，就不再看柯耀强了，赶忙让冯志国坐在她的旁边："哎呦呦！看把她二哥忙的，我和小梅讨扰了，真不好意思，她二哥你坐这儿，她二姐你也来坐。"她倒像是主人。

柯耀强几乎和侯母没接触过，今天一接触，他觉得侯母是一个老江湖，是个很不简单的女人。果不然，侯母在席间很快就暴露了江湖本色——酒量很大，和冯志国一杯杯相互敬酒，侯母邀请柯耀红喝酒，却没邀请柯耀强。

冯志国陪侯母喝酒："耀强，帮小梅夹菜，小梅尝尝我做的红烧鱼。"

柯耀强给侯小梅夹了一块红烧鱼。

侯小梅冲着冯志国莞尔一笑，瞬间，驱散了她的傲慢："冯副矿长，你烧菜的水平不错嘛！看来我耀红姐有福气。"

冯志国乐滋滋地说："小梅呀！以后不要叫我冯副矿长了，直接叫我二姐夫，这样亲切。"

侯母赶紧接住冯志国的话："对对的，以后就叫二姐夫。"

侯小梅脸一下子通红，低头不语。

冯志国不失时机地说："其实，小梅你不知道我们家耀强，厨艺特别好。耀强是一个不显山不露水的好男人，我这可不是王婆卖瓜，自卖自夸。你们接触接触，你会发现耀强和别人说的不一样，他身上有很多优点，是别人没有的，他的优点，都是闪闪发光的，和金子一样金贵。来，来吃菜。"

柯耀强红着脸，长这么大，还没人夸奖过他哩，而且是当着这么多人的面。被夸奖了，他一下子自信起来，偷看了一眼侯小梅。

侯小梅用筷子把鱼刺拣出来，放在盘子的角落里。等拣完了她盘子里的鱼刺，才细嚼慢咽地吃了起来，一副"两耳不闻窗外事，一心只吃鱼和肉"的样子，不参与他们的谈话，也不回应冯志国对柯耀强的夸赞。

柯耀强不高兴，心里骂着侯小梅：你有啥牛气的呀！现在还不是落架的凤凰不如鸡，傲慢没用，还不是和我这个——拾不到你眼里的癞蛤蟆相亲？他又偷看了一眼侯小梅，突然有了一个奇怪的想法：看来老天爷很公平，平等安排了每个人的命运，人来到世上，都想过好日子，一颗世俗的心，欲念太多，命运就不平等。谁的一生都想过得美满幸福，可往往达不到自己的要求。老天爷真会惩罚那些好高骛远的家伙，总有方法教训他们，比如现在的侯小梅，这就是老天爷对她的惩罚。想当初，侯小梅是月亮，高高挂在天空上，男人们只能仰望。现在的她落入人间，低到尘埃里，和矿上最烂的男人相亲，这就是老天爷让她学会脚踏实地吧。她阅历太浅了，哪知道物欲横流的世界里，有些人表面看来是君子，其实却是小人，勾心斗角，尔虞我诈，尤其那些有权有势的人，他们更像狼，一个小女子哪能是他们的对手？现在不攀高枝了吧！识时务者为俊杰，她悬崖勒马，为时不晚。柯耀强想到这儿，有了幸灾乐祸、落井下石的快感，突然觉得和侯小梅在一起，他有了一些自豪。

侯母在酒过数巡之后，大大咧咧地抽烟，完全不像是陪女儿来相亲的老太太，倒像是找到了一个畅所欲言的好地方，和冯志国、柯耀红喋喋不休地说着矿上的是是非非、家长里短。柯耀强不爱听他们说这些没意义的话，低着头不语，他觉得此时保持沉默是最好不过了。

侯小梅看来也很无聊，漫不经心地吃着菜，她身上有一股淡淡的香水味。其实，男人都喜欢香喷喷的女人，香水能激起男人火急火燎的欲望。可侯小梅的香水味和她老娘的烟草味汇合起来，弥漫在喧闹的客厅里，让柯耀强觉得恶心。有

气管炎的他，被烟味呛得不断咳嗽，呼吸都有点困难。

柯耀强恶心女人抽烟，何况是一个老女人在抽烟。从侯母的抽烟姿势上，能看出老太太水性杨花，有其母必有其女。常言道：养个猪娃子，也要先看看老母猪健康不健康。更何况现在是找媳妇，这样的媳妇敢要吗？这老太太毫不掩饰她的劣性，也让柯耀强看到侯小梅的劣根。这桩婚事最好是早黄了，趁两人互不相欠，早黄早省心。“二姐二姐夫也不看看，我和侯小梅是一路人吗？不要强求。”想到这儿，柯耀强突然厌恶地想要离开。

还是柯耀红了解他，看他不高兴，就说：“耀强，吃完饭，用你姐夫的摩托车带着小梅去看电影吧！我们和大妈聊聊天。”

柯耀强没吱声，看了一眼侯小梅。

侯小梅低着头，用纸巾擦着嘴，很像电视上那些高贵的女人，样子很美很美。这又让柯耀强很不舒服了，在心里骂道：可惜你的高贵展示错地方了，在苍穹矿上，是不需要高贵的，你这样的高贵，只能和这个特殊的环境格格不入，首先和我柯耀强就格格不入。柯耀强觉得侯小梅那不是高贵，而是虚伪，轻飘飘的虚伪。

“天这样黑，就不去看电影了吧？”柯耀强推辞着，他可不想带着侯小梅，在苍穹矿上招摇过市。

柯耀红恶狠狠地瞪了他一眼：“这才七点多，哪儿天黑了？说话不动脑子！”

柯耀强知道二姐生气了，赶紧违心地说：“不是我……害怕……”他看着侯小梅。

侯小梅若无其事地抿着嘴，一看就知道她竖起耳朵等着听柯耀强的解释。她不露神色，在心里“偷窥”着这个男人。

“我是害怕……小梅怕黑。”柯耀强只能伪装到底。

柯耀红一听，脸上露出喜悦，看了一眼侯小梅。

侯小梅脸色微微泛红。

柯耀红赶紧说：“有你呢！小梅，不怕黑。”

侯小梅站起来，娇滴滴地说：“二姐……我不怕。”

冯志国和侯母会意地笑了。

冯志国把摩托车钥匙递给柯耀强：“你们去吧，注意安全。”

柯耀强接过钥匙，无奈地拿了俩头盔出门，在院子里将头盔递给侯小梅，他戴好了头盔，就发动摩托车。在摩托车的嘟嘟声中，一股黑烟四起，侯小梅一只手搭在柯耀强的肩上，坐到摩托车的后座上。

冯志国已为他们打开了门。

他们在侯母、冯志国和柯耀红的嘱咐中，一溜烟地走了。

柯耀强真不愿意让别人看见，就加大油门，很快就飙出矿区。一路上，没遇见一个人，他感到很安慰。

看电影只能去口子区。五十里路，柯耀强把油门加到八十码。

夜幕低垂。四周的山丘，被夜幕掩盖了荒凉。这个没月亮也没星星的夜晚，让人觉得很压抑。矿上唯一通往外界的柏油公路上，一片寂静，只有柯耀强的车灯，在黑夜中荡漾着，随着道路忽明忽暗，灯光是黑夜里闪动的生机。

侯小梅双手环抱住柯耀强的腰，头贴到他的后背上。

柯耀强知道侯小梅害怕了，他也害怕了，他特别害怕在黑暗中行走。这样的黑夜，就像井下一样让他恐慌，他觉得此刻的车灯，分明就是矿灯，闪耀地划过黑冷的洞穴。

摩托车随着公路向前行驶着。她越来越紧地抱着他的腰，很快他后背上渗透着她的体温。他感觉到她软绵绵的躯体，开始想入非非。

他想：如果侯小梅是倩倩该多好呀！或者是我喜欢的女人，唉！其实，除了倩倩，这个世界上，我压根就没喜欢过其他任何女人。假设有个很喜欢的女人，我会处心积虑地把摩托车熄火，然后在这样的夜晚，让女人害怕得直往我怀里钻，然后我抚摸她，很温柔地说："别怕别怕，有我在，你别怕！狼和鬼来了，有我在。"然后她会拼命地钻，恨不得让我淹没了她……可我后面坐的是侯小梅，对于这个傲慢的女人，我好像没多少浪漫的心情。柯耀强想到这儿，他不知道自己这是一种什么样的心理。

他对侯小梅的情感，有说不清道不明的味道，就像有一种东西，让你爱得很深也恨得很深，在痛苦深渊里不能自拔。柯耀强越想越觉得自己无法琢磨。摩托车好像也胡思乱想，歪歪扭扭在公路上行驶。

很快到了口子区。口子区的夜景，虽然没大城市的霓虹闪烁、灯红酒绿，但也灯火通明，尤其是娱乐场所，应有尽有。煤炭工人用血汗钱，造就了一座欲望的城堡。

在电影院门口，侯小梅下了车。

柯耀强把摩托车锁好，就去买电影票，这才发现他穿着冯志国的衣服。钱夹子在他的衣服里，这么一换，把他换成身无分文了。真丢人呀！他红着脸慌忙地在裤

子口袋里找，希望能找出一些钱来，但都是白搭，所有的口袋里没一分钱。

柯耀强心里发慌，尴尬地看着窗子里的售票员。

售票员看着他这一系列的举动，幸灾乐祸起来。

柯耀强被售票员怪异的眼神，看得一下子不知道怎么办了，惊慌失措地僵持在原地。

侯小梅远远地看着，已明白柯耀强的尴尬了。疾步走上台阶，然后把她的钱包递到柯耀强的手里："看你的记性，把钱夹子放在我的口袋里，却在自己身上找。"

还好，侯小梅递过钱包来，解除了柯耀强的尴尬。男人都好面子，他也是一样，就是这个小小的举动，让他不再排斥她了。他打开钱夹子，里面整齐地躺着几张整钱，还有些零钱。他看着几张整票子，心里很不舒服，这些钱说不准是王杰远给她的，要是王杰远的钱，这钱就脏兮兮的……柯耀强犹豫起来，片刻，掏出钱买了两张电影票。

侯小梅冲着柯耀强说："老公，再给咱们买点零食。"

柯耀强听了她的话，心里更不舒服。八字还没见一撇哩，就叫老公，真够轻浮的。

售票员很羡慕地看着柯耀强，她脸上已完全没刚才想让他出丑的表情。售票员又看了一眼侯小梅，脸上随即又浮上了惋惜的表情。

柯耀强知道她一定在想，真是一朵鲜花插在牛粪上了。这售票员是个表情丰富的女人，也是个偷窥心理很严重的无聊人，也许这就是职业病吧！

柯耀强看着售票员背后的货架，问："看你想吃啥？"

侯小梅挨着他，望着货架："一包瓜子，一包麻辣锅巴，一包蚕豆，再来两罐可口可乐。"售票员把零食装进袋子里，笑吟吟地说："一共五十五块钱，你俩真是郎才女貌、幸福满满的一对呀！"

柯耀强听了，脸红到了脖子，不知道怎么回答，慌忙地掏出五十五块钱递过去。侯小梅却落落大方地说："谢谢大姐的金口玉言。"然后，大方地挽着柯耀强的胳膊，走进了电影院。

看电影的人真多，都是些小青年。他们找到位置坐下，零距离的接触，让他们感受到对方的体温，嗅到彼此的体味。

电影院里几乎是情人的天地，一对对沉浮在甜蜜爱河里的年轻人，亲密无间、激情澎湃，连空气中都是爱的味道。

纠结

柯耀强和侯小梅看完电影，回到矿上已很晚了。矿上的夜晚，总比别的地方来得早，才十一点钟，已进入了梦乡，一切静悄悄的。

柯耀强把侯小梅送到家门口，象征性地道别，就回家了。

家里黑灯瞎火的。柯耀强将摩托车推进厨房里锁好，蹑手蹑脚地进了客厅里，没有拉灯，摸索着进了卧室。尽管他小心翼翼的，压根就没睡的柯母，正坐在床上等他回来，听见他进卧室了，她起来打开客厅里的灯，悄悄地掀起他卧室的门帘：“耀强，你晚上去哪儿了？”

柯耀强知道母亲担心，就拉着母亲坐到床边，悄悄地说：“娘没事，我和侯小梅去口子区看电影了。”

柯母披着一件半旧的外衣，不相信地又问一句：“和谁看电影去啦？”

柯耀强害怕柯母冻感冒了，人老了抵抗力低，很容易感冒，就推着柯母回房间：“娘，别感冒了，我和侯小梅去看电影了，明天再告诉你细节。”

柯母还想再问几句，但看儿子精神焕发，知道是好事，也就不多问了。

幸好赵聪儿今晚值班，没在家，如果他知道他们去看电影，那还不知道要闹出什么事情来。柯耀强知道赵聪儿喜欢侯小梅，但自己也被命运捉弄了，鬼使神差地和侯小梅看电影，还很亲密无间，难道这就是姻缘？婚姻是天注定的，缘分这东西，是冥冥之中被安排好的，自己也没办法反抗，但如果自己真的和侯小梅好了，总觉得有点对不住赵聪儿。

柯耀强把母亲支走，躺在床上，将今天发生的所有事情想了一遍，心情突然好起来。和侯小梅相亲，看电影，说实在的，和她待在一起，并不舒服，但心里还是很乐意，最起码虚荣心得到了满足。自从倩倩去了深圳，他第一次觉得也有心情好的时候，同时，还觉得自己也如此的虚荣……他想着想着，莫名其妙地亢奋起来。

他第一次品尝了亢奋引来的失眠，翻来覆去睡不着，失眠的滋味真不好受。

他随手拿起床头的《巴黎圣母院》，他已看到第三卷了，翻到夹着书签的地方："巴黎圣母院这座令人叹为观止的教堂，我们在前面试图为读者尽力使其原貌恢复，简要指出了这座教堂在十五世纪时诸多美妙之处，而这些妙处恰好是今天所见不到的……"他看书很认真，很快就静下心来，融入到了字里行间，感受着名著给他带来的精神享受。

柯耀强看的书籍，一般都是经历多少年沧桑洗礼的。能经历几十年、几百年、几千年沧桑变迁的书，才是最有阅读价值的。看着有好的句子，他就摘抄在一个笔记本上："有了这个非凡生灵的存在，整个天主教堂才有了某种难以形容的生气，好像从他身上——至少群众夸大其词的迷信说法是如此——散发出一种神秘的气息，圣母院所有的大小石头这才有了活力……"

直到天麻麻亮，折腾了一夜的柯耀强，才迷迷糊糊地睡着了，就梦见他刚刚升井，一团红彤彤的火烧云，飘落在井口。他想接住火烧云，还没等他下人车，火烧云就往市场上飘，他紧跟在火烧云的后面跑，清楚地看见火烧云裹着一条龙和一只凤凰在舞动着，龙身粼光闪烁，凤是凤冠霞帔，魅力无比。

火烧云裹着龙凤又飘到后山，等他追着跑到后山，看见一个穿着白裙子的女子，楚楚动人地站在那块石头上。女子含笑地看着他，用眼神和他说话：别怕呀！你解开我的衣服。他听话地过去，将女子抱着怀里，解开她的衣襟，他从来都没见过这样美的女人身，高山流水、曲线极美。女子如蛇一样在他身上缠绕，很快他们融入了，在地上翻云抖月，美妙无穷。他心满意足地看着女子，才发现女子居然是侯小梅，怎么回事呀？这怎么能是侯小梅呢？怎么不是倩倩呢？他惊讶地想问侯小梅，还没等他开口。侯小梅笑逐颜开地走了，走了很远还给他了一个"蓦然回首"，很勾魂。他不由自主地跟着她走，走了好远，到了一个他从未到过的地方，她才转过脸，着实把他吓了一跳，侯小梅变成了纪红云。纪红云满脸的泪水，他想安慰纪红云，一时半会儿，找不出一句合适的话。正当他为难时，他听见院子里哗哗的接水声，梦醒了。

一束曙光透过窗子，照耀在他床上。他知道仲夏的脚步，已经踏在了苍穹矿上。

柯母在院子接水，尽量不弄出声音，她害怕吵醒了柯耀强。尽管如此，柯耀强还是被吵醒了，他看着曙光，想想昨晚和侯小梅看电影的情景，心里暖洋洋的。他一骨碌爬起来，穿好衣服，下了床，出去帮母亲接水。家里每天用水量很大，年迈的柯母，每天早上接水很吃力，一桶一桶水倒满水缸，柯母就累得气喘吁吁。柯耀强看着母亲累的样子，就心疼，赵聪儿和赵憨儿从来不接水，他们都想多睡一会儿，这接水的工作，只有柯母来干了。

柯耀强接过柯母手里的水桶，继续接水。

柯母边洗拖布边冲着柯耀强笑，笑得他都不好意思了："娘，有什么好笑的。"

柯母甜滋滋地说："傻娃子，你和侯小梅看电影，娘能不高兴吗？"

柯耀强突然不好意思了："娘，八字还没一撇，看把你乐的。"

柯母将拖布洗好，在墙上摔打了几下，拖布上的脏东西就落在地上，柯母这才将拖布倒立、靠在墙上，在围裙上擦擦手："知道娘高兴，就好好和小梅相处。"

柯耀强不想让外人知道这件事情，就小声说："娘！"

柯母知趣地笑了："好了！好了！娘不说了，你要珍惜知道不？"

柯耀强点点头，将家里水缸接满水，回屋又躺在床上，不一会儿便睡着了。他上中班，一点半才去，所以，安心地睡着。

侯小梅一觉醒来，太阳老高了，她伸了个懒腰，躺着不想动。这么久了，昨晚睡得最香甜，看来还是要堂堂正正做人才行，和王杰远这么多年，心里总不踏实。不光彩的角色，让她没有安全感，现在好了，甩掉了不光彩的角色，和柯耀强堂堂正正处对象，再也不害怕被人戳脊梁骨。心里舒坦了，感觉眼前的一切都很美好。她回忆着和柯耀强在一起的细节，觉得他并不像人们说的那样，和他在一起很舒服，这就够了，以后要好好珍惜这份感情。

院子里一阵扫地声，哗啦哗啦的，将侯小梅的思绪拽回到现实里。该起床了，要将昨天到现在的好心情记录下来，成为一种美好的回忆。现在写作成了她最好的倾述方式，很好地治愈了她，让她很快从痛苦中走出来。和王杰远分手，是她选择的，她有思想准备。王杰远还算有良心，没像他以前说的那样狠，对她弟弟也没下手，分手之后的相安无事，是最好的结局。

侯小梅下床，走到院子里。侯母已将院子打扫干净，刚准备将扫帚靠在厨房拐角的屋檐下，看见女儿出来了，就笑吟吟地凑过来："梅梅，昨晚做美梦了吧！"

"没有呀！"侯小梅被问得莫名其妙。

"还哄我哩，说了好儿阵子梦话，一个劲地叫着柯耀强……"

"妈！"侯小梅娇滴滴地喊了一句，打断了侯母，脸红耳赤地低下头。

"乖女女还害羞了，你们昨天玩得开心吗？"侯母一看女儿的表情，就知道

女儿对柯耀强很认真，心里有点失落，但转念一想，虽然赵聪儿没了机会，但柯耀强是梅梅选择的，也就不好说什么。梅梅说得对，她的人生她做主，只要她觉得好，我也无所谓了，这样总比一棵白菜烂在手里强！

侯小梅不回答侯母，而是喜滋滋地去洗脸刷牙。

侯母也不问，麻利放好扫帚，进厨房给侯小梅准备早餐。

“人逢喜事精神爽”，侯母在厨房得做饭声，都成了悦耳的“交响曲”。

年产量为 21 万吨的苍穹煤矿，在建矿初期预算时，五十年的生产年限。可因管理不当，加上四周小煤窑的破坏，原本很有发展前景的煤矿，在投入生产三十年之后，工人们在艰苦的环境下建设成的矿区，将要面临着破产。

破产是多么可怕的提议呀！这次“破产重组”不是刮小道风，而是有正规文件的大趋势。为了彻底打破“铁饭碗”中的弊端，杜绝国企中的“磨洋工”——偷奸耍滑、不好好上班，混工资的现象，国家采取了一些政策性的措施。苍穹煤矿也不例外，让矿工们都尝试了下岗、没工作和没工资的滋味。大家现在都很珍惜工作，谁也不敢“磨洋工”了，好不容易被下岗治愈了偷奸耍滑的矿工们，很珍惜这来之不易的再上岗，都要好好地大干一场时，却被这股“破产重组”的正式“风”，吹蒙了。

压根不知道“破产重组”什么意思的矿工们，心里不是滋味。没了饭碗，拿什么养家糊口？矿工们从自私的方面慢慢地提高了觉悟，看着将要“完蛋”的矿区，这些将一辈子的心血都奉献给矿区的人们，哪能舍得离开钟爱的事业呢？他们聚在一起，相互询问的话题是：“我们除了当一名煤炭工人，还能干什么呢？”他们离不开黑土地，只好联名上访，希望保住矿区，保住家园。

接到了煤炭部下达的“破产重组”的命令，工人们才了解了什么是“破产重组”，他们高兴的是不用离开矿区。“破产重组”是企业的制度改革，并不影响矿区的发展，还能实现多劳多得，付出和回报成正比，按绩效发工资。这对矿工们来说，真是一件好事，好的政策是最能得到拥护的。矿工们热爱矿区，只要不离开，就会满腔热忱地去建设矿区。

矿工们的腰包渐渐地鼓了起来，上班的积极性也大大地调动起来，谁班上得多，就拿的钱多，矿工们都有说不出的喜悦。没有小煤窑的破坏，苍穹煤矿最近一直也都处于安全生产中，这让矿工们看到了希望。

柯耀强心情大好，像他这样踏踏实实上班的人，现在的工资比以前多了一倍。钱是人的腰杆子。钱里有火，看在钱的面子上，谁也不会偷奸耍滑地“磨洋工”了。每一个矿工的身上，都压着生活的重担，尤其是人到中年，上有老下有小的，人人都不容易，但为了一家人的生活，大家都是尽心尽力工作。

柯耀强和文斌搭班之后，才知道文斌每天都生活在水深火热的家庭矛盾里，痛苦万分。现在岳鸣怀孕，婆婆有所收敛，婆媳关系缓和一些，文斌的日子才好过些。这又让柯耀强替文斌高兴，但他心里的负担却加重了许多，对结婚生子的恐惧，从害怕自己死在井下，他的孩子像他一样可怜，到害怕以后他也处在像文斌这样的婆媳矛盾中，左右为难。

总的来说，柯耀强恐婚的心理有增无减。他很少去找侯小梅，侯小梅也很少来找他，两人就这样不热不冷地交往着。柯耀强明白这一段时间是侯小梅的疗伤期，他想让她静静地愈合伤口，这种事情，受伤的总是女方，像她这样高傲的女子，咋能经得起这样的挫折呢？

柯耀强在心里为侯小梅捏着一把汗，他很同情她，更是在心里替她打抱不平：王杰远呀王杰远，你是人还是鬼？咋能把一个如花似玉的女子，糟蹋成残花败柳。一个女子最美好的东西都给了你，你咋能说抛弃就抛弃呢？而且你抛弃的是矿上最美的女子，她不是一般的女子，你屁股一拍就走了，可她怎么办？咋能承担起那些唾骂？

柯耀强每每想到这些，就替侯小梅抱打不平，觉得她这样付出太不值了。于是在心里开始关心侯小梅起来，他这种情感变化，也是人之常情。

真正和侯小梅接触后，柯耀强认识到她不过也是一个平凡的女子，除了长得漂亮之外，并没高高在上的、让人无法接近的冷傲，反而还有点小女人的风情万种。她的举止可爱中带着独特，天真中带着沉着，妖娆中带着悲凉，感性中又充满了理性，很有思想，并非人们眼里的花瓶式人物。人活着活着，往往就活成别人的样子，可她始终活成自己的样子。

侯小梅在灵魂的某一方面，和柯耀强非常相似，那就是偏偏不随波逐流，我行我素。性格里也有着相同的成分——淡如烟云，定如磐石。两个气息相同、灵魂相似的人，一旦相遇，就会被一种神秘的磁场牢牢吸引住，柯耀强被侯小梅吸引住了，曾经在心里很排斥她，几乎瞧不起她，现在却被她深深地吸引住了。柯耀强被自己的变化惊到了，惊慌失措地想反抗自己，却被侯小梅身上的优点折服了，心甘情愿地成为俘虏。尽管如此，但他有时还故意躲她。

柯耀强说不清楚自己这是什么心态。

生病

冷傲是侯小梅保护自我的武器，如果她柔和些，那些没怀好心的男人，还不把她缠住了？此刻，侯小梅依旧冷傲地工作着，她检查完所有的矿灯，并把矿灯插在电源上。

纪红云脸色煞白，急匆匆往外跑。

侯小梅看着纪红云向女厕所跑去的身影，知道她肯定闹肚子了。侯小梅叹了一口气，她的压力也在这一声叹息中减轻了许多。侯小梅和纪红云比起来，痛苦是一样深，但纪红云绝地求生的毅力、自强不息的精神，是侯小梅没有的。纪红云经受那么大的灾难，用软弱的肩膀，支撑着一个残缺的家，她的痛苦和压力，该多大呀！侯小梅和王杰远的分手，她起了决定性的作用，自己选择的路，跪着、爬着都要走下去，有思想准备的她，在分手之后都这般痛苦不堪，更何况是纪红云呢？她的痛苦比侯小梅大多了，她是怎么承受的？

直到纪红云捂着肚子从女厕所里出来，侯小梅还站着出神。

纪红云觉察到了侯小梅心不在焉，侯小梅和王杰远的事情，已被炒得沸沸扬扬，但纪红云真的不知道，她不爱嚼舌根，从来不和别人扎堆，她独来独往已习惯了。尤其是高二去世后她更孤僻了。矿上的人都知道她和侯小梅关系不错，更没人会告诉她侯小梅的事情。

纪红云感觉侯小梅这段时间心情不好，但她无暇关心侯小梅了，她这个班上得很费劲，真是要命的节奏。她进了机房，在墙上的镜子照照，才发现脸色真的很难看。镜子是侯小梅从家带来的，不管什么时候，只要侯小梅一闲下来，都会在镜子前照照，可最近侯小梅很少去照镜子，人也憔悴了。

纪红云昨天吃了一些剩饭，今天就拉肚子，但她还是坚持来上班，她不能休假，高原和高珊以后花钱的地方还多着呢。纪红云看着镜子里苍白的脸色，肚子又开始绞痛了，赶紧往厕所跑，已跑了六七趟，都拉出水样了，这样下去一定会虚脱的。

纪红云明知道这样下去，身体会吃不消，但她舍不得花钱买药，这一次，拉她蹲在那儿起不来了，黄豆大的汗水从发际滑落下来，她挣扎地站起来，提好裤子，扶着墙往外走，平时走几步的路程，这会儿半天都走不到，眼前的光线不再是那样的明亮，不时出现黑片，还头晕眼花。纪红云很艰难地走进机房，侯小梅已经端了一杯子水，手里拿着一板氟哌酸站在门口，扶着快要倒下去的纪红云，将她扶到椅子上坐下，把杯子递给她："纪姐，要不去卫生所看看？"

纪红云摇着头。

侯小梅有些着急了："纪姐，你这样下去怎么行呢？要不你先吃两片氟哌酸吧！"

纪红云感激地看了侯小梅一眼："小梅，我喝一些盐开水就行了，谢谢！"

侯小梅又急又气地说："盐开水能行吗？我这儿有现成的药，你吃两片，等下班了，我陪你去卫生所，你这样下去，非要躺下不可，你躺下了，孩子们怎么办？"

泪，在纪红云的眼眶里打转着，但没流出来。

侯小梅知趣地拍了拍纪红云的肩膀，走开了。

纪红云看着手心里还残留着侯小梅温度的药片，眼泪不争气地流下来了。侯小梅的药，还是很管用，纪红云服下去不到半个小时，肚子不痛了，去厕所的次数也少了，她又喝了一大杯子盐开水，肚子热乎乎的，不难受了。今天所有的活，都是侯小梅干的，纪红云觉得不好意思，就对忙碌的侯小梅说："小梅，你歇一会儿，我来干剩余的活吧！"

侯小梅将所有充电的矿灯摆好："纪姐，你就安心休息吧！也没有什么活了，就剩下搞卫生，你就别操心。"

纪红云还是挣扎地走到侯小梅的面前："小梅，我这会儿好多了，你歇一会儿吧！"

侯小梅故作很生气："纪姐，你今天怎么啦？这么客气。"

纪红云知道侯小梅是一头倔驴，要顺着毛捋。顺着她的意思，你好我好大家好，她吃软不吃硬。纪红云了解侯小梅的性格，赶紧说："不是，我看你这段时间也没休息好，姐是心疼你，害怕你累着了。"

侯小梅这才和颜悦色起来："纪姐，我年纪轻轻的，不累。我现在才知道，干活能让人心里舒服。"

纪红云知道肯定有什么事情，让侯小梅心里不舒服，她小心翼翼地问："小梅，什么事情让你不高兴，给姐说说，说出来就好了。”

侯小梅犹豫不决地看着纪红云。纪红云给侯小梅一个“请相信我”的眼神。侯小梅这才将她和王杰远的是是非非，告诉了纪红云。纪红云认真听着，她现在才知道无风不起浪，王杰远和侯小梅的事情是真的。她心情一下子沉重起来，想安慰几句，但是一时半会找不到合适的话语。

倒是侯小梅轻松地看了一眼纪红云：“纪姐，我是不是特别不要脸呀？”

纪红云将侯小梅揽在怀里：“傻姑娘，爱是没有对错的，可惜王杰远不知道珍惜，其实他不值得你这样爱，他和好几个女人在一起。”

侯小梅这会儿倒是很平静：“我知道他和好几个女人在一起，可我还是被他收买，死心塌地爱着他，现在才知道我有多么傻呀！弄得名誉扫地，也不能怪别人，只能怪我有眼无珠，跳进一个火炕……我现在就是受不了那些流言蜚语。”

纪红云抚摸着侯小梅的后背：“你还年轻，不要有太大的压力。有些人是不值得我们去痛苦的，姐是从苦难中走过来的人，知道什么叫痛苦。不管什么样的痛苦，都会过去的，一切都会过去的，你不用管那些闲言碎语，嘴巴在人家身上长着哩，他们想放什么屁，让他们去放。”

侯小梅听了纪红云的话，心情好了许多。

十天之后，田家父子从深圳回来，到了省城，田嘉兴让田埂在省城逗留两天，再回矿上，这样不会引起老婆子的怀疑。当父子俩风尘仆仆、一前一后回到家里，都像是霜打了的茄子——无精打采。虽然父子俩一再强调，他们的憔悴是因长途跋涉，田老婆子还是感到异样，就一再盘问。经不起盘问的父子，再也忍不住悲痛，失声痛哭，将倩倩股票大跌、经不起打击、跳楼身亡的经过说了出来。田老婆子伤心欲绝，却阻止全家人的哭声：“不能哭，不能让别人知道倩倩已没了，不能让那些狗日的看笑话。”说完，捂上被子，抽噎着。

田嘉兴经不起女儿去世的打击，痛不欲生，无心上班，只好办了内退。

不知道田家悲伤的柯耀强，还在心里庆幸，以后在井口再也看不见田嘉兴，再也不用受田嘉兴给他的恐惧了。

井口没田嘉兴，柯耀强心里轻松了。

和柯耀强相亲之后，侯小梅的心情好了很多，这让侯母既高兴，又有点失落。

侯母心目中的乘龙快婿是赵聪儿，可偏偏融不进梅梅的法眼，梅梅偏偏对柯耀强上心，这不是瞎了眼是啥？把赵聪儿和柯耀强拉在一起比比，瞎子眼都知道赵聪儿好。赵聪儿再好，梅梅不待见，也白搭。

“唉！儿大不由娘，我心里一百个不乐意，但能有啥法？我说的她又不听，我还能强求？她现在比较脆弱，再不随她的意，她再走个极端，我不仅落个骂名，还落个竹篮打水一场空，把她养这么大，我容易吗？现在也只能随她意了，好可惜呀！梅梅眼瞎，要往火坑里跳，就让她跳，我就弄不懂了，柯耀强有什么好的，唉！我就不知道怎么对赵聪儿交代，让他花了这么多钱。把这东西给他退回去，他肯定不要，我也没脸给他退回去，再说了这么好的衣服，都是我喜欢的，我舍不得给他退。梅梅给的钱，我也舍不得给他，反正他和柯耀强是兄弟俩，就权当他替他哥尽孝了，如果他到时来闹，就让他找他哥要钱去，对，让他找他哥要去。我将梅梅养大，我容易吗？柯耀强连这点孝敬都没有的话，还有啥脸来追我家梅梅？我们家梅梅再怎么样，都是人梢子上的，才貌双全，我穿他几件衣服，合情合理……”侯母想出了说服自己和侯小梅的理由，就穿上新衣服，叼着烟，茶缸子一端，到矿上“招摇过市”去了。

纪红云拖着疲惫的身体，回家倒在床上就起不来了，这次拉肚子，真是要命的节奏，躺下，她才知道身体有多软，一点力气都没有。

高原和高姗放学回来，看见妈妈躺在床上，脸色蜡黄蜡黄的。两个懂事的孩子，知道妈妈是拉肚子才成这样子的。高姗拉着纪红云的手，问：“妈妈，您想吃啥饭？”

纪红云看着孩子们，说：“想吃疙瘩汤。”

“疙瘩汤”是高原最会做的饭，他一听就高兴起来，在妈妈最需要人照顾的时候，能给妈妈做一顿她想吃的饭，是多么幸福的事情！

高原跑出去，将院子里的炉子生着火，因为经常做饭，他动作很熟练，把炉子里的火弄利索，再跑进厨房，洗手，准备做饭。

高姗也进厨房择菜、洗菜。

高原将高姗洗好的西红柿、土豆、西葫芦切成丁，再切了葱花、蒜苗花、菠菜段，把菜准备好，炉子里的火也旺起来。他像个小厨师一样，菜炒好了，盛在碗里，给锅里倒水。忙完这些，又进厨房，在一个小盆里舀了些面粉，面粉放了一点盐，用筷子搅拌均匀，再盛了一碗水，放在旁边，用小手从水碗里撩水到面粉上，用筷子随着一个方向搅，不停用手滴水，不停地搅，这样的面疙瘩像米粒大，疙瘩大小比较一致，这就是高原做“疙瘩汤”的精华要素。

锅里水开，将拌好的面粒撒进去，随着一个方向搅，边撒边搅，锅沸腾之后，放进炒好的菜，再沸腾时，放菠菜段，快出锅时，将一个鸡蛋在碗里搅成液，慢慢倒在沸腾的锅里，随着一个方向搅，就成了蛋花，撒上绿油油的葱花和蒜苗花，再滴几滴香油，色香味俱全的“疙瘩汤”就出锅了。

“疙瘩汤”主要食材是面，既是羹又是主食，营养丰富，又容易消化，最适合病人吃了。

高原做的“疙瘩汤”让人吃过一碗，还想吃第二碗。

两碗“疙瘩汤”下肚，纪红云才觉得有了力气，孩子们的懂事，是她最大的安慰。高姗让哥哥去写作业，她小大人般地刷锅洗碗，收拾家里。

等高姗忙完了，就跑到床边：“妈妈你喝水吗？”

“不喝水，你也去写作业吧！”纪红云摸着高姗的小手。

“妈妈，柯伯伯咋不来咱家呀？我都想他了。”

“他最近忙，你去学习吧！等他忙完了，就来看你好不好？”

“好吧！”高姗去学习了。

纪红云看着高姗的背影，心里很不是滋味。她并不知道柯耀强和侯小梅的事情，所以在心里盘算着，找个机会，让柯耀强来看看高姗。

修复

在广袤、荒凉的苍穹矿上，除了那几座三层小楼房之外，都是平房，矿上虽然雨水很少，可每年夏天，都会有一两场突如其来的滂沱大雨。下大暴雨时，市场旁边的小河，一支烟的工夫就被洪水灌满了，满得有时会溢出，小河边的马路上灌满了红泥水。

为防止房子漏雨，人们在初夏就要对房屋进行维修。男人们都会架着梯子上房，查看和清扫屋顶上被冬日大风刮来的垃圾，将下水道修好，才不会被雨水泡了屋顶，出现漏雨现象。

柯耀强从九岁起就会维修房子，赵憨儿和赵聪儿从来不管这些事情。今年也不例外，柯耀强将房顶打扫干净，收拾利索，他站在房顶上，看着无边无际的沙丘地带，想着纪红云上房顶不方便。别人家都是男人们干的活，她却要亲手干，心情一定不会好的。想到这儿，柯耀强决定替纪红云将房子维修一下。

纪红云带着孩子已很可怜了，帮她修房子，是柯耀强举手之劳的事情，再说也算是赴了高姗的约，他很想高姗，这丫头像一块磁铁一样吸引着他的心。

柯耀强和文斌成了采煤队的放炮员，班上的活比较轻松，下班也不觉得累。前几天在缴矿灯时，纪红云递给柯耀强一张纸条，纸条是高姗写的，说是想柯伯伯了。看完纸条，柯耀强心里热乎乎的。回家时，就去学前班找高姗，和高姗玩了一会，高姗要上课了，就约定礼拜天来找高姗玩。

星期天，柯耀强上夜班，吃过早饭，就去了纪红云家。

柯耀强和侯小梅处对象，在矿上渐渐公开化了，他还得替侯小梅和纪红云考虑，不能因为别人的指指点点，让纪红云和侯小梅受伤，她俩都是可怜人，经不起那些无中生有的伤害。柯耀强很佩服和同情纪红云，更是尊重她，对她的事情格外小心。他觉得有责任和义务去保护这两个善良的小女人。如果不是答应高姗，他不会去纪红云家的。

柯耀强并不知道，纪红云是故意不在家。高原和高姗在写作业，他们听见敲门声，高原透过门缝看见是柯耀强，赶紧开门。柯耀强将两个雀跃的孩子搂在怀里。当他得知纪红云去矸石山捡煤了，心里有点失落，但很快被高姗叽叽喳喳的问候驱散了。

高姗拉着柯耀强进屋，让高原赶紧沏茶。高姗害怕冷落了柯耀强似的，用她稚嫩的方式招待着。高姗一会儿问柯耀强，想不想她和哥哥？一会儿又问柯耀强最近怎么不来她家？吃不吃香蕉？尽管柯耀强说不吃，热情的高姗还是用盘子端了三根香蕉，放在茶几上，剥了一根递给柯耀强。

柯耀强看着高姗手上剥光了皮的香蕉，这是纪红云用血汗钱给孩子们买的水果，自己怎么吃得下去呢？他看着高姗红扑扑的脸，这是一张天真烂漫的笑脸，找不出一丝忧伤，净是美好的表情。高姗正是无忧无虑的年龄，这个美好的年纪里不会有烦恼，愿上天保佑高原和高姗，能像别的孩子一样开开心心成长。

柯耀强看着高姗的笑脸，看着、看着，他眼前出现了纪红云的脸庞。

如果纪红云也有这样一张笑脸，一定很美，她一定也是光彩照人的美人儿，可现在她没快乐、没幸福，她是一棵枯了的小草，在世俗的风中摇曳着，她摆脱不了这股风的威力，她想直起腰杆子来，可这世俗的邪风迫使她不得不摇曳，不随波逐流的她，能与世俗作对吗？自己常来她家，会不会引起谣言？她能不能顶得住？

矿上人都是长嘴婆，都有捕风捉影的本事，柯耀强倒是人正不怕影子歪，不在乎别人说，可纪红云能不怕吗？假如和她好了，是好事一桩，帮她拉扯大两个孩子，也算是功德圆满。可惜半路杀出个程咬金来，他二姐二姐夫乱点鸳鸯谱，还被撮合成功了，更可憎的是他被这个“程咬金”折服了，居然心里有了她。侯小梅像个十足的魔法师，不动一兵一卒，却一点一滴占据了柯耀强的心。既然事实如此，以后还是少来纪红云家，免得被人误会，对她不好。

柯耀强想：纪红云是个外柔内刚的烈女子，送她红围巾，她没什么表现，也许她压根就没想和我怎么。如果她没这种想法，她一定瞧不起我的，好在我没向她挑明了心意，事情也就顺其自然了！纪红云闲不下来，是因为她想用过度疲劳来缓解寂寞，她是个正常的女人，而且正处于一个生理旺盛的年龄，三十几岁如狼似虎的人生黄金阶段，可惜她……

按理说，性，不仅是人的生理需要，也是心理需要。柯耀强将高姗的笑脸幻想成纪红云的脸庞，沉思起来，就连高姗叽叽喳喳说些什么，他都没听进去。

高原在柯耀强面前不再害羞，虽然话不多，但他大方地告诉柯耀强，妈妈将院子的煤卖了，又去捡煤了，妈妈说院子里没煤，她心里空落落的。听了高原的话，柯耀强知道纪红云寂寞，她只能用这种方法减轻苦闷。柯耀强心里乱糟糟的，让高原和高姗好好学习，然后他从胡大木家里借来一把梯子，上了纪红云家的房。

房顶上倒是很干净，柯耀强用棍子捅了捅出水口，又将存在隐患的地方排查了一下，确保没问题，他就打算下房。正在这时，他听见刘爱爱和几个婆娘在八卦，还对他指指点点，一个说："矿上，除了煤多，就是寡妇多。"

另一个说："谁说寡妇可怜，野汉子比家汉子还勤快多。"

又一个说："你俩没啥羡慕的啦？居然羡慕起寡妇来，不当寡妇照样养野汉子。"

有人又开口了："咱可不想让人唾骂……"

刘爱爱一句话都没说，只是捂着嘴笑，而且笑很怪异。

柯耀强一听就来气了，这些骚婆娘，就是欠……他在心里骂着，黑着脸站在房顶，他本来是要下房的，可转念一想：看看你们狗嘴里能吐出什么象牙！我要是下房了，你们还以为我心虚呢！还不知道会说出什么难听的话，我倒不在乎，可纪红云是个女人，她受不了侮辱。不能让她因我受到任何的委屈，如果我们真做了那事，她也许不会在意，可我们是清白的，却要受你们的编排，不能让她受这种不白之冤。你们这群乌合之众就爱搬弄是非，哼！要是我下去了，还以为我心里有鬼，又要说什么不堪入耳的话，在矿上，你们的闲言碎语快成真的了。想到这儿，柯耀强站在房顶上恶狠狠地盯着这几个婆娘，他想让苍穹矿上所有的人都看见他给纪红云修房子。

"行啦！你们不要多事。"一个婆娘提醒的话，让所有的婆娘警惕地抬起头看着柯耀强，她们一看他黑着脸，在屋顶凶神恶煞瞪着铜铃般的眼睛，反而心虚，害怕了，都赶紧回了家。柯耀强觉得她们可笑，站在屋顶上，往矸石山看去，捡煤的人还不少，像一只只小蚂蚁爬在矸石山上，那里面就有纪红云，想到纪红云，柯耀强嗓子里好像堵了一块东西，使他吞咽都觉得困难，视野慢慢地模糊了。男儿有泪不轻弹，他却为了纪红云流泪。

柯耀强将眼泪流干了，才下了房顶。

高姗早已在梯子旁边守候着，等柯耀强下房顶时，她扶住梯子，脚边放着一盆子清水，还有毛巾和香皂。柯耀强看高姗准备好了洗手的东西，心里热乎乎的，多么懂事的孩子，这个世界真不公平，为啥要让这么可爱的女孩子没有父亲，老天爷你这是怎么了？为啥要惩罚一个可爱又很可怜的小女孩子呢？对不起姗姗！伯伯想给你当爹呀！可是……

高姗伺候柯耀强洗好手，拉着他要在院子里玩。柯耀强看着天色不早了，告诉高姗他还有事，不能再陪她玩了。高姗很懂事，虽然失落却将柯耀强送到门口。

向纪红云倾诉了之后，侯小梅心里舒服多了。侯小梅见柯耀强的态度不冷不热，有点生气，但又一想，他不是有心理阴影吗？他不主动，证明他很害怕结婚，心病还得心来医，多给他爱护和关心，让他尝到爱情的甜蜜，他会慢慢好起来的。只要自己放下架子，主动点，就万事大吉了。老人们常说，男追女隔堵墙，女追男隔层纱。现在都什么年代了，只要是真爱，只要觉得值得，就去大胆地争取，没有谁先追谁那一说了。

侯小梅觉得和柯耀强这样不温不火下去，也不是个事，就想着重拳出击，将被动变成主动，不信他柯耀强能逃出我侯小梅的五指山！她拿定主意，就开始盘算着怎么去制造机会，让他们的感情更近一些。两个人都老大不小了，没时间去耗，早点结婚对谁都好。

侯小梅刚接了班，桌子上的电话响了，她抓起电话："喂！充电房，你找哪一位？"

电话里传出赵聪儿变了调的声音："找一下侯小梅。"

侯小梅一时半会没听出来："我就是侯小梅，你哪位呀？"

赵聪儿在电话这端乐了，用变音说："侯小梅，下班之后，请你务必来矿务局大院一趟。"

侯小梅一听就慌了神："到矿务局大院，什么事情呀？"

听到侯小梅不安的声音，赵聪儿装出领导的口气："来了不就知道了吗？"

侯小梅吸了一口气："有什么事情，不能电话里说吗？"

通话过程中，赵聪儿已感觉到侯小梅心乱如麻，心想：傻货，还不忘王杰远呀！一说矿务局大院，你就慌了神，现在人家王杰远，哪还能想起你是谁呀？自作多情，人家早不知道去哪儿风流快活了。

侯小梅听不见电话里有任何声音，冲着话筒喊起来："喂！你到底是哪一位？有什么事情，请你在电话里说。"

赵聪儿这才回过神："电话里一句两句说不清，你来一趟吧！到了大院门口就知道了。"说完，挂断电话。

侯小梅望着发出忙音的话筒，惊慌地心想：会是谁打来的电话呢？王杰远吗？不可能吧！我和他已经一刀两断了，他走他的阳关道，我过我的独木桥，我和他井水不犯河水。也不像是他的声音呀！那会是谁呢？会有什么事情？会不会王杰远贪污受贿的行迹败露了，他被关押起来了？他们找我了解情况，我会不会受到牵连？我是清白的，我现在还清白吗？在金钱方面，我是清清白白的，人正不怕影子歪，可是，许多事情，无意间将人弄得跳进黄河也洗不清……侯小梅想到这儿更是心神不宁，手握话筒，呆呆地站在桌子旁。

纪红云看侯小梅发愣，不知道出了什么事情，停下手里的活，走过来问：“怎么啦？”

侯小梅这才将听筒放好，心神不宁地说：“奇怪，他让我下班之后，去矿务局大院。”

“谁呀？”

“听不出来是谁的声音，既熟悉又陌生的一个男人的声音。”

纪红云以为侯小梅不愿意告诉她是谁的电话，也就不问了，去忙了。

侯小梅整个早班，都恐慌不安，临近下班，还犹豫到底去不去矿务局大院。

矿务局还在口子区。真烦死人啦！坐立不安的侯小梅想等柯耀强下班了，让他陪着去一趟矿务局。要是有什么事情，有他在，自己也不害怕了，遇事还有一个商量拿主意的人。对，就等他下班了，他现在是我的依靠，想到这儿，侯小梅心里才踏实了。

赴约

终于，有矿工在窗口缴矿灯了。侯小梅对黑兮兮的矿工仍旧冷冰冰的。

刚刚升井的矿工们，吸着地面上新鲜的空气，心情格外好，但大家看见漂亮的侯小梅冷冰冰的，心里都不舒坦。王杰远调走了，大家在侯小梅面前说话再也不用小心翼翼了，再说了，侯小梅现在是一块“臭豆腐”，谁会把她放在眼里，更不会在乎她的感受。大家畅所欲言，有人挤眉弄眼地说：“脸蛋漂亮不见得实惠，你看我老婆，那是典型的‘三心牌’，出门不带省心、放在家里放心、看见就恶心。不像有些人，脸蛋是很漂亮，做事情却很恶心。”

另一个打断了他的话：“‘牡丹花下死，做鬼也风流’，女人漂亮不漂亮那是次要的，重要的是女人要有韵味，让男人回味无穷去品，品女人知道不？”

又一个说：“去去，尽说风凉话，别吃不上葡萄说葡萄酸。看见美人，你们哪个不是哈喇子流得丈八长，不信看看你们的嘴角。”果真，人群中有了吸溜口水的声音，引起大家哈哈大笑。

侯小梅对于这些无聊的话，听而不闻，她现在没精力顾及这些无稽之谈，心思都放在电话上，猜测谁会打电话过来。

“有味道的女人，心不在焉都是美的。”

“赵憨儿，我看你老婆也很美，有一次我从你家屋后路过，听见你老婆的叫声，我趴在后窗子往里看，好家伙……”这个人将大家的胃口提起来，又故意不说。众人七嘴八舌地想知道究竟，耐不住就吵嚷着，到最后也听不清谁在说话了。

纪红云想抓紧收完矿灯，好让嬉闹的矿工们去洗澡回家，但她忙不过来，加上机房里的热气，她脸上汗津津的。矿工们对纪红云没怜香惜玉，大家信口开河说着荤话。吊起大家胃口的人提高嗓门说：“赵憨儿这货色，将他老婆压在身下，他老婆白花花的肚皮，像翻……不过他女人的叫声，让任何男人听了都会受鼓舞的。”

“你当时肯定是受鼓舞了。”

“是呀！当时，我听得心里麻酥酥的。”

赵憨儿压根不知道侯小梅和柯耀强相亲了，不以为然地大声骂道：“瓜娃们没见过你爹你娘？”

“行啦，给你的嘴上积德吧！”有人看着纪红云不好意思，就打断话题。

众人缴了矿灯，又嘻嘻哈哈去了澡堂，纪红云将收回来的矿灯检查了一遍，充上电。

侯小梅还在发呆。

等柯耀强升井，侯小梅已交完班，站在机房外的花园里，目不转睛望着井口的方向。她魂不守舍，在心里骂着柯耀强：人家都缴了矿灯，洗完澡了，也不知道他磨叽啥？吃饭不积极脑子有问题，他真是有问题……侯小梅焦急地在等着，好不容易看见柯耀强和文斌往充电房走。透过他们脸上脏兮兮的煤色，侯小梅还是认出了柯耀强。

柯耀强他们除了嘴周围是本色之外，其余都是黑乎乎的，黑黑的脸庞、黑黑的手、黑黑的工服，他们都多情、贪婪地看着地面的一切，贪婪地呼吸着地面上新鲜的空气，身上散发着劳动后的臭汗味和煤尘的味道。劳动过后的疲惫，也掩饰不了他们平安升井的幸福感。

侯小梅又觉得：他们才是世界上最可爱的人，他们伟岸、朴实、坚强、勇敢，在他们看似很脏的外表下，有一颗忠诚的心，在闪闪发光。在矿上黑金子不仅是煤块，更是他们闪闪发光的心灵。黑金子，黑金子！……侯小梅泪水滑出双眸，她被自己的想法感动了。

柯耀强没看见侯小梅，和文斌缴完矿灯，相跟着去了澡堂。

侯小梅擦干泪珠，从包里掏出化妆盒，用腮红来掩盖她的憔悴，她对着镜子说：“侯小梅，不管接下来命运怎么对你，你一定要振作起来，没有过不去的火焰山，柯耀强才是你这一辈子最值得爱的人。”

侯小梅打扮得精神、漂亮，才去了瘸子李的饭馆。

胡豆花见侯小梅进来了，赶紧从吧台里面出来：“哎呀呀！这可是稀客，你吃什么？”

侯小梅环视了一下饭馆，除了墙角的冰箱，饭馆没一样值钱的东西了，四张餐桌，油腻腻、脏兮兮的桌布，人坐在椅子上，就会发出吱吱的响声。不过简陋的饭馆里，生意很好。三张桌子坐满了年轻的单身矿工，大家齐刷刷地看着侯小梅，每个人眼里都充满了渴望。一个很帅气的矿工，给侯小梅暗送秋波。侯小梅没理会那些只顾看她忘了吃饭的傻矿工，而是将目光直接落到胡豆花的脸上。

胡豆花胖得都看不见鼻梁了，眼睛眯成两条缝隙。婚姻中的男女变成胖子，是对婚姻的最好肯定。看来胡豆花胖成这样，都是瘸子李的功劳。真羡慕胡豆花和瘸子李，都幸福成了皮球。

看见客人，胡豆花的皱纹也在笑，期待着侯小梅赶紧点菜。

侯小梅走到墙角的那张桌子前。胡豆花抢先一步到桌子前，用粗糙得能割手的卫生纸，将桌子和椅子齐齐擦了一遍："来，坐在这儿。"

侯小梅微微点头坐下，柔声柔气地说："你这儿有啥好吃的？"

胡豆花脱口而出："加工面。"

侯小梅想问柯耀强最爱吃什么，话到嘴边又没好意思说，心想就加工面吧！柯耀强应该不会挑剔的。就说："那就一大一小，两个加工面。"

正说着，柯耀强低着头进来，冲着厨房喊："李叔，加工面，加俩蛋。"说着拿起吧台上的碗，自顾自地盛满一碗浆水，"咕咚"喝下去了，用手抹了一把嘴："李叔，你忙啥哩！"

胡豆花撇下侯小梅，走到柯耀强的面前，含情脉脉地说："讨厌，给你说了多少次，别叫李叔，叫得我都老了。"

吃饭的客人们都笑了。

胡豆花不以为然地接着说："他不在。"说着，就往柯耀强的身上凑。

柯耀强往后退了一步，这才看见侯小梅坐在那儿，脸一下子红了，很窘迫地站着，纳闷地想：她怎么在瘸子李的饭馆里？

胡豆花还要卖弄风骚，但看柯耀强紧张的脸上肌肉都拧在一起，才意识到他很在乎侯小梅，脸上已没刚才的情意绵绵，而是被一块乌云代替了，嫉妒地瞪了侯小梅一眼，进了后厨。

柯耀强走到侯小梅的面前："你怎么不回家？"

侯小梅俏皮地说："我等你呀！我给你把饭点好了，加工面。"

所有吃饭的男人，羡慕地看着柯耀强。

柯耀强很快镇静下来，毕竟是成年人，也没什么不好意思了，心里暖洋洋的，低声问："你怎么知道我爱吃加工面？"

侯小梅看了一眼柯耀强，很内疚地说："我不知道，但也没啥吃的，就点了加工面。"

看见侯小梅对柯耀强关心的态度，年轻的矿工都不敢再看侯小梅了，大家心里明白是怎么一回事，吸溜完各自的饭，就出去了。

饭馆里只留下他俩，四目相对尽是柔情。

胡豆花端着加工面出来，见他俩含情脉脉的样子，心里酸楚楚的，真是情人眼里出西施，一对臭鱼烂虾，美死你们。胡豆花心里骂着，跨出后厨门的脚又收了回来，将一大一小两盘加工面重重地墩在案板上，麻利地又做了一大盘加工面，将油泼辣子放得通红，然后将三盘子饭端了出去："加工面外加两个蛋的是你的，一大一小的是你的。"说着，将饭分别摆在柯耀强和侯小梅的面前。

饭一上来，侯小梅看着面前的一大一小两盘子加工面，再看柯耀强面前的一大盘子加工面，蒙住了，不知该怎么办，老半天才说："多要了。"

胡豆花面不改色、心不跳地说："你要一大一小，他要了一大，没有错呀！"

柯耀强知道胡豆花花花肠子，就瞪着她说："你存心的吧？"

胡豆花故作委屈地说："我咋知道她替你点了饭？她也没告诉我呀！"

柯耀强说："你……"话刚出口，被侯小梅阻止了："算啦！耀强。"说着掏出一张五十块钱递给胡豆花。

胡豆花接过钱，就去吧台算账了。

侯小梅递给柯耀强一双筷子，自己也取了一双，两人边吃饭，她将上班时接到的电话，原原本本地告诉柯耀强。

柯耀强听了说："那我陪你去看看。"

吃完饭，柯耀强借了冯志国的摩托车，带着侯小梅去矿务局大院。

等他俩一走，胡豆花看着一大盘子未动的加工面，心里乐滋滋的，将饭端到吧台，津津有味地吃了起来。

到了矿务局大院门口，柯耀强看见赵聪儿神情不安，在院子里来回踱步，好像在等什么人。柯耀强明白电话是谁打的了，他不想让赵聪儿看见，一踩油门，将摩托车骑进矿务局院墙外的一个小巷子，谎称去放摩托车，让侯小梅先进去看看。

侯小梅信以为真，跳下摩托车，忐忑不安地进了矿务局的大门。

赵聪儿看见侯小梅，激动地迎了上来："梅梅，这儿。"

侯小梅一看见赵聪儿，猛地意识到这是他的阴谋，一下子就来了气，站在原地不动了。

赵聪儿看见侯小梅只顾高兴了，压根没发现她的表情变化："梅梅，我们去看电影，票我都买好了。”

侯小梅厉声说：“电话是你打的？”

赵聪儿摔打着手里的电影票：“不这样，我能约到你？生气啦！看你小脸红的。”

侯小梅恶狠狠瞪了他一眼，扭头就走。

赵聪儿赶紧追了两步，拽住侯小梅的胳膊：“梅梅。”

侯小梅甩开赵聪儿的手，继续往外走，她不想在矿务局院子里和赵聪儿纠缠不清。

赵聪儿追着侯小梅。

侯小梅拐进小巷子，不见柯耀强的踪影，气得她直跺脚，急匆匆就顺着巷子往里走，回头一看，赵聪儿一副穷追不舍的架势。巷子两边都是院墙，巷子里没一个人，显得很空旷。侯小梅慌张起来，随手在地上捡起半块砖头，举起来道：“赵聪儿，以后不准叫我梅梅，更不要骚扰我了，我和你哥柯耀强好了。”

赵聪儿愣住了，不相信地问：“你和谁好了？”

侯小梅又捡了一块砖头，两只手紧紧握着砖头：“我和你哥柯耀强正式地相过亲，我们好了。不久的将来，我就是你大嫂，你要尊重我。”

赵聪儿气急败坏地说：“放屁！你也太没水准了，居然看上他。”

侯小梅准备好了，只要赵聪儿往前走一步，手里的砖头就会落在他身上：“他怎么啦？他是这个世界上最好的男人！”

赵聪儿玩世不恭地一笑：“他是最好的癞蛤蟆吧！”他右脚刚往前落到地上，侯小梅手里的半块砖头，就落在他右脚上，疼得他蹦了起来：“你这恶毒的女人，哎呦呦！”

“你再往前走一步，你的另一只脚也会疼的。”

“哎呦呦！哎呦呦！真是最毒妇人心……”

“是你逼的，我从来就没看上你，如果我看上你，你也不会追我这么久了，醒醒吧！爱情不能强求。”侯小梅边说边向赵聪儿这边走来，擦着墙根，从赵聪儿的面前急忙走过去，走了几步扔下另半块砖头，跑出小巷子。

出来小巷子，侯小梅拍了拍手上的泥土，扭着纤腰走了。

留下发愣的赵聪儿，看着侯小梅的背影，气得浑身发抖，直到看不见，才低头看着脚面，他坐在地上，小心翼翼地脱掉鞋子，好疼！他用手按住脚面，在心里骂道：赵聪儿呀赵聪儿，你他妈的痴心妄想啥？臭婊子，被人玩剩下的，也不给你，你想当哈巴狗都当不成，多么悲惨呀！赵聪儿醒醒吧！

赵聪儿坐了一会儿，才一瘸一拐地往车站走去。

侯小梅看赵聪儿没有跟出来，才放慢脚步，四处张望，不见柯耀强，只好找电话亭。太阳渐渐偏西，燥热的空气慢慢下沉，风一吹过，就有了清凉，由于紧张，汗流浃背的侯小梅被风一吹，才平息了惊慌。她走了五分钟，看见一个电话亭，就小跑过去。

柯耀强骑着摩托车过来了，其实他躲在一个隐蔽的地方，看见赵聪儿追侯小梅进了巷子，但不知道在巷子里发生的事情，正准备要去看看，却见侯小梅跑了出来，却不见赵聪儿。他就等了一会儿，还不见赵聪儿，又见侯小梅跑到电话亭，就知道要传呼自己，才骑车过来。

侯小梅一见柯耀强，“哇”就哭了起来，像受了天大委屈的小孩子，让人看着心生怜悯。

柯耀强将摩托车熄火放好，刚一转身，侯小梅就扑到他的怀里：“你跑到哪儿去了？”

柯耀强最柔软的地方，被戳了一下，他不由自主地捧起侯小梅梨花带雨的脸，凝视片刻，将她紧紧地搂在怀里。

正好这一幕被赵聪儿看见了。

帮助

赵聪儿看见柯耀强和侯小梅紧紧抱在一起，气得他驴推磨——原地打转，如果手里有把菜刀，就……他不敢往下想那血淋淋的场面，理智提醒他："冲动是魔鬼，还是冷静冷静。"赵聪儿为了快速地冷静下来，在绿化带的水龙头下洗了个头，一瘸一跛地从他俩的面前走过，用仇恨的眼神看着柯耀强。

柯耀强从赵聪儿的眼神里，看到仇恨和冷漠，他一下子头脑清楚起来，赶紧推开侯小梅。

回到矿上，柯耀强心情特别复杂，不知道怎么去面对赵聪儿和纪红云。和侯小梅好，他总觉得对不起这两个人。

用柯耀红的话说，就是要深入了解，才能培养出深厚的感情，人是感情动物，多接触，才能见感情。更何况，像柯耀强和侯小梅这样老大不小的，接触一段时间，就早点结婚，把婚事一办，就少了乌七八糟的事情，谁的心都静下来了，才能好好过日子，再过一年半载生个孩子，一个幸福的家就有了。侯小梅牢记柯耀红的话，所以，找柯耀强的频率多了，柯耀强有时还躲躲闪闪的。

时间在世态炎凉、人情冷暖中流逝着，很快就到了端午节。柯耀红早早就让柯耀强准备礼物，去侯家过端午。为了让柯耀强能勤往侯家跑，增加和侯小梅的感情，也能体现出他的主动性，以及体现出对这门婚姻的重视性，柯耀红还真费了一番心思，把所有民间、现在早已不常过的节日，都挖掘出来，比如三月三的纸鸢节，就连六一儿童节也要利用上，凡是节日都打发柯耀强去侯家。

端午节是名正言顺的大节，岂能不去？柯耀红让柯耀强早早攒好假。端午清早，柯耀红就来家里，督促柯耀强提着礼物去侯家。

侯小梅老家在河西走廊的武威。武威人把油饼裹着甜米饭，叫粽子。很少下厨的侯母，一大清早就开始炸油饼、蒸米饭，在厨房里忙活了三四个小时，弄了一桌子武威风味小吃，来招待柯耀强。

侯小梅上夜班，害怕熬夜了脸色不好，下班回来就睡觉。柯耀强都到家了，

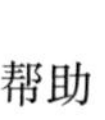

她才赶紧起床，洗漱打扮。

吃完饭，侯母又端着茶缸子去打麻将了，家里就留下他俩。侯小梅拿出自己写的小文章，让柯耀强看。

看着面前一沓厚厚的稿纸上，侯小梅清隽有力的字，柯耀强不敢相信地问："都是你写的吗？"

"是呀！你不信？"侯小梅调皮地眨眨眼。

"能让我看看吗？"

"当然了，要不然我拿出来干嘛？你还要帮我修改哩！你是第一个读者。"

柯耀强听了心里热乎乎的，迫不及待地想拜读了，所以就起身告辞。他回到家里，躺在床上，认真地读起来，越读越喜欢侯小梅的文章，她的文笔生动细腻，情节真实感人。

最近，田欣欣将所有心思都放在学习上，对于姑姑的死，只是象征性地哭泣了几天，她姑姑离开矿上十几年，从未回来过，姑姑每年都给她寄来好看的衣服、学习用品，在她的心里姑姑就是好看的衣服，就是她手里握着的钢笔、尺子一类的学习用品，说实在的她和姑姑总共见过三次面，三次面能建立多少的感情……在田欣欣的心里，姑姑就是一个概念，没多少感情的冰冷概念。也许，她这个年龄段压根就不知道什么叫痛苦。田欣欣心里有一股甜滋滋的味道，这是柯耀强给她的精神支柱，她一定要考上大学，考上大学之后，才能和他白头到老。她每每想到这儿，心里就像是灌了蜜一样，大大增加了学习动力，她将家里的不幸抛到脑后，每天学到午夜时分。

家人看欣欣最近很努力，都感到安慰，家里的晦气，也只能靠欣欣考上大学的喜事冲冲了。尤其是刘雅珍，看到女儿很努力，在心里偷偷高兴，对小姑子的死，她也没多少悲伤，毕竟小姑子不是亲妹妹。她将所有的心思都放在女儿身上，无微不至地照顾女儿的饮食起居，为了不让女儿分心，她把家人都照顾得很好，尤其是躺在床上的婆婆。

自从小姑子去世，婆婆一下子老了，头发全白了，"哭天喊地"哭累了，躺在床上起不来了，这一躺就是一两个月。这下婆婆知道了，还是儿媳妇好，给她端屎端尿的，现在也不说她的女儿好了，唉！这人都死了，一死百了，倩倩的去世，确实对婆婆打击很大。

人心都是肉长的。刘雅珍也是为人母的人了，能同情和理解婆婆的心情，谁都不愿意孩子有什么不幸和灾难，可悲剧发生了，谁也没能力阻止悲痛。但悲伤能有什么用呀？也不能将死人哭活。活着的人，还得要好好地活着。刘雅珍坐在院子里，洗一家老少的衣服，现在她唯一的愿望，就是家里安安稳稳的，一家人平安了，欣欣才能考上一所好大学。

田老婆子在床上，听着刘雅珍在院子里洗衣服，就冲着院子喊着："欣欣妈，我要尿尿。"

刘雅珍听见婆婆的叫声，在干净水里洗去手上的洗衣粉泡沫，起身，在围裙上擦擦湿漉漉的手。

"死婆娘，我要尿……"田老婆子气势汹汹地叫着。刘雅珍进屋，站在客厅里不出声。"你想憋死我呀！我苦命的倩倩呀！你怎么不把妈妈带上……"她没听见刘雅珍进屋的声音，长一声短一声地叫着。

刘雅珍一听就来气了，不吱声地往外走，心想：你被尿憋死，总比你将人骂死的强，我也不管了，让你憋死去。她气呼呼地往外走，刚走到门口，田老婆子又喊起来："死婆娘，你要是不来，我就尿到床上，反正弄脏了，你还得洗，你就看着办！"

刘雅珍想：也是，自己就是端屎端尿的命，死老婆子不死，我就没好日子呀，我真真想把她弄死。刘雅珍气呼呼地掀起门帘子："你就是吃得多，尿得多，勾蛋子跟着受张罗。"

田老婆子抓起手边的小扫帚，小扫帚是她对付刘雅珍唯一的武器，她将小扫帚在床沿上敲得"梆梆"地响："你今天再敢掐我，我就捶死你，信不？"

刘雅珍看了一眼田老婆子，老太太眼角湿乎乎的，很显然是刚哭过。一个能跑能走的人，突然卧床不起，一躺就是几个月，急都急坏了，也挺可怜的。婆婆、媳妇毕竟这么多年了，哪能没一点的感情呢？不管老太太怎么对待我，她已够可怜了，我不能和她计较。恻隐之心提醒着刘雅珍，她同情地看着婆婆："在我的心里，你就是我的好婆婆。"

田老婆子撇着嘴："你别在这儿猫哭耗子——假装慈悲了，趁着我不注意，你就掐我。"

刘雅珍拿起尿盆，准备放到婆婆的屁股下面："你老了，老了，还谎话多得很，我什么时候掐你啦？"

"哎呀！哎呀呀！你这不是在掐我？还死不承认。"田老婆子大呼小叫着。

刘雅珍狠狠地抽出尿盆，捂住鼻子端出去倒了。

等刘雅珍从外面回来，田老太太还在“哎呦呦！哎呦呦！”地喊。

刘雅珍没理她，坐在院子里接着洗衣服。太阳暖洋洋地晒在背上，真舒服，这么好的太阳，晒得人犯困，让老太太出来晒晒太阳也好。想到这儿，她站起来，又在围裙上擦了擦湿漉漉的手，将家里的躺椅支在院子里，进屋，二话不说，就给田老婆子穿裤子，这才发现老太婆尾椎骨处皮肤烂了。“难怪说我掐她，烂了这么大一片皮肤，不疼才怪哩，这是长时间不活动，皮肤长时间缺氧导致的，都怪我大意了，没给老太太翻身。”刘雅珍油然而生了一股内疚。

“哎呀呀！死婆娘，你又掐我？”还没等刘雅珍自责完，田老婆子喊起来。

刘雅珍不管老太太的喊叫，抱着她就往外走。

“死婆娘，你要干啥？”

“再喊，就把你扔下去，信不？”田老婆子一听，不敢出声了。长时间没见过强烈的阳光，她觉得眼前一片漆黑：“我眼睛怎么啦！黑得啥也看不见了。”

刘雅珍提醒着：“闭上你的眼睛。”将她放到躺椅上，刘雅珍累得一口一口地喘着粗气。

田老婆子坐在躺椅上，闭着眼睛，感受着阳光的温暖。不一会儿，浑身被晒得暖洋洋的很舒服，她心情突然好了许多，这就是阳光的魅力，她感觉阳光晒进心里最黑暗的地方，给她光芒和力量，让她有了活下去的勇气。田老婆子晒着太阳，听着刘雅珍气喘吁吁地洗衣服，她突然觉得不能这样躺在床上了，这样下去，自己难受还拖累家人，欣欣妈一天到晚忙出忙进，还要细心照顾自己，这一段时间她也瘦了。田老婆子将双手搭在额头上，遮住阳光，慢慢地睁开眼睛，阳光明晃晃地照耀着大地。院子里的温度也比屋里高了许多，她觉得有些热，就对低头洗衣服的刘雅珍说：“媳妇儿，太阳真好，我有些渴了。”

刘雅珍听了田老婆子的话，愣了一下，停下手里的活，回头看了一眼婆婆。婆婆正笑眯眯看自己，很慈祥，和刘雅珍四目相望，田老婆子的目光躲闪到远处：“媳妇儿，我渴了。”

刘雅珍赶紧去冲了一杯子豆奶粉，用凉水冰了一会儿，杯子不烫了，双手递给婆婆。

田老婆子双手接过杯子，喝了一半，看着低头洗衣服的刘雅珍，不忍心喝下去了：“媳妇儿，你也渴了吧！把这半杯豆奶粉喝了。”

“我不渴，你喝吧，有营养。”

“那你也冲一包喝吧！”

“我喝白开水就行。”刘雅珍起身倒了一杯白开水。

婆婆媳妇俩坐在阳光里，聊了起来。

“妈，你也别难过了，看开些，人死不能复生！这么多年了，我们婆媳相处得像母女一样的……最起码在我的心里，一直把你当亲妈，什么事情都有我和田埂呢！你和我爸就想着怎么安度晚年，想着怎样能开开心心的。人生就像是地里的韭菜，一茬一茬的，割得慢的，或者是不割，后面的就不长了，要想后面的长势好，就要不停地割。老人们将什么都做了，后人们就不成长了，或者成长就慢了，这都是不好的现象……”刘雅珍在午后的阳光里，把憋在心里的话说了出来。

自从倩倩出事以后，她一直都想用这番话安慰躺在床上的婆婆，每次话到嘴边，她还是没勇气说出来，婆婆看她的眼神让她害怕。在婆婆的心里，她永远是儿媳妇，永远走不到婆婆心里女儿的位置上，即使现在婆婆的心肝宝贝女儿已经死了，婆婆还是把她放在儿媳妇的位置上。她想用女儿的姿态，取缔婆婆心里这堵墙，可她尝试几次都失败了，婆婆心里的这堵墙更加坚固了，婆婆现在的口头禅就是：倩倩死了，该让你狗日的看够笑话了。婆婆这句话让她伤透心了，她怎么能看自家人的笑话呢？她不能劝婆婆，免得婆婆说她又在看笑话哩，为了家庭的安定团结，她将婆婆给她的所有委屈，都像喝茶一样喝到肚里。可今天婆婆敞开心扉了，她才将这番话说出来，婆婆脸上露出欣慰的笑容。

刘雅珍知道婆婆心里的一堵墙，已经取掉了，才和她说了这么多话。

让人感到恐慌的大考还是到来了，在三天的高考里，柯耀强不停地在心里为冯超和田欣欣祈祷，祈祷两个孩子考得全会，蒙得全对，都能好好发挥，旗开得胜、马到成功！

大考是改变一个人，以及一个家庭命运的途径。尤其是这几年，随着改革开放，市场经济冲击，人们的思想发生了天翻地覆的变化，教育被重视起来。像矿工家庭的孩子，改变命运也只有上学。矿区的人们更懂得生活不易，只要是父母都有望子成龙、望女成凤的心愿，都想让知识改变孩子的命运。年轻的父母在孩子的教育上，都舍得投资，都懂只有上了好大学，才能有好工作，有了好工作，以后才能有好发展，谁也不希望自己的孩子，“子承父业”当一个煤黑子。

矿上也很重视高考，租了一辆车，接送考生和家长去口子区的考点。

冯志国两口子觉得来回奔波三天，挺耽搁孩子的休息，来回颠簸在路上，孩子也辛苦，两口子一合计，早早在口子区定了招待所，给冯超省了不少的时间。

木讷的田埂两口子就没有想到这一点。田埂两口子一看冯志国他们的做法，就傻眼了，后悔得直跺脚，自己笨得不知道在口子区定招待所，给孩子节省时间。通过几次模拟考试，欣欣的成绩比冯超还要好，老师都说考个重点大学不成问题，却都不知道给孩子减轻负担。看来这大考不仅仅是在考学生，还考家长的智力和办事能力，你看看人家不怪能当副矿长呢！人家想事情，就比咱们想得深远。田埂在心里骂着冯志国两口子太猴精了，但也很佩服冯志国。

胡大木还和矿上其他人一样，早出晚归陪孩子去考试。胡大木对儿子没信心，只是走个过程，对他们家来说，来回跑三天也没啥。

中班升井，柯耀强郁郁寡欢地进了瘸子李饭馆。

胡豆花正在招呼客人："我家的加工面喽！臊子面喽！油泼面喽！牛肉面喽！烩面片喽！都是顶呱呱的好，免费的浆水，过两天我们准备带上早点，早点有包子、油饼、小菜、稀饭，满足不同口味的客人，更重要的是为了给咱们矿工提供可口的饭菜……"胡豆花在客人犹豫不知道吃什么时，不失时机地将她家的饭菜谱，做了一个简单介绍，她的脸上始终带着和颜悦色的笑容。

柯耀强觉得胡豆花是越来越会做生意了，生意人就要活泛，和气生财嘛！几个看样子刚来的新工人，脸上还有稚嫩的神情，充满了泥土的气息，不知道该吃什么饭好。

这时正是饭点，小小的餐馆里人满为患。客人多，瘸子李肯定在忙。柯耀强环视了一下，冷冷地冲胡豆花喊："老样子。"

柯耀强嗓门大，喧闹的饭馆被他这么一喊，顿时安静下来，大家齐刷刷地看他。在井下干活，工作环境造就了矿工们的粗喉咙大嗓门。柯耀强不在乎几个年轻人稚嫩的眼光，不屑一顾地坐下，心想：我一个老男人还害怕你们这些毛头小伙子看吗？他又起身舀了一碗浆水，重新坐下，边喝浆水边等饭。

胡豆花冲着厨房喊："老样子，一大加工面外加两个蛋。"她这么一喊，新工人中有人"噗嗤"笑了，瞬间大家脸都红了，有人低声地说："也给我来加工面，就不要外加蛋了。"

的确，一个女人，当着一群没有出过远门的农村小伙子憨厚的面，说出"蛋"这个字，很不雅观。可胡豆花不以为然，还在一个劲地说："你只要加工面，不要蛋？"

小伙子被问得脸更红了，羞涩地点了点头，快速地环视了一下餐厅，低头不语了。

其中有一个小伙子很调皮，好像家里条件能好些，很有底气地说："我来一碗加工面，加两个蛋。"

胡豆花又冲着厨房喊道："两大加工面，一个不加蛋，一个加两蛋。"

那个大方加蛋的小伙子，也低下头了。其他的人都要了不加蛋的加工面，然后每个人都舀了一碗浆水，学着柯耀强的样子，"吸溜、吸溜"地喝着。

胡豆花乐得嘴都合不住了，妩媚地冲柯耀强一笑，进了厨房。

等胡豆花进了厨房，小伙子们心照不宣地笑起来，一个压低了声音说："这女人够辣的，说蛋就像说你吃呀喝呀一样简单。"

"她可是你婶子，你还敢女人、女人地叫她，你不想混了，小心被她听见了。我可以不一样，我和她是同辈，这就是辈分高的优越性。"

"李刚，李将，你俩别说了，小心让人听见了，咱们同学都托了李刚他伯的福了，才能来苍穹矿上当合同工。"

"他是我三杆子都打不着的伯伯，为了能在这儿当工人，我大非要攀亲带故，真没意思，你们都知道我想去深圳、广州那些大城市里，那样才算气派，当个黑乎乎的挖煤工人，有啥好的？我昨天在车上，就看见一个人，挺吓人的，不知道你们看见了没？"叫李刚的小伙子说着，很神秘地看着他的伙伴。

大家都摇头，表示没看见。

李刚见大家摇头，更是无奈、遗憾、惊慌地说："当时我看见那个人，吓得我心都跳起来，一想到我们以后就是那个样子，我心里凉冰冰的，唉！"

"啥样子呀？"李将问道。

李刚忧伤地说："还能啥样子！一身黑，比秦腔戏里的包公还要黑，包公人家是全身上下一锭煤，可这个人倒好，比煤还黑，整个人，除了牙齿和手里的馒头是白的，其余都是黑的。单看他的牙齿，被黑脸衬托得雪白雪白，当他将馒头用黑手送到嘴里，馒头和牙齿一比较，牙齿明显发黄。"

几个人沉默起来，都陷入到自己的想象中。

这时，胡豆花将所有客人的饭端上桌。自从胡豆花知道柯耀强和侯小梅好了，给柯耀强饭里的肉，没以前那样多了，但还是比别人的多，这就是她对柯耀强不满的表现。

柯耀强并不在乎胡豆花的态度，他在瘸子李这儿吃饭，心里舒坦。因为他从瘸子李的身上，寻找着他爹的影子。现在柯耀强不喝酒了，但这丝毫不影响他和瘸子李的感情。柯耀强觉得他和瘸子李的感情，比他和他后爹赵秦军的深。柯耀强见胡豆花在自己面前卖弄风情，心里就很生气，朋友妻不可欺，这个道理她都不懂，真是的。他希望胡豆花能好好和瘸子李过日子，瘸子李饭馆的生意越来越好，瘸子李一切好了，他心里就高兴，压根就不在乎胡豆花的不满，甚至于很希望胡豆花在心里恨他。

胡豆花妩媚地看了柯耀强一眼，扭着水桶腰走开了。

柯耀强不理胡豆花，只顾埋着头吃饭。

那几个新来的小伙，想象着井下的恐惧和可怕。一个小伙子将醋和辣子放得很多，碗里的加工面被辣子染得红彤彤的，可他看着面前的饭，并不急着吃，他的伙伴们都发出了“呼噜，呼噜”大西北人吃面的特有声响，唯有他没动筷子。

李刚的饭都吃了一半了，才发现他还没吃饭。李刚将嘴里的一口饭吞咽下去：“强子，你咋不吃哩？”

叫强子的小伙子，心事重重地低声说：“李刚，我对不起这面，我大病了，还在炕上躺着等钱看病，可我的血压怎么会高呢？你给你伯说说，给我想想办法，我真的很需要这份工作。”

李刚将筷子噙在嘴里：“强子，你先吃饭，别想那么多，当不成煤炭工人，咱们去广州，哪儿的钱，比这儿的钱好赚。”

强子眼里含着泪水：“李刚，我和你不一样，我只能留在这儿，这儿的工资是按时发，也有保证，我大的病，真的不能拖了。”

李将听了强子的话，心情也沉重起来，沉思了一下说：“强子，你先吃饭，等李哥闲下来，我们求他给你想办法。李刚，你也别老想着深圳呀广州呀，那儿的钱不一定好赚……”

李刚不耐烦地打断了李将的话：“你俩就是当‘煤黑子’的命，你们爱将自己美好的青春年华，浪费在这荒山野岭之中，我管不着，我可不会留下来的，兄弟，看来我们要分道扬镳了。”李刚说。

“李刚，你别这样，我家的情况你是知道的，我是家里的老大，我不能不管我大，我需要钱救他，我……呜呜！”强子出声地哭了。

“别，别，强子，我没怪你，我会去求我伯，我们都是次要的，让他想办法帮你将工作解决了。”李刚慷慨地说。

“强子，我们都是男子汉，你更是一个好娃子，我们兄弟都不会不管你的，好了，吃饭，别想太多，吃饱我们才有力气挣钱呀。”李将将筷子递到强子的手里。

强子仍旧吃不下去饭。

柯耀强听到这儿，坐不住了，强子真是一个好娃子，得想个办法帮他。柯耀强不知道强子是紧张得血压高了，还是他身体有问题，必需弄清楚强子血压高的原因才行。于是，他将饭碗端到强子的桌子上，他的举措让这帮小伙子惊慌，他们用惊讶的目光看着他，片刻，还是李将反应快：“叔，坐，坐。”说着，就帮他拉来椅子。

听到李将叫叔，柯耀强心里很不是滋味：“我有那么老吗？居然老得给你这么半大不小的小伙子当叔？”但转念一想：如果不是我优柔寡断的话，我早都结婚了。要是我和倩倩结婚了，我的孩子也比眼前的这些小伙子小不了多少，李将叫我叔也不过分。

柯耀强又陷进他的痛苦之中，还是李刚一句话将他从痛苦中拉了回来：“师傅，一看你就是老工人，井下到底咋样？”

柯耀强看了他们一眼，真是一群稚嫩的孩子，怎么不在学校好好读书，却张狂地要到外面闯天下？“看着你们年龄都不大，怎么想出来挣钱，你们都应该坐在教室里上课。”他询问着。

强子的头更低了，眼泪又夺眶而出。

李将也惭愧地低下头。

只有李刚满不在乎地说：“我们读完初中，就不上学了，我几个都没有考上。”他指了一下李将，看了一眼强子，接着说：“强子在我们学校那是顶呱呱，考上了重点高中，可是……师傅，他什么事情都不顺心。这不想当煤炭工人，还当不成。”说着，叹气地摇了摇头。

“怎么了？”柯耀强询问。

强子还没动筷子，低着头抠着手指甲。柯耀强理解强子的难受，就冲强子说：“你叫强子吧！吃饭，怎么和饭有仇呀？你不吃饭，胡豆花也不给你退钱，再说你不吃饭，怎么能有力气下井挣钱呀……”

还没等柯耀强说完，强子的眼泪就扑簌簌滑出了眼眶，像断线的珠子落在衣襟上，颤颤地说：“叔，我当不成工人，体检的大夫说我的血压高。”

柯耀强像医术精湛的老大夫一样，观察着强子，把强子打量了一会，神神秘秘地说：“看你的样子，不会是高血压的，是不是体检时，很紧张？”

强子佩服地看着柯耀强：“叔，你咋知道我紧张哩？”

柯耀强胸有成竹地说：“别怕，因紧张引起的高血压，不要紧，明天你重新体检一次，在体检半个小时前，喝些醋。”

强子半信半疑看着柯耀强。

柯耀强一看强子不信，就拿出有力的证据来："你们看过《平凡的世界》没？"

大家都摇头，只有李刚点了点头："哦，我想起来，孙少平和强子一样，一紧张就血压高了……"

"对呀！孙少平去大牙湾煤矿时，因为特别在意这份来之不易的工作，和强子一样一紧张就血压高了，高血压是绝对不能下井的，孙少平没办法只好打电话给田晓霞，田晓霞让孙少平第二天在体检前半个小时喝点醋，第二天孙少平就体检合格了，当上了矿工。"柯耀强说完，"吸溜吸溜"地吃面。

还是李将反应快："强子，你真是遇上贵人了，就照叔的话做。"李将的话调动了大家的信心，都向柯耀强投来崇拜的目光。

柯耀强在这些纯真的目光中，虚荣心得到了满足，自己小小的一个建议，就让这些乳臭未干的小毛孩兴奋。尤其是强子，好像抓住了一根救命草，站起来给柯耀强鞠了三个躬。

正当大家都沉浸在兴奋中时，谨慎的李刚好像想起什么，站起来，沮丧地说："强子没再体检的机会了。"

一句话提醒了所有的人，大家又像泄气的球，耷拉着头。强子没有体检的机会，是体检大夫说的。当时所有的人都在场，大家都听见了。

强子又泪汪汪地看着大家。

柯耀强拍了拍胸脯说："放心吧，强子只要不紧张，准能下井。"

强子抬起头，泪眼迷茫地看着柯耀强："叔，你真有办法让我下井？谢谢你呀！"

强子的话，给柯耀强从未有过的成就感。强子把柯耀强当成矿领导了。一群小伙子惊讶、激动地看着柯耀强。柯耀强被他们看得真不好意思了，从未红过脸的他，这会儿脸红得像鸡冠子："别……别把我想成……我只是很普通的工人。"话一出口他就后悔了，他从这群小伙子的脸上读出了失望，刚有了一丝激动的笑容，此时，像泄了气的球皱巴巴的，个个耷拉着头，面无表情，吸溜着吃面条。

强子更是滑落到痛苦的低谷。

真是一群孩子，连一点城府都没有，除了憨厚，还有些棱角。不过当今社会是一个圆滑的社会，在这黑乎乎的苍穹矿上，人们很圆滑，再有棱角的人，只要想在矿上混下去，就必须学会圆滑，这是生存的硬道理。可这群孩子，还不知道世道的深浅，肯定会吃苦头的，不过，吃苦未必是坏事，不经历风雨，怎能见彩虹？快乐和痛苦是交替着来点缀人的生活的。

柯耀强高亢地说："我虽然是很普通的工人，可我是老工人，一定会有办法的。"

强子听了柯耀强的话，又像是抓住救命的稻草，他只想紧紧抓住，无暇顾及稻草的承受力，希望之火在他眼里重新燃起："叔，我从来都没有血压高过，这次可能太紧张了，叔，你给我想想办法吧！我求求你了。"

柯耀强明白过不了体检这一关，强子就要卷铺盖走人。对于一个想用自己挣的钱给父亲看病的孩子来说，这不仅仅是一份工作，更是在拯救一个家庭，这不是开玩笑的事。

为了让柯耀强了解情况，强子站起来，给柯耀强又鞠了好几个躬："他们今天就让我一个人回去，叔，我心不甘……就这样回去，我大就没命了，我大得的是尿毒症，医生说每个月都得透析一次，才能保住我大的命……我没这份工作，我大就没命了……"

柯耀强毫不犹豫地打断了强子的话："强子，明天一早，你喝半瓶醋，在你今天体检的地方等我，我给你争取机会。"

孩子们还没反应过来，但瞬间之后，他们一起欢呼起来。

柯耀强看着他们："不说了，既来之则安之嘛！现在井下的作业条件，比以前好多了，安全系数也大了，再说这两年安全是首要的，你们上班前，矿上会安排你们先培训的，起码要让你们了解《煤矿安全规程》,《煤矿安全规程》手册里会将井下的一切情况，介绍得清清楚楚。其实，井下并不是你们想象的那样，等你们学习安全知识之后，就会了解各个矿井的结构，通风、运输、机电、开拓、掘进的性能……各个井口的通风性能是不相同的，哪个井口用的什么压风机，使用的是抽出式，还是压入式，好多这方面的知识，你们培训起码要一个月，然后你们才分到各个连队，具体干什么，矿上会安排的，所以，现在你们最好不要自己吓自己，你们亲自下去体验了就知道了，并不是你们想象的那样危险和恐怖，现在，好好吃饭。"小伙们听了柯耀强的话，脸又红了。

为了强子，柯耀强没和瘸子李打招呼，将饭钱压在盘子底下，就出了饭馆。他火急火燎去找冯志国了。强子能不能留下就看他的造化了。但柯耀强下定决心，一定要让强子留下来，强子一定会是矿上最优秀的工人。这一点，柯耀强非常坚信。

求和

很快，人们知道柯耀强和侯小梅好了，众说纷纭，不管怎么说，大家一致认为柯耀强是侯小梅最好的台阶。作为一个台阶，柯耀强感到了耻辱，同时他又得到了羡慕的目光。那些对侯小梅不死心的男人，目光除了嫉妒，还有仇恨，好多人都觉得柯耀强这小子没资格吃侯小梅这块天鹅肉。不说别人，柯耀强就从赵聪儿的目光里，看到嫉妒羡慕恨。

赵聪儿只要见到柯耀强，气得他像踩在地雷上，随时都会爆炸。

柯耀强把侯小梅的手写稿看完，对她肃然起敬，也让他陷入到新的痛苦中，觉得自己配不上她。他见赵聪儿整日闷闷不乐，又让他感到很内疚。他不想为了侯小梅，伤了他们仅有的一点兄弟情。他思前想后，决定要将赵聪儿从痛苦中解救出来。

解救赵聪儿唯一的办法，就是让他从三人的感情旋涡里退出来，侯小梅才能考虑赵聪儿的求爱，这样赵聪儿就不会痛苦了。柯耀强决定找侯小梅，将想法告诉她，让她重新选择。可他又觉得在找侯小梅之前，应该和赵聪儿好好谈谈，才不会因莽撞而伤害到侯小梅。

星期天，柯耀强轮休，想将闷闷不乐的赵聪儿约到希格拉滩上，好好谈谈，弄清楚赵聪儿的心思，再决定。

希格拉滩是两座东西走向的大山之间的大峡谷，常年干旱少雨，广袤的希格拉滩成了砂石地带。当年这儿是淘金的好地方，一些当地有权势的人，都在这里发了财。希格拉滩地面离煤层最近，他们不用机械，靠雇几个农民，一晚上就可以挖一个十几米深的大坑，黑晶晶的煤层就在眼前。这些人轻而易举地当了小煤窑窑主，发财还不满足，还要狠毒地压榨下苦人，扣押他们的身份证，控制他们的人身自由，让他们像犯人一样在没有安全保证的小煤窑里搞生产。那些无名的农民，用血汗让小窑主们腰缠万贯，如果井下出事了，他们会昧着良心，将工人不管死活埋在那口井里。

后来国家取缔小煤窑。顽固的小窑主哪能轻易断了财路？和政府捉迷藏，政府的人一来，他们就躲起来，一走他们又出来活动，这样反反复复和管理人员打游击。直到去年，动用了武警和公安，才将宁愿人亡、也不愿意财空的小煤窑主镇服了。希格拉滩也就成了现在的样子。

柯耀强走到兔耳山的山脚下，还不见赵聪儿。出门时，赵聪儿让柯耀强先走，他随后就到，可现在连人影子都没见，柯耀强只能耐心等着。

矿上人中午不出门，更不要说有人上山了，连当地的农民也不到山上放羊。

快一个小时了，还不见赵聪儿来，柯耀强有点生气，也就不等了，一个人慢慢地往山顶爬。干裂的地皮上，一簇一簇的狗尾巴草和蓬灰草，紧贴着地面，蔫楚楚地在风中摇曳着。除了风声，再也没一丝杂音，整个山顶很寂静。此刻，风声没有冬日的咆哮，而像温柔的女子细声细语，柔软地抚摸着人的肌肤。

柯耀强站在山顶，心扉被风吹开了，郁闷像展翅的鸽子，扑棱棱地飞走，所有的压抑，瞬间都随风飘走，很久都没这么好的心情，他张开双臂，做着迎风飞翔的动作。隐隐约约能看到绿意的矿区，国槐花树飘着浓郁的香味，透过矿区的煤尘味，居然飘到了山上。光秃秃的山，居然能闻到槐花的清香味，这是柯耀强没有想到的事情。

柯耀强贪婪地嗅着这股在矿区嗅不到的清香味，看着矿区。苍穹煤矿是长颈矿务局众多矿区中的一粒芝麻，谁愿意抓了芝麻丢了西瓜呢？所以，苍穹矿从来就引不起长颈矿务局的重视，就像没娘的孩子，孤苦伶仃、自生自灭。现在的开采方式，还停留在20世纪80年代，设备陈旧，巷道狭窄，一切都无法和长颈矿务局的其他矿媲美，可这一群生活在苍穹矿上的人们，非常热爱这片黑土地。

柯耀强站在山顶，俯瞰全矿区，首先映入眼帘的是灰白色矸石山，矗立在两座黄土山之间，像是一位伟岸的中年男子，牵着一双儿女，期盼着矿区的繁荣昌盛。矸石山的左边，井口上方的五星红旗高高随风飘扬，在井口的周围，是为井下服务的“四大”机房：压风房、通风房、主绞、副绞；还有基建队大院、调度室等。郁郁葱葱的槐树和榆钱树，虽然将四大机房和工作间都掩盖了，但他知道各机房所在的位置。

矸石山的右边翻过两座小黄山，就是矿区最繁华的地方了。一栋三层的楼房，那是矿办公楼，是矿区的首脑部位。办公楼和市场之间隔着公路，市场边那一拃宽的小河，黑色河水是井下的血液。市场的尽头，东边是正在修建的楼房，西头靠近山根的地方，是学校。学校永远是活力四射的地方，朗朗的读书声从每个教室里传出来，在矿区上空回荡着。放暑假了，学校里没有读书声，但看到学校，柯耀强心里仍旧热乎乎的。

从学校过了小河，是上家属院，以前是矿领导们的家属院，五排平房。侯小梅的家，在第三排的东部，离小河很近。靠近柯耀强家左边拔地而起了八栋三层的楼房，是新家属区，新家属区里住着矿领导和有钱的双职工。学校的右边，翻过一座山，是黑户区，破烂不堪、乱七八糟的地窝子，住着没矿区户口的女人和孩子们，家家过着或幸福或悲伤的生活。离黑户区不远是西家属区了，纪红云、胡大木、柯耀霞和老田家都住在西家属区，老田家靠山根，离铁道很近。

整个矿区依山而建，鳞次栉比的房屋，在阳光里闪闪发光，让柯耀强感慨万千，矿区的人，和他有着兄弟姐妹般的情意，在这一块荒凉广袤的土地上，孜孜不倦地繁衍生息。男人们将地下蕴藏了几千万年的煤块挖掘出来，让黑晶晶的煤块，有了它们金子般的价值，却让这些劳动者，成了社会最底层的人。

平凡铸就伟大。柯耀强最了解生活在社会最底层的人们，他便是其中一员，默默无闻，却是深爱着这个世界。尽管世界时常伤害他们，但他们仍旧热爱着世界，“生活虐我千百遍，我待生活如初恋”。他们宛如小星星，从来不抱怨，只顾发光，世界才被点缀得璀璨夺目。

站在山顶往远处眺望，沟壑纵横、层峦叠嶂，望不到尽头的群山，空旷、延绵的黄土山如同海浪一般。站在天地之间，让人感到自己渺小，苦难、不易以及一生的所作所为都不足挂齿。

柯耀强将矿区全部浏览了一遍，还不见赵聪儿的身影，也就不等了，他向坑坑洼洼的希格拉滩走去。山上的羊肠小道，像蛇盘绕着。原本，这荒凉的山上没有路，都是当年隐藏在山丘小煤窑里的人踩出来的。

柯耀强想起小时候，常常背着赵聪儿、领着赵憨儿在这座山上玩，掏鸟窝、抓蛇。赵聪儿和赵憨儿哥哥、哥哥地叫他，可现在他们几年都不叫哥哥了。赵憨儿还憨厚老实，可他媳妇李娟丽是是非精。自从柯耀强打了李娟丽之后，她就不让赵憨儿叫他哥哥了，赵憨儿害怕媳妇。柯耀强知道和赵憨儿之间，为了一个不孝顺公婆的李娟丽结下了“梁子”，现在他不想因侯小梅和赵聪儿再结下矛盾，如果赵聪儿很爱侯小梅，并能一心一意地对她，柯耀强做好了思想准备，成全赵聪儿。

柯耀强将赵聪儿约到希格拉滩，是因为儿时他们经常在这儿玩，能引起赵聪儿对童年的回忆，也能引起他们童年的兄弟亲情。可赵聪儿迟迟没出现，他只能一人故地重游，把童年的往事找出来，让记忆在阳光里晒晒。

柯耀强到了希格拉滩，全身汗津津的，他脱去了外衣。“天热了，天真的热了，天热了夏天就来到了，鸟窝里就有了鸟蛋。”柯耀强自言自语，说着小时候哄弟弟们的话，当时弟弟们听到这话，都乖乖地跟着他，他们到处寻找鸟窝。近三十年来，这句话还能一字不漏地说出来，证明当时为了哄弟弟们，他不知道说了多少遍，也刻进他的心里了。可现在无忧无虑的童年，以及纯真的兄弟情，都一去不复返了，往事如烟，蓦然回首，一切皆空！

他站在希格拉滩的废墟上，觉得很茫然也很陌生，三十年都没来过了，那些黑心的小窑主，为了他们的利益，将这片不算肥沃的耕地破坏了。原本铺在贫瘠土壤上的河卵石，也被弄得面目全非了。干旱少雨的地方，人们为了保墒，在地里铺上一层河卵石。下雨时，雨水滴在河卵石流入土里，等天晴了，阳光普照在石头上，石头下面还是湿的，这样庄稼靠着微薄的水分，就能发芽成长、开花结果，确保收成，这就是人类农耕的大智慧，可智慧却被无情地破坏了。

他看着广袤的戈壁滩，刚才的好心情又没了，郁闷又像是飞远的鸽子，掉头又飞回他的心扉里，他觉得心口沉甸甸的。

赵聪儿压根没去希格拉滩，当他知道侯小梅和柯耀强已相亲了，觉得侯小梅这样做，是对他最大的耻辱和讽刺，耻辱和讽刺堵在他的心里，将他堵得喘不过气来。侯小梅是他心中的太阳，一直普照着，成为他神圣不可侵犯的主。可侯小梅一番绝情的话，就像天狗吃掉了他的太阳，他心里突然黑暗了。

赵聪儿等柯耀强上了山，站在家门口的路边，看着柯耀强的身影，有了当年趴在他背上，在市场上看耍猴时的快感，眼前浮出当年的情景：矿上人围在市场上，在一阵震耳欲聋的锣声中，耍猴的中年男人，一手拿着五颜六色的布鞭子，一手牵着猴子，出场了。

猴子穿着件小马甲，眼睛很明亮，稀奇地看着人们。人们也稀奇地看着它，它拿着半根香蕉吃。当时，矿上人都没吃过香蕉。在多一半是女人和孩子的围观人群中，有两个见过世面的男人，告诉人们猴子吃的是香蕉。有人懵懂地问：香蕉，人能不能吃？两个男人一致地说：人当然能吃，味道很好。围观的人听了，都很羡慕猴子，尤其是孩子们，早已吸溜着口水。

吃完香蕉，猴子骑自行车、跳火圈、脱衣、穿衣服，不停地折腾，引来一阵阵的笑声，掌声也此起彼伏，有笑声和掌声，节目就精彩。赵聪儿想起耍猴，他现在就将柯耀强当猴耍了。他有了快感，望着山上的柯耀强，自言自语地说：

“阳光明媚，猴子，多晒一会儿太阳吧！然后他就回家睡大觉了。”

柯耀强坐在石头上，太阳晒得人很舒服，天空很高，万里无云。不一会儿，他在河滩上睡着了，又梦见那个离奇的梦：他刚刚升井，一团红彤彤的火烧云，飘飘荡荡地落在井口，他想接住火烧云，还没等他下人车，火烧云飘到市场上。他清楚地看见火烧云裹着一条龙和一只凤凰在舞动着，龙身鳞光闪烁，凤是凤冠霞帔，魅力无比……

“倩倩……倩倩……”他撕心裂肺地喊着，从梦里惊醒了。才发现他在希格拉滩上睡着了，怎么又是这个梦呀？太奇怪了，他一下子迷惑了，老半天回不过神来，瓷实地看着湛蓝湛蓝的天空，躺在河滩上看天空，天更高，更遥远，万里无云，不知什么时候阳光从他身上移到山上，阳光已过去，希格拉滩阴森森的让人感到冷。柯耀强起身，却像被人抽丝般抽去了思维，脑子一片空白，只是本能地拍打了下身上的沙土，往回走。

当他爬到山头，才抓住夕阳的一丝余晖。矿上已没阳光了，很灰暗，袅袅升起的炊烟，从各家各户矮小的烟囱里冒了出来，直往云端飘起。湛蓝湛蓝的天空，浮云像瓦片，撒满西边，夕阳收起最后一丝光辉，折射出一大片的火烧云。柯耀强看着火烧云，想起刚才做的梦，这个梦他做过多次，都是相同的梦境，太奇怪，第六感觉告诉他，这个梦对他有某种寓意，但此刻，他没能力去破译。

柯耀强回到家，柯母在厨房里抹眼泪，他一看老娘伤心，就问：“娘，怎么啦？”

柯母睁着没光泽的眼睛，痴呆地看着儿子：“耀娃，你怎么把聪儿惹下了……”

还没等柯母说完，柯耀强就火冒三丈：这个小王八蛋，让我在希格拉滩像傻子一样等他，他却在家里当死皮赖狗，还把老娘气得哭鼻子。柯耀强二话没说，进了赵聪儿的卧室里。

赵聪儿躺在床上纹丝不动，对气冲冲进来的柯耀强视而不见。

“你咋啦？你犯啥病了？”柯耀强说着，掀起赵聪儿的被子。

赵聪儿死死拽着被子。弟兄俩一个掀被子、一个拽被子，闹了好一会儿。

柯耀强知道赵聪儿耍赖，看来，只能在这儿解决问题，他不再掀被子了，而是坐在床沿上：“我知道你心里堵得慌，没必要。”

赵聪儿猛地坐起来：“你说得轻巧，真是站着说话不腰痛。”

“我怎么站着说话不腰痛了？”

“你有美女陪伴，有爱情滋润，有风光无限好的心情，有……”

“还有啥呀？怎么不说了。”

“我还没想好呢！”

“其实，知道你心里不痛快，要是你很爱侯小梅，我去和她说。”

“你去和她说，说什么呀？”

“聪儿，我不想为了一个女人，伤了我们的感情。”

“你这是对我施舍吗？告诉你，柯耀强，我赵聪儿不需要你的施舍，你别在这儿猫哭耗子假慈悲。”赵聪儿下了床，就出去了。

柯耀强呆呆地留在屋里。

赵聪儿觉得憋屈：我风流倜傥、玉树临风的，哪点不如你？让你将侯小梅让给我？我需要你让吗？他越想越生气，一脚踢翻了院门口的垃圾桶。幸亏柯母把垃圾倒了，空空的垃圾桶无辜地滚动着，幅度越来越小。他气冲冲去了市场，在小卖部里买了一瓶酒，就进了小爱的凉皮店。

“凉皮配小酒，越喝越富有。”富有赵聪儿倒不想，只想在小爱的店里好好地喝酒，上次在瘸子李的饭馆里喝酒，酒没喝好，还被胡豆花夹在腋窝里送回家，一路上让好多人看见了，成为矿上人的笑柄。茶余饭后有人说起这段来，都会笑得人仰马翻，还戏称他和胡豆花演了现代版的穆桂英大战杨六郎，这些没文化又不懂戏曲的人，真会东拉西扯，穆桂英和杨六郎是儿媳妇和公公，而他和胡豆花没半毛钱的关系，只是胡豆花太剽悍了。

到小爱店里，能好好喝酒，再说了，小爱是美人胚子，美女能养眼，总比胡豆花那半老徐娘好。赵聪儿进了店里，小爱和文斌叽咕着不知道在说什么，两人脸上洋溢着甜蜜，见赵聪儿进来了，两人愣了一下，文斌就出去了。

赵聪儿压根没心情和文斌较量，只想尽快借酒消愁。小爱在娘家一直卖凉皮，从小就见过形形色色的顾客，所以对提着酒瓶子的赵聪儿，一点都不胆怯，大方地迎了过来：“你好！”

“给我来碗厚的，再来碗薄的。”

“两碗吗？”

“嗯，在这儿吃，辣子多点。”赵聪儿坐下，用牙咬开酒瓶盖。

小爱麻利地调了两碗凉皮，放在赵聪儿的面前：“你慢用。”

赵聪儿不理小爱，只顾吃喝。他压根没酒量，他今天聪明了，只喝了二两酒，有点晕乎乎，他知道借着酒劲，就能把侯小梅这婊子拿下，他摇晃地进了侯家的门。

最近，一直都是等侯小梅上班了，侯母才去打麻将，算过个瘾，她知道女儿处境很不好。虽然女儿和柯耀强谈恋爱，但他们不温不火，实在令人着急。矿上那些王八蛋对梅梅的攻击性很大，梅梅一个人待在家里，很危险，不能让这些王八蛋们把梅梅害了。所以，只要侯小梅在家，侯母就不打麻将。

这就让侯小梅放松了警惕，她躺在床上看书，听见院子里有人走动，还以为是她妈，也就没在意。她在看《简·爱》："那一天是没法再出去散步了。不错，那天上午我们还在光秃秃的灌木林间漫步了一个钟头，但是从吃午饭的时候起……"她喜欢出声地读着，"'贝西说我干了什么啦？我问。''简，我可不喜欢吹毛求疵或寻根究底的人，再说……'"她完全沉浸在阅读中，没发现赵聪儿站在她的床前，直到一股酒味和热烘烘的气流吹到她脸上，才将她从阅读的快乐中，拉回到现实，吓了一跳。

"你……"她的嘴被带着酒味的嘴巴堵住了，她睁大眼睛，才看清是赵聪儿。赵聪儿哪容她呐喊呀！不仅堵住她的嘴，两只手像钳子，抓住她的手腕，不知道什么时候，他将裤子脱到小腿处，裸露着他蠢蠢欲动的命根子，麻利地骑在侯小梅的身上。

侯小梅被这突如其来的事情吓坏了，心想不能让这王八蛋玷污自己的清白，绝对不能！被吓懵的她，突然理智了，只能鱼死网破——她拼命挣扎和反抗，用膝盖使劲顶了一下赵聪儿的下身。赵聪儿只顾想着怎么才能弄掉她的睡衣，压根没想到她用这一招。他疼得要命了，双手捂住下身跳下床。

侯小梅一骨碌翻起来，捞起床头边一根钢筋棍。

吓得赵聪儿提裤子就往外跑，酒劲也被吓没了，一口气跑回家，从此，萎靡不振了。

侯小梅追了出来，见赵聪儿落荒而逃，她赶紧锁上院门，才慢慢地蹲在地上哭了起来：咋这么难呀？时刻都得防备这些王八蛋，让我身心疲惫，像悬挂在半空，随时都有被摔死的可能。就像刚刚发生的，幸亏我机智，才没让他得逞，如果换一个人，也许就没这么幸运了。矿上的男人力大无比，我压根就不是他们的对手，赶紧结婚吧！省得夜长梦多，他不主动，我主动点也不丢人，这个榆木疙瘩……她气得骂起柯耀强来。

这段时间，柯耀强弄不懂自己是什么心理：不见侯小梅时，对她的排斥有增无减；可见了面，又觉得很喜欢她，她能让自己激情澎湃，不能自拔。他还有一个苦闷的爱好，就是不由自主拿侯小梅和倩倩比，越比越不喜欢侯小梅，还有些恶心她。他也不是什么好人，应该最没资格恶心别人了，但是一想到要和恶心的女人过一辈子，就觉得老天爷和他开了一个天大的玩笑，这也许是老天爷对他的惩罚。柯耀强处在对侯小梅既爱又不能爱、既恨又不能恨的矛盾中，不知道该不该和侯小梅继续下去。

侯小梅主动找柯耀强，每次理由都很充足，让柯耀强无法拒绝。现在，她在他面前不傲慢，还对他言听计从，像胆怯的小女子，努力地想将她摆在他女朋友的位置上。

柯耀强能感觉到侯小梅的痛苦，她压力很大，一个女子在没结婚之前，有了那些乌七八糟的丑闻，而且是人人皆知的，唾沫星子能淹死人，脊梁骨被人戳着，这种压力让柯耀强都受不了，更别说让一个女人去承受了。

分手

下了早班，柯耀强在瘸子李的饭馆里填饱肚子，就去找侯小梅了。

侯小梅在家里收拾衣物，翻箱倒柜，累得满头大汗。

柯耀强进了侯家的院门，看着院子里晾满了五颜六色的衣物，知道侯小梅很勤快，心里隐隐约约又不忍心去伤害她，但一想到赵聪儿闷闷不乐的样子，又于心不忍了。一时间，他很矛盾，不管怎么做，都会有一个人受到伤害，他愣愣地站在侯家的院子里。

侯小梅抱着一堆衣服从屋里出来，看见柯耀强，赶紧走过来："你来了！"

侯母听见动静，从厨房里出来："到屋里坐。"

侯小梅见柯耀强没进屋的意思，一副心事重重的样子，就对他说："你帮我把衣服晾了，妈，没有酱油了，你去买一瓶。"

"家里有……噢，对对，你看我这记性，没酱油了，我去买，你俩把衣服晾了，就到屋里坐。"侯母说着，解下围裙，搭在椅子上，出门了。

侯小梅含情脉脉地看着柯耀强将自己怀里的衣服，一件一件地挂在衣架上，心里甜丝丝的，又一次和他完成同一件事情，挺幸福的。

柯耀强躲闪着侯小梅火辣辣的目光，麻利地将衣服晾完，结结巴巴地说："小梅，你是一个好女孩……你能和我好，那是我三生有幸，前世修来的……可是……有一句话，在我的心里憋了很长一段时间……我不知道该不该讲？"

侯小梅听了，心里乐滋滋的，她抑制着喜悦，将柯耀强拉进屋里，矜持地不让柯耀强看出来她的心情，又平和地鼓励道："看把你羞的，有话你就直说。"

柯耀强看了一眼侯小梅，她微微涨红的脸上，白里透红散发着喜悦。他有些不忍心说下去，但又一想，与其三个人痛苦，不如让自己痛苦，早一点说了，早一点让侯小梅接受赵聪儿，这样大家都能减轻痛苦。柯耀强拿出十足的勇气，说出心里话："我知道聪儿很爱你，他现在很痛苦，要不你和他好了吧……"

柯耀强后面的话，侯小梅一个字也没听进去，她脑子"嗡"一下就空白了，傻站着，半天回不过神来，这叫什么事呀？像这样不负责任的话，也能说出来？你把我侯小梅当成一件商品，说转让就转让？向我提出分手，不过分，但还要将我转让给你弟弟赵聪儿，这不是天大的笑话吗？你把爱情当成什么了？把婚姻当成什么了？现在看来除了田倩倩，在你心里一切都是儿戏。侯小梅想到这儿，气得指着门口对柯耀强吼了一句："滚，滚远远的！"

柯耀强看着侯小梅被气得通红的脸，知道错了，自己伤害了侯小梅。他灰溜溜地出了侯家院门，上了后山，走到后山那一块他和田倩倩有过一夜幸福的大石头上，他将大石头齐齐地抚摸了一遍，眼前出现了倩倩的身影、倩倩的笑容。"倩倩，倩倩，倩倩！"柯耀强喃喃地叫着，他躺在石头上，闭上了眼睛，尽情地畅想着倩倩就在他的身下。

侯小梅觉得很委屈，凭啥柯耀强要这样对自己？王八蛋这一招真是伤害性不大，侮辱性极强，他凭啥呀？侯小梅觉得柯耀强给了她一辈子都没受过的耻辱，冷傲的她怎么能受得了？气得她坐在沙发上哭了一下午，越想越伤心越委屈，她气疯了……等到下班时，就去找柯耀红。

冯志国到局里开会了，没在家。柯耀红看着侯小梅哭得伤心，就让冯超去找柯耀强。超超一走，侯小梅才将柯耀强怎向她提出分手，而且还要撮合她和赵聪儿的话，一个字不落地告诉了柯耀红。柯耀红一听，气得牙齿都打架了："这个混球，居然能做出这样混账的事，说出这样混蛋的话。小梅，你放心，姐给你出气，你等着，姐不把他的皮扒下来，做成鼓让你敲，姐就不是他姐了！"

尽管柯耀红一直劝侯小梅不要生气，可她委屈的眼泪像断了线的珠子，在她美丽的脸上滑落着。从她的态度中，柯耀红知道她对弟弟的感情很真。这就让柯耀红更加觉得弟弟是混球，恨铁不成钢的同时感到惋惜，她想尽好话语安慰着侯小梅："小梅，耀强没脑子，爱头脑发热，没心没肺，说话不注意，你不要放在心上。姐去收拾他，让他给你道歉。等他冷静下来，他会收回他的混账话……"柯耀红费了九牛二虎之力，才将侯小梅劝说高兴。

柯耀强见冯超来家里，就知道接下来会发生什么事情，赶紧躲起来。

等侯小梅一走，柯耀红就去找柯耀强算账。她气冲冲到娘家，却扑了个空，在心里恨死这个不争气的弟弟。

柯耀强像做错事的孩子，躲到文斌家。

文斌和岳鸣在院子里，给还没出生的孩子做一个小床。一想到孩子，文斌觉得很幸福，他用砂纸把小床的护栏打磨得很光滑，但他还是不放心，用木工打线的眼神瞄着，看有没有不光、毛刺的地方。

岳鸣双手托着肚子，笨重地走动着，她的肚子明显地下垂了，正在给文斌讲笑话："母鸡对牛说人类做事很不公平，他们都在计划生育，都让我们天天下蛋，不下蛋的话，就宰了我们，为了不让他们吃我们的肉，我们只好拼命地下蛋。牛说，比起你们，我们更气愤，人类给我们吃的是草，挤的却是我们的奶，人人都喝奶，却没一人将我们叫妈……"讲完笑话，两人都大笑起来。

柯耀强在院墙外听见岳鸣说的笑话，也不由的笑起来，但身后有"追兵"，他就赶紧闪进院里。

文斌脸上笑开了花，见柯耀强进来，赶紧放下手头的活，将他让进屋："柯哥，你可是我家的稀客呀！"

柯耀强在文斌的肩膀上拍了拍："这小子还跟我客气上了，看着你们小两口很甜蜜，我好羡慕呀！"

两人坐定之后，岳鸣就端着茶水进来了。

文斌赶紧接过茶水，递给柯耀强："柯哥喝水。"将一把高椅子搬到茶几的对面，扶着岳鸣小心翼翼地坐下："这是我老婆的专座。"

岳鸣甜蜜蜜地在文斌的胳膊上拍了一把："就你胡说，也不害怕柯哥笑话。"

柯耀强压低嗓子说："咋会笑话哩！我俩是生死之交的兄弟，我羡慕得很。"

岳鸣试探地问："听说你和侯小梅好了。"她还不知道柯耀强已将侯小梅伤害了。

柯耀强叹了一口气，自从和侯小梅好了之后，他始终解不开心中的疙瘩，不忍心让赵聪儿这个"半路上杀出的程咬金"痛苦，才和侯小梅分手，侯小梅又哭又闹，去找他二姐告状了，二姐知道了，还不要了他的狗命？现在他不知道怎么去收拾这种局面了，想听听岳鸣的意见。岳鸣正好提到了此话题，他就将这件事原原本本说给岳鸣和文斌听。

岳鸣确实是最好的聆听者，专注地听完柯耀强的倾诉，思考片刻，分析性地说："看来，你不太解侯小梅，虽然我俩没接触过，但女人最了解女人的心事。其实，矿上人看到的只是侯小梅的表象，没人能真正了解她，包括你在内，也许她也被自己潜意识的表象迷惑了，但她骨子里很纯情，她之所以很冷傲、很不近人情，都是为了保护自己，就像蜗牛的外壳特别坚硬，可它有最柔软的身心。人们叫她冷美人，女人太美了，不一定是好事，虚伪的女人都希望倾国倾城，让所有男人都跟在她的屁股后面转，但侯小梅不是，她不想去招惹男人，所以，她用冷傲架起一个外壳。”

岳鸣缓了一会儿，接着说：“我们生命里很多东西，只要一撒手，再也找不回来，你要懂得珍惜！当我和文斌走到一起，我很清楚想要什么，家人都不理解我的选择，骂我‘驴把脑子踢了’，跟了一个煤矿工，家人到现在还不肯原谅我，但我觉得很幸福。在大是大非面前，我们处在选择的十字路口，很茫然，这时，要先冷静下来，认真听听内心最真实的声音，就有答案了，有答案就不再徘徊了。人生也就这几大关口，但到了大的关口，一定要冷静下来问问内心。内心是最不会骗自己的。任何人都没能力为别人的幸福下定义，只有当事人知道自己到底幸福不幸福……你应该珍惜，她是个好女孩，别错过她。这件事，你处理得太草率了，你怎么能将她当成商品样送给你弟？如果她对你弟有一点点好感的话，就不会让他追这么长时间，始终都不接受他，说明对他没感觉。爱情是自私的，你应该向侯小梅深刻道歉……以后不管遇到什么事，拿不定主意时，就问问内心，谁都可以骗你，但你的心是不会骗你的，内心深处想要的，就是你的幸福。”

听岳鸣的一番话，真的是胜读十年书呀！让柯耀强心悦诚服。他没想到岳鸣能说出这么有思想和哲理的话，“了不起呀岳鸣，没想到你很有水平呀！”

“柯哥见笑了，我爱看书，许多道理也是从书中学的。书这东西平时没多少用处，但在最脆弱时，就成了内心强大的支撑点。读书和不读书的人，看待问题的心态不一样，心态不一样，生活就截然不同。我们左右不了别人，总能左右自己吧！这就是知识给予的力量。”

这次交谈，柯耀强在心里深深地刷新对岳鸣的认知，看来真正聪明的人，从来不让世人看出他的聪明，岳鸣就是这样的女人，她的一席话，解开了柯耀强心里的疙瘩，让他再也不犹豫了，人生短暂，他已经失去了许多美好时光，现在必须学会珍惜眼前的一切。

当晚，柯耀强就去给侯小梅道歉。被柯耀强气得不行的侯小梅躺在床上，柯耀强低头认罪，让侯母狠狠地骂了一顿。侯母看见柯耀强，气就不打一处来，骂着骂着，她看着一声不吭的柯耀强，又觉得他很可怜，不再骂了，端着茶缸子出去了。

侯小梅躺在床上，背对着柯耀强，真的不想理他了，他比王杰远还要混球。

柯耀强知道侯小梅不想理自己，就站在床边：“我知道你没有睡，我知道错了，我伤害了你，我也受伤了，请你原谅我的犯浑。”

侯小梅还是不理他。柯耀强苦口婆心地请求原谅，很虔诚地说：“我知道错了，你不要不理我，你打我一顿吧！但你不能不理我……我们和好吧！我离不开你，真的！”

侯小梅在心里已原谅了他，但不动声色地躺着。

柯耀强吃不准侯小梅的心思，还以为她不原谅自己，就急得“扑通”一声跪在地上。

这下轮到侯小梅紧张了，她听到“扑通”一声，转过头看见柯耀强跪在面前，一下子惊慌失措，赶紧坐起来：“你起来，男儿膝下有黄金。”

柯耀强直勾勾地看着侯小梅：“你不原谅我，我就不起来。”

侯小梅被柯耀强的眼神吓坏了，这个脑子进水的人，要起二杆子来，哪儿是他的对手？能真的认错就是好男人。侯小梅想到这儿，下床拽住柯耀强的胳膊，往起拉。柯耀强跪着不起，弱不禁风的侯小梅，哪能拉起他呀！急得眼泪汪汪道：“你起来，我原谅你，还不行吗？”

柯耀强起来，看着眼泪汪汪的侯小梅，一把将她拉到怀里，热烘烘的嘴巴就凑上来了。

苍穹煤矿短暂的夏季还在蔓延着，市场上、小河旁边的白杨树和榆钱树，像整装待发的士兵，守护着整个矿区。风热乎乎地吹在人的身上，像一双双温柔的小手，阳光更加地明媚了。市场上云集的人们更多了，附近的农民也用“三马子”（三轮摩托）拉着蔬菜水果，在矿上做起生意来。也有几辆省城的大货车，拉着生活用品，隔三岔五来摆摊。

每次，有省城的车来，市场上更热闹了。大货车拉来了日用品，大到电炒锅、电磁炉，小到针线樟脑丸，应有尽有、琳琅满目，价钱比城里高出三四毛钱，但矿上的人都觉得很划算。男人女人围在大货车摊位前，挑选着家里需要的东西。有时，也来卖副食的，饼干、方便面之类的，也会被人们抢购空了。这种购物的热浪，随着节气一浪高过一浪，直到冬天冷得不想出门，市场上才会萧条。

赵聪儿没心思看市场上的热闹，天热，顺着小河边回家还能凉快点，他终于明白了，这一辈子，都走不进侯小梅的心里，他现在绝望了，不再抱任何的幻想。没希望，没幻想，他觉得活着很空虚，什么事情都引不起兴趣，整日精神不振。好在，他不像别人一生气就吃不下去饭，而他越生气越能吃，心情不好，放下碗不一会儿，就感到饿，要是生气，饿感更厉害，他觉得自己是傻子，是二百五。

赵聪儿回到家里，见李娟丽用一条围巾缠在宝宝的腰里，在院子里教宝宝走路。宝宝嘴里不停地咿咿呀呀地说话，很少有人能听懂宝宝说的什么。李娟丽自豪地说："宝宝走啦！宝宝看爸爸回来了没有，爸爸没回来，小叔叔回来了。"

赵聪儿没理李娟丽和孩子，见老娘还没做好饭，就站在厨房门口，阴着脸冲着老娘发火："一天到晚在家里做饭，饭还没有做好？"

柯母捅着炉膛里的炉灰，炉灰渣子漏到灰匣子里，扬起像雾一样的浮灰，呛得她咳嗽了几声。对于小儿子的话，她不在意也不生气，更不吱声。

见老娘不理自己，一股无名之火在赵聪儿脑子里乱窜，他眼冒火星子："给你说话呢！你们一天到晚在家里干嘛！想把人饿死呀？"

柯母往炉子里放了一些劈柴，划着火柴认真地点火："你饿了，吃几口馍馍，我这不是和你爸劈了一早上的柴火。你们谁也不动弹，家里没柴火了，也没人出去捡一把回来。"

"行啦！行啦！啰嗦得很，家里又不是我一个人吃饭。"赵聪儿不耐烦地进了厨房，从橱柜里取出一袋子饼干，就吃起来。

这饼干是赵秦军给宝宝买的。几个儿子，没一个给家里交过生活费，一大家子人，就靠赵秦军一个月不到一千块钱的退休费，生活很紧巴。赵秦军心疼小孙子，每次省城的食品大货车来了，都要给孙子买些零食，他觉得大货车拉来的东西比较新鲜，买回来放在橱柜里，老两口从来都舍不得吃，也舍不得给儿子们和媳妇吃。

赵聪儿连袋子取出来，净拣好的吃。

李娟丽从窗子里看见赵聪儿香喷喷地吃副食，抱起宝宝去门口劈柴的地方，冲着低头拾劈柴的赵秦军说："爸！你管不管聪儿？"

赵秦军劈了一早上柴火，有些体力透支，气喘吁吁地将劈好的柴火往筐子里拾。在老两口的眼里，李娟丽好吃懒做。

李娟丽一看老头子不理自己，将声音提高了八度："爸，聪儿将宝宝的饼干快吃完了。"赵秦军放下手里的活，直起腰。哎哟！腰酸腿疼，岁月不饶人，干一点活就累得不行了，要儿子有啥用？连劈柴的活计，都没人干。赵秦军心里酸楚，放下手里的活，回家了。

赵聪儿正吃得津津有味，见老爸黑着脸进来了，将一块饼干叼在嘴里，忙绑住袋子口。

柯母看着赵秦军黑着脸进来，从窗子外看，不见李娟丽和宝宝，就知道是她告的状。

赵秦军从门背后捞起扫帚问："你有脸没？"

赵聪儿将饼干袋子放进橱柜里："我怎么啦？"

"你说你怎么啦？一个月也挣不少钱呐？你把钱弄到啥地方了？"

赵聪儿侧着身子，从赵秦军的面前溜了过去："不就是吃了两块破饼干吗？至于吗？都怪我娘不早些做饭。"

赵秦军追了出来："还怪你娘呐！你的手被猪咬了吗？你不会做呀？一个个都像少爷，难道我和你娘是老奴吗？啊！我们做牛做马将你们伺候还不好吗？啊！"

赵聪儿没理赵秦军，将客厅的门重重关上，进屋躺在床上。

赵秦军气得在院子里跺脚："看看，这些畜生。"

柯母搬来一把椅子："老头子，别生气了，坐下歇一会。"

赵秦军坐下，将不停颤抖的双手放在膝盖上。

柯母害怕把赵秦军气坏了，一只手在他胸口抚摸着，一只手按住他颤抖的双手。

赵秦军的双手颤抖已有两年了，平时颤抖不要紧，情绪不稳定，颤抖就厉害。这个毛病老两口没跟任何人说过。柯母心里很害怕，他们都是古稀之人了，随时都有躺下去、起不来的可能，她害怕赵秦军走到她的前头，那她的余生该怎么过呀？老两口不管谁先走，留下的那个一定很可怜。柯母每次想到这些，就觉得自己很自私，可她一刻钟也离不开赵秦军，她真害怕赵秦军撇下自己先走了。

暖洋洋的太阳普照着大地。赵秦军老两口却在院子里老泪纵横。年轻时精明能干，为了将儿女养育成人，在井下苦干了一辈子的赵秦军，省吃俭用，将所有的心血都给了孩子们。孩子们长大了，他却老了。人老了真可怜，从来没流过泪的他，被儿子气得泪流满面，老两口在院子里恓惶着。

唯恐天下不乱的李娟丽抱着宝宝，在东隔壁刘小爱家的院子里，捂着宝宝的嘴，不让孩子发出声音。她听着老两口的恓惶声，偷着笑。

刘小爱做完胆结石手术，十几天没做酿皮子，在家里休息，天气越来越热，她身体也完全康复了，将凉皮店打扫一遍，准备明天开门。卖酿皮子的收入，比下井矿工的工资还要高，夏天是旺季。刘小爱看着热烘烘的太阳，在心里祈祷，天气赶快热起来。祈祷完了，等她从屋里出来，见李娟丽站在她家院子里，不出声地偷着笑。隔壁院里传出赵秦军老两口的唏嘘声，她就知道是怎么回事了，在李娟丽的屁股上拧了一把，两个人悄悄地进了她家厨房。

刘小爱低声训斥着李娟丽：“嫂子，不是我说你，你真是身在福中不知福，你公婆够好的，还惹老两口生气。”

李娟丽委屈地说：“妹子，哪是我呀？是他们的心肝宝贝赵聪儿。”

刘小爱不理李娟丽了。

李娟丽坐了一会儿，看着刘小爱只顾忙，不爱搭理自己，觉得不好意思，就抱着宝宝去别的地方串门子了。

刘小爱这才站在院子里听着，赵秦军老两口还在很伤心地唏嘘着，她不忍心，就过去劝老两口。在刘小爱的劝说下，老两口又像奴仆一样做起饭来。

和解

岳鸣并不矫情，肚子隐隐约约地疼了两天，她没告诉任何人，而是悄悄地准备着临产时要用的东西。为了不让文斌上班分心，她在文斌的面前掩饰着疼痛，到了第三天，实在疼得受不住了，才告诉文斌，可能要生了。

吓得文斌赶紧到队上请了假，两个人才坐着班车去了矿务局的总院。

在医院的第一天晚上，岳鸣整整一夜没合眼，肚子从十几分钟疼一下，到五六分钟疼一下，疼得她全身皮肉像开了花，就连指甲缝都在疼，她强忍着。看着熟睡的丈夫，为了让他睡个囫囵觉，她不出声地忍住难以承受的疼痛，捂着肚子，在病房里走了一夜。丈夫在井下的工作环境，岳鸣并不清楚，但丈夫超体力的劳作，她记在心里。

等文斌彻底睡醒了，已是早上七点钟，见岳鸣疼得满头大汗，天真地说了一句让岳鸣一辈子想起来都觉得好笑的话："你怎么不叫唤呀！看电视剧里的女人生孩子，哭爹喊娘的，你不出声，我还以为你不疼呢。"

岳鸣听了文斌的话，哭笑不得，这就是矿区的男人，头脑简单、四肢发达。

中午，经过千辛万苦，岳鸣生下一个六斤重的女孩子。看着孩子，岳鸣流下了幸福的泪。

文斌看着毛茸茸像"小猫"一样的女儿，乖巧地睡着，柔软、均匀地呼吸着矿山的空气。矿山的孩子从呱呱落地，就呼吸着带有煤尘味的空气。这种只有矿区才有的特殊空气，会不会给孩子干净的肺部，留下尘埃呢？这是文斌最近一直考虑的问题，他不该将岳鸣从大城市带到这儿，他的爱，永远弥补不了恶劣的环境对岳鸣和孩子的伤害。岳鸣不选择他，也不会在人生地不熟的矿区受这份罪，孩子也跟着受罪。他无法改变自然条件，老婆、孩子跟着他，一生都要受罪。每每文斌一想到这儿，就觉得对不起岳鸣和孩子，心里很不好受。

在自责中的文斌，看着毛茸茸的孩子，心里很不是滋味。这个可爱的小生命，是他的孩子，给他从未有过的特别感觉——做父亲的感觉。他觉得可以不爱世界上任何一个人，可他不能不爱眼前躺在襁褓中的孩子，这个孩子血管里流着他的血液，是他生命的延续，是他以后全部的牵挂。

文斌看着孩子不由心慌起来，他伸出双手想要抱起她，但他的手在空中发抖。他想抱孩子，又怕自己的粗鲁惊吓了孩子。他收回悬在空中发抖的双手，不知所措地坐在床沿边上，发呆地看着襁褓中的孩子，觉得自己很可笑也很可怜，天不怕地不怕，现在却害怕眼前毛绒绒的孩子，转念一想，这可能是初为人父的感觉吧！

自从有了孩子，文斌突然有些憎恨这矿区，憎恨自己是煤黑子，不能给孩子提供良好的生存环境。他从来没有像现在这样后悔过，后悔他应该留在大城市里，这样，孩子能受到良好的教育，可现在他的孩子要和矿上的孩子一样，在这穷山僻壤、文化落后的矿区里生活，让孩子们失去了灵性，呆头呆脑的，只能看着一望无际的黄土山，被风沙吹得皮肤黑黝黝，吃着粗茶淡饭，谈何见多识广呢？

夜已深了，文斌还一动不动地坐着，目不转睛地看着孩子。他用冰冷的手指，轻轻地划了一下孩子粉红的脸，结果吓坏了父女俩。孩子被惊吓得本能地摇着头，同时，也吓坏了文斌，本能地迅速收回手。

片刻之后，孩子接着熟睡。被惊吓的文斌，双手捂住惊恐不安的心脏。

从惊吓中很快平静下来，文斌被自己和孩子的本能逗笑了，他今天有些神经质，害怕惊吓到孩子，又想去摸孩子。孩子在惊吓中本能的动作，给他安慰。他又用冰冷的手指，慢慢地摸着孩子的脸，任凭孩子惊慌地摇摆着头。他感到她的体温、她如丝的皮肤，还有她急促的呼吸，这一切都是他从未感受过的。

孩子被这冰冷的手指头惊吓得摇了摇她的脑袋，文斌被逗得咯咯笑起来。

岳鸣睁开疲惫的双眼看着文斌："这大半夜的你笑啥？不睡觉，干嘛呀！"

文斌亏欠地看着岳鸣："鸣，我让你和孩子受苦了。"

岳鸣发现文斌的情绪很低落，孩子出生给他的压力，她心里清楚："傻瓜，别想那么多了，我很喜欢这儿，真的。"

文斌摸了摸岳鸣的头："你不要安慰我，我们大人倒无所谓，可孩子一出生，就输给了大城市的孩子。"

岳鸣把脸贴在文斌粗糙的手上："人适应生存环境的能力很强，矿上的孩子，哪个不是健康成长、聪明伶俐的，只要孩子健康、快乐就行，矿上又不是咱们一家有孩子，人家都能过，咱们为啥不能过？"岳鸣的安慰话，让文斌心里舒服多了。

文斌和岳鸣抱着孩子从医院回来的第二天，文斌就上班去了，他现在不能偷懒，一偷懒，一家子人就要饿肚子。有孩子之后，他才感到肩上的担子重了不少，他就必须好好工作，努力挣钱，才能让老婆孩子过上衣食无忧的生活。他每天升井之后，和柯耀强打个招呼，就急匆匆洗澡，回到家里，趴在床上，看着襁褓里的孩子，满脸的幸福。他的这种幸福，只有为人父的男人才能理解。

可作为一个矿区孩子的父亲，文斌心里很酸楚。

强子在柯耀强的努力下，很顺利当了一名苍穹矿上的合同工人，他的伙伴们都留下了。一个月的理论培训之后还有两个月就是一边理论学习，一边下井实践。强子第一次下井时，激动的心情夹杂着恐惧和好奇，他们虽已培训一个月，很好地掌握了书面知识，但毕竟没有实践啊！当强子穿着刚发的新工作服，戴着安全帽、防尘口罩，脖子上围着洁白的毛巾，穿着绝缘靴，带着矿灯和自救器，这身矿工的行头，让他感觉很威武。他怀着复杂的心情，脸上凝聚着幸福，他很珍惜这份工作，等他正式下井，工资就比现在高一倍多。一想到能多拿工资，他就激动，有了钱，爸爸的生命才能延续，想到爸爸、想到家里人，他更加心情澎湃。

来到井口接受安检时，一堵墙的“电视”，不停地播放下井工人必须注意的各种安全和预防知识，加强工人的安全意识。强子没见过这么大的“电视”，后来才知道这不叫电视，而叫 LED 屏。

强子、李刚、李将跟着领队的老师坐上人车，让他们感到好奇的是人车由钢丝绳拽着的，钢丝绳由绞车房控制着，上车和下车都有信号工打信号，让绞车工放车和提车。当人坐满，挂好防护链，信号工一打信号，就开始放车。人车一入井，每个人的眼前突然变黑了，他们难免紧张和恐惧，都不敢大喘气，赶紧打开矿灯。人车缓缓往下行驶着，调皮的李刚跟大家开了一个玩笑：“好黑啊！领导，钢丝绳不会断了吧？”他想把紧张和沉寂的气氛打破，没想到他这么一说，让气氛更加紧张了。

领队的老师很认真地说：“不会的，矿井的设备，都是经过质检部门多次认证和实验，达标之后，才能投入使用，没你们想的这样简单！你们第一次下井的心情，我能理解，等你们慢慢熟悉井下的环境，就不会紧张和胡思乱想了。”

紧张的气氛被化解了，很快他们来到要熟悉的地方——1485 水平的井下候车室。井下的深度，是用数字和水平来确定的。绞车在 1485 水平面停止，井下候车

室灯火通明，走出候车室就是大巷，大巷里也有照明灯。

领队老师指着铁道说：“大家看看这铁道，它的功能就是往里运材料和大型的机器，铁道是跟着巷道的开采和延伸来铺的，这是煤矿必不可少的，就跟人的腿一样重要，所以，大家都要像爱护自己的腿一样爱护它，如果没有它，井下就没办法工作和开采了。”说着，就领着大家往里走。

大巷的头顶设有风机，风机不停地呼啸着，没听惯的人听到这声音都有点害怕。李刚因为害怕，有点顾头不顾脚地忙乱，他不习惯戴安全帽，帽子不停从头上滑下，照不清路面，弄得他满头大汗，越紧张越慌乱，一副狼狈样，他慌乱中的滑稽动作，逗得大家忍不住笑起来，才缓解了大家的紧张情绪。

这时，领队老师很严肃地说：“大家不要笑，每个人对井下都会有熟悉的过程，慢慢来！另外，大家一定要记住，在井下不能乱跑，不能去老塘，更不能由着性子干活，一切都要听从指挥，要遵守规章制度，一定都要按规章制度来工作，懂不？以后你们跟了师傅，要多听他们的话，他们给你们业务知识的指点，都是他们多年的经验，这是作为新工人最大的一笔财富，你们可别不懂珍惜呀！”

大家听了领队老师的话，都吐了吐舌头，紧跟在后面，认真地听老师讲课，现在多听点，以后才不会吃亏。

第一次下井，强子就下定决心要留下来。

将强子的工作安排好，柯耀强才放心了。强子对柯耀强的千恩万谢，让柯耀强洋洋得意，但万万没想到，一件对他来说是天大痛苦的消息，已在苍穹矿上悄悄地蔓延开了，人们看他的眼神非常怪异。

柯耀强并没发现这些怪异的眼神，整天孜孜不倦地上班，休息时和侯小梅谈情说爱。有时，柯耀强也会偷偷地想倩倩和纪红云，但他对倩倩的思念没以前那样浓烈了，只是常常拿倩倩和侯小梅相比。在他的心里，倩倩和侯小梅是两种完全不同的酒，虽然她们的口感和味道不同，可她们同样能让他有一种醉生梦死的感觉。至于纪红云，他觉得有点亏欠，还有高原和高姗，都成了他的一份牵挂，他也说不清楚这是一份什么样的感情牵绊，更让他说不清楚和无法预感的悲痛，已成为矿上人茶余饭后的热点，但谁也不会告诉他这个令他悲痛的消息。

田家的晦气，终于被田欣欣的大学录取通知书给驱散了，田埂和刘雅珍不用说，都高兴过了头。刘雅珍将通知书捧着看了一遍又一遍，姑娘考上了本科，这段时间悬挂的心才落到心窝里。

女孩子不像男孩子让人放心，欣欣还没有走，刘雅珍就不放心了。虽然不放心，但看着姑娘有出息，她就高兴，等以后姑娘工作了，就给田家光宗耀祖了，就是姑娘选的学校和专业不好，以后还得回到矿上。姑娘不听人劝说，倔强地要上这个学校，唉！就算她对矿上热爱吧！现在反悔也没办法了。

刘雅珍领着田欣欣在省城好好地逛了一天，几乎将她知道的大商场都转了一遍，给欣欣从头到脚、从里到外，买了两身秋季的衣服、两身冬季的衣服，孩子要到大学里一待就是四个月，两套衣服，够换洗就行了。娘俩这一次没发生分歧，也能同时选中一件衣服。娘俩购物非常愉快，将家里的悲痛忘得一干二净，在省城美美吃了一顿麻辣烫，直到天色不早了，才回到矿上。

田老婆子高兴地给孙女缝被褥，暂时忘了悲伤，人也活泛了许多，还能扶着墙走一会儿。田家有了欢颜笑语，田欣欣却谋划着在上学之前，将姑姑的死告诉柯耀强。一直都忙于高考的她，并不知道柯耀强和侯小梅的事情，高考前她无暇顾及别的事，当她考完之后，才知道他和侯小梅好了，她特别气愤，可姑姑的死，让家里所有的人再也经不起任何的刺激，她知道再不能让家人生气，所以压制了冲动，经历了高考磨砺之后，她的思想成熟了许多，现在的想法和以前不一样了。她很淡定地审视对柯耀强的感情，才突然意识到，他们很不合适，以前的想法很幼稚、很可笑。她被自己的举动吓了一跳，原来自己也能像大人一样沉着冷静，原以为自己接受不了柯耀强的变心，但知道他们好了，自己并没排山倒海的伤心。这就让她开始怀疑，自己对他的感情是不是爱情?

田欣欣觉得这才是真正意义上的长大——遇事，不再冲动。她懂得高考是人生最大的转折点，经历了高考，对自己的突然变化，她没有觉得不正常，反而能冷静地对待她和柯耀强的关系，她没想象中的痛苦，她只想将姑姑的去世告诉柯耀强。

冯超很争气，也考上了大学，和田欣欣是同系。亲戚朋友和矿上的人都很羡慕，乐得柯耀红两口子在没外人时，脸都笑得开了花。

柯耀红在喜悦之余，又担心起来，在她眼里，田欣欣和她姑姑都是狐狸精。一想到田欣欣，她恐慌不安了，超超和田欣欣上同一所大学，在陌生的环境下，他们一定走得很近，在感情上，他们是彼此的依靠，尤其是情窦初开的少男少女，他们会不会相爱了？柯耀红可不想让儿子爱上这个小狐狸精。思前想后的柯耀红，终于找到了和儿子谈这事的机会，她一边收拾行李，一边给冯超交代着："超超，妈妈会想你的。"

冯超还处在考上大学的亢奋之中，兴高采烈地说：“我走了，你和我爸正好过幸福的二人世界。”

柯耀红看了一眼帅气的儿子：“我和你爸老夫老妻的，倒是你不让我省心。唉！我的傻儿子呀！到了学校，少和田欣欣来往。”

冯超一下子明白了：“妈妈，你太没水准了，害怕我爱上田欣欣？其实她挺好的。”

还没等冯超说完，柯耀红阴沉着脸说：“妈妈希望你找一个城市里的女孩子，你看城市里的女孩子，白白净净的，哪像咱们矿区的女孩，长得再好看，都是黑黝黝的。”

冯超不想在临走之前惹妈妈生气，就迎合着：“妈妈，你就把心放在肚子里，你这么帅气的儿子，一定给你领回来一个白白净净的城里媳妇。”

柯耀红不信任地看着冯超：“真的吗？”

冯超打包票地说：“妈妈，你放心吧！我大学毕业时，就给你领个白白净净的城里姑娘，我保证。”

看着儿子的认真劲，柯耀红才微微放心。

柯耀强自从和侯小梅好了之后，会莫名其妙想起在纪红云家吃饺子的情景，想起高姗的喋喋不休和高原的沉默寡言，同一父母的两个孩子，流着同样的血液，性格却完全不同，不同的经历在人的心里留下的痕迹不同。没及时心理疏导，孩子的性格就处于亚健康状态，再不好好帮助高原调整心理，高原就是第二个柯耀强，那么高原的一生也就会和柯耀强一样悲惨。每次想到这儿，就像有人在柯耀强的心里划过一刀，留下一道无法抹平的痕迹，他的心就绞痛，迫不及待地想挽救高原的性格。

按理说，柯耀强哪有时间去想纪红云母子呀！他向侯小梅道歉之后，他们很顺利、很自然地接吻……只不过没年少时的清纯。有时，柯耀强觉得很乏味，他想要单纯、浪漫、只是牵手的爱情，偶然情不自禁地狂吻一下，动作幅度不要太大，只在彼此的脸上。清清纯纯的多好，可依他的年龄，还想一本正经，装成一个纯情少年，是不可能的。

在柯耀强和侯小梅干柴烈火的爱情里，他放心不下的还是纪红云母子。

美妙

知道柯耀强和侯小梅好了，纪红云心里不是滋味，一种淡淡的失落，在她的精神世界里蔓延着，她漫不经心地走在铁道上，夕阳将她纤细的身影拉得更长了，她的影子瘦得只有一根棍子粗，更显得她瘦弱了。

两个孩子放暑假就回老家了。孩子们一走，家里空落落的，她心里更是空落落的，寂寞一下笼罩了她。说实话，她特别害怕一个人待在家里，没孩子们的声音，家里就有一股死亡的气息，压抑着她，迫使她不得不出来走走，她也难得有清闲的时光。

这两天井下停产，矸石山上没煤可捡，她就这样被迫闲了下来。她一闲下来，心里的苦就莫名其妙地冒出来，折磨她。孩子们在家里时，高姗总是叽叽喳喳，也能分散她的苦闷。孩子们被他们的爷爷带走了，她心里不情愿让孩子们跟着爷爷走，但她没办法不让孩子们去。她知道高二的父母期盼着孙子们，老人们更可怜，老年丧子就等于要了他们的命，要是不让孩子们趁着放假回去陪陪爷爷奶奶，老人家会伤心的。让孩子们回去陪陪老人，是唯一能减轻老人痛苦的办法。

孩子们一时半会回不来，纪红云只盼望着矿上赶紧生产，她就可以到矸石山上捡煤了，捡煤会将她累得半死不活，累了倒头便睡，也就不会空虚了，悠闲让她这两天夜夜失眠。失眠的滋味，真不好受。失眠对年轻的寡妇来说，更不是滋味，寂寞、烦躁、干渴等等一系列的生理和心理需求，像魔鬼一样折磨着她。在漫漫长夜里，她将自己的双手轻轻地划过全身，想像高二活着那样细致抚摸着，自从高二走后，这是她自我安慰的唯一办法……

纪红云想着昨晚的经历。她看着天际间那一团很深的黑云，遮挡了夕阳最后一丝光辉，天突然黑了。她一下子恐惧起来，她很害怕黑夜的到来。小黑走在她的前面，嗅着铁道边的杂草丛，不时地回过头来看着女主人。她从小黑的眼神里，看到了怜悯，狗通人性，自己真的很可怜，就连小黑都看出来了。她不仅从

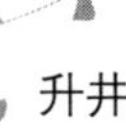

小黑的眼里看到自己的可怜，也能从她的影子里，看到自己真的很可怜。自己在黑夜里是多么孤单！要是高二活着，那自己就是这个世界上最幸福的女人了。

可高二走了，生命里唯一的男人走了，他走得那样匆忙，连一句话都没给自己留下，他去了一个让活人无法想象的地方，那里一定是天堂，如果不是天堂，高二怎么会舍得离开自己呢？想到高二，纪红云紧紧地抱住自己，站在夜幕低垂的黑暗里。

天上没月亮也没星星，一片漆黑。周围的喧闹悄然停止，一股凉飕飕的晚风吹过来，纪红云不由自主打着寒战，她多么希望在这个时候，能有一个男人出现在她的面前，给她一点热量，她现在真的太需要来自异性体内的热量了，只有异性的热量，才能点燃她内心那一盏熄灭已久的灯。

在高二走后这七年里，纪红云从未有过像此刻这样渴望男人，渴望男人的温暖。

没大城市灯红酒绿的喧闹，矿区的夜晚，早早沉睡了，周围一片死寂，除了纪红云的喘息声，就是小黑的呼吸声。纪红云就这样僵持在黑夜的铁道上，很久很久。

夜已深了，小黑害怕这份死寂，咬了咬纪红云的裤腿。她这才回过神来，夜晚是如此的漆黑，咋能站在这伸手不见五指的黑夜里胡思乱想呢？要是被人发现了，矿上不知道又要刮起什么样的怪风。矿上的人，爱关心别人的事情。人们会神经兮兮地说她耐不住寂寞，深更半夜里在外面偷男人，那么她跳进黄河也洗不清了。矿上的人，爱说那些没依据的无聊话，而且说着说着就无中生有，弄成了真的，无事生非的事，在矿上不止一次发生着。“我压根就无法阻挡，这样对孩子和我都是不公平的，孩子们会怎样看我呢？”纪红云想到这儿，赶紧往回走，她脚步很轻很轻，不弄出一点声音来。

回到家里，她没开灯，摸着黑洗了一把脸，将小黑拴在床沿上。有小黑在，她还能安心点，就像高二在一样，让她有安全感，现在对她来说，孩子和狗是她的全部。

小黑卧在地上，看着纪红云爬上床，才安静地睡着了。

没月光的夜晚更加漆黑，纪红云难以入睡，月光能给她明亮和宁静，但现在她只能在黑暗中辗转难眠。她在床山翻来覆去，很长时间，一丝睡意也没有。不知道过了多久，她想了许多事情，都是些“胡思乱想”，想多了，她居然迷迷糊糊地睡着了，可她的心，却是半醒半睡，她看见了高二。

高二穿着白色衬衣、藏蓝色的西装，戴着水红色的领带，特别精神，站在井口。好像是早上，也好像是刚刚下过雨，雾气很浓，朦朦胧胧中，她看不见高二的脸，只听见高二对她说：“云，我想你，你知道不，我想你想得好辛苦。”

“我也想你，好久你都不理我，高二，你去哪儿了？我和孩子们找你找得很辛苦呀！”她想要抓住高二，可怎么也抓不住。

高二内疚地看着她：“云，我知道你想我，可我没办法，我要下井挣钱……我不是回来了，我很饿，有吃的吗？”

“有，有，我给你端来，哦！在家里呢！我们回家吧！”她心里一阵狂喜，终于将高二盼回家了，但她的心里明白，说不准又是他骗人呢！她记得有无数次，他都说要和她一起回家，可无数次，她等到的都是失落，说不准他又骗人了怎么办？“我可不能让他再走了，我必须抓住他的手，我的心里才会踏实，我何不将他的手牵住，这样他就走不了了。”她想到这儿，手伸到他面前，“我们回家，你把手给我。”

高二笑了一下：“你先回家吧！我还要下井呢！”

她听他这么说，心想：你又骗我，这一次，我怎么也不相信你的鬼话了，你已把我骗害怕了，我不让你下井。她在心里提醒着，不要相信他的话，苦苦地求着：“高二，我求求你了，我们不下井了，回家，我给你做好吃的。”她刚要去抓住高二，可高二已转身下井了。

她又气又恨地跑过去，准备拽住他的衣服，可他头也不回地往井口飘去，像一片云彩。她好想大哭大骂，却一句话也说不出来，急得满头大汗，跟在他的后面也下井了，她这才知道井下有多么的黑，伸手不见五指的黑暗。他早不见踪影。她只好哭泣：“回来呀，你回来呀！你好狠心呀，你丢下我和孩子们不管，你还是不是男人……高二……高二……”

这是在做梦呢！高二已经死了，我这是在做梦吧！纪红云在睡梦里，潜意识地提醒自己，但她不愿意从这梦里醒来，她多么希望这梦是真的，更希望高二能从这黑暗中走出来，抱抱她。纪红云想：我拼命地喊叫他，就能让他回到我的身边。可她觉得失去了语言，没了声音，她努力地喊着，还是没声音，她一着急，就醒了。

纪红云这才发现，自己像从水里打捞出来似的，全身湿透了。她嗓子眼像着了火一样，火辣辣地疼，体内有一股燥热，全身肌肤被烧得滚烫，她意识到发烧了，本想爬起来喝口水，挣扎了五六次，也没有从床上爬起来，一丝凄凉涌上心头。

“我这是怎么了，病入膏肓了吗？我怎么这样的虚弱，经不起一丝的风寒吗？我会不会就这样死了，如果我死了，我的孩子们怎么办？他们还小，都离不开我。要是这样死了，我也没脸去见高二，高二之所以能撒手而去，那是他知道我能将孩子们带好，那是他对我的信任，可我这样去见他，他一定很生气。孩子们还小，我怎能忍心看着他们无依无靠地活着？我必须把他们抚养成人，这是我的责任。”

“我不能死！我是一个母亲。高二，你在天之灵一定要保佑我们母子，我用你的抚恤金给高原做了心脏手术，医生说他已是健康的孩子了，你就放心吧！你是不是怪我，怪我傍晚不应该站在铁道上胡思乱想，怪我想男人了？可我是一个正常的女人，也需要爱，需要有人疼呀！如果你不高兴，那我以后不想了，以后再也不胡思乱想了，将我难受死，也不想了，好吗？”纪红云迷迷糊糊地在心里对高二说着，昏昏沉沉中她又进入了梦乡。

她见高二站在床前，含情脉脉地看着她，他的表情很痛苦，更是对她的怜悯。她又看见了他，心里一阵狂喜，爬起来扑到他的怀里，真真切切地感受到他的体温、他身上特有的味道，还有他的气息，这一切，都让她切切实实地感觉到了，她紧紧地抱住他：“你去了哪儿？不说了，你回来了，就好，就好。”她想训斥几句，可一想，害怕把他说生气了，他一生气又跑得不见踪影，自己又到哪儿去找他？现在只要他回来，他在外面的事情，就不要管了。纪红云收起怨气道：“高二你回来，我真的高兴。”

高二在她的脸上狂吻着，喃喃地说：“我知道，我知道，你想我，我也想你，想你，我们……”说着，就将她压倒在床上，火急火燎解开她的衣服。他一贯火急火燎，恨不得将她淹没了，他的胡子像针扎遍了她全身，太狂热。她虽然感觉到全身被扎得火辣辣地痛，但她心里很甜蜜，和他幸福地缠绵着……

纪红云很投入很珍惜地呻吟着、享受着。

这是一种久违的幸福，他们都很投入。可惜就在纪红云觉得快要达到顶峰时，高二又不见了，将她再次抛弃在黑暗的洞穴里……这样的梦境，在这一夜里不断地出现在她潜意识里，她身子烧到后半夜，才渐渐恢复到正常，思维才渐渐清醒。整夜，她都在发热，直到天麻麻亮时，才睡踏实了，可全身的细胞都让她疼痛难受，连骨头都酸痛，一点劲都没有。

侯小梅生日那天，和柯耀强“生米煮成熟饭”了。

柯母一早就准备好礼物，这是侯小梅和柯耀强确定关系的第一个生日，两家人都很重视。侯母也故意用侯小梅的生日给他们制造机会。

他俩都上早班，侯小梅下班比柯耀强早一个小时。等柯耀强升井，洗澡吃饭花了一个多小时，他故意磨叽着，想给侯小梅留点打扮的时间。柯母不知道内情，一遍遍催促他早点去。他实在被催烦了，拎着生日蛋糕、两瓶酒和一箱子奶，还有一爪香蕉，就去侯家了。

侯小梅在客厅里看电视，见柯耀强进门，赶紧接过他手里的东西，娇滴滴地说：“来就来了，还拿这么多东西。”

见屋里只有侯小梅一人，柯耀强突然窃喜起来。

侯小梅将东西提到里屋，然后出来，看见柯耀强还站着，莞尔一笑：“傻样，坐呀！”

柯耀强环视了一下屋里：“大妈，她不在吗？”

“坐呀！我妈可能去打麻将了。”

“哦！”柯耀强深深地吐了一口气，机械地坐到沙发上。

“喝水。”侯小梅将一杯茶递到他的手里，然后从电视柜取出瓜子，坐在他旁边：“你吃过饭了吗？”

“吃过了，上早班就是这样。”柯耀强用手擦着不争气的汗。

侯小梅递给他一条毛巾：“有这么热吗？人常说‘心静自然凉’，我又不是母老虎，你紧张啥呀？”她这么一说，他更不能镇静了，心里突然窜出干柴烈火的欲望，孤男寡女独处一室，能不让人膨胀吗？更何况她这句话，是高端的挑逗。女人勾引男人，不需要太多的妩媚、风情万种，往往是一句很平凡的话，就能让男人欲火中烧。也许说者无意，听者却有心。

柯耀强的心怦怦乱跳，血液直往一根神经上充盈，一瞬间，他心里爬满了虫子似的，痒痒难受，那根筋却舞动着，多少让他有些难堪，他不知道咋样来淡化这难堪，心慌意乱地看了侯小梅一眼。

侯小梅倒好，故作镇定地看着电视。柯耀强能感觉到，其实侯小梅也春心荡漾着。

他们虽然说是未婚男女，但都是过来人，男欢女爱风花雪月都经历过了，也知道这其中的美妙，只是心照不宣罢了，彼此都是半斤八两的，还要装什么呀？撕开面子，里子都是一路货色。柯耀强用手扇着风，在心里轻蔑着自己和侯小梅，不由自主地调侃说：“我看见你，就无法平静。”

侯小梅转过脸看着柯耀强：“哈哈！没想到你很有情调呀！”这句话说完之后，她的目光依旧回到电视上，但余光始终没离开柯耀强。

侯小梅居然只是点火不加柴。柯耀强身心都特别难受，多么希望此时电视里上演一个接吻的镜头，可始终没过火的镜头。

侯小梅再没添柴加火，只是她身上淡淡的香味，在柯耀强鼻子周围缭绕着。

柯耀强忍受着欲火中烧。

他们心不在焉地看着电视。柯耀强虽然很难受，但他不会主动去碰她，最起码不想在她家里和她那个，这一点道德，他还是有的，只是这样待下去，对他来说是无尽的煎熬。

快五点钟了，侯母还没回来。柯耀强起身道：“我先走了，还想去文斌家一趟。”

侯小梅看着柯耀强：“我妈还没回来，你就走呀？我们一家人，都等着和你过这个生日呢！你到房里看看，我妈都准备好了，你好意思走？”说着就拽着他去厨房。

柯耀强咋好意思去看呀！心想：要是去看了，她会咋想我？我不是成了谋嘴的人了？“不是，我还要去文斌家……”

“文斌比我还重要吗？”侯小梅直勾勾地看着柯耀强。

柯耀强的魂都要被她勾走了，全身软绵绵的。以前他们大多都是在晚上拥抱接吻，黑咕隆咚的，也没发现她柔情似水的样子很美，眸子像清泉，难怪矿上的男人都说，只要看她的眼睛，就丢了魂，她是迷死人的小妖精。

柯耀强开始不信，这会儿，他真信了那些无聊男人的话。侯小梅就是小妖精，离自己只有咫尺、牵着自己手的小妖精。柯耀强这时哪有力气走呀！他将一切都抛到脑后了。他看着她的双眼，脑子猛地空白了，将倩倩的影子抛到九霄云外。

柯耀强情不自禁地将侯小梅拥入怀，喘着粗气。

侯小梅枕着柯耀强的胳膊，幸福地闭眼了。

柯耀强看着侯小梅很陶醉，原来她的睫毛很长也很浓，樱桃小嘴，一定是涂过口红的，油光亮丽，微微翘起的下巴，白皙而圆滑，淡淡的香味从颈部飘了出来，曲卷的长发垂在腰间，很飘逸，她是美丽的芭比娃娃。柯耀强欣赏着侯小梅。

侯小梅双手在柯耀强背上抚摸着，陶醉在欲仙欲妖的境界。

柯耀强双唇划过了侯小梅的唇，在她的耳际舔着，她被刺激地喃喃说：“耀强，抱紧我，抱紧我呀！耀强。”

侯小梅的话，大大鼓舞了柯耀强，将她紧紧地抱在怀里：“小梅，我抱着你，我会紧紧地抱着你。”

女人陶醉了，就爱喃喃地说个不停。

柯耀强的手从她的衣领口向下延伸，他下意识地看了一眼她，她完全陶醉了。她的手也延伸到他的衣服了，肌肤的接触，大大增加了彼此的冲动。

他们缠绵进了侯小梅的房子。

侯小梅麻利地将一对绣着鸳鸯的枕头并在一起，铺好一床新被子，脱掉外衣，她戴着一个红得耀眼、很性感的胸罩，像一条白皙的鱼，滑溜地钻进被窝，眼里放射出一股妩媚的电光，放荡地在被窝里看着他，她胸前的两座山，不，应该是一对双栖双宿的白鸽子，此时，激昂地想要起飞。

他解开她的胸罩，那粉色的鸽子头，高傲地看着他，女人呀女人！让男人醉生梦死的女人，白花花地躺在他的眼前，含情而又饥渴地看着他。

柯耀强哪能受了这样的刺激，热血沸腾了。

侯小梅的目光，能将他所有的欲望烧焦。

柯耀强嗅到自己皮肉烧成灰烬的味道，他胸膛里的一股无名之火窜出咽喉，让他特别干渴，他迅速、慌乱地脱掉衣服，急促地将那对想要飞走的鸽子，扑捉在怀里压到身下。

等平静下来，柯耀强后悔了，不该草率，更不该在她家里将她睡了，这违背了他做人的底线。看来，只有欲望是真的，其他都是假的。

侯小梅幸福地摸着柯耀强，她感到幸福和前所未有的满足。

柯耀强胆怯地说：“我们赶快穿衣服吧！”

侯小梅没理会柯耀强的胆怯，依旧沉睡在刚刚激情燃烧的幸福里，将柯耀强搂得更紧了：“耀强，你真棒！”

这句话让柯耀强又醉生梦死起来，不过他很快就理智起来：“以后有的是机会，我们还是不要让人看见了。”

于是，他们赶紧穿衣服，将屋里收拾好。不一会儿，侯母就回来了，见柯耀强在家里，再看看女儿娇羞和一脸的幸福，以过来人的经验，心里已经明白了，他们刚才发生过什么。心照不宣的侯母，就赶紧招待柯耀强。

饭桌上，侯母让柯耀强陪她喝酒。

柯耀强只是意思地喝了一点，他不能喝醉，在侯家人面前不能丢人，他现在必须学会控制自己，他再也不想用酒精麻痹自己了，他已经将一个他很爱的女人伤了，再也不想伤第二个女人，再说侯小梅已伤痕累累的，他再也不能做让她伤心的事情。

俗话说得好，好女人是来让人疼的。蒲松龄还说过：好女人都是狐狸精，不爱富贵爱书生。现在侯小梅就是柯耀强心里最好的狐狸精，所以他要好好地爱她。

这顿饭，只有他们三人，显得很安静。柯耀强听侯小梅说，她妈每顿饭都要喝酒，像男人一样地喝酒。早有准备的他，小心翼翼地应付着侯母。他心想：可不能被丈母娘灌醉了，那就把人丢大了。

饭后，侯小梅在厨房里收拾碗筷。

侯母和柯耀强在客厅里谈话，侯母问："小柯，你觉得我家梅梅咋样？她可是我的掌上明珠。"

"好。"还没等她说完，柯耀强不假思索，就一个好字出口了。

侯母得意地一笑："好，那就好，梅梅这孩子也没什么大毛病，就是被我惯得很任性，但心地善良。再说了，谁身上没点小毛病哩？梅梅身上没坏毛病。你俩也老大不小了，别让我们大人操心，我和你爸妈都是白发苍苍的人，为子女心都操碎了，现在老了，也操心不动了，一切都看你们的了……"酒精在侯母的体内发生作用了，老太太微微发红的脸上，透出一丝忧伤。

"大妈，我们会好的，会活得更好的。"柯耀强向侯母保证着。

侯母摆了摆手："父母都希望孩子活得好，幸福快乐，父母就放心了。其实活得好不好，那是孩子们的事情，与父母无关。你能告诉我，什么是幸福？"

柯耀强一时不知道怎么回答。

到底什么是幸福呢？这是值得去思考的问题。

侯母瞟了一眼柯耀强，然后不紧不慢地说："幸福是没定义的，只要你觉得幸福就行，在你眼里很不幸的事情，可是在当事人那儿，他就觉得很幸福，你能说他不幸福吗？显然，你不能说他不幸福。所以，幸福全凭个人感受哩，幸福与他人无关，懂不？"

柯耀强点了点头。

"好了，我去打牌了。"侯母潇洒地端着茶缸子出去了。

如果不是亲耳所听，柯耀强万万不敢相信，整日泡在麻将桌上的老太太，能说出这番富有哲理的话。看来人的感悟与学历无关，而与经历是不可分割的。人的阅历才是最好的老师，人越活越精，活到最后都成了人精。

侯小梅名声不好，不得已才和自己好，这一点柯耀强心里清楚。侯母想让他们早点结婚，他也清楚。今天之前，他对侯小梅很有成见，他的感情摇摆不定，和她翻云覆雨之后，他对她没了成见。侯小梅确实给他干枯的心田里，灌入了一股清泉，不仅滋养了他龟裂的心，还滋养了他干枯的性欲，使他从里到外地满足。性满足了，心就满足了。这种满足比丰衣足食的满足感，对他来说更有意义。

柯耀强开始想结婚了。他不能再对倩倩抱有幻想了。倩倩在深圳生活、事业都风生水起，有车有房，混得人模狗样。而他在这荒凉的苍穹矿上，自我惩罚，自我受罪！他还被蒙在鼓里，并不知道倩倩死了，还以为她在深圳活得有滋有味，只要她过得好就行。

和侯小梅翻云覆雨之后不到一小时，他就淡化了对倩倩的感情。

人总要为自己的行为负责任。他应该为侯小梅负责，承担起男人的责任，从现在起他要从内到外改变，不能再浑浑噩噩地混日子了，要明媒正娶将侯小梅娶回家！结婚，给她名分，给她爱，让她成为世界上最幸福的女人。他以前觉得爱是人的欲望，现在才知道这其中的责任和美妙，真的是太美了，世上居然有这么美的事情。

柯耀强坐在客厅里看电视，心里却在回忆和侯小梅鱼水之欢的场景，血液又凝聚在一处。他想分享自己的雄姿，起身去锁上院门，三步并成两步地往厨房走。正好，侯小梅从厨房里出来，见他火急火燎的样子，脸就红了。他抱起她，进了卧室，将她放在床上，折身出来，关上客厅门，将电视声调到最大。他刚到卧室门口，她光着脚，扑进他的怀里，两人贪婪地亲吻着、缠绵着，很麻利地脱掉彼此的衣服，刚才是提心吊胆的，这一次，他要好好享受，好好表现，好好让她品尝。放慢节奏，慢慢融入，慢慢地带她飞……

“强，强……”她贪婪、狂热、情不自禁地吸吮着，还不停地喃喃叫着，她的奔赴与回应，大大刺激着他，鼓舞着他，给他无限的力量。

整个房间都春心荡漾着，压根无法停止下来。许久许久，终于安静下来，他紧紧地把她抱在怀里，害怕她跑了似的，不敢松手。

“强，我们出去走走嘛！”她娇滴滴地说。

他明白她为啥要出去走走，她是想让矿上的人都知道他俩的关系，她心里才会踏实。他的手从她腰间下滑，不安分地游移着，“梅梅，和我在一起，你不后悔吗？”

她不语，头摇得如拨浪鼓。

“我是最烂的男人……”他还没有说完，她用手捂住他的嘴，想要看穿他。

而后，含情脉脉地说：“但是，你，柯耀强，是最痴情的男人，别想着和他一样将我甩了，受过一次伤，我不会再受第二次伤了。我不是黄花大闺女，但我自认为是一个好女人，以前我为他守身如玉，破我身的人是他，他看见我的血迹，当时热泪盈眶，可惜他不知道珍惜。虽然我不是处女了，但我还是要守着，为你守着，我现在是一个石头的身价，可我会为你守身如玉的。”

“你以为我是水性杨花的坏女人，才轻浮地和你发生关系吗？你知道我为了这个决定，走得有多辛苦？你知道吗？我在痛苦的深渊里苦苦挣扎，就像到鬼门关走了一遭，死里逃生，能让我活下来的唯一理由，就是我觉得你是痴情的人，你能那样爱田倩倩，也一定能爱我，你是我求生的希望。”

“我用了三个晚上，将我和他的感情打包埋葬，我的枕巾每夜都被泪水浸泡过，我现在没干净的身子，但我有干净的感情。我感情很专一，比那些朝三暮四的人好多了！在矿上追我的人很多，因失望而憎恨和嫉妒我的人也很多。人性的弱点就是因爱生恨，这种事情多得很。于是我被谣言打成一个坏女人，除了他，你是我第二个男人。我再说一遍，虽然我现在是石头的身价，但我会为你守身如玉，如果你不相信我，那么我们走着瞧，你好好看看我是什么样的女人。”

柯耀强没想到侯小梅很直白，毫无隐瞒之意，别人大概会认为她是知道隐瞒不过去，才坦白的，也许她有此意，但柯耀强绝对相信她，不是因为被她征服，而是因为她的所作所为。在流言蜚语中，除了她和王杰远的破事之外，再也没有和其他男人的绯闻。

柯耀强以前对侯小梅有成见，也是所有人对她的成见，那是她做了有权有势男人的情妇，得到了一份工作。要是她做普通男人的情妇，也许有人会见怪不怪，她的绯闻之所以被炒得沸沸扬扬，也有她的美貌和吃不上葡萄说葡萄酸的嫉妒成分。

柯耀强真被侯小梅感动了，人生何求？只求有一份真爱，这是他一贯无法动摇的真理。他亲吻着她的手，无话可说，只能用亲吻来表示他的感动。王杰远不知道珍惜，难道我柯耀强也不知道珍惜吗？“梅梅，我爱你，请你放心，我们出去走走吧！”两人会意地笑了，起床，简单地收拾好。

柯耀强关掉电视，拉着侯小梅的手，出了门。

真相

夕阳的最后一丝昏黄，还挂在天际，很柔情很妩媚地照耀着苍穹煤矿，在淡淡的余晖中，柯耀强和侯小梅就像是一对双栖双宿的鸟儿，快乐地向人多的地方飞去。

市场上扎堆的人不少，他俩还嫌不过瘾，卿卿我我，在所有人异样的眼神里“飞”到公路上。嫉妒吧！羡慕吧！唾骂吧！戳脊梁骨吧！让这些无聊的人难受死，他们的闲言碎语、妖言惑众，都不重要，重要的是他和侯小梅牵手了，做爱了，融为一体了。柯耀强战胜了自己，他的心理问题被侯小梅给融化了。柯耀强不顾忌别人的眼神，同时在心里发誓：我一定要让侯小梅幸福，让她不再受一丁点的委屈。如果我做不到这两点的话，就遭天打五雷轰。

神采飞扬的他们，顺着公路走了一段，他们又走到铁路上，这两条路是苍穹矿通往外界的要道，也是人们散步的好去处。时值夏末，苍穹矿上生机勃勃，一派繁荣昌盛景象，吃过晚饭，人们三三两两出来遛达。如果在冬天，矿上的人像冬眠的动物，都怕冷，很少出门。夏天，人们很珍惜户外活动，尽情地享受茶余饭后的美好时光。

虽然自然条件很恶劣，但热爱生活的人们，却在矿上扎根，过着生儿育女的平凡日子。不仅市场上、铁道上公路上有人，山上也有捡头发菜的人。光秃秃的丘陵地带，生长和发丝一样的头发菜，据说营养价值极高，在南方的餐馆里身价不菲。骑摩托车的男人们常来收购，一斤能卖到一百二十块钱，比煤还值钱，捡一斤头发菜可不容易！手脚麻利的人，一天才能捡一二两。头发菜缠绕在小草的茎上，贴着地皮，一根一根地捡很费劲。

美好的傍晚，柯耀强牵着侯小梅在矿区走一圈，他们的关系，就昭告天下了。

柯耀强心情好，看什么都很美。矿上的一切从未在他的眼里这么美过，他想：爱情真是很有魅力，没有爱情，看这个世界哪有美好？这好心情，都是侯小梅给予的。

侯小梅不在乎人们怪异的目光，喋喋不休地给柯耀强讲她看过的书，看过的电影、电视，她看过的书真不少哩。柯耀强默默地聆听着。人逢喜事精神爽，爱情将她滋润得更加美丽动人，她想用喋喋不休来排除她的紧张、兴奋、幸福和不好意思。她想让天下人都知道她活得很幸福。

天黑了，人们都回家了。

他们却去了侯父的墓地。

在侯父的墓地，侯小梅才将悲伤一泻千里地喷了出来。侯父是矿上的老职工，可侯父却是死在小煤窑里。

小煤窑窑主大都是有背景的人物，心肠很黑。别的地方不说，就拿苍穹矿附近的小煤窑来说，多如牛毛，见缝插针、密密麻麻随地开采。小煤窑赚钱是目的，压根就没保护资源的意识，只要能挖出煤就行。有背景有能力的人，一个个来这黑金地开矿，这儿一个坑，那儿一个坑，成了开采区、成了摇钱树。

小煤窑主为了更大的利益，常常从大矿上挖人，他们给那些技术工人的劳务费，是大矿的三四倍。人为财死、鸟为食亡，大矿的工人经不起金钱的诱惑，偷偷地去小煤窑打工，这在大矿已是公开的秘密，大家心照不宣地挣着辛苦钱。

侯父是开拓队的能手，好多小煤窑主高价请他去排忧解难，他下班回家，稍微休息一下，就偷偷地去小煤窑打工。长时间疲劳作业，再加上小煤窑没安全措施，随时随地都可能发生冒顶，他被埋在井下，窑主不但不去抢救，反而携带巨款跑了。谁也不知道窑主的底细，再说，胳膊永远拗不过大腿，天下乌鸦一般黑，当地人官官相护。直到第二天，还不见侯父回家，家人才四处寻找，打听到有个小煤窑被埋了，才去挖，却为时已晚，那次有三个人遇难。侯家人哭得死去活来，也无济于事，落了个人财两空的悲惨局面。侯父的死和矿上没任何关系，并且还是违规的，矿上不给侯家接班名额。为了一份工作，也为了争一口气，这份工作不仅是为了侯小梅的前途，更重要的是证明她爸是矿上的老工人，侯家才去巴结王杰远，侯小梅才成了王杰远的小三。

柯耀强一直纳闷，侯父是大矿的职工，怎么死在小煤窑？当年他还小，对于侯父的死始终没弄明白，那时，他也没心思去研究侯父为啥死在小煤窑上，只觉得侯小梅也是苦命人。

听了侯小梅的哭诉之后，柯耀强解除了纳闷，才理解了她的所作所为，了解她和王远杰所有的细节。家庭的变故，使她对王远杰的感情，是从感恩开始，以悲伤和心碎而结束，侯小梅的悲惨，难道仅仅只是她一个人的悲惨吗？

现在，侯小梅在她爸的墓前哭得很伤心，柯耀强紧紧地将她抱在怀里，暗自下决心要好好爱她，不再让她受委屈，好好护她周全。

有了想和侯小梅结婚的冲动，柯耀强不再彷徨和焦虑，他的感情世界尘埃落定了。他的心门为田倩倩关上，却被侯小梅一点一点地推开，慢慢渗透，有了她一席之地，她用爱情来强大自己，渐渐地盘踞了他整个心。倩倩被侯小梅一点一滴从他心里挤兑出去，到最后他的心里塞满了侯小梅，他不由自主爱上了侯小梅。

这难道就是遗忘一个人的过程吗？在经历千言万语都无法形容的痛苦之后，却被另一个人来替代？柯耀强真的弄不懂感情这玩意了，它无形，却左右着人的行为举止，成为人的主导。感情呀感情！你到底是什么？人和畜生的根本区别，就在于人有丰富的思想和感情。畜生也有感情，只是不会以人类的方式去表达……下了早班往回走，柯耀强胡思乱想着。

强子看见柯耀强，就疾步过了市场的小桥："柯叔，吃饭了么？"

柯耀强瞪着强子："别叔、叔地乱叫，叫我哥就行了。"他和侯小梅好了之后，就害怕自己老了，更害怕别人说他是老牛吃嫩草，糟蹋一朵花。他特别渴望别人说他年轻，他也往年轻里打扮，年轻真好！强子这么一叫，他又觉得被叫老了，他的表情加上大嗓门，将强子给唬住了。

他见强子惊慌失措地愣住，心软了，这孩子是好孩子，他调节了表情，缓解气氛地说："你最近工作咋样？"

强子改口还挺快："哥，我最近好着哩！我已经分到采二队了，谢谢你！"

"哦！挺好挺好，那他们呢？"

"他们都走了，只留下我了。我妈用我的工资，带我大去医院透析，我大的病好多了。"

柯耀强知道尿毒症的严重性，"那以后，就要经常给你大去透析了，唉！医院真是个无底洞，你做好思想准备了吗？"

强子点点头："嗯！我会努力上班，多赚钱，我大做过透析，能下地干点轻活，但治不好，透析只是维持生命，希望我的工资能延长我大的生命。"他很忧伤地说着。

柯耀强不知道怎样来安慰强子，强子使他瞬间感到自己很渺小，"真是难为你了，下井是用命换钱的，你用你命换来的钱，去换你大的命，好样的，我自叹不如呀！”

“哥，我真的感谢你，我请你吃一顿饭，行吗？”强子恢复了平静。

柯耀强一听强子要请吃饭，就火了：“你有钱？阔气啦！有请我吃饭的钱，寄回家给你大好好看病，这才是正事，对我有啥谢的？以后有啥事你就直说，我能帮上的一定帮。但你一定要好好干，在井下一定要头脑清楚，眼睛活泛，提高警惕，确保安全。在矿上工作时间长了，你会爱上矿山的，这是一片热土。”

“哥，我知道了，谢谢！请你给我这个机会，我心里才能好受，这也是我大、妈的意思。”

看着强子很诚恳，柯耀强只好答应了，让强子只能请他吃一碗酿皮子。

强子明白柯耀强是舍不得花他的钱，才提这样的要求。强子知道柯耀强是大好人，就在心里记住他的好。大恩不言谢！强子高高兴兴地和柯耀强进了小爱凉皮店。

进了店里，柯耀强见文斌在。文斌吃着凉皮，见柯耀强和一个不认识的小伙子进来，就和柯耀强打了个招呼，低头接着吃。

柯耀强只顾和强子说话，没注意文斌的表情，直到后来文斌和刘小爱东窗事发，他才弄明白什么叫冰冻三尺非一日之寒，文斌和刘小爱眉来眼去不是一天两天的事情。木讷的柯耀强很少八卦，所以没捕捉八卦的眼力。此刻，他压根没想到，文斌能做出后来发生的事情。

为了给强子省钱，柯耀强就选择吃凉皮，凉皮是最便宜的饭了。强子知道一碗凉皮他们吃不饱，就要了四碗。要了就要了，柯耀强也不和强子争着付钱，成全了强子的心愿。

一人两碗凉皮，“吸溜，吸溜”都吃完了，柯耀强和强子都出来了，文斌还在里面细嚼慢咽。柯耀强并不知道文斌这细嚼慢咽中的奥秘。和强子分开后，柯耀强看着强子的背影，眼角湿润了。直到看不见强子，柯耀强才收回目光，转身往回走，却看见田欣欣站在学校门口。柯耀强好久都没见过田欣欣，现在老远看见她，他心里升起了一丝忧伤，他和侯小梅好了，觉得对不起倩倩和欣欣。

柯耀强原以为对倩倩的爱，能让他坚守到生命的最后，可他中途也掉头了，带着他干柴烈火的爱情，投进另一个女人的怀抱里。以前他和那些女人有关系，都是酒精惹的祸，他和侯小梅是在绝对清醒状态下进行的，他完全清楚在做什么。他干柴烈火地燃烧过激情，就有罪恶感，觉得他是爱情的叛徒，背叛了倩倩，以及他对田欣欣假意的承诺，他欺骗了田家纯情的两代女孩子，还有纪红云。

自从和侯小梅好了之后，罪恶感常常在他心里缭绕着，现在看见欣欣，他的罪恶感更加剧烈了，他必须离开。

当他转身离开时，感到了田欣欣眼里的悲伤和委屈。“欣欣已是大学生了，不能因为自己，毁了她。”他在心里提醒着：“为了我的幸福，我不能再顾及田家任何人，尤其是倩倩和欣欣，再也不能给我心里装上枷锁，我不想再待在黑暗里，我应该从过去的生活里走出来，我的余生，要光芒四射。欣欣也有她的前途和幸福，欣欣，我替你高兴哩！你好自为之吧！”他狠下心肠，急促地转身离去。

田欣欣说：“柯耀强，你能等一下吗？”她的声音洪亮而忧伤。

柯耀强只好停下来，不好意思地慢慢转身，这才看到欣欣胳膊上黑底白字的孝，他惊呆了，欣欣这是给谁守孝？没听说过田家有丧事呀！那她在给谁守孝？哦！对了，一定是她外婆家什么人去世了。

田欣欣已小步跑到他的面前，满脸委屈，嘴唇哆嗦了好几下，才说道：“你为什么总是在躲着我？我姑姑没了，你还很潇洒……”欣欣哭了，哭得很伤心，肩膀一起一伏的。

柯耀强听了欣欣的话，痴痴地站着，不相信自己的耳朵：倩倩没了？没了是啥意思？瞬间他明白没了的意思。他愣愣地看着欣欣胳膊上的白色的孝字，怯怯地说：“咋可能？不可能，我还活着，倩倩咋可能死了？欣欣，你开玩笑是吧！吓唬我？你姑姑风光地在深圳活着呢……”他还没说完，田欣欣已扑到他的怀里，发疯地捶打着他：“你是个混球，我姑姑死了，你还在这儿混球！”说着，田欣欣滑坐在地上，哭泣着。

柯耀强这才知道倩倩死了，倩倩是怎么死的？他却不知道。在矿上有什么风声，他都能感觉到，可倩倩的死，他一点风声都没听见。他不相信地说：“欣欣，你别和我开这样的玩笑。”说着就圪蹴下去。

疯癫

欣欣仇恨地看着柯耀强，眼泪在脸上不断地滑落，她的悲伤，只能用眼泪呈现。

柯耀强看着田欣欣满脸晶莹剔透的泪水，才知道倩倩真的出事了，哆嗦了半天，才颤颤咧咧地说："你姑姑什么时候出事的？她怎么就没了……"柯耀强伤心欲绝，坐在冰冷的地上，他的牙齿相互磕碰得直响，嘴唇哆嗦着。

市场上的所有人，都围在他俩的身边，像一堵墙，水泄不通地围着他们。田欣欣哆嗦地说："你真不知道还是假不知道？我姑姑早在两个多月之前就没了。"听了欣欣的话，柯耀强感到一阵子眩晕，眼冒金星，像黑夜里脱一件尼龙衣服时，冒出"噼里啪啦"的火花。

柯耀强感觉整个世界都在旋转，天地在转，周围人也在旋转。

旋转中的人们个个呲牙咧嘴，像阎王爷身边的小鬼，围着他指指点点在说些什么，他们说什么？他听不懂，他突然听不懂周围人的语言。他心想：对了！他们是小鬼，小鬼的话，我当然听不懂了，那是阴间的话语。

在云里雾里的柯耀强眼前没有路，只有一座隐约可见的小桥，他随着脚下的云雾，飘向小桥，他轻飘飘的，像一团棉花，他想：怎么会这样的轻呢？我70公斤的重量到哪儿去了？飘浮着的是我的躯体还是我的灵魂？倩倩。他看见倩倩披头散发地站在桥上，摇摇晃晃地飘浮不定，倩倩怎么也这么轻，轻如一团棉花。

"不对，我抱过倩倩，她60公斤的身体，沉甸甸的，我记得她沉甸甸，我抱不动，只能背着她在山上走。"柯耀强迷迷糊糊地说着。

"你来这儿干吗？回去，你快回去，这是奈何桥，你不要过来，不能喝迷魂汤。"倩倩说完，就不见了，她的这句话余音绕梁地在空中飘着。

柯耀强想叫住倩倩，可是他张大嘴巴，却发不出一点声音来，他没声音了，他急得捶胸顿足，也无济于事。倩倩飘走了，像云雾一样在他眼前散开了，消失得无踪无影。留下椎心泣血的他，哭喊着，很快他便不省人事了。

柯耀强不知道睡了多久，当他醒来，已是昏黄。一轮没光辉的红太阳，挂在他的小窗外，屋里已暗了下来。他不想让太阳从视野里沉沦下去，伸手想要托起太阳，可他胳膊像一双软绵绵的海绵棒，抬都抬不起来，这才意识到自己没力气。

枕边一本天蓝色的笔记本，落入他眼睛里。他想不起来，是否有过这样的东西？更想不起来，这东西是谁送给他的。于是，他很吃力地坐起来，借着夕阳的余光，打开了轻飘飘的笔记本。一行娟秀的文字，跳入他的眼帘：

我行走在天堂，灵魂却在地狱。

田倩倩于深圳　1988 年 9 月 15 日

“这是倩倩的日记？倩倩的日记！怎么会在我这儿？我的倩倩，你到底怎么啦？欣欣说你死了，你是怎么死的？我的天哪！谁能告诉我这一切，我是个男人么？我到底是一个什么样的男人？我的倩倩让我活着，她却死了，她好狠心呀！她咋能忍心将我放在地狱里，她却去了天堂，我好恨！我应该恨谁，恨天恨地，还是恨我自己？”胡思乱想的柯耀强“啊！”了一声，将倩倩的日记紧紧地抱在怀里，贴在他的心口，发疯地又“啊！”了一声。

柯耀强的叫声，让柯母、柯耀霞、柯耀红、赵秦军都挤进来，后面还跟着赵憨儿和赵聪儿，这都是他的亲人，但他觉得他们特别陌生，一个个呲牙咧嘴地在嘲笑他。他又陷入了沉思中：你们嘲笑我，你们一定在嘲笑我，你们肯定在心里说，你守了这么多年，你守来的却是倩倩的死，倩倩是你逼死的，她的死和你有着很大的关系，哈哈！

在柯耀强的眼里，他痛苦不堪的亲人都呲牙咧嘴在看他的笑话。他突然觉得他们恶心，在心里狠狠地骂着他们：这个世界上还有没有天理？我都这样了，你们还在嘲笑我，你们是不是人？我恨你们，恨你们！

事实上，他所有的家人都哭红了双眼，惊慌失措地看着柯耀强。

而柯耀强已走到精神恍惚的边缘，头脑不清楚，只是觉得他们在嘲笑他。此时，他心里充满了仇恨，瞪大眼睛看着他们，如果手里有刀子，他会将他们杀死，让他们去给倩倩陪葬。倩倩是出了车祸还是被人给谋杀了？他记不清楚是谁告诉他——倩倩死了。

“哪个王八蛋说倩倩死了，倩倩死了谁看见啦？”柯耀强说着，将倩倩的笔记本压在枕头下，下床，光着脚丫子，猫着腰在床下找鞋子。

事实上，他的鞋子静静躺在地上，可他却视而不见。

“哥，你找啥？我帮你找。”赵憨儿还没说完。

柯耀强重重打了赵憨儿一拳头。

这是赵憨儿很长时间里，第一次亲昵地叫柯耀强哥，柯耀强却打他。

“怎么找不着鞋子，找不着，不穿鞋子了。”柯耀强胡乱地想：我赶紧得去找人，问问倩倩是怎么死的，是车祸吗？是谋杀吧！对！一定是有人将倩倩谋杀了，杀死倩倩的王八蛋会是谁？她男人？对！一定是她男人，她男人得不到她的爱，嫉妒我、仇恨她，所以杀了倩倩，一定是这样的，那么倩倩不爱他，他娶了倩倩的身躯，却得不到倩倩的心，所以，他杀了倩倩。倩倩的心在我这儿，在我的胸膛里跳动着。他下意识地摸了摸胸口，感受着心跳，不，这是倩倩的心跳，这心跳多么有力量呀！谁说倩倩死了，王八蛋胡说八道，在我面前放屁，说倩倩死了。倩倩明明还活着，她就活在我的胸膛里、我的心口上。

他又摸着胸膛，虽然双手紧紧地扣着胸口，他害怕一走路，会把他的倩倩弄丢了，他不能再把倩倩弄丢了。他不再往外走了，又小心翼翼地爬到床上，慢慢地躺下，他要搂着倩倩睡觉，他瞪了一眼围在身边的亲人们。然后憎恶地想：真讨厌，我要和倩倩睡觉。呸！在倩倩面前不能乱说，那是野蛮男人说的粗野话，倩倩是文明的人，再也不能带我的倩倩去荒山野岭，要把她娶回了，像正常人一样，把我的倩倩娶回家，搂在怀里。

柯耀强上床之后，很安静地躺在床上，将躯体蜷起来，紧紧地抱着膝盖，像一张弓，更像一只遇到危险的刺猬，滚成一个刺球。刺猬为了保护自己，才蜷曲成球形，但他是将幻想的倩倩保护起来，而蜷曲成“球形”，他又幻想着倩倩在怀里，他觉得自己的身躯很暖和，血液凝聚着。

没领会到柯耀强心理变化的一家人，看他神叨叨的，都感到惊慌失措。

柯母已哭出声来，她的哭声，让柯耀强更加反感，在心里骂着：你们讨厌，站在我的屋里，难道要看我和倩倩吗？真讨厌，他坐起来，恶狠狠地冲着家人喊道：“滚呀！王八蛋们，没看见我们要睡觉了，快滚！”

一屋子的人，听着柯耀强撕心裂肺的喊叫，都惶惶不安地出去了。

柯耀强重新小心翼翼地躺在床上，蜷着身子。客厅里有一根烟工夫的宁静，之后，就是小声争吵。先是二姐的声音，尽管她将声音压得很低，但柯耀强还是听见她微微颤抖地说：“谁把日记本放在他床上的，我不是叫你烧了吗？怎么还在？”

“我烧了一半，聪儿说想看看日记里都写了些啥，他就拿去了。”这是赵憨儿的声音。

“你们管她写的啥，这和你们有关系吗？那怎么会在他的怀里。是不是聪儿你想害死你大哥呀？”柯耀红狠狠地说。

“哪有呀！二姐，你怎么老是把我想得很坏，是他发疯，从我手里抢走的，你看他把我手抓破了，血印还在呢！”

外面的对话，柯耀强听得一清二楚，纳闷地想：我怎么会打他哩？一定是诬陷我，他可是我背大的，小时候，他整天爬在我的背上，让我背他。

客厅里的声音更加激烈了：“你也是活该，看他把你抓得还很深的，我叫你们烧了，你们却拿去看，他现在脑子不清楚，会干傻事的……”柯耀红还没说完。

赵聪儿就抢过话：“咱们还是将他送到精神病院吧！他在家里实在太危险了，说不准哪天，他会把我们杀了。”

柯母哭声里带着怒气说：“别胡说，咋能把你哥送到那个地方，我不同意，谁要是不满意把他留在家里，谁就给我从这屋里滚出去。我的娃子，这么多年受了多少委屈，我心里清楚，都是我这个做娘的不好，把我的孩子害成这个样子，我就不该嫁到这个狼嚎鬼哭的苍穹矿上，更不该改嫁。我的耀娃，要是有个啥三长两短，我……我也不活啦！呜呜！”

此时，神志不清的柯耀强，知道在这个家里，只有老娘很爱他，可命运就这样不公平，让他从来都没像现在这么明白母爱。

“娘！你咋能这样说哩！我是害怕他伤及到家人，替大家的安危着想。”赵聪儿解释着。

见柯母的架势，全家人都不赞成将柯耀强送进精神病院。大家知道赵聪儿心里有鬼，所以，害怕柯耀强伤及到他。

柯耀强真不想听他们的谈话，用枕头蒙住头，满脑子在想：我要和倩倩做爱，倩倩，我们就在床上，这样你的后背就不会被蹭破皮了，我心疼你呀倩倩，我真是个混球吗？咋能让我心爱的女人受委屈，我对不起你，我是个混球男人。柯耀强狠狠地掮自己耳刮子。

被他幻想出来的倩倩，泪眼迷茫看着他，然后轻轻地抚摸着他的脸：“强哥，你别这样，你这样……我咋能走得利索呢？强哥，这一生只爱你一个人，你知道我爱你爱得有多苦吗？可你战胜不了自己，你老害怕会死在井下，你不是活得好好的吗？害怕我们结婚了，我成了寡妇，可这些多年，我和活寡妇一样，在深圳，我是在人间地狱里，没你的爱，我活着没有意思，我苦苦等着你娶我的那一天，可我这一生永远都等不来了。我走了，我要去真正的天堂。”倩倩说完，转身往门外走去。

“倩倩，你别走，我不是把你娶回家了吗？你不是和我躺在床上吗？那我们还去山后，好吗？你知道吗？我要是想你想得发疯，就去后山，在后山，躺在大石头上温存我们的情意，我常常在石头上蹭，血淋淋的。现在好了，我把你娶回家了！”柯耀强在心里呼喊着，他幻想中的倩倩还是走了。

“她大概觉得我在骗她，她太绝情了，我还能有什么话说呢？我只能这样蜷在床上。”柯耀强不知道自己的精神已经出现了问题。

柯耀强已是家人心里一颗随时可以爆炸的炸弹。

看着疯疯癫癫的柯耀强，侯小梅很难过，她没想到柯耀强会这么脆弱，矿上的男人，不应该这么脆弱呀！她想不通，可不管她怎么想不通，他仍旧疯疯癫癫的，她真感到了棘手，她只能陪在他身边。

可柯耀强看见侯小梅，情绪更加激动，挥舞着双手，打骂着，让侯小梅无法靠近。

看着柯耀强的举止，侯小梅很伤心。

柯耀强看见包括纪红云在内的任何一个女人，都会开口大骂人家。侯小梅心里安慰了许多，柯耀强只是疯了，疯子的话，不能计较，正常人更不能和疯子比疯。

田家人知道柯耀强因倩倩的死而疯了，不再恨他了。田嘉兴以前对柯耀强是恨之入骨，但他现在明白了，这个世界上，柯耀强对倩倩的爱，是最真挚的，比他这个当老子的都爱得真，有血缘的人，知道亲人去世，都没像他这样痛不欲生。现在，矿上人都知道柯耀强疯了。田嘉兴于心不忍，就打发田埂去柯家，给柯耀强安慰。

田埂听了老爹的安排，一时半会没转过弯：“不去，要不是他，倩倩也不会去深圳。”

田嘉兴眼界比儿子宽：“柯耀强这么一疯，他对倩倩的爱比我们都真，人要学会知足，倩倩没有白来人世间，为了让倩倩安息，你去看看他吧！”

田埂只好硬着头皮进了柯家的门，看着柯耀强蜷在床上的样子，心里也不好受。安慰了柯母几句，就回家了。

柯耀强清醒了，看见老娘坐在床边抹眼泪，银白银白的头发很漂亮。他好久都没有这样端详母亲了：“娘，别哭了，家里出啥事了？不管出啥事，还有我呢！你别害怕。”他坐起来，将老娘揽在怀里。

柯母依靠在儿子的怀里，她太累了。惊慌失措、担惊受怕等复杂的情绪让她心力憔悴，现在儿子醒了，她心豁然开朗了，靠着儿子的胸前，才觉得她累死了；可她感到欣慰，她从儿子的话中，听出儿子脑子是清醒的，就赶紧擦干眼泪：“耀娃，我的娃子呀……”她觉得不能再刺激儿子了，赶紧收起悲伤，转了话题：“耀娃，我没事干，进来取个东西，把你吵醒了，饿了吧！想吃啥饭？娘给我娃做。”

柯耀强看着白发苍苍的老娘，像一个做错事的孩子，他觉得娘真的老了，人常说：老小，老小。人老了就像孩子。他突然想起以前看过一篇文章，现在虽然记不清全部内容了，但大概的意思却刻骨铭心。作者说：他儿时特别依赖的父亲老了，老得干什么事情都要看儿子的脸色，总是小心翼翼的。儿子每次看着父亲这样的眼神，就想给父亲当父亲，去保护父亲，给父亲勇气。他看后很感动，现在见老娘这样，他也有了想给他老娘当父母的冲动。

柯耀强将老娘搂得更紧：“娘，你怎么啦？我要给你当老娘，像你在我小时候那样保护你，你不要害怕，我是家里的长子，我会管好两个弟弟，给你和爹养老送终。”柯耀强的话，是很清醒，可柯母将他的话当成了疯话。

柯母依偎在柯耀强的怀里，从刚才的安慰中又滑落到忧愁中，心里很郁闷，但她故作轻松地说：“耀娃，我娃是天下最孝顺的孩子，娘知道的。娘给你做饭去，你想吃啥饭？”

柯耀强想了想说：“我想吃米饭，给我烧一盘茄子。”几乎不吃米饭的他，想吃米饭，这又给柯母心里扔了“一块石头”，看来儿子没清醒，她短暂的豁然开朗又被乌云密布笼罩了，为了不让儿子看出她的焦虑不安，她镇定地安顿儿子躺下。

柯耀强不想躺在床上，他觉得全身骨头都软了，低声地说：“娘，我要下床走走，我要去上班。”

柯母要帮柯耀强穿鞋，柯耀强拒绝了。于是，柯母看柯耀强穿好鞋子，悄悄地抹着眼泪。

等柯耀强穿好鞋子，柯母扶着他走到院子里。

外面好像刚刚下过雨，院子里湿漉漉的，雨后初晴的阳光很明媚，空气特别清新。柯耀强想走走，可他双腿软绵绵的，实在走不动，就坐在院子里的椅子上，看着湛蓝湛蓝的天空，天蓝得能挤出水来。真好呀！从太阳的位置看，应该是下午的两三点钟，明晃晃的太阳普照着大地，因为刚刚放晴，还没达到高温的地步，地表像个正在加温的火炉子，暖洋洋的。晒太阳真好，长期下井的人，体内寒气重，能晒晒太阳，对下井工人来说，是最幸福的事情了。

柯耀强背对着太阳，他要好好享受太阳的温暖。不一会儿，他的后背，热乎乎的很舒服。

柯母在厨房里忙碌的身影，让柯耀强感动，家里的人都不知道去哪儿了，一直乱哄哄的家这会儿很安静，除了老妈做饭的声音，再没别的声音了。

柯耀强极力地想：我到底在床上躺了多久？怎么想不起，想不起来就不想了，躺了多久已不重要了，重要的是我醒过来，还活着。是什么原因，让我这个健壮如牛的人躺在床上？我想想，倩倩？欣欣？日记本？枕头？心痛，让我椎心泣血的心痛是什么事情？谋杀、跳楼、谋杀……他脑子里冒出这些莫名其妙的词语，他感到胸口很疼，掀起T恤衫，看见胸口一大片的青紫色，那是淤血。胸口怎么会有淤血？他在纳闷中，烦躁起来。“谁把我打成这样子？到底发生了什么事情，让我如此狼狈？谁能告诉我？天呐！全身都疼，难道我和谁打架了？谁会把我伤成这样？”可他怎么也想不起来，到底发生了什么事？他头爆炸似的痛起来，不想了，他克制着不去想了。他仰起脸，冲着天空吐了一口气，觉得舒坦了许多。于是，他又无数次冲着天空吐气。

自愈

柯耀强冲天吐气时，脑子里又冒出一个日记本，是倩倩的日记本？他想起来了，倩倩的日记本，在枕头下面。倩倩出了车祸？还是跳楼自尽了？她在深圳好好的，怎么会走这条路？她还很年轻呀！也许从她的日记本中，能找到答案。柯耀强想站起来，回到屋里找倩倩的日记，可他坐在椅子上起不来，屁股下的椅子像是一块磁铁，紧紧拽着他，他试探性地抬了五六次屁股，都失败了。

他连站起来的力气，都没有了。

这时，柯母用盘子把饭菜端到院子里，放在石头桌子上，见柯耀强想要站起来，却屡次失败，心疼地说："来，我们吃饭了。"说着，赶紧过来扶住儿子。

柯耀强知道娘这是故作轻松，他不想让娘为自己的身体而紧张，所以他坐着没有动，拿出最好的状态，来掩饰他的虚弱，让娘放心。饭菜的香味已经飘了过来，他使劲地吸溜了几下，咂吧着嘴巴："香，娘做的饭菜就是香，爹去哪儿了？"

柯耀强从来没有叫过赵秦军为爹。

当年，柯母让柯耀强改口将赵秦军叫爹，他倔强得死活不叫，柯母将他的屁股都打烂了，他都不叫。在心里，他永远对赵秦军有敌意，这是无法改变的事实。他今天之所以叫赵秦军为爹，是想让娘高兴，可没想，反而惊得他娘嘴巴张成"O"形，半天没反应过来。

"娘，我说的当然是我后爹，他去哪儿了？"

柯母这才反应过来："哦！那啥，他回老家了。"

"老家有啥事？他很少回去呀！"柯耀强在柯母的搀扶下，坐到石桌前。

"也没啥，他就是回去转转，今天就我娘俩，你爱吃的红烧茄子、青椒肉丝，看，娘给你做的手抓羊肉。"

柯耀强看着这一桌子好吃的，直流口水："真香，憨儿和聪儿呢？"想起了两个弟弟，这么好吃的饭菜，应该等着弟弟们回来一块吃。柯母忙着给柯耀强用湿毛巾擦手："他们都上班了，只有咱娘俩不好吗？安安静静的。"

柯耀强看着柯母的眼睛，知道老娘有事瞒着他。家里一下子这样的冷清，他还有些不习惯，但他看出老娘不愿意说，也就不问了。

柯耀强首要的任务就是吃饭，吃饱饭才有力气。这顿饭他吃得很香，狼吞虎咽般恨不得长十张嘴巴。尽管柯母一个劲地劝他慢点吃，他还是大口地吃着手抓羊肉。他双手拿着羊肉，想吃菜了，就用嘴指那个菜碟子。柯母就给他喂那个菜，他从来没有像今天这样感到幸福，有娘一口一口地喂饭，好像时光倒流，回到了儿时。儿时，娘一定也是这样一口一口地喂自己，自己一定在娘温暖的怀抱里撒娇，很依恋娘的怀抱。只是自己现在想不起来童年的事情了，也渐渐忘记娘怀抱的温度了。

柯母看着儿子的憨实吃相，安慰了许多，只要他的胃口好，就行，人是铁饭是钢，一天不吃饿得慌。人只要能吃饭，就会有一个好身体。

只要柯耀强的眼睛看哪个菜，柯母就赶紧将哪个菜送到他的嘴里，柯母知道以前没有精力关心儿子，今天她想好好补偿一下。

等他吃饱了，又觉得自己像酒囊饭袋，摸着油腻腻的嘴巴，说："娘，我想和小梅结婚。"

忙着收拾残羹剩饭的柯母，被他的这句话又惊讶得嘴巴张成"O"形，一只手拿着碗，一只手拿着筷子，傻站在原地，愣愣地看着柯耀强。

柯耀强没理会老娘的反应，很认真地说："娘，真的，我想好了，和小梅结婚，我应该对她负责任，我已经失去了一次幸福，不想也不能失去第二次，我的爱情不能再失去了，倩倩已去了天堂，她在天之灵也不愿意看见我过得不好，我想让她安息。"柯耀强平淡地说完，饭菜给了支撑他身躯的力气，他晃悠着走进卧室，在枕头下寻找。

枕头下空空的，压根没倩倩的日记本。他纳闷地站在床前，努力地回想着：是不是我记错了？是不是我幻想着有倩倩的日记本？他站在床边发呆，柯母进来了，不出声、胆怯地站在他的身后。

"娘，倩倩的日记本呢？"柯耀强听见脚步声，转过身问柯母。

"日记……日记……"柯母开始哆嗦着，不知道说什么好。

柯耀强知道娘害怕那本日记将自己再次刺激成疯子："娘，放心吧！我只是想看看倩倩的日记，对啦！日记是谁给我的？"

"日记，没啥日记呀？！"柯母说谎。

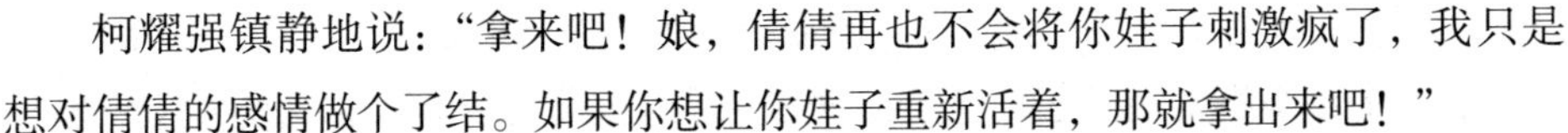

柯耀强镇静地说："拿来吧！娘，倩倩再也不会将你娃子刺激疯了，我只是想对倩倩的感情做个了结。如果你想让你娃子重新活着，那就拿出来吧！"

柯母听了柯耀强的话，这才哆哆嗦嗦地出去了，不一会儿，拿着日记本进来："娃子呀！娘再也经不起折腾了，你好自为之吧！"说完，唉声叹气地出去了。

柯耀强平静地打开日记，可日记本已被撕得面目全非了，他只能翻阅仅仅留下的几页。

今天是悄然兴起的情人节，一个洋人的浪漫节日，在深圳的大街小巷，洋溢着喜庆的气氛，俊男靓女们手里拿着玫瑰花和巧克力，从身边像云一样轻盈地飘过。我却拖着疲惫的双腿，走出车间，行尸走肉般地行走在别人喧闹的城市里，孤苦伶仃的。

随便在街上吃了一点东西，回到出租屋里，一张床占满了整个屋子，进门就得上床，没有窗子，像囚笼似的，不过，已经很好了，总比那些露宿街头的人强。听说他也来深圳了，是来寻找我的，寻找我干嘛？他又不娶我。

好久都不记日记了，今天想写点什么，可是拿起笔又不知道该写什么，和我一起进厂子的那个四川辣妹子，走了，听说被人养了。走时，像是一只高傲的小母鸡，跟着那个满脸麻子的男人走了。

南方女人和北方女人不同，真可笑，我怎么羡慕和嫉妒起人家来。有种东西最能折磨人了，那就是思念，除了对他的思念，就是对他守身如玉，一日一日，一年一年地守着，没有希望地守着，他是不会娶我的。矿上，我是回不去了，也不想回去，我已经习惯了这儿的喧闹，害怕矿上的寂静。

人生莫过于两大痛苦，一种是肉体可以无限相拥，而心的距离是那样的遥远。一种是心可以无限贴近，而肉体距离还是那样的遥远。我同时处在这两种痛苦之中，心比黄连还苦。日子好过，寂寞难熬。我不知道他现在怎样？家里人已经不给我一丝他的消息。满大街都飘着一句歌词：只要你过得比我好。我也希望耀强比我过得好。

今天给家里打电话了，小卖部的杨阿姨给我去找家人，可惜家里没人接电话，我只好和杨阿姨聊了几句，我拐弯抹角从杨阿姨那里，打听到了耀强的消息，杨阿姨说柯耀强现在已不是以前的那个柯耀强了，他变了，变坏了。我知道耀强那是破罐子破摔了，堕落到了人人指骂的地步，我清楚是我害了他，我对不起他……耀强你可知道，我在深圳，多么地思念你。

又是一天，这样煎熬过去了，我被提升到经理办公室当了一名小蜜，我没有一丝高兴，我知道我已经没资格爱耀强了，再见了，我今生最爱的人！

倩倩的日记只剩下这几页，其余的都被烧了，他们已经将对于柯耀强来说最重要的那部分都烧了，人真的很可怜，活着的时候，耀武扬威，争强好胜，可是死了，什么也带不走，连一本蕴藏着她秘密、心情的日记本都带不走，也许，是倩倩在天之灵的安排，让这本残缺不齐的笔记本，还是落到柯耀强的手里。

柯耀强把倩倩仅有的五篇日记，读了一遍又一遍，最后连当年田倩倩走时，留下那件沾着她处女血的衣服，一起烧了。在火焰中，他看着有无数次的无数次，给他幸福和美好回忆的血衣化为灰烬，他和倩倩今生的情意，也化成灰烬了。侯小梅说，她用三个晚上打理埋藏她和王杰远的是是非非，她是安静的自我愈合。而柯耀强用了五天的时间，来安葬他和倩倩的爱情，他是疯狂的自我愈合。

柯耀强和侯小梅真的是臭味相投，只是他们自愈的方式不同，一静一动的，但是他们的痛苦和自愈的能力相同。柯耀强将那堆灰烬埋在山后见证过他和倩倩那一夜的石头边。

他在石头上坐了很久，脑子里一片空白，只是呆呆地坐着，什么也没有想，什么也想不起来。他觉得自己的一切都空白了，自己对倩倩的爱也干净了，再也不抱任何的幻想，和倩倩的一切都结束了。

等柯耀强埋葬了他和倩倩的一切之后，柯母才告诉他，在他疯狂的五天里，他犯下一件不可饶恕的事情——那就是对侯小梅的伤害。

五天中，他不断大喊大叫，不断地自虐，侯小梅害怕他做傻事，尽心照顾他，想用她的全部爱，感化他，拯救他，可是他却骂她是婊子骚货，说她勾引他，才把倩倩害死了，骂她是扫把星、倒霉鬼。凡是最肮脏、最恶毒的话，他都骂了，还动手打了她。不管他怎么做，侯小梅就是不离开他。大家都劝侯小梅，让她不要理柯耀强，侯小梅却说等他把悲伤发泄完了，就好了，只要柯耀强能好起来，打她骂她，她都愿意。

后来，柯耀强更加疯狂了。大家都觉得侯小梅帮不了柯耀强，反而会使让他备受刺激，侯小梅这才不得不离开，不过每天都要让她妈来柯家，看柯耀强好几次。

柯耀强听了侯小梅为自己付出那么多，更觉得对不起侯小梅，看来她才是自己一生相依的人，如果自己不珍惜的话，这也太不知道好歹了。他想到这儿，迫切地想见到她，再也顾不上柯母唠叨着她的好，急切地站起来，恨不得马上就能见到她。

他刚要去找侯小梅，正巧侯母进了院子。柯耀强赶紧去迎接，侯母看着柯耀强，本能地站在原地不敢往前走了，研究性地看着。柯耀强知道这五天，他伤害了所有关心他的人。现在谁也摸不清他是真好了，还是假好了，会不会再次发疯?

侯母呆呆地站着，表情很复杂。柯耀强看着侯母的表情，就知道他是周围人心里的一颗炸弹，随时都有爆炸的可能，大家在他面前，都是小心翼翼的。

“耀强，赶快让你大妈到屋坐。”柯母兴高采烈地说，给侯母暗示柯耀强好了——暂时好了。

柯母和侯母的一举一动，柯耀强都装着没看见：“大妈，到屋里坐。”说着，他就搀着侯母的胳膊，“大妈，我……我对不起你，更对不起梅梅。”柯耀强很内疚地说。

“没啥，没啥，你不要有啥负担，好好休息几天。就坐在院子里，凉快。”侯母小心翼翼地安慰柯耀强。

“大妈，我能不能见梅梅一面。”柯耀强恳求说。

“能，能，别说见一面，你和梅梅还要天长地久呢！”侯母很仗义地说。

她这么一说，柯耀强更不好意思了，脸一下子通红了，低着头，像认错的小孩子，看着脚面。

“傻娃子，还不好意思了，大妈能骗你吗？大妈说的是心里话，梅梅对你的感情，让我们都感动，不信，问你娘。”侯母见柯耀强很窘迫，知道将女儿交给这样的痴情男儿，她到了阴曹地府也能放心。

柯母端着水和羊肉进来，柯耀强赶忙接过茶水，双手递给侯母：“大妈，我信，我信。”

侯母真是丈母娘看女婿，越看越爱。

柯耀强被她看得不好意思了，趁着柯母热情款待侯母，赶紧进屋，从里到外

地换了一身衣服。现在，他最想见的人是侯小梅，他很清醒自己将要做什么。侯小梅很爱干净，身上始终都有一股淡淡的清香。他不能臭气熏天地去见她，他收拾利索，走到院子，看见两老太太头对着头说着悄悄话。

柯母将柯耀强对她说要和侯小梅结婚的话，一字不漏说给侯母，两老太太脸上都开了花。

见柯耀强出来，她俩都不说了，等他进了厨房，她们又叽咕起来。

柯耀强将毛巾放在洗脸盆里，再倒上热水，把浸在热水里的毛巾捂在嘴上。毛巾的热气让他感到很舒服，享受了一会儿，他开始刮胡子。镜子里的他很憔悴，也消瘦了许多，刮完胡子，他感到很爽快，精神也好了很多。

柯耀强边打扮边考虑，觉得他应该和侯母一起去看小梅，这五天，肯定把小梅吓坏了，虽然没见她，可从老娘和侯母的表情里已经明白，他对她们的伤害有多大。有老太太在，小梅就不害怕了，再说万一他再发疯了，老太太也会保护她，这样他就不会伤害到小梅了。说真的他也不知道，自己是不是真的清醒了，更没有把握自己见到小梅会是怎样的情绪。他力求控制情绪，但他现在是疯子，疯子的行为不受理智控制。

柯耀强拿定主意，等侯母吃饱喝足，才将想法说给两位老太太，她们都觉得这样最好。

柯耀强跟着满嘴都是羊肉味的侯母，去见侯小梅了。侯小梅在床上躺着，听见柯耀强的声音，披头散发、光着脚丫子、惊慌失措地跑出来，愣愣地站在客厅的门口，看着他。

看着侯小梅筋疲力尽的样子，柯耀强知道他是个混球，侯小梅被他折磨得不成样子了，他一下子心疼起来，在心里提醒自己：你要冷静，你要理智，小梅已经经不起你的折腾了，爱你的所有人，都经不起你的折腾了。

柯耀强深深吸了一口气，心情平静了，柔情地说："梅梅，对不起，都是我不好。"

侯小梅听柯耀强这话很正常，激动得不知道说什么，一下子扑到他的怀里，许久，才仰起泪珠飞落的脸，晶莹剔透的泪水，让她更加娇艳欲滴、出水芙蓉一般的漂亮。她不知道此刻的自己有多美，只是深情地看着他，喃喃地说："耀强，你要像你的名字一样坚强。你不能倒下，因为你是耀强。"

柯耀强紧紧地抱住侯小梅，恨不得将她埋没在他的身躯里。

内战

开学要走的前一天晚上，田欣欣非要和奶奶睡一夜。奶奶将乖孙女搂在怀里，两个人说了半夜话。第二天早上六点半，除了田老婆子行动不方便，没能送田欣欣之外，家人都送到办公楼前，等第一辆去省城的班车。

冯超被爸爸妈妈、姥爷姥姥、姨妈舅舅等亲朋好友也送到办公楼前。

看见田欣欣一家人，柯耀红阴着脸，她的意思是和田欣欣分开走，但冯志国不同意，冯超也不同意，他们一致认为都是矿上的，一块走，在路上也有个照应。

两家人都在站在办公楼前，等着班车。

刘雅珍喋喋不休地对田欣欣交代着。

田嘉兴看见人群中的柯耀强，就蹒跚地走到他的跟前。

柯耀强明显感到田嘉兴的苍老，感慨万分，一个人的苍老，是如此的快速，还没活明白哩，可又老去了。

田嘉兴一把将柯耀强搂在怀里。

柯耀强被这突如其来的拥抱吓坏了，所有人也吓坏了。

田嘉兴紧紧抱住柯耀强，哽咽着："好小子，叔以前错怪了你，倩倩走了，我们活着的人，还得好好活着。在我心里你和田埂一样，你愿意认我这个老不死的人，做干爹吗？"

柯耀强很激动，嘴巴动了动，都不知道说什么好，只是紧紧地抱住田嘉兴，一个劲地点头。

热乎乎的眼泪，流在他俩的脸上。等人们反应过来，响起来热烈的掌声。

他俩拥抱在一起，久久不愿意分开，都哽咽地说不出话来，任凭眼泪流淌。

一辆客车"咯吱"停下了，人们才回过神。冯超、田欣欣、田埂和柯耀红先后上了车。当车开动时，冯超和田欣欣不约而同地打开车窗，冲着被一束曙光笼罩的矿上，大声地喊道："苍穹，请放心，四年之后，我会回来建设你的，我爱你，我的苍穹！”这一男一女激情澎湃的呼喊声，久久地回荡在苍穹煤矿的上空。

苦难最能见证真爱了。经过这么多事，柯耀强和侯小梅都把各自的过去埋葬，他们的爱情更加地纯洁了。他们重新开始彼此珍惜的爱情，更珍惜眼前拥有的一切。在矿上，常常能看到他们卿卿我我的影子，同时也会招来太多羡慕的目光。

他们大张旗鼓地准备结婚的事宜，打算将两个人的积蓄，多一半花在婚礼上。

胡豆花一想到柯耀强要结婚了，心里哇凉哇凉的，胸口还有点堵，呼吸困难。这么多年，她没少勾引柯耀强，可这王八羔子，从来不拿正眼看她。她命苦，嫁给瘸子李，瘸子李是好人，她只能认命了！认命是多好的词语呀！作为最普通最底层的人，除了认命还能有啥法子？她直愣愣看着饭馆门口，抚摸着心口，这样她才能感到呼吸顺畅些。

一阵重重的脚步声响起，一个黑影闪进来：“一碗牛肉面。”

胡豆花这才盯着来人看，原来是赵聪儿：“牛肉面，是吧！”

“嗯！”赵聪儿坐下，也直愣愣看着门口。

“唉！”胡豆花一声叹息，就进了厨房。

这时，孟平安进来了，见赵聪儿闷闷不乐的样子。赵聪儿对孟平安视而不见。

孟平安的眼里，赵聪儿还是小孩子。见赵聪儿不理他，孟平安心想：用不了多久，我就是他的大姐夫，他就是我的小舅子，不和他计较什么，虽然看着他长大的，但他不知道我爱他大姐，还不知道我们的关系。一眼就能看出他心情不好，小屁孩也到烦恼颇多的年龄了，唉！我的小舅子，还得我心疼，开导开导他吧。孟平安想到这儿，坐在他对面，亲切地问：“聪儿，你吃了吗？”

赵聪儿抬头看着孟平安：“我要了牛肉面，你也没吃饭吗？”

“没有，我才下班，要不咱们喝点酒？”

“喝酒？我……我没酒量。”

“我也没酒量，这不是上班比较累，和你整两口，减减压。”说完，孟平安冲着厨房喊：“一碗牛肉面，再来一斤牛肉、一盘花生米，有啥酒？”

胡豆花在厨房应了一声，就端着一碗牛肉面出来了，看见孟平安和赵聪儿坐一张桌子，把饭放到赵聪儿的面前，从柜子里取出一瓶西凤酒，放到桌子上，又进厨房了。

“聪儿，你先吃饭，时间长了面就不好吃了。”

很快，胡豆花把饭菜端上桌，他俩“呼噜呼噜”吃完牛肉面，边喝酒边聊天。

孟平安是搞政工的，给人排忧解难很专业，他要解开赵聪儿的心结，让他不要消极下去，更不要对柯耀强和侯小梅有啥成见，毕竟他们是两情相悦、真心相爱。他并不知道赵聪儿已经打开了心结，对侯小梅不抱任何希望了，从柯耀强疯了，赵聪儿亲眼目睹侯小梅对柯耀强的好，就死心了。天涯何处无芳草，你不爱我就拉倒。人不能在一棵歪脖子树上吊死呀！所以赵聪儿想明白了。

胡豆花没事干，靠吧台站着，看他俩喝酒。

孟平安酒量还行。赵聪儿也就二三两的酒量。推杯换盏不一会儿，晕晕乎乎的赵聪儿话多了：“哥哥，我不想了，永远都不想了，我这心已经死了。”

“傻呀！你才多大？好好的，这个世界，其实很美好的！”

“哥哥，这世界有爱吗？”

“有呀！你看矿上，虽然大家有小矛盾，但在大是大非面前，都很友好。”

胡豆花听着他俩的谈话，不时撇嘴，鄙视着他们，男人们就这德性，吹牛不用上税，尤其是酒后的吹牛，真真把牛都吹到九霄云外了。没喝酒之前，他只是世界上一粒尘埃，而酒后，整个世界都是他的，男人的嘴呀，是没门把的门，啥时候都敞开的。宁相信世上有鬼，也不能相信男人的嘴。

赵聪儿对侯小梅死心了，胡豆花对柯耀强也死心了。想想这一路走来，尤其这一两年，在柯耀强身上发生了太多事情，也算是他苦难人生的浓缩吧！他现在找到了真爱，应该祝福他才对，爱一个人，就希望他过得好。“只要他过得好，我再无他求，要怪只能怪我的命不好，还是死心塌地跟着我的糟老头，过好余下来的日子，把孩子们养大成人，她们以后有本事了，我才能安度晚年。”一下午，胡豆花靠着吧台，想着心事，不知不觉已是泪流满面。

九月，天高气爽，漫山遍野的野菊花，在风中争艳着，以黄、蓝色花儿居多。别的地方是春天最美，干旱少雨的苍穹是秋天最美，耐旱的野菊花在花残柳败时，才独自开放，这是一种独特的精神。除了野菊花，还有美得能迷死人的狼毒花，一簇一簇的，惊艳了所有见过它的人，狼毒花的美，是形容不出的。越美的东西，毒性越大，狼毒花也不例外，它能毒死人，动物们见了一簇簇盛开的狼毒花，都会绕道而行。

傍晚，柯耀强和侯小梅牵手去了兔耳山。侯小梅采了一大把野菊花，让柯耀强给她编一个花环。他俩坐在山顶，柯耀强专心编着花环。侯小梅歪着头看他编花环，天真地问：“你知道不？我很幸福。”

柯耀强机械地回答：“知道。”这不能怪他，而她已问过他N遍了。

“谢谢你。”侯小梅不在乎柯耀强的态度，说着，头枕在他的胳膊上，沉浸在幸福里。

侯小梅突然说：“纪红云也够可怜的，背这么重，她能背动吗？”

柯耀强停下手里的活，四处张望：“在哪儿？”

侯小梅望着铁道，目光里充满怜悯：“那不是，在铁道上。”

柯耀强随着侯小梅指的方向，看见纪红云又背着一袋子煤，蹒跚地往回走。

纪红云身体越发地单薄了，像棵摇曳的枯草，随时都会被风刮倒，她却不以为然，依旧不疼惜自己，背着那么重的袋子，这不是要命的节奏吗？柯耀强心想着，越看越觉得她太可怜，不由自主对她动了恻隐之心。他坐不住了，可又不敢去帮忙，他害怕侯小梅误会。

柯耀强这会儿犯难，要是侯小梅不在身边，他一定会去帮纪红云。可现在不行。“纪红云对不起了，我不能让我爱人起疑心，让她没有安全感，所以，不能帮你，求求你了，你不要这样好吗？上苍你保佑她吧！给她力量吧！”柯耀强望着纪红云的身影，只能在心里祈祷。

侯小梅见柯耀强呆呆的，直截了当地问他：“耀强，你怎么啦？”

柯耀强回过神，赶紧掩饰地说：“梅梅，你们一块上班，有时间劝她找个男人嫁了，别这样自讨苦吃。”

“我都劝过她N遍了，她不听，弄得我现在都不敢和她说咱们的事，害怕她受刺激。”

柯耀强惊奇地看着侯小梅：“你跟她说过咱俩的事？”

侯小梅不在乎地说：“说过，我太幸福了，就想和别人分享，你知道我这个人没秘密，尤其是我觉得幸福的事，就想找个人说说我的幸福。可她好像不爱听，很不高兴。我能理解她，后来，不在她的面前说我的幸福了。你知道吗？我既佩服又可怜她，她这样苦苦地坚持着，也不知道值不值。”

柯耀强没责怪侯小梅，能理解她的心情，一个人有了开心的事情，往往是想和别人分享，他能感受到她的快乐和幸福，她这样做也没有错。纪红云不高兴？是不是……不会的，她大概看到别人都很幸福，心里不高兴，也很正常，女人都有嫉妒心，爱慕虚荣也很正常。

柯耀强看纪红云实在背不动了，就和侯小梅商量着："那我们以后多帮帮她。"

没想到侯小梅爽快地答应了："好，帮她可以，你不能碰她。"

柯耀强听了，觉得她好可爱："傻瓜，我有你就够了，我保证，除了你，不碰任何女人。"

侯小梅在柯耀强的脸上审视着，然后酸溜溜地说："不过，你可以碰她，但你不能爱她。"

女人就是这种动物，既聪明又傻，既大方又小气。如果他真碰了纪红云，她还能饶了他？柯耀强觉得很好笑，却不敢笑出声，很认真地说："别说傻话了，我只要你，你是我的狐狸精。我有你就心满意足了，我最多帮她背煤。"

侯小梅心满意足："你现在就帮她背煤吧！"

柯耀强毫无犹豫地说："好，现在。"说完，他拉着侯小梅，向纪红云走去。

纪红云吃力地扛着煤袋子，只顾低头走着，煤袋子压得她抬不起头，像一只负重的蚂蚁。

柯耀强心里很不是滋味，纪红云为啥要受这般的苦？这个世界为啥不公平？不是世界不公平，而是命运不公平，命运为啥要这样对待一个弱女子？让她受这般的苦难！为什么？老天爷呀，你是不是睡着了，忘记世界上还有一个纪红云，忘记了给她安排幸福，还有月老，是不是也睡着了，忘记了她的存在，忘记了给她再牵好姻缘？

侯小梅眼里含着泪水，她是善良的好女人，这一点无可非议。柯耀强看了一眼侯小梅，快步走到纪红云的面前。纪红云这才看到一双脚，又随着脚面，吃力地抬起头，看见是柯耀强，不好意思地笑了一下，可笑比哭还让人难过。

柯耀强不等她开口，忙接过她肩上的煤袋子，扛着往前走。纪红云感激地看了柯耀强一眼，嘴角微微颤抖着，但她看见侯小梅，就将要说的话咽了回去，红着脸，将目光迅速地转移到侯小梅的身上："不好意思呀，小梅。"

"纪姐别客气，我们无意间撞见你了，他帮你也是应该的。"

"谢谢你们！谢谢柯师傅！"说着，三人相跟着往纪红云家里走去。

在国庆节的氛围中，柯家双喜临门，柯耀强和侯小梅、柯耀霞和孟平安，办了一场矿上前所未有的"集体"婚礼。一娶一嫁，乐得赵秦军和柯母脸上像盛开的菊花。

儿女们的幸福，是父母最大的安慰。

柯耀强和侯小梅结婚后的第三天，就去西安和北京旅游，这两大城市是侯小梅一直渴望去的。柯耀强尊重侯小梅的决定，等度完蜜月，他就搬到侯小梅家住。

侯小梅体谅柯家的难处，将侯家弄成他们的婚房。赵秦军和柯母就不愁买房了，老两口也老了，没能力买房。一家人靠赵秦军的退休金过活，就算柯母再精打细算，日子还是过得很紧巴。柯耀强出去住，解决了要买房的难题，也解决了堵在老两口心里的难题。

赵聪儿也老大不小了，柯家的这小院，以后赵聪儿结婚也够用了。

生活给人一点甜头，还不忘记要狠狠地给人一记耳光，让人记住它叫生活。胡大木尝到当队长的甜头之后，思想发生了翻天覆地的变化，没人喜欢头顶个大绿帽子，到处招摇过市。虽然刘爱爱将身体作为武器，为胡大木打下一片“天地”，但他怎么也过不了心里的坎，对刘爱爱冷落、厌恶的态度，让欲望很强的刘爱爱受不了，夫妻关系日渐恶化，见天吵架。

以前胡大木满足不了刘爱爱，还有王杰远哩。王杰远是情场高手，每次都能让刘爱爱心满意足。可王杰远一走，再也没回过矿上，把刘爱爱忘到耳朵背后了。胡大木的态度大大刺激了刘爱爱，她见不得胡大木这副嘴脸，一日夫妻百日恩！男人就没一个好东西，都是过河拆桥的主，王八蛋。老娘给你努力了一官半职，你还嫌老娘脏？没老娘能有你的今天？还有王杰远那畜生，老娘一心一意伺候，可这龟孙子忘了，竟装着不认识老娘了，真想一把撕了他的嘴脸，看他还伪装不！胡大木再不好，也是自己的男人、儿子的爹，看在这个份上，老娘忍了。可王八蛋还敢用这副嘴脸对老娘……自从刘爱爱去找王杰远，吃了闭门羹，心里就不平衡，脾气越发地不好了。

胡聪没考上大学，只能去上技校。三年制的技校，封闭式管理，一个礼拜回来一次。这就让他们的矛盾更加激烈，胡聪在家时，他们有所顾忌，吵架还有分寸。胡聪一去上学，这家就成了战场，两人一见面，就“炮火连天”。

女人惩罚男人，最狠的是吵架。男人惩罚女人，最狠的是打入冷宫，对她不闻不问，在精神上摧残。胡大木也将刘爱爱“打入冷宫”。刘爱爱哪能受得了？骂他忘恩负义、陈世美。你折磨老娘？老娘还不吃你这套，非要给你弄个大绿帽子，让你永世都戴着。为了报复胡大木，刘爱爱勾引男人，一勾引一个准，很快，矿上的男人都想吃刘爱爱的豆腐，胡大木家出出进进的男人，多了起来。

夫妻在一起生活越久越能感知到对方的变化。胡大木也不是吃素的，早知道她不对劲了，就暗中取证，将她和潘安贤堵在床上，这叫捉奸在床。没证据，哪敢发飙呢！胡大木冲进卧室里，抓住一丝不挂的奸夫淫妇，就是一顿乱打。

但他压根不是刘爱爱和潘安贤的对手。

也怪胡大木将刘爱爱伤得太深，为了离婚，对刘爱爱实行家暴。被打得伤痕累累的刘爱爱在心里恨他，打死也不离婚，只想给他戴绿帽子。所以，事情暴露了，她一点也不害怕，反而和潘安贤联手把胡大木打了一顿。

胡大木咋能咽下这口恶气呢？他被打得不能动弹，在家里躺了三天，脑子里一直都在高速运转，思前想后都是怎么去出这口恶气，君子报仇十年不晚，想不出来一个上上策，他是不会贸然行动的。第四天，他心事重重地下井，也没弄清是怎么回事，就被皮带卷了。

从来没发生过这样的事情，在场的人都被这突如其来的事故吓傻了，混乱中，大家将胡大木从皮带上救下来，送到医院，命是保住了，却高位截肢了，失去了男人的尊严和功能。倒霉到家的胡大木，他的悲剧并没就此结束，而且不断地上演。

疾恶如仇、欲望强烈的刘爱爱，更加疯狂了，当着他的面和张三李四翻云覆雨，换着花样给他“演电影”。“士可杀不可辱”呀！气得他咬牙切齿，躺在床上的他已没能力左右人和事，只有忍受着。

文家平息了十个月的婆媳大战，又开始了，事态已到了不可收拾的地步，战争连连爆发。只要发生战争，文斌就很痛苦，上班耷拉着头。柯耀强见文斌很痛苦，问他他也不说，毕竟他不想家丑外扬。文斌不说，柯耀强不再问了，这也就埋下了祸根，如果能早点解开文斌的苦痛，也就不会有后来的悲剧。

董月珠压根不懂“哪里有压迫，哪里就有反抗”的真理，她在“打倒的媳妇揉倒的面”思想驱使下，非要将岳鸣踩在脚下不可。岳鸣一看婆婆的表现，特别不舒服，心想：生女孩怎么啦？没功劳有苦劳。生孩子过程是爱的惩罚！痛得全身细胞都松软了，一辈子都不想遭这罪了，“人生人、吓死人”，现在想起来都后怕，经过千辛万苦，却换来婆婆这态度。她看着婆婆的嘴脸，就觉得委屈，再加上产后忧郁，孩子的哭闹，让她都快崩溃了，一再忍让，只能让婆婆气焰更加嚣张。人的忍耐是有限度的，发飙、跋扈却没限度，她就不想忍让了，“老虎不发威，你当是病猫呢！”这种日子岳鸣过够了，只想打压婆婆的锐气。

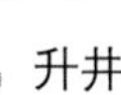

董月珠认为，生了女孩，就没资格委屈，是岳鸣还把自己看得贵重，女人生孩子天经地义，女人不生孩子，还是女人吗？没见过像她这样生了个丫头片子，还感觉给文家立了汗马功劳！要是生个儿子，她怎么样都行，可她没“母以子贵”的福气，就别装成受虐待的小媳妇，再说没人虐待她。

女人们爱钻牛角尖，这婆媳也不例外，她们在牛角尖里较劲，谁都没“退一步海阔天空”的觉悟，更没“宰相肚里能撑船”的气度，婆媳为争高低，把原本就不太和谐的日子过成了一地鸡毛，就这样家里火药味飙升。

文斌夹在中间，感到棘手，每天都被家庭矛盾弄得闷闷不乐。

要是婆媳换位思考，也不会有以后发生的事情了，可她们谁也没有认识到这样下去的危害，反而连本带利地伤害对方，让文斌更加难做人了，他是老鼠钻风箱——两头受气。婆说婆有理、媳说媳有理。文斌去劝他妈，董月珠骂他是娶了媳妇忘了娘的不孝子；他去劝岳鸣，岳鸣将委屈娓娓道来，让他觉得对不起岳鸣。

文斌看着泪流满面的岳鸣，就心疼，他爱岳鸣，真的很爱，可这份爱却弥补不了她的痛苦，男人给媳妇的只有一肚子委屈，这爱也太微不足道了。他觉得说谁，都是自己不对，不能说媳妇，也不能说母亲，只想稀泥抹光墙，稀里糊涂不得罪任何人。他将婆媳矛盾想得太简单了，以前是岳鸣不吱声，董月珠唱独角戏，有时觉得没意思，就不唱了。自从岳鸣生完孩子，身体虚弱，孩子又没人照看，她带孩子又没经验，而婆婆又不管孩子，这让她无法控制心情，和婆婆一触即发，婆媳见天开火，家成了没有硝烟的战场。

虽然文斌不说，但柯耀强知道他痛苦的原因，就想去劝劝岳鸣和董月珠，让她们别再吵了。文斌心神不宁上班，是很危险的举动。他俩是井下搭档，不能眼睁睁看文斌出了事，再去调节文家的矛盾，那就为时已晚了。

下早班，等他们升井，已下午三点钟。文斌闷闷不乐地洗完澡，低着头回家了。柯耀强看在眼里，急在心里，回到家时，侯母去打麻将了，桌子上是侯母给他们做的饭菜。吃完饭，侯小梅去写作，他就去文家，刚走到家门口，就听见董月珠尖细细的声音大骂着：“不知好歹，我这样地伺候你，你就知足吧！”

柯耀强一脚刚踏进院子门，屋里传出岳鸣的声音：“你可以不伺候我，我也受够了。”

“哎呦呦！你还不知足，拍着胸口想想，你为文家做了什么，扫把星，没工作不说，还害得我家破人亡，连个男娃都生不出来，你想让我们文家断子绝孙呀。”

董月珠说话太难听了，柯耀强听不下去了，从文家退出来，站在过道上，左右为难。人常说，清官难断家务事。这婆媳胡搅蛮缠起来，就他这水平，进去了也断不清，到时还被她们埋怨。不进去，又让他撞上了，不替文斌平息，心里不舒服，也许他进去，她们就不吵了。他跨进门槛，可心里又打起退堂鼓：还是改天吧！现在她们都在气头上，劝也是白劝。他又退出院门。

柯耀强从文斌借居的李家院子里出来，走到官道上，远远看见文斌低着头，很痛苦的样子，进了小爱凉皮店。

岳鸣婆媳并不知道外面发生的一切，还喋喋不休地吵闹：“生男生女，是孩子他爸决定的，有你这断子绝孙的诅咒，能好吗？家和万事兴，懂不？”岳鸣说着，抱着孩子去山上看沙枣树了。权当是回了一次娘家，在她心里，沙枣树就是爸爸妈妈哥哥。让沙枣树看看孩子，也权当是爸爸妈妈看到孩子了，这就是远嫁女子的悲哀。

刺眼、并不热情的阳光，将岳鸣抱着孩子的孤单身影，浓缩成一片叶子似的，投射在厚重而荒凉的黄土高坡上，显得特别孤单、无助。

沙枣树在风中摇曳，岳鸣靠在沙枣树上，将孩子的脸露出来：“爸爸妈妈，看看你们的小外孙女，叫悦悦，希望她每天都是喜悦的，我真的想你们呀！爸爸妈妈……这天大地大，却没我的容身之地呀……”岳鸣哭诉着，将在文家受的委屈，又哭诉出来。

岳鸣将重心放在孩子以及与婆媳大战上，却忽略了文斌的变化，尤其是文斌情感和思想的变化。因此，她尝到了做母亲的甜头时，也被命运给了一个重重的耳刮子，让她尝到了背叛的滋味。浸泡在婆媳大战中的岳鸣，万万没想到，在她心里至高无上、纯洁无比的爱情，被文斌无情地碾碎了，玷污成了一地尘埃……

背叛

矿上的冬天，往往从人们储存过冬的蔬菜开始。

每家厨房都有地窖，用来储存土豆、红萝卜、白萝卜、大葱大蒜、大白菜等蔬菜，腌一缸大酸白菜，再腌一大缸以辣椒、豆角、莲花白为主的大杂烩，整个冬季都指靠这些蔬菜。

今年，纪红云不仅腌制了咸菜，还做了十几瓶子西红柿酱。两孩子都喜欢吃西红柿鸡蛋面。冬天，隔三岔五给孩子们做一顿，看着孩子们吃得津津有味，她特别高兴。

趁西红柿最便宜时，纪红云早早地买了一大筐子西红柿，又从卫生所里要了十几个用过的输液瓶，回家后，将瓶子洗得晶莹剔透，倒扣着摆在案板上。一缕阳光，从厨房窗子射进来，照在瓶子上，瓶子更加明亮了。她将西红柿洗干净切碎了，灌进瓶子里，灌满塞上橡皮塞，放到锅里煮二十分钟，西红柿酱就做好了。

放学回家，高姗看着一瓶一瓶的西红柿酱，高兴地喊着："到了冬天，我们可以吃西红柿鸡蛋面啰！"高姗一喊叫，小黑摇头摆尾起来，围着高姗撒欢。孩子们爱狗，狗也很爱孩子们，这个残缺的家庭里，只有这时，才有欢声笑语。

高原不说话，抱着西红柿酱瓶子去储备间。矿上盖的平房，结构是一模一样的。纪红云家所谓的储备间，其实是客厅隔出来的小房间，和柯耀强没结婚时的卧室是一个位置。纪红云家里人少，到了冬天，娘仨挤在厨房里，客厅里不用架火，很冷，这卧室就当成储备间。高原很懂事，不管是学习还是干家务活，都很认真。高姗见哥哥在劳动，也过来帮忙。不一会儿，兄妹俩将西红柿酱搬到了储备间里。

没过几天，矿上的风变得刺骨起来，漫长的冬天真正来临了。

新婚燕尔之后，侯小梅将精力放在写作上，灵感像被激活了，驱使她不停地写。写着写着，她想写一部反映矿工生活的长篇小说，这是结婚之后她最想干的事情。心动不如行动，她专心酝酿构思起来，经历了这么多事，她收集了不少的素材。在生活最底层矿工身上发生的事，尤其是柯耀强的经历，都让她感动。

从小就生活在矿区，矿上一草一木她都很熟悉，矿上的细微变化，她都亲眼目睹。她深入矿区生活，又能体恤到矿工生活的艰辛，他们对待生活积极的态度，和自带光芒的温度，大大鼓舞着她。

初学写作的人，写自己最熟悉的生活，才能写出真情实感来。

侯小梅想写的欲望越来越强烈，每天，她坚持写熟悉的矿区、熟悉的生活，写起来非常得心应手，驾驭起来也轻松。有时，她三更半夜起来写，让柯耀强看着心疼，但他不劝她，爱写，就让她写吧！权当写作是她的闺蜜，一个能倾诉的对象，一种减压的方式。她太可怜了，从小缺爱，长大了不仅缺爱还缺钙，写作能让她心身愉悦，就由她去吧！他见她一边上班，一边写作，很辛苦，于心不忍，就劝她慢慢写，不要太累了。她信心倍增，觉得自己的辛苦和矿工们相比，不算什么！就静下心来搞创作。

写作丰盈了侯小梅的生活，还让她找到发泄情绪的方式。现在，她觉得前所未有地充实，有老公疼爱，有写作陪伴，每天忙忙碌碌，却幸福满满。她用了六个月，完成了四十万字长篇小说《黑金子》的初稿，她兴奋地抱着柯耀强，流下喜悦的泪水。

不管这小说命运如何，能不能面世，都不重要，重要的是她完成了一项壮举，了结了一桩心愿，这就够了。更让她欣慰的是自己居然很能写，还很有才华。

柯耀强对她的爱，让她觉得幸福，“男怕选错行，女怕嫁错郎。”婚后，让她真切感受到嫁对郎才是女人最大的幸福。

柯耀强现在很满足。婚后，他俩同时上班，下班回家，侯小梅写作，他收拾家务，和谐美满，将日子过成矿上人都羡慕的样子。他们在爱河里畅游，被滋润得精神抖擞。喜悦的心情让他们显得年轻、活力四射，和谐的夫妻生活，给他们最好的现状，真是人逢喜事精神爽。

侯小梅两个姐姐成家立业了，都在一个矿上，平时都不回来，低头不见抬头见的，有事情才回来，没事各过各的日子。侯母麻将瘾很大，一天到晚，除了吃饭和睡觉，其余时间都在打麻将。

婚后的孟平安，也被幸福包围着。半生都在经历不幸的柯耀霞，更懂得珍惜这来之不易的幸福。孟平安和柯耀霞都是奔五的人了，两个人能走在一起，实属不易，所以他们都很珍惜。正如托尔斯泰在《安娜·卡列尼娜》的第一章第一句

话：幸福的家庭都是相似的，不幸的家庭各有各的不幸。天底下的幸福没多大区别，不幸却是千姿百态的。

被幸福包裹着的孟平安，约柯耀强一起去看看胡大木，不管曾经发生过什么，毕竟和胡大木有着几十年的交情。胡大木的处境，着实让人同情。

当他俩提着营养品到了胡大木家，胡大木已被折磨得人不人、鬼不鬼，披头散发、皮包骨头地躺在床上。不看不知道、一看吓一跳，他俩都吓了一跳，只能控制住惊讶，给胡大木说些宽慰的话，帮他树立活下去的勇气。

说着说着，胡大木泣不成声，他现在才真正感受到什么是世态炎凉和生不如死，这么久，也只有孟平安和柯耀强来看望他。他家出出进进的男人，都不是来看望他的，而是给他添堵的。胡大木抓住孟平安和柯耀强的手，哽咽地说："你俩才是我的兄弟呀！我也不害怕你们笑话，我现在都不如武大郎，我倒希望她像潘金莲一样，给我一个痛快，让我不受折磨。唉！我现在就是个废人，废物的我，连死的能力都没有，只能每天躺在床上，生不如死。"

"你可别这么想，你还有胡聪，多想想孩子和那些开心的事情。"孟平安安慰道。

"好我的兄弟哩！你看看我这个样子，哪有开心的事情？"胡大木说的是事实，谁都能感受到他的痛苦，说真的，他哪有什么快乐可言？

"不管怎么样，你都不能悲观，有你在，这个家还是姓胡的，你要是不想活了，这个家都不知道是谁的了。你不觉得你儿子可怜吗？"柯耀强说完，就后悔了，害怕自己的话刺激了胡大木，但是说出去的话，也收不回来了。

"你俩说得都对，儿子是我的希望，但……不说了，队上啥都好吧？"

"队上一切都好，大伙都惦记你哩，都说要来看你，被我阻止了。"

胡大木知道孟平安这么说，是安慰的话，但他还是有一丝的快乐，这苦难的生活中，有这一句善意的谎言，给他苦兮兮的心里，添了一丝温暖。他紧紧握着孟平安的手。

从胡大木家出来，柯耀强心情特别沉重，看了一眼孟平安，孟平安的脸色很难看。他俩谁也不说话，都唏嘘着，各自回家了。

文斌最近心情好，精神焕发。

柯耀强看文斌心情不错，还以为他家的婆媳大战化解了，这就对了！一家人和和气气多美满。井下的工作，可千万不能带着坏心情去干。他俩是搭档，文斌心情不好时，柯耀强常常提心吊胆，在心里捏一把汗，现在文斌状态不错，他也就放心了。

可让柯耀强万万没想到，还是发生了要命的悲剧。

因为婆媳矛盾和孩子的吵闹，让文斌下班回来休息不好，为了能睡个囫囵觉，文斌向矿上申请，要了一间宿舍。矿上的新楼房已建成了，但要住进去，还得一年时间。文斌说家里太吵了，休息不好。岳鸣为文斌着想，就同意了，她太信任文斌了。

没想到她的信任，却是击碎她的武器。

文斌和刘小爱的奸情，岳鸣并不知道。这种男人在外面彩旗飘飘的事，老婆一定是最后一个知晓的人，再加上岳鸣不爱串门子，不爱扎堆，她和矿区人格格不入，所以，没人会告诉她文斌出轨了。直到刘小爱的丈夫王源，将刘小爱和文斌堵在床上，打得不可开交时，她才知道。

岳鸣什么都可以忍受，唯独不能忍受文斌背叛她。她将孩子用背带捆绑在背上，疯了一般，冲进单身楼。围观的人看见她来了，很自觉地给她让道。当她冲进捉奸现场，文斌已被王源打得鼻青脸肿、面目全非了，和刘小爱蹲在地上。

刘小爱披头散发，将头深深地埋在两腿之间，完好无损的样子。岳鸣看了一眼文斌，文斌被打成这样，让她心疼又生恨，再看一眼刘小爱，就来气了。她一个相扑，就将刘小爱压在身下，在刘小爱的身上乱打乱抓。

文斌一把将岳鸣从刘小爱身上推到地上："你要打，就打我，我爱小爱。"

文斌这一句，将在场的所有人震惊了，每一个字灌入到岳鸣的耳朵里，就像是一刀一刀地刺着她。岳鸣的世界彻底垮了，任凭孩子被惊吓而大哭不止，她傻愣愣地看着文斌将刘小爱搀扶起来，抱在怀里。她的丈夫，她在这个世界上最亲近的人，不顾忌她和孩子的死活，还当着她的面，当着所有人的面，抱住这个狐狸精，还口口声声地说他爱这个狐狸精。

天呐！这个世界怎么啦？这人心都怎么啦？这个世界上最靠不住的是人心和感情吗？"醒醒吧！岳鸣，文斌他已不值得你爱了，更不值得你为他伤心了，离开这儿吧！离开才是你最好的选择和挽回尊严的唯一办法。"想到这儿，岳鸣慢慢地站起来，背着孩子，像被人抽了筋似的，踉踉跄跄往外走，走出单身楼，站在马路上，回头向山上看了一眼。

"再见了沙枣树，谢谢您的陪伴！"岳鸣深情地看着半山腰的沙枣树，要说在这个矿区，还有什么让她留恋的，也只有这棵沙枣树了。两行泪从岳鸣苍白的脸上滑落。

岳鸣背上的孩子，已经哭哑了嗓子，发不出一点声音来。

岳鸣将孩子从背上解下来，抱在怀里，摇摇晃晃地顺着公路走去，她脑子里一片空白，只是不停地走。只有走，才能离开这个伤心的地方，想要赶快离开这儿，只能不停地走。走！此刻岳鸣脑子里，只有这个走字了，走，走到哪儿？她并不知道，只是往前走，能走到哪儿是哪儿？反正要尽快地离开这儿，才能保住自己的心，才能保住自己怀里的孩子。

当柯耀强骑着摩托车追上岳鸣时，她已经走出十里路了，孩子在她怀里睡熟了，她只是精神恍惚地往前走，没有目的地顺着马路走，她的脚已经磨出血泡了，她只能一瘸一拐地走。

“岳鸣。”柯耀强用摩托车挡住了岳鸣的去路。

岳鸣傻呆呆地看着柯耀强，看了半天，也没认出来：“你是谁呀？挡我的路？”

“我是柯耀强呀！”

“柯耀强？柯耀强？”岳鸣歪着头，直勾勾地看着，好像没认出他来。

“岳鸣，是我，我是柯耀强呀，文斌让我来找你。”

一听到“文斌”，岳鸣“哇”地哭出声来，她的哭声将柯耀强吓了一跳，也将岳鸣所有的悲伤勾引出来，她看了看四周，就号啕大哭起来，怀里的孩子也被吓得哭起来。

“岳鸣，你别哭了，看把孩子吓的，你不为自己着想，也要替孩子想，来，把孩子给我。”

岳鸣不信任地看着柯耀强，停止了哭声，紧紧地抱住孩子，胆怯的样子，让人看着心疼。

柯耀强从岳鸣这一系列的动作中，看出她已精神不正常了，他知道她已到了精神崩溃的边缘，再不能受刺激了。所以，他不敢轻易说话，也不敢贸然行动，只能随着她的意思来。

可怜的孩子，已经哭累了，睁大眼睛，好奇地看着天空。岳鸣看着襁褓里的骨肉，慢慢地平静了下来，母性战胜了悲痛。孩子明亮的眼神，给了她无限的勇气，为了孩子，应该好好的，只有自己好好的，才能保护好孩子。

岳鸣看着孩子，脸上的表情，慢慢地柔和起来，心想：“为母则刚”，我必须尽快地坚强起来，才能不让我的孩子受罪，只有我好，我的孩子才能好。孩子是无辜的，不能把不幸让她来承受。

柯耀强看岳鸣慢慢地平静下来，就让她坐在路边的石头上，“岳鸣，你在这儿坐会，我去给你买些吃的喝的，好不好？”

岳鸣点了点头，抿了抿干裂的双唇，低下头，目不转睛地看着怀里的孩子。孩子见妈妈看自己，也就“哦哦”地说话，也许只有妈妈最懂这咿咿呀呀是什么意思。

“悦悦，不要害怕，有妈妈在，乖。”

“哦，哦。”孩子手舞足蹈，压根不懂什么是痛苦，只要妈妈在，就是她的幸福，看着妈妈和自己说话，就高兴地手舞足蹈起来。

柯耀强看着岳鸣和孩子，心里说不出的滋味。文斌真是个王八蛋，这么好的女人和孩子，也忍心伤害？他一想到文斌，就恨铁不成钢起来。看岳鸣的情绪稳定下来了，他赶紧骑着摩托车去买吃的。

看着孩子的笑脸，岳鸣乱糟糟的心情，慢慢地恢复了平静，自己受多少罪，都无所谓，可不能让孩子受罪，她还小，还离不开妈妈，文斌的不负责任，不能影响到孩子。岳鸣抬起头，环视着周围，才发现她和孩子被这层层叠叠、连绵不断的丘陵包裹着，前不见村，后不见店，这马路上连个人影子都没有，天大地大，却没有她和孩子的容身之处。

岳鸣呀岳鸣，你这干的什么事呀！你上辈子是造了什么孽，这辈子要经历这种苦难？你以为你遇上的是痴情人，其实就是负心汉。文斌呀文斌，你为什么要背叛？为什么和别人搞破鞋？为什么要伤害我？我和孩子该怎么办？这身无分文的，我们该怎么办？老天爷你给我指条明路吧！岳鸣想到这儿，泪流满面，无助地看着天空。

夕阳西下，岳鸣抱着孩子孤单地坐着，不知何去何从。回矿上？不行，文斌已经不爱自己了，回……哪有什么地方让自己可回的？岳鸣觉得自己真是走投无路，还不如就此解决了算了，活着也没意思，不如死了。一想到死，泣不成声的她，看着怀里的孩子，孩子像小鸟一样，在怀里扑棱棱的，凑着小嘴，在怀里寻着，孩子饿了。

岳鸣掏出奶头，放到孩子嘴里，孩子吸吮了一会，哭了起来。她没吃没喝的，再加上气急攻心，也就没有奶水。孩子吃不到奶水，被气哭了。

孩子哭，岳鸣也哭，她觉得走投无路，却无处话悲凉。哭着哭着，就压制不住悲痛，号啕起来。

“嘟嘟”的摩托车声由远而近。柯耀强买了面包和牛奶。

岳鸣实在太饿了，用袖子抹了眼泪，接过面包和牛奶吃起来，这样孩子才能有奶吃。

只要岳鸣吃，柯耀强悬着的心，就放下来："岳鸣，让我抱抱孩子。"

岳鸣把孩子递给柯耀强，只是低头吃着。

柯耀强抱着孩子，孩子笑吟吟地看着柯耀强，乖巧的样子，都把他融化了。这么好的孩子，咋就遇到王八蛋的父亲？真是知人知面不知心呀！文斌咋能犯下这么不可饶恕的错误！

柯耀强看着岳鸣狼吞虎咽地吃完，就试探地问："天不早了，咱们回。"

"回？"岳鸣抬起头，又直勾勾地看着柯耀强。

柯耀强被看得心里发毛，他不懂岳鸣的眼神，害怕又刺激到她。

"你看天黑了，娃还小，不能待在这荒郊野外的，是不？"

岳鸣看着天色，真的不早了。是呀！不能让孩子待在这荒郊野外呀！

"听话，不管怎么样，先回到矿上。"

"回，回，往哪儿回？文斌能有今天，都是你教的。"岳鸣凶巴巴地冲着柯耀强喊。

"我……关我啥事？"

"不关你的事？文斌以前不是这个样子的，他在没回矿上之前，不是这样子的，他不和你搭班，也不是这个样子的，都是你把他教坏了。他王八蛋，你也王八蛋，矿上没一个好人，狐狸精狐狸精，呜呜！把好端端的文斌给带坏了。可怜的娃呀！"岳鸣哭喊着，扑过来抱住孩子，将脸埋在孩子的身上。

孩子被吓得哇哇直哭。

"岳鸣，你能冷静点吗？看你把孩子吓的，孩子经不起这样吓，狗狗乖，不害怕，不害怕。"柯耀强说着，摇摇孩子，孩子撇着嘴，一副委屈的样子。

"大人再委屈，不要吓孩子，你看看把孩子折腾成啥样子。你是个懂事又讲道理的女人，事情发生了，就要去解决，是不？你在这儿哭天喊地，只是吓着孩子，折磨你自己。"

听了柯耀强的话，岳鸣止住了哭声，肩膀一耸一耸地抽噎着。

"这么冷的天，把孩子弄病了，就得不偿失了。你痛苦，我能理解，但你是伟大的母亲，要替孩子着想。文斌做得很不对，但也不能用他的错误来惩罚你和孩子呀，孩子是无辜的。赶紧跟我回吧，你看把孩子嘴都冻紫了。"

岳鸣这才收起悲伤，抱住孩子，跟着柯耀强回到矿上。

他们回到矿上，岳鸣死活都不回李家，柯耀强只好把岳鸣带回侯家。

侯小梅看见他们回来了，赶紧给他们弄饭。等他们吃完饭，侯小梅一直陪着岳鸣，慢慢地开导她。

第二天，柯耀强和侯小梅都上中班，文斌也上中班。

文斌始终都没来找岳鸣。这让岳鸣更加伤心了，吃饭时，眼泪啪嗒啪嗒地往碗里掉。看着她的样子，真的让人心疼。

背过岳鸣，侯母和侯小梅给柯耀强交待，上班时见了文斌，要好好地劝一下，犯错误不可怕，要有改正的态度，让文斌给岳鸣认个错，再哄哄，事情就过去了，都要替孩子着想。侯母让他们都去上班，她留下陪岳鸣，再开导开导岳鸣，就会大事化小、小事化了的。

在浴池里，柯耀强见到鼻青脸肿的文斌。看着文斌一夜之间苍老和萎靡不振的样子，柯耀强又气又恨还有同情，准备要好好批评一下文斌，但看他的样子，批评的话，柯耀强收回了，只是拍了拍他的肩膀："要不，你休息吧！你这状态，最好别下井。"

"柯哥，谢谢你们照顾岳鸣，岳鸣在矿区待着很不开心……唉！算了，我不想解释，我的解释，你们也不会相信的，我只请你以后多照顾岳鸣，多开导她，让她回去吧！"

"回去？回到哪里去？"柯耀强不解地问，他真没弄懂文斌的话。

"回到她娘家去，她待在矿上就是受罪。"

"你说这话，太不负责任了！"柯耀强不想理文斌，换好工作服，下井了。

文斌真没下井，也没找岳鸣，像人间蒸发了，谁也不知道他的去向，到了第三天，他来上班了，而且精神焕发，像没事人一样，和大家说说笑笑的。

柯耀强对文斌恨铁不成钢，压根不想理他，对他的反常更没啥想法，也许这就是当事者迷吧！和往常一样，他俩背着炸药、雷管，到了掌子面。已经累得气喘吁吁的，就坐下来休息。文斌依旧从挎包里掏出饼子，掰碎喂老鼠："还是你们幸福，无忧无虑的。"

柯耀强听了，心里很不舒服："你打算就这样下去吗？"

"不这样，还能怎么样？"

"你这怂，还不去给岳鸣道歉。"

"哥你不懂。"文斌打断柯耀强的话，慢吞吞地说："哥，岳鸣不会原谅我的，我也没脸见她，你劝劝岳鸣，让她回去吧！"

"你说的是人话吗？哎！没看出你这怂人，是这货色。"说着，柯耀强站起

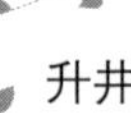

来，狠狠在文斌的屁股上踢了两脚，吓得吃食的老鼠们“吱吱”乱窜。柯耀强拿起电钻去打眼，文斌跟在他的后面，到了要打钻的地方，文斌一把夺过电钻，去打钻。

文斌抱钻头打眼，却抱不住钻头，这不应该呀！每次都是他抱钻头打眼，熟能生巧，技术和窍门，他都懂呀！可他就是抱不住钻头，老打偏。看着他瘦小的身板，抱着钻头摇来摆去的，累得满脸通红，喘着粗气，大汗淋漓。柯耀强真想再踢他几脚，心想：你看看你弄的这是啥事呀？家里放着好好的妻子，不疼不爱的，倒殷勤地跑去爱别人的老婆，让人家把身子掏空了，连个钻头都抱不住。柯耀强很生气，但他忍住了，再没向文斌发火，赶紧过来帮忙，把文斌换了下来。

他理解文斌，男人么，就这德性，现在说多了，都是不愉快，所以，对文斌，柯耀强不责怪和劝说，将对他的不满都发泄到打炮眼上，一口气打了三个炮眼。炮眼打好，柯耀强就去休息了。文斌开始装炸药，埋雷管，这是他们的工作，应该特别熟悉，很快文斌将三个炮眼装满炸药和雷管、导火线，一切就绪后，他示意让柯耀强躲起来，他负责点燃导火线。柯耀强刚躲好，文斌就来了。“嗵，嗵！”只有两声炮响，浓烟滚滚，哗哗的煤块往下倒着，等了好久，也没听见最后一声炮响，完了！出了一个哑炮。

出现哑炮就麻烦了。

柯耀强还没反应过来，文斌穿过黑烟团，跑去排查，他年轻，动作敏捷。等柯耀强反应过来，文斌已到了哑炮的地方，他刚抬起右腿，哑炮响了，将文斌炸得飞出去好远。柯耀强是靠文斌头上的矿灯来判断他的位置的，这束代表着文斌的光，被炸飞了。

柯耀强亲眼目睹了这一切，吓得尿裤子了，赶紧通知人员抢救。

拯救

三天了，岳鸣没等到文斌来。他这种不理不睬的态度，让岳鸣心里原本就不太牢靠的一丝希望，彻底粉碎了。伤心欲绝的她，对他不再抱任何希望了。心死了，就没有所谓的眷恋了，现在，她真的该走了，她想起了女作家张爱玲的一句话："在你面前，我变得很低很低，低到尘埃里。但我心里是喜欢的，从尘埃里开出花朵来。"她遇到文斌，也是把自己低到尘埃里，她以为这是最好的爱情，到头来才是最大的伤，这种伤不是鼻青脸肿的，而是心死了。一个人没心了，她还能活多久呢？

理想很丰满，现实很骨感。看着襁褓里的悦悦，岳鸣突然不悲伤了，觉得文斌不值得她悲伤。"离开这儿，把悦悦养大成人，才是岳鸣你要干的事情。"她自言自语道。是呀，该离开了。岳鸣抱着悦悦，又想去看看沙枣树，这棵不悲不喜的沙枣树，在岳鸣的感情里是最亲的，要走了，去看看沙枣树，也是人之常情。

岳鸣抱着孩子，刚走到官道上，看好多人往市场跑。现在，这儿发生的一切，即使人命关天的大事，都和她没半毛钱的关系，所以，她不在意人们的奔跑，一副事不关己的样子，低头往山上走。在离开之前，她要将在这儿受到的所有委屈，说给沙枣树。现在，在这个世界上，只有这棵沙枣树，才不会出卖和背叛她。

岳鸣要彻底告别，她要将这儿发生的人和事、幸福和不幸、开心和不开心、好的坏的，都统统忘记。之后，带着悦悦找一个无人认识的地方，重新生活，往后余生只为自己和悦悦而活。

风像刀子一样，一个劲地往衣服里钻，真冷呀！岳鸣打了个寒战，襁褓里的悦悦也冻得打哆嗦。风太大了，岳鸣放弃了去山上，她害怕冻坏了悦悦，就折身往市场边的马路上走，她要在路边拦一辆拉煤的车，捎带她们离开这儿。她刚走到学校门口，就看见侯小梅和柯耀强匆忙地迎面而来。

"岳鸣，文斌他……"柯耀强哽咽地说不出来。

岳鸣没吱声，也没表情，只是看了一眼柯耀强和侯小梅，柯耀强脸色特别难看，侯小梅脸色也不好。岳鸣还以为他们是来劝自己的。

“岳鸣，你是个坚强的人，你要挺住。”侯小梅还以为岳鸣知道文斌出事了。

“谢谢你们对我的关心！”岳鸣向他们鞠躬，以表示谢意。

“你这是咋了？”柯耀强疑惑地问。

“岳鸣，我们赶紧走。”侯小梅过来从岳鸣怀里接过孩子。

“谢谢你们来送我。”

“你去哪儿？”

“我要走了，再次谢谢你们！”

“你不知道吗？文斌出事了。”

柯耀强还没有说完，岳鸣脑子“嗡”就空白了，她傻呆呆地站在那儿，半天缓不过劲来。

等柯耀强、侯小梅和岳鸣到了总院，文斌已在手术台上，情况不是很乐观，医生已下了病危通知书。面对死神，岳鸣忘记了文斌对自己的伤害，只是一个劲地祈祷，让神灵保佑。

时间仍旧不慌不忙地流逝着，岳鸣觉得像过了一个世纪，此刻，爱恨情仇在她心里，宛如一缕被风吹散的云烟。焦急不安的她，只希望神灵保佑文斌能化险为夷。如果文斌能吉人天相，让她干什么都行，即使用她的生命去换文斌的生命，她也义无反顾，决不畏首畏尾的。

有些人一旦爱上了，他就会让人爱到骨髓里，要想忘记他，就要受挖心剔骨之痛。岳鸣知道自己有多么爱文斌，这份爱在外人眼里，就是傻。

五个小时之后，文斌被推出手术室，因为伤势很严重，需要转到省城的大医院。岳鸣只好把孩子留给侯小梅，和柯耀强、孟平安跟着救护车去了省城。

在省人民医院的走廊上，岳鸣时刻都趴在ICU病房的玻璃窗上，看着全身插满管子和被纱布包裹着的文斌，寝食难安。文斌生死未卜，她欲哭无泪，却非常沉着冷静，她明白自己不能有任何的闪失，悦悦需要她，文斌需要她。她不能伤心，不能崩溃，她要为文斌祈祷，要守候着文斌。有她的守候，死神才不敢把文斌带走，她需要他，孩子以及让她伤透心的婆婆，都需要他，文斌不能死，绝对不能让他死去，不惜一切代价，都要把他救活。

岳鸣心里很清楚，此刻，她不能乱了阵脚，她要保持头脑清楚，才能处理好眼下一大摊棘手的事情，才能从死神手里夺回文斌。

悦悦吃母乳，岳鸣的乳房猛扎扎地胀了五六个小时，不给孩子喂奶，她的乳房像充盈的气球，不碰都往外溢奶水。起初她觉得胀了还躲在卫生间里往外挤，她想为悦悦留下奶水，这旺旺的奶水是最省钱最好的营养。可后来她放弃了，文斌这样子，一时半会是出不了医院的，而且不知道还要拖多久，孩子三四天不吃奶，也就回奶了。

一想到悦悦没奶吃，岳鸣的眼泪像是断了线的珠子，一颗一颗地滑落着；可一想文斌生死未卜，她就又狠下心来断奶。为了能最快回奶，她不去挤，乳房却胀得结成硬块，又胀又疼的特别难受，还发烧。到了第三天，她胸前的衣服湿漉漉地包裹着乳房，看一眼都替她担心，可她无暇顾及。因为乳房的郁结，发烧已出现冷颤，但她还是一动不动地趴在ICU病房的玻璃窗上往里看，默默地为文斌祈祷。

如果苍天有眼，都是被岳鸣的虔诚感动的。七天后，文斌脱离了生命危险，住进单间病房，这样岳鸣就可以照顾文斌，她悬挂的心才稍微放下来一点。但在医生和她谈过话之后，岳鸣的心又被提到嗓子眼了，文斌有可能成为植物人。

自从文斌井下出事后，董月珠魂都吓飞了，她突然意识到这一切都是对自己的现报，人常说行善积福，大人行善才能给儿孙们积下福，家里接二连三出了这么多事，都是自己嘴损、刻薄、跋扈，女人的嘴，是家里的风水，可自己从来就不知道管住这张破嘴，尤其是女儿文静和老头子相继去世，自己把这一切悲剧都归纳到岳鸣的身上，才再一次弄出悲剧来。“老天爷呀！有啥报应，你就冲着我来，请你手下留情，放过我儿子！”

因为文斌伤势比较严重，需要住很长时间医院，悦悦只能让婆婆带着。岳鸣将家里安排好，一心一意地护理文斌。医生说植物人是可以醒过来的，只要有这个可能，岳鸣就不害怕，她一定要让文斌醒过来，她牢记着医生给她说的每一句话，那都是救文斌的方式方法，她牢记着植物人的护理知识。她信心十足要用爱唤醒文斌，但有一条护理，让她痛苦万分，因为文斌的一条腿截肢，牵引到他命根的神经，为了保住他的功能，必须要刺激它，这叫物理疗法——现在拯救它的唯一办法，就是用嘴。

岳鸣开始没听明白，一脸茫然地看着医生。经验丰富的医生一看她的表情，就知道她没懂自己的意思，就用了很直接的白话将事情说清楚。岳鸣懂了，但她的内心翻江倒海地难受。如果文斌没背叛，岳鸣是文斌的妻子，为他做什么事情，她都心甘情愿，可现在原本属于她的乐园，被别人玷污了，让她觉得恶心，更要命的，还要她去拯救，这不是揭开她心里的伤疤，往上撒盐吗？

命运啊命运，你真会捉弄人，你在考验人性，还是考验岳鸣对文斌的爱？自从岳鸣知道文斌出轨之后，就发誓，一辈子都不碰文斌，她觉得那东西，再也不是她以前所稀罕的了，她觉得恶心，连看一眼都觉得恶心，可现在却要……

岳鸣过不了心里的坎，踉踉跄跄地从医生办公室出来，躲进卫生间里，抽噎了好久，也做了好久的思想斗争。她太痛苦了，可医生的话像一把锥子，锥在她的心上。是呀！男人可以没钱，可以没事业，可以没有一切，但不能没有尊严和本能。

岳鸣擦干眼泪，走出卫生间，一步一步地往病房走，她内心难以平静，但她还是按照医生的交代，去拯救文斌的命根子，留住他的尊严。当她关上病房的门，拉上病房的窗帘，她的眼泪在脸上流淌，她的心在滴血，她看见文斌的两腿根时，她好恨呀！恨得让她牙齿打颤，但她还是慢慢地俯身下去……

岳鸣严格按照医嘱，每天三次用嘴含住文斌的命根子，来刺激他的功能和欲望，让他不要失去男人的尊严。岳鸣全心全意地照顾文斌，却无暇顾及自己的身体，日渐消瘦的她，看起来很苍老，可她顾不上这些，每天像风车一样不停地转。直到有一天，她端着一盆子文斌弄脏的床单去洗，在走廊上遇见了她的邻居五婶，她才意识到自己的苍老和消瘦。

岳鸣和五婶原本已擦肩而过了，五婶都走了两步，停下来回过头仔细地打量岳鸣的背影，寻思了一下，又尾随岳鸣到了水房。

岳鸣只顾埋头洗床单。五婶在她身后左右、上下打量着，又通过墙上的镜子，确认是她之后，小心翼翼地问："你是不是岳鸣？"

岳鸣抬起头，惊喜地说："五婶。"

"哎哟，我的老天爷！真是你呀！"五婶咂巴咂巴嘴，将话咽了回去。

岳鸣明白了，转过脸，在墙上的镜子里，才端详出自己皮包骨头、蓬头垢面的沧桑。

经过简单的交谈，五婶了解到岳鸣的处境。五婶是看着岳鸣长大的，就像是自己的孩子一样，现在看着岳鸣被命运折磨的可怜样，流下心疼的眼泪。五婶也简单地给岳鸣说了说岳家的事情，岳家一切都好，让岳鸣放心，而且他们村里被开发了，人们都不种地了，更让岳鸣高兴的是她大哥开了房地产公司，发了大财。岳鸣听了五婶的叙述，苦楚的心里有了一丝甜蜜，替家里人和大哥高兴。

成为植物人的文斌被从省城拉回来，让原本寂静的矿区，爆炸性地"热闹"

起来。众说纷纭，但人们都替岳鸣感到气愤和不值，一个女人能做到这份上，真的是让人肃然起敬。

岳鸣为了所谓的爱情，跑到这鸟不拉屎的鬼地方，结果被爱情伤得支离破碎、千孔百疮的，可她还是相信爱情，深爱着文斌。文斌为他的所作所为付出惨痛的代价，这也是他活该，不值得人去同情的。

纪红云没见文斌现在的样子，只是听侯小梅说，文斌一动不动的，只是比死人多了一口气，吃喝拉撒全靠岳鸣伺候，更可怕的是他已经被炸得几乎毁容了，脸上和脖子还有全身不同程度地烧伤，皮肤被烧得皱皱巴巴的，奇丑无比。岳鸣已经骨瘦如柴，却将文斌伺候得挺好，文家的这一劫难，就苦了岳鸣。

纪红云也替岳鸣感到气愤，她觉得站在爱的角度上，岳鸣的所作所为，充分体现了她的胸怀，女人一旦深爱了，就没自我可言，就像自己一样，高二去世这么多年，按理说再找男人也是合情合理的，可自己过不了心里的坎。纪红云很同情文斌和岳鸣的遭遇，你说一个好端端的男人失去了一条腿，现在还生死未卜，能不能醒过来，就看他的造化了。

天气越来越冷了，人们出门活动的机会就少了，市场上没一家卖菜的。一切都寂静了，除了上班、上学的时间段内，矿上还能听到乱哄哄的声音，但这样杂乱的声音，很快就消失了。其余的时间，人们都冬眠了似的待在家里，整个矿区就寂静起来。

苍穹矿上，在这个寂寞的季节里，又发生了一件大事，井下又出事了。这是六七年来，第一次出这档子事，这次不是别人，而是赵憨儿。有时，生命真的很脆弱，像赵憨儿这样结实的人，也逃不过命运的安排。

冬至这天，赵憨儿出事了。

死亡

冬至的前几天，柯母就通知她所有的娃子们，冬至都要回家吃饺子，不回家吃饺子，冻掉耳朵可没人管。这是柯母每年冬至，都要给娃子们说的话，虽然这话在她已是成年人的“娃子们”耳朵里起茧了，大家还是很喜欢听老娘这么说。父母在，人生还有归途，有妈的唠叨，就是幸福。所以，冬至这天一大清早，柯耀霞第一个回到娘家。

柯耀霞和孟平安结婚之后，脸色红润了很多，人也年轻了，一眼就能看出她很幸福。这段时间也让她明白了，人这一生，不能去凑合，如果觉得不合适，就转身离去，离开错误的人和事，才不会让自己和别人难受，转身是另一种方式的开始。孟平安勤快，把家里的事情安排得井井有条，什么事也不让柯耀霞操心，还特别会心疼她，一心一意地爱着、宠着她。一下子卸下生活重担的柯耀霞，在人生过半中，才真正享受到了生活的乐趣。

人逢喜事精神爽，柯耀霞春风满面地回到娘家。

看到柯耀霞的气色，柯母和赵秦军都放心了。

一大家子人的饺子，柯母一个人忙不过来，柯耀霞就先回来帮老娘了。柯耀强结婚了，柯母和赵秦军的心情也好了，看着儿女们过得都挺好，老两口心宽了，人也就精神。他们现在发愁的是赵聪儿的婚事，只有娃子们成家立业了，老两口才算交代过去了。可这不成器的聪儿，现在也爱喝酒了，真愁人。趁着今天娃们都回来，好好给二女子说说，让她也将这个小弟弟的婚事放在心上，抓紧时间，帮忙给找个媳妇。

老两口用家里的绞肉机绞着五花肉。五花肉做的馅子，油腻适中，家里人都爱吃。柯耀霞和面，很少回娘家的她，回到娘家就多帮母亲干点活。不一会儿，赵憨儿和李娟丽抱着宝宝也回来了。看着大姐和父母亲都在忙，从来没让李娟丽干过家务活的赵憨儿，出奇地对李娟丽说：“娟丽，你包饺子好吃，你洗手帮忙包饺子，我带宝宝。”

李娟丽将宝宝递给赵憨儿，洗手帮忙了。李娟丽平时不干活，要是干起活来，手脚倒是很麻利，她擀皮，柯母和柯耀霞包，他们说说笑笑的。家和万事兴，幸福其实就是这么简单，只要一家人和和睦睦的，吃糠咽菜都很幸福。

赵憨儿心里热乎乎的，很贪婪地看着妻子、母亲和姐姐。宝宝哭着要爷爷抱，赵秦军就抱着宝宝去客厅里看电视。赵憨儿也洗了手，帮李娟丽揉面。

自从柯耀强结婚之后，搬到侯小梅家住，也很少回家，他和侯小梅下了早班，就相跟着回到柯家。家里上正常班的人都回来吃过饺子了，坐在客厅里寒暄着，家里有了过年一样的热闹气氛。赵憨儿看见柯耀强和侯小梅回来了，就催促李娟丽给他们下饺子。

赵聪儿看见柯耀强和侯小梅，心情比以前平静了许多，理想很丰满，现实很骨感，现在摆在赵聪儿面前的是现实，是他无法扭转的，所以，他只能认命，对侯小梅也就死心了，对他俩不冷不热。

侯小梅将手里的礼物递到柯母手里，和家里人打了招呼，就去厨房帮李娟丽了。

锅里的水已经沸腾，李娟丽正在下饺子。

侯小梅不好意思地对李娟丽说："娟丽辛苦你了。"

李娟丽客气地一笑："哪有呀，应该做的。"

侯小梅知道李娟丽和柯耀强吵架的事，就对李娟丽说："娟丽，你大哥就是脾气不好，以前有什么对不起你的地方，我替他向你道歉，你也不要放在心里，他就是这样的人。"

李娟丽看了一眼侯小梅："看你说的，我大哥是好人，也是我做得不好。"饺子煮好了，李娟丽就在厨房里喊着："憨儿，叫大哥吃饭。"

赵憨儿就和柯耀强进了厨房，好多年了，赵憨儿没有和柯耀强这样地亲密过，他坐在柯耀强的身边，对柯耀强喋喋不休地说着话，好像要将这几年和柯耀强没有说的话补回来似的。兄弟俩有了童年的亲密，这让全家人看着都高兴。可是谁能想到，赵憨儿上夜班，刚下井不到半个小时，悲剧就瞬间发生，赵憨儿还没有反应过来，就命赴黄泉了。

赵憨儿是通灭队的瓦检员，他和另一个瓦检员比队上其他矿工先到工作面，他们要测量瓦斯的浓度，他的搭档肚子疼，就去找个地方拉屎了，他走到工作面，就觉得不对劲，但他不知道，从王杰远手里买到矿上图纸的付老板，已将他的小煤窑和大矿开采相通了，小煤窑里的瓦斯扑面而来，到了赵憨儿他们队上的工作面。可怜的赵憨儿，只是觉得不对劲，还没等他反应过来，他一米七六的个头，就一头栽倒在巷道里，他用尽全身的力气，按响了手里的瓦斯报警器，这是他最后的一个意识。一个生命，就这样在按响他手里的报警器之后，结束了。

平静寂寞的苍穹矿上，又是一阵阵撕心裂肺的哭声在回荡着，划过了冬日灰蒙蒙的天，是那样的凄凉。听到这撕心裂肺的哭声，矿上的人都不由自主地落泪了。赵秦军已瘫倒在床上。白发苍苍的柯母坐在床上，撕心裂肺、一声声地呼唤着赵憨儿的名字。柯母呼唤儿子的凄凉声，将苍穹煤矿都震得微微发颤。

不管柯家人怎么悲痛，大家也无能为力，挽救不了赵憨儿。悲剧发生了，大家只能陪着流眼泪。两岁多的宝宝并不懂家里发生了什么，一看见妈妈哭，他也号啕大哭，更是惹得人不流泪都不由自己了。看着宝宝和哭成泪人的李娟丽，赵秦军老两口的悲伤更加重了。经历几次生离死别的痛苦之后，柯母这次真的是挺不住了，处理完赵憨儿的后事，柯母和赵秦军双双卧床不起。兄妹几个商量着，只能轮班来照顾老两口。

在悲痛之余，冯志国向矿务局汇报了赵憨儿在井下牺牲的全过程。冯志国是矿上一直抓安全的，谁也没想到，在国家大力取缔小煤窑之后的这些年里，还有人偷偷摸摸地在苍穹矿周围开采。当冯志国向局领导汇报完工作之后，他流着泪说出一句肺腑之言："我是抓安全的，却连我小舅子的命都没保护，井下的瓦斯浓度突然那么高，附近一定有小煤窑的存在，我恳请局领导给予重视。"局长亲自带着人到苍穹矿上调研。

赵憨儿用生命揭露了苍穹矿上存在的黑暗，法网恢恢疏而不漏。不久，王杰远和付老板都没逃过法律的制裁。

可谁又能弥补矿难对矿工家属的心理伤害呢？虽然矿上已按照矿务局的决定，停产了，但听到王杰远被抓的消息，苍穹矿上一片欢呼，真是一只老鼠坏了一锅汤，王杰远将苍穹矿上的人害苦了。人人都大声唾骂王杰远，就这还觉得不解气。

停产整顿，将井下的瓦斯排除，用了整整半个月的时间。这半个月对于矿工们来说，真是无聊透顶了，一直忙忙碌碌上班下班，干着超负荷工作的矿工们，突然闲了下来，无事可做，整天除了喝酒、打牌、下棋和吹牛皮之外，就是抱着老婆睡觉。没有老婆的人，就很难打发这无聊的时间了。人就是贱骨头，累得要死要活时，做梦都想着能捂着被子好好睡几天，可真的让捂着被子睡，却睡不着，还全身疼，又盼望着赶紧上班，不上班也就没钱挣。

就在大家无聊时，矿广播里通知上班的消息，真像是救命稻草，把矿工们给救活了。一听要上班了，大家也忘记了柯家的痛苦，再说了，石头没砸到自己的脚面，就不知道有多痛。悲剧没发生在自己身上，就不知道悲剧到底有多悲伤。

大家一听到消息，都摩拳擦掌地准备上班了。

赵憨儿七七刚过。赵聪儿的一个决定，让这个悲痛的家庭，有了一丝欣慰，当赵聪儿跪在瘫在床上不会说话的父亲面前，一字一板地将他的想法，告诉父亲之后，赵秦军眼角挂着长长的眼泪。赵聪儿很冷静地说："我二哥走了，家里现在只有我和大哥了，父母也老了，我们就是家里的顶梁柱，宝宝还小，他需要父爱，我是二哥最好的接替了，以后我就是宝宝的亲爸爸，嫂子和小叔子续弦的事情也很多。"家里的人，都同意了赵聪儿的决定。

赵聪儿的决定，给柯母一丝安慰，失去儿子的痛苦，让她心力交瘁，但看着老伴瘫在床上，生活不能自理，她又不想拖累儿女，这位白发苍苍的老母亲，经历过几次生死考验之后，学会了释然，她要和死亡对峙着，顽强地站起来，照顾病床上的丈夫，为儿女减轻负担。

赵憨儿去世的阴霾，一直笼罩在柯耀强的心里。看着躺在床上的后爹，看着如枯叶般摇曳的老娘，已经是"泥菩萨过河自身难保"了，还颤颤巍巍地忙出忙进，照顾后爹。柯耀强很心疼娘。侯小梅在《黑金子》里写过这样一段话："矿工是一群可泣可歌的人，他们在生活的创伤下，自我疗伤时，还能发出闪烁着美好的人性之光。"当时，柯耀强看到这句话，就感触特深，现在这句话不停地在他脑子回闪，并且这句话用在柯母的身上恰到好处。从老娘的身上，柯耀强懂了坚强才是和命运对峙的唯一武器。

柯耀强除了心疼和多帮老娘干家务活之外，就是开导老娘，可老娘老年丧子的伤痛，他无法代替。每个孩子都是爹娘身上的肉，可这令人憎恨的矿难，夺去了多少人的生命，柯耀强心里没个确定的数字，但是绝对不是个小数。

他改变不了自己是一名矿工的事实，以前他"光杆司令"都摆脱不了命运的安排，现在更是改变不了，他现在有了自己的小家庭，有了爱他的妻子，有了一个丈夫的责任，可面对矿难，面对死亡，他仍旧很害怕，却麻木不仁的。在矿区，死亡是见怪不怪的事情，所以，他麻木不仁。但自从赵憨儿去世，他"沉睡"的神经被刺激了，有了苏醒的感觉，总想着不能这样下去了，不能再让矿难发生了，自己应该有所作为，但自己又能做什么呢？怎么做才能杜绝死神在井下的狂虐？这些问题在柯耀强的脑海里萦绕，让他一下茫然起来。

死神像是咬住了苍穹煤矿一样，它总是将好人带走。柯家人还在失去亲人的痛苦中不能自拔；文家还处在文斌生死未卜的惶恐中，死神却不顾忌这些人的感受，它连一口气都不喘，又将纪红云带走了，这又是一个晴天霹雳呀！在苍穹矿上，男人的死亡，见怪不怪的，但女人的死亡，却让人无法安生。

纪红云追随高二的脚步，真的让人无法目睹。生死有命，富贵在天。其实纪红云出事时，没有一点预兆的，这就应了那句老话：老天爷杀人，是不需要刀子的。

虽然过了春节，但苍穹煤矿的太阳，没有一丝温度地普照在大地上，万物都显得冷冰冰的。下了早班，纪红云回家，吃了点米饭，坐在厨房里，补高原的裤子。隔壁刘爱爱又在折磨胡大木了，不知道和哪个男人在胡搞。自从胡大木高位截肢之后，刘爱爱就用这种方式来惩罚他，男人什么都可以没有，但不能没有尊严，可胡大木后半生就这样没有尊严地活着。

纪红云替胡大木感到悲哀。

虽然刘爱爱将声音压得很低，但纪红云还是听得面红耳赤，一阵火急火燎的浮躁，在心里萦绕起来，她赶紧喝了几口凉水来压压，可这股燥热，却有增无减。她只好换上捡煤时穿的脏衣服，拿着蛇皮袋子出门。离孩子们放学还有一个多小时，也就够捡一袋子煤了。她上了铁道，往矸石山上走，走到高二的坟前，她深情地看了一眼，心情豁然开朗起来，好像有人搬去压在她胸口上的大石头，让她感到愉悦和轻松。

矸石山上"哐当哐当"的矿车声，此刻，让纪红云听出了悦耳动听的美感。她大步流星地往矸石山上走，宛如赴一场久违的约会。矸石山已好多人了，她快速加入到捡煤的队伍里，她觉得这八年里，从未有过这般轻松，腿脚麻利起来，手也快了，不一会儿，就捡了半袋子煤，她很满意今天的表现。

又一次矿车往下倒矸石，黑晶晶的煤块，在阳光下更加耀眼。人们听见矿车下去了，又一窝蜂地拥挤过去，纪红云也跑了过去，脚踩在虚的矸石上，一下子打滑了，整个身子栽下去。陡峭的矸石山，一旦栽下去，就爬不起来了。纪红云连试探着爬起来的机会都没有，一下子滚到几十米的山下，被一根钢筋戳到肝脏处……

等捡煤的人们跑到纪红云跟前，她已不省人事了，鲜血流了一地。大家赶紧把她抬到安全的地方，有人已经去卫生所找大夫，也有人跑到机房给矿上调度室打电话，让叫矿山救护队的车，将她往总院送。大家都知道她不能死，她如果有个三长两短，那两个孩子该怎么办？所以，在场的人，都极力地想救活她。

可怜的纪红云，还没来得及等到大夫和救护车，就给她的生命画上了句号，她的一生永远定格在三十二岁上。

井口前的空地和井口有一段距离，离矸石山不远，也是离矸石山最近的安全区，所以，在慌乱中，人们将她抬到井口前的空地上，放在平整的地方。她安详地躺着，脸上没痛苦表情，还有了前所未有的幸福感。让人看见她这样的安详，心里多少有点好受。她躺的地方，和当年高二躺过的地方，基本吻合，这也许是冥冥之中的安排吧！

等大夫宣布纪红云已死亡时，大家从惊慌失措中镇定下来，才发现这个问题。为此，还有两个婆娘争议了几句，一个说是，一个说不是，但后来年长的女人们都回忆了一番，确认当年高二去世时的场景，一致认为就是高二最后一次躺过的地方，如果有差距的话，也就是一两厘米吧！这种巧合性给在场的人一种安慰，再看看她像熟睡了一样，人们又觉得她是被高二带走的，这也是“有情人终成眷属”，他们再也不用受阴阳相隔的痛苦了。

人们的自我安慰，在看到高原、高姗时，被彻底击垮了。

高原已明白死亡的真正含义，他扑到妈妈的身边，跪在地上哭，明显是理智控制了他的情感。但高姗完全不一样，她因为不懂什么是死亡，还以为是妈妈睡着了，就使劲地摇着妈妈冰冷的身躯：“妈妈，你醒来呀，躺在这儿多冷呀！妈妈起来呀……妈妈……”

当柯耀强和侯小梅赶来时，高姗正在说这句话。

这句稚嫩的话，像一把利剑插在柯耀强的心上，他的胸口一阵阵地绞痛。

“妈妈，你起来呀！妈妈，我和哥哥带你回家呀，妈妈起来呀……”高姗使出全身的力气，想将她妈妈扶起来，但可怜的高姗，怎么也扶不起来妈妈了。

人们只是围观、抹眼泪，却不去拉这可怜的孩子。

侯小梅心里特别难受，喉咙里像被堵实了，她强忍着，跑过去抱住高姗。高姗像个护犊子的老鹰一样，看见有人过来，连抓带抠，让人无法靠近她和她的妈妈。

侯小梅强忍着被高姗抠得生疼的手，将她紧紧地抱在怀里。

柯耀强看着高姗的表现，才知道周围人为啥只是抹眼泪，而不去拉高姗。现在，当务之急，不能让纪红云暴尸荒野，要尽快入土为安，亡灵奔土如奔金一般。想到这儿，柯耀强过去，将高原和高姗抱在怀里，捂住他们的眼睛。

两个孩子像是找到了感情的依托，把疲惫软弱的身子，靠在柯耀强的怀里，渐渐地停止了哭闹。人们这才将纪红云的遗体抬走。

纪红云的遗体被抬到市场时，胡豆花发疯地哭着扑到纪红云的遗体上，这个和她同命相怜的可怜女人，就这样去了，去找高二了，从此她就幸福了，再也不用小心翼翼在夹缝中求生，再也不用受这人间疾苦了。她的人生，就这样画上了句号。也不知道纪红云到那边能不能找到高二和溜溜球他们，他们是不是都转世了？那边到底是什么样子？活着的人，谁也不知道。也不知道他们在那边过得怎样，是在天堂还是在地狱？“你狠心的……”胡豆花被人拉开了，但她跟在人群的后面，她撕心裂肺的哭声，一半是哭纪红云不易的一生，一半是哭她自己的不幸。

胡豆花的哭声在矿区的上空回荡着，把几个心软的女人也引逗得放声大哭。此起彼伏的哭声，把纪红云去世的悲情发挥得淋漓尽致，再一次说明纪红云在人们心里的位置，她用人品赢得了尊重和爱戴。人们对她的不舍和惋惜，都在这不绝的哭声里。

很快纪红云的灵堂被搭建好了。几个“全命”女人，在给纪红云缝衣服，因为她现在已经僵硬了，只能给她擦洗了身子，不能让她脏兮兮地上路，将衣服裁剪好，套在遗体上，再缝。这是一个巨大的过程，这些善良的女人们一边流着眼泪干活，一边听着灵堂里胡豆花拖着长长的哭音：“我受苦受难的姊妹呀！哎呀呀！我那狠心的人儿呀！你咋就舍得走呀！你咋就舍得下你的娃娃呀，你走了，你把你娃娃留给谁呀？哎呀呀！我那不容易的呀！哎呀呀……我那掏心窝的姊妹呀！哎呀呀！你咋一声不吭地走了呀！我那……”胡豆花长一声短一声的大哭，眼泪鼻涕一大把地流，让许多男人都躲在一边抹眼泪。

纪红云的一生太不容易了。

高原和高姗披麻戴孝，守在灵棚里三天，柯耀强一直陪伴在他们的身边，教他们怎样向前来吊唁的人们还礼，还教会他们好多繁文缛节的孝子贤孙礼节。这两个孩子披麻戴孝的样子，让全矿的人，都不忍心看，只要看一眼，都会抹眼泪，孩子们实在是太可怜了，可所有的同情词语，在高原高姗的面前，又显得很苍白无力。

大家只好有钱的出钱，有力的出力，将纪红云的丧事办得圆满点。

等纪红云的父母和高二的父母，风尘仆仆地赶到矿上，纪红云的后事已经被安排得妥妥帖帖。这四位白发苍苍的老人泣不成声，让人看着更是肝肠寸断。心软的人，都不敢往灵堂里看，一看这老的老、小的小，承受着生离死别痛楚的凄惨景象，就在心里犯怵，眼泪就不争气地流下来。两位老奶奶抱着孙子孙女哭得死去活来，两位爷爷，不哭不闹，却让人看着心里更难过，白发人送黑发人的场景，就是再好的文笔，也无法将他们的惨状描绘出来。

三天之后，纪红云安静地躺在高二的身边，她和高二将生命中最美好的时光，献给了苍穹煤矿，现在又成了苍穹煤矿上墓地里，一道永恒的风景。

觉醒

生活在底层的人们，没有悲观的权利，日子再苦也要努力过着。

处理完纪红云的后事，四位老人将高原和高姗带走了。

将这两个孩子抚养成人，是这四位老人垂暮之年里，最大的心愿和义务。经历生死离别，天真烂漫的高姗突然长大了，学着母亲的样子，照顾着哥哥和四位老人。

在临走之前，高原、高姗将小黑送给柯耀强，作为纪念。

柯耀强在纪红云走后的很长一段时间里，都处在一种无法言表的自责里，但他又不能将这种自责表现出来，只能伪装起来，像没事人一样。可他独处时，这种自责，像孤魂野鬼似的，又从他的脑海里冒出来，无限地折磨他，让他圪蹴在一个角落里，揪着头发来释怀内疚。

一个可怜的女人，一个没人疼没人爱的年轻寡妇……柯耀强替纪红云深深难过。

纪红云是苍穹煤矿上最值得去敬重的人。纪红云的一生，活的是如此艰难，而她的死，却是这样的简单。她这一生，总是用善良之心行事，用正义之品对待人。生活虐她千百遍，她却待生活如初恋，始终保持着积极向上的态度，行走在天地之间，用她柔弱的肩膀支撑一个家庭，这样的女子，难道不值得人尊重吗?

善始善终，一个人能善始，并不是真正的幸福，但一个人能善终，才是真正的幸福。多少人一生都是耀武扬威的，可临终时，被病痛折磨得生不如死，才是真正不幸，为了能善终，就要多行善，才能终得利索。纪红云她走得安详、利索、没有受罪，也算是善终了，只是可怜两个孩子，真的成了孤儿。

人们还没从纪红云去世的悲痛中完全走出来，新的悲剧又在矿上发生了，难道真的是祸不单行吗？一连出事，让矿上人人心惶惶的。

“士可杀不可辱”，胡大木因为忍受不了刘爱爱的摧残，选择了最残忍的方式，用剪刀直接戳进心脏，为自己的一生画上了句号。这个曾经功利心很强的人，选择了一条不归之路，不知道他是去了天堂还是地狱。但人们还是祈祷他一路走好，希望他去一个没有病痛、没有耻辱的地方，安放他的灵魂。

刘爱爱在胡大木去世之后，更加放荡、疯狂，不到半年，她的私密处化脓、溃烂，她不敢去医院检查，来找她的男人越来越少，到最后痛苦不堪的她，也用剪刀结束了自己的生命。

这接二连三的死亡，让柯耀强坐立不安，他被死神麻痹的神经，一点一点地苏醒过来，真的不能这么麻木不仁了，所有的死亡都与矿难有关，可是怎么才能减少矿难呢？其实许多井下的事故是可以避免的，也是可以预知和预防的，只是人们没有提高文化和意识，不懂科学和技术，才是发生矿难的根源。

为减少出事，让每个矿工都能每班安全升井，必须改变井下包括硬件和软件的所有条件。

赵憨儿是被气体打的（瓦斯中毒）、自己的爹在冒顶中被砸死了。自从上了液压柱，发生冒顶的几率下降了，几乎不会发生了。现在透水和瓦斯成了井下的最大"敌人"，咋样才能消灭"敌人"，成了柯耀强的心病。其余的意外事故，都是偶然的偶然才发生，几率特别小，只要不违章操作，是不会发生的。对！还要加强制度的管理。这些想法最近一直在柯耀强的脑海里回旋，一股莫名其妙的责任感，在他心头缭绕着，但他并不知道这就是人的社会价值，只是觉得不能再这样地麻木下去了，必须有所作为，让每个人在每个班都能安全升井，这是他应该做的。

柯耀强边想着心事，边从浴池里出来，急匆匆地往回走。他应该拟一个计划，但又觉得毫无头绪，脑子里被这些乱七八糟的问题，弄成了一团没有头绪的乱麻。应该找个人聊聊这个事情，孟平安？不好，孟平安现在是大姐夫了，大姐夫和二姐夫都不能聊，他们要是知道自己要"违章操作"，还不把自己吃了？那就和瘸子李聊，毕竟瘸子李是老工人，对井下比他们俩懂得多。自从结婚之后，柯耀强几乎没去过瘸子李的饭馆，最近这么多乱七八糟的事情，让他没时间和瘸子李聊天。

柯耀强决定去瘸子李饭馆吃饭，就到充电房告知侯小梅。

自从纪红云走了，柯耀强每次走到充电房，都不由自主地想纪红云，想高姗和高原，他觉得很对不起纪红云，没能照顾高原高姗，一股亏欠之感，在他走近充电房时，就会出来折磨他，这让他很痛苦。但不管他怎么被自责折磨，他上班下班，都得来充电房，更何况他老婆还在这里上班呢！愧疚归愧疚，生活归生活，为了生活，他每天不得不去充电房，不得不自责和煎熬一番。

他告诉了侯小梅一声，就往瘸子李饭馆走，刚到矿办公楼前的小桥上，和强子打了个照面。

强子看见柯耀强，快步迎上来："哥，你才下班吗？"

矿上生活比农村好，虽然强子每天都下井，但比以前胖了也结实了，发育成一个魁梧的帅小伙，很有派头，一点都不像农村孩子。

看见强子的变化，柯耀强心里高兴，"最近怎么样？你今天上啥班？"

"都好着呢！我上夜班，哥你最近怎么有点……"

"有点啥？一个男人像女人家家的，说话还留一半。"

"不是的，我就觉得你有点憔悴，是不是嫂子把你掏空了？"

"哎呀呀！你小子也懂这？别没事跟他们学这些俗的，你和他们不一样，对了，我记得你学习很好。"

"哥，那都是老黄历了，现在这种环境跟学习好不好挂不上钩，只要有蛮力气就行了。"

"强子，你可不能这么快就堕落了，更不能认为煤炭工人就不需要文化，以后煤矿也是现代化的开采，你应该好好复习，明年去考煤炭学院，只要你考上，就是带工资上学。"

"考煤炭学院？真的吗？我能行吗？"

"哥啥时骗过你？你一定能行，但你先要把课本拿出来，好好复习，别一天到晚奔赴在变俗的路上。"

"谢谢哥给我指明路，哥，我觉得你说话太文艺范了。"

"文艺范？"

"嗯，就这一句'别一天到晚奔赴在变俗的路上'，特别有范，文艺范的范。"

"哈哈！我是被你嫂子感染的，你嫂子写了一部小说叫《黑金子》，我们准备要出版。"

"天呐！我嫂子写小说？哥，你们太牛了。"强子的三观被柯耀强刷新了，他真的不敢相信，但他知道柯耀强不说谎话。

"所以，人活着要有追求，而不是混日子，你还年轻，这就是资本，奋斗吧！年轻人。"

"哥，我这就去买书，哥是不是报考还需要名额？"

"对，是要名额的，名额我来想办法，你就赶紧复习，才能抓住机会。"

“那我现在就去口子区买书。”

正说着，一辆拉煤车过来了，强子一招手，拉煤车停下来。强子跑过去和司机说了几句，冲着柯耀强挥挥手，就上车了。

柯耀强看强子去买书，心中的郁闷消失了许多，一丝欣慰油然而生，强子是好样的，自己也是好样的。一个自带光芒的人能影响到周围的人，是多么开心的事情呀！柯耀强欣慰地进了瘸子李饭馆。

胡豆花看见柯耀强进来，冷冰冰地问：“吃啥？”

柯耀强看胡豆花不高兴，有点莫名其妙，也冷冰冰地说：“老样子。李叔，李叔！”

“说了多少遍，你别李叔李叔地叫，他不在，回老家去了。”胡豆花看都不看柯耀强一眼，冷冰冰地说着，掀起帘子进了后厨。

“我李叔回老家，有啥事？”柯耀强问道。

见胡豆花没回答，他不说话了，舀了一碗浆水，纳闷地想：“我没惹你，吃啥炸药了？”

强子坐着拉煤车到口子区的新华书店里，买来了相关的书籍，欢天喜地的他找到了方向，是呀！得好好学习，不能再这样浑浑噩噩的，自己的人生才刚刚开始，煤炭工人也要有上进心，也要用知识改变命运，更要用知识来支撑不易的生活。除了上班，强子其余的时间都在刻苦学习。天道酬勤，功夫不负有心人，强子用了五个月的日日夜夜，终于拿到北京煤炭学院的录取通知书。

一辆小轿车停在文家不远的官道上，招来一群怪异的目光，人们不知发生了什么事，蜂拥过来围观，只见一个很气派的男人从车上下来。眼尖的人觉得男人和岳鸣极像，一看就知道是岳鸣的娘家人，至于是她什么人，大家不清楚，只好尾随着男人进了文家，想看个究竟。

文家以及夹皮沟的所有人家，都住进了新楼房。

文斌在岳鸣的精心护理下，苏醒了，但他已判若两人，好看的容颜被毁，失去一条腿，身体的残缺，让他脾气暴躁，觉得躺在床上就是废人，还要拖累岳鸣。痛不欲生的他，不顾及岳鸣对他的爱，觉得他应该和胡大木一样，早死早解脱。活着难，想死就容易了，文斌一旦有了这种不幸的念头，在家里寻死觅活的，多了许多很危险的举止。岳鸣吓得将剪刀、绳子、刀片，一切能引起自杀的物品，都藏起来，还要处处留意他的举止。

文斌被岳鸣看得紧，脾气更加暴躁了，正冲着岳鸣发脾气：“你这傻玩意。”

敲门声响起，岳鸣抱着悦悦去开门。

门打开了，岳鸣一下子愣住了。

文斌依旧骂着："你这个傻婆娘，是不是死了呀，不吱声，死了吗？"

男人一听屋里的骂声，就火冒三丈，二话不说，侧身从岳鸣身边过去，大步流星地走到床边，一个嘴巴子就扇在文斌的脸上。

文斌捂住脸，直愣愣地看着男人，"大舅哥，你……你怎么来……"

"我怎么来了，我是来收拾你的，让你欺负我妹妹！"男人咬牙切齿地说着，握紧拳头，就要打文斌。

岳鸣这才回过神，赶紧过来，用身子挡住文斌，哽咽地说："大哥，别打，他是病人。"

气得她大哥一拳一拳砸在墙上。

岳鸣赶紧抱住大哥："哥，对不起，你心里难受，就打我。"

当哥哥的怎么忍心打妹妹。"傻妹妹，大哥……"大哥哽咽起来，紧紧地抱住岳鸣和悦悦。

岳鸣和悦悦被大哥接走了，当然把文斌也接走了。

留下董月珠一个人，坐在空荡荡的屋里，脸上却流露出笑容，岳鸣的大哥要带文斌去北京看病。她知道岳鸣是个好儿媳妇，很后悔对岳鸣的所作所为，好在岳鸣大人大量，不和她计较，现在还给文斌花巨款看病。真是积了几代人的福，才修来今天这般好日子，愿往后一家人平平安安、幸福满满。董月珠一边忏悔，一边祈祷。

柯耀强苦思冥想了很长时间，才把心头的乱麻理顺，终于想出将井下瓦斯开发利用、变废为宝这一对策，如果科研能成功该多好呀，这样的话就能避免矿难的发生。自从用了液压柱之后，这几年，矿难多一半是瓦斯引起的，至于透水和冒顶引起的矿难，少之又少了，如果能将瓦斯变废为宝，不仅让矿工们安全生产得到保障，还能为国家节省很多能源。如果成功，将是造福人类的好事，功不可没。

柯耀强越想越激动，被自己的想法激发了斗志，心动不如行动嘛！有这个大胆的想法，就必须采取行动。为了实验能顺利进行，首先要做好保密工作，在事情没有成果之前，是不能让任何人知道的，包括孟平安和冯志国。他俩现在是矿上的领导，要是知道他在井下搞实验，违章操作，不吃了他，才怪哩！

柯耀强干好本职工作之外，还要收集各种资料和数据，加上失去文斌这个好搭档，新来的搭档让柯耀强有操不完的心，他感到力不从心，身心疲惫。还好有一大群鼠兵，现在派上用场了，老鼠成了他的瓦检员。在他的实验中，每天都有老鼠牺牲，他虽然心里很难受，但总比死人好。养兵千日用兵一时，他的鼠兵死得剩下二十只时，他掌握了很多的数据，有了可靠的数据，他就计划着将瓦斯收集系统的图纸画出来。这是一个很大的工程，让他筋疲力尽。但不管怎么累，他每个月的第一个星期六，都坐三四个小时的汽车，去看高原高姗，帮两家老人干一些重活，有时侯小梅也去，帮老人们干些力所能及的家务活。

在两口子心里，能给高原高姗多一点爱，才是来乡下的重要内容。

高原高姗盼望他们，尤其是高姗，在他们面前，才能将小女孩的天真烂漫发挥得淋漓尽致。她跟在柯耀强的后面，叽叽喳喳说个不停，喜悦的心情无法表述。每次柯耀强他们离开时，高姗眼神里都充满委屈和不舍，这让柯耀强心里特别难受。高原高姗越来越懂事，却越来越像农村的孩子，毕竟四位老人自己都需要人照顾，哪能把孩子照顾好？有时他们还需要孩子们的照顾呢，穷人家的孩子早当家，他俩学习好，生活能力也很强，这多少能让柯耀强和侯小梅放心点。

侯小梅提出把高原高姗接回矿上，柯耀强听得有点蒙，不知道她说的是真的还是在试探他？把孩子们接回矿上的事情，他偷偷想过，从来没告诉过任何人，就像他偷偷在井下搞“科研”一样，没告诉过任何人。难不成是自己说梦话，被侯小梅听见了？如果是这样的话，在井下的事情，也可能暴露了。柯耀强有说梦话的“瞎瞎（坏）毛病”，所以，当侯小梅说想将孩子们接回来和他们一起生活时，他正好吃了一口蒸洋芋，惊得他把洋芋含在嘴里，忘记了吞咽，直愣愣地看着侯小梅。

侯小梅抿着嘴：“怎么啦？”

柯耀强赶紧咽下洋芋，却被噎得打嗝：“没！”

“没？我知道了，你做贼心虚了。”侯小梅故意说。

“别胡说八道，我有啥心虚的？”

“傻样！你看，现在不是老人照顾孩子，而是孩子照顾老人，老人们颤颤巍巍，需要人照顾，两个孩子懂事，又要学习，又要照顾老人，想想都可怜。农村的教育跟不上，而且学校还离家那么远。孩子们待在农村，显然很受罪。如果把四位老人送到敬老院，把孩子接来，每个月矿上给的钱，也够他们的开支，咱们只是多操点心，多受点辛苦，但能给孩子们一个完整的家，让他们感受到父母的爱，你说呢？”

侯小梅的分析，让柯耀强直点头，也不打嗝了：“好是挺好的，就是要你辛苦了。”

“其实没啥辛苦的，他们不来，咱们还得做饭，还得洗衣服呀！”

“那倒也是，这样吧！咱们买个洗衣机，这样能轻松点。”

再去看高原高姗时，他们就和老人们合计了一下，大家都同意，就这样，老人们也来矿上，住进了口子区的敬老院，高原高姗住在侯家。

从此，侯家小院欢声笑语、其乐融融。

流产

春去冬来，侯小梅怀孕了。

在侯小梅没怀孕之前，柯耀强压根不知道妻子肥沃的土地上，还有“奇花异草”，这“奇花异草”是女人生命之泉，更是女人生命最脆弱的地方，直到侯小梅宫外孕大出血，差点要了命，柯耀强才知道女人身体奇异的构造，如果不小心，就会夺去生命。

在正确时间里男欢女爱，才会孕育生命。小生命从小肉球，在妈妈的子宫里发育成胎儿，他们在母体里无忧无虑地成长着。母亲再难受、再辛苦，心里也高兴。怀孕的侯小梅不觉得辛苦，尽管是吃了吐，吐了吃，不吃不吐，胃里都不好受，但她觉得很幸福，没事时，躲在自己的屋里，摸着肚子自言自语，觉得自己再也不孤单了。侯小梅喜欢这种感受，所以尽情地享受着。

女人怀孕时，说馋什么，立马就要吃，而且常常馋的东西是稀奇古怪的，馋劲来得快、去得也快。有一天，侯小梅突然想吃西瓜，天哪！在大城市里，冬天可能有卖西瓜的，可在这穷山僻壤的矿上，甚至于整个口子区，大冬天都见不到西瓜。

柯耀强明白在冬天即使拿着钱，也买不到西瓜呀！他又不忍心看侯小梅馋得难受，就骑着摩托车去口子区碰运气。他在口子区转了一遍，没买到一块西瓜，只好垂头丧气往回走，在车站出口，看见一个女人提着西瓜。他喜出望外，直冲到女人的面前，冒冒失失地说：“你的西瓜卖给我。”

女人看了他一眼，不搭理他，加快了脚步。

柯耀强跟在后面，一个劲地说：“你的西瓜多少钱？”

女人见柯耀强穷追不舍的样子，紧张起来。

柯耀强这才意识到女人把他当成坏人了，不能怪人家，都是自己太莽撞。他赶紧解释：“对不起，我媳妇怀孕了，想吃西瓜，我把所有的水果店问遍了，都没有西瓜。”

女人这才放慢脚步，上下打量着他，说："难为你了，我病危的老娘想吃，我也把口子区跑遍了，只能专门去省城买。"

柯耀强听了，对女人肃然起敬："您真是孝子，太让人感动了，要不您给我分些，您全程的路费我出。"

女人很仗义地说："西瓜一人一半，车费也是一人一半。"

柯耀强说："还有饭钱和花的时间，我多掏点钱。"

女人说："算啦！我不去省城也得吃饭呀！"

当柯耀强提着半个西瓜回家，侯小梅高兴得像个孩子，等不及把西瓜切成小块，可她吃了一口，就不吃了。柯耀强觉得特别委屈，从那以后，他懂得了孕妇解馋要快。

晚饭过后，侯小梅要吃酿皮子。柯耀强说给她买回来，她说要去酿皮子店里吃，那样吃得香。柯耀强赶紧陪她去。走到市场上，天空飘着零星的雪花，天格外阴沉，压得人感到郁闷，冷飕飕的寒意席卷而来。市场上空无一人，他们十指相扣地进了刘小爱酿皮子店。

侯小梅要了一份厚酿皮，浇上糊醋，还嫌糊醋的酸味不浓，又倒了许多醋，油泼辣子放得特别多，把酿皮子都染红了。她香喷喷地吃着。

刘小爱很有经验地说："梅梅姐，是不是有喜了？"

侯小梅含情脉脉地看了柯耀强一眼，满脸幸福地说："嗯，你咋知道的？"

刘小爱得意地说："我是过来人嘛！看你的吃相，准是儿子娃。"

侯小梅将嘴里的酿皮子囫囵吞下去，激动地说："真的呀！你怎么能看出来？"

刘小爱胸有成竹地说："老人们说酸儿辣女嘛！看你吃醋的样子就知道了。"

柯耀强也觉得很奇妙，居然一句"酸儿辣女"就能定胎儿的性别？

刘小爱又说："你进门时，我看了一下，你先迈的是左脚，男左女右，一定是儿子娃。耀强哥，咱们邻居这么多年，妹子恭喜你，同时提醒你，现在要克制，不要胡来。"刘小爱大大咧咧地说着。

自从刘小爱和文斌东窗事发之后，她就变得大大咧咧的，对什么都满不在乎的，一副没羞耻没脸皮的样子。从他们的事情曝光之后，柯耀强就没拿正眼看过刘小爱，也没和她说过话，如果没她，文斌也不会有这下场，自己也不会被岳鸣骂，岳鸣说文斌是被自己带坏了，文斌以前不是这样子，自从和自己搭班了以后，才变坏了。这真是扯犊子的话。柯耀强知道岳鸣被气糊涂了，说的是气话，不和她计较，但岳鸣的话，梗在他心里，就像喉咙里卡了鱼刺一样，让他难受。如果不是侯小梅要吃凉皮，估计他这辈子都不会和刘小爱面对面。现在听刘小爱这么说，他不好意思起来，脸红了，还火辣辣地疼。

侯小梅却乐坏了，她一直想要儿子，现在听刘小爱这么一说，就喜悦起来，一个劲地说："我比以前爱吃醋，还馋肉，饭量也比以前大了。"

刘小爱又调了一份酿皮子，放在侯小梅面前："当然啦！你现在是一个人吃，两个人消化，饭量能不大吗？想吃就吃，可别在这个时候省钱，现在你的口味，其实是孩子的口味，你想吃啥其实是孩子想吃哩。"

侯小梅点了点头："不会省钱呀，我家老公对我那是无话可说，前一段时间，我馋西瓜，你说说人怀孕了很奇怪，以前，我夏天都很少吃西瓜，这会儿倒是想吃得不行，我老公去口子区买，你说说现在哪有西瓜呀！跑遍了整个口子区的水果店，都没买上，我还算有福，正好有人从外地回来，带了个大西瓜，被我老公撞上了，给人家好话说了半箩筐，人家才卖给半个，他骑着摩托车，风风火火回家，我看着半个红彤彤的西瓜瓤，馋得哈喇子直流，可吃了一口，就不想吃了，全都给高原高姗吃了。"

侯小梅和刘小爱都是武威人。侯小梅常常到刘小爱的店里吃酿皮子，所以，两人的关系一直很好。现在可以说是邻居了，也就没什么不好意思说。

这会儿，侯小梅满脸的幸福，把怀孕以来的感觉，都告诉刘小爱，说到西瓜，她有了反胃的感觉，赶紧跑到外面的一棵白杨树下，扶着树身蹲下，就吐起来。柯耀强赶紧给她捶背，看着她将刚刚吃进去的东西都吐了出来，胃里已没东西了，还在痛苦地干呕着，将深绿色的胆汁都吐了出来，苦得直摇头，眼泪也出来了，嘴角还挂着黏糊糊的呕吐物。

看着她难受的样子，柯耀强掏出纸巾，心疼地给她擦嘴。

吐完了之后，侯小梅又进了刘小爱的酿皮子店里，坐下接着吃起来，像没事人一样。

柯耀强心疼侯小梅，就问刘小爱："你看，她反应太大了，有没有什么办法让她不要吐？"

刘小爱说："吐，很正常，有人从开始吐到孩子出生，你以为妈就那样好当呀？为什么都说母亲伟大，怎么不说你们父亲伟大！"

柯耀强听了，心里安慰了许多，也许是太爱小梅了，很正常的事情，发生在她身上，就觉得不正常了，是自己太紧张了，真是脱裤子放屁——多此一举。说实在的，侯小梅怀孕，柯耀强并没有多少的喜悦，对他来说不要孩子也行。

柯耀强看侯小梅一会儿呕吐得很难受，一会儿欢天喜地地吃吃喝喝，判若两人，在他面前表演似的，他真适应不了——这边刚刚吐完，嘴一擦又接着吃，还没吃几口，又吐得一塌糊涂，这女人也真怪，要是放到他身上，他绝对是吃不下去的。每次，他喝酒之后要是吐了，第二天，饭都不想吃，他一想到呕吐物就犯恶心，真佩服侯小梅又吐又吃的能力。每次伺候她吐完，他胃里也排山倒海地难受。

说实在的，每天看着侯小梅很辛苦，柯耀强没喜悦，甚至还有些害怕，但他说不清害怕什么，他可能还没完全从心理阴影中走出来。别的男人知道妻子怀孕，喜悦的心情是无法言表的，他却体会不到。看着侯小梅那股幸福劲，只有在她面前故作高兴和激动，不想因他而影响了她心情。书上说：孕妇的心情，在整个孕育过程中很重要。所以，柯耀强努力地掩饰着害怕，无微不至地爱护侯小梅。

侯小梅和刘小爱喋喋不休地说着怀孩子的事情。女人唠叨起来没完没了，也就没男人什么事了，柯耀强一句话也插不上嘴，只能干坐着听她们唠叨。一直到了十一点，侯小梅带着从刘小爱这儿学到的经验，像唐僧取经回来一样兴奋，在他的搀扶下，回到家里，洗漱完毕，他俩就钻进被窝。

侯小梅兴奋劲还没过，非要让柯耀强给儿子取个名。

柯耀强困得睁不开眼，在酿皮子店里，他已经犯困了，侯小梅这会儿缠绕着，他打着哈欠说："那就叫毛蛋儿。"

侯小梅嘴撅得老高："不正经。"

柯耀强提出抗议："我咋啦？我咋不正经啦？"说着，就在侯小梅的身上乱摸。

侯小梅咯咯地笑起来了，她身上痒痒肉比较多，一碰，就不由自主地笑起来。没有和她接触的人，都觉得她是一座冰山，始终都是冷冰冰的，可和她有过接触的人，知道她其实是为人和善、热爱生活的美丽女子。

"这么晚，还闹腾啥哩？"侯母在她的卧室里，冲着他俩喊了一句。

他俩都吐了吐舌头。

柯耀强知道老太太提醒他要节制，侯小梅现在是家里的保护动物，不能乱碰，更不能干那事。他每次想到要十个月不能碰她，就懊恼和郁闷。书上说了，在妻子怀孕之间，前三个月和后三个月严禁性交，其余几个月可以，但是要掌握方式方法。书上还说，妻子怀孕期间，丈夫出轨率很大，不是丈夫不爱妻子，而是耐不住寂寞。他想自己绝对能耐得住，几十年他都耐得住了，几个月更不在话下，他绝对不会出轨，这是他的责任。

听了侯母的话，柯耀强老实地缩回手，打算睡觉。可侯小梅却兴奋得睡不着，翻来覆去的。柯耀强只好将她搂在怀里："是不是饿了，我给你弄吃的。"

她说："不饿，就想要。"说着，就抓住了柯耀强，很不老实地摸着。

柯耀强的心，被她摸得痒痒的，但他还是要控制："宝贝，别这样，我们要节制。等过一段时间，安全了，好吗？"

"不好，我现在就要。"侯小梅在柯耀强面前一直都很任性，现在又耍性子，对待她的任性，柯耀强是没有脾气的。

柯耀强只能哄侯小梅："今天我很累。"

"不嘛！我就要，现在就要，你是不是外面有人啦？"天呐！女人一旦怀孕，怎么就变得这么不可理喻？

"傻瓜，哪有呀，我不会出轨的，别信书上的胡说八道。"

"没有，那你怎么不给我？"刁蛮，她太刁蛮了。

女人有三大看家本领：一哭，二闹，三上吊。在柯耀强看来，女人不止这三大本领，她们的本事很大很多，让男人最吃不消的是女人死缠硬磨和无理取闹。

侯小梅一无理取闹，他就没治了："不是，现在不是时候嘛！我是不会红杏出墙的，放心吧！"他想故意说个笑话，分散她的注意力，一过去就好了。

她已把他弄得很难受，但他必须忍着，他是男人，男人就要理智地去控制局面。没想到她居然骑在他的身上，开始腾云驾雾了，她一腾云驾雾，他就没控制局面的能力，不由自主地活泛起来。

后半夜，大概是两点钟，柯耀强被侯小梅推醒了。

侯小梅说肚子疼，而且疼得忍不住了。

柯耀强一下子从睡意里清醒过来，打了个冷颤。打开灯，惊慌失措地穿衣服，可老半天穿不好衣服。

看他很紧张，她安慰地说："不要紧，只是肚子疼。"虽然她这么说，脸上已有汗珠。

柯耀强看侯小梅脸上有汗水，心缩成针尖大了，他们做了不该做的事情，而且还做得很猛烈，这下惹乱子了！他好不容易穿好衣服，慌忙地跑到侯母的卧室门口，颤颤地说："妈，梅梅肚子疼。"

“咋会肚子疼？”侯母从梦里还没完全清醒，喃喃地说。

“不知道。”柯耀强说完，就后悔了，咋能说不知道呢？明明知道是怎么回事。

“你快帮她穿上衣服。”侯母说着，也赶紧穿衣服。

柯耀强帮侯小梅穿好上衣，当给她穿裤头时，看见一股殷红的血，从她的体内流出来，这让他更加惊慌失措，不知该怎么办了，只愣愣地看着……

直到侯母进来，他还傻站着。

“血！”侯母叫了一声，然后全身哆嗦，“赶快穿衣服，送医院呀！”侯母催着赶快给侯小梅穿衣服，她慌忙地抱住大汗淋漓的侯小梅：“梅梅不要怕，有妈在，你要坚持住。”

侯母一催，慌忙中的柯耀强，半天给侯小梅穿不上裤子，气得侯母一把夺过裤子，一件一件地穿。

高原、高姗也过来帮忙。

柯耀强大汗淋漓地跑到卫生所，叫了好大一会儿，才叫开值班医生的门，他嘶哑地说：“郭大夫，我妻子大出血，怀孕了，大出血！”

郭大夫，救死扶伤的郭大夫却冰冷地说：“大出血，不找车往医院送，在这儿鬼哭狼嚎个啥？”

这是什么话，人命关天，怎么就是鬼哭狼嚎呢？柯耀强想一拳打掉她的门牙，可理智让他忍住了，现在只有郭大夫能救活侯小梅了。“大夫，求求你先到我家看看，我去找车。”

郭大夫提着药箱去了侯家。

柯耀强去找车，他心里最明白了，在这条公路上，三更半夜哪有车呀？还下着毛毛雪，只能找矿上的车。矿上只有两辆车，他的运气实在太差了，矿上的小车，送矿长回老家为他母亲奔丧去了。大轿子车坏了，正在修理厂呢。跑了一大圈的柯耀强，没能找到一辆车，他的腿软得一步也迈不前去，他明白不能耽搁，连爬带滚地去了二姐家。

穷山僻壤的矿上，穷得连通信设施都没有，矿上除了办公室的电话，私人有电话的，也只有几家，离柯耀强都很远，找不到电话，传呼机只能是摆设。

当柯耀强和冯志国进门的时候，侯小梅已面色苍白，殷红殷红的血，染红了她的裤子。郭大夫却是个庸医，她只给侯小梅打了一针止血针，就无计可施了。

可怜侯小梅在生死之间，苦苦地挣扎着。柯耀强却没能力解除她的痛苦。

侯小梅在柯耀强还没进屋之前，疼得大喊大叫，可善良的她，见丈夫进来，却露出笑容，但她的笑容太苦涩，她害怕他受不了刺激。所以，她忍住疼痛，冲着他一笑，笑意嵌在她苍白而大汗淋漓的脸上，显得苍白无力，比哭还让人心疼。

他冲到她的面前，软绵绵的双腿，再也没力气站直，扑通跪在她面前。他祈祷上苍开开眼，看看他可怜的妻子："老天爷呀！你不要惩罚我的妻子了，有什么苦难冲着我来。"

侯小梅煞白的手指，抹去他晶莹剔透的眼泪："傻瓜，我只是流产了，都是我不好，没能保住我们的孩子，对不起。"疼痛像一把烙铁，无形中烙在她美丽的脸上，让她的笑容里，蕴藏着一般人无法忍受的疼痛。

"梅梅，不要紧，我们不要孩子了，我只要你，我会救你的，我送你去医院。你要坚持着，我爱你！"

高原、高姗把赵聪儿和孟平安找来了。大伙一看这情况，在惊吓之中，决定用摩托车送侯小梅去口子区的总院。所有人为了安全着想，都不让柯耀强带侯小梅去医院，夜黑路途遥远，他的情绪太不稳定，实在不适合骑摩托车。

可柯耀强要救妻子的心情，大家都理解。在大家的帮助下，用一床被子将软绵绵的侯小梅和冯志国绑在一起，冯志国骑着摩托车，一溜烟地冲进毛毛雪的黑暗里。

孟平安骑着摩托车，驮着惊慌失措的柯耀强，也冲进了黑夜里。

赵聪儿的摩托车上，驮着侯母。

升华

去口子区最快也要半个小时。这半个小时，对柯耀强来说，比一个世纪都漫长，他不停地说：“大姐夫，你快些，再快些。”

孟平安已将车飙起来了，大声地安慰道：“耀强，你不要急，小梅是个好人，好人自有好报，她会吉人天相，会好的。”

为了解除害怕，柯耀强不停地说：“去口子区的路，咋这么长？啥时能到？梅梅，好好坚持住，快了快了，梅梅快到医院了，我看见好多的医生，在那儿等着咱们的，你不要害怕，我在你的身边，我就在你身边。”

孟平安不理柯耀强的喋喋不休，专心致志骑着摩托车，他救侯小梅的心情和柯耀强一样。

柯耀强看孟平安专心飙车，觉得孟平安是世界上最可爱的人。

时间一分钟一分钟过得真慢，路面一点一点往身后甩去。柯耀强看见冯志国的车，已飚得飞了起来，他大声地喊着：“梅梅，亲爱的，你坚持住，我求求你了，你坚持住……”

好不容易到了总院，孟平安还没将摩托车停下，柯耀强已从车上跳下来，惯性使他重重摔在地上，胳膊摔出血来，可他无暇顾及，爬起来跑过去，将侯小梅从车子上抱下来，就冲进门诊：“医生，医生，救命呀！医生。”

寂静的门诊，被柯耀强的呼叫声，震得地动山摇。

医生让柯耀强将侯小梅放到妇产急救室的床上，开始抢救了。

被拒绝在抢救室门外的柯耀强，六神无主，早已缩成针尖大的心，要跳出胸膛似的，让他坐立不安，痛苦淹没了他整个神经系统。他后悔得肠子都青了，时不时地趴在急救室的门上，从门缝往里瞄。

不知过了多久，急救室的门打开了，满头大汗的护士出来说：“现在情况不是很好，病人是宫外孕，要做手术，需要输血，现在血库没有 B 型，你们中间谁是 B 型血。”

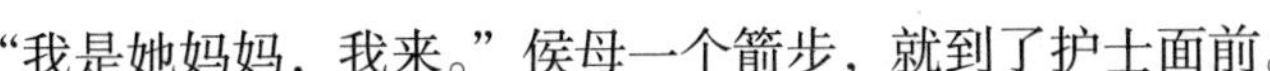

“我是她妈妈，我来。”侯母一个箭步，就到了护士面前。

“我也 B 型。”赵聪儿说。

护士看了一眼侯母，将目光落在赵聪儿的脸上：“你真的是 B 型？”

“是！我是 B 型血。”赵聪儿肯定地说。

“好！那你来做个化验，看匹配不？”

赵聪儿输了 400CC 血，才将侯小梅救活，可孩子却没保住，从此，她失去了生育能力。

赵聪儿给侯小梅输完血，被孟平安用摩托车驮回家休息。

路上，赵聪儿趴在孟平安的背上，倒不是他有多么累，400CC 的血，对于身强力壮的年轻男人来说，真是小菜一碟。他就想静静地趴着，来掩饰他五味杂陈的心情，这么久，他以为放下了侯小梅，也静下心来和李娟丽过日子。

他和李娟丽搭伙过日子，纯粹为了宝宝，他尽最大努力让宝宝享受父爱，给宝宝最好的生活。对李娟丽他谈不上喜欢或不喜欢，就这样凑合地过吧！他倒很喜欢这种搭伙过日子的感觉，因为没爱，也没有在乎与伤害，只是纯粹过日子，纯粹为生理需求。到现在为止，他亲眼目睹了侯小梅和柯耀强的爱情，他们的爱情很纯粹，很真心，虽然让他失望，但他明白这辈子都不可能和侯小梅有啥三长两短了，当他的血液流进侯小梅的体内时，他平衡的内心被打翻了，感慨万分，泪水悄无声息地滑落，他弄不懂这泪水是喜悦还是悲伤。

化险为夷的侯小梅，知道自己不能生育了，哭得死去活来，孩子没了，以后也不能生育了，这对女人来说是比死亡还可怕的惩罚，她受不了这种惩罚。

在柯耀强的精心护理下，侯小梅严重的抑郁症才得到了缓解。爱是很伟大的，能治愈一切伤痛。柯耀强比以前更加爱侯小梅，锲而不舍地给她树立生活信心。

流产是小月子，小月子也是月子。侯小梅从医院里回来，柯耀强让她卧床休息一个月，他请了假，在家里专门伺候着。

柯耀强一边伺候侯小梅，一边看有关的书籍，收集科研理论知识。看的书籍多了，他心里更没底了，瓦斯是煤矿自然产生的气体，随着煤的生产而产生的，一种无色、无味、无臭、有毒、很难被人和动物感知到的可燃性易爆炸的气体，瓦斯的分子极小，容易和空气混合，比空气轻，容易快速地向上扩散，采煤过程中，瓦斯生成量会随着采矿的进行而增加，容易造成瓦斯泄露和积累，从而危及矿工的生命。

柯耀强心里非常清楚，在井下瓦斯的监测、预防和灭火工作十分关键，他的科研却要违背规章制度。他太了解瓦斯的特点和危险性了，他的研发成功会造福人类，失败了自己就九死一生，危险系数太大了，一旦失败……他不敢往下想，觉得还是写一封遗书给侯小梅的好，省得哪天自己不能安全升井，这封遗书也能多多少少给她慰藉，让她不要太痛苦。

等夜深人静，柯耀强偷偷地写遗书：梅梅，我说的是假如呀！假如有一天我真的不能平安升井，你千万别伤心！你一定要坚强，如果那样的话，我就是一个有用的人了，能做一个对社会有用的人，这是你给我的勇气，也是我最大的欣慰。所以亲爱的，请不要难过，人生自古谁无死……一想到要和侯小梅永别，他就泪如泉涌，无法动笔。可遗书一定要写，非写不可的，再伤心再难过再不舍，都得去冒险，“我不下地狱，谁下地狱。”只要国家、人们需要，即使死，也在所不辞，“有些人的死轻如鸿毛，有些人的死重如泰山。”从生到死，总要留下一些作为吧！雁过留声、人过留名……明知山有虎偏向虎山行，不是傻，而是使命感在指使，好多事情，总要有人去做，是吧！

柯耀强被这些乱七八糟的想法激发出来的英雄气概，让他一边泪如泉涌地胡思乱想，一边文思泉涌地写着，有太多太多的话要给梅梅说，有太多太多的事情，要交给梅梅去办，梅梅能承受得住吗？她只是一个弱女子，要让她承受这些痛苦，实属让人难过。可怜的梅梅呀！柯耀强不敢往下想，于心不忍又犹豫起来，还是简单地交代几句，就行了，只要处处留心，尽最大的努力不让悲剧发生，这才是王道。

有了足够的心理准备，柯耀强每次实验都小心翼翼的，缜密地布局之后，保障不会发生意外，他才敢去实施。

忙着搞实验的柯耀强，觉得时光如白驹过隙一般地快，转眼到了第二年的春节，也就是千禧年。冯超和田欣欣回来了，给柯耀强带了一道振奋人心的消息，田欣欣的导师廖教授，想研制开发一种新型的采煤机。这种采煤机能大大地解放劳动力，安全系数极强。

柯耀强听了这个消息兴奋不已，这不是和自己不谋而合了吗？如果这种采煤机有将瓦斯变废为宝的功能，这不是更好吗？他经过深思熟虑，决定将想法和实验的进展告诉两个孩子，看能不能和廖教授的研发接轨。

当冯超和田欣欣看完柯耀强的记录，都惊呆了。没有理论支撑的柯耀强，用自己的笨办法，能将实验做到这样，实属难得。虽然他的研发记录和数据没有系统化，看起来比较零散，但参考价值却出乎了这两位大学生的想象。他们站在专业的角度，觉得这些数据太有价值了，决定将他的笔记和数据带给廖教授。

得到田欣欣和冯超鼓舞，柯耀强更加信心百倍，这真是个好事情呀！但愿廖教授能看上他的实验。

正月十五刚过，冯超和田欣欣带着数据和实验记录回到学校，他们不顾旅途辛苦，当即就把数据给了廖教授。起初，廖教授看着乱七八糟的手写稿，不屑一顾，觉得一个没知识的煤炭工人，能搞出什么名堂？还不是一番臆想！廖教授虽然这么想，但顾及到两学生的热情，他胡乱地翻看了十几页，出乎他意料的是越看越觉得这些数据太有价值，对自己的科研太有帮助了！如果自己设计的采煤机加上能将瓦斯收集利用、变废为宝的功能，这样的话就是完美的设计，也真正起到了造福人类的作用。柯耀强和自己不谋而合！他真是海水不可斗量呀，是自己肤浅的认识，小瞧了一个煤炭工人的经验和思维方式。被震撼的廖教授决定，等他忙完手头的工作，就去苍穹煤矿，和柯耀强一起搞实验。

整容之后的文斌，又找回了生活的勇气，把忏悔变成对岳鸣的宠爱。懂得感恩就是最好的变化。岳鸣的大哥又给文斌装了假肢，他也能正常生活了。岳鸣真是苦尽甘来，在大哥的公司里帮忙。岳鸣勤奋好学，天赋又高，经过一年多的工作实践，学到了很多管理知识，已能独当一面了。

岳鸣努力工作的态度感染着每一位员工，让公司创收翻了一倍，这就让大哥大嫂非常高兴。为了让岳鸣快速富裕起来，大哥给她弄了二十台搅拌机，出租到各个工地上，这是个一本万利的好生意，很快她还清了搅拌机的贷款。等岳鸣有了十万块钱，又给文斌弄了个中型的超市，让他当起老板。文斌和岳鸣两口子心往一块想，劲往一起使，日子过得红红火火。不到半年，两口子就有了三十万的存款。

岳鸣和文斌回到矿上，给父亲和文静扫墓，恰好遇到了田欣欣和冯超陪廖教授来矿上考察。文斌得知之后，就和岳鸣商量，看能不能支持一下他们的研究。岳鸣一听说，也觉得是好事，更重要的是，岳鸣知道这个项目里有柯耀强多一半的心血。

岳鸣对柯耀强心怀感激，当年在矿上，除了文斌，就是柯耀强对她好，是她最信任的人。岳鸣知恩图报，虽然她在矿上的日子灰暗、痛苦、冰冷、暗无天日，可柯耀强像一束阳光给她温度，让她渡过了难关，她知道柯耀强是个自带光芒的人，只要一靠近，就能被他温暖，这份温情并不是他有意要给谁，而是无意中就给予了。柯耀强是无心的，可在岳鸣这儿就是一份恩惠，是要涌泉相报的。现在柯耀强他们的科研需要资助，自己应该义不容辞资助他们。

念在柯耀强的份上，岳鸣决定先拿出十万块钱，作为启动资金。岳鸣原本想将这十万块钱投资矿上子弟学校，现在有了这项更有意义的开发研究，支持柯耀强的研究也是为矿上做贡献。岳鸣觉得投资研究比投资学校更有意思，矿工安全了，孩子们才能有完整的家庭，才能幸福，才能健康、快乐地成长，这比学习更有意义。

暑假，廖教授在冯超和田欣欣的陪同下来到矿上。廖教授和柯耀强一见如故，交流中廖教授将目前国内的采煤机的类型、结构、工作原理以及各种类型的采煤机的优点和缺点，做了一个细致的分析。柯耀强才了解到采煤机是一个集机械、电气、液压为一体的大型复杂系统。也了解了采煤机的发展史：20 世纪初开始应用截煤机；40 年代出现了深截式联合采煤机；50 年代初期出现了浅截式滚筒采煤机，生产能力和对顶板的适应性都有很大提高；60 年代研制成双滚筒采煤机，使生产情况得到进一步改善。中国在1949年以前很少用机械采煤。50年代开始使用截煤机和深截式联合采煤机，60 年代开始使用浅截式滚筒采煤机，70 年代初在一些矿区开始使用浅截式双滚筒采煤机，机采产量不断提高。70 年代以来，采煤机不断改进，如采用大功率水冷电机来提高生产能力，开采厚度较大的坚硬煤层；采用粗齿滚筒提高块煤率；采用无链牵引减少机械事故并适应长工作面多台采煤机同时作业等。从采煤机的发展史来看，采煤机的类型很多，基本上以双滚筒采煤机为主。

柯耀强从廖教授那儿知道很多知识，尤其知道中国的采煤机发展史，心情非常沉重，但又充满希望。他要好好向廖教授学习，齐心协力和廖教授研制出新型的采煤机，早日为煤炭行业做出一点自己的贡献。有了岳鸣和文斌的经费资助，有了柯耀强井下的丰富经验，再加上廖教授和田欣欣、冯超的理论，理论结合实践，研制工作非常顺利。

廖教授对柯耀强开玩笑地说：“我是纸上谈兵，你才是干实活哩！”

说得柯耀强脸红到脖子根，但他在心里特别感激廖教授，人家一个教授，跑到这鸟不拉屎的地方，跟着自己一天到晚待在井下，吃这份苦，受这份罪，让自己过意不去，不知道怎么去感谢廖教授。廖教授在井下虽然不干重活，但对一个手握笔杆子、年近六旬的老学者来说，一天十几个小时待在井下，也是很难熬的。

廖教授每天坚持在井下工作，和柯耀强他们一起升井。

每次升井之后，廖教授躺在浴池里，学着矿工们的样子，吸一根烟，在心里也有了庆幸的感觉，庆幸自己还能平安升井，能够活着。他常常对柯耀强说："我现在才懂你说的，升井之后呼吸着地面空气时的幸福感，也体验到了躺在这热水里吸一根烟的'赛神仙'感觉。我这纸上谈兵的人，不如你这实干家呀！你实战经验丰富，想法都是从实地出发，研制得都很实用，不像我们是绣花枕头——一包草，中看不中用。"

廖教授的话大大鼓舞着柯耀强，自己一个土包子，用矿上骂人的话来说，就是土鳖一个，还在这儿咋呼啥哩！自己这是纯粹的胡咋呼。他像个小学生一样，虚心地跟着廖教授学习，也将廖教授照顾得很好。凡是廖教授的一切事情，柯耀强都操心地给处理好，凡是廖教授需要的，他都亲力亲为地给配齐。他想着只有廖教授没什么后顾之忧，才能安心搞科研，才能早点将研究完成，早点能将采煤机上线生产，早点投入到井下的工作中，工人的安全也能早点有了保障。

为赶进度，廖教授好几个月都没回去了，中秋节也没回家。看着廖教授这般的敬业，柯耀强心里过意不去，让侯小梅做一桌子饭菜，请廖教授来家里吃饭。

做请客的饭，侯小梅有点发毛，她没多少厨艺，更没什么拿手菜，不懂怎么去招待人。一听要招待教授，侯小梅非常高兴，可一想到自己不会做饭，就又犯难了。丈夫大器晚成，能遇到廖教授这么好的老师，特别幸运，人生难得遇到良师益友，于公于私这顿饭都应该请。

柯耀强见侯小梅为难，就给柯耀红打电话，让来帮做饭。柯耀红一听请廖教授吃饭，这也是她想了很久的事情，弟弟给安排上了，她兴高采烈地往侯家走。请廖教授吃饭要讲究，不能太随便了，虽然没能力弄个满汉全席，也没办法弄到山珍海味，但道道菜都要弄得精致，并且要色香味俱全，让人一看，就食欲大增，才算完美。

柯耀红边往侯家走，边在心里琢磨菜谱，这顿饭一定要做好，以后用廖教授的地方还很多，首先儿子考研的事情，那还得请廖教授帮大忙哩，还有儿子的大好前程，也掌握在廖教授的手里，所以，这顿饭意义重大呀！柯耀红想到这儿，觉得这件事，是弟弟这一辈子干得最漂亮的事，弟弟最近的表现，她真感到高兴，觉得自己很明智，要是弟弟不和侯小梅结婚，还不知道他会是个什么样子呢？好女人能成就男人，就拿冯志国来说，他的军功章上，就有自己一半的功劳，夫妻同心同德，才能有好的发展，成功的男人背后，都有一个伟大的女人……柯耀红想着，觉得这顿饭太重要了，顿时觉得时间紧任务重，就加快了脚步。

冯超和田欣欣被廖教授借调来帮忙，廖教授也向学校打报告，帮他俩申请保研的名额。这对俩孩子来说是天大的好事，他俩都很努力，很好地完成廖教授交代的各项工作和实验。女孩子不能下井，田欣欣在办公室里整理数据，反复计算数值，修改图纸。

这段时间大家都很努力，也很辛苦，尤其是廖教授，休息时坐在地上，都不想动弹。冯超年轻，还体会不到“岁月不饶人”，可柯耀强早已体会到了，他一看廖教授的干劲，再累也不敢表现出来，老人家都这么拼了，年轻人还有啥理由叫苦叫累哩。

跑路的事情都交给冯超了，柯耀强感到轻松了很多。

柯耀强用煤块给廖教授弄了一个临时的座椅：“老师您先坐下来休息一下。”说着，给自己也弄了个座椅，和廖教授背靠背地坐着，这样坐着，廖教授靠在他的背上，能好好地睡一会。可今天廖教授兴奋，柯耀强也兴奋，这是采煤机模型的最后一次实验，此采煤机模型是按实物的结构与缩小比例设计而成，能够清晰展示其机构各部件的结构和工作原理。采煤机模型主要由左摇臂、右摇臂、左滚筒、右滚筒、左牵引机构、右牵引机构、电控箱、液压系统、电控系统、瓦斯抽放系统等组成。

通过这最后一次总结性的实验，如果没有问题，就可以将采煤机的图纸交给生产厂家，投入批量生产。这也是目前我国第一台自主研发的有收集瓦斯功能的采煤机，在机械化采煤可以减轻体力劳动、提供安全性的基础上，这款采煤机有了瓦斯收集系统，能将采煤工作面和掘进工作面产生的瓦斯，在工作过程中收集起来，同运输平巷、回风巷以及采空区的瓦斯一起，运送到地面瓦斯收集站。

此采煤机从研发到能投入生产是实现煤矿生产机械化和现代化的重要设备之一，在解放劳动力和提高安全性的同时，达到了高产量、高效率、低消耗的目的，是矿工们真正的福音。所以，廖教授和柯耀强两个人都累得不行了，却兴奋得没有睡意。

“小柯，这几个月在井下工作，说句心里话，还有点喜欢这黑洞洞了。”

“您可别说这黑洞洞哩！让人欢喜让人忧呀！我一辈子都在煤矿上度过了，半辈子都在钻这黑洞洞，没成家之前，有时烦透了，就想着老子撂挑子不干了，但一次一次地被这黑洞洞折服了，倒不是有多么爱钻，可这黑洞洞是我衣食住行的保障，所以，就谈不上喜欢或者不喜欢，就这样吧！混一天是一天，慢慢混日子，混到为父母养老送终，也就得了。可结婚之后，有了一份责任，混吧熬吧！只要不出事，总有退休的那一天……当我大弟弟去世了，看着我老娘和后爹痛不欲生的样子，我才意识到不能混了，不能让悲剧接连二连三地发生，我想改变，想阻止悲剧的发生。"

"觉悟，先要从意识上崛起，穷则思变，有了思才能变，你真的很了不起，我常常在想，一个矿工，能搞科研，胆子也太大了。"廖教授竖起大拇指。

"嗨！我是土鳖，只是不想让悲剧再发生，想确保每个矿工都能平安升井，升井之后，享受着吸一口地面新鲜空气的幸福，就是我最大的心愿。这么多年，我的幸福感，就是能平安升井吸地面的空气，说真的，也不嫌您笑话，对于钻这黑洞洞，在我喜欢和不喜欢之间，就隔着一次下井，幸福和不幸也是隔着下井，每次下井，都有上刀山下火海的恐惧感，可每次升井之后的幸福感，那是用语言没办法形容的。"

"这个我懂，你为了每次平安升井的幸福感，才一次次地钻这黑洞洞。"

"对对的！我现在祈祷这次实验成功，升井后能好好睡一觉，最近总感到累，力不从心。"

"对不起呀！是我把你们逼得紧，让大家都受累了。"廖教授谦虚地说。

"您老可别这么说，是我，是我们，是我们这些千千万万的矿工，让您受累了。"这是他的心里话。

"嗨！"廖教授不好意思起来，挠挠腮帮子，一副极其单纯的样子。

休息了半个小时，他们又投入到紧张的实验中。

柯耀红到了侯家，和侯小梅商量着菜谱。两个人又要相伴去口子区一趟，在矿办公楼前小桥边等车时，田嘉兴骑着一辆半旧的二八自行车过来，看见她们就下了车，笑盈盈地说："丫头，你们干嘛去呀？"

"叔，我们去一趟口子区，你干啥去了？"侯小梅说。

"我去买了些羊肉，这不是八月十五哩，走，到我家吃羊肉。"

"谢谢！不去了。"侯小梅说。

柯耀红面无表情，一声不吭地看着来车的方向。

"我还有个事和你们商量一下，廖教授对孩子们这么关心，我们是不是该表示一下？我听说廖教授快要走了。"

"叔，我们这就去置办，等他们升井，就到我家喝酒。"

“真的？太好了，喝酒哪能没有羊肉？我煮的羊肉，在矿上是最好的，我再去买些羊肉。”田嘉兴很自信地说着，掉了自行车头，又去买羊肉了。

柯耀红看着田嘉兴的后背，直摇头：“猴精猴精的，见缝插针。”

“二姐，其实冤家宜解不宜结，这道理你比我懂，如果两个孩子都被保研，证明他们都很优秀，这是天大的好事。欣欣是好孩子，这么长时间在矿上工作，你也看见她的能力和为人处世，平心而论，田家人也不坏，而且都是老实人，咱们也没必要和人家不和睦相处。”

“我就是看不惯他们见缝插针。”

“二姐，你大人大度，也要理解他们的心情，他们单独请廖教授，廖教授肯定不去，但为了欣欣，田叔这么做，合情合理，所以，咱们也没必要生气。生气是拿着别人的过错惩罚自己，划不着呀！更何况，田叔也没错，你说是不？再说了，就是给咱们一块羊肉，咱们也不会做呀！他把羊肉做好了端来，咱们正好借花献佛，不是两全其美吗？”

听了侯小梅的话，柯耀红才露出笑容，两人高高兴兴去了口子区。

当一轮圆月从兔耳山露出笑脸，银光四射地照耀着大地，月光如水的侯家小院里，弥漫着香喷喷的饭菜味。鸡、鸭、鱼，还有田嘉兴的羊肉，成了主打的硬菜，点缀着一些绿色的凉拌菜，色香味俱全了。这一桌子菜肴的丰盛度，并不亚于满汉全席。

侯母和田嘉兴站在院门口，焦急地望着官道。按理说，柯耀强他们应该升井了，但都过了两个小时，还不见他们的身影，他们又不用按点下班，时间比较灵活。廖教授有糖尿病，不能工作时间太长，这是大家都知道的，可今天这么晚，就不正常了，会不会出了啥事？田嘉兴害怕侯母担心，和侯母说些家长里短的话题，心里却七上八下的，很不安详。

圆月已挂到半空中，整个矿区被照得清晰可见，远处的山峦也显出黑色的轮廓，呈现出层层叠叠的优美线条。秋高气爽，空气有了很浓郁的寒意。侯母感觉有点冷，就让田嘉兴回屋等。田嘉兴却让侯母先回屋，自己再等等。等侯母进了院门，田嘉兴去井口，想看看是啥情况。

刚到井口，看见廖教授和柯耀强一行人，谈笑风生地从绞车上下来，每个人脸上都洋溢着幸福和喜悦。田嘉兴目数了一下人员，一个都不少，悬着的心才放下了，看着他们兴高采烈的样子，就知道实验成功了，也不由自主地高兴起来。

柯耀强看见田嘉兴，亢奋地大叫道：“田叔，我们成功了，矿工以后都有福啦！”

“真的！太……”田嘉兴“好”字还没出口，只见柯耀强直挺挺地倒下去，“嗵”的一声，就一动不动地躺在地上，不省人事了。

“耀强，耀强……”

“舅，舅，舅！”

“耀强，耀强！”

圆月睁大眼睛，和蔼地望着苍穹煤矿上发生的一切，银光包裹着僵硬的柯耀强。

柯耀强再也没有被叫醒，他踏着皎洁的月光走了……

三年后，以“耀强”命名的新型能源采煤机，已推广到全国的煤矿，成为煤炭界一次大的改革。解放劳动力，提高安全系数，是千千万万矿工的福音，变废为宝是国家的福音。而苍穹煤矿因为小煤窑的严重破坏，已经无煤可采，只能在春风习习中，迎来了一个崭新的命运：关闭矿井，工人分流。

矿工们就是一块砖，哪里需要往哪里搬。这一群生活在矿区的人们，没有太多的怨言，云集在办公楼前的院子里，接受了命运的安排。

每个矿工脚边放着一个简单的行李包。

人头攒动，黑压压一片，将办公楼的院子拥挤得水泄不通。被分流的矿工、送行的亲人，挥洒着不舍的情感，哭声连成一片，许多矿工的亲人都埋在苍穹矿上。被分流的矿工们，他们是苍穹矿上的第二代、第三代，但今天，他们就要离开这个生养他们的苍穹煤矿了，故土难离呀！大家的心情，无法用文字表达出来，他们的哭声，却在每个人的心头上，久久地萦绕着。木讷的侯小梅，站在黑压压的人群里，东张西望。自从柯耀强去世之后，她就木讷了，她浑浊的目光在人群中游荡着，像在寻找什么，可人群中，那些熟悉的面孔中，没有一个是她想要找的。趴在她脚边的小黑，也满脸的沧桑，和侯小梅一样的眼神，在人群中寻找着，最后，也眼泪汪汪地遥望着苍穹矿上的那片坟地。那片坟地里，躺着自己的爹，躺着柯耀强的爹，躺着文斌的爹，躺着柯耀强，躺着高二和纪红云，躺着赵憨儿，躺着胡大木，躺着文静……躺着许许多多或年轻或年长的、为苍穹矿建设奉献出生命的工友们。

侯小梅突然看见柯耀强大步流星地走过来，将他的行李包扔到自己脚边的一堆行李里，然后展开双手，将自己紧紧地抱在怀里。许久，柯耀强在自己耳边颤抖地说："到了新矿上，我们好好过日子，过更好的日子。"

侯小梅幸福地闭上眼睛，这久违的怀抱，是多么温暖呀！感慨万分的泪水，从曾经美丽、如今却布满皱纹的眼角溢出来，侯小梅喃喃地说："真好！你回来了，到了新矿上，我们好好过日子，过更好的日子。"说着，她紧紧地抱着柯耀强，陶醉在这种虚拟的幸福中……

亭亭玉立的高姗，眼泪汪汪地看着侯小梅空空如也的怀抱，突然明白侯小梅又陷入到幻想中，心便厉生生地疼着。高姗拉了拉身边的高原，高原已经是半大的帅小伙子了，他被高姗一拉，将盯着苍穹矿上那片坟地的眼神收回，愣愣地看着妹妹。很显然他的思绪还停留在回忆里，停留在对父母亲的思念里，还停留在对苍穹矿坟地里躺着的父母、柯耀强、赵憨儿、文静等亡灵的崇敬与追思里。是呀！许许多多或年轻或年长的亡灵，是为苍穹矿建设奉献出生命的人！

高姗拉着高原，抱住了侯小梅。

瘸子李和胡豆花也从人群里挤过来，将侯小梅和高原高姗围住。强子和几个小伙子看见了，也过来将他们围住。柯耀红和冯志国、柯耀霞和孟平安、赵聪儿和李娟丽拉着宝宝也过来了，他们身后的人群都过来围住、抱团。

三辆大卡车停在办公楼前，人们一窝蜂地拥挤到车上，放好行李，回头向车下送行的亲人挥手说再见。

大卡车扬起路边黑乎乎的煤尘，一溜烟地驶出苍穹煤矿，将留守在苍穹矿上那些老弱病残的哭声，远远地抛在黑乎乎的尘埃里……

后记

（一）

为了这本小说的书名，我和老公居然吵架了，原因是他觉得《黑金子》做书名不好，很土，不吸引人。一本书的名字很重要，它是取悦读者的第一步，要有一个能引人入胜的字眼。他常常说："一部好作品，没有一个好名字，怎么能成呢？"我能理解他的心情，他每天看我坐在电脑前不停码字，就心疼地劝："放弃吧！何必活得那样苦，我是男人，有养家糊口的责任，我多下一个井，咱们就能过得好些。"这句话他常常挂在嘴边，他宁愿受苦，也不愿意让我苦，我很感动。

老公是矿工，我作为他的妻子，除了比别的妻子操心丈夫的安全之外，更能体会到矿工们的酸甜苦辣，他们是一群活在社会最底层的普通人，工作条件艰苦、生活环境恶劣。他们就像那些埋没在地下的煤层一样，表面粗糙，甚至于有些脏兮兮的感觉，每个班，他们都是汗流浃背地将那一块块黑煤块，用铁锹赶到皮带或是矿车上，运往地面，他们和煤块一样黑。

在井下，如果没有矿灯的话，很难辨清他们是人还是煤块。正是他们任劳任怨，人间才有了温暖，冬天不再寒冷，成千上万人的生活才有保证。他们和煤块一样，将光和热洒满人间，可他们活得很卑微，除了大的矿难，他们很少得到世人的关注。默默无闻的他们，孜孜不倦地奉献着，好像生来就是受苦受难的。这是我决定用《黑金子》为书名的原因，黑金子更能体现他们黑黝肌肤下赤诚的心。

他们微薄的工资，却要养家糊口。记得老公在煤矿上班的第一个月，只有4天，开了三十块钱，我去领。每月的二十五号，银行派人到矿上发工资，地点在矿办公楼的门房。前来领工资的人满为患，多一半是家属，好不容易轮到了我。

银行人员见我持的卡上只有三十块钱，很怪异地看着我。我苦笑了一下，表示要取出来，他并不知道这钱是我们一家人等米下锅的生活费。第二月，老公习惯了超负荷的体力劳动，他不习惯也没办法，一家三口人要吃饭，那是他的责任。出勤多了，工资也就高了，再高一个月也只有五百块钱，因为老公的工作岗位是二线，工资自然很低，这是2004年的事情。在这个物欲横流的世界里，五百块钱是个啥样的概念？富裕人家的一桌饭钱、一只鞋子的钱，却是我们家一月的生活费。

不只是我老公的工资低，而是所有矿工的工资几乎一样。常常有人对我说，矿工好，工资高，他们真是外行人说外行话。就算一线矿工的工资高，一个月一两千块钱，可他们是提着脑袋工作，死亡无处不在地威胁着他们。我第一次见到一位刚升井的工友，我真的吓坏了，除了牙齿和眼睛，他全身上下一锭墨。有个很黄的段子，但是一点都不邪乎。说：以前煤炭工人老婆的肚皮上都能搓出煤块来。我很侥幸，我作为煤炭工人老婆的时代比以前好，除此之外我对这样的谬论是无话可说的。

生活其实是一种态度，幸福也没标准。谁也没有能力给幸福一个确切的概念，只要自己觉得幸福就好。黑金地的人们都很热爱生活，没有过多的风流韵事，只有平淡的生活。不管男女老少都朴实而勤劳，单纯而热情，恶劣的环境更加促使他们坚强。

我在矿区的家，是一间单身宿舍，吃喝拉撒睡，一切的生活事由都在这间屋里进行。走廊上倒是有公共厕所，但常常是屎尿横流，无法下脚，而且好像是男女混合使用。每次进去之前，要在门口吭一声，如果里面有人，也会吭声，这样就得等他出来。我胆小，从小就害怕疯子和耍酒疯子的人（矿上男人都爱喝酒），有了内急，我只能忍受，等老公回来，陪我去山上解决。山上有许多废弃的窑洞，都是当年小煤窑留下的，这两年国家狠下心将小煤窑取缔了，就留下密密麻麻的废弃窑洞。我能想到当时小煤窑的“繁荣昌盛”，就像我在这本书里写的那样，小煤窑是大矿安全的隐患。

女儿埋怨我为啥不给她找个有钱有权的爸爸，一个六七岁的孩子，能说出这样拜金的话，可能很多人会觉得她心理不健康，但我觉得我女儿很健康，因为她知道作为矿工的女儿，要面对怎样恶劣的自然环境，要经历物质匮乏的生活。在风吹石头跑的丘陵地带，矿山人怎样地活着？只能说他们活着，活着和生活之间还是有很大的距离。

我希望这本小说，能引起人们对矿山人的关注和爱护。

最后，我不知道用什么样的结束语，为我的这部小说后记画上一个完美的句号，好像还有好多话要对矿工们讲，但是千言万语又不知从何说起，但愿人们能喜爱我的这部小说。

第一稿：2009 年 10 月 1 日——2012 年 3 月 28 日

（二）

这部小说耗了我十四年时光，也可以说是我最得意、但最耗尽心血的一部。

对于作者来说，每一部作品都是自己的孩子，从构思、框架、人设，再到写，很像孕育的过程，非常辛苦。

在构思好的情况下，如果迟迟不动笔的话，人物和情节，像孤魂野鬼，时不时从脑海里出来，在眼前张牙舞爪，不断折磨作者，这时，到了不得不写的地步。写！然后，手指在键盘上舞动，人物还不断地在脑海里争吵，他们都希望以好人的形象出现，都愿意展示最美好的一面，尽善尽美，流芳百世。殊不知，在创作过程中，作者只是呈现者，他们的命运在事态发展中，在故事情节里，压根就不受作者的掌控，他们的命运，连他们也无法完全掌控。

十月怀胎，一朝分娩，这个过程痛并快乐。而一部作品从孕育到分娩，整个过程是呕心沥血的，是夜以继日的，这中间的各种滋味，只有作者才能感受到，如果将写作的滋味告诉不从事创作的人，他们是不会懂的。“满纸荒唐言，一把辛酸泪！都云作者痴，谁解其中味？”我也不想、不能过多言表创作中的辛苦。

作者心甘情愿吃这种苦，所以，也不指靠有人能理解。

一个作者，最起码是能耐得住寂寞和贫穷的人，从古到今，穷酸样都是用来形容文人的。尤其是当今，在经济大潮的冲击下，耐得住寂寞，不受外界诱惑，也不去迎合市场需求，只尊重内心的创作，是需要强大的勇气的。没强大的内心支撑，就无法保持自己想要的写作状态。

这部小说，我的写作过程是写写、停停，用了近十年半的时间，从初稿到第五稿，当时写了十九万字。开始创作时，我的第一部长篇小说《母亲的红嫁衣》刚出版，说实在的，那时，我有点飘。《母亲的红嫁衣》的出版，又拿了一个奖项，得到了一些认可，再加上年轻，心高气傲，在虚荣心的驱使下，就自大起来。为了能“趁热打铁”，压抑着内心的浮躁，在这种心态下进行创作，作品也就呈现出浮躁。这对书写者来说，是很危险的信号，好在我很快认识到了，就将小说搁浅了。

这一搁浅就是三年，中途因为要申请一个资助，拿出来“敷衍了事”地修改了一遍，只是修改了错别字，却没有“大动干戈”。在修改的过程中，突然意识到这部小说主题很好，只是故事太轻，让它面世有些草率，放弃实属可惜，毕竟十九万字，而且主题很好。这好比是一个孩子，不能因他身上有毛病，就不要他了。十个指头伸出来，都有长短。孩子的好坏，不在孩子本身，而在他的父母能让他受到什么样的教育。作品的好坏，也是看作者怎样去塑造。

作者只是运动员，而不是裁判，作品的好坏，只能交给读者去评判了。一部好作品，一定是能经得起时间的沉淀，能得到时间和读者的认可，才能算是好作品。我知道自己水平有限，对这部小说期望值不高，但这部小说在我老公去世之后，对我来说意义非凡，我写作的初衷是为他，那时，我们因书名争吵，现在却是阴阳相隔。

于是，在他去世后，我沉静下来，将随他在矿区生活十五年里的所见所闻、亲身经历都融入到小说里，将小说切入到人内心深处错综复杂的世界里，将人性与兽性、理智与情感、坚强与脆弱、伟大与渺小等一对对矛盾体剖析出来，刻画人物的内心，充分体现了“男性的爱”这一主题。这样以来小说里的主人公们，便散发着金子般的人性光辉。

现实生活中的矿工以及矿工的妻子，都很平凡，就像埋没在地下的煤层，表面粗糙，甚至于脏兮兮，但他们内心纯洁、感情细腻。每班，他们汗流浃背，将煤炭运往地面，再被火车和汽车运到全国各地，甚至于出口到国外。

这些平凡的小人物，代表着成千上万的矿工，他们都是我身边的工友。这些小人物的大感情值得人们去思考，什么样的生活才是我们想要的？幸福到底是什么？在物欲横流的今天爱情还金贵吗？这些问题经过我深思熟虑之后，再经过加工、筛选，融入到人物的内心世界里，以点带面地折射出来，才能塑造出惟妙惟肖的人物形象。

小说体现出矿工们黑黝黝肌肤下那颗金子般赤诚的心，有了他们孜孜不倦的奉献精神，人间才有了温暖，冬天不再寒冷，成千上万人的生活才有保障。矿工们默默无闻、无私奉献的精神，以及他们的凝聚力，都是小说的几大亮点，也是中华民族素质的一个宣扬。

我在讴歌当代的煤矿工人在工作条件艰苦、生活环境恶劣的情况下，艰苦奋斗、自强不息、任劳任怨、默默无闻地建设美好家园的感人肺腑的事迹。同时，也通过小人物的喜怒哀乐，唱响和谐发展的时代主旋律，反映了矿山人在党中央、国务院和省委、省政府的领导下，坚持安全生产，大力取缔小煤窑，维护社会稳定，促进祖国繁荣发展的精神风貌。

我在讴歌的同时，也是在纪念与缅怀，纪念我在矿区生活的十五年里，那些让我感动的人和事，以及我一去不复返的幸福时光；缅怀那些为矿区建设画上生命句号的人们。这些亡灵，不管他们生前有着怎样的经历，他们都是最可爱的人，值得人们去尊重和缅怀！

记得有一位年长的工友，给我说过一句话："对于我们矿工来说，每次能平安升井，能深情吸到地面的空气，就是最大的幸福。然而升井却有两种形式，一种是身心疲惫，但能活蹦乱跳；另一种是被抬出来，生死未卜。"这么多年，一想起他的这句话，我的心就像被针扎一样痛。我决定用《升井》作为这部小说的名字。

升井是矿工们的美好希望，更是他们在平凡、苦闷的生活中，人性的升华。

历史会铭记这些向阳而生的矿工们！

这部呕心沥血了十四年的作品，在它即将要面世时，我写下这些条理不清的文字，作为后记之二，也许是有点草率，但也写出我的初衷。

接下来，这部长篇小说的好坏，就交给各位读者去裁判了，我将调整一下心态，休息一下身心，再接再厉，投身下一部关于农民工题材的长篇小说创作中。

不忘初心，砥砺前行！依循内心，快乐创作！加油！

最后要感谢让这部小说面世的出版社、编辑老师以及关注它阅读它的人们！

2023 年 10 月 28 日凌晨 3 点 22 分
于商洛家中